Le Feu de la Sor'cière

James Clemens

Le Feu de la Sor'cière

Les Bannis et les Proscrits – 1

Traduit de l'anglais (États-Unis)
par Isabelle Troin

ÉDITIONS FRANCE LOISIRS

Titre original : *Wit'ch Fire*

Publié avec l'accord de l'auteur c/o BAROR INTERNATIONAL, INC.,
Armonk, New York, USA

Édition du Club France Loisirs,
avec l'autorisation des Éditions Bragelonne

Éditions France Loisirs,
123, boulevard de Grenelle, Paris
www.franceloisirs.com

Illustration de couverture : Anne-Claire Payet
ISBN : 978-2-298-02749-5

Pour mes parents, Ronald et Mary Ann,
qui ont encouragé mes rêves et m'ont donné un foyer
et un monde où les réaliser.

Remerciements

Tout d'abord, je voudrais remercier Terry Brooks, John Saul et Don McQuinn pour la gentillesse et le soutien qu'ils m'ont témoignés à la Conférence des écrivains de Maui, et pour m'avoir aidé à entrer dans la famille Del Rey. Bien entendu, je dois également remercier John et Shannon Tullius, directeurs de MWC, de nous avoir tous réunis en premier lieu parmi les jardins et les cascades de Wailea. J'ai une dette de gratitude envers Kuo-Yu Liang, éditeur associé de Del Rey, qui a pris le risque de publier un nouvel auteur – et je ne trouve pas les mots pour remercier Veronica Chapman, éditrice suprême (je pense que tel devrait être son nouveau titre) d'avoir poli et affûté ce roman pour en faire l'ouvrage que vous tenez dans vos mains. Merci aussi à mon agent, Pesha Rubinstein, pour l'enthousiasme avec lequel elle a brandi ma bannière.

Je serais bien ingrat de ne pas mentionner un groupe de gens qui ont dû se taper chaque page de chaque version de ce roman. Sans leurs commentaires, leurs critiques et leurs encouragements, ce livre n'aurait jamais vu le jour. Merci à Judy et à Stephen Prey, Caroline Williams, Dennis Grayson, Chris Crowe, Ron Bail, Nancy Laughlin, Jeffrey Moss et Dave Meek – connus collectivement sous le surnom affectueux de « Déjantés de l'Espace ».

Enfin, deux personnes m'ont servi de bras droit et gauche durant toute la création de ce monde et de ses habitants. Ils ont partagé mes rêves et mon cœur. Je leur dois tous mes univers, imaginaires et réels. Mon amour éternel et tous mes remerciements à Carolyn McCray et à John Clemens.

Préambule
au Feu de la Sor'cière

par Jir'rob Sordun, D.F.S., M. d'A.,
directeur des études universitaires – U.D.B.

Tout d'abord, sachez que l'auteur est un menteur. Assimilez bien ce fait avant de poursuivre votre lecture. Gardez-le sans cesse à l'esprit tandis que vous parcourez cette traduction. L'auteur tentera de confondre votre raison, d'obscurcir votre jugement. Méfiez-vous des nombreux pièges qu'il vous a tendus.

Ce document a été proscrit voici cinq siècles. Il fut un temps où déchiffrer ne serait-ce que sa première page était passible d'exécution[1]. Aujourd'hui, en cette époque plus éclairée, maints érudits pensent encore que les Parchemins Kelvish devraient être détruits jusqu'au dernier exemplaire. Je fais moi-même partie de ce cercle.

Dans ces conditions, vous devez vous demander pourquoi je rédige le préambule de ce vil document – le premier d'une longue série.

---

1. *Les Lois de l'oppression*, par le Pr. Sigl Rau'ron, Presses universitaires (U.D.B.), p. 42. « À l'époque arthurienne, les adorateurs des textes proscrits étaient impitoyablement pourchassés. Souvent, on leur brûlait les yeux avec des charbons ardents et on répandait leurs entrailles sur la place publique. Mais parfois, le châtiment était encore pire. »

C'est le bon sens qui m'y oblige. Bannir et brûler ces écrits n'a jamais permis de les éradiquer[1]. Des copies manuscrites, des traductions mémorisées, des extraits cryptés et moult autres incarnations des Parchemins ont survécu à toutes les purges. Pour notre plus grand chagrin, nous avons fini par réaliser que le seul moyen d'endiguer cette abomination était de la réguler : c'est-à-dire de restreindre son accès aux personnes instruites de ses dangers. Ainsi pourrions-nous neutraliser les mensonges, les fables et les demi-vérités dont elle regorge.

Voilà pourquoi cette version des Parchemins est proposée aux étudiants de troisième cycle – et seulement à eux. Votre professeur a reçu la formation appropriée pour vous guider dans votre lecture. *Ne vous avisez pas d'ouvrir ce livre sans sa supervision. Ne prenez pas d'avance sur le programme qui vous a été communiqué. Ne prêtez cet ouvrage à aucun de vos proches, à moins qu'il suive le même cours.*

Depuis plus de dix ans, notre étroite surveillance a permis de minimiser les rumeurs qui courent au sujet des Parchemins. Rien de tel que l'austérité des exigences universitaires pour dissiper l'excitation suscitée par un ouvrage proscrit.

Il existe, dans d'autres contrées, des dizaines de traductions bâtardes du premier Parchemin. Mais

1. « Trahison chez les érudits », par Jir'rob Sordun, *Gazette universitaire*, vol. 4, numéro 5, p. 16-17. « Les membres d'une certaine secte hérétique se tatouaient des extraits des Parchemins dans des endroits dissimulés – si grande était leur ferveur, si brûlant leur désir de contourner la proscription. Une fois par an, ils se rassemblaient pour lire ces passages sur le corps de leurs frères. »

celle que vous tenez entre vos mains a été réalisée à partir du texte original, voici presque trois siècles. À notre connaissance, c'est la plus fidèle de toutes. Qui était l'auteur du texte original ? Qu'est devenu le manuscrit rédigé de sa main ? À ce jour, cela demeure un mystère [1].

Il est fort probable que jamais vous ne disposerez d'une version plus proche de l'abomination initiale. Seuls quelques étudiants de troisième cycle triés sur le volet sont invités à suivre ce cours. C'est à la fois un grand honneur et une immense responsabilité. Votre lecture achevée, on vous expliquera quel comportement adopter lorsqu'on vous interrogera au sujet de cet ouvrage.

Car les non-initiés ne manqueront pas de vous bombarder de questions. Aussi, prenez garde. Une vive curiosité entoure toujours ce document chez les pauvres et les ignares ; un de vos objectifs prioritaires consistera à l'apaiser. Nous vous enseignerons des méthodes adéquates pour endormir l'intérêt d'autrui.

Soyez prudent. Et de jour comme de nuit, dans la veille comme dans vos rêves, souvenez-vous…

L'auteur est un menteur.

---

1. *Le Mystère des Parchemins perdus*, par Er'rillo Sanjih, Presses Vulsanto, p. 42. « La dernière mention archivée du manuscrit original remonte à deux siècles environ. Elle est attribuée au seigneur Jes'sup d'Argonau. Les spécialistes des Parchemins considèrent cette mention comme douteuse et la mettent sur le compte de la simple vantardise. »

ASSIGNATION DE RESPONSABILITÉ

Cet exemplaire vous a été personnellement attribué. Vous en êtes seul responsable. En cas de perte, de détérioration ou de destruction, vous ferez l'objet de sanctions sévères (telles que fixées par vos lois locales).
Toute transmission, copie ou lecture à voix haute en présence d'un non-initié est strictement interdite.
Par la présente, vous reconnaissez avoir été informé de vos obligations et dégagez l'université de toute responsabilité pour les dommages éventuels que la lecture du Parchemin pourrait occasionner – à vous ou à ceux qui vous entourent.

Signature Date

Apposez ici l'empreinte de votre pouce droit :

AVERTISSEMENT

Si vous êtes entré en possession de ce livre autrement que par les canaux universitaires officiels, veuillez le refermer sans attendre et alerter les autorités compétentes afin qu'elles le récupèrent. Toute désobéissance pourra entraîner votre arrestation et votre incarcération immédiate.

VOUS AUREZ ÉTÉ PRÉVENU.

LE FEU DE LA SOR'CIÈRE

Ainsi le monde mourut-il, et tels des grains de sable
jetés aux vents de Nidiver,
ainsi tous les autres mondes naquirent-ils.

Consignés à l'encre noire sur un parchemin, les mots sont le paradis des insensés. En tant qu'écrivain, je suis bien placé pour le savoir. La prononciation change ; la signification évolue ; rien ne survit intact aux ravages du temps aveugle.

Alors, pourquoi suis-je en train d'écrire ceci ? Pourquoi me lancer dans cette folie ? Ce n'est pas la première fois que je raconte son histoire maudite. Ma plume l'a déjà évoquée maintes fois, sous maintes incarnations : virginale, drapée dans son honneur intact, ou maléfique, dénuée d'âme et de conscience. Je l'ai décrite comme une cabotine et une prophétesse, une fossoyeuse et un messie, une héroïne et une scélérate. En réalité, elle était toutes ces choses et elle n'en était aucune. Elle était, tout simplement, une femme.

Pour la première fois, je vais raconter sa *véritable* histoire. Et avec un peu de chance, la vérité me détruira enfin. Je me souviens de sa promesse comme si c'était hier. *« Bénédiction ou malédiction, petit homme ? Fais-en ce que tu voudras. Mais quand le fardeau du temps pèsera trop lourdement sur tes épaules, raconte mon histoire... Raconte ma véritable histoire, et tu provoqueras la fin de la tienne. »*

En serai-je capable ? Tant d'années se sont écoulées…

Un millier de conteurs, moi y compris, ont déformé les événements à chaque narration, embellissant leurs passages favoris et altérant peu à peu jusqu'au plus infime détail. Tels des roquets affamés s'acharnant sur un os à moelle, nous avons déchiqueté sa substance, nous l'avons traînée dans la boue et souillée de notre salive jusqu'à ce qu'il n'en reste que des lambeaux ensanglantés, méconnaissables.

Ma main tremble tandis que ma plume parcourt le papier. Assis dans cette chambre de location, je griffonne chaque mot d'un poignet douloureux. Autour de moi, parchemins à demi effrités et livres poussiéreux s'entassent comme autant de fragments d'un tableau, de pièces d'un puzzle. Je les chéris ainsi que de vieux amis, les garde près de ma main et de mon cœur – preuves tangibles de mon lointain passé.

Je me souviens de ses dernières paroles, aussi tranchantes que la lame d'un couteau. Je me souviens de son doux visage, de la lumière qui se reflétait sur ses cheveux roux coupés ras, de l'ecchymose sous son œil droit, de la lèvre fendue que sa langue ne cessait d'effleurer… Je me souviens surtout de la tristesse dans ses yeux tandis que je riais de sa folie.

Maudits soient ses yeux !

Mais c'était plus tard, beaucoup plus tard. Pour comprendre la fin, vous devez connaître le début. Et pour comprendre ne serait-ce que le début, vous devez connaître le passé, ce passé que les brumes du temps avaient englouti et changé en mythe longtemps avant sa naissance.

Laissez-moi vous le montrer, si j'arrive à le retrouver : ce parchemin qui raconte la création du Grimoire, l'ouvrage qui allait détruire une femme et un monde.

Ah, le voici…

Prologue

[Note au lecteur : Le texte suivant est un extrait de L'Orda Rosi – L'Ordre de la Rose. Il fut rédigé en haut alaséen près de cinq siècles avant la naissance de celle qui devait se faire connaître sous le nom de Sor'cière de Nidiver.]

MINUIT DANS LA VALLÉE DE LA LUNE

En cette nuit d'hiver glaciale, les tambours troublaient le calme de la vallée dont la neige soulignait les contours d'un trait de pinceau argenté. Un faucon, furieux de voir son repos ainsi perturbé, poussa un cri strident.

Dans sa chambre au troisième étage de l'auberge, Er'ril s'appuya des deux poings sur le rebord effrité de la fenêtre et avança la tête pour regarder dehors. Les feux des hommes qui suivaient toujours la voie de l'Ordre piquetaient le fond de la vallée. *Si peu de bivouacs…*, songea-t-il en regardant les ombres noires s'affairer dans la maigre lumière. Les soldats étaient en train de prendre les armes. Eux aussi connaissaient la signification des tambours.

La brise nocturne apportait à Er'ril des bribes d'ordres et une odeur d'armures huilées. La fumée des feux s'élevait doucement, emmenant les prières des hommes qui campaient en contrebas.

Et, à la lisière de la vallée, se massaient des ténèbres qui dévoraient les étoiles.

Le faucon cria de nouveau. Er'ril pinça les lèvres.

— Silence, petit chasseur, chuchota-t-il. D'ici à l'aube, vous vous remplirez la panse, toi et les autres charognards. Pour l'instant, laisse-moi tranquille.

Derrière lui, le mage Greshym lança :

— Ils tiennent les hauteurs. Crois-tu vraiment que nous ayons la moindre chance ?

Er'ril ferma les yeux. Une brusque nausée lui tordit les entrailles, et son menton s'affaissa sur sa poitrine.

— Laissons-lui encore un peu de temps, monsieur. Il trouvera peut-être une brèche dans leurs lignes.

— Mais les Carnassires se massent à l'entrée de la vallée. Écoute les tambours ! Les Légions Noires sont en marche.

Avec un soupir, Er'ril pivota vers Greshym et s'assit sur l'appui de la fenêtre. Il détailla le vieil homme. Sa robe rouge loqueteuse pendouillait sur son corps maigre. Quelques rares mèches de cheveux ondulaient autour de ses oreilles tandis qu'il faisait les cent pas devant l'âtre, le dos courbé et les yeux rougis par la fumée du feu mourant.

— Alors, priez pour lui, suggéra Er'ril. Priez pour nous tous.

Greshym s'immobilisa face à lui, les sourcils froncés.

— Je connais cette lueur qui brille dans tes yeux gris, Er'ril de Standi : c'est celle de l'espoir. Mais toi et tes frères de clan n'avez plus aucune branche à laquelle vous raccrocher.

— Que pourrions-nous faire d'autre ? Offrir nos cous aux haches des Carnassires ?

— Vous en serez bientôt réduits à cette extrémité, je le crains, répliqua Greshym d'un ton accusateur, en frottant le moignon de son poignet droit.

Er'ril garda le silence. Il se souvenait du chien du Gul'gotha qui les avait acculés, eux et une poignée de réfugiés, dans le Champ d'Elysia, six mois auparavant.

Greshym remarqua sa mine coupable. Il leva son bras mutilé dans la maigre lueur des flammes.

— J'étais conscient des risques, mon garçon, lança-t-il d'un ton bourru.

— J'ai paniqué.

— C'est bien compréhensible. Tu avais peur pour ta nièce et pour les autres enfants.

— Tout de même, je n'aurais pas dû insister. Vous m'aviez prévenu de ce qui se passerait si vous tentiez de régénérer.

Honteux, Er'ril baissa la tête. Il revoyait la lumière du soleil déclinant frapper les champs de tallac en biais. Il revoyait Greshym lever son poing droit vers le ciel pour réclamer le don du Chi, et sa main disparaître tandis qu'il entonnait le rituel. Mais cette fois, quand le vieux mage avait baissé le bras, sa main n'était pas réapparue couverte de l'écarlate du pouvoir chyrique. Elle n'était pas réapparue du tout.

— J'aurais pu refuser, Er'ril. Je suis responsable de mes choix. Oublie ça ! C'est toi qui nous as sauvé la vie ce jour-là.

Er'ril caressa machinalement la cicatrice sur son avant-bras.

— Peut-être…

Après que Greshym se fut fait mutiler, il s'était jeté sur le chien du Gul'gotha et l'avait taillé en pièces. Aujourd'hui encore, il ignorait si c'était la fureur ou le remords qui avait guidé sa main. Il s'était retrouvé dégoulinant de sang et d'entrailles fumantes ; les enfants – y compris sa nièce – s'étaient écartés de lui en roulant de grands yeux apeurés comme si c'était lui, le monstre.

Greshym ricana.

— Je savais ce qui arriverait. Les autres mages de l'Ordre ont connu le même sort. (Il tira sur sa manche afin de dissimuler son moignon.) Le Chi nous a abandonnés.

Er'ril leva les yeux.

— Certains ont été épargnés, fit-il remarquer.

— Uniquement parce qu'ils n'ont pas encore tenté de régénérer. (Greshym soupira.) Mais ils y viendront. Ils n'auront pas le choix. Tôt ou tard, la main de ton frère Shorkan disparaîtra elle aussi. La dernière fois que je l'ai vu, sa Rose avait déjà bien pâli. Il lui restait juste assez de pouvoir pour lancer un sort digne de ce nom. Quand il l'aura utilisé, il sera forcé de faire appel au Chi, et il perdra sa main.

— Il le sait. L'académie de la vallée voisine…

— Foutaises ! Même s'il trouvait un étudiant encore rouge vif, que peut le poing d'un enfant contre les forces qui nous assaillent ? Il faudrait au moins douze mages à la Rose encore fraîche pour les repousser. Sans compter les centaines d'autres batailles qui font rage à travers nos contrées… Les Carnassires du Gul'gotha nous assiègent sur tous les fronts.

— Shorkan a eu une vision.

— Pour le bien que ça lui fera !

Greshym se tourna vers le feu. Pendant quelques instants, il resta silencieux. Puis, comme s'il s'adressait aux braises mourantes, il murmura :

— Comment est-il possible que trois siècles de civilisation s'écroulent si facilement ? Nos tours enchantées qui, hier encore, se dressaient fièrement vers les nuages ne sont désormais plus que poussière. Nos gens se sont retournés contre nous ; ils nous tiennent pour responsables de la désertion du Chi. Nos cités gisent en ruine, et le rugissement triomphant du Gul'gotha résonne à travers tout le continent.

La gorge nouée, Er'ril ferma les yeux.

Soudain, un cor mugit de l'autre côté de la vallée – un cor standi. Le jeune homme sursauta. Se pouvait-il que ce soit… ? Il fit volte-face et se pencha si précipitamment qu'il faillit tomber par la fenêtre.

Il tendit l'oreille. Le cor mugit de nouveau, et même les tambours des Légions Noires parurent hésiter. Au loin, Er'ril décela de l'agitation près des feux de camp. Il plissa les yeux pour mieux sonder l'obscurité. L'espace d'un instant, il aperçut un alezan qui se cabrait dans la lueur des flammes. C'était l'étalon de Shorkan !

Les ténèbres engloutirent l'animal avant qu'Er'ril puisse voir si celui-ci portait un ou deux cavaliers. Frustré, il tapa du poing sur le rebord de la fenêtre.

Greshym le rejoignit.

— C'est ton frère ?

— Je crois que oui, dit Er'ril en se détournant. Venez vite ! Il a peut-être besoin d'aide.

Sans attendre de voir si le vieux mage le suivait, il se précipita hors de la chambre, dévala l'escalier en bois et sauta les dernières marches qui le séparaient du rez-de-chaussée de l'auberge. Ses pieds avaient à peine touché le sol que, déjà, il s'élançait à travers la salle commune.

Des couches improvisées s'alignaient le long des murs. Presque toutes étaient occupées par des blessés. En temps normal, Er'ril se serait arrêté pour les réconforter ou échanger quelques plaisanteries avec eux – mais cette fois, il n'avait pas le temps. Les guérisseurs s'écartèrent sur son passage, et la sentinelle ouvrit la porte pour le laisser sortir.

L'air glacial de la nuit lui brûla les poumons tandis qu'il déboulait à l'extérieur, sautait au bas du porche et atterrissait dans la boue. Un grondement de tonnerre lui apprit qu'un cheval fonçait vers lui. La lumière vacillante des torches qui encadraient l'entrée ne portait pas très loin. Er'ril eut tout juste le temps d'apercevoir un museau frémissant et des yeux qui roulaient follement dans leur orbite. Puis l'étalon fut sur lui.

Son cavalier tira violemment sur les rênes pour l'arrêter. Comme il freinait des quatre fers, ses sabots s'enfoncèrent dans la boue jusqu'aux paturons. Il secoua sa crinière ; un peu d'écume jaillit de ses lèvres, et deux filets de buée blanche s'échappèrent de ses naseaux enfiévrés.

Ce fut à peine si Er'ril accorda un coup d'œil à l'animal épuisé. D'ordinaire, il aurait sévèrement rabroué tout cavalier assez cruel pour traiter sa monture de la sorte. Mais ce soir, il comprenait l'urgence qui l'avait poussé à une telle extrémité. Il leva la main pour saluer son cadet.

Shorkan se laissa glisser à terre. Il se reçut avec un grognement, mais réussit à conserver son équilibre.

— Content de te revoir, mon frère, dit-il en tapant sur l'épaule d'Er'ril. Donne-moi un coup de main, veux-tu ?

Pour la première fois, Er'ril remarqua la petite silhouette montée en croupe – celle d'un jeune garçon qui ne devait pas avoir plus de dix ans. Vêtu d'un manteau trop grand jeté à la hâte par-dessus son pyjama, l'enfant frissonnait de tous ses membres. Ses lèvres étaient bleues de froid et son visage livide. Er'ril l'aida à descendre de cheval, lui passa un bras sous les aisselles et l'entraîna vers les marches du porche.

— Une chambre confortable et du chok'olat chaud vous attendent au troisième, lança-t-il par-dessus son épaule.

Shorkan venait de remettre les rênes de son étalon à un palefrenier. Er'ril vit une expression chagrinée tordre ses traits tandis que l'animal s'éloignait en boitant.

Les deux frères avaient les prunelles grises et les épais cheveux noirs de leurs ancêtres standi, mais bien qu'il soit le plus jeune, Shorkan arborait de profondes rides d'inquiétude au coin des yeux et de la bouche. Er'ril aurait voulu le soulager de son fardeau, fût-ce partiellement, mais ce n'était pas à lui que le Chi avait choisi de conférer le don de la Rose. Il n'avait à offrir à leur cause commune que la force de son bras et le tranchant de sa lame.

— Alors, montons vite. (Shorkan pencha la tête sur le côté pour écouter les tambours.) Nous avons encore une longue nuit devant nous.

Er'ril le précéda à l'intérieur et se dirigea vers l'escalier, soutenant le petit garçon qui titubait. La chaleur des feux de cheminée ramena un peu de couleur au visage de l'enfant. Ses lèvres minces perdirent leur teinte bleutée, et deux taches roses se formèrent sur ses joues. Sous une frange de cheveux blonds en bataille, ses yeux bleus fixaient intensément Er'ril.

Comme ils traversaient la salle commune, Shorkan balaya les lits du regard.

— D'où viennent tous ces blessés ?

— Il y a eu plusieurs escarmouches sur les hauteurs, révéla Er'ril.

Son frère hocha la tête, et les plis soucieux qui barraient son front se creusèrent un peu plus. Il pressa le pas.

Greshym les attendait dans la chambre. Planté devant l'âtre, il se réchauffait le dos.

— Je suis surpris de vous trouver encore ici, lança Shorkan.

Il le rejoignit en trois enjambées, et le vieillard s'écarta pour lui faire de la place près du feu.

— Où aurais-je pu aller ? répliqua-t-il. Tu nous as acculés dans cette vallée.

— Vous m'avez suivi jusqu'ici parce que vous aviez foi en moi. Ne commencez pas à douter maintenant.

— Des paroles, toujours des paroles… (Greshym fit un signe du menton.) Montre-nous donc ta main, Shorkan.

— Si vous y tenez…

Le jeune homme tendit son bras droit sous le nez de Greshym. Sa main était légèrement rouge, comme s'il avait pris un coup de soleil.

Greshym secoua la tête.

— Ta Rose s'estompe, Shorkan.

Du coin de l'œil, il surveilla le petit garçon qui se rapprochait subrepticement du feu. Dès que l'enfant arriva à sa portée, il le saisit par l'épaule.

— Ainsi, tu as pu ramener l'un des étudiants, marmonna-t-il.

Il releva la manche droite du manteau pour exposer la main du petit garçon. Elle était aussi blanche que son visage à l'expression effrayée.

— Comment ? s'exclama-t-il en sursautant. Tu as échoué ?

Shorkan dégagea l'enfant de son étreinte, le poussa vers le feu et lui tapota gentiment la tête.

— Il est gaucher.

Il remonta l'autre manche du manteau. La main gauche du petit garçon était écarlate, comme s'il l'avait trempée jusqu'au poignet dans une cuvette pleine de sang. Des motifs sinueux se dessinaient sur sa paume et sur le dos de sa main.

— C'est ce qui lui a sauvé la vie. Un des chiens de guerre a commis la même erreur que vous. Ainsi a-t-il pu échapper au massacre. Il s'est caché dans un tonneau de pommes pendant que l'académie se changeait en abattoir.

— Il n'y a pas d'autres survivants ? se lamenta Greshym. Que peut bien accomplir le pouvoir d'un enfant face à toute une armée du Gul'gotha ? J'espérais que tu trouverais un professeur à la Rose encore fraîche, un érudit dont les connaissances auraient pu nous aider.

— Il n'en restait aucun. Même le doyen avait fui.

— Ça ne m'étonne pas de la part de maître Re'alto, intervint Er'ril d'un ton amer. Je n'ai jamais fait confiance à cette sale fouine.

Shorkan pivota vers la fenêtre.

— Ça n'a pas d'importance, lâcha-t-il. Nous tomberons tous avant le lever du jour.

— Quoi ? protesta Er'ril en se rapprochant de lui. Et ta vision ?

— Je te l'avais bien dit, grommela Greshym.

— Fais-moi confiance, mon frère. Ce soir, ce n'est pas seulement notre survie qui est en jeu, mais notre avenir, déclara Shorkan.

— Quel avenir ? ricana Greshym. Cet enfant est sans doute le dernier mage ensanglanté dans toutes les contrées d'Alaséa.

— C'est exact, acquiesça Shorkan sans se troubler. Avec lui s'achèvera le règne du Chi. Le monde va entrer dans un âge sombre, une époque funeste où le destin des hommes sera forgé dans le sang et les larmes – comme il fut prédit par la secte d'Hi'fai, cette branche de l'Ordre qui trace les voies du futur.

— Ces oiseaux de mauvais augure ! s'exclama Er'ril. Ce sont des hérétiques ! Ils ont été bannis.

— Les mauvaises nouvelles sont toujours mal accueillies – surtout par ceux qui détiennent le pouvoir. Pourtant, ils disaient la vérité. (Shorkan tendit un doigt vers la fenêtre.) Ces tambours en sont la preuve.

— Mais nous sommes encore un peuple fort, fit valoir Er'ril. Nous pouvons survivre.

Shorkan eut un léger sourire.

— Toi aussi, tu dis la vérité, mon frère. Il n'empêche : Alaséa tombera, et le Gul'gotha soumettra ses peuples. Notre continent traversera une ère de ténèbres, car la nuit succède immanquablement au jour. Cependant, nous pouvons œuvrer pour qu'une aube nouvelle se lève dans le futur – même si nous n'aurons pas l'occasion de la contempler, et nos petits-enfants non plus. Pour cela, nous devons préserver un morceau de soleil et le transmettre à nos descendants.

— Mais comment ? demanda Er'ril, perplexe.

— La secte d'Hi'fai a parlé d'un livre.

Greshym alla s'asseoir sur l'unique lit de la chambre.

— Le Grimoire ? Shorkan, tu es un imbécile ! aboya-t-il. Est-ce pour cela que tu m'as fait venir ?

— C'est vous qui l'avez évoqué pour la première fois, du temps où vous apparteniez à l'Hi'fai.

Er'ril pâlit et fit un pas en arrière.

— C'était il y a bien longtemps, contra Greshym, quand je venais juste de recevoir le don. De nombreuses années se sont écoulées depuis que j'ai quitté la secte.

— Néanmoins, je suis sûr que vous vous souvenez de la prophétie. Depuis que vous l'avez faite, d'autres mages ont confirmé votre vision.

— C'est de la folie !

— C'est la vérité, insista Shorkan. Quelles étaient vos paroles exactes ?

Greshym se couvrit les yeux de sa main gauche. D'une voix qui semblait venir de très loin, il récita :

« Ils seront trois :
Le premier, blessé ;
Le deuxième, intact ;
Le dernier, fraîchement initié.
Quand ils se rassembleront,
À minuit dans la vallée de la Lune,
Le Grimoire sera forgé
Dans le sang d'un innocent.
Les trois deviendront un,
Et le Grimoire sera lié. »

Shorkan s'assit sur le lit près du vieux mage.

— Nous avons étudié votre prophétie. L'heure est venue. Greshym poussa un grognement.

— Tu es parmi nous depuis peu de temps. Tu ignores encore beaucoup de choses. Moi, j'ai étudié d'autres parchemins, des textes qui ont été brûlés depuis le bannissement des Hi'fai. Tout n'a pas été consigné par écrit.

Shorkan agrippa l'épaule du vieux mage.

— Parlez, Greshym. Libérez votre langue. Le temps presse.

Baissant la tête, Greshym murmura :

« Le sang l'appellera,
Le Grimoire la liera ;
Elle se lèvera.
Cœur de pierre,
Cœur d'esprit,
Elle se relèvera. »

Le silence retomba dans la pièce, seulement troublé par le crépitement du feu.

Er'ril porta la main au pommeau de son épée.

— Je croyais qu'elle n'était qu'un mythe.

— Sisa'kofa, souffla Shorkan en lâchant l'épaule de Greshym. (Une lueur d'inquiétude passa dans ses yeux.) La sor'cière de l'esprit et de la pierre.

Er'ril se mit à arpenter le tapis élimé tel un fauve en cage.

— Selon la légende, elle fut détruite par le Chi pour avoir osé utiliser la magie sanglante. Depuis, toutes les femmes sont condamnées à saigner à chaque lune pour expier les atrocités qu'elle a commises. Comment serait-il possible que cette abomination se manifeste de nouveau ?

Greshym haussa les épaules.

— Voilà pourquoi nous avons tenu notre langue. Les visions qui entourent le Grimoire ne sont pas nécessairement riantes ni lumineuses.

— Celle-ci est sans doute la plus sombre de toutes, approuva Shorkan. Avec un peu de temps, nous pourrions peut-être en discerner d'autres qui l'éclaireraient. Mais minuit approche. Nous devons agir maintenant ou perdre à jamais l'occasion de le faire.

Greshym hésita.

— C'est quand même très risqué.

— Malgré nos visions, l'avenir demeure impénétrable. (Shorkan se leva, et le bois du lit émit un craquement de protestation.) Nous devons travailler avec les outils dont nous disposons. Notre Ordre sera bientôt fini. En créant ce livre, nous préserverons au moins une petite partie de notre magie. Je suis d'avis de le faire.

— Je m'en remets à toi, Shorkan. Que puis-je faire d'autre ? soupira Greshym en agitant son moignon.

— Alors, venez près du feu, dit le jeune homme en l'aidant à se lever.

Il fit signe à l'enfant de les rejoindre. Avec de la cire de bougie fondue, les trois mages dessinèrent un cercle de protection devant la cheminée. Er'ril recula. Shorkan tourna la tête pour le regarder.

— Toi aussi, mon frère, tu auras un rôle à jouer. Un rôle vital. Quand nous aurons terminé, un éclair de lumière blanche annoncera que la magie sauvage a été libérée dans la pièce. Tu devras très vite refermer le Grimoire pour conclure le sort.

— Je ne me déroberai pas à ma tâche, promit Er'ril, les sourcils froncés. (Il eut l'impression qu'un vide glacial s'ouvrait dans sa poitrine.) Mais la magie est ton domaine, mon frère. Pourquoi ne pas refermer le Grimoire toi-même ?

— Tu sais très bien pourquoi – ou du moins, tu le soupçonnes, répondit doucement Shorkan. La création de l'ouvrage nous détruira. Nous devons devenir le Grimoire.

Er'ril se raidit. C'était bien ce qu'il redoutait.

— Mais… Et lui ? balbutia-t-il en désignant l'enfant du menton. Tu vas le sacrifier sans même lui demander son avis ?

— Je suis né pour accomplir cette mission, guerrier, déclara calmement le petit garçon.

C'était la première fois qu'il parlait. Son accent suggérait qu'il venait d'une des cités côtières. Er'ril réalisa qu'il ne connaissait même pas son nom.

— Le Chi m'a guidé jusqu'au tonneau de pommes quand les Carnassires ont attaqué. Ceci est ma destinée.

— Nous en avons déjà parlé, ajouta Shorkan. (Il sortit du cercle et étreignit Er'ril.) Ne sois pas triste, grand frère. Nous servons un dessein qui nous dépasse.

Er'ril le serra dans ses bras sans rien dire, car il craignait que sa voix trahisse la profondeur de son chagrin.

— Qu'allons-nous utiliser en guise de totem ? s'enquit Greshym.

Il essuya ses doigts maculés de cire sur sa robe. Er'ril remarqua qu'il se tenait très droit à présent, comme s'il était redevenu lui-même. De nombreux mois s'étaient écoulés sans qu'il puisse utiliser sa magie.

— Le totem doit lui aussi être protégé par le cœur d'un des créateurs.

D'une poche de sa veste d'équitation, Shorkan sortit un livre écorné. Bien que la peinture se soit écaillée par endroits, Er'ril reconnut la rose rouge aux contours soulignés d'or qui se détachait sur sa couverture. C'était le journal intime de son frère.

— Je le porte sur mon cœur depuis trois ans, révéla le jeune homme.

Il déposa le petit volume au centre du cercle. Puis il porta la main à sa ceinture et en tira une dague dont le pommeau doré s'ornait d'une rose sculptée. Greshym fouilla dans les replis de sa robe et produisit une arme identique.

Les deux mages adultes se tournèrent vers l'enfant. Celui-ci écarquilla les yeux.

— Je n'ai pas la mienne. Je l'ai laissée à l'académie.

— Ça n'a pas d'importance, le rassura Shorkan. N'importe quel couteau fera l'affaire. Ce ne sont que des lames de cérémonie.

— Tout de même, tempéra Greshym, il serait prudent d'observer les usages établis. C'est un sort très puissant que nous nous apprêtons à tisser.

— Nous n'avons pas le choix. Le temps s'enfuit pendant que nous palabrons. (Shorkan se tourna vers son frère et tendit la main.) J'ai besoin de ton couteau – celui que Père t'a offert.

Le cœur serré, Er'ril défit la boucle de sûreté qui retenait la lame dans son fourreau et la déposa dans la paume de son cadet.

Shorkan referma la main sur le manche et soupesa l'arme. Il hocha la tête d'un air satisfait.

— Maintenant, recule de trois pas, ordonna-t-il. Quoi qu'il arrive, ne t'approche pas avant d'avoir vu l'explosion de lumière blanche.

Er'ril obtempéra tandis que les trois mages s'agenouillaicnt à l'intérieur du cercle de protection. Shorkan donna sa dague au petit garçon, gardant pour lui le couteau de son père.

— Commençons.

Er'ril regarda son cadet s'entailler la paume droite. Tenant sa dague entre ses dents, Greshym fit de même avec sa paume gauche. Seul l'enfant hésita.

— Ma dague est bien affûtée, lui promit Shorkan. Fais vite, et tu ne sentiras qu'une légère brûlure.

L'enfant leva l'arme d'une main tremblante et se figea.

Greshym cacha sa dague dans sa paume ensanglantée.

— Nous ne pouvons pas t'aider, mon garçon. Tu dois agir de ton plein gré.

— Je sais, souffla l'enfant. Mais c'est la première fois.

Le visage crispé d'appréhension, il passa le tranchant de la lame en travers de sa paume. Une petite flaque de sang se forma au creux de sa main. Les yeux brillants de larmes, il se tourna vers Shorkan.

— C'est bien, approuva celui-ci.

Il tendit sa main entaillée et la posa sur le livre. Les deux autres mages l'imitèrent, entremêlant leurs doigts aux siens tels de timides amants.

— Que nos pouvoirs se mélangent comme notre sang, entonna Shorkan, et que les trois deviennent un.

L'intense rougeur de la main de l'enfant se propagea à celles de ses acolytes, jusqu'à ce qu'une lueur écarlate les enveloppe tous les trois. Une légère brise se mit à tourbillonner dans la pièce, agitant les cheveux noirs d'Er'ril. Au début, le jeune homme crut qu'elle venait du dehors – qu'elle était entrée par la fenêtre ouverte. Mais son souffle était aussi tiède que celui du printemps.

Les mages inclinèrent la tête ; leurs lèvres remuaient en une prière silencieuse. Peu à peu, la brise se changea en un vent brûlant. Er'ril leva un bras pour se protéger. Il lui semblait que la bourrasque se parait de reflets colorés, que sa texture devenait tangible tandis que le cercle perdait toute substance – comme si elle aspirait son essence. Seul le livre posé au centre demeurait intact. Les mages qui l'entouraient s'étaient changés en statues cristallines et translucides.

Le vent forcit encore. Larmoyant, Er'ril chancela sous l'assaut de ses tourbillons multicolores et se plia en deux pour lui résister.

Soudain, il vit son frère se lever d'un bond.

— Non ! hurla Shorkan.

Le livre s'ouvrit brusquement. Une lumière aveuglante jaillit de ses pages et s'évanouit aussitôt.

Er'ril se frotta les yeux. Des taches noires dansaient sur ses rétines.

Le petit garçon s'écarta précipitamment.

— Reste là ! glapit Shorkan.

L'enfant l'ignora et continua à reculer vers le bord du cercle. Là, il parut rencontrer une résistance et dut s'arc-bouter contre une barrière invisible. Mais sa magie était assez puissante pour lui permettre de la franchir. Comme son corps passait au travers, il retrouva couleur et substance.

Ce qui émergea de l'autre côté n'avait plus rien d'humain. Le petit garçon, translucide, recroquevillé sur lui-même, était devenu une bête massive et hirsute.

— Er'ril ! glapit Shorkan. Arrête-le, ou tout est perdu ! Nous avons été dupés !

Avant que le jeune homme puisse réagir, une bourrasque violente jaillit du cercle, le projetant à l'autre bout de la pièce. Il s'écrasa sur le lit. Les chandelles et le feu s'éteignirent, plongeant la chambre dans l'obscurité.

Passé l'explosion initiale, le vent s'évanouit comme si quelqu'un avait claqué une porte pour barrer l'entrée d'une maison à une tempête hivernale. Er'ril promena un regard à la ronde. Il était seul.

Sous l'impulsion d'une braise ardente, les flammes se rallumèrent dans l'âtre. Le jeune homme cligna des yeux et repéra le journal de son frère, abandonné sur le tapis. Il était toujours ouvert, mais aucune lumière n'émanait de ses pages.

Où était la bête ? Où était Shorkan ? Er'ril se releva et inspecta prudemment le chaos alentour. Les chaises étaient renversées, les vêtements et les paquetages entassés pêle-mêle dans les coins.

Alors qu'il se dirigeait vers le livre pour le ramasser, quelque chose lui saisit la cheville par-derrière et tira d'un coup sec. Il s'étala de tout son long. Instinctivement, il se retourna sur le dos et décocha une ruade à son agresseur. Un de ses talons heurta de la chair. La prise sur sa jambe se relâcha. Er'ril se dégagea, roula sur l'épaule pour s'écarter de son adversaire invisible et se redressa dans l'élan.

Il venait juste de dégainer son épée quand la bête qui avait été un petit garçon rampa hors de sa cachette. Ses yeux ambrés, aux pupilles noires et fendues, étincelaient de haine. Elle se releva en sifflant. Er'ril vit qu'elle était aussi grande que lui et presque deux fois plus large. Une épaisse fourrure noire, pareille à des rideaux de mousse sombre, pendait de ses membres et de son torse. Mais ce furent surtout ses griffes acérées et ses dents aussi pointues que des couteaux qui alarmèrent le jeune homme.

La bête s'approcha en traînant les pieds, précédée par son haleine fétide. Er'ril recula. Comme si elle n'avait attendu que ce signal, la créature se jeta sur lui. Il plongea sous son bras droit tendu, lui entaillant le flanc au passage.

La bête hurla. Er'ril bondit sur le lit : il espérait qu'une position surélevée lui permettrait de prendre l'avantage. Il fit volte-face, brandissant son épée en diagonale pour parer une seconde attaque… et se figea. La créature ne s'intéressait plus à lui.

Elle se dirigeait vers le livre.

Non ! Er'ril empoigna son épée à deux mains et se détendit comme un ressort. Tandis qu'il retombait, il planta sa lame dans le dos de la créature avec assez de force pour la transpercer de part en part. Une convulsion agita la bête. Sa tête partit en arrière ; sa gueule s'ouvrit en un cri silencieux. Puis elle bascula en avant, et Er'ril atterrit sur elle.

Aussitôt, il se jeta sur le côté et tâtonna à sa ceinture. Sa main ne trouva qu'un fourreau vide. Il avait donné son couteau à Shorkan.

Il n'en avait pas besoin, réalisa-t-il. La bête gisait immobile sur le sol. Elle était morte.

Haletant, il la contourna en gardant un œil sur elle. Shorkan avait dit qu'il devait refermer le Grimoire pour conclure le sort. Mais après l'incident survenu pendant le rituel, celui-ci avait-il réussi ? La transformation s'était-elle opérée ?

Er'ril s'agenouilla près du journal et vit que les pages exposées étaient recouvertes des pattes de mouche de son frère. Rien n'avait changé. Il sentit ses yeux rougis s'emplir de larmes. Shorkan s'était-il sacrifié en vain ?

Du bout des doigts, il caressa le bord de la couverture – le seul souvenir tangible qui lui restait de son frère, de sa famille, de sa contrée. Il les avait tous perdus.

Submergé par le chagrin, il referma le livre pour accomplir la dernière volonté de Shorkan.

Une secousse glaciale le parcourut de la tête aux pieds, le jetant à terre. Pendant quelques secondes, des taches lumineuses dansèrent devant ses yeux, et la pièce tourna autour de lui. Enfin, sa vision s'éclaircit.

La première chose qu'il vit, ce fut que la bête morte était redevenue un petit garçon. L'épée était toujours plantée dans son dos, et sous son cadavre, une flaque de sang s'élargissait peu à peu. Déjà, elle avait presque atteint la cheminée.

Par les dieux, qu'ai-je fait ? songea Er'ril, le cœur comprimé par un étau. *Quel mauvais tour m'a-t-on joué ? Ai-je tué un enfant innocent ?*

Paniqué, il balaya la pièce des yeux. Quelque magie abjecte avait-elle fait de lui un assassin ? Son regard se posa sur le livre. *Et si... ?*

La gorge nouée d'appréhension, il tendit la main vers le journal de Shorkan. Ses doigts hésitèrent au-dessus de la couverture, puis la tapotèrent craintivement, comme pour tester les réactions d'un serpent. Mais, cette fois, il n'y eut pas de choc.

Er'ril se mordit la lèvre et posa sa paume à plat sur le livre. Toujours rien.

D'une chiquenaude, il rouvrit la couverture. Une page blanche s'offrit à ses yeux. Il savait pourtant que Shorkan avait rempli son journal du début jusqu'à la fin. Du bout de l'index, il le feuilleta rapidement. Toutes les pages étaient vierges.

Er'ril ramassa le livre. Un peu du sang de l'enfant goutta de la couverture de cuir. Il revint à la première page. Tandis qu'il fixait le papier blanc, des mots apparurent à la surface de celui-ci, comme si un fantôme les inscrivait à l'encre rouge. Il reconnut instantanément l'écriture. C'était celle de Shorkan !

— Mon frère, tu m'entends ? lança-t-il à la cantonade.

Il ne reçut pas de réponse. Mais les mots continuèrent à s'enchaîner sous ses yeux. Abasourdi, il les déchiffra. Ses mains se crispèrent sur la couverture.

« Ainsi le Grimoire fut-il forgé et trempé dans le sang d'un innocent, à minuit dans la vallée de la Lune. Celui qui allait le porter lut les premiers mots. Alors, il pleura son frère et son insouciance perdue. Il ne devait jamais retrouver ni l'un ni l'autre. »

Er'ril lâcha le livre. Il fixa ses mains couvertes du sang de l'enfant et tomba à genoux en sanglotant.

Ainsi le Grimoire fut-il forgé par des insensés jouant avec un pouvoir qu'ils ne comprenaient pas. D'un autre côté, j'aurais fait la même chose, à leur place. Qui suis-je pour les blâmer ? Juste un conteur qui relate des histoires d'un âge depuis longtemps révolu.

À présent, vous savez comment et pourquoi le Grimoire fut créé – à partir de visions, de prophéties et de magie sauvage.

Les réponses engendrent d'autres questions. Quelle est la nature du Grimoire ? Quel est son dessein ? Qu'est-il advenu de ses pages imbibées de sang ?

Comme je peux en attester, rien n'arrête la marche du temps. Le passé s'enfuit, et nous l'oublions ; le futur vient à notre rencontre, et nous le rêvons. Tôt ou tard, toutes les questions reçoivent une réponse.

Le monde tourne comme une toupie, marquant le passage du temps. Les siècles s'envolent telles des hirondelles pressées – jusqu'à ce qu'elle apparaisse.

Alors, je tends le doigt et le pose sur le monde pour ralentir sa révolution.

La voilà, dans le verger. La voyez-vous ? Son histoire est sur le point de commencer : l'histoire de celle dont la venue fut prédite par un mage mutilé, l'histoire de celle qui allait dévorer l'âme du monde.

LIVRE PREMIER

PREMIÈRES FLAMMES

1

La pomme tomba sur la tête d'Elena. Surprise, la jeune fille se mordit la langue, et son pied glissa du barreau sur lequel elle s'apprêtait à le poser. Elle s'écrasa deux mètres plus bas, atterrissant sur un fruit pourri dont la chair molle poissa sa tenue de travail toute neuve.

— Fais un peu attention, Elena, lança Joach depuis l'échelle voisine, la sangle de son panier presque plein lui meurtrissant le front.

La jeune fille jeta un coup d'œil à son propre panier dont le contenu s'était répandu sur le sol. Aussi rouge que la pomme qui l'avait frappée, elle se redressa le plus dignement possible.

Une main en visière, elle leva les yeux vers le soleil qui déclinait à l'horizon. Déjà, les ombres du verger s'allongeaient autour d'elle. Elle poussa un soupir et entreprit de ramasser ses fruits épars. La cloche du dîner ne tarderait pas à sonner, et son panier n'était encore qu'à moitié plein. Son père allait sûrement la gronder.

« Toujours la tête dans les nuages, lui reprocherait-il. Quel prétexte as-tu encore trouvé pour ne pas faire ta part du travail ? »

Elena avait entendu ce discours si souvent qu'elle le connaissait par cœur.

Elle posa une main sur l'échelle appuyée contre le tronc du pommier. Ce n'était pas tant qu'elle y mettait de la mauvaise volonté. Travailler toute la journée, dans les champs ou au verger, ne la dérangeait pas. Mais c'était si monotone qu'elle avait du mal à empêcher son esprit de vagabonder. Les distractions étaient si nombreuses !

En début d'après-midi, elle avait trouvé un minuscule nid de kak'ora abandonné dans la fourche d'un arbre. Fascinée, elle avait passé de longues minutes à observer le lacis de brindilles, de feuilles et de boue séchée qui le composait. Puis il y avait eu cette toile d'araignée couverte de perles de rosée, semblable à une délicate dentelle rehaussée de joyaux. Et la carapace aux reflets métalliques d'un scarabée violoneux. Tant de choses à étudier et à admirer…

Faisant rouler ses épaules endolories, elle balaya du regard les rangées de pommiers qui s'étendaient à perte de vue – et l'espace d'un instant, elle suffoqua. Elle n'était pas la seule à éprouver ce genre de chose : les ouvriers agricoles se plaignaient souvent d'une sensation d'étouffement.

Tel un drap de plusieurs centaines de milliers d'hectares, le verger recouvrait la totalité des hautes terres, depuis les pics vertigineux des Dents jusqu'aux plaines des basses terres. Son visage changeait au fil des saisons – semis de pétales rose et blanc au printemps, océan vert vif en été, flamboiement incendiaire en automne et enchevêtrement de branches squelettiques en hiver –, mais, d'un bout à l'autre de l'année, sa masse impénétrable pesait sur l'esprit tel un fardeau qui jamais ne s'allège.

Elena frissonna. Les arbres lui masquaient l'horizon de tous les côtés ; ils empêchaient même la caresse du soleil d'atteindre son visage. Quand elle était plus jeune, elle aimait jouer parmi eux. Le monde lui paraissait alors si vaste, si plein d'aventures et de découvertes excitantes ! À présent, elle approchait de l'âge adulte et commençait à comprendre les chuchotements des ouvriers. Peu à peu, le verger étranglait les hommes et les femmes qui vivaient dans son ombre.

La jeune fille leva la tête. Ce somptueux piège végétal était son univers ; elle ne pouvait ni s'en échapper ni voir au travers. L'odeur douceâtre des pommes pourries planait dans l'air, imprégnant chacun de ses pores tel un chien désireux de marquer son territoire. Elle lui appartenait.

Si seulement elle avait des ailes ! Elle aurait pu s'envoler, se laisser porter par le vent jusqu'aux plaines de Standi, virer au-dessus des marais d'I'nova et filer vers les îles de l'Archipel. Toute à sa vision, elle étendit les bras et se mit à tournoyer entre les arbres, imaginant qu'elle survolait des endroits lointains.

— Quand tu auras fini de danser, petite sœur, tâche de te remettre au travail, lâcha Joach depuis son perchoir.

Ses paroles sévères rognèrent les ailes de la jeune fille et la firent dégringoler des nuages dans lesquels elle batifolait. Elle leva les yeux vers son aîné. Dans sa voix, elle entendait comme un écho des accusations paternelles. Joach avait les mêmes épaules larges et robustes, le même visage buriné que leur père, réalisa-t-elle soudain. Quand cette transformation s'était-elle produite ? Qu'était devenu le petit garçon qui partageait ses jeux d'enfant – qui hurlait à se rompre les cordes vocales en courant avec elle sur les traces d'une proie imaginaire ?

Elena battit en retraite vers son échelle.

— Tu n'as jamais envie de partir d'ici, Joach ?

— Bien sûr que si, répondit son frère en poursuivant sa cueillette. Un jour, j'aurai ma propre ferme. Je m'installerai peut-être dans le verger sauvage, du côté de Nidiver.

— Ce n'est pas ce que je voulais dire. Ça ne te plairait pas de quitter la vallée ?

— Pour aller habiter en ville comme tante Fila ?

Elena soupira et remonta sur son échelle. Le verger avait déjà englouti son frère. Les branches des pommiers retenaient son esprit et son cœur captifs aussi sûrement que les barreaux d'une cage.

— Non, insista-t-elle néanmoins. Pour aller visiter d'autres contrées.

Joach se figea, une pomme à la main, et tourna un regard interloqué vers elle.

— Pour quoi faire ?

Elena ajusta la lanière de son panier sur son front.

— Laisse tomber.

Son fardeau lui semblait plus lourd que jamais. Personne ne la comprenait.

Soudain, Joach éclata de rire. La jeune fille se raidit. Se moquait-il d'elle ?

— Quoi ? aboya-t-elle, sur la défensive.

— Elena, tu es si crédule ! Bien sûr que j'ai envie de quitter cette vallée assommante où il ne se passe jamais rien ! Me prendrais-tu pour un fermier gâteux avant l'âge ? Si je pouvais, je décamperais si vite que tu verrais juste une traînée de poussière derrière moi.

Elena grimaça. Ainsi, son aîné n'était pas encore perdu !

— Donne-moi une épée et un cheval, et je pars au galop dans la seconde, ajouta Joach avec une expression rêveuse.

Par-delà le vide qui les séparait, le frère et la sœur échangèrent un sourire entendu.

Soudain, une cloche résonna dans le lointain.

— Ce n'est pas trop tôt ! s'exclama Joach. (Il se laissa tomber de son échelle et atterrit souplement sur la terre molle.) Je suis mort de faim !

— Comme d'habitude, le taquina Elena.

Le jeune homme haussa les épaules.

— Je suis en pleine croissance.

Elle ne pouvait pas le contredire sur ce point. Joach avait beaucoup grandi et forci depuis le début de la saison. Dans moins d'une semaine, il fêterait son quatorzième anniversaire. Il n'avait qu'un an de plus qu'elle, et il la dépassait déjà d'une bonne tête.

L'adolescente se retint de jeter un coup d'œil à sa poitrine désespérément plate. Les filles des fermes voisines poussaient dans tous les sens, mais, pour ce qu'elle avait à cacher, Elena aurait aussi bien pu se balader torse nu. Souvent, les gens la prenaient pour un garçon. Elle avait les mêmes yeux verts que Joach, les mêmes pommettes hautes, le même teint bronzé et les mêmes cheveux roux attachés en queue-de-cheval.

Certes, elle avait également plus de taches de rousseur, des cils plus longs et un nez plus petit, mais elle était presque aussi musclée que son frère. Depuis toujours, Joach et elle travaillaient ensemble dans les champs et au verger ; ils avaient subi le même conditionnement physique.

Jusque-là, on ne leur avait confié que les corvées réservées aux enfants. Mais, bientôt, Joach se joindrait aux hommes pour effectuer les plus durs labeurs de la ferme. Sa carrure se développerait, et personne ne les prendrait plus pour des frères – du moins, Elena l'espérait. Malgré elle, elle baissa les yeux vers sa poitrine et se surprit à penser avec ferveur : *le plus tôt sera le mieux.*

— Quand tu auras fini d'admirer tes deux noisettes, on pourra peut-être y aller, plaisanta Joach.

Elena s'empara d'une pomme et la lui jeta à la tête.

— Fiche-moi la paix ! lança-t-elle d'un ton faussement vexé. (Mais elle ne put s'empêcher de glousser à la fin de sa phrase.) Moi, au moins, je ne passe pas mon temps à contempler mes biceps dans la glace quand personne ne me regarde.

À son tour, le jeune homme rougit.

— Je ne voulais pas…

— Rentre à la maison, Joach.

— Tu ne viens pas ?

— Il vaut mieux que je reste encore un peu. Mon panier n'est qu'à moitié plein.

— J'ai ramassé tellement de pommes que le mien déborde. Je pourrais t'en donner quelques-unes. Comme ça, tu auras l'air d'avoir travaillé autant que moi.

Ça partait d'un bon sentiment. Pourtant, Elena répliqua d'un ton acerbe :

— Je suis parfaitement capable de me débrouiller seule.

— À ta guise, petite sœur. J'essayais juste de t'aider.

— Dis à maman que je reviendrai avant le coucher du soleil.

— Il vaudrait mieux pour toi. Tu sais qu'elle n'aime pas qu'on traîne dehors après la tombée de la nuit. Les Cooliga ont perdu trois moutons la semaine dernière.

— Je sais. J'ai entendu. Maintenant, file avant que tout leur troupeau soit décimé.

Joach hésita, mais sa faim finit par l'emporter. Il agita la main et s'éloigna en direction de leur maison. Très vite, les arbres engloutirent sa silhouette et le bruit de ses pas.

Elena escalada l'échelle en quête des branches les plus chargées de fruits. Au loin, elle aperçut la fumée qui s'élevait des cheminées de Gelbourg, la cité nichée au fond de la vallée. Elle suivit du regard l'ascension des colonnes grises jusqu'à ce que le vent dissipe leurs volutes et les emporte vers l'océan. Si seulement elle avait pu les accompagner…

La voix bourrue de son père résonna dans sa tête. *« Toujours la tête dans les nuages, Elena. »*

Avec un soupir, elle s'arracha à sa contemplation du ciel, se pencha en avant et cala son ventre contre l'échelle pour s'assurer un meilleur équilibre. Sa vie était ici.

Elle se mit à cueillir des pommes des deux mains. Ses doigts experts tâtaient les fruits pour juger s'ils étaient assez mûrs, puis les lâchaient ou les arrachaient de leur branche et les jetaient dans son panier.

Bientôt, ses épaules recommencèrent à lui faire mal. Des élancements parcoururent tout son dos, mais elle ne s'interrompit pas. Quand elle eut ramassé toutes les pommes qui se trouvaient à sa portée, elle monta un peu plus haut, chassant de la main les mouches qui bourdonnaient autour d'elle. Coûte que coûte, elle remplirait son panier avant la tombée de la nuit.

Tel un tentacule insidieux, la douleur de ses épaules se propagea à son ventre. Croyant que les barreaux la meurtrissaient, elle se dandina pour trouver une position plus confortable sur son perchoir.

Soudain, une crampe aiguë vrilla ses entrailles. Elle faillit perdre l'équilibre et se retint de justesse à un des montants de l'échelle.

Les yeux plissés, elle attendit que la douleur passe. Ça faisait déjà plusieurs jours que des crampes l'assaillaient sans crier gare – sans doute parce qu'elle avait mangé trop d'ampoulées. Ces baies violettes avaient toujours été ses préférées, et elles ne poussaient que pendant une très courte période. Crampes ou pas, la jeune fille ne pouvait résister à la douceur de leur nectar.

Les dents serrées, elle se concentra sur sa respiration. En l'espace de quelques battements de cœur, la douleur s'estompa. Elena appuya son front sur son avant-bras et s'accorda un instant pour se ressaisir.

Lorsqu'elle releva la tête, le spectacle qui s'offrit à elle lui fit aussitôt oublier les pulsations sourdes de son ventre. La lumière du couchant transperçait le feuillage et faisait étinceler une pomme d'un rouge vernissé, presque aussi grosse qu'un melon. Sa mère adorait ces fruits succulents, parfaits pour confectionner des tartes. Et même son père ne pourrait que la féliciter si elle rentrait avec un tel trophée en plus de son panier plein.

À condition qu'elle puisse l'atteindre…

Elena grimpa jusqu'à l'avant-dernier barreau de l'échelle. En principe, elle n'avait pas le droit de monter si haut, mais l'excitation lui faisait oublier toute prudence. Elle leva le bras. Ses doigts effleurèrent le dessous du fruit, qui se balança doucement au bout de sa tige.

Miséricorde ! Si Joach était là, il n'aurait pas eu de mal à l'attraper. D'un autre côté, c'était *son* trophée. Les lèvres pincées par la détermination, Elena se hissa prudemment sur le dernier barreau. L'échelle vacilla sous ses pieds. Passant un bras autour du tronc, elle tendit sa main libre vers la pomme qu'elle convoitait. Centimètre par centimètre, ses doigts se rapprochèrent du gros fruit mûr tandis que son épaule émettait une protestation silencieuse.

Avec une grimace triomphante, la jeune fille regarda sa main se glisser dans le rayon de soleil qui nimbait la pomme d'un halo flamboyant. Ou, du moins, elle voulut la regarder – car dès que ses doigts entrèrent dans la lumière, ils disparurent.

Elle ne paniqua pas tout de suite. Le soleil avait dû l'éblouir, raisonna-t-elle.

La seconde d'après, une crampe vicieuse lui poignarda le ventre. Elena poussa un hoquet de douleur. Elle lança ses deux bras autour du tronc et redescendit précipitamment d'un barreau.

Alors qu'elle tentait de reprendre son souffle, elle sentit un liquide chaud couler entre ses cuisses. Pensant que sa vessie s'était relâchée, elle baissa les yeux avec un rictus dégoûté. Ce qu'elle vit lui causa un tel choc qu'elle dégringola de son perchoir et atterrit en tas au pied de l'échelle.

Elle se redressa tant bien que mal et s'examina de nouveau. Elle ne s'était pas trompée. Du sang ! L'entrejambe de son pantalon gris en était tout imbibé. La jeune fille craignit d'abord de s'être coupée. Puis la vérité se fit jour dans son esprit, et un sourire fleurit sur ses lèvres. Ce qu'elle avait tant espéré s'était enfin produit. Ses premières menstrues !

Elena Morin'stal était devenue une femme.

Sonnée, elle voulut s'essuyer le front… et se figea comme son regard se posait sur sa main droite.

Celle-ci était couverte de sang jusqu'au poignet – une couche épaisse et luisante, semblable à un gant de satin écarlate. Que lui arrivait-il ? Elle n'avait pas touché son pantalon. Et puis, elle ne saignait pas tant que ça.

J'ai dû m'écorcher sur une branche pointue ou sur un clou qui dépassait de l'échelle, songea-t-elle.

Mais elle n'avait mal nulle part. Au contraire : une douce fraîcheur l'envahissait, et elle ne s'était jamais sentie si bien. Elle s'essuya la main sur sa chemise. Sans résultat. Sa main était toujours aussi rouge, et aucune tache ne souillait le tissu kaki. Elle frotta plus fort. Le sang refusait de partir.

Alors, son cœur s'emballa, et des étoiles dansèrent devant ses yeux tandis qu'elle cédait à la panique. Sa mère ne lui avait jamais parlé d'un tel phénomène. Peut-être était-ce un de ces secrets de femme que l'on cachait aux hommes et aux enfants. Oui, c'était sûrement ça ! Elena poussa un soupir de soulagement. Visiblement, ça ne durait pas. Les mains de sa mère étaient normales.

Elle prit une profonde inspiration pour se calmer. Tout allait bien. Dès qu'elle serait rentrée chez elle, sa mère lui expliquerait tout. La jeune fille se releva et, pour la seconde fois ce jour-là, ramassa son panier et ses pommes éparses. La dernière qu'elle repéra était son fameux trophée. Elle avait dû la cueillir avant de tomber. Quelle chance ! Pour remercier les esprits comme il se devait, elle toucha le lobe de son oreille droite.

— Merci, Douce Mère, murmura-t-elle dans le verger désert.

C'était là un bien heureux présage pour commencer sa vie de femme.

Comme elle se penchait pour saisir son trophée, Elena vit ses doigts ensanglantés se tendre vers le fruit et se souvint du moment où sa main avait disparu dans le rayon de soleil. Elle fronça les sourcils. La lumière avait dû jouer un mauvais tour à ses yeux fatigués. Il n'y avait pas d'autre explication.

Elle s'était donné beaucoup de mal pour cueillir cette pomme, mais elle ne regrettait rien. Sa mère allait en faire une tarte délicieuse. Déjà, elle imaginait les quartiers fumants, le jus tiède et épais qui se répandrait autour de la pâte sablée dans son assiette. Elle croyait presque humer l'odeur de la cannelle…

À l'instant où sa main se referma sur la pomme, celle-ci frémit tel un petit animal pris au piège, puis se flétrit et se ratatina entre ses doigts. Elena la lâcha avec une grimace dégoûtée. Lorsque le fruit toucha le sol, il s'embrasa en projetant une lumière aveuglante. La jeune fille leva un bras pour se protéger les yeux, mais les flammes moururent aussitôt, ne laissant derrière elles qu'un minuscule tas de cendres.

Sainte Mère de Regalta !

Comme Elena reculait, hagarde, la cloche du dîner sonna de nouveau. La jeune fille sursauta. Abandonnant son panier, elle tourna les talons et s'enfuit à toutes jambes.

Quand elle arriva en vue de la ferme familiale, seuls les derniers rayons du couchant brillaient encore à l'ouest, derrière les montagnes. Des ombres épaisses s'étendaient sur le sol de terre battue entre la grange et la maison. Elena bondit par-dessus le canal d'irrigation et émergea en courant de la lisière du verger.

Un chariot plein d'ouvriers agricoles se dirigeait vers elle, cahotant sur la route qui menait à la ville. Des rires bruyants résonnaient à travers la cour. Horrel Fert, le conducteur, fit signe à la jeune fille de s'écarter.

— Pousse-toi, petiote ! Personne ne peut s'interposer entre d'honnêtes travailleurs et le dîner qu'ils ont bien mérité.

— Et la bière ! N'oublie pas la bière ! lança un homme depuis l'arrière du véhicule.

Ses compagnons s'esclaffèrent de plus belle.

Elena se rangea sur le côté. Les quatre mules de l'attelage tirèrent sur leur harnais, et le chariot la dépassa dans un craquement. Elle leva la main droite pour saluer les ouvriers qui s'éloignaient, puis se ravisa et la cacha très vite derrière son dos. Si la couleur rouge était une manifestation de sa féminité toute neuve, il était hors de question qu'elle la brandisse devant ces gaillards tapageurs. À cette idée, elle sentit ses joues s'empourprer.

Dès que la voie fut libre, elle s'élança vers la maison.

— Drôle de gamine, entendit-elle un des ouvriers commenter dans son dos. Toujours en train de courir partout. Je vous parie qu'il lui manque une case.

Ignorant l'insulte, Elena se dirigea vers la porte de derrière. Elle avait déjà entendu des piques bien plus cruelles que ça. À l'école, les autres élèves n'étaient guère tendres avec elle. Parce qu'elle avait toujours été maigre, un peu trop grande pour son âge et habillée avec les vieux vêtements de son frère, ils prenaient un malin plaisir à la traiter d'épouvantail. Combien de larmes lui avaient-ils fait verser ? Même ses professeurs la tenaient pour une simple d'esprit : ils prenaient ses rêves éveillés et son manque de concentration pour de la stupidité. Au début, cela l'avait beaucoup blessée, mais, petit à petit, son cœur s'était endurci.

Elena avait grandi isolée, sans autres compagnons de jeu que Joach et les enfants des fermes voisines. Ainsi avait-elle découvert les joies de l'exploration en solitaire. Dans les collines alentour, elle avait déniché des tas de merveilles : un terrier plein de lapereaux bondissants, une clairière où les cerfs et les biches venaient manger dans sa main, une fourmilière presque aussi haute qu'elle, un arbre que la foudre avait fendu en deux, quelques pierres tombales rongées par la mousse – reliquat d'un cimetière depuis longtemps oublié. Après avoir passé la journée à errer dans la campagne, elle rentrait chez elle fourbue, couverte de boue et d'égratignures mais exultante.

Pourtant… Depuis quelque temps, cela ne suffisait plus à la combler. D'autres aspirations qu'elle ne pouvait pas nommer gonflaient son cœur, dirigeaient son regard vers des horizons lointains et lui donnaient des fourmis dans les jambes. C'était comme si une tempête couvait dans ses os, n'attendant qu'unc occasion pour se déchaîner.

Elena grimpa les marches qui conduisaient à la porte de derrière. Au moment de l'ouvrir, son regard se posa sur sa main droite ensanglantée qui luisait dans la pénombre. Il ne manquait plus que ça pour lui compliquer l'existence. Que signifiait cette étrange souillure ?

Ses doigts tremblants hésitèrent à saisir la poignée de laiton. Pour la première fois, elle percevait l'ampleur de son ignorance, l'immensité du monde qui s'étendait au-delà du verger.

La peur l'étreignit. Pourquoi voudrait-elle partir de chez elle ? Ici, elle était en sécurité, entourée de tous ceux qui l'aimaient. Ici, le paysage était aussi familier et réconfortant qu'une chemise de flanelle usée par un matin d'hiver. Que pouvait-elle souhaiter de plus ?

Tandis qu'elle frissonnait sur le pas de la porte, le battant s'ouvrit brusquement. Elena sursauta et, instinctivement, redescendit une marche. Son père se tenait sur le seuil, une main posée sur l'épaule de Joach. Tous deux écarquillèrent les yeux à la vue de la jeune fille.

— Tu vois ? lança Joach d'un air penaud. Je t'avais dit qu'elle ne tarderait plus.

— Elena, tu sais que tu ne dois pas traîner seule dans le verger après la tombée de la nuit, la rabroua son père. Quand te décideras-tu à… ?

Elena se jeta dans ses bras. Surpris, il se radoucit.

— Ma chérie, qu'est-ce qui ne va pas ? demanda-t-il en la serrant contre lui.

Elena enfouit son visage contre sa poitrine. Là était sa place. Là était son foyer – bien plus que sous le toit de chaume de leur maison ou devant l'âtre qui dispensait une douce chaleur. Elle aurait voulu ne jamais en bouger.

2

La pénombre s'épaississait sous les branches des arbres fruitiers. Rockingham rajusta sa cape sur ses épaules et tapa des pieds pour chasser l'engourdissement qui remontait le long de ses jambes. Les nuits étaient toujours si froides dans cette maudite vallée montagnarde... Il détestait la mission que lui avaient confiée ses supérieurs. *Coincé dans un village de péquenots, et en cette saison !* pesta-t-il intérieurement. Il n'avait pas fini de regretter le climat ensoleillé de l'Archipel.

Tandis qu'une bise glaciale le mordait à travers le fin lainage de sa cape, il se représenta son île natale. Ses plages. Sa chaleur humide. Ses marées. Ses interminables couchers de soleil. Il était parti de chez lui depuis si longtemps... Un vague souvenir ondulait dans un coin de sa mémoire. De longs cheveux blonds, des yeux rieurs, un nom de femme – mais lequel ? Chaque fois qu'il tentait de se concentrer dessus, les fragments de sa vision s'égaillaient tel un vol d'oiseaux effrayés.

Une bourrasque enveloppa Rockingham, agitant les pans de sa cape et l'arrachant à sa rêverie d'une caresse glacée. Il resserra son col pour se protéger le cou. Avec un grognement impatient, il regarda le voyant presque aveugle remuer de l'index le petit monticule de cendres qui refroidissait près d'un panier de pommes renversé. Le vieil homme leva le nez et huma le vent nocturne tel un chien de chasse pistant sa proie. Puis il porta son doigt à son nez crochu et le renifla.

— Elle saigne, dit-il d'une voix cassante comme la surface d'un lac gelé cédant sous les pieds d'un imprudent.

— De qui parlez-vous, Dismarum ? Pourquoi m'avez-vous traîné ici à cette heure indue ?

— De celle que cherche le maître. Elle est enfin venue.

Rockingham secoua la tête. Encore ces sottises ! Il n'arrivait pas à croire que le voyant l'ait arraché à son lit douillet pour poursuivre un fantasme si absurde.

— C'est un mythe ! s'exclama-t-il en levant les bras d'un air dégoûté. Depuis combien de siècles le Seigneur Noir essaie-t-il vainement de conférer ses pouvoirs à une femelle ? Pendant que j'étais en poste à Noircastel, j'ai eu maintes occasions de contempler le produit de ses efforts – les créatures difformes qui hurlaient dans les donjons. Une femme ne peut pas manipuler la magie. C'est tout bonnement impossible.

— C'est parfaitement possible, puisqu'elle est là, contra Dismarum.

Rockingham donna un coup de pied dans le panier, éparpillant les pommes alentour.

— Vous avez dit la même chose l'an dernier. Et après avoir répandu les entrailles de la fille sur l'autel, nous nous sommes aperçus que vous vous trompiez.

— Ça ne compte pas.

— Allez dire ça aux gens de Gelbourg. Ses hurlements ont failli déclencher une émeute. Sans le bataillon de chiens de guerre qui nous accompagnait, ils nous auraient chassés de la ville.

— Peu importe que nous sacrifiions des milliers de jouvencelles, du moment que nous finissons par attraper la bonne. (Dismarum saisit le coude de Rockingham d'une main osseuse.) J'attends depuis une éternité. D'anciennes prophéties chuchotées en secret m'ont appris qu'elle se manifesterait dans cette vallée. Je suis venu ici tout jeune homme, alors que votre arrière-grand-père tétait encore le sein… et j'ai attendu.

Rockingham se dégagea de la poigne d'acier du vieillard.

— Vous êtes sûr de vous, cette fois ? Parce que, si vous vous êtes encore trompé, je vous arracherai la langue de mes propres mains pour ne plus avoir à écouter vos divagations.

S'appuyant sur son bâton de pol'bois, Dismarum tourna ses globes oculaires laiteux vers Rockingham. Celui-ci recula d'un pas. Les yeux de l'aveugle semblaient le transpercer jusqu'à la moelle.

— Elle est là, siffla Dismarum.

Rockingham se racla la gorge.

— Très bien. Au matin, je réquisitionnerai un escadron de la garnison et je la ferai arrêter.

Le vieillard détourna son regard spectral et rabattit sa capuche sur son crâne chauve.

— Il faut agir ce soir.

— Comment ? Ça m'étonnerait beaucoup que les parents de cette fille nous laissent l'emmener. Les fermiers ne sont pas aussi dociles que la populace des villes. Ils sont restés foutrement indépendants.

— Le maître m'a accordé votre aide, Rockingham. C'est moi qui ai sollicité votre présence ici. Vous suffirez.

— Quoi ? C'est à cause de vous que j'ai été arraché à Noircastel et assigné à la surveillance de cette misérable vallée ?

— J'avais besoin de quelqu'un comme vous – quelqu'un qui ait été préparé par le maître.

— De quoi parlez-vous ?

Au lieu de répondre, Dismarum sortit une longue dague dont le clair de lune fit étinceler la lame argentée. Sans crier gare, il la plongea dans l'abdomen de Rockingham. Le soldat choqué recula, mais pas assez vite pour empêcher Dismarum de l'éviscérer comme un poisson.

Avec un gémissement de douleur, il tomba à genoux, les deux mains plaquées sur son estomac pour retenir ses intestins.

— Qu-qu'avez-vous fait ? balbutia-t-il.

Sans lâcher la dague ensanglantée, Dismarum tendit vers lui son autre bras – un bras terminé par un moignon.

— Allez, mes enfants. Cherchez-la. Soyez mes yeux et mes oreilles. Détruisez tous ceux qui se dresseront sur notre chemin !

La tête de Rockingham lui tourna. Des charbons ardents s'agitèrent dans ses entrailles. En proie aux affres de l'agonie, il poussa un cri étranglé et bascula sur le côté.

Tandis que les ténèbres dévoraient sa vision, il eut le temps de les voir jaillir de son ventre – des milliers de larves blanches qui émergeaient de sa plaie béante. Au contact de l'air nocturne, elles enflèrent et s'étirèrent jusqu'à ce que chacune d'elles soit aussi épaisse que son pouce et aussi longue que son bras. Elles se déversèrent sur lui en une masse grouillante et fétide, puis s'enfouirent dans le sol autour de son corps torturé.

L'obscurité se referma sur Rockingham. Seules les paroles du vieil homme l'accompagnèrent dans l'au-delà.

— Cherchez-la, mes petits chéris. Je la veux.

3

Avec un soupir de bien-être, Elena se laissa glisser dans l'eau brûlante. La vapeur qui montait jusqu'aux poutres du plafond l'enveloppait, et l'odeur âcre des feuilles qui flottaient dans la baignoire lui picotait le nez.

— L'eau chaude te purifiera, et les herbes soulageront tes crampes, promit sa mère en versant le contenu d'un nouveau pichet dans la baignoire. Mais tu dois y rester jusqu'à ce qu'elle commence à refroidir.

— Je n'ai pas l'intention de me sauver, promit Elena.

Elle agita ses bras et ses jambes pour détendre ses muscles endoloris. L'étrangeté des événements de l'après-midi s'était dissipée durant le dîner, ponctué par la conversation de ses parents qui s'interrogeaient sur le meilleur endroit où acheter un taureau. Ses premières menstrues avaient suscité beaucoup plus d'attention que sa main rougie. À présent, la jeune fille avait l'estomac plein de canard rôti ; une douce chaleur l'envahissait, et sa panique n'était plus qu'un mauvais souvenir.

— Demain, j'enverrai Joach lancer les invitations pour ta fête, ajouta sa mère, le regard brillant d'excitation. Je demanderai à ta tante Fila de s'occuper du gâteau, et ton père se chargera d'acheter le cidre. Je me demande si nous aurons assez de chaises. Je ferais peut-être bien d'aller chez les Sontak pour leur en emprunter quelques-unes. Il faudrait aussi…

— Maman, ce n'est pas la peine d'organiser une fête pour moi, coupa Elena.

Mais, en réalité, elle était ravie. Tout le monde saurait qu'elle était devenue une femme. En souriant, elle se laissa glisser sous l'eau, puis refit surface et plaqua en arrière ses cheveux dégoulinants.

— Bien sûr que si ! s'écria sa mère. Après tout, tu es ma fille unique.

La tristesse voila son regard. Elena garda le silence. Elle savait que sa mère pensait à la fillette mort-née dont elle avait accouché deux ans après sa propre naissance. Depuis, elle n'avait plus jamais réussi à tomber enceinte. À présent, des mèches grises striaient sa chevelure auburn, et de nombreuses rides creusaient la peau de son visage. Pour la première fois, Elena réalisa que sa mère vieillissait et qu'elle n'aurait pas d'autres enfants.

Sa mère se passa les doigts dans les cheveux et poussa un doux soupir. S'arrachant à sa rêverie mélancolique, elle reporta son attention sur Elena.

— Tu es sûre de n'avoir pas joué avec les peintures de grand-maman Filbura ? lui demanda-t-elle en prenant sa main rougie pour l'examiner de plus près. Ou de ne pas t'être tachée avec la teinture à laine ? Tu sais que je vous ai défendu de jouer dans l'atelier.

— Non, maman, répondit Elena en se redressant dans la baignoire. Je te le jure. Elle est devenue rouge d'un coup, sans que j'aie rien touché.

— C'est peut-être une farce de Joach, suggéra sa mère.

— Ça m'étonnerait.

Elena connaissait bien son frère. La stupéfaction qui s'était inscrite sur ses traits quand elle lui avait montré sa main n'avait rien eu de feint.

— Alors, d'un des enfants du voisinage. Les petits Wak'len sont de vrais garnements – toujours en train de mijoter un mauvais coup.

Elena se dégagea et saisit la brosse de crin de cheval.

— Donc, ce n'est pas un secret de femme ? Une sorte de signe qui marque l'entrée dans l'âge adulte ? insista-t-elle en frottant sa paume droite.

Sa mère sourit.

— Non, ma chérie. C'est juste une farce.

— Je ne la trouve pas très drôle.

Elena continua à frotter, mais sans résultat. Sa main restait uniformément rouge.

— En règle générale, les plaisanteries n'amusent que leurs auteurs.

Sa mère lui caressa tendrement la joue, mais son regard demeura fixé sur la main de la jeune fille, et de petits plis soucieux se formèrent autour de sa bouche.

— Je suis sûre que ça finira par s'estomper. Ne t'inquiète pas.

— J'espère que ça sera parti avant la fête.

— Si ce n'est pas le cas, tu pourras toujours mettre mes gants de soirée.

Le visage d'Elena s'éclaira.

— C'est vrai ?

Elle laissa retomber son bras. La peau de sa main droite commençait à la brûler. À quoi bon s'acharner ? Elle rêvait depuis si longtemps de porter les longs gants de satin de sa mère ! Ils iraient à merveille avec sa robe.

— Finis de te laver avant que l'eau refroidisse. Nous reparlerons de la fête demain. (Sa mère se leva et rajusta sa robe.) Il se fait tard. N'oublie pas de vider et de rincer la baignoire avant d'aller te coucher.

— Oui, maman, dit Elena avec une moue exaspérée.

Elle n'était plus une enfant !

Sa mère déposa un baiser sur son front.

— Bonne nuit, ma chérie.

Elle sortit de la salle de bains. Avant que la porte se referme derrière elle, Elena entendit des éclats de voix en provenance de la salle à manger. Son père était encore en train de réprimander Joach pour l'avoir laissée seule dans le verger. La jeune fille imaginait sans peine l'expression dûment contrite de son frère. Elle savait que ces reproches cinglants ne le toucheraient guère, et qu'il les oublierait très vite.

Puis l'épais battant de chêne étouffa tout bruit de conversation. Elena se laissa aller dans l'eau fumante avec un sourire ravi. La pomme flétrie n'était plus qu'une vague gêne dans un coin de son esprit. Ça aussi, c'était probablement une farce. Elle se réjouit de n'en avoir parlé à personne. À présent qu'elle était rentrée chez elle, dans la douceur familière de son foyer, elle s'en voulait d'avoir paniqué pour si peu. Ce n'était pas digne d'une adulte.

Tout de même…

Elle leva sa main droite. Celle-ci semblait absorber la lumière de la lampe, et le rouge qui la maculait dessinait des motifs sinueux sur sa peau. Elena se souvint qu'elle était en train de penser à une tarte aux pommes bien chaude quand le fruit s'était soudain calciné. Comme par magie.

Elle agita sa main dans l'air embué, faisant mine d'incanter et de lancer des sorts maléfiques.

En grimaçant, elle s'imagina dans la peau d'un des anciens mages noirs – ceux qui peuplaient les histoires racontées autour des feux de camp, les histoires datant d'une époque antérieure à l'arrivée du seigneur Gul'gotha qui avait sauvé son peuple du chaos.

Maintes chansons, maints récits mythiques parlaient de la magie sauvage : des el'phes aux cheveux argentés et des géants des hautes terres, de Val'loa, la citadelle aux mille tours que les océans avaient engloutie, des og'res des contrées du Couchant qui parlaient comme des humains mais leur vouaient une haine brûlante et des créatures aquatiques qui nageaient parmi les Récifs Ravagés, très loin, dans l'Est. Elena en avait entendu des centaines dans son enfance. Et elle avait beau savoir que ça n'était que des fables, son cœur se gonflait d'excitation chaque fois.

Elle se souvenait d'avoir écouté son oncle Boln lui relater la bataille de la vallée de la Lune. En guise d'introduction, il lui avait révélé à voix basse que la vallée en question était justement celle où vivait sa famille.

— En ce temps-là, la ville de Gelbourg n'était qu'un simple carrefour flanqué d'une écurie délabrée et d'une auberge venteuse.

Assise sur les genoux de son père, Elena avait écarquillé les yeux et serré ses poings minuscules contre sa gorge. Cette idée lui semblait stupéfiante. À l'époque, elle était si petite qu'on ne l'autorisait pas même à se promener dans les champs. Elle avait gobé chacune des paroles de son oncle, les avait crues jusqu'à la dernière.

Mais, aujourd'hui, elle n'était plus une enfant.

En rougissant, elle cala sa tête sur le rebord de la baignoire. Elle était trop vieille pour rêver encore à de telles absurdités ; elle en avait conscience. Tous ces récits n'étaient que pure invention. La magie n'existait pas... À moins que l'on puisse qualifier de telle les tours de passe-passe exécutés par les charlatans et les artistes de foire.

À l'école, on lui avait enseigné la véritable histoire de son pays. Cinq siècles auparavant, ses ancêtres vivaient dans la barbarie. Ils pratiquaient le sacrifice humain et vénéraient des esprits invisibles lorsque le roi de Noircastel, le seigneur Gul'gotha, avait traversé la mer du Levant et amené la civilisation avec lui. Ses lieutenants avaient tendu la main de la paix au peuple d'Elena ; ils lui avaient offert la connaissance et la raison. Mais ils n'avaient pas été bien accueillis. Le sang avait coulé à flots jusqu'à ce que la vérité et la sagesse triomphent enfin – jusqu'à ce que les prétendus mages soient anéantis et que les rites païens tombent en désuétude. Alors, un âge de logique et de science avait commencé.

Fronçant les sourcils, Elena fit mousser le savon à l'orge dans ses cheveux. Ce n'était pas le moment de ressasser d'ennuyeuses leçons : elle avait des choses beaucoup plus importantes à faire, des décisions cruciales à prendre. Que porterait-elle pour la fête donnée en son honneur ? Devrait-elle relever ses cheveux comme les femmes en âge de se marier ?

Elle empoigna ses mèches trempées et les torsada à l'arrière de son crâne. Elle n'aimait pas beaucoup ce genre de coiffure. D'habitude, elle laissait ses cheveux flotter librement dans son dos, mais elle venait d'entrer dans l'âge adulte. Il était temps qu'elle cesse de se comporter comme une gamine.

Soudain, elle pensa à Tol'el Manchin, l'apprenti forgeron si séduisant avec ses boucles noires, son teint mat et ses biceps dont tous les autres garçons étaient jaloux. Les mois passés à actionner des soufflets et à taper sur une enclume lui avaient dessiné une musculature impressionnante. Viendrait-il à sa fête ? À cette pensée, le cœur d'Elena battit plus vite. Elle demanderait à sa mère de lui prêter le collier de coquillages de sa grand-mère. Il irait à ravir avec sa jolie robe verte.

Elle baissa les yeux. Seules de légères protubérances détournaient les filets d'eau qui coulaient le long de son torse – vraiment pas de quoi attirer le regard de Tol'el. Les autres filles de sa classe parlaient tout bas des nouveaux sous-vêtements qu'elles étaient obligées de porter et se plaignaient de la sensibilité de leur poitrine naissante. Mais Elena avait beau appuyer sur ses pauvres petits renflements, elle ne sentait absolument rien.

Peut-être vaudrait-il mieux que Tol'el ne vienne pas. Peut-être vaudrait-il mieux annuler carrément la fête. Qui allait croire qu'elle était une femme ?

Un courant d'air souffla dans son dos nu. Elena frissonna. Son bain refroidissait rapidement, mais il faisait encore meilleur dans l'eau que dehors. La jeune fille s'y enfonça jusqu'au menton. Pourquoi la chaleur s'évaporait-elle si vite ? se demanda-t-elle, irritée. N'avait-elle pas mérité quelques minutes supplémentaires de béatitude brûlante ?

Fermant les yeux, elle s'imagina faire trempette dans les bassins de Col'toka. Un de ses manuels scolaires décrivait ces sources volcaniques qui jaillissaient au cœur des Dents. Tandis qu'elle rêvait de leurs eaux riches en minéraux, il lui sembla que son bain tiédissait. Elle poussa un soupir de bien-être et continua à se prélasser mollement, songeant aux chambres souterraines emplies de vapeur.

La température de l'eau dans laquelle elle flottait monta rapidement. Surprise, Elena rouvrit les yeux. Sa peau était déjà toute rouge. Elle se leva d'un bond. Des bulles commençaient à se former autour de ses mollets. Avec un glapissement de douleur, elle sauta hors de la baignoire.

L'eau se mit à bouillonner et à fumer. Abasourdie, la jeune fille recula. Une vague mousseuse passa pardessus le bord de la baignoire et éclaboussa le sol de chêne en sifflant. Un nuage de vapeur suffocante emplit la pièce.

Le dos d'Elena heurta la porte encore fraîche. Elle chercha la poignée à tâtons. Que se passait-il donc ?

En pivotant, elle ouvrit le battant à la volée et s'immobilisa dans le couloir. Elle allait appeler sa mère quand l'eau de la baignoire fut soulevée par une explosion liquide. Un mur d'air brûlant frappa la jeune fille et la projeta, nue et dégoulinante, dans la salle à manger.

Elle atterrit sur le ventre et glissa sur deux ou trois mètres, emportant le tapis avec elle. Comme elle s'immobilisait, elle remarqua qu'elle n'était pas seule dans la pièce. Son père venait de jaillir du canapé où il fumait sa pipe du soir. Son frère était figé sur une chaise près du feu, bouche bée.

Elena se redressa. La pipe de son père s'échappa de ses lèvres flasques et tomba bruyamment sur le sol.

— Elena ! Ma petite fille, qu'as-tu encore fait ?

— Rien du tout ! protesta-t-elle. L'eau est devenue brûlante d'un seul coup !

Passé le choc initial, sa peau ébouillantée commençait à la faire souffrir. Ses yeux s'emplirent de larmes.

Joach se leva et piétina les brins de tabac rougeoyants qui s'étaient échappés de la pipe paternelle avant qu'ils fassent des trous dans le tapis. Les joues empourprées, il semblait se concentrer de toutes ses forces sur cette tâche.

— Elena, tu ne voudrais pas attraper une serviette ? marmonna-t-il.

La jeune fille baissa les yeux et réalisa qu'elle était nue. Elle poussa un gémissement.

À cet instant, sa mère descendit l'escalier en courant, vêtue de sa seule chemise de nuit et tenant sa robe de chambre à la main.

— Je n'ai jamais entendu un tel raffut ! s'exclama-t-elle d'un ton sévère. Vous pouvez m'expliquer ce qui se passe ?

Puis son regard se posa sur la silhouette prostrée d'Elena. Ses yeux s'écarquillèrent, et elle rejoignit précipitamment la jeune fille.

— Tu es aussi rouge qu'une écrevisse ! Viens, il faut mettre du baume sur tes brûlures.

Elena la laissa lui enfiler sa robe de chambre. Le coton était doux, mais il lui meurtrit la peau comme la plus rugueuse des toiles de jute. En frémissant, elle se mit debout.

Joach et son père se dirigèrent vers la salle de bains et s'immobilisèrent sur le seuil, abasourdis.

— La baignoire est fendue, commenta son père d'une voix blanche. Et la cire du plancher a fondu. On dirait que quelqu'un a essayé de mettre le feu à la maison.

Il tourna un regard interrogateur vers Elena.

— Ça alors, souffla Joach en secouant la tête. Tu as fait de sacrés dégâts, petite sœur !

— Tais-toi, Joach ! lui intima son père. Alors, Elena ? Que s'est-il passé ?

Sa mère passa un bras protecteur autour des épaules de la jeune fille.

— Ne l'accuse pas sans savoir, Bruxton. Elle est blessée. Et puis, comment aurait-elle pu faire une chose pareille ? Je ne vois pas de cendres de bois, et je ne sens pas d'odeur d'huile de lampe.

Son père grommela quelque chose d'inintelligible.

— Elena est déjà bien assez secouée. Fiche-lui la paix ! Nous résoudrons ce mystère demain matin. Pour l'instant, elle a besoin de soins.

Elena s'affaissa contre sa mère. Elle ne comprenait plus rien. L'eau de son bain avait tenté de l'ébouillanter. Comment était-ce possible ? La jeune fille l'ignorait – ce qui ne l'empêchait pas de culpabiliser. D'une façon ou d'une autre, elle était responsable de l'incident ; elle le sentait. Le souvenir de la pomme flétrie lui revint en mémoire, et un début de migraine lui comprima le crâne tel un étau.

Sa mère la serra tendrement contre elle.

— Montons à l'étage. Je vais m'occuper de toi.

Elena acquiesça. Pourtant, la douleur commençait déjà à diminuer. En baissant les yeux, elle vit que la souillure de sa main droite avait pâli et se fondait presque avec la teinte de son bras rougi – comme si l'eau bouillante l'avait en partie nettoyée. Mais c'était une bien maigre consolation pour ses brûlures et l'état dans lequel elle avait laissé la salle de bains.

— Alors, que s'est-il réellement passé ? chuchota Joach. Il s'était faufilé dans la chambre de sa sœur après que leur mère eut fini d'oindre son dos et ses membres de baume médicinal. À présent, les deux adolescents étaient assis en tailleur sur le lit d'Elena, si proches que leurs genoux se touchaient presque.

— Je n'en suis pas vraiment sûre, répondit la jeune fille à voix basse.

Ni l'un ni l'autre ne voulaient attirer l'attention de leurs parents. De temps en temps, la voix bourrue de leur père montait jusqu'à eux depuis le rez-de-chaussée. Chaque fois, Elena frémissait et sentait la honte empourprer ses joues. Les Morin'stal n'étaient pas riches, et les réparations de la salle de bains s'annonçaient fort coûteuses.

— Ils ont dit que ça pourrait être elle ! s'exclama soudain sa mère. Je dois leur raconter ce qui s'est passé !

— Je te l'interdis ! tempêta son père. Ta famille est cinglée ! Fila et Boln…

Joach donna un petit coup de genou à sa sœur.

— Je ne les avais jamais vus si furieux.

— À ton avis, ils parlent de quoi ?

Elena tendit l'oreille, mais ses parents avaient baissé la voix.

Joach haussa les épaules.

— Je n'en ai aucune idée.

Les yeux d'Elena s'emplirent de larmes. Elle se réjouit que l'obscurité les dissimule.

— Ça m'étonne un peu qu'ils se mettent dans un état pareil pour une baignoire fendue. J'ai déjà fait bien pis que ça. Tu te souviens de la fois où j'ai donné à Pisteur le panier de noisettes que maman voulait mettre dans le gâteau d'anniversaire de papa ?

Elena ne put réprimer un sourire. Elle s'essuya les yeux. Pisteur, leur étalon, avait souffert de diarrhée pendant toute la nuit. Leur père avait passé sa journée d'anniversaire à nettoyer la grange et à promener l'animal pour soulager ses coliques.

— Et la fois où j'ai dit aux enfants Wak'len qu'on pouvait toucher la lune en sautant de la plus haute branche d'un arbre ? gloussa Joach.

Elena lui donna un léger coup de poing.

— Sam'bi s'est cassé le bras !

— Il le méritait, affirma Joach. Personne ne pousse impunément ma petite sœur dans la boue.

Elena se souvint soudain de ce jour, deux ans plus tôt, où elle étrennait la robe à fleurs que sa tante Fila lui avait offerte pour le solstice d'été. La boue l'avait si bien crottée qu'il avait été impossible de la nettoyer.

— Tu as fait ça pour moi ? s'étonna-t-elle.

— Bien sûr. C'est à ça que servent les grands frères.

De nouveau, les yeux de la jeune fille s'embuèrent.

Joach se laissa glisser au bas du lit, puis se pencha vers elle et l'enlaça.

— Ne t'en fais pas, El. Nous découvrirons qui t'a joué ce mauvais tour, et je le lui ferai payer très cher.

Elena lui rendit son étreinte.

— Merci, lui souffla-t-elle à l'oreille.

Joach se redressa et se dirigea vers la porte. Juste avant de sortir, il se tourna vers sa sœur et ajouta :

— Et puis, je ne peux pas laisser ce mystérieux plaisantin me damer le pion ! J'ai une réputation à préserver !

4

Dismarum était agenouillé dans l'herbe du verger baigné par le clair de lune. Enveloppé de sa robe noire, il ressemblait à une souche rabougrie. Un silence absolu planait autour de lui. Aucun oiseau nocturne ne chantait ; aucun insecte ne bourdonnait.

Très concentré, le vieillard écoutait – avec son sixième sens plus qu'avec ses oreilles. Le sol avait englouti le dernier des mol'grati. En ce moment même, ils devaient creuser vers leur lointaine tanière. La plaie déchiquetée qui béait dans le ventre de Rockingham avait cessé de fumer tandis que son cadavre refroidissait.

Pressant son front contre la terre humide, Dismarum projeta ses pensées vers les créatures. Leur réponse lui parvint tel un chœur de voix enfantines, le chant d'un millier de gorges communiquant le même message affamé.

— *Patience, mes petits chéris*, leur enjoignit-il. *Vous festoierez bientôt.*

Satisfait de leur progression, il se redressa et rampa vers Rockingham, tâtonnant autour de lui avec son unique main. Il y voyait encore un peu, mais pas assez pour se repérer dans le noir. Ses doigts se posèrent sur le visage figé du soldat. Il s'accroupit près de lui et sortit son couteau.

Coinçant le manche dans le creux de son bras mutilé, il se piqua l'index avec la pointe de la lame. Puis il rangea l'arme à sa ceinture et, du bout de son doigt ensanglanté, barbouilla de rouge les lèvres du cadavre tel un croque-mort préparant son client pour une veillée funèbre.

Cela fait, il se pencha vers Rockingham et l'embrassa. Un goût de sel et de fer lui agaça les papilles. Il souffla entre les lèvres froides et entrouvertes de sa victime, dont les joues se gonflèrent, puis approcha sa bouche de son oreille.

— Maître, je vous implore d'entendre mon appel, chuchota-t-il.

Il se redressa et attendit.

Quelques instants plus tard, la température chuta brutalement. Il perçut une présence maléfique et glaciale. Un bruit pareil au gémissement du vent à travers des branches mortes s'échappa des lèvres immobiles de Rockingham. Des mots montèrent de sa gorge noircie.

— Elle est là ?

— Oui, répondit Dismarum, les yeux clos.

— Parle.

Les syllabes résonnèrent comme dans un puits sans fond.

— Elle est arrivée à maturité. Le sang du pouvoir a fleuri en elle. Je le sens.

— Empare-toi d'elle ! Lie-la !

— Bien sûr, maître. Les mol'grati sont déjà en route.

— Je vais envoyer un skal'tum pour t'aider.

Dismarum frissonna.

— Ça ne sera pas nécessaire. Je peux me…

— Il est déjà en route. Prépare-la à le recevoir.

— Il en sera fait selon vos désirs, maître, acquiesça le vieillard.

La présence se retira. Par comparaison, l'atmosphère naturelle du verger lui parut presque suffocante. Mais il savait que ça ne durerait pas ; aussi releva-t-il le col de sa cape pour protéger ses oreilles contre la morsure du froid.

Il était temps d'y aller. Les mol'grati devaient déjà être en position. Dismarum appuya sa main sur la blessure de Rockingham. Sa paume s'enfonça dans la chair gélatineuse, et un peu de sang coagulé s'insinua entre ses doigts. Il grimaça, révélant les quatre chicots qui saillaient encore de ses gencives noircies.

À genoux près du cadavre, il saisit des poignées de terre molle et les fourra hâtivement dans la cavité. Ayant répété treize fois l'opération, il rapprocha les bords de la plaie avec sa main et le moignon de son bras, puis récita les paroles que lui avait apprises son redoutable maître.

Alors qu'il incantait, une douleur sourde fleurit dans ses entrailles. Il expulsa les derniers mots de sa bouche comme une parturiente au bord de la délivrance. Une souffrance presque intolérable lui poignardait le ventre, et son vieux cœur fatigué cognait à tout rompre dans sa poitrine.

Miséricordieusement, son agonie prit fin dès que l'ultime syllabe eut franchi ses lèvres. Il se redressa et passa une main sur la plaie de Rockingham. Les deux bords s'étaient ressoudés. Satisfait, il posa son index sur le front de son guide mort et ordonna :

— Lève-toi !

Une violente secousse parcourut le cadavre, qui se souleva d'une largeur de main et retomba immobile sur la terre froide. Une inspiration sifflante fit frémir les lèvres flasques de Rockingham. Puis une deuxième, et une troisième.

Prenant appui sur son bâton noueux, Dismarum se mit debout tant bien que mal. Une vache poussa un meuglement mélancolique dans un champ voisin. En silence, le voyant regarda Rockingham s'agiter, tousser et revenir à lui.

Haletant, le soldat s'assit. Il porta une main tremblante à sa cicatrice et tira machinalement sa chemise lacérée sur son ventre nu.

— Qu-que s'est-il passé ?

— Vous vous êtes évanoui, répondit Dismarum d'une voix distante, son attention focalisée sur la ferme, au loin dans l'obscurité.

Rockingham ferma les yeux et se passa une main sur le front.

— Encore ! marmonna-t-il. (Il se releva avec difficulté, vacilla et se rattrapa au tronc d'un arbre.) Combien de temps suis-je resté inconscient ?

— Assez longtemps pour que la piste refroidisse. (Dismarum tendit un doigt vers la ferme.) Venez !

Il se mit en route, frappant le sol de son bâton à chaque pas. La magie noire de son maître l'avait épuisé ; ses jambes étaient aussi faibles que les pattes d'un poussin fraîchement éclos.

Derrière lui, Rockingham n'avait pas bougé.

— L'aube approche, vieillard, lança-t-il. Nous devrions peut-être rentrer en ville et revenir chercher la gueuse au matin. Si vous ne voulez pas attendre, permettez-moi au moins d'aller récupérer les chevaux. Ils ne sont pas loin d'ici, et…

Dismarum se rembrunit.

— Non, jeta-t-il par-dessus son épaule. C'est maintenant qu'il faut agir. Au lever du jour, elle devra être tondue et ligotée. Les instructions du maître sont très claires sur ce point. Nous devons nous emparer d'elle pendant que la lune brille encore dans le ciel.

— Ça, c'est vous qui le dites.

Rockingham s'écarta de l'arbre tel un navire s'éloignant du quai. D'un pas titubant, il se dirigea vers le vieillard qui continuait à suivre la piste des mol'grati.

— Vous avez lu trop d'histoires rédigées par des illuminés. Les sor'cières ne sont qu'une invention destinée à effrayer les enfants. Tout ce que nous allons trouver, c'est une fille de ferme rustaude aux mains couvertes de cals. Et j'aurai perdu une bonne nuit de sommeil pour rien.

Dismarum s'arrêta et s'appuya sur son bâton.

— Vous perdrez bien davantage qu'une nuit de sommeil si elle nous file entre les doigts, menaça-t-il. Vous avez vu comment notre maître punit ceux qui échouent.

Il s'autorisa une grimace satisfaite tandis que Rockingham frissonnait à ce souvenir. Il savait que le soldat avait visité les tréfonds de Noircastel et contemplé les restes difformes de créatures nées pour marcher sous le soleil. Quand il se remit en route, son guide lui emboîta le pas sans rien ajouter.

Dismarum savoura le silence. Il aurait pu abandonner le corps de Rockingham dans le verger, mais outre le fait qu'il était l'hôte des mol'grati, le soldat pouvait s'avérer utile de maintes façons. À Noircastel, leur maître l'avait découpé sur son autel sanglant et en avait fait le réceptacle de ses plus noirs pouvoirs. Dismarum entendait encore ses hurlements ; il revoyait ses yeux saigner de douleur et son dos s'arquer à se rompre sur la pierre dégoulinante.

Son œuvre achevée, leur maître l'avait reconstitué morceau par morceau, puis avait effacé de sa mémoire toute trace de cette longue nuit de torture. Alors, il avait confié à Dismarum l'outil qu'il venait de forger de sa main pour l'aider dans sa surveillance de la vallée.

Le vieillard jeta un coup d'œil à Rockingham. Il se souvenait du rituel particulièrement odieux qui s'était déroulé au douzième coup de minuit – du nouveau-né égorgé dont le sang avait coulé sur le cœur dénudé et encore palpitant du soldat. Il se souvenait de l'instrument abject que ce sacrifice avait placé en son sein et, malgré la noirceur de son âme, un frisson parcourut son échine.

Quelque part au-delà des collines, un chien hurla à la lune comme s'il avait capté l'odeur de la chose enfouie en Rockingham.

Oui, décida Dismarum. Le soldat pouvait encore lui être utile.

5

Elena n'arrivait pas à trouver le sommeil. Le moindre mouvement irritait sa peau brûlée, et elle ne pouvait chasser de son esprit les événements effrayants qui s'étaient produits dans la salle de bains. Elle aurait bien voulu croire qu'elle n'était pas responsable de la destruction de la pièce, mais au fond de son cœur, elle ne croyait pas à sa propre innocence. Une sourde angoisse l'empêchait de fermer les yeux.

Que s'était-il donc passé ?

Les paroles de sa mère repassaient en boucle dans sa tête. *« Ils ont dit que ça pourrait être elle. »* Dans sa voix, Elena avait entendu plus de peur que de fierté.

Pour la centième fois, la jeune fille glissa sa main droite hors des couvertures et l'approcha de son visage. Dans la pénombre, la souillure de sa paume paraissait plus sombre que jamais. Le baume que sa mère avait étalé sur ses bras luisait dans le clair de lune qui filtrait à travers les rideaux de sa chambre ; il répandait autour d'elle une douce odeur de coudrier de sor'cière.

Du coudrier de sor'cière… Comme si l'air même qu'elle respirait charriait ses craintes les plus obscures.

Sor'cière.

Combien de fois son oncle Boln les avait-il tenus éveillés et frissonnants dans leur sac de couchage, Joach et elle, durant leurs expéditions de chasse dans la vallée ? Combien d'histoires fascinantes leur avait-il racontées, conjurant dans leur esprit des sor'cières, des og'res et des faeries – fantastiques créatures d'ombre ou de lumière issues de l'imagination et du folklore des hommes ?

Elena se souvenait du pli grave de sa bouche, de l'intensité de son regard souligné par les flammes du feu de camp. Boln semblait toujours croire dur comme fer à ce qu'il racontait. Jamais il ne clignait de l'œil, ne grimaçait d'un air entendu ou ne haussait un sourcil emphatique. Le sérieux avec lequel il s'exprimait était bien l'aspect le plus perturbant de ses récits.

— Ceci est la véritable histoire de notre pays, entonnait-il, un pays qui se nommait jadis Alaséa. En ce temps-là, l'air, la terre et la mer parlaient aux hommes.

Les créatures des champs étaient les égales de celles qui marchaient sur deux pattes. Les forêts de l'Ouest – que l'on appelait déjà les contrées du Couchant – donnaient naissance à des êtres si vils que tous ceux qui osaient les regarder en face se changeaient en pierre, et à des êtres si merveilleux que leur simple contact pouvait vous mettre à genoux. Tel était le pays d'Alaséa, votre pays. Écoutez-moi bien, et gravez dans votre mémoire ce que je vais vous raconter. Un jour, ça vous sauvera peut-être la vie.

Et il continuait ainsi jusque très tard dans la nuit.

Elena tenta de se souvenir de ses histoires les plus gaies, mais son esprit troublé n'en retrouvait que de funestes – des histoires de sor'cières.

Elle roula sur le flanc et frémit lorsque le doux coton de son drap lui écorcha les jambes. Rabattant son oreiller sur sa tête, elle s'efforça d'oublier vieilles légendes et peurs nouvelles, mais en vain. Un hululement résonna sous le toit de la grange voisine. Elle baissa son oreiller et le serra sur sa poitrine.

Un instant plus tard, elle entendit un lourd battement d'ailes passer devant sa fenêtre. Le hibou s'était mis en chasse. Surnommé Émouchet, il payait son gîte en maintenant les rats et les souris à l'écart des bacs de grain. Il était presque aussi vieux qu'Elena, et l'âge avait affaibli sa vision – ce qui ne l'empêchait pas de poursuivre ses expéditions nocturnes. Tous les soirs, il quittait son perchoir à la même heure. Mais la jeune fille, qui l'avait toujours connu et s'inquiétait pour lui, avait pris l'habitude de lui apporter des restes de viande dans la grange depuis près d'un an.

Elle l'écouta s'éloigner, un peu rassurée par sa présence familière. Un petit soupir s'échappa de ses lèvres, et elle se détendit. Ici, elle était chez elle, entourée par une famille aimante. Au matin, le soleil se lèverait et, comme Émouchet, elle reprendrait sa routine quotidienne. Elle oublierait les étranges événements de la journée ou leur trouverait une explication.

Elena ferma les yeux. Finalement, elle allait arriver à dormir.

À l'instant où elle s'assoupissait, Émouchet hurla.

Elle se redressa en sursaut dans son petit lit. Émouchet continuait à hurler. Ce n'était pas un défi lancé à ses proies ou à un autre oiseau nocturne qui avait osé s'aventurer sur son territoire : c'était un cri de terreur et de douleur. La jeune fille se rua vers la fenêtre et tira les rideaux d'un coup sec. Émouchet s'était peut-être fait attraper par un renard ou un chat sauvage. Inquiète, elle porta une main à sa gorge et scruta l'obscurité.

La grange se dressait de l'autre côté de la cour. Du fond de leur box, l'étalon et la jument des Morin'stal poussèrent un hennissement nerveux. Eux aussi sentaient un danger dans l'air. Pourtant, la cour était vide, à l'exception d'une brouette et d'un soc de charrue ébréché que le père d'Elena était en train de réparer.

La jeune fille ouvrit sa fenêtre. Une bouffée d'air froid agita l'ourlet de sa chemise de nuit, mais elle n'y prit pas garde et se pencha à l'extérieur. Plissant les yeux, elle tenta de distinguer un mouvement dans l'obscurité. Mais elle ne vit rien.

Si. Elle recula d'un pas. Une ombre venait de bouger tout près de l'enclos vide qui accueillait les moutons pendant la saison de la tonte. Une silhouette… Non : deux silhouettes émergèrent de la lisière du verger et s'avancèrent dans la pâle lumière du clair de lune. Un individu voûté, au visage dissimulé par une capuche, qui marchait en s'appuyant sur un bâton, et un homme mince qui le dépassait d'une bonne tête. Instinctivement, Elena comprit que ce n'était pas des voyageurs égarés, et qu'un dessein bien plus sinistre les avait conduits à la ferme de ses parents.

Soudain, Émouchet piqua vers le plus grand des deux inconnus. Celui-ci rentra la tête dans les épaules et leva un bras pour se protéger. Le hibou l'ignora. Il survola la cour et effectua un virage serré au-dessus de la grange. Quelque chose se débattait dans ses serres. Elena poussa un soupir de soulagement. Son cher vieil oiseau était indemne.

Puis Émouchet bascula en avant et tomba comme une pierre. La jeune fille hoqueta, mais avant de s'écraser sur le sol, le hibou déploya ses ailes et parvint à freiner sa chute. Il reprit de l'altitude et fonça droit vers elle. Elena recula précipitamment tandis qu'il se posait en catastrophe sur le rebord de sa fenêtre.

Elle crut d'abord qu'il avait attrapé un serpent. Mais elle n'avait encore jamais vu de reptile d'un blanc aussi malsain – la teinte du ventre d'un poisson mort. Il lui faisait plutôt penser à une grosse larve ou à un ver albinos géant.

La créature se tortillait furieusement entre les serres d'Émouchet. De toute évidence, le hibou avait beaucoup de mal à la maîtriser, et ses glapissements attestaient de sa souffrance. *Pourquoi ne la lâche-t-il pas ?* songea Elena, perplexe.

Alors, elle vit qu'une des extrémités de la larve s'enfonçait dans la poitrine d'Émouchet. Le hibou ne la portait pas : il essayait de s'en débarrasser. Il tourna un gros œil jaune vers la jeune fille comme pour l'implorer de l'aider.

Elena bondit. Émouchet vacilla en équilibre sur une patte cependant que de l'autre, il tentait de déloger le répugnant parasite. À l'instant où la jeune fille tendait la main vers lui, le ver géant lui glissa entre les serres et s'enfouit dans sa chair.

Émouchet se figea, le bec grand ouvert en un hurlement d'agonie. Puis il bascula en arrière et dégringola dans le vide.

— Non !

Elena agrippa le bord de la fenêtre et se pencha en écarquillant les yeux. Trois mètres plus bas, le corps brisé du hibou gisait dans la cour. Des larmes ruisselèrent sur les joues de l'adolescente.

— Émouchet !

La terre battue ondula comme des sables mouvants. Des centaines de vers monstrueux jaillirent du sol et engloutirent le hibou sous leur masse grouillante.

Deux battements de cœur plus tard, il ne restait d'Émouchet qu'un petit amas d'os blancs et un crâne dont les orbites vides semblaient braquées vers la jeune fille.

Muette d'horreur, Elena sentit ses jambes flageoler tandis que les vers s'enfouissaient de nouveau dans le sol. Elle savait qu'ils n'iraient pas loin – que tapis dans leur cachette, ils attendraient la prochaine occasion de se repaître de viande fraîche.

Les yeux pleins de larmes, elle reporta son attention sur les deux inconnus. Celui dont le visage était dissimulé par une capuche traversa la cour en traînant les pieds et en s'appuyant sur son bâton comme sur une béquille. Apparemment, il ne se sentait pas menacé par les vers.

Arrivé au pied de la maison, il leva la tête vers la fenêtre d'Elena. La jeune fille frissonna et battit précipitamment en retraite. Elle ne s'expliquait pas pourquoi, mais elle ne voulait pas que les yeux de cet homme se posent sur elle. Ses cheveux se hérissèrent dans son cou.

Elle devait prévenir ses parents.

Elle se précipita vers la porte de sa chambre et l'ouvrit à la volée. Joach était déjà dans le couloir. Vêtu d'un simple caleçon long, il frottait ses yeux pleins de sommeil.

— Tu as entendu ce raffut ? lança-t-il à sa sœur.

Elena lui saisit le bras et l'entraîna vers l'escalier qui conduisait au rez-de-chaussée.

— Il faut avertir papa !

— Pour quoi faire ? s'étonna Joach. Maman et lui ont sûrement entendu, eux aussi. Ça doit être le vieil Émouchet qui se bat avec un renard. Ne t'en fais pas : il est bien assez coriace pour lui régler son compte. Il s'en tirera.

— Non, il est mort, gémit Elena.

— Quoi ? Comment ?

— Il s'est fait attaquer par… quelque chose d'affreux. Je ne sais pas ce que c'était.

La jeune fille tira son frère dans l'escalier. Elle ne voulait pas le lâcher ; elle avait besoin de son contact pour ne pas se mettre à hurler. Dévalant les marches quatre à quatre, elle se rua dans la salle à manger.

La maison était plongée dans le silence et l'obscurité, l'air aussi lourd qu'avant un orage estival. La panique saisit Elena. Les battements désordonnés de son cœur résonnaient dans ses tympans. Elle poussa Joach vers la table.

— Allume une lanterne ! Vite !

Son frère obéit sans discuter.

La jeune fille fonça vers la chambre de ses parents. En temps normal, elle aurait frappé avant d'entrer, mais l'heure n'était pas à la politesse. Poussant la porte, elle fit irruption dans la pièce à l'instant où la flamme du briquet à silex touchait la mèche huilée. Une vive lumière se répandit dans la salle à manger, projetant l'ombre d'Elena sur le lit parental.

Sa mère, qui avait toujours eu le sommeil léger, s'éveilla en sursaut.

— Elena ! s'exclama-t-elle, les yeux écarquillés. Ma chérie, que se passe-t-il ?

Son père se redressa sur un coude et poussa un grognement. Avec un froncement de sourcils irrité, il se racla la gorge.

Elena désigna la porte de derrière.

— Des gens arrivent. Je les ai vus dans la cour.

Son père s'assit dans le lit.

— Qui ça ? demanda-t-il, alarmé.

Sa mère lui posa une main sur le bras.

— N'imagine pas toujours le pire, Bruxton. Ce ne sont peut-être que des voyageurs égarés.

Elena secoua la tête.

— Non. Ils nous veulent du mal.

— Comment peux-tu le savoir ? demanda son père en repoussant les draps.

Joach s'avança sur le seuil de la chambre, la lanterne à la main.

— Elle dit qu'Émouchet est mort.

De nouveau, les yeux d'Elena s'embuèrent.

— Il a été dévoré par d'horribles créatures.

— Elena, dit sévèrement son père. Tu es sûre de n'avoir pas fait un cauchemar ?

Des coups impérieux se firent entendre à la porte de derrière. Toute la famille se figea.

— Bruxton ? lança la mère d'Elena.

— Ne t'inquiète pas, dit son père d'un ton rassurant. Je suis sûr que tu as raison : ces gens viennent juste demander leur chemin.

Mais son expression démentait ses paroles. Il se leva et enfila rapidement son pantalon par-dessus le caleçon de flanelle qu'il portait pour dormir.

La mère d'Elena mit sa robe de chambre et rejoignit sa fille.

— Ton père va s'occuper de tout, promit-elle en lui passant un bras autour des épaules.

Bruxton traversa la salle à manger. Joach le suivit en tenant la lanterne à bout de bras. Elena, restée un peu en retrait, vit son père saisir la hachette posée près de la cheminée – celle dont il se servait pour débiter du petit bois. Elle se serra craintivement contre sa mère.

Son père entra dans la cuisine et, flanqué de Joach, se dirigea vers la porte de derrière. Elena et sa mère restèrent sur le seuil de la pièce, blotties l'une contre l'autre.

— Qui est là ? cria son père à travers l'épais battant de chêne.

La voix qui lui répondit était forte et autoritaire. Elena devina qu'elle appartenait au plus grand des deux hommes.

— Par ordre du Conseil gul'gothan, nous réclamons l'accès à cette maison. Tout refus entraînera l'arrestation immédiate de l'ensemble des occupants.

— Que voulez-vous ?

— Nous avons reçu l'ordre de fouiller votre ferme. Ouvrez !

Bruxton jeta un regard inquiet à sa femme. Elena secoua la tête.

— Non, ne fais pas ça, chuchota-t-elle.

Son père se tourna de nouveau vers la porte.

— Il est tard. Comment puis-je savoir que vous êtes bien ce que vous prétendez ?

— J'ai un mandat émis par le magistrat de la garnison de ce comté.

Une feuille de papier fut poussée sous le battant jusqu'à ses pieds nus. Il fit signe à Joach de la ramasser et de la tenir devant lui dans la lumière. Depuis l'autre bout de la pièce, Elena aperçut un sceau pourpre au bas du parchemin.

— Ça ressemble bien à un document officiel, murmura Bruxton. Joach, laisse la lanterne ici et emmène Elena à l'étage. Ne faites surtout pas de bruit.

L'adolescent acquiesça. Visiblement, il était nerveux et aurait préféré rester. Mais comme à son habitude, il obéit aux ordres paternels. Il déposa la lanterne sur la table et se dirigea vers Elena. Sa mère étreignit la jeune fille une dernière fois, puis la poussa vers son frère.

— Veille bien sur ta sœur, Joach, recommanda-t-elle. Et ne redescendez pas avant que nous vous appelions.

Elena hésita. La flamme de la lanterne projetait des ombres dansantes sur le mur. Ce n'était pas l'homme qui avait parlé qui l'inquiétait, mais l'autre – celui qui n'avait encore rien dit. Aucun mot n'aurait pu décrire la terreur glaciale qui lui avait étreint le cœur quand il avait levé la tête vers elle.

Aussi se jeta-t-elle contre sa mère pour la serrer plus longuement dans ses bras.

Sa mère lui caressa les cheveux avant de se dégager.

— Dépêche-toi, ma chérie. Tout cela ne te concerne pas.

Elle esquissa un sourire qui se voulait rassurant, mais la peur qui brillait dans ses prunelles eut raison de ses efforts.

Elena hocha la tête et recula vers son frère sans la quitter des yeux.

— Viens, El, dit Joach.

Il lui posa une main sur l'épaule. La jeune fille frissonna, mais se laissa entraîner vers la salle à manger en se tordant le cou pour regarder ce qui se passait derrière elle. Tel un signal solitaire au cœur de la maison enténébrée, la lumière de la lanterne découpait la silhouette de ses parents. Arrivée au pied de l'escalier, Elena vit son père saisir la barre de fer rouillé qui gardait la porte de derrière contre les intrus. Mais elle savait que les deux hommes qui attendaient dehors étaient bien plus dangereux que des brigands ordinaires.

Ce fut la peur qui la cloua au bas des marches. Joach tira sur son bras.

— Elena, il faut monter.

— Non, souffla la jeune fille. Ils ne pourront pas nous voir dans le noir.

Joach ne discuta pas. Lui aussi avait envie d'observer la scène. Il s'accroupit près de sa sœur et lui demanda à voix basse :

— À ton avis, que veulent-ils ?

— Moi, répondit Elena sans réfléchir.

Elle ignorait d'où lui venait cette certitude, mais elle sentait que tout était sa faute : la tache rouge sur sa main, la pomme flétrie, la salle de bains ravagée – et maintenant, cette visite nocturne. Tant d'événements étranges qui se succédaient en si peu de temps… Ça ne pouvait pas être une coïncidence.

— Regarde, chuchota Joach.

Elena reporta son attention sur la cuisine. Son père venait d'ouvrir la porte. Il se tenait sur le seuil, la hache à la main comme pour barrer le passage aux deux inconnus. Il fut le premier à parler.

— Voulez-vous m'expliquer ce qui se passe ?

L'homme à la tête nue s'approcha de lui. La lumière de la lanterne révéla qu'il était un peu plus petit et beaucoup moins large d'épaules que Bruxton. Il portait une cape d'équitation, des bottes couvertes de boue et une chemise à jabot déchirée sur son ventre légèrement bedonnant. Malgré la distance qui les séparait, Elena pouvait dire que sa cape avait été confectionnée par un bon tailleur ; elle n'avait rien de commun avec les vêtements qu'on pouvait acheter au village.

Caressant la fine moustache brune qui ornait sa lèvre supérieure, l'homme répondit :

— Nous sommes venus enquêter sur, euh… une infraction dont l'une de vos filles se serait rendue coupable.

Bruxton se garda bien de lui faire remarquer qu'il n'avait qu'une fille.

— Et de quel genre d'infraction s'agit-il au juste ? demanda-t-il calmement.

Son interlocuteur jeta un coup d'œil par-dessus son épaule et se dandina comme s'il avait besoin d'aide. Alors, le second homme s'approcha de la porte. Elena vit son père reculer d'un pas.

L'inconnu était enveloppé d'une cape couleur de charbon. D'une main squelettique, il tenait le bord de sa capuche devant son visage comme si la lumière de la lanterne lui blessait les yeux. Son bâton était calé au creux de son bras droit.

— Nous sommes à la recherche d'une enfant, déclara-t-il d'une voix brisée par l'âge. Une enfant à la main ensanglantée.

La mère d'Elena laissa échapper un hoquet. Elle se ressaisit très vite, mais l'inquiétant vieillard tourna la tête vers elle. Elena réprima un cri en voyant ses yeux se braquer sur sa mère – c'étaient des yeux d'aveugle, opaques et blancs comme ceux d'un veau mort-né.

— Nous ne savons pas de quoi vous parlez, riposta Bruxton.

L'homme à la capuche battit en retraite dans l'ombre.

— Tâchons de ne pas déranger le reste de votre famille, suggéra son compagnon d'un ton raisonnable. Venez donc dehors pour que nous puissions parler en privé. Si c'est un malentendu, je suis sûr qu'il sera très vite dissipé. (Il s'inclina légèrement et désigna la cour de la ferme.) Allons, il est tard et nous avons tous bcsoin dc sommcil.

Elena regarda son père franchir le seuil de la cuisine et sut ce qui l'attendait dans la cour : les créatures immondes qui avaient déchiqueté le corps d'Émouchet. Elle se releva d'un bond et voulut s'élancer vers lui. Joach empoigna sa chemise de nuit pour la retenir.

— Qu'est-ce que tu fiches ? siffla-t-il.

— Lâche-moi ! (La jeune fille se débattit, mais son frère était bien plus fort qu'elle.) Je dois prévenir papa !

— Il nous a dit de rester cachés.

Bruxton s'avança sur la première des trois marches qui menaient à la cour.

Déesse, non !

Elena se dégagea brutalement et se précipita vers la cuisine. Joach s'élança à sa suite. Comme elle faisait irruption dans la pièce, les trois adultes pivotèrent vers elle.

— Papa ! Attends ! s'écria-t-elle.

Bruxton se figea. Le rouge de la colère lui monta aux joues.

— Je croyais t'avoir dit…, gronda-t-il.

Il n'eut pas le temps de finir sa phrase. Le plus jeune des deux visiteurs le saisit par les épaules et le projeta au bas des marches. Elena poussa un cri en le voyant s'écraser sur la terre battue.

Sa mère se rua vers l'agresseur en brandissant un couteau de cuisine. Mais elle était trop vieille, et sa cible trop rapide. L'homme lui attrapa le poignet et lui tordit le bras dans le dos.

Joach lâcha un juron outré. L'inconnu l'ignora et, d'une bourrade, envoya sa mère rejoindre son père sur le sol de la cour. Écumant de rage, l'adolescent se jeta sur lui. L'homme sortit une massue des plis de sa cape et l'abattit sur sa tempe. Joach s'écroula à ses pieds.

L'inconnu reporta son attention sur Elena. La jeune fille se figea. Elle vit le regard de l'homme glisser vers sa main droite – celle qui était tachée de rouge. Ses yeux s'écarquillèrent.

— C'était donc vrai, souffla-t-il en reculant d'un pas. (Il tourna la tête vers le vieillard.) Elle est ici !

Bruxton s'était relevé. Il se plaça devant sa femme pour la protéger tandis qu'elle se redressait, grimaçant et tenant son bras meurtri contre sa poitrine.

— Ne vous avisez surtout pas de toucher ma fille ! cracha-t-il en direction du vieillard.

Le front ensanglanté, Joach se mit debout et s'interposa entre Elena et l'inconnu. Mais du sang lui coulait dans les yeux, et il vacillait.

Le vieillard s'approcha de leurs parents.

— Votre fille ou votre vie, grinça-t-il.

— Vous n'emmènerez pas Elena. Si vous essayez, je vous tuerai, gronda Bruxton en soutenant son regard mort sans ciller.

Pour toute réponse, l'homme en robe leva son bâton et frappa le sol par deux fois. Au second coup, la terre battue explosa aux pieds des parents d'Elena. Un geyser de boue les dissimula momentanément à la vue de la jeune fille. Pour la première fois de sa vie, elle entendit son père hurler.

Puis la boue retomba, et elle vit que ses parents étaient couverts des mêmes vers blancs qui avaient attaqué Émouchet. Déjà, du sang ruisselait le long de leurs membres.

Les jambes d'Elena se dérobèrent sous elle. Anéantie, elle tomba à genoux.

Son père pivota vers la porte.

— Joach ! s'époumona-t-il. Sauve ta sœur ! Fuy…

Ses mots s'étranglèrent dans sa gorge comme les vers blancs se déversaient dans sa bouche ouverte.

Joach battit en retraite vers Elena et l'aida à se relever.

— Non, haleta la jeune fille. Non ! (Son sang s'embrasa.) *Non !*

Sa vision vira au rouge. Elle serra les poings et se mit à trembler violemment. Ce fut à peine si elle réalisa que son frère s'écartait d'elle. Toute son attention était concentrée sur la cour, sur ses parents qui se tordaient dans la boue.

Soudain, elle poussa un hurlement aigu, expulsant d'un coup toute la rage et la haine qui bouillonnaient dans ses veines.

Un mur de flammes jaillit devant elle et balaya la cour. Les deux inconnus prirent leurs jambes à leur cou, mais ses parents ne pouvaient pas bouger. Elena regarda le feu les envelopper. Ses oreilles encore bourdonnantes de l'énergie qu'elle venait de libérer entendirent leurs cris s'interrompre brusquement, comme si une porte venait de se refermer sur eux.

Joach la saisit par la taille et l'entraîna vers la salle à manger. La cuisine brûlait. Vidée, Elena s'écroula dans les bras de son frère telle une poupée de chiffon. Le jeune homme lutta pour la retenir tandis qu'une fumée huileuse se répandait dans la pièce.

— Elena, la pressa-t-il. J'ai besoin de toi. Ressaisis-toi !

Il se mit à tousser. Déjà, le feu avait gagné les rideaux de la salle à manger.

Elena se redressa péniblement.

— Qu'ai-je fait ? chuchota-t-elle d'une voix rauque.

Les joues baignées de larmes, Joach fixait les flammes. Il s'arracha à son hébétude et regarda autour de lui, puis fit un pas vers la porte de devant.

— Non, se ravisa-t-il. Ils doivent nous attendre dehors. Il faut trouver une autre sortie.

Il poussa sa sœur vers l'escalier. Les jambes engourdies d'Elena la picotèrent comme ses sensations revenaient. Des sanglots silencieux agitèrent ses épaules.

— C'est ma faute.

— Tais-toi et monte ! (Joach la prit par le bras et la força à monter les marches.) Plus vite, El. Tu les as entendus. C'est toi qu'ils veulent.

— Je sais, dit la jeune fille d'une voix tremblante. Mais pourquoi ? Qu'est-ce que j'ai fait ?

Joach n'avait pas de réponse à lui fournir. Il désigna la porte de sa chambre.

— Entre là-dedans.

Elena avisa la fenêtre qui se découpait au bout du couloir. Elle se dégagea.

— Je n'ai pas vu ce qui s'était passé. J'ai besoin de voir.

En titubant, elle se dirigea vers la fenêtre.

— Ne fais pas ça ! protesta Joach.

La jeune fille l'ignora.

La fenêtre ne s'ouvrait pas, mais elle donnait sur la cour de la ferme. Elena appuya son front contre la vitre froide. En contrebas, à quelques mètres de la porte de derrière, les flammes éclairaient ce qui restait de ses parents.

Deux squelettes calcinés gisaient enlacés sur la terre battue, leurs crânes pressés l'un contre l'autre. Le vieillard se tenait trois pas plus loin. À travers l'épais nuage gris qui recouvrait la scène, Elena vit que l'ourlet de sa robe fumait et que son bras était tendu vers la façade de la maison.

Joach la rejoignit et la tira en arrière.

— Tu en as assez vu, El. L'incendie se propage. Nous devons sortir d'ici.

— Mais… papa et maman, gémit la jeune fille en se tordant le cou pour regarder par la fenêtre.

— Nous les pleurerons plus tard, coupa son frère. (Il l'entraîna vers sa chambre et ouvrit la porte.) Ce soir, nous ne devons penser qu'à survivre. Mais demain... (Sa voix se fit glaciale.) Demain, nous pourrons penser à notre vengeance.

— Qu'allons-nous faire, Joach ? balbutia Elena en entrant dans la pièce.

— Pour le moment, nous échapper.

Dans la pénombre, la jeune fille distinguait l'expression dure de son frère, ses mâchoires contractées et la détermination qui brillait dans ses yeux. Comment pouvait-il rester si impassible ?

— Il nous faut des vêtements chauds. Attrape mon manteau.

Joach enfila rapidement son pantalon et le pull-over de laine que sa mère lui avait tricoté pour le dernier solstice d'hiver. Elena se souvint de l'atmosphère joyeuse qui avait régné pendant la veillée, et de nouveau, des larmes coulèrent sur ses joues.

— Maintenant, insista son frère.

Elle saisit le manteau accroché à une patère et s'enveloppa de sa chaleur bienfaisante. Jusque-là, elle n'avait pas réalisé qu'elle était glacée jusqu'à la moelle.

Joach se dirigea vers la fenêtre.

— J'espère que tu as un bon sens de l'équilibre, El.

— Ça peut aller. Pourquoi ?

La chambre du jeune homme donnait sur le côté de la ferme. Là, un grand châtaignier étendait ses branches épaisses depuis le toit de la maison jusqu'à celui de la grange.

— Fais exactement comme moi, ordonna Joach en ouvrant la fenêtre et en grimpant sur le rebord.

Il bondit, empoigna une branche et effectua un prompt rétablissement. De toute évidence, ça n'était pas la première fois qu'il se livrait à de telles acrobaties. Pivotant vers Elena, il lui fit signe de le rejoindre.

L'adolescente escalada l'appui de la fenêtre. Ses orteils nus se crispèrent sur le bois. Elle baissa les yeux vers la cour et chancela. En cas de chute, ce qui l'effrayait, ce n'était pas tant la perspective de se rompre les os que de se faire attaquer par les ignobles créatures tapies sous le sol.

Son frère poussa un sifflement pareil à celui de la fauvette. Elena reporta son attention sur lui. Elle prit une profonde inspiration et sauta, les bras tendus en avant. Elle se rattrapa à la même branche que Joach, et le jeune homme la hissa près de lui.

— Viens, lui dit-il tout bas.

Elena entendit des voix sur le devant de la maison, puis un bruit de verre brisé. Elle suivit son frère dans les branches du châtaignier, ignorant les brindilles qui se prenaient dans ses vêtements et lui griffaient la peau.

Ainsi les deux adolescents traversèrent-ils la cour. Comme ils approchaient de la grange, les branches s'amincirent et ployèrent sous leur poids. Joach désigna la porte ouverte du grenier à grain.

— Regarde bien comment il faut faire.

Il s'élança, se propulsa à travers l'espace vide et atterrit sur une pile de foin. Il roula sur lui-même, se releva aussitôt et revint vers la porte.

— À ton tour.

Elena rassembla tout son courage, puis recula d'un pas et prit son élan. Elle n'avait pas le choix. Elle devait réussir ! Et elle l'aurait fait si une branche ne s'était pas accrochée à la poche de son manteau au moment où elle bondissait. Le drap de laine se déchira, la faisant basculer en avant. Elle agita désespérément les bras et ne put retenir un cri.

La seconde d'après, elle percuta le mur de la grange un peu en dessous de l'ouverture.

Avant qu'elle puisse tomber, Joach se pencha et l'attrapa par le col de son manteau. Elena demeura suspendue dans le vide.

— Je n'arriverai pas à te remonter, ahana le jeune homme en bandant ses muscles. Accroche-toi au rebord. Vite ! Ils t'ont sûrement entendue !

Le cœur battant à tout rompre, Elena lutta pour empoigner le rebord de l'ouverture. Seul le bout de ses doigts l'atteignit, mais cela suffit pour qu'elle puisse aider Joach tandis que celui-ci la tirait en sécurité.

Essoufflés, le frère et la sœur se frayèrent un chemin parmi les tas de paille. Elena s'immobilisa près de l'échelle qui conduisait au bas de la grange et fixa le sol de terre battue.

— Et si les vers nous attendaient ? chuchota-t-elle, apeurée.

Joach désigna les deux boxes qui se dressaient sur un côté.

— Regarde Pisteur et Brume.

L'étalon et la jument renâclaient et roulaient de grands yeux effrayés, mais ils étaient vivants.

— Dépêche-toi ! ordonna Joach.

Il descendit rapidement. Comme Elena l'imitait, une écharde se planta dans sa paume droite. Arrivée en bas, elle la retira et constata que la tache rouge avait pâli. À présent, sa main souillée avait presque retrouvé sa teinte normale.

Son frère avait déjà ouvert la porte des boxes. Les chevaux sortirent en secouant la tête et en hennissant. La fumée leur irritait la gorge, et la proximité de l'incendie les affolait.

Joach lança un mors et une bride à sa sœur. Elena flatta l'encolure de Brume pour la calmer, puis glissa rapidement le mors dans sa bouche. Son frère et elle n'avaient pas le temps de seller leurs montures.

Joach bondit sur le dos de Pisteur et se rapprocha de sa sœur pour l'aider à grimper sur celui de Brume. Puis il se dirigea vers la porte arrière de la grange et, d'un coup de pied, fit sauter le loquet. Les battants s'ouvrirent. Ils faisaient face au verger. Le jeune homme retint celui de droite pour laisser passer Brume.

Tandis qu'elle guidait la jument vers l'extérieur, Elena balaya du regard l'espace découvert qui séparait la grange des arbres. Des nuages masquaient la lune, et une épaisse fumée planait dans l'air. À l'instant où la jeune fille talonnait Brume, une lumière jaillit sur sa gauche. Elle tourna la tête et hoqueta. Le vieillard à la capuche venait de franchir le coin de la grange. Son partenaire tenait une lanterne à bout de bras.

— File ! aboya Joach en faisant pivoter Pisteur vers les deux hommes. Je vais les retenir !

Elena l'ignora. Elle regarda le vieillard lever son bâton et frapper le sol. Partant du point d'impact, des ondulations se propagèrent vers Joach comme à la surface d'une mare dans laquelle on vient de jeter un caillou. Parmi les mottes de terre qui giclaient, la jeune fille distingua d'épais corps blancs.

— Non ! glapit-elle. Joach, ne reste pas là !

Son frère comprit aussitôt le danger. Il tira sur les rênes de Pisteur pour le faire volter. L'étalon poussa un hennissement paniqué, résista un moment et se décida enfin à détaler. Mais il avait trop tardé. La vague grouillante le rattrapa et engloutit ses jambes arrière.

Elena vit la croupe de Pisteur s'enfoncer comme dans des sables mouvants et son sang assombrir la boue autour de lui. Les yeux exorbités, l'étalon se cabra et hurla de douleur tandis que Joach s'accrochait désespérément à ses rênes. Puis il s'écroula, raclant la terre de ses sabots avant pour tenter de se dégager.

Elena savait que ça ne servirait à rien. Les prédateurs enfouis dans le sol pouvaient dévorer la chair d'une créature en l'espace de quelques secondes. Talonnant Brume, la jeune fille fonça vers son frère. Elle dut enrouler les rênes autour de son bras et lutter pour immobiliser la jument.

— Joach, viens ! s'égosilla-t-elle.

Son frère réalisa que Pisteur était perdu.

— Laisse-moi ! Va-t'en !

— Je ne partirai pas sans toi, répliqua Elena.

Brume recula. Les vers, qui s'étaient arrêtés pour se repaître de l'étalon, avançaient à présent vers elle. Les jambes antérieures de Pisteur s'enfoncèrent dans la boue.

— Saute ! hurla Elena à son frère.

Joach hésita. Puis il secoua la tête, lâcha les rênes et se mit debout sur le dos de son cheval. Avec un grand moulinet de bras, il se propulsa dans les airs et atterrit à plat ventre sur la croupe de Brume. La jument détala comme si elle venait de recevoir un coup de fouet.

Elena la laissa faire, se contentant de la guider d'une main vers la lisière des arbres tandis que, de l'autre, elle retenait son frère derrière elle.

Les pommiers se refermèrent sur les trois fuyards.

6

Torse nu, le jongleur s'approcha du bord de la scène et posa son écuelle sur les planches. Toutes les villes se ressemblaient ; elles se confondaient dans son esprit. Chaque soir, les mêmes visages vagues se levaient vers lui. Ça faisait maintenant huit ans qu'il était sur la route avec ses souvenirs pour seule compagnie – et il lui semblait que c'était encore trop.

Quelques spectateurs marmonnèrent et tendirent un doigt vers lui. Le jongleur recula. Il savait qu'ils désignaient son épaule droite, à l'endroit où son bras aurait dû se trouver.

Il lança ses quatre couteaux en l'air, découpant la fumée des pipes en minces rubans. Le premier retomba vers sa main gauche ; avec une indifférence étudiée, il le rattrapa par le manche et le renvoya dans les airs d'une secousse du poignet. Puis il fit suivre le même chemin aux trois autres. Les lames tournoyantes captèrent la lumière des torches et projetèrent des reflets flamboyants vers le public massé dans la grande salle de l'auberge.

Quelques exclamations admiratives s'élevèrent, mais la plupart des clients ne s'intéressaient qu'à la qualité de la bière et à la rapidité du service. Gardant un œil sur ses couteaux, le jongleur observa la serveuse qui se faufilait entre les tables, un plateau couvert de chopes pleines en équilibre sur sa tête. Elle arborait le sourire figé des gens débordés de travail.

Un cliquetis signala la chute d'une pièce dans l'écuelle. Le jongleur hocha brièvement la tête en signe de remerciement.

— Hé, l'artiste ! cria, d'une voix déjà pâteuse, un homme qui se tenait au pied de la scène. Fais gaffe à tes saigne-cochon si tu ne veux pas perdre ton autre bras !

Depuis le fond de la salle, quelqu'un d'autre lança :

— Fais gaffe toi-même, Bryn ! Tu es bien près de lui. Un faux mouvement, et il pourrait raser l'espèce de chenille poilue que tu appelles une moustache !

Le public s'esclaffa.

Vexé, le nommé Bryn – qui arborait un début de calvitie prononcé et une épaisse moustache gominée – répliqua :

— Tu es jaloux parce que tu n'arrives pas à faire pousser la tienne, Strefen ! Que veux-tu, certains hommes sont plus virils que d'autres !

Ce n'était pas bon signe. Le jongleur doutait fort que cet échange d'insultes dégénère en bagarre, mais quand les spectateurs étaient plus divertis par ce qui se passait dans la salle que par ce qui se passait sur scène, ils rechignaient à mettre la main à la poche. Il devait trouver un autre moyen de captiver son public. Par les temps qui couraient, même un jongleur manchot ne suscitait qu'une curiosité éphémère.

Feignant de perdre le contrôle, il laissa tomber un de ses couteaux. La lame frappa la scène pointe la première et se planta profondément dans le bois. Tous les regards se tournèrent vers lui. Rien de tel que se ridiculiser pour mobiliser l'attention générale. Il entendit un gloussement moqueur parcourir la salle.

Puis chacun de ses trois autres couteaux, qui lui avaient prétendument échappé, vint se planter en équilibre sur le manche du précédent avec un petit bruit sec.

L'échafaudage de lames oscillait doucement sous le regard ahuri des spectateurs. Certains d'entre eux tapèrent dans leurs mains avec un enthousiasme modéré, et une poignée de piécettes tomba dans l'écuelle du jongleur.

Ce n'était pas encore suffisant pour lui payer un bon dîner. Il gagnait rarement de quoi se mettre un toit sur la tête pendant la nuit, mais il avait l'habitude de dormir avec son cheval. Cela ne le dérangeait plus. Dans cette vallée reculée, les gens travaillaient dur ; ils répugnaient à se séparer de l'argent acquis à la sueur de leur front. À tout prendre, ils préféraient s'en servir pour acheter de la bière.

Le jongleur se dirigea vers la sacoche qu'il avait posée sur un côté de la scène et en sortit un autre jeu d'accessoires – trois torches huilées qu'il saisit dans son poing et approcha d'un brasero. Un murmure étonné parcourut la foule comme des flammes de couleurs différentes enveloppaient chacune d'elles : vert émeraude pour la première, bleu saphir pour la deuxième et rouge rubis pour la dernière. Il avait appris ce tour très simple, à base d'un mélange de poudres, durant les années passées dans les contrées Méridionales.

Quelques applaudissements se firent entendre derrière lui. Il pivota vers le public et projeta ses torches vers les poutres du plafond. Lorsqu'elles retombèrent, laissant une traînée de lumière dans leur sillage, il les rattrapa au vol et les lança de nouveau en l'air.

À présent, les spectateurs applaudissaient avec vigueur, mais il n'entendait que de rares pièces tinter dans son écuelle. Aussi projeta-t-il ses torches de plus en plus haut.

L'effort fit saillir ses biceps et recouvrit sa peau d'une fine pellicule de sueur luisante. Quelques femmes poussèrent des exclamations ravies sur la gauche de la scène. Du coin de l'œil, il vit qu'elles s'intéressaient davantage à sa musculature qu'à son adresse. Mais, au fil des ans, il avait appris qu'il existait plus d'une façon de gagner sa vie sur la route, et il n'avait pas honte d'exhiber sa « marchandise ».

Tout en jonglant avec les torches, il fléchit ses épaules pour faire ressortir ses pectoraux. Il savait que ses cheveux noirs, ses yeux gris et son teint hâlé d'homme des plaines le rendaient agréable à regarder pour la gent féminine. Quand il arrivait à passer la nuit dans un bon lit douillet, il le devait à son physique au moins autant qu'à son talent.

D'autres pièces vinrent rejoindre son butin.

Pour conclure son numéro, il s'inclina profondément alors que les trois torches étaient toujours en l'air. Comme d'habitude, les spectateurs hoquetèrent en voyant les tisons multicolores retomber vers son dos. Une de ses admiratrices écarquilla les yeux et porta la main à sa bouche.

Au dernier moment, il plia les genoux et exécuta une impeccable culbute arrière, puis rattrapa les torches et les projeta une à une dans le seau d'eau préparé à cet effet. À chaque grésillement vaincu des flammes, les applaudissements enflaient. Quand il pivota vers la salle, tous les spectateurs étaient debout, battant des mains ou frappant leur table avec leur chope.

Son écuelle se remplissait à vue d'œil. Il continua à saluer jusqu'à ce que le public se calme et que la cascade cuivrée se soit tarie. Alors, il ramassa ses couteaux et son écuelle et sauta au bas de l'estrade.

La foule continuait à murmurer son ravissement. Quelques clients le félicitèrent ou lui tapèrent dans le dos tandis qu'il passait parmi eux. Il enfila son pourpoint de cuir à même la peau : il avait encore trop chaud pour se soucier de l'épaisse chemise de coton qu'il portait habituellement dessous.

Il jeta un coup d'œil à son écuelle. À vue de nez, il avait de quoi s'offrir un bon repas et, avec un peu de chance, une chambre pour la nuit. Dans le cas contraire… Plusieurs gentes dames le fixaient toujours d'un air gourmand. Il existait d'autres moyens de se mettre au chaud.

L'aubergiste l'interpella de derrière son comptoir. Avec son estomac bedonnant et son visage rubicond, rosi par la chaleur de la pièce, il le faisait irrésistiblement penser à un cochon. L'homme portait le tablier couvert de taches de bière qui semblait être l'uniforme de tous les tenanciers d'établissements de cette classe. Repoussant les quatre cheveux qui ornaient encore son crâne, il avança son nez épaté vers le jongleur et demanda d'une voix nasillarde :

— Où est ma part ?

Le jongleur compta son butin et lui remit le pourcentage convenu en échange de l'utilisation de la scène. Les petits yeux porcins de l'aubergiste regardèrent les pièces tomber dans sa paume grassouillette avec tant d'avidité que le jongleur n'aurait pas été étonné de le voir se lécher les babines.

— C'est tout ? grogna-t-il en refermant la main. J'ai bien vu votre écuelle se remplir. Vous n'auriez pas caché une partie de la recette dans vos poches, par hasard ?

— Je vous assure que vous avez été convenablement payé, répondit le jongleur en le fixant droit dans les yeux.

L'aubergiste recula en grommelant et s'éloigna vers l'autre bout du comptoir, bousculant une serveuse au passage. Pendant qu'il avait le dos tourné, la jeune femme – une ravissante blonde aux cheveux tressés – poussa une chope de bière vers le jongleur.

— Tenez, chuchota-t-elle en baissant coquettement les yeux. De quoi apaiser votre feu jusqu'à plus tard.

Cette fois, c'était certain : son cheval dormirait seul ce soir.

Le jongleur prit la chope agréablement fraîche et se retourna. Adossé au comptoir, il regarda l'artiste suivant monter sur scène. Après le succès qu'il venait de remporter, il plaignait presque ce jeune garçon.

Non, pas un jeune garçon, réalisa-t-il lorsque son successeur se releva après avoir déposé une écuelle sur le devant de l'estrade. C'était une fille menue, dont le pantalon gris et la tunique blanche toute simple dissimulaient le peu d'appas. Le jongleur crut d'abord qu'elle avait à peine l'âge du premier sang, mais, quand elle s'assit sur le tabouret et fit face à la foule, il sut qu'il s'était trompé. Ses yeux violets démentaient la fraîcheur de son teint crémeux et de ses lèvres pareilles à un bourgeon de rose. Dans son regard, il lisait une tristesse et une grâce que seules des années difficiles et nombreuses avaient pu lui enseigner.

Bien entendu, les clients l'ignorèrent tandis qu'elle sortait un luth de son étui. Ils continuèrent à brailler leurs commandes, à plaisanter d'une voix forte ou à trinquer avec leurs voisins. La fumée des torches et des pipes s'épaissit. Au milieu de ce vacarme, la musicienne avait l'air d'une fleur perdue en pleine tempête.

Le jongleur soupira. Ça n'allait pas être plaisant. Il avait déjà vu bien des artistes se faire huer et bombarder avec des quignons de pain ou des serviettes sales.

La jeune femme cala son instrument contre son ventre et se pencha dessus telle une mère berçant son enfant. Le bois laqué du luth brillait dans la lumière des torches. Il était d'un rouge si foncé qu'il semblait presque noir, et son grain dessinait de petits tourbillons à sa surface. C'était, sans aucun doute, un instrument précieux – un peu trop pour qu'on le traîne sur des routes de campagne.

La foule ne prêtait toujours pas la moindre attention à la musicienne. Le jongleur entendit une dispute éclater à propos du concours du meilleur cidre qui aurait lieu durant la foire locale, le mois suivant. Visiblement, tout le monde n'était pas d'accord sur le nom du futur vainqueur. Des poings volèrent, et un nez se brisa avant qu'on sépare les belligérants. Tout ça pour du cidre ! Mais durant ses voyages, le jongleur avait assisté à bien d'autres bagarres ridicules qui avaient fait beaucoup plus de dégâts qu'une lèvre fendue et un nez ensanglanté.

Il sirota une gorgée de bière, savourant la fraîcheur du liquide qui glissait dans sa gorge. Ses yeux se fermèrent à demi au moment où la jeune femme pinçait les cordes de son luth. Curieusement, la note parut filer à travers le brouhaha ambiant et venir se poser dans son oreille tel un oiseau regagnant son nid.

La musicienne répéta son accord. Alors, les regards convergèrent de nouveau vers la scène, comme irrésistiblement attirés par la voix de son instrument.

Le jongleur écarquilla les yeux. La jeune femme semblait fixer non son public, mais un ailleurs bien plus lointain. Sa main gauche remua sur la hampe de son luth tandis que les ongles de sa main droite effleuraient les cordes de l'instrument. Son second accord fut une variation du premier. Il se répercuta à travers la salle comme s'il y cherchait son frère perdu. Ne voulant pas le perturber dans cette quête, la foule se tut.

La jeune femme profita du silence pour se mettre à jouer. Ses doigts fins dansèrent sur le bois et les cordes du luth. Une douce musique enveloppa les spectateurs, leur parlant de temps plus heureux et plus lumineux que la journée nuageuse qui venait de s'achever.

Puis elle se mit à chanter. Elle commença d'une voix très basse, presque inaudible par-dessus les accents mielleux de son instrument. Mais, peu à peu, sa voix enfla pour joindre ses harmonies à celles du luth. Le jongleur ne connaissait pas la langue qu'elle utilisait ; pourtant, il comprenait la signification de ses paroles. Elles évoquaient le passage du temps, la succession des saisons et le cycle auquel toute vie était soumise.

Les clients ébahis s'étaient figés sur leur chaise. Un homme toussa, et ses voisins le foudroyèrent du regard comme s'il venait de cracher le pire des jurons. Les autres l'ignorèrent et, bouche bée, gardèrent les yeux rivés sur la scène.

La jeune femme continua à jouer sans se préoccuper de leurs réactions. Les inflexions de sa voix se modifièrent subtilement, et la mélodie du luth se mua en gémissement. À présent, elle mettait son public en garde contre un péril diffus qui menaçait le cycle de la vie. Elle chantait la beauté détruite, l'innocence brisée. On pouvait presque entendre un grondement de tambours derrière ses accords.

Le jongleur aurait voulu la consoler, lui dire que tout n'était pas perdu. Il regarda le mouvement de ses doigts ralentir tandis que sa complainte adoptait un nouveau rythme – celui des battements d'un cœur à l'agonie. Ses notes se détachèrent les unes des autres, s'étirant dans l'atmosphère douloureuse. Les spectateurs se penchèrent en avant pour l'empêcher de s'arrêter.

Un de ses ongles effleura une dernière corde. Une note s'échappa de ses lèvres et resta brièvement suspendue dans les airs. Puis elle s'estompa, et le silence revint.

Personne ne bougea. Nul ne voulait être le premier à rompre le charme. Le jongleur sentit une larme solitaire couler sur sa joue. Il ne leva pas la main pour l'essuyer. Qu'elle tombe donc ! Nombre d'autres clients avaient les yeux mouillés.

Il pensait que la musicienne en avait terminé, mais il se trompait. Le murmure d'un accord dériva depuis son instrument. Il n'avait même pas vu bouger ses doigts. On aurait dit que le luth chantait tout seul. La note se répandit dans la salle, caressant les joues humides des spectateurs.

La jeune femme entonna le couplet final. Il évoquait un champion solitaire, dernier éclat de lumière debout parmi les ruines d'une civilisation. Le jongleur eut l'impression qu'il lui était personnellement adressé, et ses larmes coulèrent de plus belle. Cependant, il se rendait bien compte que beaucoup d'autres clients étaient touchés en plein cœur par sa mélodie, que beaucoup d'autres âmes vibraient au diapason de son rythme.

L'ultime accord résonna aussi ferme et clair que le son d'une cloche. Par cet accord et son dernier mot, la musicienne offrit à l'ensemble de son public une consolation, une lueur faible mais tenace : l'espoir.

Puis ce fut fini.

La jeune femme se leva de son tabouret. La foule, qui avait retenu son souffle jusque-là, exhala un soupir collectif et applaudit à tout rompre. Des gens se précipitèrent vers la scène et firent pleuvoir des pièces dans son écuelle. Avant de réaliser ce qu'il faisait, le jongleur se surprit à verser le contenu de sa propre écuelle dans la sienne.

Il leva la tête. La musicienne avait battu en retraite au fond de l'estrade et serrait son luth contre sa poitrine, comme intimidée par l'ovation que lui faisait son public. Ses yeux violets le fixaient.

Soudain, un homme fit irruption dans l'auberge.

— Il y a le feu chez Bruxton ! hurla-t-il. Le verger est en flammes !

À cette nouvelle, les clients encore assis se levèrent d'un bond.

Le jongleur les ignora. Rien n'avait plus d'importance pour lui – rien, sinon la joueuse de luth.

La jeune femme s'approcha de lui. Elle s'agenouilla au bord de la scène et plongea son regard dans le sien.

— J'ai besoin de toi, Er'ril de Standi.

7

Les flammes illuminaient l'horizon derrière Elena. Une fumée plus noire que la nuit déferlait vers elle entre les rangées d'arbres fruitiers, et un grondement crépitant montait à l'assaut de la crête. La jeune fille talonna sa monture, mais Brume était déjà lancée au galop et commençait à faiblir. Elle ne pouvait plus accélérer.

— Il faut ralentir, El ! cria Joach dans son dos. Sinon, Brume ne va pas tarder à s'écrouler !

— Mais… Le feu ! protesta l'adolescente.

— Nous avons déjà une bonne longueur d'avance, et le vent va ralentir les flammes !

Son frère tendit le bras et tira sur les rênes. Brume se mit au pas. Il sauta à terre et la guida par la bride entre les pommiers. La jument essoufflée haletait ; ses naseaux frémissaient, et elle roulait de grands yeux effrayés. La fumée et le rugissement de l'incendie la rendaient nerveuse.

Elena lui flatta l'encolure et descendit à son tour. Joach avait raison. S'ils la laissaient faire, Brume galoperait jusqu'à ce que son cœur lâche. La jeune fille prit les rênes des mains de son frère.

Joach posa une main sur le flanc trempé de sueur de la jument.

— Elle a beaucoup trop chaud, constata-t-il. Nous ne pourrons plus la monter ce soir. Mais je pense que nous avons pris assez d'avance.

Elena pivota pour fixer les hauteurs où l'incendie faisait rage, derrière elle. Elle se souvenait des flammes qui avaient dévoré sa maison avant de bondir jusqu'à la grange. Un battement de cœur plus tard, des braises avaient sauté depuis le toit du grenier et s'étaient abattues sur les arbres. Après la sécheresse estivale, les brindilles cassantes n'attendaient qu'une étincelle pour s'embraser comme des torches. Le feu s'était propagé avec une rapidité presque surnaturelle.

La jeune fille regardait l'incendie qu'elle avait allumé de sa propre main consumer son univers. Machinalement, elle frotta sa paume droite où ne subsistait qu'une tache rose vif.

Joach remarqua les larmes qui coulaient sur ses joues et se méprit sur leur signification.

— Nous allons nous en sortir, El. Je te le promets.

Elena secoua la tête.

— Je les ai tués, souffla-t-elle en revoyant le mur de flammes se précipiter vers ses parents.

— Non. (Joach posa une main sur son bras.) Tu n'as fait que leur épargner une agonie atroce.

— Ils auraient peut-être survécu…

Son frère frissonna.

— Papa et maman n'avaient aucune chance de s'en tirer. J'ai vu à quelle vitesse ces monstres ont dévoré Pisteur. Même s'ils avaient survécu, je ne crois pas… Je ne crois pas qu'ils s'en seraient réjouis.

Elena baissa la tête et ne dit rien.

Joach lui releva le menton de l'index.

— Tu n'es pas responsable de ce qui s'est passé, El.

La jeune fille s'écarta de lui et se détourna.

— Tu ne comprends pas. Je… Je… (Sa langue avait du mal à formuler son intime conviction.) Je voulais m'en aller. Je l'ai tellement souhaité ! (Elle fit brusquement face à son frère, le visage inondé de larmes, et désigna le verger en flammes.) Je détestais cet endroit ! Et maintenant, il brûle à cause de moi !

Joach la prit dans ses bras et la serra très fort contre lui tandis que de gros sanglots la secouaient.

— Moi aussi, je voulais partir, El. Tu le sais. Ce n'est pas ta faute.

— Alors, à qui la faute ? répliqua la jeune fille, le visage enfoui contre sa poitrine. Qui est la cause de cette dévastation ? (Elle se dégagea et leva sa main droite.) Pourquoi a-t-il fallu que ça m'arrive, à moi ?

— Le moment est mal choisi pour se poser de telles questions. Pour le moment, nous devons gagner la crique du Moulin. (Joach reporta son attention sur les flammes qui couronnaient la crête derrière eux, montant à l'assaut du ciel comme pour dévorer la lune.) Si nous parvenons à traverser la rivière, le feu ne pourra plus nous atteindre. Alors, nous aurons le temps de réfléchir.

Elena se mordit la lèvre. Elle avait peur des réponses qu'elle trouverait. Elle savait que, malgré les paroles réconfortantes de Joach, les funestes événements de cette soirée risquaient fort de lui retomber dessus. Elle renifla et s'essuya le nez sur sa manche.

Brume poussa un hennissement apeuré. Elena passa une main sur ses naseaux frémissants.

— Calme-toi, ma belle. Ça va aller, murmura-t-elle.

Soudain, Brume se cabra, manquant arracher ses rênes du poing de la jeune fille. Celle-ci se sentit soulevée de terre comme la jument fonçait vers le bas de la pente, l'entraînant avec elle.

— Holà, Brume ! Holà !

Elena lutta pour ramener ses pieds sous elle tandis que des buissons, des brindilles et des cailloux déchiraient son manteau et lui écorchaient les genoux.

— Lâche-la, El ! cria Joach en s'élançant pour la rattraper.

Mais Elena refusait de laisser la nuit engloutir ce dernier vestige de son foyer bien-aimé. Elle s'agrippa aux rênes des deux mains. Tout en courant et en rebondissant à côté de la jument, elle parvint à caler un pied sur un rocher et tira brutalement. La tête de Brume partit en arrière. Ses jambes postérieures patinèrent, et son arrière-train toucha le sol. Elena jeta les rênes autour du tronc d'un pommier et fit un nœud, priant pour que la bride ne cède pas. Miraculeusement, les lanières de cuir tinrent bon. Brume lutta pour se redresser.

Dans une glissade, Joach s'immobilisa près de sa sœur.

— Qu'est-ce qui lui a pris ? s'étonna-t-il.

— Chut ! siffla Elena.

À travers le rugissement du feu, un nouveau son enflait. Un lourd battement d'ailes, pareil au bruit d'un tapis qu'on secoue, se dirigeait vers les deux adolescents.

Brume hennit et tira sur ses rênes en roulant de grands yeux affolés. Instinctivement, Elena se recroquevilla sur elle-même, et Joach se tapit sous les branches basses du pommier.

Tous deux scrutèrent le ciel. La fumée masquait les étoiles, mais son manteau de suie tourbillonna au-dessus de leur tête alors qu'une créature cauchemardesque les survolait. Elena eut juste le temps d'apercevoir deux ailes osseuses, recouvertes d'une membrane rougeâtre et mesurant plus de cinq mètres d'envergure. Puis le nuage noir se referma sur l'apparition.

Le sang de la jeune fille se glaça. Ce n'était pas un résident de la vallée, mais une créature qui nichait bien loin de là, à l'abri des regards humains. Elle fonçait droit vers l'incendie.

Après qu'elle se fut éloignée, Joach fut le premier à parler.

— Qu'est-ce que c'était ? chuchota-t-il.

Elena secoua la tête.

— Je l'ignore. Mais on ferait mieux de ne pas traîner dans le coin.

Tenant la torche à bout de bras, le plus loin possible de son visage, Rockingham pressa un mouchoir sur son nez et sa bouche. La fumée lui irritait la gorge. Il jeta sa torche dans un buisson d'aubépine, à la lisière du verger. Les brindilles desséchées s'embrasèrent instantanément, et le soldat battit en retraite dans la cour de la ferme.

Il revint vers Dismarum. Appuyé sur son bâton, le voyant leva une main pour tester la direction et la force du vent.

— Encore une, ordonna-t-il en désignant un tas de feuilles mortes près duquel gisait un râteau.

— J'ai déjà allumé bien assez de feux, protesta Rockingham en essuyant ses mains couvertes de cendres sur son pantalon. (De grandes traînées de sueur et de suie maculaient son visage.) Toute la colline est en flammes.

— Encore une, répéta Dismarum.

La brise nocturne faisait onduler sa robe à l'ourlet noirci.

Maudits soient ses yeux aveugles qui voient tout, songea Rockingham. Il ne bougea pas.

— L'incendie est bien assez étendu pour chasser les enfants hors du verger. Il est inutile de mettre le feu à toute la vallée.

— Peu m'importe que les cendres recouvrent la Terre d'un bout à l'autre de l'horizon, insista Dismarum. La seule chose qui compte, c'est la fille.

Rockingham s'essuya la figure avec son mouchoir.

— Le verger est le gagne-pain des gens d'ici. Si les fermiers découvrent que nous sommes à l'origine de cet incendie…

— Nous n'aurons qu'à en rejeter la faute sur la gamine, coupa Dismarum.

— Mais les citadins…

— Ils nous serviront de filet. Les flammes forceront la fille à se réfugier à Gelbourg.

— Et vous espérez qu'ils la captureront dès qu'elle pointera le bout de son nez ? ricana Rockingham. Si ces bouseux pensent qu'elle a mis le feu au verger, vous aurez de la chance de la récupérer en un seul morceau !

Dismarum garda l'index obstinément tendu vers le tas de feuilles mortes.

— Elle ne doit pas nous échapper une seconde fois.

Grommelant dans sa barbe, Rockingham saisit une nouvelle torche. Il l'alluma aux braises de la grange calcinée, traversa la cour et la plongea dans les feuilles mortes. Lorsqu'il recula, frottant ses mains l'une contre l'autre pour en faire tomber les saletés, les feuilles s'embrasèrent comme du parchemin. Le feu les dévora avec un crépitement avide.

L'épaisse fumée ainsi dégagée fit tousser Rockingham. Soudain, une rafale souffla dans sa direction, et une poignée de feuilles enflammées l'enveloppa telle une nuée de moustiques. Il se démena pour éteindre les braises qui piquetaient sa cape d'équitation.

— Ça suffit ! rugit-il en écrasant une brindille sous son talon. Je retourne en ville !

Ses yeux larmoyaient ; son nez obstrué par la suie le démangeait. Il se moucha bruyamment et regarda autour de lui.

— Dismarum ! appela-t-il.

Pas de réponse. Le vieillard avait dû regagner la route. Rockingham se fraya un chemin à travers la cour envahie par la fumée, utilisant les restes noircis de la maison comme point de repère. De nouveau, il toussa et cracha. Puis son pied heurta quelque chose de mou.

Surpris, il fit un bond en arrière – et réalisa que c'était Dismarum. Le vieillard s'était agenouillé. Son bâton était planté dans le sol près de lui, et un éclat haineux brillait dans ses prunelles opaques. Cependant, Rockingham remarqua que son regard n'était pas braqué sur lui, mais sur un point situé dans son dos.

Il se figea. Son sang se glaça lorsqu'il prit conscience d'une présence maléfique derrière lui.

Lentement, il pivota. Ce qu'il vit au travers de la fumée le fit tomber à genoux près de Dismarum.

La bête se tenait près du tas de feuilles mortes, ses ailes membraneuses déployées, ses yeux trouant l'obscurité tels deux charbons ardents. Elle était deux fois plus haute que lui, mais d'une maigreur squelettique. À travers sa peau translucide, tendue à craquer sur ses os et ses ligaments, Rockingham aperçut les quatre cœurs qui battaient dans sa poitrine, pompant un fluide noir et l'envoyant irriguer ses organes. La lumière des flammes mettait en évidence d'autres détails internes, un flux immonde et grouillant.

La nausée tordit l'estomac du soldat, et, malgré la chaleur de l'incendie, il sentit une sueur froide perler sur son front. La créature battit des ailes une dernière fois, projetant vers lui un nouveau tourbillon de braises. Puis ses ailes se replièrent derrière ses épaules saillantes.

Elle s'avança vers les deux hommes, ses pieds griffus ouvrant de profonds sillons dans la terre battue et sa tête chauve pivotant pour observer tour à tour Rockingham et Dismarum. Ses lèvres noires entrouvertes révélaient une profusion de crocs jaunes effilés. Ses grandes oreilles pointues frémissaient.

Elle tendit une main vers le soldat. Des griffes pareilles à des dagues glissèrent hors de leur fourreau de chair. Un liquide verdâtre dégoulinait de leur pointe.

Rockingham était capable d'identifier du poison d'un simple coup d'œil. Alors, il sut quel genre de créature se tenait devant lui. Il n'en avait jamais vu de semblable, mais il en avait souvent entendu parler dans les couloirs de la forteresse gul'gothane. C'était un skal'tum, un des lieutenants du Seigneur Noir.

La créature ouvrit la bouche pour parler. Une langue noire, aussi longue que le bras d'un homme, darda entre ses lèvres.

— Où est l'enfant ? siffla-t-elle d'une voix aiguë. Où est l'enfant que cherche le seigneur suprême ?

Dismarum leva la tête vers elle, se gardant bien toutefois de croiser son regard.

— Elle déborde de pouvoir, répondit-il. (D'un geste vague, il désigna les feux alentour.) Elle a déclenché un incendie pour nous échapper et s'est enfuie dans le verger.

La créature se rapprocha du vieillard et lui prit le menton de sa main osseuse. Rockingham vit Dismarum se raidir et rejeter la tête en arrière pour éviter que les griffes acérées lui transpercent la peau.

— Elle s'est échappée ? Pourquoi le maître n'a-t-il pas été prévenu ?

— Nous lui avons tendu un piège, chuchota Dismarum d'une voix aussi ténue que le bruissement d'un roseau agité par le vent. Nous nous emparerons d'elle avant le lever du soleil.

— Notre glorieux seigneur la veut – et vite ! (Furieux, le skal'tum cracha sur le sol ; sa salive empoisonnée grésilla en touchant la terre battue.) Tâchez de ne pas le mécontenter !

— Elle est captive de cette vallée. Nous réussirons.

La créature se pencha vers Dismarum et lui donna un rapide coup de langue sur le nez.

— Ou vous subirez les conséquences de votre échec, siffla-t-elle.

Puis elle rétracta ses griffes et lâcha le vieillard. Celui-ci inclina la tête.

— Le Seigneur Noir a fait preuve d'une grande sagesse en vous envoyant à nous. Avec votre aide, nous sommes certains de réussir.

Le skal'tum pencha la tête sur le côté, examinant Dismarum avec curiosité.

— Je te connais, vieillard, n'est-ce pas ?

Rockingham vit le voyant frissonner – de rage ou de terreur, il n'aurait su le dire.

Alors, le skal'tum reporta son attention sur lui.

— Quant à toi dont la chair est encore si fraîche... Je me souviens de toi, déclara-t-il, les yeux brillants d'une joie mauvaise.

Rockingham ne savait pas de quoi il parlait. S'il avait déjà rencontré une telle créature, il n'aurait pas pu l'oublier, eût-il vécu plus d'un millénaire.

Le skal'tum posa un doigt sur sa poitrine. À son contact, Rockingham frémit d'appréhension. Il s'attendait à ce qu'une griffe le transperce. Au lieu de quoi, la créature se pencha vers lui. Elle lui prit la nuque de sa main libre et pressa son museau sur sa bouche.

Non ! voulut hurler Rockingham. La langue du skal'tum se glissa entre ses lèvres ouvertes. Il se débattit, mais la créature le maintint immobile tandis qu'elle sondait l'intérieur de sa bouche. Un haut-le-cœur saisit le soldat. Sa gorge se serra, et son sang rugit dans ses oreilles.

Juste avant qu'il perde la raison, le skal'tum le lâcha. Il se redressa et recula.

— Je sens le goût de l'empreinte qu'elle a laissée en toi, lâcha-t-il d'un ton satisfait.

Rockingham tomba à quatre pattes devant la créature et vomit.

8

Le jongleur entra dans la chambre à la suite de la musicienne. Pour seize pièces de cuivre, on n'avait pas droit à grand-chose, remarqua-t-il.

La pièce était plongée dans l'obscurité, mais la femme de chambre se dirigea vers la lanterne et alluma la mèche. La brusque clarté n'arrangea rien. Les murs avaient grand besoin d'une couche de peinture fraîche, et l'unique lit semblait être la principale source de subsistance de la nuée de mites qui voletaient autour de la lumière.

Le seul autre meuble était une penderie en bois de cèdre délabrée qui se dressait contre le mur de gauche. Le jongleur s'en approcha et l'ouvrit. Sa porte commença par résister, puis céda avec un craquement de protestation. Un peu de poussière s'en échappa. Elle était vide.

La pièce avait également grand besoin d'être aérée – elle empestait la sueur et la cire refroidie. Mais sa fenêtre étroite, qui surplombait la cour de l'auberge, était scellée par une croûte de peinture. Trois étages plus bas, des voix alarmées se mêlaient à des bruits de sabots. Les citadins étaient toujours préoccupés par l'incendie du verger. Le jongleur, en revanche, ne se sentait nullement concerné.

Il glissa une pièce à la femme de chambre. Celle-ci le remercia d'un signe de tête et sortit. Il verrouilla la porte derrière elle et attendit que ses pas s'éloignent dans le couloir. Personne d'autre ne s'approcha de la chambre. Satisfait, il pivota vers la musicienne, qui avait déposé son paquetage au pied du lit.

Serrant son instrument contre elle, la jeune femme s'assit sur le couvre-lit froissé. Son visage était tourné vers la fenêtre, de sorte que ses cheveux blonds formaient un rideau entre eux.

— Tout à l'heure, tu m'as appelé Er'ril, lança le jongleur, impatient de résoudre ce mystère. Pourquoi ?

— C'est bien ton nom, n'est-ce pas ?

La musicienne déposa son luth à côté d'elle, mais garda une main sur l'étui de tissu.

Le jongleur ignora sa question.

— Et quel est le tien ?

— Nee'lahn de Lok'ai'hera, répondit timidement la jeune femme.

Elle leva les yeux vers lui comme si elle s'attendait à ce que ça lui dise quelque chose.

Lok'ai'hera. Un souvenir diffus s'agita dans les profondeurs de sa mémoire, mais il n'arrivait pas à mettre le doigt dessus. Il avait traversé tant de villes et de villages…

— Et où cela se trouve-t-il ?

Nee'lahn se recroquevilla sur elle-même et sortit le luth de son étui. De nouveau, le grain rouge du bois parut dessiner des tourbillons à sa surface.

— Comme tu as la mémoire courte, Er'ril de Standi, souffla-t-elle.

Le jongleur soupira. Il était déjà las de cette petite danse.

— Personne ne m'a appelé ainsi depuis des centaines d'hivers. L'homme qui portait ce nom est mort depuis longtemps.

Il se dirigea vers la fenêtre et écarta le rideau usé jusqu'à la trame. Des hommes munis de torches s'agitaient dans la cour. D'autres saisissaient des seaux et des pelles. Un chariot approcha ; ils montèrent à l'arrière. Le conducteur dut cingler ses deux chevaux avec une badine pour leur faire tirer une si lourde charge.

Er'ril regarda le véhicule s'éloigner en direction de la route. À l'ouest, une lueur orangée nimbait les collines. Un frisson le parcourut. Il ne se souvenait que trop bien de la dernière fois où il s'était tenu dans cette vallée maudite. À l'époque, déjà, il avait contemplé des feux depuis la fenêtre d'une auberge.

— Pourquoi me cherchais-tu ? demanda-t-il sans se retourner.

Dans le reflet de la vitre, il vit Nee'lahn incliner la tête et effleurer les cordes de son luth. Quelques notes solitaires adoucirent les contours tranchants de la pièce.

— Parce que nous sommes les derniers, répondit-elle simplement.

Sa mélodie entraînait Er'ril hors de ce gourbi, vers un ailleurs lointain. Il se tourna vers elle.

— Les derniers quoi ? marmonna-t-il.

— Les derniers murmures d'un pouvoir très ancien – celui du Chi.

Il se rembrunit. Au fil du temps, il en était venu à haïr le nom de l'esprit divin qui avait abandonné Alaséa et l'avait laissée se faire profaner par le Gul'gotha. Sa voix se durcit.

— Je ne porte pas ce pouvoir en moi.

Nee'lahn inclina la tête sur le côté, et ses cheveux lui masquèrent le visage.

— Tu as vécu plus de cinq siècles, et tu doutes de ton pouvoir ?

— Ma longévité est l'œuvre de mon frère. C'est lui qui me l'a conférée.

— Shorkan…

Er'ril sursauta en entendant le nom de son cadet. Haussant les sourcils, il détailla la musicienne.

— Comment se fait-il que tu saches autant de choses sur moi ?

— J'ai étudié les vieilles histoires. (D'un doigt gracile, Nee'lahn écarta une mèche blonde qui lui tombait devant la figure, révélant un de ses yeux violets.) Et les anciennes prophéties : « Les trois deviendront un, et le Grimoire sera lié ».

— Ces histoires et ces prophéties sont tombées dans l'oubli depuis longtemps, contra Er'ril.

La jeune femme plissa les yeux.

— Une chose est sûre : tu n'es plus l'homme qu'elles décrivaient – celui qui, jadis, sauva le Grimoire et le protégea. Celui qui tenta d'organiser la résistance contre le seigneur suprême du Gul'gotha. On prétend que cet homme-là arpente toujours le continent.

— Ça reste à démontrer. (Er'ril s'assit sur le bord de la fenêtre.) Comment m'as-tu reconnu ?

Nee'lahn berça son luth dans son giron et en pinça les cordes une seule fois.

— Grâce à la musique.

— Comment ça ? Quel rapport entre moi et ton instrument ?

La jeune femme caressa la hampe de son luth du bout de l'index.

— Au-delà des Dents, au cœur des contrées du Couchant, se dressait jadis un très vieux bosquet de koa'kona. Te souviens-tu des koa'kona, les arbres à esprits ? Ou les as-tu oubliés, eux aussi ?

— Je me souviens de celui qui poussait au centre de Val'loa. (Un instant, Er'ril revit les rayons du soleil filtrer à travers les branches du koa'kona, faisant étinceler ses fleurs comme des saphirs.) Son sommet dépassait celui des plus hautes tours de la cité.

Nee'lahn se redressa sur le lit et, pour la première fois, lui révéla entièrement son visage. La voix enrouée par une poignante mélancolie, elle demanda :

— Fleurit-il encore ?

— Non. La dernière fois que je l'ai vu, la saumure avait fait pourrir ses racines. (Er'ril vit que ses mots blessaient la jeune femme.) Je crois qu'il est mort, acheva-t-il doucement.

Une larme roula sur la joue de Nee'lahn.

— Le bosquet dont je te parle s'appelait Lok'ai'hera, le Cœur de la Forêt, murmura-t-elle tristement. Il…

Er'ril bondit sur ses pieds. Soudain, il se rappelait. Lok'ai'hera ! Telle une rivière débordant de son lit durant un orage, un souvenir le submergea. Une image s'imposa à son esprit, si nette que ses genoux flageolèrent. Assis à la table de la cuisine, son père fumait sa pipe en frottant son estomac plein d'un air réjoui. Er'ril revit les vaisseaux sanguins éclatés qui dessinaient un filigrane rouge sur son nez, sentit l'odeur âcre du tabac, entendit les pieds de sa chaise racler sur le sol de planches.

— Mon père, marmonna-t-il. Une fois, il m'a raconté qu'il était allé là-bas dans sa jeunesse. J'ai toujours cru que cet endroit était une fable. Il parlait de nymphes mariées aux arbres à esprits, de loups aussi grands que des hommes et de troncs aussi larges que notre maison.

— Lok'ai'hera n'est pas une fable, contra Nee'lahn. C'était mon foyer.

Er'ril garda le silence, songeant à son propre foyer. Le souvenir de son père avait suscité un déferlement d'images anciennes – d'images qu'il s'était donné beaucoup de mal pour oublier. Son frère et lui jouant à cache-cache dans les champs. La fête des récoltes durant laquelle il avait embrassé une fille pour la première fois. La façon dont les plaines de Standi semblaient s'étirer à l'infini.

— Je suis désolé, dit-il enfin. Que lui est-il arrivé ?

Les épaules de Nee'lahn s'affaissèrent.

— C'est une très longue histoire, qui prend sa source à une époque où ton peuple ne vivait pas encore sur ce continent. Une race abominable, les el'phes, a lancé une malédiction sur nos arbres à esprits.

La jeune femme parut se replier en elle-même, se soustraire à la réalité tangible de la pièce. Dans sa voix, Er'ril entendit palpiter une douleur ancienne mais encore bien vivace.

— J'ai entendu des légendes au sujet des el'phes – ces spectres aux cheveux d'argent, lança-t-il en voyant qu'elle ne faisait pas mine de continuer. Je croyais que c'étaient des créatures mythiques.

— Le temps transforme toutes les vérités en vulgaires mythes. (Nee'lahn leva brièvement les yeux vers lui.) Tu es mieux placé que quiconque pour le savoir, Er'ril de Standi. Pour la plupart des gens, tu es toi aussi un mythe et une légende.

À cela, Er'ril ne sut que répondre.

— Au fil des ans, reprit la jeune femme, nous avons cherché un moyen d'empêcher la mort de nos arbres. Mais la Pourriture a continué à se propager. Les fleurs ont cessé de s'ouvrir ; les feuilles sont tombées en poussière entre nos doigts ; les branches se sont couvertes de larves qui ont rongé leur écorce. Notre majestueux foyer a été réduit à une poignée de koa'kona. Les derniers survivants auraient fini par succomber si un mage de ton peuple ne les avait pas préservés à l'aide d'une bénédiction chyrique. Hélas ! Lorsque le pouvoir du Chi a commencé à s'estomper, la Pourriture est revenue en force. Nos arbres, qui prospéraient depuis l'enfance du monde, ont recommencé à périr. Et mon peuple s'est éteint avec eux.

— Ton peuple ?

— Mes sœurs et nos esprits. Nous sommes liées à nos arbres comme vous les humains êtes liés à votre âme. L'un ne peut exister sans l'autre.

— Tu…, bredouilla Er'ril, abasourdi.

Nee'lahn repoussa ses cheveux en arrière.

— Je fais partie des nyphai.

— Tu es une nymphe ?

Elle pinça les lèvres.

— C'est ainsi que ton peuple nous appelle.

— Mais mon père m'a dit que vous ne pouviez pas vivre à plus d'une centaine de pas de vos arbres, protesta Er'ril. Comment peux-tu être ici, à l'autre bout du monde ?

— Ton père se trompait. (Nee'lahn posa une main sur son luth.) Nous devons rester près de notre esprit, et non près de notre arbre. Un maître artisan des contrées du Couchant a taillé ce luth dans le cœur agonisant du dernier koa'kona… Mon arbre. Désormais, son esprit réside dans le bois de l'instrument. Sa voix interpelle tous ceux qui se souviennent encore de la magie.

— Pour quoi faire ? s'étonna Er'ril. Le temps de la magie est révolu depuis belle lurette !

Sans se troubler, Nee'lahn poursuivit :

— Sa chanson attire ceux qui lui ressemblent – ceux qui portent toujours en eux des traces de magie – comme un aimant attire le fer. Depuis des années, je parcours le continent en quête de ces êtres. Je joue sa musique, et il me permet de voir dans l'esprit de ceux qui l'écoutent. Ce soir, j'ai vu ce dont tu te souvenais : les tours de Val'loa, les champs de tes plaines natales. J'ai aussitôt su qui tu étais.

— Et qu'attends-tu de moi ?

— Un remède.

— Pour guérir quoi ?

— Lok'ai'hera, bien sûr. Je suis la dernière. Quand je disparaîtrai, mon peuple et nos esprits me suivront dans la tombe. Je ne puis le permettre.

— Comment suis-je censé t'aider ?

— Je l'ignore. Mais la gardienne du plus vieux de nos esprits a eu une vision sur son lit de mort.

Er'ril soupira et se massa une tempe.

— J'en ai soupé des visions et des prophéties. Regarde où elles m'ont conduit.

— Elles t'ont conduit à moi, Er'ril de Standi, répliqua Nee'lahn d'un ton vibrant d'espoir.

— Notre rencontre n'est que le fruit du hasard. Tu lui accordes trop de signification.

— Non. Cette soirée regorge d'augures.

— Que veux-tu dire ?

— La vision de la gardienne lui a montré Lok'ai'hera renaissant des cendres d'un feu allumé par la magie – le vert de la végétation jaillissant du rouge des flammes. Et voici que je contemple une créature de la magie dans la lueur d'un incendie.

— Je ne suis pas une créature de la magie, se défendit Er'ril. Je suis un homme. Je peux être blessé comme n'importe qui. (Il désigna le moignon de son bras.) Je peux mourir comme n'importe qui. La seule différence, c'est que je ne vieillis pas. Et c'est une malédiction plutôt qu'une bénédiction.

— C'est suffisant, déclara Nee'lahn. Le feu et la magie dansent dans la nuit. (Ses yeux violets étincelaient comme les fleurs semblables à des joyaux qui paraient le koa'kona solitaire de Val'loa.) C'est un bon début.

9

Le glapissement de la créature ailée fendit les ténèbres comme le hachoir d'un boucher. La bête les avait traqués toute la nuit. Les oreilles encore bourdonnantes des échos de son cri, Elena s'arc-bouta pour tirer Brume hors du lit de la rivière asséchée.

Les muscles bandés et les poings crispés sur la bride de la jument, Joach grogna :

— Elle a capté notre odeur. Tant pis pour Brume. Il faut filer !

— Non ! aboya Elena.

Elle se laissa glisser dans la pente et passa derrière la jument dont les sabots s'étaient enfoncés dans la glaise jusqu'aux paturons. Épuisée, Brume ne cherchait même plus à se dégager.

Elena passa une main sur son flanc fiévreux. De la sueur dégoulinait de son pelage et s'évaporait en formant un petit nuage blanc dans l'obscurité glaciale.

— Je suis désolée, ma belle, souffla la jeune fille. Mais je ne te laisserai pas renoncer !

Elle empoigna la queue de la jument à la base et la rabattit sur son dos.

— Maintenant, bouge-toi ! ordonna-t-elle en lui donnant une claque sur le postérieur et en lui tordant vicieusement la queue.

Brume hennit de douleur. D'une ruade, elle s'arracha à la glaise. Elena vola en arrière et atterrit au fond du ravin. Allongée sur le dos, elle regarda Joach tirer la jument du piège dans lequel elle avait failli s'embourber.

Soudain, un second glapissement résonna à travers les collines. Il semblait plus proche que le premier.

— Dépêche-toi, El ! appela Joach.

Elena n'eut pas besoin qu'il le lui dise deux fois. Elle se releva et se hâta d'escalader la pente dont la terre molle se dérobait sous ses pieds.

Quand elle eut atteint le sommet, Joach tendit un doigt.

— Par là. La crique du Moulin ne se trouve plus qu'à quelques lieues.

La jeune fille secoua la tête.

— Nous devons nous mettre à l'abri. La créature ne tardera pas à nous rattraper.

Prenant les rênes de Brume des mains de son frère, elle entraîna la jument dans la direction opposée – vers l'incendie qui ravageait la vallée.

— El, que fais-tu ? protesta Joach.

— La fumée nous dissimulera et fera perdre notre piste au prédateur, expliqua la jeune fille. Viens vite ! Je connais un endroit où nous cacher jusqu'à ce qu'il se lasse de nous chercher.

Son frère lui emboîta le pas, détaillant la ligne de flammes d'un air inquiet.

— À condition qu'on ne se fasse pas carboniser avant…

Elena l'ignora. Elle était trop occupée à tenter de se repérer. La fumée et les battements précipités de son cœur troublaient sa concentration. Était-ce le bon chemin ? Elle croyait reconnaître cette partie du verger, mais elle n'en était pas sûre.

Tandis qu'elle courait, tirant Brume derrière elle, la jeune fille balaya le paysage du regard. *Oui !* Cette pierre en forme de tête d'ours… Elle ne s'était pas trompée. Infléchissant sa trajectoire vers la gauche, elle fit signe à Joach de la suivre vers une cuvette envahie par les broussailles.

Soudain, la nappe de fumée qui masquait les étoiles bouillonna au moment où une masse sombre passa à un jet de pierre au-dessus de leur tête. Elena crut sentir le poids du monstre peser sur elle alors qu'il les survolait, filant droit vers le ravin dont ils venaient de s'extirper.

Joach regarda fixement sa sœur, écarquillant les yeux dans la maigre lumière des feux alentour. Dans ses prunelles, Elena reconnut la même terreur qui lui comprimait le cœur. S'ils avaient foncé vers la crique du Moulin, ils auraient offert une cible parfaite à la créature. Le jeune homme hocha la tête pour inciter sa sœur à continuer.

Elena ouvrit la voie. Elle se déplaçait aussi vite que possible, mais en s'efforçant de ne pas faire de bruit. Quand elle aperçut le Vieillard, elle s'autorisa un petit soupir de soulagement. Guidant Brume par la bride, elle plongea dans la végétation foisonnante qui formait une oasis de chaos au milieu des arbres soigneusement alignés. Un bras replié devant son visage, elle se fraya un chemin parmi les broussailles jusqu'au fond de la cuvette.

— Douce Mère, souffla Joach lorsque ses yeux se posèrent sur le Vieillard. Je n'arrive pas à y croire.

Devant lui se dressaient les vestiges d'un arbre massif : pas un de ces pommiers maigrichons que les hommes avaient plantés dans la vallée, mais un des géants végétaux qui vivaient là bien avant leur arrivée. Huit adultes aux bras étendus n'auraient pas suffi à encercler son tronc. Son sommet était tombé depuis longtemps, ne laissant qu'une souche déchiquetée et une unique branche tendue vers le ciel.

— Je l'ai trouvé pendant que j'explorais la vallée, expliqua Elena à voix basse – non pour éviter de se faire repérer par le prédateur, mais par respect pour l'arbre vénérable qu'elle contemplait. Je l'ai surnommé le Vieillard.

Elle entraîna son frère vers une longue fente noire qui béait dans l'écorce grise.

— L'intérieur est creux ; il forme une sorte de caverne naturelle. Nous pourrons…

Un glapissement de rage retentit à travers la vallée. Leur poursuivant venait de réaliser que ses proies avaient réussi à lui échapper.

Sans rien ajouter, Elena et Joach se réfugièrent dans l'étreinte du Vieillard. Brume ne rechigna même pas à les suivre dans leur cachette. La cavité était assez vaste pour abriter un petit troupeau.

La première chose qui frappa Elena lorsque la pénombre se referma sur elle, ce fut l'odeur du Vieillard. Le parfum douceâtre qui planait sous les branches du verger battait en retraite devant la fragrance boisée de l'arbre. Ici, l'air embaumait la sève de pin. Bien que le Vieillard soit mort depuis longtemps, ses effluves persistaient comme si son esprit s'attardait à l'intérieur de sa coquille. Même la fumée suffocante qui s'insinuait dans la cuvette ne pouvait étouffer sa présence.

Elena posa tendrement la main sur le bois. Elle savait que le Vieillard les protégerait durant cette affreuse nuit. Lorsque sa paume droite toucha l'écorce, elle sentit une fraîcheur apaisante remonter le long de son bras jusqu'à son cœur. Et l'espace d'un instant, elle crut entendre un chuchotement caverneux dans sa tête.

Fille du sang et de la pierre... Je te demande une faveur... Cherche mes enfants.

Elena secoua la tête. Voilà que son imagination enfiévrée par la terreur lui jouait des tours ! Comme si elle n'avait pas déjà assez de soucis... Elle retira sa main et croisa les bras sur sa poitrine en un geste défensif.

Joach s'approcha d'elle. Sans un mot, les deux jeunes gens se prirent par la main et, immobiles, guettèrent les bruits de la nuit. Quelques minutes plus tard, les glapissements s'éloignèrent. Ils avaient réussi à semer la bête ; celle-ci abandonnait la poursuite... Du moins, pour le moment.

Joach passa la tête à l'extérieur et promena un regard à la ronde.

— Nous devons partir, déclara-t-il. Le feu ne tardera pas à nous rejoindre. Si nous restons ici, nous serons pris au piège.

Bien que répugnant à quitter l'étreinte réconfortante du Vieillard, Elena acquiesça. Elle guida Brume hors de la cavité et fut aussitôt assaillie par une fumée âcre qui lui piqua les yeux et le nez. Elle jeta un coup d'œil pardessus son épaule. L'incendie embrasait l'horizon d'un bout à l'autre ; son rugissement avide se déversait depuis les crêtes flamboyantes.

— Il faut faire vite, dit Joach en écartant les broussailles qui lui barraient le chemin. Nous avons encore plusieurs lieues à parcourir avant d'atteindre la crique.

Elena suivit son frère. Bientôt, ils sortirent de la cuvette et s'élancèrent à travers le verger. La jeune fille ne cessait de regarder derrière elle pour jauger la progression de l'incendie. Joach et elle étaient de nouveau pourchassés – mais, cette fois, par des flammes aveugles.

Sa dernière vision du Vieillard fut celle de sa branche unique qui s'agitait, tel le bras d'un homme en train de se noyer dans une mer de feu et appelant à l'aide. Les yeux pleins de larmes, elle se détourna. Des mots étranges résonnaient encore dans sa tête. *Cherche mes enfants*.

— Je n'arrive pas à croire que le gamin de Bruxton ait pu faire une chose pareille ! gronda le conducteur du chariot, un homme aussi rabougri et tordu qu'une racine, en frappant son banc du poing.

À l'arrière du véhicule, ses passagers poussèrent des exclamations de colère. Plusieurs d'entre eux agitèrent leur pelle d'un air menaçant.

Les deux mains posées sur le pommeau de sa selle, Rockingham se pencha vers son interlocuteur.

— Son père ne savait pas quoi faire. C'est pourquoi il a réclamé l'aide du voyant.

Du pouce, il désigna Dismarum qui montait une petite jument attachée par la bride à son étalon haletant. Le vieillard avait rabattu sa capuche sur son front ; il oscillait sur sa selle comme s'il somnolait.

— Et vous dites que Bruxton l'a surpris avec sa sœur – qu'il a contemplé cette abomination de ses propres yeux ? insista le conducteur.

Rockingham acquiesça.

— Dans la grange. Ils se roulaient dans le foin comme des chiens en chaleur.

Des hoquets de stupéfaction outrée s'élevèrent de l'arrière du chariot. Il réprima un sourire. C'était presque trop facile. Toutes les familles nourrissaient les mêmes peurs secrètes ; il suffisait de quelques paroles bien choisies pour les exciter et les faire remonter à la surface.

Un vent froid, venu de la montagne, balayait la route plongée dans les ténèbres. Le soldat resserra sa cape sur ses épaules et jeta un coup d'œil aux collines voisines. L'incendie continuait à se propager parmi les arbres, crachant de grandes colonnes de fumée noire.

Un couinement se fit entendre dans le dos du conducteur.

— Que s'est-il passé quand vous êtes arrivés là-bas ?

Rockingham se redressa sur sa selle et reporta son attention sur l'homme qui venait de parler.

— Nous avons trouvé le garçon une hache à la main. Sa mère gisait à ses pieds dans une mare de sang. Le corps de son père refroidissait déjà dans la cour.

— Douce Mère !

Plusieurs citadins pressèrent un pouce sur leur front – le réflexe traditionnel pour se garder contre le mal.

— Quant à la fille, elle avait déjà mis le feu à la grange et à la maison. Le garçon s'est jeté sur nous en brandissant son arme. Le voyant étant sous ma protection, j'ai dû battre en retraite.

— Comment est-ce possible ? souffla le conducteur, les yeux écarquillés par le choc. Je connais ces gamins. Ils avaient l'air de bons petits – toujours polis, pas méchants pour deux sous.

Dismarum, qui avait gardé le silence jusque-là, leva la tête pour offrir son visage à la lumière des torches.

— C'est l'œuvre de démons, affirma-t-il. Des esprits maléfiques se sont emparés d'eux.

Cette fois, tous les occupants du chariot portèrent un pouce à leur front. Un homme plus impressionnable que les autres sauta à terre et rebroussa chemin vers la ville à toutes jambes. L'obscurité l'engloutit.

— Capturez-les et amenez-les-moi, ordonna Dismarum. Mais surtout, ne leur faites pas de mal. Sinon, le mal abandonnera leur cœur mourant pour s'emparer d'une autre victime – peut-être un de vos propres enfants. Prenez garde.

Puis il baissa la tête et, d'une main osseuse, fit signe à Rockingham d'avancer.

Le soldat talonna sa monture. La jument de Dismarum lui emboîta docilement le pas.

— Faites passer le mot ! jeta-t-il par-dessus son épaule aux occupants du chariot. Fouillez les environs ! Et quand vous les aurez trouvés, conduisez-les à la garnison !

Dès qu'un virage dissimula le véhicule à leurs yeux, il fit ralentir son étalon pour se mettre au niveau de Dismarum.

— Le piège est amorcé, grimaça-t-il.

Le vieillard garda le silence.

Soudain, un lourd battement d'ailes se fit entendre devant eux. Une forme noire jaillit au-dessus des arbres. Les deux hommes rentrèrent la tête dans les épaules comme elle les survolait et continuait en direction de la ville.

— Priez pour qu'il soit efficace, grommela Dismarum tandis que la créature disparaissait dans les ténèbres pâlissantes, à l'est.

Elena était montée derrière son frère. Les bras passés autour de sa taille, elle laissait Joach guider Brume vers la berge d'en face.

En traversant la large crique peu profonde, la jument faisait jaillir des éclaboussures qui atteignaient parfois les mollets de la jeune fille. La caresse glaciale de l'eau rappela à Elena que l'hiver était tout proche. Mais Brume poussa un hennissement joyeux, comme si le liquide dans lequel elle pataugeait dissipait la terreur que lui avaient inspirée les flammes.

— Nous devrions être en sécurité de l'autre côté, déclara Joach d'une voix éraillée par la fatigue et la fumée. La distance qui sépare les deux rives est assez grande pour que le feu ne puisse pas sauter de l'une à l'autre. Du moins, je l'espère.

Elena ne répondit pas. Elle aussi, elle l'espérait. Derrière elle, les flammes se déployaient à travers le verger tels les doigts d'une main inquisitrice. On aurait dit que l'incendie les cherchait. Un peu plus tôt, il avait failli les acculer dans une faille escarpée entre deux collines. Joach et elle avaient dû remonter sur le dos de leur jument et s'enfuir au galop. Ils n'en avaient réchappé que de justesse. Une chose au moins rassurait la jeune fille : depuis plusieurs heures, ils n'avaient pas vu le moindre signe de la créature ailée.

Le temps qu'ils atteignent la crique du Moulin, la lune s'était déjà couchée. À l'est, l'horizon pâlissait. L'aube ne tarderait pas à se lever.

— Joach, on est encore loin de Gelbourg ?

— Je ne sais pas trop. J'ai du mal à me repérer dans cette purée de pois. Mais je pense qu'on devrait l'atteindre aux premières lueurs du jour. (Le jeune homme talonna Brume pour l'inciter à gravir la berge.) On ferait mieux de continuer à pied, suggéra-t-il une fois parvenu au sec.

Il se laissa glisser à terre et tendit la main à sa sœur pour l'aider à descendre.

Lorsque ses pieds touchèrent le sol, les jambes d'Elena flageolèrent, et elle faillit tomber à genoux tant elle était épuisée. Une douleur sourde pulsait dans ses muscles ; ses articulations protestaient à chacun de ses mouvements. Elle se sentait toute meurtrie, comme si on l'avait écorchée vive.

Joach la soutint de son bras.

— On peut se reposer quelques minutes, si tu veux.

La jeune fille essuya son visage maculé de suie et hocha la tête. D'un pas chancelant, elle se traîna jusqu'à un rocher couvert de mousse et s'assit dessus.

Brume fourra son museau dans une touffe d'herbe et se mit à brouter. Joach poussa un soupir et se laissa tomber par terre. Il se pencha en arrière et, en appui sur ses bras tendus, observa le torrent de fumée qui se déversait dans le ciel.

Elena baissa la tête. En l'espace d'une journée, tout ce en quoi elle avait jamais cru lui avait été brutalement arraché. Le sol sur lequel elle marchait s'était changé en marécage. Rien ne lui semblait plus réel. Même Joach et Brume, qui se tenaient tout près d'elle, lui paraissaient aussi dénués de substance que des fantômes – comme s'ils risquaient à tout instant de se changer en poussière que le vent emporterait, la laissant seule parmi les arbres. S'enveloppant dc ses bras, elle se balança d'avant en arrière. Un frisson la parcourut. Elle ne pouvait plus retenir ses larmes.

Elle ne réagit pas lorsque Joach se releva et se dirigea vers elle. Son frère la prit dans ses bras et la serra contre lui pour l'empêcher de trembler. Il ne dit pas un mot, se contentant de l'étreindre de toutes ses forces.

Peu à peu, les sanglots d'Elena s'apaisèrent. Elle se laissa aller et posa sa tête contre la poitrine de Joach. Instinctivement, elle sut que son frère n'était pas seul à la réconforter. Dans la chaleur de son corps, elle percevait tout l'amour de leur mère ; dans la vigueur de ses bras, toute la force de leur père. Quoi qu'il ait pu se passer cette nuit-là, ils formaient toujours une famille.

Elena aurait bien voulu rester là jusqu'à ce que le soleil franchisse les pics montagneux. Mais soudain, Brume souffla, renâcla et fit un bond sur le côté, les oreilles frémissant d'appréhension. Joach lâcha sa sœur et se redressa, tous les sens en alerte.

Elena se leva et saisit les rênes de la jument. Joach s'accroupit au bord de l'eau et sonda du regard le fond de la crique.

— Tu vois quelque chose ? s'enquit la jeune fille.

Son frère secoua la tête.

— Non. Il n'y a rien. Brume est nerveuse, c'est tout.

Elena pouvait comprendre la pauvre bête. Elle se rapprocha prudemment de Joach et jeta un coup d'œil à la ronde. L'eau de la crique gargouillait sur un lit de pierres polies entre ses rives envahies par les fougères. Tout semblait normal.

— Tu as peut-être raison, commença-t-elle.

Puis elle s'interrompit et cligna des yeux. Ses yeux fatigués lui jouaient-ils des tours ?

Une lueur argentée, pareille à un reflet de clair de lune, dansait à la surface de l'eau. Mais la lune s'était déjà couchée… Tandis qu'Elena l'observait, elle se mit à tourbillonner dans le sens contraire du courant.

— Qu'est-ce que c'est ? demanda la jeune fille.

— Quoi ?

Du doigt, elle désigna la tache scintillante qui se répandait à la surface de la crique tel du lait renversé.

Joach lui lança un regard intrigué.

— Je ne vois rien.

— La lumière dans l'eau. Là !

Le jeune homme recula d'un pas et tenta d'entraîner sa sœur avec lui. Mais Elena resta plantée sur la berge.

— El, il n'y a rien.

Elle regarda la lueur faiblir, onduler une dernière fois et se volatiliser comme par magie.

— Elle a disparu, chuchota-t-elle en se frottant les yeux.

Joach la fixait avec une moue sceptique.

— Je te jure qu'il y avait quelque chose, insista Elena.

— Moi, je n'ai rien vu. (Son frère haussa les épaules.) Avec la nuit que nous venons de passer, c'était probablement un danger de plus. Estimons-nous heureux que ça ne se soit pas attardé.

— Non. (Elena avait parlé sans réfléchir, mais elle sut aussitôt qu'elle disait la vérité.) Non, ça ne nous voulait pas de mal.

— Quoi qu'il en soit, je commence à en avoir ma claque des phénomènes étranges. Fichons le camp d'ici. Nous avons encore une longue marche devant nous avant d'atteindre Gelbourg.

Joach jeta un dernier coup d'œil à la crique, puis secoua la tête et se mit à longer la rivière en direction de l'aval.

Elena lui emboîta le pas, guidant Brume par la bride.

Dans sa tête, elle revit la lumière argentée. Ce n'était peut-être qu'une hallucination, mais l'espace d'un instant, juste avant qu'elle s'évanouisse, une image s'était formée en son sein : celle d'une femme avec des étoiles en guise d'yeux. Puis il n'y avait plus eu que des pierres et de l'eau noire.

L'adolescente grimaça. La fatigue la faisait sûrement divaguer. Elle ne voyait pas d'autre explication.

Mais alors… Quand l'image lui était apparue, pourquoi sa main souillée s'était-elle soudain embrasée comme si elle avait touché le soleil ? Pourquoi la sensation s'était-elle dissipée en même temps que la lumière ? Et pourquoi Joach n'avait-il rien vu de tout cela ?

Brume poussa Elena du museau. La jeune fille pressa le pas pour rattraper son frère. Trop de questions se bousculaient dans sa tête. Peut-être trouverait-elle des réponses à Gelbourg.

10

L'aube n'apporta nulle chaleur dans la minuscule chambre d'auberge. Er'ril avait dormi par terre, enveloppé d'une couverture, son havresac posé sous sa tête en guise d'oreiller. Il était déjà réveillé lorsque les premières lueurs du jour avaient révélé la danse paresseuse des particules de poussière dans la pièce.

La soirée avait été longue. Nee'lahn et lui avaient parlé très tard dans la nuit avant de convenir que quelques heures de repos leur seraient nécessaires pour affronter la matinée suivante.

La jeune femme s'était endormie tout habillée sur le lit, serrant son luth contre sa poitrine tel un amant. De son côté, Er'ril n'avait connu que de brèves périodes d'assoupissement durant lesquelles de terribles cauchemars l'avaient assailli. Renonçant à poursuivre le sommeil qui le fuyait, il avait regardé le ciel pâlir et le soleil se lever.

Ses pensées tourbillonnaient dans sa tête, mélange chaotique de souvenirs, de questions et de craintes. Pourquoi était-il resté avec cette folle ? Après qu'elle eut fermé les yeux et que son souffle eut ralenti, il aurait très bien pu se faufiler hors de la chambre et disparaître à la faveur des ténèbres.

Mais la conviction qu'il avait perçue dans sa voix l'avait retenu. Fallait-il, comme elle le prétendait, attribuer une quelconque signification à leur rencontre ? L'incendie qui ravageait la vallée était-il bel et bien un augure ? Et surtout, pourquoi était-il revenu dans cette vallée maudite ?

Il connaissait au moins la réponse à cette dernière question. Bien qu'il le désirât, il ne pouvait demeurer aveugle à ses motivations. La journée de la veille avait marqué l'anniversaire de la création du Grimoire – et, plus important, celui de la mort de son frère. Il revoyait encore Shorkan, Greshym et l'enfant dont il n'avait jamais connu le nom s'agenouiller dans le cercle de cire tandis que les tambours grondaient au loin. Tel un tableau à la peinture encore humide, cette image demeurait vivace dans sa mémoire.

Cinq cents hivers auparavant, il s'était tenu dans une auberge similaire, le Grimoire à la main, et il avait regardé le sang d'un innocent se répandre à ses pieds. Sans qu'il le sache, la marche des ans s'était arrêtée pour lui en cet instant précis. Il lui avait fallu plusieurs années pour réaliser quelle malédiction lui avait été lancée ce soir-là : jamais il ne vieillirait.

Il avait vu tous ceux qui lui étaient chers se flétrir et mourir pendant que son propre visage demeurait lisse et inchangé. Et dans leurs yeux, il avait parfois décelé une lueur de colère face à tant d'injustice. À la fin, son chagrin avait eu raison de lui. Il ne supportait plus de voir ses proches disparaître l'un après l'autre. Aussi s'était-il lancé sur les routes, renonçant à fonder un foyer et à tisser le moindre lien avec autrui.

Tous les cent ans, il revenait dans cette vallée, espérant trouver des réponses à ses questions. *Quand cela se terminera-t-il ? Pourquoi dois-je continuer à vivre ?* Jusque-là, aucune ne s'était présentée à lui.

Au fil des ans, les cicatrices laissées par cette funeste nuit s'étaient estompées. Les gens avaient oublié. À présent, plus personne ne se souvenait des morts ni n'allait se recueillir sur leurs tombes anonymes. Mais chaque siècle, Er'ril retournait sur le champ de bataille pour honorer les victimes de la marche des Carnassires. Elles méritaient bien qu'au moins une personne se remémore leur bravoure et leur sacrifice.

Er'ril savait qu'il aurait pu se planter sa propre épée dans le ventre et mettre un terme à son existence maudite. Il avait caressé cette idée pendant maintes nuits où le sommeil s'était refusé à lui. Mais son cœur refusait de céder à la tentation. Shorkan était mort en donnant la vie au Grimoire. Comment aurait-il pu se dérober à ses responsabilités quand son frère avait tant donné ?

Ainsi revenait-il dans la vallée tous les cent ans.

Il entendit Nee'lahn s'agiter sur le lit. Il la vit lever une main et se frotter les yeux comme pour en dissiper les derniers lambeaux de sommeil. Il se racla la gorge pour lui faire savoir que lui aussi était réveillé.

La jeune femme se redressa sur un coude.

— Déjà le matin ?

— Oui. Et si nous voulons trouver une table pour petit-déjeuner, nous ferions bien de ne pas traîner. J'ai entendu des hommes aller et venir toute la nuit.

Nee'lahn se leva, rajustant pudiquement sa tunique blanche.

— Peut-être pourrions-nous manger dans la chambre, suggéra-t-elle. Je… Je n'aime pas trop la foule.

— Non. Ils ne servent que dans la grande salle.

Er'ril enfila ses bottes et se leva. Il se tordit le cou pour faire craquer ses vertèbres et jeta un coup d'œil par la fenêtre.

À l'ouest, des traînées de suie maculaient le ciel, et un linceul de fumée recouvrait la vallée. De gros nuages gris s'amoncelaient derrière les montagnes. Un orage ne tarderait pas à éclater, et la pluie serait accueillie comme une bénédiction. Au loin, Er'ril distingua quelques foyers d'incendie qui dardaient encore leurs flammes entre les arbres. Plus près, les collines étaient presque uniformément noircies ; seules quelques taches vertes subsistaient sur leurs versants calcinés.

Nee'lahn le rejoignit et se passa les doigts dans les cheveux pour les démêler.

— Une bien sombre matinéc, murmura t-elle en balayant le paysage des yeux.

— J'ai déjà vu pis, et ici même, répliqua Er'ril.

Il se souvint du lendemain de la bataille de Nidiver. Le sang qui rougissait l'eau des rivières, les hurlements d'agonie qui se répercutaient sur les falaises abruptes des Dents, la puanteur de chair brûlée qui planait dans l'air et faisait suffoquer les survivants… En comparaison, cette matinée était presque riante.

— La Terre guérira, dit-il en se détournant du paysage ravagé. (Il chargea son havresac sur ses épaules.) Elle guérit toujours.

Nee'lahn saisit son paquetage et y attacha son luth.

— Non, pas toujours, dit-elle doucement.

Er'ril lui jeta un coup d'œil. De nouveau, les yeux de la jeune femme contemplaient un ailleurs lointain. Il devina qu'elle songeait à son bosquet perdu. Avec un soupir, il ouvrit la porte.

Nee'lahn se faufila dans le couloir. Il la suivit tandis qu'elle se dirigeait vers l'escalier. Les éclats de voix qui montaient depuis le rez-de-chaussée semblaient aussi forts que lorsqu'ils s'étaient retirés, la veille – comme si les citadins avaient passé toute la nuit à discutailler. De toute évidence, une agitation inhabituelle régnait dans la salle commune.

Lorsque les deux compagnons atteignirent le bas des marches, Er'ril aperçut un homme maigrichon, aux cheveux roux en bataille et aux vêtements couverts de suie, qui tapait du pied sur la scène. Aucune écuelle n'étant posée à ses pieds, Er'ril en déduisit que ça n'était pas un artiste particulièrement matinal.

— Écoutez-moi ! glapit l'individu d'une voix stridente. Je le tiens du capitaine de la garnison en personne !

La grande salle était bondée. Un homme qui portait une pelle sur son épaule répliqua :

— Laisse tomber, Harrol ! On commence par éteindre le feu. Ensuite, on s'occupera des gamins.

— Des gamins ? C'est l'engeance du démon ! cracha le rouquin.

— Et alors ? Les démons n'affament pas ma famille. Nous devons sauver ce qui reste de la récolte, sans quoi, nous ne passerons pas l'hiver.

Harrol s'empourpra de fureur, et ses épaules se mirent à trembler.

— Abruti ! tempêta-t-il. À ton avis, qui a allumé l'incendie ? Si nous ne leur mettons pas la main dessus, ils continueront à foutre le feu aux vergers voisins. C'est vraiment ce que vous voulez – voir toute la vallée réduite en cendres ?

Ce dernier argument eut raison de son interlocuteur.

Nee'lahn leva un regard interrogateur vers Er'ril. Celui-ci haussa les épaules.

— Ils se cherchent un bouc émissaire, c'est tout.

Un vieil homme grisonnant, assis à la table la plus proche, entendit ses paroles.

— Non, mon ami. Nous avons été prévenus. Tout ça est la faute des petits Morin'stal. Le mal a envahi leur cœur.

Er'ril acquiesça et, avec un vague sourire, entraîna Nee'lahn vers le comptoir. Il ne tenait pas à être mêlé aux affaires des gens du coin. Saisissant deux tabourets, il en désigna un à sa compagne et se hissa sur l'autre.

L'aubergiste était à son poste, mais ce matin, une expression réjouie illuminait sa face porcine. Visiblement, l'incendie était une aubaine pour lui. Rien de tel qu'une bonne catastrophe pour remplir ses poches. Er'ril lui fit signe, et il s'approcha d'eux.

— Il ne me reste que du porridge froid, déclara-t-il sans préambule.

Er'ril le vit détailler les courbes délicates de Nee'lahn et passer sa langue sur ses lèvres flasques. La jeune femme se recroquevilla sur elle-même. Avec une grimace méprisante, l'aubergiste reporta son attention sur Er'ril.

— Évidemment, pour cinq pièces de cuivre supplémentaires, je trouverai peut-être une lichette de gelée de mûres pour la petite dame.

— Du porridge et du pain, ça suffira.

— Le pain, c'est une pièce de cuivre en plus.

Er'ril se renfrogna. Depuis quand le pain n'était-il plus inclus dans le prix du petit déjeuner ? Ce gros lard profitait honteusement de l'affluence.

— Ça ira, lâcha-t-il froidement, à moins que vous nous fassiez payer l'usage des cuillers.

L'aubergiste recula en grommelant.

Quelques minutes plus tard, une serveuse timide, aux yeux cernés et injectés de sang comme si elle avait travaillé toute la nuit, leur apporta deux écuelles. Er'ril lui glissa discrètement une pièce de cuivre supplémentaire. Vu les tarifs pratiqués ce matin-là, peu de gens allaient laisser un pourboire. Une lueur passa dans le regard las de la fille. Avec la dextérité d'un magicien de foire, elle fit disparaître la pièce dans sa poche.

Derrière Er'ril, les clients continuaient à brailler. Ils n'arrivaient pas à se mettre d'accord sur la marche à suivre. Suggestions et arguments fusaient de toutes parts sans qu'aucun d'entre eux parvienne à faire l'unanimité.

Soudain, la porte s'ouvrit à la volée. Deux hommes firent irruption dans l'auberge, le visage rougi par le froid. Le plus petit, qui ressemblait à un gnome à côté de son compagnon, boitait comme un infirme. Il précédait un colosse barbu, vêtu d'un épais gilet de fourrure et de bottes en peau, dont les yeux aussi noirs que du charbon balayèrent la foule avec méfiance.

Er'ril devina que c'était un montagnard, un des nomades qui vivaient dans les pics gelés des Dents et ne s'aventuraient dans les basses terres que pendant la saison des marchés, quand les passes étaient praticables. Il était très rare d'en voir un en ville à l'approche de l'hiver.

Le petit homme brandit le poing.

— Nous apportons des nouvelles ! claironna-t-il.

Tous les regards se tournèrent aussitôt vers les nouveaux venus – celui d'Er'ril y compris.

— Qu'avez-vous entendu, Simkin ? demanda quelqu'un.

— Pas entendu – vu !

Secouant la tête et jouant des coudes, Simkin se fraya un chemin jusqu'à la scène. Il grimpa péniblement les trois marches qui y conduisaient et, d'un geste irrité, fit signe au montagnard de s'avancer. Debout sur l'estrade, il arrivait presque à la hauteur de son compagnon. Il lui posa une main sur l'épaule et fit face à la foule.

— Ce gaillard a vu le démon !

Les clients sifflèrent et le bombardèrent de quolibets. Er'ril remarqua cependant que quelques-uns se touchaient le front du pouce, juste au cas où.

— Tu radotes, mon pauvre Simkin ! cria un homme.

— Non, écoutez-moi ! C'est la pure vérité !

— Il a vu quoi ? Ta femme ?

La foule s'esclaffa, mais Er'ril perçut sa nervosité croissante.

— Dis-leur ! ordonna Simkin en enfonçant son index dans l'épaule du colosse. Vas-y !

Une lueur de colère passa dans les yeux du montagnard. Er'ril devina qu'il était venu à contrecœur et qu'il n'appréciait guère qu'on lui donne des ordres. Les nomades étaient un peuple fier. Pourtant, il se racla la gorge et prit la parole d'une voix caverneuse.

— Il a survolé la passe des Larmes au crépuscule. Il était aussi pâle que les champignons qui poussent sur les arbres morts ; ses ailes déployées avaient l'envergure de trois hommes allongés, et ses yeux rouges brillaient comme des charbons ardents. Tandis qu'il s'éloignait, nos bêtes ont paniqué, et une femme de mon foyer a accouché d'un bébé mort-né.

Personne n'aurait osé traiter un montagnard de menteur – du moins, pas en face. Ils étaient réputés pour leur franchise. Impressionnée, la foule ne pipa mot.

Er'ril s'était figé sur son tabouret, une cuiller de porridge à mi-chemin de ses lèvres. Après tant d'années, se pouvait-il que… ? Ils n'avaient pas reparu depuis des siècles.

— Et vous avez fait tout ce chemin pour nous prévenir ? lança quelqu'un depuis le fond de la salle.

— Je suis venu pour le tuer, le détrompa le montagnard d'une voix basse et grondante comme une avalanche.

Er'ril baissa sa cuiller et fut surpris de s'entendre demander :

— Ce monstre était-il décharné, avec une peau si fine qu'on pouvait voir au travers ?

Le montagnard tourna sa grosse tête barbue vers lui.

— Ouais. La lumière du couchant le transperçait comme une lame. Il avait l'air malade.

Près du coude d'Er'ril, Nee'lahn chuchota :

— Connais-tu cette créature ?

Une autre voix s'éleva parmi la foule :

— Toi, le jongleur ! Que sais-tu de ce démon ?

À présent, tous les regards étaient braqués sur lui. Er'ril regretta d'avoir parlé trop vite, mais il ne pouvait pas revenir en arrière.

— Il apporte le désastre, répondit-il d'un ton lugubre, en laissant tomber sa cuiller sur le comptoir. Face à lui, vous n'avez aucune chance.

La foule jura et s'agita de plus belle. Seul le colosse demeura immobile près de la scène, tel un rocher dressé au milieu d'un torrent bouillonnant. Les yeux plissés, il fixait Er'ril d'un regard déterminé. Il ne semblait nullement ébranlé par ses propos. Er'ril savait que la glace de leurs pics natals coulait dans les veines des montagnards, et que la dureté du granit imprégnait leur âme. Même l'ombre de la mort ne pouvait les détourner de leurs résolutions.

Nee'lahn tira son compagnon par la manche.

— De quel genre de créature s'agit-il ?

— D'un des Carnassires du Gul'gotha, souffla Er'ril tout bas, comme si ses mots n'étaient destinés qu'à ses propres oreilles. Un skal'tum.

— Le soleil se lève, siffla le skal'tum.

Secouant ses ailes tel un chien mouillé qui s'ébroue, il se dirigea vers Dismarum. Le cliquetis de ses os résonna dans le sous-sol humide de la garnison.

— J'espère que tout est prêt, ajouta-t-il d'un ton menaçant.

Le vieillard fit un pas en arrière. La puanteur de crasse humaine et de viande pourrie qui planait dans l'air le faisait frémir presque autant que l'immonde créature.

— Rockingham est en train de faire passer le mot en ville. Nous la trouverons bientôt. Elle n'a nul autre endroit où se réfugier.

— Prie pour qu'il en soit ainsi. Le Cœur Noir a soif d'elle. Tâche de ne pas le décevoir une nouvelle fois.

Dismarum s'inclina légèrement, puis recula vers la porte. Tâtonnant derrière lui, il saisit la poignée et poussa le battant.

La lumière du jour, que ses yeux presque aveugles discernaient à peine, se répandit autour de lui depuis l'escalier voisin. Il sourit intérieurement comme la créature battait en retraite. Contrairement à certains autres suppôts du Seigneur Noir, les skal'tum pouvaient survivre à la brûlure du soleil, mais ils préféraient éviter sa caresse. Leur peau translucide noircissait quand elle était trop longtemps exposée à la lumière du jour, et ils répugnaient à subir ce qu'ils considéraient comme une défiguration.

Dismarum ouvrit la porte un peu plus grand que nécessaire et s'attarda sur le seuil, forçant le skal'tum à se replier dans le fond de la pièce. Il aurait adoré le traîner dehors et le voir se tortiller sous le soleil. La haine qu'il vouait à ces monstres ailés n'avait pas diminué au fil des ans.

Irrité, le skal'tum siffla et fit un pas vers lui. Dismarum comprit qu'il avait atteint les limites de sa patience. Il sortit et referma la porte derrière lui. La créature pouvait encore lui être utile. Mais plus tard, si une occasion favorable se présentait… Il savait comment faire hurler même un skal'tum.

Une main posée sur le mur de pierre humide, il longea le couloir jusqu'à l'escalier. Les torches répandaient une clarté suffisante pour lui permettre de distinguer de vagues contours. S'appuyant sur son bâton, il gravit laborieusement les marches usées. Ses genoux lui faisaient mal, et il dut s'arrêter plusieurs fois pour se reposer. Les yeux clos et le souffle court, il tenta de se rappeler ce que c'était d'être jeune : d'y voir clair, de se mouvoir sans être assailli par de douloureux élancements. Il lui semblait qu'il avait toujours été vieux et perclus de rhumatismes.

Pendant l'une de ses pauses, un soldat dévala l'escalier, manquant le bousculer.

— Pardonnez-moi, monsieur, bredouilla-t-il en se plaquant contre le mur pour le laisser passer.

Dismarum remarqua qu'il portait un seau plein de nourriture. Ses yeux affaiblis discernèrent les gros vers blancs qui grouillaient dans la bouillie, tandis qu'une odeur de moisissure et de viande avariée lui emplissait les narines.

Le jeune officier dut remarquer sa grimace de dégoût.

— Par chance, nous n'avons qu'un seul prisonnier à l'heure actuelle, dit-il en désignant son seau du menton. Je ne serai pas obligé de faire plusieurs voyages.

Dismarum acquiesça d'un air maussade et reprit son ascension en se demandant qui le malheureux avait bien pu se mettre à dos pour se voir infliger un tel châtiment. Le labyrinthe de cellules n'abritait qu'un seul occupant : le skal'tum. Et il ne se contenterait sûrement pas d'un seau de bouillie.

Il entendit le jeune officier siffloter en s'enfonçant dans les entrailles de la garnison. Comme il atteignait le palier suivant, un hurlement résonna en contrebas et s'interrompit abruptement.

Dismarum soupira. Ce festin de choix mettrait peut-être le skal'tum de meilleure humeur. Il gravit les marches restantes sans s'arrêter, ignorant les protestations de ses articulations. Pour le moment, il n'aspirait qu'à mettre un maximum de distance entre lui et l'ignoble créature.

Courbé sur son bâton de pol'bois, il pénétra dans le hall de la garnison. Les larges portes étaient ouvertes sur la cour baignée de soleil où se bousculaient des dizaines d'attelages. Des soldats s'affairaient entre les chariots dans un vacarme de grincements d'essieux et de sabots piétinant le sol. De l'autre côté de l'espace découvert, un tintement métallique s'échappait de la forge.

Dismarum tourna le dos à l'entrée et traversa le hall en martelant les dalles de son bâton. D'autres soldats arrivèrent en sens inverse, leur épée leur giflant la cuisse, et une odeur d'armure huilée lui piqua le nez. Une brèche s'ouvrit devant lui : aucun de ces hommes n'aurait osé s'approcher à moins d'un mètre du redoutable voyant.

Comme il passait devant les trois portes des dortoirs, Dismarum avisa plusieurs rangées de lits vides. Tous leurs occupants étaient de garde. Ce matin-là, les rues de la ville grouillaient de lames.

Soudain, une voix familière le héla :

— Dismarum ! Attendez-moi !

Le vieillard pivota vers Rockingham. Celui-ci avait ôté sa tenue d'équitation noircie et portait désormais les couleurs de la garnison. Ses bottes noires lustrées lui montaient jusqu'aux genoux, et sa redingote rouge était festonnée de crochets et de boutons de cuivre. Il avait gominé sa moustache et s'était nettoyé le visage, mais, lorsqu'il s'approcha de lui, l'odorat affûté de Dismarum capta l'odeur de fumée qui imprégnait toujours ses cheveux.

Rockingham s'immobilisa face au vieillard.

— Nous avons peut-être déployé trop de patrouilles.

— Comment ça ? aboya Dismarum, encore secoué par son entrevue avec le skal'tum.

— Les gamins risquent de prendre peur. (Rockingham tendit un doigt vers la cour.) On ne peut pas faire deux pas sans bousculer un soldat. À leur place, j'hésiterais à entrer en ville.

Dismarum acquiesça et se frotta les yeux. Cet abruti avait peut-être raison, pour une fois. S'il n'avait pas été si fatigué, il s'en serait rendu compte par lui-même.

— Que suggérez-vous ?

— Faire revenir nos hommes. J'en ai déjà donné l'ordre. Les civils sont bien assez remontés. Ils feront le boulot pour nous.

— La fille ne doit pas nous échapper.

— Si elle pointe le bout de son nez, elle se fera prendre, affirma Rockingham. L'incendie et vos histoires de démons ont enflammé la population. Chaque rue est surveillée par une centaine d'yeux.

— Dans ce cas, nous pouvons cesser la traque, convint Dismarum. Nous attendrons qu'elle vienne à nous.

Tandis qu'il se traînait sur les dalles du hall, il se représenta le skal'tum tapi dans son dédale souterrain tel un chien affamé attendant un os à ronger. Songer à tromper sa faim et le maître qu'il servait était pure folie.

Mais Dismarum avait attendu si longtemps !

11

Par-dessus la cime des arbres, Elena aperçut le toit rouge du moulin qui se dressait devant elle. Les fugitifs avaient laissé l'incendie loin derrière eux, même si la fumée continuait à les poursuivre dans le ciel matinal. Ragaillardie par la vue du bâtiment familier, la jeune fille pressa le pas pour rattraper Joach qui tirait Brume par la bride.

— Nous y sommes presque, dit son frère.

— Et si tante Fila n'était pas à la boulangerie ?

— Elle y est toujours, El. Ne t'en fais pas.

Les deux adolescents avaient décidé de se réfugier auprès de la sœur de leur mère, qui possédait et gérait l'unique boulangerie de Gelbourg. Veuve depuis plusieurs années, Fila était une femme sévère à la volonté d'acier. Elle saurait comment réagir aux atrocités de la nuit précédente.

Alors qu'ils franchissaient un dernier virage, le moulin se révéla à leurs yeux. Sa façade de brique rouge et ses étroites fenêtres avaient quelque chose d'infiniment réconfortant. La mère d'Elena l'envoyait souvent ici pour chercher un sac de farine ou négocier le prix du maïs. Une large roue à aubes tournait lentement dans les flots argentés de la rivière. En amont du bâtiment s'étendait le pont du Moulin, une arche de pierre qui enjambait le courant et reliait la route de la ville aux pistes que les chariots empruntaient pour se rendre dans les hautes terres.

Arrivé à la lisière des arbres, Joach leva une main pour retenir Elena.

— Je vais voir s'il y a quelqu'un. Toi, tu restes cachée, ordonna-t-il.

La jeune fille acquiesça, prit les rênes de Brume et la força à reculer de quelques pas. La jument secoua la tête et frappa le sol d'un de ses sabots. Elena savait qu'elle avait hâte de sortir du couvert des arbres et d'atteindre la douce prairie qu'elle apercevait au-delà.

— Chut, ma belle, murmura-t-elle en lui grattant l'oreille.

Ses paroles apaisantes réussirent à calmer Brume, mais ne produisirent que peu d'effet sur elle-même.

Elle regarda Joach courir vers la porte du moulin et saisir la poignée de fer forgé. Le battant refusa de s'ouvrir. Le jeune homme grimpa sur un tonneau de farine et jeta un coup d'œil par la fenêtre. Puis il sauta à terre, se gratta la tête et disparut à l'angle du bâtiment.

Elena détestait être ainsi séparée du dernier membre de sa famille. Et s'il ne revenait pas ? Des images d'une existence solitaire fleurirent dans sa tête. Et si elle restait la seule Morin'stal vivante dans toute la vallée ? Elle s'enveloppa de ses bras et retint son souffle.

Pendant qu'elle attendait, un oiseau kak'ora se mit à chanter depuis une branche voisine – une complainte mélancolique qui serra le cœur d'Elena. Le parfum des fleurs de rosée, qui ne restaient ouvertes que quelques minutes chaque matin, embaumait l'air alentour ; il était assez fort pour masquer l'odeur persistante de la fumée.

Tandis qu'elle guettait son frère, la jeune fille vit un lapin jaillir des hautes herbes de la prairie et se diriger à petits bonds vers la lisière des arbres. Dérangés par son passage, une nuée de papillons s'égaillèrent. C'était comme si l'été régnait éternellement dans ce petit coin de campagne.

Elena soupira. Après une nuit si horrible, elle s'était attendue à découvrir le paysage métamorphosé au lever du soleil : arbres tordus, animaux corrompus… Mais dans la vallée, la vie suivait son cours normal. En apparence, c'était une matinée comme les autres, et la jeune fille trouvait cela réconfortant. Si la vie continuait, elle pouvait en faire autant.

Un mouvement attira son regard. Joach venait de réapparaître derrière le moulin ; il lui faisait signe de le rejoindre. *Merci, Douce Mère !* Elena s'élança vers son frère, tirant sur la longe de Brume qui s'était mise à brouter et rechignait à abandonner son repas.

— Il n'y a personne, annonça Joach. Tout le monde a dû partir combattre l'incendie.

— Et si tante Fila était sortie, elle aussi ? demanda Elena tandis que Brume attaquait les feuilles d'un buisson voisin.

— Ça m'étonnerait beaucoup. Notre tante est une vieille dame coriace, mais les hommes n'auront pas voulu l'emmener avec eux. Elle sera chez elle.

— Tu as sans doute raison.

— Allons-y.

Joach se dirigea vers le pont du Moulin. Sa sœur fit mine de lui emboîter le pas, mais cette fois, Brume était bien déterminée à se remplir la panse avant de quitter la prairie. Elle dut attendre que la jument consente à la suivre.

Les sabots de Brume cliquetèrent bruyamment sur la pierre de l'arche. Arrivée au sommet de celle-ci, Elena jeta un coup d'œil en arrière et vit un rideau retomber devant l'une des fenêtres du moulin, au deuxième étage.

— Joach, il y a quelqu'un, dit-elle en tendant le doigt.

Le jeune homme fronça les sourcils.

— Bizarre. Il m'a forcément entendu. J'ai même frappé au carreau de la porte de derrière.

— C'est peut-être l'un des enfants du meunier, qui a peur d'ouvrir en l'absence de ses parents, suggéra Elena.

— Cesill et Garash me connaissent bien. (Une ombre passa sur le visage de Joach.) Je n'aime pas ça du tout.

Un peu plus loin, ils entendirent les roues d'un véhicule qui se dirigeait vers eux cahin-caha. Joach entraîna sa sœur à l'écart du pont, sous le couvert des arbres qui bordaient la route. Il força Brume à reculer jusqu'à ce que la végétation les dissimule tous trois.

— C'est peut-être un ami de nos parents, protesta Elena. Quelqu'un qui pourrait nous aider.

— Oui, et c'est peut-être un des hommes d'hier soir, répliqua Joach.

Elena se blottit contre Brume. Depuis leur cachette, elle regarda passer un chariot découvert rempli d'hommes en uniforme rouge et noir – des soldats. Elle se souvint que le plus grand des deux assassins avait dit venir de la garnison.

Ni Joach ni elle ne hélèrent les occupants de la carriole.

Son frère posa un doigt sur ses lèvres et lui fit signe de battre en retraite. Ils se replièrent jusqu'à un sentier où ils eurent la place de faire volter Brume. De là, ils purent tout juste voir le chariot s'arrêter au pied du pont. Les soldats sautèrent à terre, et deux d'entre eux se dirigèrent vers le moulin.

— On ferait mieux de filer d'ici, souffla Joach à l'oreille d'Elena.

À l'instant où ils se détournaient, la jeune fille vit la porte du moulin s'ouvrir. Le meunier et sa femme se précipitèrent vers les soldats. Elena ne put entendre ce qu'ils racontaient, mais l'homme tendit un index insistant vers la route de la ville.

— Je ne comprends pas, balbutia-t-elle.

— Monte ! ordonna Joach. (Il l'aida à se hisser sur le dos de Brume et bondit en croupe derrière elle.) Nous devons rejoindre tante Fila au plus vite, et sans nous faire voir de quiconque.

— Pourquoi ? s'étonna Elena. Notre famille a plein d'amis en ville.

— Tu veux dire, comme le meunier et sa femme ? lâcha amèrement Joach.

Effrayée, la jeune fille talonna Brume, qui se mit à trotter le long du sentier.

— Alors, qu'est-ce qu'on va faire ?

— Passer par les bois. La maison de tante Fila se trouve à l'extrême nord de Gelbourg. En contournant la ville au lieu de la traverser, il y aura moins de risques de nous faire repérer.

Elena garda le silence. Son cœur se rebellait contre le raisonnement de Joach, mais sa tête reconnaissait sa sagesse. Pour l'instant, ils ne pouvaient faire confiance qu'aux membres de leur famille. Fila avait l'esprit vif et beaucoup de sang-froid. Ses trois fils adultes et elle les protégeraient et les aideraient à régler tous leurs problèmes.

De nouveau, l'adolescente talonna Brume pour la faire accélérer. Elle ne se sentirait en sécurité qu'une fois auprès de sa tante. Elle regarda la fumée s'étirer dans le ciel depuis le verger calciné, dans le lointain. Qu'arrivait-il à sa vallée bien-aimée – à son peuple ?

Quelques minutes plus tôt, elle avait pensé que la vie suivait son cours normal, que cette matinée était semblable à toutes les autres.

À présent, elle se rendait compte à quel point elle s'était trompée. La vallée était devenue un endroit hostile. Rien ne serait plus jamais comme avant.

Abandonnant son porridge sur le comptoir, Er'ril désigna la porte du menton.

— On ferait mieux d'y aller.

Nee'lahn ne bougea pas. Elle était encore secouée par la bousculade qui avait eu lieu lorsque les clients s'étaient massés autour d'eux pour tenter d'arracher des précisions à Er'ril. Celui-ci leur avait assuré qu'il ne savait rien de plus sur le Carnassire – qu'il en avait seulement entendu parler durant ses voyages. Mais les hommes avaient insisté jusqu'à ce qu'il dégaine un de ses couteaux et le leur agite sous le nez pour les faire déguerpir.

À présent, la grande salle était presque vide. La plupart des clients étaient partis, se touchant le front d'un geste superstitieux dans l'espoir que cela suffirait à les protéger contre le démon qui rôdait dans la vallée. Quelques retardataires débattaient sans grand entrain de ce qu'ils devaient faire au sujet des enfants possédés.

Un seul client s'intéressait toujours aux deux étrangers. Penché sur une chope de cidre chaud, le montagnard ne semblait plus si pressé de quitter l'auberge. Son regard perçant mettait Er'ril mal à l'aise.

Er'ril se leva et lui tourna le dos.

— On ferait mieux d'y aller, répéta-t-il.

La nyphai ne bougea pas. Il fit mine de lui prendre le coude, mais elle se déroba.

— Ne sens-tu pas la menace qui plane dans l'air ? s'impatienta-t-il. Cette ville est pareille à un fagot de bois sec, et tous ses habitants se baladent avec une torche allumée. Nous ne pouvons pas rester ici.

— Et le skal'tum ? lança Nee'lahn d'une voix étranglée. Jusqu'à ce qu'il soit abattu, on serait peut-être plus en sécurité au milieu de la foule.

— Il ne sera pas abattu.

— Pourquoi ?

— Parce que, comme toutes les créatures de son espèce, il est protégé par une magie noire.

— De quelle magie parles-tu donc ? gronda quelqu'un juste derrière lui.

La frayeur écarquilla les yeux de Nee'lahn. Er'ril sursauta. Comment un gaillard si massif avait-il pu s'approcher sans qu'il l'entende ? Il pivota vers le montagnard et dut se tordre le cou pour le regarder.

— Excuse-moi, l'ami, mais c'est une conversation privée, répliqua-t-il sèchement.

Les narines du colosse frémirent.

— Je chasse une bête si dangereuse qu'elle te terrifie. Si tu as deux sous d'honneur, tu me diras ce que j'ai besoin de savoir.

Une honte qu'Er'ril n'avait pas éprouvée depuis des siècles embrasa ses joues. Jadis, nul n'aurait osé mettre son honneur en doute.

— Il a peut-être raison, couina Nee'lahn, recroquevillée sur son tabouret derrière lui. Il mérite de savoir.

Er'ril serra le poing.

— Mieux vaudrait me laisser faire, l'ami.

Le montagnard se redressa de toute sa hauteur. Jusque-là, il avait courbé le dos pour se mettre au niveau des citadins. Er'ril, qui s'était toujours considéré comme quelqu'un de grand, s'aperçut qu'il lui arrivait à peine au sternum.

— Je suis Kral a'Darvun de la flamme de Senta, lâcha le colosse d'un ton sévère. La créature a blessé le foyer de mon clan. Je ne peux retourner auprès des miens sans sa tête.

Er'ril savait combien les montagnards étaient attachés à leur honneur. Dans les passes glaciales et meurtrières, la confiance était indispensable à leur survie. Pour montrer qu'il respectait le serment de Kral, il pressa le poing sur sa gorge.

Une lueur d'étonnement passa dans les yeux du colosse, qui reproduisit son geste.

— Tu connais nos coutumes, homme des basses terres, constata-t-il.

— J'ai beaucoup voyagé.

— Dans ce cas, tu dois aussi connaître ma volonté. Parle-moi de cette magie noire.

Er'ril déglutit, soudain embarrassé par le peu d'informations qu'il pouvait lui fournir.

— Franchement, je ne sais pas grand-chose, avoua-t-il. La magie noire est arrivée dans nos contrées avec le Gul'gotha. Les érudits de mon époque pensent que c'est sa pestilence qui fit fuir le Chi. Lorsque le pouvoir chyrique s'estompa et se réduisit à quelques murmures isolés, la magie noire s'en trouva renforcée. Au cours de mes voyages, j'ai contemplé des horreurs capables de briser le plus courageux des guerriers.

Kral fronça les sourcils.

— Tu parles d'une époque où ma flamme ne s'était pas encore aventurée hors du désert de Glace. Comment est-ce possible ?

Er'ril tressaillit. Une fois de plus, il avait parlé sans réfléchir. Une seule nuit passée à discuter librement avec Nee'lahn avait eu raison de la discrétion qu'il s'était imposée pendant des siècles.

— L'homme qui se tient devant toi est Er'ril de Standi, celui que les conteurs ont surnommé le Chevalier Errant, lança la nyphai derrière lui.

Une grimace dégoûtée tordit les traits de Kral.

— Tu me racontes des histoires quand je ne réclame que la vérité.

— Er'ril n'est pas un mythe, affirma Nee'lahn. Il est bien réel.

Sans crier gare, Kral tendit les mains et posa ses paumes sur les tempes d'Er'ril. Celui-ci savait ce que ça signifiait ; il n'essaya pas de se dérober. Mais Nee'lahn ignorait tout des coutumes des montagnards. Elle poussa un hoquet apeuré.

L'aubergiste, qui était occupé à balayer la salle, leur lança d'un ton hargneux :

— Pas de bagarre dans mon établissement ! Si vous voulez vous battre, allez le faire dans la rue !

Ni Kral ni Er'ril ne réagirent.

— Je suis bien Er'ril du clan Standi, déclara calmement ce dernier.

Le montagnard ferma les yeux l'espace d'un instant. Lorsqu'il les rouvrit, il recula si vite qu'il renversa une table dans sa précipitation.

— Tu dis la vérité ! s'exclama-t-il.

Rouge de colère, l'aubergiste brandit son balai.

— Vous m'avez entendu ? Ouste ! Filez avant que j'appelle la garde !

Kral mit un genou en terre. Une latte du plancher se brisa sous l'impact.

— Non ! C'est impossible, se lamenta-t-il.

Des larmes ruisselèrent sur ses joues et se perdirent dans sa barbe.

Er'ril fut choqué par sa réaction. Il savait que, grâce à une forme de magie élémentale qui pulsait dans la roche des Dents, les montagnards étaient capables de percevoir la vérité dans les paroles d'autrui. Mais c'étaient de rudes gaillards qui ne pleuraient jamais, pas même quand ils étaient affreusement blessés.

— Tu es venu ! (Kral s'affaissa sur le sol.) Ainsi, la Pierre a dit vrai. Mon peuple doit mourir.

12

Le pantalon encore humide était beaucoup trop long pour elle ; Elena dut le rouler sur ses chevilles. Quant à la chemise de laine verte, elle lui arrivait aux genoux. Joach avait volé ces vêtements sur la corde à linge d'un berger. Tout en tordant sa chevelure rousse pour la dissimuler sous un bonnet, la jeune fille se plaignit :

— J'ai l'air ridicule ! Faut-il vraiment faire ça ?

Les deux adolescents étaient cachés sous les branches d'un saule pleureur dont les feuilles vert tendre formaient un rideau autour d'eux. Un petit ruisseau coulait au pied de l'arbre.

— Déguisés, nous serons plus difficiles à reconnaître, répondit son frère. (Il se nettoya le visage avec son maillot de corps, puis enfila une veste aux coudes rapiécés.)

Les soldats cherchent une fille et un garçon à dos de cheval. On devrait attacher Brume et la laisser ici.

— Ça ne me plaît pas beaucoup, protesta Elena. Un voleur pourrait passer par là et l'emmener.

Elle ajusta sa chemise tant bien que mal et jeta un regard accusateur à son frère.

— Nous ne sommes pas très loin de chez tante Fila, lui rappela Joach. Bertol pourra venir la chercher.

Elena songea à son cousin. Il était costaud, mais pas très malin.

— Bertol serait capable de se perdre dans son propre jardin, marmonna-t-elle. Et s'il ne la trouvait pas ?

— El, ça va aller. Il y a de l'eau et de l'herbe en abondance. Brume sera très bien ici.

— Mais je n'ai aucune envie de l'abandonner !

— Nous ne l'abandonnons pas. Franchement, elle sera plus en sécurité sans nous.

Une fois de plus, Joach avait raison. Tout de même, Elena rechignait à se séparer de la jument. Il lui restait si peu de chose de son foyer… En soupirant, elle tapota le flanc de Brume.

— Ne t'inquiète pas. Nous reviendrons bientôt.

La jument, qui était déjà occupée à brouter, leva la tête vers elle et remua la queue pour manifester son agacement.

— Tu vois ? Ça ne l'ennuie pas du tout de rester, sourit Joach.

Vexée, Elena rentra sa chemise dans son pantalon.

— Allons-y !

Joach écarta les branches tombantes du saule. Il attendit que sa sœur soit passée, puis les lâcha. Elena jeta un coup d'œil par-dessus son épaule. C'était tout juste si elle distinguait la silhouette pâle de Brume dans l'ombre de l'arbre.

En reniflant, elle emboîta le pas à Joach. Le jeune homme s'engagea sur l'étroit chemin de terre battue qui reliait Gelbourg à une mare voisine. Les petits citadins aimaient s'y baigner à la belle saison, mais, à l'approche de l'hiver, ses eaux devenaient glacées, et plus personne ne s'aventurait dans les parages.

Le soleil était à son zénith ; après la pénombre diffuse du sous-bois, son éclat paraissait presque aveuglant. Comme Elena et Joach approchaient de la ville, le chemin s'élargit suffisamment pour qu'ils puissent avancer de front. La jeune fille remarqua la démarche raide de son frère et la façon dont il ne cessait de regarder autour de lui. Gagnée par sa nervosité, elle tripota sa chemise et rajusta son bonnet.

— Regarde, dit-elle en désignant une petite cabane qui se dressait sur le bas-côté, son toit à demi dissimulé par les branches qui la protégeaient contre la chaleur du soleil. C'est la glacière du boucher.

Joach hocha la tête et pressa le pas.

Le temps qu'ils atteignent le bout du chemin, les deux adolescents transpiraient à grosses gouttes. Un patchwork de toits de chaume et de façades de brique s'étendait devant eux. Dans le ciel, la fumée des cheminées s'élevait en lignes noires qui allaient se mêler à la nappe grisâtre dégagée par l'incendie. Un calme inhabituel régnait sur la ville. Les rues où, d'ordinaire, résonnaient les voix stridentes des marchands étaient silencieuses à l'exception d'un cri occasionnel.

Joach se tourna vers sa sœur et grimaça un sourire.

— Tu es prête ? Marche vite, mais pas trop.

Elena acquiesça.

— Tiens-moi la main, réclama-t-elle.

Le jeune homme fit mine d'obtempérer, puis se ravisa.

— Non. On risque d'attirer l'attention. Il vaudrait peut-être mieux laisser un peu de distance entre nous.

Les yeux d'Elena s'embuèrent.

— S'il te plaît, Joach. J'ai besoin de te sentir tout près.

— D'accord, El, capitula son frère avec une expression soulagée. (De toute évidence, il était en proie aux mêmes émotions qu'elle.) Mais je préfère quand même qu'on évite de se tenir par la main.

Elena ravala ses larmes et se força à hocher la tête. La boulangerie de tante Fila ne se trouvait qu'à quelques pâtés de maisons de la lisière de la ville. La jeune fille aurait juré qu'elle captait déjà la bonne odeur du pain chaud parmi la multitude de parfums familiers qui l'assaillaient comme pour lui souhaiter la bienvenue – arômes sucrés de pâtisseries, fumée de bois de noyer, effluves de pommes fermentées s'échappant de la cidrerie voisine, crottin de cheval jonchant les pavés et le sol des écuries… Elle prit une profonde inspiration et redressa les épaules.

— C'est bon, je suis prête.

Joach se mordit la lèvre et s'engagea dans une ruelle qui conduisait au quartier commerçant. Elena déglutit et lui emboîta le pas.

La première boutique qu'ils rencontrèrent sur leur chemin fut la boucherie. Des mouches bourdonnaient au-dessus de l'étalage rempli de côtes de porc, d'épaules de mouton et de poulets décapités. Par la porte ouverte, Elena aperçut le propriétaire des lieux qui maniait un hachoir ensanglanté. Sa peau grasse et livide était luisante de sueur ; ses cheveux noirs et drus se hérissaient sur son crâne comme de la soie de cochon.

Instinctivement, la jeune fille rentra la tête dans les épaules. Avec sa voix tonitruante et la puanteur d'abats qui imprégnait son tablier, le boucher la rendait nerveuse. Il avait une drôle de façon de la regarder, comme s'il jaugeait la qualité de la viande qui recouvrait ses os. Mal à l'aise, Elena resserra sa chemise trop large autour d'elle.

Joach et elle rasèrent le mur d'en face. Ils venaient à peine de dépasser la boucherie qu'une voix les interpella depuis une porte cochère.

— Hé, les garçons ! Ne bougez pas !

Les deux adolescents se figèrent.

Un soldat en uniforme rouge et noir sortit de l'ombre et se dirigea vers eux, le fourreau de son épée lui battant la cuisse. Ses cheveux noirs et ses yeux marron indiquaient qu'il ne s'agissait pas d'un conscrit local, mais de l'un des étrangers en poste à la garnison. Son nez était tout cabossé, comme s'il avait été brisé à plusieurs reprises au cours de bagarres dont Elena soupçonnait qu'elles ne devaient rien à l'exercice de ses fonctions.

— D'où venez-vous ? demanda-t-il.

Joach s'avança et fit discrètement signe à Elena de se cacher derrière lui.

— On était allé vérifier nos pièges, m'sieur !

Le regard du soldat se porta vers la forêt encore visible au bout de la rue.

— Tu n'aurais pas aperçu un garçon et une fille à cheval, par hasard ?

— Non, m'sieur ! claironna Joach.

Le soldat reporta son attention sur Elena. Celle-ci garda les yeux rivés sur ses pieds et la main droite enfouie dans sa poche.

— Et toi, petit ?

Craignant que sa voix la trahisse, la jeune fille se contenta de secouer la tête.

— Alors, vous pouvez décamper, dit le soldat en les congédiant d'un signe du menton.

Joach et Elena obtempérèrent sans se faire prier. Jetant un coup d'œil par-dessus son épaule, la jeune fille vit le soldat mettre une main en visière et scruter la forêt. Puis il se replia dans l'ombre de la porte cochère.

Les deux adolescents gardèrent le silence jusqu'à ce qu'ils aient tourné au coin de la rue.

— Ils sont vraiment à notre recherche, chuchota alors Joach.

— Mais pourquoi ? Qu'est-ce qu'on a fait ?

— On se posera la question une fois en sécurité chez tante Fila.

Ils ne purent s'empêcher de presser le pas. Elena dut presque courir pour ne pas se laisser distancer par son frère, qui avait des jambes beaucoup plus longues que les siennes.

Joach fut le premier à déboucher dans la rue de la boulangerie. Il s'arrêta si brusquement qu'Elena lui rentra dedans, le forçant à avancer d'un bon mètre.

À l'endroit où la boutique de tante Fila se dressait jadis, exhalant un parfum sucré de brioches et de tartelettes aux fruits, il ne restait plus qu'un squelette de poutres et de piliers fumants. Elena crut d'abord que son feu magique avait bondi depuis le verger pour frapper la boulangerie. Mais la vue d'une foule compacte qui se pressait autour des ruines, brandissant des torches enflammées, dissipa très vite sa culpabilité.

— Elle est de mèche avec le démon ! glapit quelqu'un.

— Il faut marquer son front de l'œil du mal ! hurla un autre citadin.

— Quiconque est apparenté à ces maudits gamins devrait être chassé de la ville !

— Non – pendu !

Elena aperçut sa tante Fila agenouillée sur la chaussée. Des larmes ruisselaient sur ses joues, ouvrant des sillons dans la suie qui maculait son visage. Près d'elle, un de ses fils gisait face contre terre dans une mare de sang.

Des larmes brouillèrent la vision de la jeune fille. Même si ce n'était pas son feu qui avait brûlé la boulangerie, elle était indirectement responsable du malheur d'une autre partie de sa famille. Elle fit un pas en avant.

Joach la retint.

— Non !

Peut-être auraient-ils pu battre en retraite et s'enfuir. Mais le mouvement d'Elena et l'exclamation de son frère attirèrent sur eux l'attention de la foule. Si la plupart des gens se désintéressèrent aussitôt des deux enfants dépenaillés, Bertol écarquilla les yeux et tendit un doigt vers eux.

— Là ! Ce sont mes cousins ! Vous voyez bien qu'on ne les cachait pas chez nous !

Tante Fila leva une main vers son fils comme pour lui faire ravaler ses paroles et sa trahison. L'espace d'un instant, son regard plein de douleur et de chagrin croisa celui d'Elena.

La foule se rua vers les deux adolescents. Joach tenta d'entraîner sa sœur, mais des mains robustes les saisirent par-derrière.

Elena hurla et se débattit – en vain. Joach et elle furent poussés vers les ruines fumantes. La jeune fille leva les yeux vers l'homme qui les avait attrapés. C'était le boucher. Ses bras épais n'avaient aucun mal à maîtriser les deux adolescents. Ses lèvres étaient livides de haine, et un éclat meurtrier flamboyait dans ses yeux.

— Appelez la garde ! s'égosilla quelqu'un tandis que la foule se jetait sur ses proies. Nous avons capturé l'engeance du démon !

Les sourcils froncés, Er'ril fixait le montagnard en larmes. Stupéfiée par la réaction du colosse, Nee'lahn avait plaqué une main sur sa bouche.

— Kral, je ne sais rien qui puisse condamner ton peuple, affirma Er'ril. Relève-toi et oublie ces absurdités.

Le montagnard poussa un gémissement et demeura prostré devant lui.

L'aubergiste s'approcha à grandes enjambées furieuses.

— Ouste ! Fichez le camp ! ordonna-t-il avec un geste éloquent de son balai. (Il pointa le manche vers Kral.) Déguerpissez avant que ce gros balourd s'évanouisse sur mon plancher !

Le montagnard se releva, dépliant sa silhouette massive, et le toisa tel un ours sur le point d'attaquer.

— Surveille ta langue si tu ne veux pas que je la cloue sur ta porte ! gronda-t-il.

L'aubergiste blêmit et recula en brandissant son balai.

— Ne… Ne me forcez pas à appeler la garde, bredouilla-t-il.

Kral tendit la main vers lui, mais Er'ril lui saisit le bras pour le retenir.

— Il n'en vaut pas la peine, Kral. Fiche-lui la paix.

Il fit mine d'entraîner le colosse vers la sortie. C'était comme essayer de déloger un rocher profondément serti dans le sol. Mais au bout de quelques instants, Kral se détendit et se laissa faire à contrecœur.

Er'ril tourna la tête vers l'aubergiste.

— À l'avenir, tâchez d'être plus poli envers les montagnards.

Kral sur ses talons, il se dirigea vers la porte. Nee'lahn leur emboîta le pas.

Dehors, les rues pavées étaient étrangement désertes, à l'exception de deux soldats avachis à un carrefour près de leurs montures. L'un d'eux, dont la redingote déboutonnée laissait entrevoir la panse qui débordait de son pantalon, jeta un regard morne aux trois compagnons. Puis il reporta son attention sur son camarade qui lui racontait ses exploits au jeu de la veille.

Er'ril les ignora.

— C'est ici que nous nous séparons, l'ami, dit-il à Kral. Tu cherches le skal'tum, et dans ton propre intérêt, je prie pour que tu ne le trouves pas. Quant à moi, je ne cherche que la route des plaines.

Il pivota vers Nee'lahn, qui fixait toujours les deux gardes. Du bout de sa botte, la jeune femme fit nerveusement rouler un caillou.

— Et toi, musicienne, quel chemin suivras-tu ?

Nee'lahn n'eut pas le temps de répondre. Un citadin venait de jaillir d'une rue voisine et se précipitait vers les soldats.

— Nous les avons trouvés ! s'époumona-t-il. Les enfants du démon ! Nous les avons pris au collet comme des lapins ! Venez vite !

Le plus gros des deux gardes s'écarta du mur contre lequel il était adossé et adressa un signe de tête à son camarade.

— Va prévenir la garnison, ordonna-t-il d'un ton blasé. Pendant ce temps, j'irai voir de quoi il retourne.

L'autre soldat acquiesça et détacha son cheval. Il monta rapidement en selle et s'éloigna dans un fracas de sabots martelant les pavés.

— Montre-moi ce que vous avez attrapé, réclama le garde restant.

— Oh, ce sont bien les petits Morin'stal, lui assura le citadin. Leur cousin en personne nous l'a confirmé. Suivez-moi !

Il disparut entre la boutique du tailleur et celle du cordonnier. Le soldat lui emboîta le pas sans grand enthousiasme.

Le silence retomba dans la rue. Nee'lahn fut la première à le briser.

— Que vont-ils faire de ces enfants ?

Er'ril fixait le carrefour.

— Toute la ville est en émoi. Les histoires de démons produisent toujours cet effet-là. Et la peur engendre la brutalité. D'ici la fin de la journée, ils supplieront sans doute qu'on les achève.

— Et si ce n'étaient que des rumeurs sans fondement – des ragots et des calomnies ? Si ces gens s'apprêtaient à massacrer de pauvres innocents ?

Er'ril haussa les épaules.

— Ça ne me concerne pas.

Nee'lahn écarquilla les yeux.

— Si tu ne fais rien, leur sang sera sur tes mains autant que sur celles de leurs bourreaux.

— J'ai déjà du sang sur les mains, répliqua amèrement Er'ril. (Il revit le jeune mage, mort, son épée plantée dans le creux des reins et une flaque sombre s'élargissant sous lui.) Le sang d'un innocent.

— Je connais ton histoire, Er'ril. C'est du passé ! s'emporta Nee'lahn. Ne laisse pas le souvenir d'une erreur souiller tes mains à jamais !

Les joues d'Er'ril s'empourprèrent – de colère ou de honte, lui-même n'aurait pas su le dire.

Par chance, Kral s'interposa.

— Si ces gamins sont vraiment possédés, le skal'tum rôde peut-être dans les parages. Je vais aller voir.

Nee'lahn hocha la tête.

— Je t'accompagne.

Tous deux fixèrent Er'ril d'un regard brûlant – de détermination et de fierté pour le montagnard, d'inquiétude et de passion pour la nyphai. Autrefois, Er'ril aurait éprouvé les mêmes émotions en apprenant que des enfants étaient en danger. À présent… Il sonda son cœur et n'y trouva rien. Cela le perturba bien davantage que l'accusation implicite qui flamboyait dans les yeux de Kral et de Nee'lahn. Qu'était-il donc devenu ?

— D'accord, décida-t-il. Tâchons de découvrir la vérité.

Elena regarda Joach tirer sur les cordes qui lui liaient les poignets. Elle aussi avait les mains attachées, mais elle ne se débattait pas. À quoi bon ?

La jeune fille fixa les restes fumants de la boulangerie. Autour d'elle, la foule sifflait et lançait des quolibets. Elle connaissait la plupart de ces gens ; elle avait été à l'école avec leurs enfants. Pourtant, la haine déformait leurs traits. Même si Joach et elle avaient pu se libérer, où se seraient-ils enfuis ? Cet endroit était leur foyer. Ces gens étaient leur peuple.

Un caillou vola dans les airs et la frappa au front. Elena tituba et sentit un peu de sang couler de la plaie. Son cousin Bertol ramassa une autre pierre, mais tante Fila lui gifla la main. Au moins une personne se souciait encore d'elle. Ses larmes se mirent à couler – des larmes de chagrin plutôt que de douleur. Elle avait déjà perdu tant de choses !

Joach dut réaliser que ses efforts étaient futiles. Il cessa de s'agiter et, en silence, se rapprocha de sa sœur.

Le boucher sortit de la foule. Comme il tendait une main vers Elena, Joach tenta de s'interposer et reçut un revers brutal. Du sang jaillit de sa lèvre fendue tandis qu'il tombait à genoux.

Le boucher arracha le bonnet d'Elena, libérant une cascade de cheveux roux.

— Contemplez la sor'cière ! glapit-il. Le démon qui a mis cette vallée à feu et à sang, détruit nos récoltes et assassiné de braves gens ! Ne vous laissez pas abuser par son joli minois… (Il fit courir un doigt boudiné sur la joue d'Elena et le long de son cou.) Ni par son corps innocent !

Il empoigna le devant de sa chemise à deux mains et tira si violemment que les boutons sautèrent sur les pavés.

Elena poussa un cri d'indignation et de honte mêlées. La foule hoqueta. Joach se releva et voulut se jeter sur l'ignoble individu, mais des mains l'immobilisèrent.

Le boucher effleura de l'index la poitrine naissante d'Elena.

— Si jeune et déjà si corrompue, souffla-t-il d'une voix rauque. (Brusquement, il pivota vers la foule.) Je sens le mal tapi en elle. Il essaie de s'insinuer en moi, de me donner des pensées impures ! (De nouveau, il fit face à Elena.) Arrière, sor'cière ! Je ne suis pas aussi facile à séduire que ton frère !

Posant une main sur ses yeux, il recula en agitant son autre bras devant lui.

Secouée, la foule ne pipa mot. Puis tante Fila s'avança.

— Assez ! hurla-t-elle.

Elle rejoignit sa nièce et referma la chemise déchirée sur sa poitrine. Elena sentit l'odeur de farine et de sucre qui émanait de son tablier. Fila devait être devant son fournil quand le reste de la ville s'était réveillé et avait mis le feu à sa boulangerie. En frissonnant, la jeune fille se laissa aller contre sa tante.

— Ce n'est qu'une enfant ! tonna Fila en foudroyant les spectateurs du regard. Ne voyez-vous pas combien elle est terrifiée ? Un démon craint-il la corde et les mortels ? Quelle preuve avez-vous qu'elle ait bien commis les crimes dont on l'accuse ? Aucune !

Un murmure coléreux monta de la foule.

— Le verger a brûlé ! cria quelqu'un. Nous avons perdu presque un quart de la récolte !

Tante Fila ne se laissa pas démonter. Repoussant la mèche de cheveux gris qui lui tombait dans les yeux, elle répliqua d'une voix aussi glaciale que les plus hauts pics des Dents :

— Aujourd'hui, j'ai perdu davantage que vous tous réunis. Mon fils a été assassiné en tentant de protéger ma boutique. Ce n'est pas cette enfant qui est la cause de mon malheur, mais votre aveuglement ! (Elle braqua un doigt accusateur vers plusieurs citadins.) Comment réagirais-tu si c'était ton enfant ? Ou la tienne, Gergana ? Mettez un terme à cette folie ! Regardez au fond de votre cœur, et vous saurez que je dis vrai !

Ébranlée, la foule se tut.

— Je connais ce garçon et cette fille, poursuivit Fila. Il n'y a pas une once de malice en eux ! Vous aussi, vous les connaissez ! Pouvez-vous me citer une seule fois où ils se soient mal conduits ? Non ! Leur comportement a toujours été exemplaire !

— Sornettes ! gronda le boucher. Nous savons tous que cette gamine est bizarre – qu'elle passe le plus clair de son temps dans les bois. Sûrement à frayer avec le démon ! N'a-t-elle pas essayé de m'ensor'celer à l'instant ?

— Mensonges ! (Pinçant les lèvres pour mieux contenir sa rage, tante Fila tendit l'index vers le boucher.) Le seul mal qui vit en ce lieu se tapit dans le cœur de cet homme ! Son attitude ne condamne que lui ! Agresser une fillette de la sorte et la tenir pour responsable de ses coupables élans ! C'est lui qui devrait avoir honte !

À présent, maints regards dégoûtés étaient braqués sur le boucher. Elena s'autorisa à croire que tante Fila réussirait à faire entendre raison à la foule. Mais son espoir fut de courte durée. Derrière elle, une voix d'outre-tombe lança :

— Ma brave femme, veuillez vous écarter de cette enfant. Elle vous a dupée comme elle a dupé tous ses proches. C'est une sor'cière, et je vais vous en donner la preuve !

Elena pivota vers le vieillard en robe qui avait assassiné ses parents. Des soldats se tenaient derrière lui.

Comme il la fixait de ses yeux morts, la jeune fille sentit ses genoux se dérober sous elle.

— Reculez ! siffla le vieillard à l'attention des badauds. (Appuyé sur son bâton, il se dirigea vers Elena en traînant les pieds.) Laissez-moi passer !

Fila s'interposa entre sa nièce et lui.

— Vous ! C'est vous qui avez accusé ces pauvres enfants !

La terreur paralysa la langue d'Elena. Elle donna un coup de coude à sa tante pour la mettre en garde, mais Fila l'ignora.

Le vieillard tourna la tête vers son compagnon et lui fit signe.

— Rockingham, emmenez cette enfant à la garnison. Là-bas, nous conduirons notre interrogatoire et mettrons en évidence le mal qui l'anime !

Rockingham s'approcha, flanqué de quatre gardes.

Fila saisit l'épaule d'Elena et poussa sa nièce vers la foule.

— Comme vous l'avez fait avec la fille des Sesha il y a deux ans ? cracha-t-elle. Ses hurlements résonnent encore dans mes oreilles ! (Brandissant le poing, elle harangua les citadins.) Qui est prêt à livrer une autre enfant à ces monstres ? C'est notre vallée, notre ville !

Autour d'Elena, quelques personnes reprirent les paroles de sa tante en chœur. Sous le coup de l'émotion, la jeune fille retrouva sa voix.

— Tante Fila ! Ce sont eux qui ont tué maman et papa !

Un hoquet de stupéfaction parcourut la foule, qui s'agita de façon menaçante. Rockingham et son escorte hésitèrent. Plusieurs hommes sortirent des couteaux.

Elena vit le tailleur trancher les liens de Joach. Son frère se précipita vers elle et la détacha rapidement. L'adolescente frotta ses poignets meurtris.

— Je t'avais dit que tante Fila nous aiderait, souffla Joach.

À la vue de la main souillée d'Elena, tante Fila écarquilla les yeux.

— Cache ça, chuchota-t-elle.

D'un geste vif, elle tira la manche de la chemise verte sur la main de sa nièce, puis reporta son attention sur la foule grondante.

Les soldats firent un pas en avant. Mais les citadins leur barraient la route, et ils étaient beaucoup plus nombreux qu'eux.

— Laissez la gamine tranquille ! cria quelqu'un. Un autre homme brandit son couteau.

— Protégez les enfants !

Tante Fila se pencha vers Elena et lui chuchota à l'oreille :

— Maintenant, tu es en sécurité, ma chérie. N'aie crainte. Je ne les laisserai plus faire de mal à notre famille.

Ce fut à peine si la jeune fille l'entendit. Ses yeux étaient rivés sur la silhouette décrépite du vieillard. Elle le regarda lever son bâton et frapper les pavés par deux fois. Personne d'autre ne remarqua son geste. Mais Elena se souvenait de ce signal : c'était celui qu'il avait utilisé pour appeler les vers blancs.

— Non, couina-t-elle. (Elle agrippa le bras de Joach avec tant de force que son frère sursauta.) Nous devons nous enfuir !

Mais il était déjà trop tard.

Au sein de la foule, quelqu'un poussa un hurlement de terreur. Tous les regards se tournèrent vers le ciel enfumé.

Une forme massive jaillit de la ligne des toits. Elena reconnut le son funeste des lourds battements d'ailes qui les avaient poursuivis, Joach et elle, pendant une bonne partie de la nuit. Jusque-là, l'obscurité lui avait dissimulé l'apparence de la créature. À présent que la lumière du jour la lui révélait, elle aurait voulu que les ténèbres reviennent pour effacer cette vision abominable qui lui brûlait l'esprit comme de l'acide.

Le skal'tum poussa un glapissement, et les citadins s'éparpillèrent comme des souris devant un chat prêt à bondir.

— Voyez ! hurla le vieillard. (Il tendit son bras libre, révélant un moignon de chair lisse à l'endroit où sa main droite aurait dû se trouver.) C'est son consort démoniaque ; il est venu la chercher !

La foule détala en hurlant à tue-tête tandis que la créature piquait vers Elena. Seuls Joach et sa tante demeurèrent auprès de la jeune fille.

Le skal'tum se posa dans une embardée ; ses pattes griffues ouvrirent de profonds sillons dans les pavés comme il tentait de reprendre son équilibre. À travers sa peau translucide, Elena vit son sang noir bouillonner dans ses veines.

La créature replia ses ailes dans son dos et siffla en direction des citadins tapis sous les portes cochères ou derrière les étalages des boutiques. Puis ses yeux noirs brillants de malveillance se braquèrent sur Elena.

Tante Fila se plaça devant sa nièce.

— Courez, les enfants ! ordonna-t-elle en faisant courageusement face au monstre. Allez voir votre oncle Boln !

Avant même qu'elle ait fini sa phrase, Joach tirait Elena vers les ruines fumantes de la boulangerie.

Tel un serpent, la créature se jeta sur leur tante.

— Non ! hurla Elena en entendant un craquement sec.

Le monstre qui avait déjà brisé les reins de Fila lui lacéra la gorge de ses crocs et laissa tomber son cadavre sur le sol.

— Non, gémit la jeune fille, atterrée, tandis que son frère l'entraînait.

Mais Joach ne fut pas assez rapide. Le skal'tum tendit une patte et le saisit par le cou. Suffoquant, les yeux exorbités, le jeune homme fut arraché à sa sœur.

13

Boln se pencha sur son livre poussiéreux. Le soleil ne dardait que de faibles rayons à travers la vitre sale de la bibliothèque. Sur son bureau, une chandelle solitaire achevait de se consumer en dégageant une flamme jaune. Le vieil homme avait lu toute la nuit, cherchant désespérément le savoir qui lui faisait défaut, avec ses piles d'ouvrages moisis et les parchemins alignés dans leurs casiers pour seule compagnie.

— « Le feu annoncera son avènement », marmonna-t-il.

D'une main lasse, il repoussa ses cheveux blancs en arrière et plissa les yeux pour déchiffrer le reste du texte. Ses lèvres à demi dissimulées par une épaisse moustache traduisaient lentement les mots écrits en un autre âge. Les augures de la Sororité évoquaient ce jour.

Boln jeta un coup d'œil dehors. Toute la nuit, l'incendie qui ravageait le verger avait fait rougeoyer les fenêtres de son cottage, construit en surplomb de la vallée de Nidiver.

Pauvre enfant, songea-t-il. *Il aurait fallu l'avertir, la préparer.*

Caressant sa barbe, il reporta son attention sur le livre ouvert devant lui. Mais alors qu'il tournait délicatement une page au bord grignoté par une souris, son cœur tressaillit. Puis un vide béant s'ouvrit dans sa poitrine. Il agrippa le bord du bureau pour ne pas s'écrouler. Un chagrin intense menaça de le submerger au moment où il sentit mourir sa sœur jumelle.

— Fila, gémit-il.

Des larmes jaillirent de ses yeux et gouttèrent sur les pages jaunies. Lui qui, d'ordinaire, protégeait si férocement ces textes anciens laissa le liquide salé brouiller l'encre sans réagir.

À travers le drap rugueux de sa chemise, il saisit l'amulette qu'il portait autour du cou.

— Fila ! répéta-t-il.

Et comme chaque fois qu'il l'appelait, elle vint à lui.

Une douce lueur envahit le coin de la pièce dans lequel se dressait la cheminée. Elle se résorba, gagnant en intensité tandis qu'elle se concentrait jusqu'à dessiner une silhouette féminine. Enveloppée de minces volutes de lumière blanche, Fila fronça les sourcils. Elle semblait plus agacée que triste.

— Le moment est venu, Boln.

Les larmes s'accumulèrent dans les yeux de l'érudit, brouillant l'image de sa sœur.

— Ainsi, c'était vrai…

— Inutile de pleurer, dit sévèrement Fila. Es-tu prêt ?

— Je… Je pensais avoir encore quelques années devant moi.

— Nous l'espérions tous. Mais ça a déjà commencé. Il est temps de mettre tes livres de côté.

— Tu me confies cette mission ? se lamenta Boln. Tu veux que je m'en charge seul ?

L'expression de Fila s'adoucit.

— Tu sais que j'ai mon propre rôle à jouer, dit-elle tendrement.

— Je sais : tu dois chercher le pont maudit, soupira Boln. Crois-tu vraiment pouvoir le trouver ?

— S'il existe, je le trouverai, déclara résolument sa sœur.

Il secoua la tête.

— Toujours cette volonté de fer, même dans la mort.

— Toujours ce tempérament rêveur, même dans la vie, répliqua Fila.

Cette querelle familière, presque aussi vieille qu'eux, leur arracha un sourire identique. Ils étaient si semblables, et pourtant si différents ! Un même chagrin brillait dans leurs yeux. Ils se rendaient très bien compte de ce qu'ils venaient de perdre. Et ça n'était que le début…

La lumière commença à s'estomper.

— Je ne puis m'attarder davantage. Veille sur elle. (Les dernières paroles de Fila résonnèrent dans la pénombre qui avait englouti son image.) Je t'aime, Boln.

— Adieu, ma sœur, marmonna l'érudit dans une pièce plus vide et plus glaciale que jamais.

— Joach ! glapit Elena en se ruant vers son frère.

Le temps parut ralentir et s'épaissir telle la sève d'un érable en hiver. Le visage du jeune homme prit une teinte violacée tandis que le skal'tum l'étranglait de ses griffes.

Elena bondit. Aveuglée par la terreur, elle saisit le poignet du monstre auquel elle refusait de laisser son frère et planta ses ongles dans sa chair visqueuse.

— Lâche-le ! s'époumona-t-elle.

Sa main droite s'embrasa. Un flot brûlant s'écoula de sa paume tel du magma. La jeune fille serra le poing et vit ses doigts passer au travers du poignet de la créature – à travers sa peau, ses muscles et ses os.

Le skal'tum poussa un hurlement de douleur. Laissant tomber sa proie, il replia son bras blessé contre sa poitrine. Un instant, il contempla sans comprendre le moignon fumant de son poignet. Puis il battit précipitamment en retraite.

Joach tituba, griffant la main tranchée qui lui serrait toujours la gorge. Il parvint enfin à l'arracher et la jeta dans la rue.

— Douce Mère ! bredouilla-t-il en se précipitant vers sa sœur.

Elena baissa les yeux vers sa main droite. Elle s'attendait à la trouver calcinée jusqu'à l'os, mais tout était normal. Il ne restait plus la moindre trace de la tache rouge. S'était-elle débarrassée de la malédiction qui pesait sur elle ?

— Ne restons pas là, dit Joach en l'entraînant vers les ruines de la boulangerie.

Mais la bête désormais infirme et paniquée n'était pas le seul péril qui les guettait dans la rue. Une silhouette rabougrie leur barra le chemin. Joach pila et serra instinctivement sa sœur contre lui. Le vieillard arborait un sourire triomphant, comme si tout s'était déroulé exactement selon ses vœux.

— Viens à moi, mon enfant, susurra-t-il. J'ai attendu assez longtemps.

Avec une rapidité surprenante, il leva son bâton et l'abattit vers la tête d'Elena.

Encore désorientée par le pouvoir qu'elle venait de libérer, la jeune fille ne réagit pas. Joach la poussa brutalement sur le côté. Hoquetant de surprise, elle s'étala de tout son long et sentit les pavés lui écorcher les genoux. Du coin de l'œil, elle vit le bâton frapper son frère à l'épaule.

Elle se releva précipitamment et s'élança. Constatant que Joach ne la suivait pas, elle s'arrêta et le fixa, interloquée. Penché en avant, le jeune homme semblait lutter pour mouvoir ses jambes, mais celles-ci refusaient de bouger. On aurait dit qu'elles s'étaient enracinées dans le sol.

Joach leva un regard horrifié vers sa sœur.

— Va-t'en ! hurla-t-il.

L'ensorcellement gagna tout son corps en l'espace de quelques secondes. Ses bras s'immobilisèrent. Puis ce fut le tour de son cou et de sa tête. Seule une larme solitaire roula sur sa joue.

Elena tituba en arrière.

— Vas-tu abandonner ton frère, mon enfant ? lança le vieillard en lui faisant signe d'un index recourbé. Allons, approche !

Une foule compacte s'engouffrait dans la rue depuis la direction dont provenaient les hurlements. Tel un rocher assailli par un torrent en crue, Er'ril encaissait coups de coudes et de genoux sans réussir à avancer.

Finalement, Kral passa devant lui et utilisa sa masse imposante pour leur frayer un chemin à contre-courant.

Un des citadins – un boucher, à en juger par son tablier couvert de sang – tenta d'écarter le montagnard. D'un haussement de ses larges épaules, celui-ci l'envoya voler en arrière. La tête de l'homme heurta un mur de brique, et il s'écroula mollement.

— Fuyez ! leur hurla un autre citadin. Le démon est là !

Kral jeta un coup d'œil sévère à Er'ril, puis pressa le pas. Nee'lahn sur ses talons, Er'ril se faufila dans le sillage du montagnard. Quelques instants plus tard, la rue se vida autour d'eux.

— Sois prudent, Kral, lança Er'ril. Nous sommes tout près.

Ralentissant, ils gagnèrent le carrefour sur la pointe des pieds et se tapirent derrière le chariot d'un maréchal-ferrant. Er'ril se tordit le cou pour regarder dans la rue perpendiculaire.

Son sang se glaça. À un jet de pierre, devant le squelette calciné d'un bâtiment, se dressait une créature qu'il avait espéré ne jamais revoir. Les ailes frémissantes de douleur, le skal'tum glapissait en serrant son bras mutilé contre sa poitrine.

Er'ril se rencogna derrière le chariot, le cœur battant. Qui avait bien pu blesser un monstre si redoutable ?

Il vit Kral empoigner la hache passée dans sa ceinture – une arme bien insuffisante pour affronter un Carnassire. Il leva une main pour lui enjoindre d'être patient. Le montagnard fronça les sourcils.

Agenouillée près d'eux, Nee'lahn observait la scène par-dessous le chariot.

— Les enfants sont là, chuchota-t-elle en tendant un doigt entre les rayons d'une roue. Mais qui est l'homme en robe ?

Près des ruines fumantes, Er'ril aperçut deux adolescents qui faisaient face à une silhouette rabougrie. Bien que le visage de cette dernière fût dissimulé par l'ombre de sa capuche, il reconnut sa tenue et pinça les lèvres.

— Un mage noir, gronda-t-il.

— Viens à moi, mon enfant, ou ton frère mourra, susurra l'homme en robe d'une voix chevrotante qui porta jusqu'à l'angle de la rue comme le skal'tum se ressaisissait et se taisait.

La créature s'approcha des deux jeunes gens. Sa voix fendit l'air telle une dague de lancer.

— Donne-moi le garçon, siffla-t-elle. Je vais lui arracher les membres un à un pendant que sa sœur regardera.

Un autre homme, qui portait l'uniforme rouge et noir de la garnison, se tenait un peu en retrait près d'un tonneau d'eau de pluie.

— Faites ce qu'il vous demande, Dismarum, supplia-t-il. Nous n'avons pas besoin du garçon.

— Tenez votre langue, Rockingham, cracha le dénommé Dismarum.

Le regard qu'il lança au soldat fit reculer celui-ci.

— Donne-moi le garçon ! répéta le skal'tum. Je veux goûter sa chair tendre et son cœur encore palpitant.

— Démon ! rugit Kral d'un ton haineux.

Avant qu'Er'ril puisse l'en empêcher, il bondit par-dessus le chariot en brandissant sa hache.

Le skal'tum pivota pour affronter la menace. Le mage noir battit en retraite dans l'ombre du bâtiment calciné, une main tendue vers la jeune fille qui n'avait pas bougé.

Imbécile de montagnard ! Er'ril n'eut pas le temps de se demander comment il allait réagir. Ses pieds et son cœur prirent la décision à sa place. Dégainant son épée, il chargea à la suite de Kral.

Le regard d'Elena était planté dans celui de Joach. Contrairement à lui, elle n'était pas ensor'celée, mais d'autres entraves la retenaient. Elle refusait d'abandonner son frère. Lorsque le vieillard tendit la main vers elle, elle ne fit pas le moindre geste pour se dérober.

Soudain, un coude la frappa en pleine poitrine, la forçant à reculer. Un guerrier manchot s'interposa entre elle et le vieillard. Grand et large d'épaules, avec le teint mat des hommes des plaines, il brandissait une épée.

— Cette fillette n'est pas pour toi, mage noir ! tonna-t-il.

Avant que le vieillard puisse réagir, le démon poussa un glapissement. Tous les regards convergèrent sur lui. Le guerrier s'accroupit, entraînant Elena avec lui au moment où une aile osseuse balaya l'air au-dessus de leurs têtes.

— Fiche le camp, fillette ! lui hurla-t-il à l'oreille.

Mais les jambes d'Elena refusaient de lui obéir. Son cœur attaché à son frère par des liens invisibles ne l'autorisait pas à s'enfuir. Hagarde, elle se recroquevilla sur elle-même au milieu de la rue.

Elle vit un géant bondir sur le monstre ailé en faisant tournoyer une hache étincelante. Pris au dépourvu par tant de férocité, le démon battit en retraite.

Une main se posa sur l'épaule d'Elena. La jeune fille sursauta et leva la tête.

— Viens avec moi, lui enjoignit une femme minuscule, au visage crispé par l'inquiétude. Laisse Er'ril sauver ton compagnon.

Elena secoua la tête.

— C'est mon frère, lâcha-t-elle d'une voix étranglée.

Mais la femme était plus forte qu'elle en avait l'air. Elle l'obligea à se relever.

— Nee'lahn ! appela le guerrier. (Un genou en terre, il braquait la pointe de son épée sur le vieillard.) Emmène-la en sécurité !

La femme passa un bras autour des épaules d'Elena et chuchota quelque chose à son oreille. Ses mots pareils à une douce chanson étaient presque inintelligibles ; pourtant, ils réussirent à dissiper la torpeur qui enveloppait la jeune fille et à libérer ses jambes. *On dirait le murmure du Vieillard*, songea Elena, sous le charme. Sans plus protester, elle se laissa entraîner à l'écart de la bataille.

Nee'lahn guida la jeune fille vers le chariot. Se pouvait-il que ce soit elle ? se demanda la nyphai en continuant à fredonner les paroles qu'on lui avait enseignées pour séduire l'esprit des humains. Écartant une mèche de cheveux roux qui tombait devant le visage de l'adolescente, elle scruta ses yeux de la couleur des bourgeons au printemps. Elle voulait tant y croire !

Dès que sa protégée fut à l'abri, Nee'lahn reporta son attention sur le carrefour. Er'ril s'était relevé, continuant à tenir le mage noir en respect. La jeune femme remarqua que tous deux observaient l'affrontement du skal'tum et du montagnard.

La hache de Kral décrivait des moulinets furieux, mais chacun de ses coups ricochait sur la peau épaisse de la créature sans parvenir à l'entamer. Pourtant, le skal'tum semblait ébranlé par la blessure reçue avant l'arrivée des sauveteurs. Il se démenait pour protéger son bras mutilé, utilisant ses ailes pour se couvrir les flancs.

— Attire-le dans la lumière du jour ! cria Er'ril au montagnard. Là, il sera vulnérable !

D'une fente brutale, Kral infléchit la direction de son attaque et força la créature à reculer vers une flaque de soleil – l'endroit où aurait dû s'étendre l'ombre du bâtiment brûlé.

Le skal'tum comprit le danger qui le menaçait. Jusque-là, il s'était contenté de se défendre, mais il commença à riposter. Des griffes noires jaillirent de sa main intacte et s'abattirent sur le montagnard. Kral se rejeta en arrière. Faisant preuve d'une agilité et d'une rapidité étonnantes pour quelqu'un de si massif, il réussit à esquiver – mais perdit du terrain.

Le skal'tum s'écarta de la lumière avec un glapissement de satisfaction. Ayant repris confiance en lui, il marcha sur Kral et engagea le combat. À force de promener le montagnard en tous sens comme un vulgaire jouet, il réussit à inverser leurs positions. Kral dut se replier pas à pas, haletant et ruisselant de sueur.

Le démon triomphant déploya ses ailes et se redressa de toute sa hauteur. Puis il fondit sur son adversaire pour lui porter le coup de grâce.

Nee'lahn écarquilla les yeux et plaqua une main sur sa bouche.

Au dernier moment, Kral bondit en arrière – au beau milieu de la flaque de soleil. La créature poussa un sifflement déconfit et s'immobilisa à la lisière de l'ombre.

— Tu n'as nulle part où aller, petit homme, gloussa-t-elle.

Elle se mit à le contourner, et Nee'lahn réalisa qu'elle avait raison. La lumière formait une tache isolée dans la rue. Partout ailleurs, ce n'était qu'ombres dans lesquelles le démon pouvait se déplacer à loisir.

Kral promena un regard désespéré à la ronde. Nee'lahn en fit autant. Si le montagnard succombait, Er'ril se retrouverait pris en tenaille entre le Carnassire et le mage noir. Il ne fallait pas qu'une telle chose se produise !

La nyphai pivota et saisit le couvercle de fer-blanc d'un tonneau dans lequel marinaient des légumes au vinaigre. Elle fonça vers le milieu du carrefour baigné de lumière, capta les rayons du soleil sur son miroir improvisé et inclina celui-ci pour les projeter dans la figure du skal'tum.

La créature hurla et recula. Nee'lahn modifia l'angle du couvercle pour la maintenir dans la lumière.

Kral réalisa qu'il avait l'avantage. Avec un rugissement de rage, il brandit sa hache et se jeta sur son adversaire. Exposée au soleil, la peau du démon, d'ordinaire si coriace, avait perdu ses vertus protectrices. Le tranchant de la hache mordit profondément dans son cou.

Le skal'tum tituba en arrière, se dégageant de l'arme du montagnard. Il plaqua sa main sur sa gorge, et des flots d'ichor noir s'échappèrent entre ses doigts. Vacillant sur ses jambes affaiblies, il tenta de déployer ses ailes mais ne réussit qu'à perdre l'équilibre. Il bascula en avant et s'écroula dans la flaque de lumière. Son sang grésilla et fuma en touchant les pavés.

Alors, Kral se dirigea vers lui et leva sa hache une dernière fois.

Er'ril ne regarda pas le montagnard achever le skal'tum. Il reporta toute son attention sur le mage qu'il s'était contenté de surveiller du coin de l'œil durant la bataille. La vue de sa robe noire lui donnait la nausée. Comment un homme pouvait-il s'abandonner volontairement à la magie noire qui avait empoisonné son pays ? Une colère qu'Er'ril n'avait pas éprouvée depuis des siècles fit bouillonner son sang. Il réalisa que ça n'était pas une sensation désagréable.

— Ton familier est mort, cracha-t-il au vieillard recroquevillé devant lui. Relâche le gamin si tu ne veux pas subir le même sort !

Le visage toujours dissimulé par sa capuche, le mage se faufila derrière le garçon et s'appuya lourdement sur son bâton, comme s'il était à bout de forces.

— Tu interviens dans une affaire qui dépasse ton entendement, répliqua-t-il.

Il leva son bras libre, révélant son moignon. Des ombres se précipitèrent vers lui, s'engouffrèrent sous sa robe et s'écoulèrent à l'intérieur de sa manche. Pulsant d'énergie, elles se concentrèrent autour de son poignet. Telle une rose noire déployant ses pétales, un poing couleur d'ébène se forma au bout de son moignon.

— Et tu lances des menaces que tu es incapable de mettre à exécution, ajouta-t-il.

Er'ril plissa les yeux.

— Continue à me défier, et tu verras bien.

Le mage noir ouvrit son poing de ténèbres, dépliant des doigts qui parurent absorber la lumière alentour.

— Rends-moi la fille. Tu ignores ce qu'elle est, ce qu'elle signifie.

— Je refuse de donner satisfaction à une créature aussi abjecte que toi, gronda Er'ril.

Il leva son épée mais se garda de frapper, car il craignait de blesser le garçon paralysé.

Le mage fit passer son bâton dans sa main de ténèbres. Les ombres se propagèrent à la surface du bois gris, le faisant virer au noir. Alors, il posa sa main de chair sur l'épaule de l'adolescent.

— Ne le touche pas ! glapit Er'ril.

Il se rua vers le mage, bien décidé à l'arrêter avant qu'il puisse faire du mal au jeune homme.

Le vieillard rejeta la tête en arrière. Sa capuche glissa sur ses épaules, révélant son visage pour la première fois. Son regard croisa celui d'Er'ril, et un étau glacial comprima le cœur du guerrier.

Non ! C'est impossible !

Son épée lui échappa et s'écrasa bruyamment sur les pavés.

Le mage leva son bâton et frappa le sol. Un geyser de ténèbres l'engloutit en même temps que le garçon. L'écho de sa voix résonna dans l'obscurité bouillonnante.

— Er'ril, n'as-tu donc rien appris durant tous ces siècles ?

En un clin d'œil, la colonne de ténèbres s'évanouit telle une flamme noire que l'on aurait soufflée. À l'endroit où le vieillard et l'adolescent s'étaient tenus, il ne restait plus rien.

Er'ril tomba à genoux. Derrière lui, la jeune fille poussa un hurlement. Mais ce fut à peine s'il l'entendit. Ses yeux contemplaient toujours le visage du mage noir – un visage familier. Ce nez cassé, ces pommettes inégales, ces lèvres minces… Et cette main droite manquante.

Il se souvint de la dernière fois où il avait vu cet homme, agenouillé avec son frère dans un cercle de cire la nuit où le Journal Sanglant avait été forgé.

Le véritable nom du vieillard s'échappa de ses lèvres.

— Greshym…

LIVRE DEUXIÈME

SYLVE ET SANGUINE

14

Tol'chuk explorait le lit de la rivière dont toute l'eau s'était évaporée durant la sécheresse estivale. Il jeta un coup d'œil aux nuages noirs qui se massaient telle une armée au-delà des Dents, dissimulant le plus haut de leurs pics – le Grand Croc du Nord. Bientôt, un orage éclaterait et de l'eau boueuse dévalerait les pentes pour venir se jeter dans le ravin.

Tandis qu'un grondement de tonnerre résonnait au loin, Tol'chuk reporta son attention sur l'éboulis. S'il voulait finir avant l'arrivée de la pluie, il devait se dépêcher. Mais les falaises bloquaient la lumière du jour, et il avait du mal à distinguer la lueur jaunâtre de la soufrine.

Il écarta quelques rochers, grattant leur surface de ses griffes pour mettre à jour la couleur caractéristique. Ses narines frémirent comme il humait l'air en quête de l'odeur piquante de la soufrine brute.

Ce ravin asséché depuis plusieurs lunes avait déjà été fouillé de long en large. Il existait d'autres endroits où les gisements étaient plus abondants. Mais c'était précisément la raison pour laquelle Tol'chuk avait choisi de venir ici. Les membres de sa tribu ne s'aventuraient jamais dans les parages, et il préférait travailler seul, à l'abri des quolibets des autres og'res. D'autant que sa magra – la cérémonie qui marquerait son entrée dans l'âge adulte – devait commencer le lendemain. Il avait besoin d'une soufrine pour ses préparatifs, une pierre qu'il aurait ramassée lui-même la veille de sa magra.

Il se pencha vers un gros rocher plat et fit courir une griffe à sa surface, puis renifla son ongle. Non, ce n'était que du grès.

Comme il se baissait de nouveau pour fouiller les cailloux qui jonchaient le sol, une pierre de la taille d'un melon le frappa à l'épaule. Déséquilibré par l'impact, il s'étala de tout son long et roula sur le flanc.

Fen'shwa l'observait depuis le haut du ravin.

Une grimace étira les lèvres épaisses de Tol'chuk, dévoilant ses crocs lisses. Il se remit sur pied, gardant le dos courbé et une main posée sur le sol. Dans cette position, sa tête arrivait à peine à mi-hauteur de la paroi. Il dut se tordre le cou pour foudroyer son ennemi du regard.

Fen'shwa était accroupi au bord du ravin. Ramassé sur lui-même tel un rocher anguleux, il fixait Tol'chuk de ses gros yeux jaunes exorbités. Son dos était voûté, et il s'appuyait sur un de ses poings dans la posture coutumière des og'res. Ses cheveux couleur de paille se hérissaient au sommet de son crâne, formant une crête qui descendait le long de sa nuque et de son dos avant de disparaître sous ses vêtements de cuir. Un sourire méprisant dévoilait ses crocs. Âgé d'un hiver de plus que Tol'chuk, il ne ratait jamais une occasion d'exhiber ses dents ébréchées – la marque attestant qu'il s'était déjà accouplé.

Toutes les femelles de la tribu vénéraient Fen'shwa. Quand il passait près d'elles, elles frottaient leur postérieur rebondi contre ses flancs. Tol'chuk avait beau marcher plié en deux, jamais aucune d'elles ne lui avait lancé semblable invitation. Il savait très bien qu'elles le trouvaient hideux.

Plus petit que les autres og'res adultes, il avait des yeux en amande plutôt que ronds comme ceux de Fen'shwa. Son nez était trop pointu et ses crocs trop courts pour exciter une femelle. Même ses cheveux refusaient de tenir droits sur sa tête ; il était forcé de les enduire de cire d'abeille pour se confectionner une crête. Il pouvait bien se donner tout le mal qu'il voulait : la tribu connaissait ses origines honteuses et le méprisait unanimement.

De sa main libre, Fen'shwa saisit une autre pierre.

— Je vais t'ébrécher les crocs, demi-sang, gloussa-t-il en brandissant le projectile. Tu devrais te laisser faire. Après tout, c'est ta seule chance.

Tol'chuk s'empourpra.

— Fen'shwa, tu connais la loi. Je suis magra ; personne ne doit me déranger !

— Tu ne le seras pas avant le coucher du soleil.

Fen'shwa lança la pierre, mais Tol'chuk esquiva aisément. Son héritage mélangé n'avait pas que des inconvénients ; il le rendait plus agile que les ogres de sang pur.

Plissant les yeux, Fen'shwa ramassa une pierre plus grosse que les précédentes.

— Laisse-moi tranquille, gronda Tol'chuk.

— Tu as peur ! railla Fen'shwa. Ton cœur n'est pas celui d'un og're !

Tol'chuk avait l'habitude qu'on se moque de lui, mais cette insulte-là était trop grave pour qu'il la laisse passer. Son ennemi avait osé le traiter de lâche ! Renonçant à préserver les apparences, il redressa le dos et se déplia de toute sa hauteur – un exploit qu'aucun og're de sang pur ne pouvait accomplir. C'était de cette capacité qu'il tirait son nom. Dans la langue des anciens, Tol'chuk signifiait « celui qui marche comme un homme ». Et ce n'était pas un compliment.

Debout, sa tête arrivait au niveau du bord du ravin. Il vit Fen'shwa frémir de dégoût à la vue de son dos droit. L'autre og're ramena son bras en arrière, se préparant à lancer son projectile.

Sans réfléchir, Tol'chuk saisit le bras sur lequel Fen'shwa s'appuyait et, d'une brusque secousse, projeta son ennemi au fond du ravin. Il le regretta instantanément : il ne faisait pas bon provoquer Fen'shwa.

L'autre og're atterrit lourdement au milieu des cailloux. Mais il avait la peau épaisse et les os solides. Aussitôt, il se redressa. Tol'chuk battit en retraite.

En grimaçant, Fen'shwa porta un index épais à sa bouche. Il en sonda l'intérieur et retira son doigt couvert de sang. Ses yeux s'écarquillèrent. Puis ses prunelles s'embrasèrent et se dilatèrent jusqu'à ce que le noir ait totalement dévoré le jaune qui l'entourait.

Tol'chuk ne l'avait jamais vu dans une telle rage.

Fen'shwa poussa un rugissement qui s'engouffra dans le ravin telle une bourrasque. Alors, Tol'chuk comprit pourquoi il était si furieux. Un de ses crocs s'était brisé dans sa chute – une blessure qui allait le défigurer et entraîner une perte significative de statut.

Fou de colère, Fen'shwa se jeta sur l'impudent, les bras tendus comme pour le saisir à la gorge. Tol'chuk se plia en deux et lui assena un coup de tête dans l'estomac. La force de l'impact expulsa tout l'air des poumons de son agresseur. Hoquetant, Fen'shwa vola en arrière et retomba sur son séant.

Mais l'ennemi juré de Tol'chuk était un combattant expérimenté, comme tous les mâles adultes de leur tribu guerrière. Il se mit à quatre pattes. Une de ses mains calleuses jaillit, saisit son adversaire par la cheville et tira d'un coup sec, le faisant basculer en arrière.

Tol'chuk tenta de se recevoir sur l'épaule pour amortir sa chute. Il ne réussit qu'à moitié, et sa tête heurta violemment le sol. Des taches de lumière dansèrent devant ses yeux.

Tandis qu'il s'efforçait de focaliser sa vision, Fen'shwa plongea sur lui. Il voulut rouler sur le côté, mais ne fut pas assez rapide. Son adversaire atterrit à califourchon sur son torse et se mit à le bourrer de coups de genou.

Tol'chuk se recroquevilla sur lui-même pour limiter les dégâts. Tandis que les griffes postérieures de Fen'shwa lui lacéraient le ventre, ses griffes antérieures tentaient de lui crever les yeux. Il se débattit, mais son ennemi était beaucoup plus lourd que lui. S'il n'arrivait pas à se dégager très vite, il allait se faire étriper. Il saisit le poignet de Fen'shwa. Au même moment, il vit l'autre main de son adversaire sortir une dague en corne de cerf de sa ceinture.

Quand les og'res mâles se battaient pour une femelle, ils le faisaient toujours à main nue. Utiliscr une arme était considéré comme de la traîtrise. Comme ils étaient robustes et avaient la peau dure, ces affrontements se soldaient rarement par la mort d'un des deux adversaires. Les membres d'une même tribu n'avaient pas le droit de s'entre-tuer – en aucune circonstance. Ils n'employaient d'armes que lorsqu'une guerre territoriale les opposait à une autre tribu, et parce que c'était le seul moyen de venir définitivement à bout d'un de leurs semblables.

Fen'shwa brandit sa dague, les yeux flamboyants de haine.

— Tu ne nous feras plus jamais honte, demi-sang, dit-il entre ses crocs serrés.

Alors, Tol'chuk réalisa que son adversaire ne se contenterait pas de lui donner une raclée. Saisissant une pierre dans chaque main, il les cogna de toutes ses forces sur les oreilles de Fen'shwa. Il entendit un craquement sec. Deux coups portés simultanément sur les seuls endroits vulnérables du crâne d'un og're pouvaient avoir des conséquences dramatiques.

Tol'chuk avait juste voulu étourdir Fen'shwa, l'assommer pour lui laisser le temps de se ressaisir. Mais lorsqu'il baissa les bras, du sang jaillit des narines de son ennemi, l'éclaboussant de sa chaleur. Il vit les yeux de Fen'shwa rouler dans leur orbite et entendit un gargouillement s'échapper de sa gorge. La main de l'autre og're s'ouvrit, lâchant la dague en corne de cerf. Puis son corps s'affaissa mollement.

Tol'chuk repoussa la masse inerte de son ennemi et se redressa. Du sang continuait à se déverser par le nez et la bouche ouverte de Fen'shwa. Sa poitrine ne remuait plus.

Tol'chuk se figea, le souffle coupé. Qu'avait-il fait ? Un og're ne devait pas tuer son frère de tribu !

Levant la main droite, il examina la pierre qu'il agrippait convulsivement. Un de ses angles s'était brisé en heurtant le crâne de Fen'shwa. Une lueur jaune scintillait dans la fissure.

De la soufrine.

La pierre s'échappa de ses doigts gourds.

L'épaule appuyée contre un tronc, Mogweed se tenait à la lisière de la sylve verdoyante qui recouvrait les contrées du Couchant. Une brise légère agitait les feuilles sèches au-dessus de sa tête, les faisant bruire comme autant de carapaces d'insectes morts. À l'est, la vaste étendue des collines sur lesquelles ne poussait que de l'herbe jaunie lui paraissait désolée, presque nue. Au-delà de ces collines se dressaient les pics des Dents, les montagnes qu'il devait traverser pour atteindre les terres des hommes. Il frotta sa joue contre l'écorce râpeuse. Mais comment pourrait-il se résoudre à quitter sa forêt natale ?

Levant une main, il observa ses doigts fins et sa peau lisse avec une expression mi-ébahie, mi-dégoûtée. Puis il examina les assemblages de tissu qui pendaient sur son corps. Un chasseur lui avait montré comment porter ces « vêtements ». Le pantalon gris par-dessus le caleçon en lin, la veste par-dessus la chemise de laine. Il les avait mis correctement. Pourtant, leur texture et leurs coutures blessaient sa chair si tendre. Mais le pire, c'étaient les bottes noires. Il répugnait à les porter ; aussi les avait-il rangées dans son gros sac de cuir. Tant qu'il était dans la forêt, il voulait sentir la caresse de l'humus entre ses orteils.

Mogweed savait qu'une fois sorti de l'ombre des arbres, il devrait chausser ses bottes pour parfaire son déguisement d'homme. Une fois habillé de pied en cap, seuls ses yeux aux pupilles fendues trahiraient ses origines. Il resta appuyé contre le tronc jusqu'à ce qu'un museau le pousse avec insistance.

— Tiens-toi tranquille, Fardale. J'ai besoin d'un moment pour me préparer.

Il baissa un regard irrité vers le loup.

Aussi massif qu'un homme, Fardale était assis sur son arrière-train, sa langue pendant hors de sa gueule. Avec sa fourrure noire très dense, parsemée de taches brunes et grises, il ressemblait à une incarnation du camaïeu des ombres sylvestres. Ses oreilles pointues écoutaient les bruits de la forêt. De son museau levé, il humait l'air en quête de danger.

Un rictus envieux tordit la bouche de Mogweed. Son pelage épais était le seul vêtement dont Fardale avait besoin. Nul autre accessoire n'était nécessaire pour compléter son déguisement. Il ressemblait en tout point à un loup ordinaire – là encore, à l'exception de ses yeux. Comme Mogweed, il avait des pupilles fendues qui eussent mieux convenu à un félin : la marque de leur véritable nature de si'lura.

Fardale leva les yeux vers son compagnon, et leurs regards ambrés se croisèrent. Une lueur tiède parut émaner des prunelles du loup. De vagues impressions se formèrent dans l'esprit de Mogweed. *Le soleil couchant. Un estomac creux. Des pattes avides de courir.* Il connaissait la signification de ces images. Fardale l'avertissait que la lumière du jour déclinait, et qu'ils avaient encore beaucoup de chemin à parcourir avant la tombée de la nuit.

— Je sais, répondit-il à voix haute.

Lui aussi pouvait parler avec son âme comme Fardale venait de le faire – comme tous les si'lura pouvaient le faire –, mais il avait besoin d'exercer sa langue. Dans très peu de temps, il serait parmi les humains. Pour sa sécurité et celle de Fardale, il devait perfectionner son déguisement.

Un frisson le parcourut.

— Mais je n'ai aucune envie de partir de chez nous.

De nouvelles images et sensations lui répondirent. *Une tétine gonflée de lait. Les riches odeurs de la forêt. De douces ombres transpercées par les rayons du soleil.* Fardale comprenait et partageait son appréhension.

Mais ils n'avaient pas le choix. Le rancien de leur clan leur avait donné un ordre. Ils devaient lui obéir.

Tout de même... Étaient-ils obligés de se conformer à ses instructions ?

Mogweed prit une profonde inspiration et laissa tomber son paquetage sur le sol. Il se pencha et en tira ses bottes. Assis à la lisière de la forêt, il glissa ses pieds dans les cercueils de cuir jumeaux et grimaça.

— On pourrait rester, chuchota-t-il. Vivre comme des parias.

Fardale poussa un grognement, et ses pensées transpercèrent l'esprit de Mogweed telles des flèches. *Une rainette venimeuse. Une mare étouffée par les algues. Un chêne couvert de moisissure jaune.* À présent, la forêt leur était hostile. S'ils se rebellaient contre l'autorité du rancien, ils n'y connaîtraient plus jamais la paix ni la joie.

Mogweed savait que Fardale avait raison, mais un feu brûlant couvait dans ses entrailles.

— Après tout, ils nous ont bannis ! s'emporta-t-il. Nous ne leur devons rien.

Fardale se redressa et baissa la tête d'un air menaçant. Une lueur rouge s'alluma dans ses prunelles. *Une araignée velue. Un louveteau attaquant son frère de portée. Un corbeau dérobant un œuf moucheté dans un nid.* Mogweed perçut l'accusation dans ses pensées.

— J'essayais juste de nous libérer de la malédiction, se défendit-il. Je ne pouvais pas deviner que ça tournerait si mal !

Fardale lui tourna le dos, signalant qu'en ce qui le concernait, la discussion était close.

Mogweed rougit – de colère plutôt que de honte. *Sois maudit*, songea-t-il. Fardale était comme un joug qui l'étranglait depuis trop longtemps. L'idée de le planter là et de partir seul tenter sa chance parmi les humains lui traversa l'esprit.

Dans le fond, quelle raison avait-il de s'accrocher à son peuple ? Ses semblables l'avaient toujours rejeté ! Une vie meilleure l'attendait peut-être au-delà des montagnes. Aiguillonné par cette pensée, il s'arracha à l'ombre des arbres et s'avança dans la lumière du soleil déclinant.

Il regarda autour de lui. Loin des frondaisons protectrices, le ciel paraissait si vaste ! Il trébucha et s'accroupit sous la voûte d'azur qui semblait l'écraser, le plaquer à terre tel un poids massif. Puis il tourna la tête vers Fardale.

— Alors, tu viens ? lança-t-il d'un ton qui se voulait acerbe.

Mais la peur fit trembler sa voix. L'idée de s'aventurer seul dans un monde immense et inconnu le terrifiait. Pour l'instant, il avait encore besoin de Fardale. Plus tard, il aviserait.

Le loup se glissa hors de l'ombre sylvestre. Il scruta calmement l'horizon et s'avança sur le sol rocailleux, sa fourrure reflétant la lumière du soleil en taches irisées. Il ne paraissait guère affecté par son nouvel environnement.

Mogweed plissa les yeux. Son jumeau avait toujours été le plus courageux, le plus noble d'eux deux. Il espérait bien le voir craquer un jour – et il priait pour en être la cause. Il regarda Fardale le dépasser et se diriger nonchalamment vers les collines pelées. La tête penchée, il lui emboîta le pas en maudissant sa vaillance.

Un jour, mon cher frère, je t'enseignerai la peur.

15

Tol'chuk portait dans ses bras le corps inerte de Fen'shwa. Il marchait debout, le dos droit, car il avait besoin de ses deux mains pour soutenir la lourde masse de son ennemi.

Comme il approchait du village, il aperçut plusieurs femelles qui grattaient la terre aride en quête de racines et de tubercules. Lorsqu'elles le repérèrent, elles plissèrent le nez de dégoût à la vue de sa posture. D'ordinaire, les og'res n'utilisaient que leur dos et un seul bras pour charrier des objets encombrants ; ils gardaient leur autre bras libre pour prendre appui sur le sol.

Choquées, les femelles mirent quelques instants à identifier le fardeau de Tol'chuk. Alors, leurs yeux s'écarquillèrent, et une cacophonie de gémissements monta de leur gorge. Elles tournèrent les talons et s'enfuirent à grands bonds maladroits, laissant derrière elles un sillage musqué – l'odeur de leur peur.

Sans leur prêter la moindre attention, Tol'chuk s'engagea sur le chemin qui conduisait aux cavernes de sa tribu. Les muscles de son dos et de ses bras le brûlaient, mais c'était un bien faible prix à payer pour le crime atroce qu'il venait de commettre. En tuant un des membres de sa tribu, il avait violé la loi la plus sacrée des og'res.

Tandis qu'il observait la silhouette ensanglantée de Fen'shwa, il avait été saisi par une honte si incommensurable qu'il avait d'abord envisagé de s'enfuir. Mais ce faisant, il aurait déshonoré son défunt père. Et sa naissance était déjà une disgrâce suffisante pour sa famille. Comment aurait-il pu y ajouter en se comportant comme un lâche ? Aussi avait-il ramassé le corps de son ennemi et pris le chemin du retour, bien décidé à se soumettre au châtiment qu'on lui infligerait.

Au pied des immenses falaises de granit, Tol'chuk repéra la tache noire qui marquait l'entrée de son village – si difficile à distinguer parmi les ombres qui s'accrochaient à la façade de pierre vérolée. Une foule d'og'res se massait déjà devant la gueule béante de la caverne. Toute la tribu était là, ou presque : anciens au dos courbé, jeunes aux pieds agiles, guerriers brandissant des massues en bois de chêne.

Un silence funeste planait sur l'assemblée. Un bébé ôta son pouce de sa bouche minuscule et tendit la main vers Tol'chuk, mais avant qu'il puisse émettre le moindre son, sa nourrice lui plaqua une main sur le bas du visage. Personne ne parlait en présence d'un mort.

Tol'chuk se réjouit de ce répit. Très bientôt, il affronterait ces regards inquisiteurs et avouerait son crime. Mais il lui fallait d'abord s'acquitter d'un bien pénible devoir.

Son cœur battait la chamade. Ses jambes se mirent à trembler. Pourtant, il ne ralentit pas. S'il hésitait, il risquait de perdre son élan et de se laisser submerger par sa peur. Aussi se força-t-il à mettre un pied devant l'autre pour rejoindre sa tribu.

Un mâle adulte jaillit de la foule. Le bras sur lequel il s'appuyait était aussi épais qu'un tronc d'arbre. Il leva le nez pour humer le vent qui soufflait dans sa direction.

Soudain, il se figea, ses muscles saillant sous sa peau telles des crêtes rocheuses. Au fil d'une vie passée dans la pénombre des cavernes, la vision des og'res s'affaiblissait, mais leur odorat se développait. Le vieux mâle rejeta sa tête en arrière et, brisant le silence, rugit sa douleur à la face des montagnes qui l'entouraient. Il avait reconnu l'odeur du fardeau de Tol'chuk. Il savait que le corps inerte était celui de son fils.

Tol'chuk faillit s'arrêter. Comment pouvait-il se confesser ? Il serrait les dents si fort que ses mâchoires lui faisaient mal. Les yeux rivés sur l'ouverture dans la falaise, il continua à avancer.

Le père de Fen'shwa se rua vers lui, ses jambes puissantes pilonnant la pente. Il s'immobilisa dans une embardée qui fit jaillir une volée de cailloux et, levant sa main libre, toucha le bras flasque de son fils.

— Fen'shwa ?

Comme le voulait la coutume de son peuple, Tol'chuk l'ignora. Le chagrin d'un og're ne devait pas avoir de témoins. Il dépassa le vieux mâle et se dirigea vers l'entrée de la caverne. Mais son silence fut une réponse suffisante. Le père de Fen'shwa comprit que son fils n'était pas seulement blessé. Derrière lui, Tol'chuk entendit un gémissement déchirant. Il vit le reste de la tribu tourner le dos au père éploré.

Titubant d'épuisement et de peur, Tol'chuk traversa la foule massée devant lui. Les og'res s'écartèrent pour le laisser passer. Personne ne le toucha, et personne ne tenta de le retenir. On ne barre pas le chemin à la mort.

Serrant son fardeau contre sa poitrine, il franchit le seuil de la caverne. La pénombre se referma sur lui.

Le plafond de la grande salle commune se dressait si haut que même la lumière des feux épars ne pouvait l'atteindre. Mais des doigts de pierre en descendaient comme pour désigner Tol'chuk d'un geste accusateur. La tête baissée, il traversa la zone consacrée à la cuisine. Quelques femelles se tenaient accroupies près des foyers, la lueur dansante des flammes se reflétant dans leurs yeux ronds.

Des ouvertures de taille plus modeste se découpaient dans la paroi rocheuse ; elles donnaient sur les cavernes privées des différentes familles qui composaient la tribu. Deux ou trois mâles à l'expression soupçonneuse sortirent la tête pour regarder passer Tol'chuk, comme s'ils craignaient que celui-ci cherche à enlever une de leurs femelles. Mais quand ils aperçurent son fardeau, ils battirent précipitamment en retraite.

Tol'chuk longea la caverne de sa famille. Personne ne l'attendait à l'intérieur : il vivait seul depuis que son père était parti rejoindre les esprits, quatre hivers plus tôt. Il ignora l'odeur familière qui s'échappait de l'ouverture. Avant de pouvoir affronter ses responsabilités, il devait se rendre dans la caverne des esprits.

Il se dirigea vers la zone la plus obscure de la salle commune. Là, une fissure verticale fendait la paroi du sol au plafond. Pour la première fois depuis qu'il avait quitté le ravin, Tol'chuk s'immobilisa, comme paralysé par la vue de cette ouverture. Il ne s'en était pas approché depuis que son père avait succombé durant une bataille contre la tribu Ku'ukla. À l'époque, il était trop jeune pour accompagner les guerriers dans leur expédition. Quand ils étaient revenus, personne ne l'avait informé que son père était mort.

Il était en train de jouer aux fléchettes avec un enfant encore trop petit pour le mépriser lorsqu'il avait vu quatre mâles adultes le dépasser en traînant un corps éventré. Sonné, il n'avait pas réagi tandis que le dernier membre de sa famille disparaissait dans la crevasse noire.

À présent, il devait suivre le même chemin que son défunt père.

Avant que des tentacules de peur l'enracinent dans le sol, Tol'chuk serra le corps de Fen'shwa contre sa poitrine et s'avança vers l'ouverture. La masse de son fardeau l'obligea à s'y engager de profil. Retenant son souffle, il rasa le mur du tunnel plongé dans l'obscurité jusqu'à ce qu'une maigre lueur bleue apparaisse au détour d'un virage. La lumière parut saper les forces restantes de ses membres. Sa détermination vacilla. Un frisson le parcourut.

Puis un chuchotement résonna quelque part devant lui.

— Approche. Nous t'attendons.

De surprise, Tol'chuk trébucha. C'était la voix de la Triade. Il avait espéré déposer le corps dans la caverne des esprits et ressortir aussitôt pour confesser son crime à la tribu. La Triade se manifestait rarement. Ces trois anciens, que l'âge avait rendus aveugles, vivaient dans les entrailles de la montagne. Ils ne s'aventuraient à la surface que pour prendre part aux plus solennelles des cérémonies og'res.

À présent, ils l'attendaient. Étaient-ils déjà au courant de son infamie ?

— Approche, Tol'chuk.

Les mots rampaient jusqu'à lui tel un ver de terre cherchant la lumière.

Tol'chuk se traîna péniblement vers leur source. Ses mains glissantes de sueur avaient de plus en plus de mal à tenir Fen'shwa. Enfin, le passage s'élargit, et il put pivoter pour marcher de face.

Ses bras tremblant sous le poids de sa victime, il pénétra dans la caverne des esprits. Des torches à la flamme bleue éclairaient le sol et les parois. Dans celle du fond se découpait une ouverture noire pareille à un œil : l'entrée du domaine de la Triade. À l'exception des anciens et des morts, nul ne la franchissait jamais.

Tol'chuk s'immobilisa sur le seuil de la caverne. Il n'y était venu qu'une seule fois auparavant : pour sa cérémonie de baptême, quand il avait quatre hivers. Ce jour-là, un des membres de la Triade lui avait donné le nom maudit de « celui qui marche comme un homme » – une honte qu'il portait depuis douze hivers déjà.

Il avait espéré ne jamais y revenir, mais il connaissait la coutume. Les og'res défunts devaient être déposés ici, loin des yeux de la tribu. Qu'advenait-il ensuite de leur corps ? Personne n'en parlait ; personne ne se le demandait. Évoquer les morts pouvait attirer la tragédie sur un foyer.

Les défunts étaient l'affaire de la Triade.

Tol'chuk fit un pas en avant. Les trois anciens étaient accroupis au centre de la caverne tels des rochers. Nus et recroquevillés sur eux-mêmes, ils n'avaient plus que la peau sur les os.

Une voix s'éleva. Tol'chuk n'aurait su dire quel membre de la Triade s'adressait à lui ; les mots semblaient provenir des trois à la fois.

— Laisse-nous le mort.

Il voulut déposer Fen'shwa aussi doucement que possible, afin de lui témoigner son respect et de ne pas offenser les dieux. Mais ses muscles épuisés le trahirent ; le corps s'échappa de ses bras et tomba lourdement sur le sol. Son crâne heurta la pierre avec un craquement qui résonna à travers toute la caverne.

Frémissant, Tol'chuk courba le dos comme il seyait à un og're. Son devoir ainsi accompli, il recula vers la crevasse.

— Non. Ce chemin t'est désormais fermé. (De nouveau, la voix parut émaner des trois anciens.) Tu as tué un membre de ta tribu.

Tol'chuk se figea, fixant le sol à ses pieds. Les anciens connaissaient son crime.

— Je ne voulais pas..., bredouilla-t-il.

— Un seul chemin s'ouvre encore à toi, coupa la voix.

Il releva légèrement la tête. Trois bras tendus désignaient l'œil noir, le tunnel que seule empruntait la Triade.

— Le chemin des morts.

Tapi dans l'ombre d'un gros rocher, Mogweed observait les montagnes. Fardale, dont les perceptions étaient plus affûtées que les siennes, était parti en éclaireur.

Après avoir traversé les collines, les deux frères avaient atteint une région rocailleuse et aride. Des buissons d'aubépine recouvraient le sol poussiéreux ; çà et là se dressaient quelques chênes rabougris et de rares bosquets de pins. Ils avaient enfilé des ravins étroits et escaladé des falaises abruptes. Puis Fardale avait découvert une piste plus praticable qui sinuait vers les hauteurs. Mogweed s'était réjoui, mais avec sa prudence coutumière, son frère avait insisté pour reconnaître le chemin avant qu'ils s'y engagent tous les deux.

Les vêtements de Mogweed empestaient la sueur et lui collaient à la peau. Il tira dessus en se demandant comment les humains pouvaient supporter une telle gêne. En fermant les yeux, il se concentra et tenta de se transformer, appelant de tout son cœur la sensation familière de la chair qui se remodèle et des os qui ploient. Mais rien ne se produisit. Il était toujours coincé dans son corps d'homme. Jurant entre ses dents, il rouvrit les yeux et regarda vers l'est. Quelque part dans le lointain se trouvait le remède à la malédiction qui pesait sur lui et sur son frère.

L'ascension lui avait donné chaud. Il fixa d'un air envieux la neige qui couronnait le plus haut des pics, une neige que même le soleil estival n'avait pas réussi à faire fondre. Cette montagne, appelée le Grand Croc du Nord, surpassait tous les autres sommets des Dents : de la cordillère qui courait depuis le désert de Glace, dans le Nord, jusqu'au désert de Sable, dans le Sud, coupant le continent en deux moitiés inégales.

Une main en visière, Mogweed tourna son regard vers la droite. À quelques milliers de lieues dans cette direction se dressait le Grand Croc du Sud. Malgré la distance qui séparait les pics jumeaux, on racontait que si deux personnes se tenaient à leur cime, elles pouvaient parler entre elles – qu'un simple murmure leur suffisait pour communiquer l'une avec l'autre.

Mogweed fronça les sourcils. C'était une idée ridicule. Il avait des préoccupations autrement plus importantes que ces élucubrations enfantines. S'enveloppant de ses bras, il observa avec une expression amère la cordillère au-delà de laquelle s'étendaient les territoires humains. Il redoutait de s'aventurer jusque-là, mais il savait qu'il n'avait pas le choix.

Des nuages commencèrent à s'amonceler parmi les pics, s'accrochant à leurs sommets déchiquetés tandis que le vent soufflait vers l'est. La pointe enneigée du Grand Croc fut engloutie par une masse noire et bouillonnante au sein de laquelle dardaient des éclairs. Si les voyageurs voulaient traverser les Dents avant que l'hiver étende son emprise glacée sur le continent, ils devaient se dépêcher.

Mogweed sonda les broussailles du regard. Que faisait donc son frère ? Une vague inquiétude lui rongeait l'estomac. Et si Fardale s'était enfui, l'abandonnant dans cette région désolée ?

Comme s'il l'avait entendu, le loup apparut soudain au pied de la pente rocailleuse. Anxieux et haletant, il leva les yeux vers lui pour solliciter un contact. Mogweed vit la lueur ambrée qui brillait dans ses prunelles, et il lui ouvrit son esprit.

La puanteur d'une charogne abandonnée sous le soleil. Des pattes qui courent, poursuivies par des crocs avides. Le vol d'une flèche à travers le ciel.

Des chasseurs approchaient.

Des hommes ? Mogweed arborait l'apparence de l'un d'entre eux, et il avait conscience que tôt ou tard, il serait forcé de traiter avec eux. Mais il n'était pas pressé de les rencontrer. Dans le fond de son cœur, il avait espéré les éviter – au moins jusqu'à ce que Fardale et lui aient franchi la cordillère.

Il se laissa glisser vers le bas de la pente et rejoignit son frère.

— Où allons-nous nous cacher ?

Des pattes qui courent. Des coussinets entaillés par des pierres tranchantes. Fardale voulait qu'ils se sauvent.

Les jambes de Mogweed lui faisaient mal. L'idée de fuir en terrain si accidenté le décourageait d'avance. Ses épaules s'affaissèrent.

— Pourquoi ne pas nous planquer quelque part pour attendre qu'ils soient passés ?

Des crocs affûtés comme des rasoirs. Des griffes cruelles. Des narines frémissantes qui cherchent à capter une odeur.

Mogweed se raidit. Des renifleurs ! Où ? Comment ? Dans la forêt, ces créatures se déplaçaient en meute. Dotées d'un appétit féroce, elles utilisaient leur odorat aiguisé pour traquer des si'lura isolés. Jamais il n'aurait cru que des humains puissent les domestiquer.

— De quel côté ? demanda-t-il, résigné.

Fardale tourna les talons et s'élança sur la piste, agitant sa queue comme un drapeau pour inviter son frère à le suivre.

Mogweed rajusta son paquetage sur son dos et lui emboîta le pas. Ses articulations meurtries protestèrent contre l'effort qu'il leur imposait, mais la pensée des créatures à la gueule garnie de crocs et écumante de bave le rendit provisoirement imperméable à la douleur.

Comme il franchissait un virage, il vit que Fardale s'était arrêté quelques mètres plus loin, la truffe au vent. Soudain, le loup fila vers la gauche, abandonnant la piste derrière lui.

Avec un grognement, Mogweed plongea au travers d'un églantier dont les ronces déchirèrent ses vêtements. Fardale l'entraîna à l'assaut d'un contrefort abrupt dont la terre et les cailloux se détachèrent sous ses pieds. Bientôt, il fut forcé de se mettre à quatre pattes. La pente était glissante ; il ne cessait de retomber en arrière et de perdre le terrain si durement gagné.

La bouche sèche, il fixa la crête qui se découpait au-dessus de lui. Fardale avait déjà atteint le sommet et humait l'air avec une mine inquiète. Maudit soit ce corps si maladroit ! Mogweed planta ses doigts écorchés dans la terre et frémit. Jamais il n'avait tant regretté ses griffes. Plaçant prudemment ses pieds et ses mains, il lutta contre l'inclinaison de la pente pour se hisser jusqu'à son frère.

Tandis qu'il se démenait, un bourdonnement familier résonna derrière ses tympans. Fardale cherchait le contact. Avec une grimace, il leva le nez. Le loup était ramassé sur lui-même, les yeux flamboyants. Des images défilèrent dans l'esprit de Mogweed. *Des dents claquant sur les talons d'un fuyard. Un garrot de chanvre serrant une gorge*. Les chasseurs se rapprochaient.

Aiguillonné par la peur, il franchit les derniers mètres qui le séparaient de Fardale et le rejoignit en se traînant sur les genoux.

— Où sont-ils ?

Le loup pivota et, du museau, désigna les montagnes. Mogweed regarda dans la direction que son frère indiquait. La piste qu'ils venaient de quitter serpentait entre les collines et disparaissait parmi les contreforts des Dents.

— Où… ? répéta-t-il.

Puis il se tut, refermant la bouche si vite qu'il faillit se mordre la langue. Il avait repéré un mouvement sur la piste, beaucoup plus près qu'il s'y attendait.

Des hommes en tenue vert foncé, portant un arc en bandoulière et un carquois dans le dos, venaient d'apparaître entre deux rochers. Ils descendaient la piste d'un pas vif.

Mogweed se plaqua à terre.

Trois renifleurs portant des muselières métalliques tiraient sur les laisses de cuir qui les empêchaient d'échapper à leurs maîtres. Malgré la distance, Mogweed vit leurs narines se dilater tandis qu'ils s'imprégnaient de l'odeur de leurs proies. Leurs muscles saillaient sous leur peau nue, couleur d'hématome, et leurs griffes grattaient frénétiquement le sol.

Comme un de ses compagnons le bousculait, le renifleur de tête grogna et retroussa ses babines, révélant des mâchoires puissantes et quatre rangées de crocs aussi effilés que des aiguilles.

— Vas-y, chuchota Mogweed à Fardale. Qu'est-ce que tu attends ?

Soudain, un gémissement strident se répercuta entre les collines. Mogweed connaissait bien ce cri. Il l'avait déjà entendu dans les profondeurs obscures de la sylve. C'était celui d'un renifleur assoiffé de sang.

Les yeux brillants de Fardale se braquèrent sur son frère. *Un louveteau qui se fait gronder pour avoir jappé en pleine nuit et révélé l'emplacement de sa tanière. Un museau flairant une piste*. Les renifleurs avaient capté son odeur, et ils fonçaient droit vers eux.

Mogweed ravala un reproche cinglant alors que son frère détalait. Il se releva maladroitement et s'élança à sa suite. Sa course fut une folle succession d'écorchures et de chutes. Des hurlements le poursuivaient – mais à quelle distance ? Il était incapable de le dire.

Suivant le lit d'une rivière asséchée, Fardale le guida vers les hauteurs. La roche polie par le passage de l'eau était glissante, et les bottes de Mogweed ne cessaient de le trahir. Il se tordit une cheville sur une pierre, tomba à genoux et sentit son articulation s'embraser.

Il luttait pour se redresser lorsqu'un cri perçant résonna derrière lui. Les créatures gagnaient du terrain !

Devant lui, Fardale faisait de petits bonds impatients. Mogweed tenta de prendre appui sur sa cheville blessée, mais une lance de douleur lui transperça la jambe. Il fit quelques pas boitillants et s'écroula de nouveau.

— Je ne peux plus courir ! geignit-il.

Son frère revint vers lui et renifla son pied.

— Ne me laisse pas, supplia Mogweed.

Fardale leva la tête et le fixa intensément. *Deux loups dos à dos, se protégeant l'un l'autre.*

Un hurlement se répercuta entre les parois du défilé. La seconde d'après, un autre cri lui fit écho.

— Qu'allons-nous faire ? balbutia Mogweed.

Une meute rabattant un cerf vers une falaise. Des canards prenant leur envol.

— Quoi ?

Les pensées de Fardale n'avaient aucun sens. Son frère avait-il passé trop de temps dans la peau d'un loup ? Son âme de si'lura était-elle déjà submergée par une sauvagerie primitive ? Mogweed sentit ses épaules se crisper.

— Je ne comprends rien à ce que tu racontes !

Une louve guidant sa portée. Fardale se détourna et entreprit de gravir la berge escarpée. Par-dessus son épaule, il jeta un coup d'œil à son frère.

Mogweed se redressa sur sa jambe valide, ne s'appuyant que sur les orteils de son autre pied pour s'équilibrer. Il empoigna la queue de Fardale. Moitié sautillant, moitié se laissant traîner par le loup, il réussit à s'extirper du lit de la rivière. Mais cela lui prit du temps, et quand il atteignit enfin le sommet de la pente, son visage était blême de douleur. Haletant, il s'affaissa contre le tronc d'un pin.

— On devrait peut-être rester là, suggéra-t-il. Escalader un arbre et attendre les chasseurs. Avec un peu de chance, ils ne s'apercevront pas que nous sommes des si'lura.

Fardale plissa les yeux. *L'œil d'un hibou. De la chair déchiquetée.*

Mogweed poussa un grognement. Son frère avait raison. Ces hommes étaient des forestiers des contrées du Couchant ; ils ne se laisseraient pas berner si facilement. Leur seul espoir de s'en sortir était d'éviter tous les humains tant qu'ils n'auraient pas franchi les Dents. Leur peuple ne s'était pas aventuré à l'est du continent depuis plusieurs centaines d'hivers. Avec un peu de chance, les habitants des plaines auraient oublié les si'lura.

Un cri s'éleva depuis le fond du lit de la rivière, sur leur droite.

Des pattes qui courent. L'odeur d'une meute toute proche. La tétine d'une mère près du museau de son petit.

Mogweed s'écarta de l'arbre. Une main posée sur l'échine de son frère, il se mit à clopiner près de lui. Il n'avançait que très lentement, mais selon Fardale, le salut était tout proche.

Le loup entraîna Mogweed jusqu'à une crête dénudée que même les buissons épineux avaient renoncé à envahir. Au-delà, ce n'étaient que granit et schiste, roches usées à l'endroit où un glacier avait jadis anéanti toute végétation. Des crevasses noires béaient au flanc des pentes grises et escarpées.

Ce paysage désolé serra le cœur de Mogweed. Il se rejeta en arrière. Son frère était fou !

— Non, souffla-t-il, les yeux écarquillés. Je préfère encore tenter ma chance avec les renifleurs.

Il tourna un regard incrédule vers Fardale.

Un oisillon pris dans les branches d'une emmêlée, les ronces transperçant sa tendre poitrine et aspirant son sang jusqu'à ce qu'il cesse de se débattre. Derrière eux, une mort certaine. *Un fleuve déchaîné ; la meute hurlant sur la rive d'en face*. Devant eux, un danger auquel ils avaient une chance d'échapper vivants.

Soudain, un hurlement résonna en contrebas, et des bruits de pas précipités montèrent jusqu'à eux.

— Regardez ! Des traces ! On dirait que les métamorphes ont grimpé là-haut ! Vas-y, Noiraud ! Chope-les !

Le claquement d'un fouet ; les glapissements des renifleurs.

Le regard de Fardale transperça Mogweed, et une lueur de satisfaction brilla dans ses prunelles. Une fois de plus, il avait vu juste. L'agitation des renifleurs avait révélé aux forestiers quel genre de proies ils traquaient : des si'lura – ou métamorphes, dans leur langue barbare.

Un gémissement s'échappa entre les dents serrées de Mogweed. Pourquoi avait-il quitté sa sylve natale ? Il aurait dû rester là-bas et se résoudre à son existence de paria. Malgré l'hostilité des autres créatures de la forêt, il aurait sûrement survécu plus longtemps.

Mais au fond de son cœur, il savait que ce voyage était nécessaire. La perspective d'être à jamais prisonnier de sa forme actuelle l'effrayait bien davantage que les renifleurs ou que tout ce qui pouvait l'attendre sur sa route.

En équilibre sur une jambe, il déglutit et lâcha :

— Allons-y.

S'accrochant des deux mains à la fourrure de Fardale, il franchit le seuil de broussailles et pénétra dans le royaume minéral que tous les habitants des contrées du Couchant avaient appris à éviter : le territoire des og'res.

16

Tol'chuk refusait de pénétrer plus avant dans la caverne des esprits. Il se tenait immobile et silencieux, le corps de Fen'shwa étendu à ses pieds.

Lentement, les trois anciens se détournèrent et se traînèrent vers l'entrée du tunnel.

— Suis-nous.

Depuis qu'il avait compris que Fen'shwa était mort, Tol'chuk savait qu'il serait puni pour son crime. La justice des og'res était inflexible, et souvent brutale. Mais ça… Il fixa l'œil noir qui se découpait dans le mur du fond – l'accès au chemin des morts. À présent, il regrettait d'avoir ramené le corps de son ennemi. Il aurait dû s'enfuir dans la montagne.

Le dernier des vieux og'res squelettiques s'engagea dans le tunnel. L'écho d'un mot unique se répercuta dans son sillage.

— Viens !

Tol'chuk s'avança en redressant le dos. Il avait déshonoré sa tribu ; il ne méritait plus de se faire passer pour un og're. Pis encore : il n'en avait plus besoin. Il enjamba le cadavre de sa victime et traversa la caverne. Les torches aux flammes bleues sifflèrent sur son passage. Ses multiples ombres se tordirent sur les murs tels des démons difformes imitant sa démarche pour mieux la ridiculiser.

Arrivé à l'entrée du tunnel, il baissa la tête et s'y engagea avant que la panique ait raison de lui. Guidé par le raclement des griffes des anciens, il s'enfonça dans les entrailles de leur demeure souterraine.

Ici, il n'y avait pas de torchères aux murs. Dès que Tol'chuk eut franchi le premier virage, une obscurité absolue se referma sur lui. Jadis, cette gorge de pierre avait englouti le corps de son père. À présent, pour le punir de son crime, la Triade l'entraînait à son tour vers le territoire des esprits. Aux yeux de son peuple, il était aussi mort que Fen'shwa.

Seuls les anciens savaient ce qui l'attendait au bout de ce tunnel. Aussi loin que remontent les souvenirs de Tol'chuk, la composition de la Triade était toujours restée la même. Une fois, il avait demandé à son père ce qui se passerait si un de ses membres venait à mourir. Son père lui avait donné une taloche et avait marmonné qu'il l'ignorait, car un tel événement ne s'était jamais produit de son vivant.

Tol'chuk ne savait pas grand-chose d'autre sur les trois anciens. Parler d'eux était mal vu – c'était censé porter malheur, tout comme le fait de mentionner le nom des morts. Pourtant, la Triade était une constante dans la vie de la tribu ; elle veillait sans relâche sur le bien-être spirituel de ses membres.

Une sourde appréhension serra le cœur de Tol'chuk. Ses pieds ralentirent. Sa gorge se serra ; sa respiration devint sifflante, et un point de côté le tenailla. Autour de lui, l'air tiédit et se chargea d'humidité. Une odeur de sel et de vieille moisissure emplit ses larges narines.

Plus il avançait dans le passage sinueux, plus les parois se resserraient comme pour le faire prisonnier et l'empêcher de rebrousser chemin. Le sommet de son crâne effleura le plafond. Au contact de la pierre, il frissonna et baissa la tête. Mais le tunnel continua à rétrécir ; bientôt, il fut forcé de se plier en deux et de s'appuyer sur un poing, adoptant de nouveau la démarche balourde des og'res.

Ses jointures étaient tout écorchées quand il aperçut une lueur verdâtre devant lui. Alors qu'il se traînait prudemment vers elle, la lumière grandit. Il plissa les yeux. Le bout du tunnel ne devait plus être très loin.

Peu de temps après, le passage s'élargit de nouveau, et Tol'chuk put distinguer la source de l'étrange rayonnement. Les parois étaient couvertes de vers luisants qui dégageaient une phosphorescence vert pâle, de la même teinte que la mousse à la surface d'un bassin d'eau croupie. Les minuscules créatures ondulaient et pulsaient, certaines enchevêtrées comme des racines, d'autres suivant une trajectoire solitaire et laissant une traînée de bave scintillante derrière elles.

Leur masse grouillante ne tarda pas à s'épaissir et à se répandre sur le sol. Des taches noires indiquaient les endroits où les anciens avaient marché, les réduisant en bouillie sous leurs talons. Tol'chuk tenta de mettre ses pieds dans les empreintes de la Triade. Le contact des vers sur sa peau nue le dégoûtait, et la vue de leurs corps qui se tortillaient lui donnait la nausée.

Concentré sur sa trajectoire, il mit un moment à réaliser qu'il avait quitté le tunnel et pénétré dans une large caverne. Ce furent les intonations gutturales des anciens qui attirèrent finalement son attention. Les trois og'res s'étaient regroupés quelques mètres plus loin ; accroupis en cercle, ils marmonnaient tête baissée.

Derrière eux, adossée à la paroi du fond, Tol'chuk aperçut une gigantesque arche couleur de rubis. *De la sanguine !* Il tomba à genoux. La sanguine était un joyau que la montagne livrait rarement aux mineurs. La découverte de la dernière – un éclat à peine plus gros que l'œil d'une hirondelle – avait suscité un vif émoi chez les og'res et déclenché la guerre tribale durant laquelle son père avait péri. À présent, Tol'chuk en contemplait une quantité si énorme qu'il devait se tordre le cou pour l'embrasser du regard.

Taillée en d'innombrables facettes, l'arche renvoyait la phosphorescence des vers luisants, la décomposant en une myriade de couleurs si éblouissantes que Tol'chuk n'avait pas de mots pour les décrire. Bouche bée, il se releva machinalement.

La lueur malsaine des créatures lui avait donné envie de vomir, mais une fois reflétée par la sanguine, elle le pénétrait jusqu'à la moelle, lui gonflait le cœur d'une émotion inconnue. Pour la première fois de sa vie, il se sentait complet, comme si son esprit imprégnait chaque fibre de son être. Telle une cascade purifiante, la lumière qui se déversait sur lui le lavait de sa honte. Son dos se redressa davantage qu'il l'y avait jamais autorisé. Des muscles crispés depuis son plus jeune âge se détendirent. Ses bras se levèrent triomphalement vers le plafond.

Il n'était plus un demi-sang, un esprit fracturé.

Des larmes ruisselèrent sur son visage tandis qu'il percevait la complétude de son esprit, la beauté que sa peau et ses os dissimulaient. Il inspira profondément pour s'emplir les poumons de cette glorieuse radiance et se l'approprier. Il aurait voulu ne jamais quitter ce lieu. Ici, il aurait pu mourir en paix.

Que la Triade me tranche la gorge, songea-t-il. *Que le flot de mon sang balaie les vers à mes pieds.* Son squelette et ses muscles n'étaient qu'une cage ; l'esprit qu'ils emprisonnaient ne pouvait être anéanti par aucune lame. Il était complet et le resterait toujours.

Il n'attendait plus rien de la vie que cet instant.

Puis une voix s'insinua dans sa béatitude.

— Tol'chuk.

Son nom ne fit qu'effleurer la lisière de sa conscience, mais tel un caillou jeté dans une mare à la surface immobile, il provoqua des ondulations qui fragmentèrent son bien-être.

— Tol'chuk, répéta la voix.

Il pivota. Et avec ce mouvement, sa sérénité vola en éclats. Il secoua la tête, cherchant à retrouver ce qu'il avait perdu – mais en vain. Si l'arche de sanguine continuait à étinceler, sa magie semblait s'être rompue.

De nouveau, le dos de Tol'chuk se courba, et ses muscles se crispèrent comme il réalisait que trois paires d'yeux étaient fixées sur lui.

— C'est maintenant que ça commence.

La voix de la Triade était un gémissement presque inintelligible.

Le cœur battant à tout rompre, Tol'chuk inclina la tête.

Un des anciens se dirigea vers lui. Il sentit une main osseuse lui agripper le poignet et placer quelque chose de dur et de froid dans sa paume. Puis l'ancien recula.

— Regarde ! ordonna la Triade.

Cette fois encore, le mot parut émaner de ses trois membres, tel le sifflement du vent dans un défilé rocheux.

Tol'chuk baissa les yeux. Dans sa main reposait un morceau de sanguine aussi gros que la tête d'une chèvre.

— Que... Qu'est-ce que c'est ?

Sa voix résonna si fort dans la caverne qu'il frémit et rentra la tête dans les épaules.

— C'est le Cœur des Og'res, l'esprit de notre peuple auquel on a donné matière et forme.

La main tremblante de Tol'chuk faillit lâcher la pierre. Il avait entendu parler de ce joyau : une sanguine qui, selon la rumeur, transportait l'esprit des og'res défunts dans l'au-delà. Il la tendit vers la Triade comme pour supplier les anciens de la reprendre.

— Regarde, répéta la voix. (Les yeux des trois vieillards semblaient briller dans la lumière chatoyante.) Regarde dans ses profondeurs.

Déglutissant pour humecter sa gorge sèche, Tol'chuk porta la pierre à ses yeux. Elle émettait une lueur rougeâtre et diffuse, mais, contrairement à l'arche, elle n'étincelait pas. Perplexe, il fit mine de baisser le bras.

— Cherche au-delà de sa surface, siffla la voix de la Triade.

Tol'chuk grimaça et se concentra sur la sanguine. Bien que d'une taille exceptionnelle, celle-ci ressemblait à un joyau ordinaire. Il ne comprenait pas ce que les anciens attendaient de lui. S'ils voulaient le tuer, pourquoi faire autant de simagrées ?

À l'instant où il allait détourner le regard, il repéra une anomalie au cœur de la pierre – une impureté noire tapie sous ses multiples facettes.

— Qu'est-ce que… ? commença-t-il.

Soudain, la tache bougea. Il crut d'abord qu'il avait fait rouler la pierre dans sa main. Mais tandis qu'il l'observait, il vit la masse sombre palpiter de nouveau. Paralysé par la frayeur, il réalisa qu'il n'avait pas bougé – que le mouvement ne pouvait pas venir de lui.

Plissant les yeux, il leva la sanguine dans la lumière. À présent, il distinguait ce que ses couches dures et froides tentaient de dissimuler. Un ver se tapissait dans leurs profondeurs. Il aurait pu être le cousin des créatures qui recouvraient les parois de la caverne, à ceci près qu'il était aussi noir que les bassins d'huile inflammable qui s'étendaient dans les entrailles de la montagne. Quelle était donc cette chose ?

Comme si la Triade avait lu dans l'esprit de Tol'chuk, elle répondit :

— C'est le Fléau. Il se repaît des esprits de nos défunts lorsque ceux-ci pénètrent la pierre sacrée. (Trois doigts osseux se tendirent vers le Cœur.) C'est là que s'achève véritablement le chemin des morts – dans l'estomac d'un ver.

Les lèvres de Tol'chuk se retroussèrent, exposant les crocs trop courts dont il avait toujours eu honte. Comment était-ce possible ? On lui avait enseigné qu'avec l'aide de la Triade les og'res morts traversaient la sanguine pour gagner un nouveau monde et commencer une nouvelle vie. Mais ça n'était qu'un mensonge ! Tout se terminait dans cette caverne.

— Je ne comprends pas.

— Voici maintes générations, l'un des nôtres brisa le serment fait à l'esprit de la Terre. Pour cette trahison, nous fûmes maudits et condamnés à subir l'emprise du Fléau, révéla la Triade.

Tol'chuk laissa retomber son bras et baissa la tête.

— Pourquoi me racontez-vous tout cela ?

La Triade garda le silence.

Un grondement de tonnerre ébranla le pic depuis sa cime distante. Tol'chuk reconnut ce que son peuple appelait « la voix de la montagne ». Ainsi, l'orage avait fini par éclater.

Tandis que l'écho se dissipait, la Triade reprit la parole.

— Tu es magra. Tu as l'âge requis, et la montagne elle-même t'appelle.

Tol'chuk leva les yeux vers les anciens.

— Pourquoi moi ?

— Parce que tu es un og're et que tu n'en es pas un. L'esprit de deux peuples se mélange en toi.

— Je sais. Je suis un demi-sang, à la fois og're et humain.

Les trois anciens s'entre-regardèrent et, penchant la tête les uns vers les autres avec une mine de conspirateurs, se mirent à conférer tout bas. Tol'chuk tendit l'oreille. Il réussit à capter de vagues murmures, mots isolés et bribes de phrases : « … mensonges… il ne sait pas… le sang du livre… crocs de cristal… » Et cette conclusion : « … la pierre tuera la sor'cière. »

Il attendit, mais aucun autre son ne lui parvint. Son cœur battait la chamade. Il ne supportait pas ce silence.

— Qu'attendez-vous de moi ?

De nouveau, sa voix résonna tel un coup de tonnerre dans l'immense caverne.

Trois paires d'yeux flamboyants se tournèrent vers lui, et une réponse fusa :

— Libère nos esprits. Tue le Fléau !

Mogweed et Fardale s'étaient pelotonnés sous une corniche. La saillie rocheuse ne leur offrait qu'une bien maigre protection, mais l'orage avait éclaté si brusquement qu'ils n'avaient pas eu le temps de trouver un autre abri dans ce paysage désolé.

Des bras de foudre empoignaient la montagne et la secouaient jusque dans ses tréfonds. À chaque détonation assourdissante, les voyageurs se recroquevillaient un peu plus sous leur toit de pierre. Un vent sifflant s'abattait depuis les hauteurs, charriant une pluie drue et brutale.

Après que les chasseurs eurent rebroussé chemin à la lisière du territoire og're, Mogweed avait supposé que le seul danger mortel qui les menaçait encore serait une rencontre accidentelle avec l'un des monstrueux habitants de cette région sauvage. Il n'avait même pas songé à se méfier du climat.

Aux endroits où ses vêtements ne le protégeaient pas, des gouttelettes glacées piquaient sa peau nue comme autant de guêpes enragées.

— Il faut nous trouver un meilleur abri, décida-t-il comme Fardale s'ébrouait. Sinon, nous mourrons de froid avant la tombée de la nuit.

Tournant le dos à son frère, le loup observait les falaises et les ravins. Il ne semblait guère se soucier des trombes d'eau que déversaient les nuages. La pluie glissait sur sa fourrure comme sur les plumes d'une oie, tandis qu'elle imprégnait les vêtements de Mogweed et les plaquait sur son corps telle une seconde peau détrempée.

Mogweed claquait des dents, et sa cheville enflée pulsait de douleur dans sa botte.

— À tout le moins, allumons un feu, geignit-il.

Fardale tourna la tête vers lui. La lueur qui émanait de ses yeux ambrés avait perdu sa tiédeur habituelle. Une image se forma dans l'esprit de Mogweed – un avertissement. *L'œil d'un aigle avisant la queue frétillante d'un écureuil imprudent.*

— Tu crois vraiment que les og'res repéreraient notre feu ? Ils se sont sûrement repliés dans leurs cavernes pour attendre la fin de l'orage.

Sans rien ajouter, Fardale se remit à scruter le paysage alentour.

Mogweed n'insista pas. Le froid lui faisait beaucoup moins peur que les og'res. Il se tortilla pour ôter les bretelles de son paquetage et le posa à ses pieds. Puis il se rencogna le plus loin possible sous la corniche et remonta ses genoux contre sa poitrine pour offrir moins de prise à la morsure du vent. Pour la millième fois ce jour-là, il souhaita ardemment avoir conservé ne fût-ce qu'un iota de ses talents d'autrefois.

Si je pouvais me transformer en ours, la pluie et le froid ne me gêneraient pas autant.

Il fixa la silhouette poilue de son frère et grimaça. Fardale avait toujours été le plus chanceux. La vie lui avait souri avant même qu'il ouvre les yeux. Né le premier, il avait été déclaré héritier des biens de leur famille. En accord avec son statut, il avait reçu la langue d'un orateur : il savait exactement ce qu'il fallait dire, et quand. Très vite, des murmures avaient circulé dans la tribu, affirmant qu'il pourrait bien être le prochain rancien.

Mogweed, en revanche, semblait toujours proférer les pires sottises au pire moment ; chaque mouvement de sa langue ne réussissait qu'à irriter ses semblables.

Peu nombreux étaient ceux qui recherchaient sa compagnie ou sollicitaient ses conseils.

C'était déjà assez irritant en soi. Mais ce qui le rendait vraiment fou, c'est que Fardale acceptait la malédiction qui pesait sur eux sans jamais se rebeller.

Leur naissance avait été une source d'excitation et de réjouissance pour toute leur tribu. D'autres jumeaux avaient déjà vu le jour chez les si'lura – mais toujours des faux. Mogweed et Fardale étaient les premiers vrais jumeaux. Personne n'arrivait à les distinguer, pas même leurs parents. Physiquement, chacun d'eux était la réplique exacte de l'autre.

Au début, tout le monde les avait considérés comme une délicieuse curiosité. Mais très vite, les deux frères s'étaient rendu compte que lorsque l'un d'eux altérait sa forme, le corps de l'autre se métamorphosait spontanément pour préserver leur similitude – que cela lui plaise ou non.

Cela avait entraîné une perpétuelle lutte de contrôle. Chaque fois que l'un d'eux relâchait sa concentration, il devenait vulnérable aux changements imposés par la volonté de l'autre. Dans un univers où la liberté de forme était le seul mode de vie acceptable, Mogweed et Fardale étaient enchaînés l'un à l'autre.

Si Fardale, avec sa sagesse coutumière, avait accepté cet état de fait et tenté de s'en accommoder, Mogweed était devenu un peu plus amer chaque jour. Incapable de se résigner à son sort, il avait dévoré les textes les plus anciens de son peuple, cherchant un moyen de briser les liens qui l'attachaient à son frère. Et il avait fini par en trouver un – un secret que seuls connaissaient les vénérables si'lura de la forêt profonde.

Mogweed poussa un soupir. *Si seulement j'avais été plus prudent...*

Un parchemin à demi rongé par les vers lui avait révélé un aspect peu connu de la nature des si'lura. Durant un accouplement, aucun des deux amants ne peut se transformer à l'apogée de sa passion. Mogweed avait ressassé cette information pendant bien des lunes. Il sentait qu'elle était peut-être la clé qui le délivrerait du joug de Fardale. Petit à petit, un plan s'était formé dans son esprit.

Il savait que son frère courtisait la troisième fille du rancien. Au fil du temps, la plupart des si'lura développaient une prédilection pour une certaine forme, et cette jeune femelle affectionnait tout particulièrement celle du loup. Ses longues pattes et sa fourrure d'un blanc de neige n'avaient pas tardé à attirer l'attention de Fardale. Bientôt, la rumeur avait prédit leur union.

Tandis que cette amourette se développait, Mogweed était resté dans l'ombre. Persuadé qu'il tenait sa chance, il avait observé, attendu et comploté.

Une nuit de pleine lune, sa patience avait enfin porté ses fruits. Il avait suivi son frère sans se faire voir et, tapi dans un buisson voisin, il avait assisté à ses premiers ébats avec la louve au pelage scintillant.

Fardale avait fourré son museau dans le cou de la jeune femelle et lui avait donné de grands coups de langue. La louve avait bien réagi à ses avances ; très vite, elle s'était tournée pour lui présenter son arrière-train. Fardale l'avait montée – d'abord tendrement, en lui mordillant les oreilles et la nuque, puis de plus en plus sauvagement.

Mogweed avait attendu jusqu'à ce qu'un hurlement caractéristique s'échappe de la gorge de son frère.

Alors, il était passé à l'action. Il s'était concentré pour prendre la forme d'un homme tandis que la passion qui embrasait Fardale le maintenait dans sa forme de loup.

Son plan avait réussi.

Sous la corniche rocheuse, au cœur du territoire des og'res, Mogweed fixa la peau pâle de ses mains.

Son plan avait *trop bien* réussi.

En cette nuit maudite, il était devenu un homme alors que Fardale restait un loup. Mais cette victoire avait eu un prix – un prix plus élevé qu'il l'aurait jamais imaginé, fût-ce dans son pire cauchemar. Désormais, aucun des deux frères ne pouvait plus se métamorphoser. Chacun était prisonnier à vie de la forme qui le démarquait de l'autre.

Si seulement j'avais été plus prudent, songea de nouveau Mogweed.

Près de lui, Fardale poussa un grondement menaçant. Mogweed s'arracha à ses sombres ruminations. Le poil de son frère était hérissé, et ses oreilles, rabattues en arrière. Il se traîna jusqu'à lui.

— Qu'y a-t-il ? Tu as vu des og'res ?

Le seul fait de prononcer ce mot le fit frissonner de la tête aux pieds.

Soudain, une créature à la peau sombre émergea des rideaux de pluie face à eux. Une muselière métallique pendait autour de son cou, et une laisse traînait sur le sol entre ses pattes. Ses griffes plantées dans le sol, elle se ramassa sur elle-même, prête à bondir.

Un renifleur !

La bête avait dû échapper à ses maîtres pour poursuivre sa traque. Mogweed battit en retraite derrière Fardale, mais le loup ne lui offrait qu'une bien maigre protection. Sa masse ne représentait qu'une fraction de celle du prédateur ; il était comme un chiot face à un ours.

Le renifleur fit rouler les muscles épais de ses épaules. Il ouvrit sa gueule, révélant des rangées de crocs redoutables, et poussa un hurlement de défi qui, l'espace d'un instant, engloutit le vacarme du tonnerre.

Puis il plongea sur Fardale.

17

Tol'chuk tendit la sanguine au plus proche des anciens. Son cœur lui semblait aussi lourd que la pierre qu'il serrait dans sa main.

— Je ne comprends pas ce que vous me demandez. Comment puis-je détruire le Fléau ?

Immobiles et silencieux telles des statues, les trois anciens l'étudièrent. Il eut l'impression que leurs regards le transperçaient jusqu'à la moelle, qu'ils lisaient en lui et le jugeaient. Enfin, des mots flottèrent jusqu'à lui.

— Tu es l'élu.

Tol'chuk ne voulait pas offenser les anciens de sa tribu, mais l'âge les avait sûrement rendus séniles.

— Qui ? Qui croyez-vous que je suis ?

Il ne reçut pas de réponse. Trois paires d'yeux continuèrent à le fixer sans ciller.

Les tonnes de pierre qui se dressaient au-dessus de la tête de Tol'chuk semblaient peser sur lui, l'étouffer, le broyer.

— S'il vous plaît… Je ne suis qu'à demi og're. La tâche que vous me confiez devrait être attribuée à un guerrier, un sang pur. Pourquoi moi ?

— Parce que tu es l'ultime descendant du Parjure, celui qui a trahi la Terre et maudit notre peuple.

Les bras de Tol'chuk lui en tombèrent. Sa honte ne connaîtrait-elle jamais de fin ? Non seulement il était le fruit d'une union contre nature, mais si la Triade disait vrai, le sang de l'og're qui avait damné sa tribu coulait dans ses veines. Incapable de soutenir une telle accusation, il ne put que chuchoter :

— C'est… C'est impossible.

Le granit de la montagne prêta son tranchant à la voix de la Triade :

— Fils de Len'chuk, tu es bien le dernier représentant d'une lignée très ancienne – celle du Parjure.

— Le dernier ? Pourquoi ?

— Lors de ton baptême, un vieux guérisseur t'a examiné. Ton sang mélangé a corrompu ta semence. Tu ne pourras pas engendrer d'autres og'res.

Les yeux de Tol'chuk s'emplirent de larmes. Tant de secrets, si brutalement révélés…

— Pourquoi ne me l'avait-on jamais dit ?

La Triade ignora sa question.

— À présent, dit-elle d'un ton autoritaire, il t'incombe de restaurer ton honneur et celui de ta famille en réparant la trahison de ton ancêtre.

Tol'chuk ferma les yeux, et ses doigts se crispèrent sur la pierre au cœur noir.

— Le Parjure… Qu'a-t-il fait exactement ? demanda-t-il d'une voix étranglée.

De nouveau, les anciens se rapprochèrent les uns des autres et conférèrent tête baissée.

— Nous l'ignorons, avouèrent-ils enfin.

— Dans ce cas, comment puis-je y remédier ?

— Nous l'ignorons.

Perplexe, Tol'chuk fronça les sourcils.

— Et comment m'y prendrai-je pour le découvrir ?

— Tu dois partir en emportant le Cœur et chercher la réponse à tes questions au-delà de la Porte des Esprits.

Tol'chuk n'entendit rien d'autre que le verbe « partir ». À cette idée, il frissonna. C'était ce qu'il redoutait le plus depuis qu'il avait tué Fen'shwa : le bannissement. Être forcé de quitter son village et le territoire de son peuple ; se retrouver seul dans le vaste monde dont les habitants haïssaient les og'res. Il se recroquevilla sous le regard impitoyable de la Triade.

— Par où dois-je passer ?

Trois bras se levèrent. Trois index désignèrent l'arche de sanguine.

— Par la Porte des Esprits.

Tol'chuk secoua la tête. Un mur de pierre solide se dressait au fond de la caverne. Comment aurait-il pu le traverser ?

— Viens !

Deux des anciens se dirigèrent lentement vers l'arche et se postèrent de chaque côté de l'ouverture. Le troisième prit Tol'chuk par le poignet et l'entraîna à sa suite.

— Que suis-je censé faire ? balbutia Tol'chuk.

Détachée des autres, la voix de l'ancien qui le guidait contenait une certaine chaleur, comme celle d'un père sévère mais bienveillant.

— Avant l'apparition du Fléau, la Porte attirait à elle les esprits recueillis par le Cœur et les emmenait dans l'au-delà. Concentre-toi sur ton désir, et elle te conduira là où tu dois aller. Il a été prédit que lorsque le dernier descendant du Parjure franchirait cette Porte, il trouverait le chemin à suivre pour libérer les esprits.

Tol'chuk détailla l'arche.

— Je ne suis pas un esprit, protesta-t-il faiblement. Je ne peux pas traverser la pierre.

— Ça ne sera pas nécessaire.

— Alors, comment… ?

L'ancien ne lui répondit pas. Mais les deux autres membres de la Triade entonnèrent une sourde psalmodie dont les vibrations résonnèrent jusque dans les os de Tol'chuk. La tête lui tourna. Ses oreilles bourdonnèrent, et dans sa main, la sanguine se mit à puiser au rythme de l'invocation.

Tandis que, les yeux écarquillés, il observait le mur qui se dressait de l'autre côté de l'arche, un changement s'opéra au cœur de la roche. Elle avait toujours l'apparence du granit, mais Tol'chuk savait que ça n'était plus qu'une illusion, comme le reflet d'une falaise à la surface immobile d'un lac de montagne. Désormais, elle était aussi dénuée de substance que la fine pellicule d'eau sur laquelle se posaient les libellules.

La psalmodie enfla. Telle une amante cherchant la chaleur de son partenaire par une nuit froide, la sanguine se tendit vers l'arche et tira doucement sur la main de Tol'chuk, implorant ses pieds de la suivre. Le jeune og're sentit ses jambes lui obéir. Il ne remarqua même pas que l'ancien demeurait en arrière et qu'il se dirigeait seul vers l'ouverture.

Puis une voix résonna dans son dos :

— Écoute la sanguine. Bien que noircie, elle est toujours notre Cœur. Écoute-la, et elle te guidera quand elle le pourra.

Ces mots s'insinuèrent dans le brouillard qui enveloppait l'esprit de Tol'chuk sans toutefois réussir à le pénétrer. Comme il s'approchait de l'arche, les vibrations balayèrent toute pensée cohérente en lui. Il s'ouvrit au pouvoir de la Porte, s'en remit à elle pour l'emmener où il devait aller. À présent, il n'y voyait plus rien, et ce fut mû par une foi aveugle qu'il fit le premier pas de sa quête pour libérer son peuple.

Alors qu'il franchissait le voile, le bourdonnement s'évanouit et fut aussitôt remplacé par le hurlement d'un prédateur assoiffé de sang.

Mogweed se plaqua instinctivement contre la paroi tandis que Fardale bondissait hors de leur cachette en montrant les crocs.

Un rugissement jaillit de la gorge du loup. Jamais Mogweed n'avait entendu son frère émettre un son pareil. Son cœur tressaillit, et son sang se glaça. Même le renifleur eut une hésitation qui brisa l'élan de sa charge.

Les deux adversaires se firent face, tête baissée, chacun d'eux cherchant une faiblesse dans les défenses de l'autre.

Mogweed demeura immobile et accroupi sous la corniche. Plus haut dans la montagne, un éclair frappa un pin. Un grondement de tonnerre vibra dans l'air. La pluie redoubla d'intensité.

Le renifleur surplombait Fardale de toute sa masse. Ses quatre rangées de crocs effilés, ses griffes pareilles à des dagues et sa férocité primitive ne laissaient aucun doute quant à l'issue du combat. Une seule question demeurait en suspens : Mogweed pourrait-il s'échapper pendant que le prédateur se repaîtrait du corps de son frère ? Du regard, il chercha un moyen de s'éclipser sans être vu.

Soudain, comme obéissant à un signal muet, les deux adversaires se sautèrent dessus. Claquements de mâchoire et grognements furieux ponctuèrent l'impact de la fourrure noire contre la peau couleur d'hématome. Enlacés en une étreinte meurtrière, le renifleur et le loup roulèrent sur le sol. De la chair fut déchiquetée. Du sang gicla.

Mogweed voulut tenter une sortie, mais les deux adversaires roulèrent jusqu'à lui, et il fut forcé de battre en retraite. À cette distance, il voyait le liquide sombre qui poissait la fourrure de Fardale. Il ne savait pas si c'était le sien ou celui du renifleur, mais une chose était sûre : le combat ne durerait plus très longtemps.

Telle la marée qui se retire, la fureur des deux combattants les emporta un peu plus loin. La voie était de nouveau libre. Mogweed se faufila hors de sa cachette. La pluie froide le gifla en pleine face, mais il ignora son assaut vengeur. Gardant un œil sur l'affrontement et un autre sur la piste qui s'éloignait entre les rochers, il se prépara à décamper.

À l'instant où il tournait le dos à son frère, un mouvement attira son regard.

Un gros rocher fusa au-dessus de la corniche et s'abattit près des deux adversaires. Son impact bruyant les fit sursauter. Loup et renifleur se figèrent, crocs ensanglantés suspendus au-dessus d'une gorge ou d'un estomac.

Soudain, la masse compacte se déplia et saisit le renifleur par l'échine. Ce n'était pas un rocher, mais un og're !

Mogweed se replia sous la corniche et se pelotonna dans le coin le plus sombre. Fardale recula maladroitement, gêné par une de ses pattes antérieures qui pendait, flasque et tordue, contre son poitrail. En équilibre sur les trois autres, il se posta à l'entrée de l'abri pour protéger son frère contre cette nouvelle menace.

Depuis sa cachette, Mogweed regarda le renifleur – un des prédateurs les plus sauvages des contrées du Couchant – se faire tailler en pièces par les mains puissantes de l'og're.

Quand il l'eut achevé, le grand humanoïde aux avant-bras drapés d'entrailles fumantes se tourna vers les deux frères. Son visage était maculé de sang noir, ses crocs jaunes, dénudés. Des filets de vapeur s'échappaient de ses larges narines. Dans une grossière approximation de la langue commune que parlaient la plupart des peuples du continent, il tonna :

— Qui êtes-vous, intrus ?

Tol'chuk s'ébroua parmi les restes de la créature sylvestre, luttant pour réprimer sa soif de sang. Ses griffes n'aspiraient qu'à déchiqueter le loup qui se tenait encore tout près de lui, et une salive épaisse avait envahi sa bouche.

Un arôme métallique, pareil à celui du minerai fraîchement extrait, obscurcissait sa raison. Il avait entendu les guerriers de sa tribu parler du fcr'engata, le feu du cœur qui jaillissait pendant une bataille – de la façon dont l'odeur du sang ennemi pouvait décupler la férocité d'un og're et lui faire perdre le contrôle de lui-même.

Tol'chuk sentait son cœur cogner à tout rompre dans sa poitrine. Le tonnerre qui grondait autour de lui n'était qu'une pâle imitation de son fracas. Le sang appelait le sang. Pourtant, il réprima ses pulsions primitives. Le moment était mal choisi pour s'abandonner à son instinct. Il avait déjà suivi ce chemin plus tôt dans la journée, et cela avait coûté la vie à Fen'shwa. Ses épaules tremblaient, mais son esprit demeurait lucide.

Depuis qu'il avait vu l'humain ramper sous la corniche et son loup se placer devant lui pour le protéger, Tol'chuk parlait la langue commune que son peuple utilisait pour négocier avec les autres races montagnardes. Il avait du mal à prononcer les mots aux inflexions trop subtiles pour sa gorge. Le langage des og'res était presque entièrement basé sur des grognements gutturaux, renforcés par une gestuelle et des postures éloquentes.

Néanmoins, selon la Triade, la Porte des Esprits devait avoir une bonne raison de l'envoyer ici. La présence d'un humain sur le territoire de son peuple avait forcément une signification. Aucun homme ne s'était aventuré dans cette partie des montagnes depuis une éternité ; les crânes des derniers audacieux ornaient encore la chambre aux tambours des guerriers. Aussi Tol'chuk força-t-il sa langue à former les mots nécessaires.

— Qui êtes-vous ? répéta-t-il. Que cherchez-vous sur nos terres ?

Pour toute réponse, il n'obtint qu'un grondement sourd du loup – une mise en garde hésitante plutôt qu'une menace ou un défi. Il comprit que les deux compagnons ne lui voulaient pas de mal : ils souhaitaient seulement qu'il les laisse en paix. Mais il devinait que leur rencontre n'était pas due au hasard. Le destin l'avait provoquée.

— N'ayez pas peur, articula-t-il lentement. Approchez. Parlez-moi !

Le calme de sa voix parut plonger le loup dans la perplexité. L'animal jeta un coup d'œil à l'humain tapi dans l'ombre de la corniche. Quand il reporta son attention sur lui, Tol'chuk remarqua un détail curieux. Ses yeux, brillant d'une lueur ambrée, avaient les mêmes pupilles fendues que les siennes – aussi peu naturelles chez un loup que chez un og're. Et, dans leurs prunelles, il perçut une intelligence au moins égale à la sienne.

Aussitôt, des images étranges se formèrent dans son esprit, telles des bribes de rêves oubliés remontant à la surface de sa mémoire. *Un loup en salue un autre, museau contre museau. Bienvenue dans la meute.*

18

Mogweed demeura recroquevillé au fond de sa cachette. Fardale avait dû se cogner la tête durant son combat contre le renifleur. La créature qui se tenait devant eux ne pouvait pas être un si'lura ! Il refusait de s'approcher d'elle pour observer ses yeux, comme Fardale le lui enjoignait. Il était hors de question qu'il se mette à portée de ses bras puissants. Il préférait encore rester tapi sous la corniche jusqu'à ce qu'il meure de faim plutôt que de se faire tailler en pièces comme le renifleur.

Mais les paroles suivantes de l'og're le firent sursauter.

— Comment se fait-il que j'aie les pensées de ton loup dans ma tête ? demanda-t-il d'une voix pareille au grondement d'un éboulis. Quelle magie est-ce donc ?

Cette brute épaisse pouvait entendre Fardale ? Malgré lui, Mogweed se surprit à ramper jusqu'à l'ouverture. La pluie s'était arrêtée ; par une trouée entre les nuages, quelques rayons de soleil éclairaient le paysage détrempé. Il jeta un coup d'œil à l'og're qui se tenait à quelques pas de lui.

Une expression méfiante assombrissait ses traits grossiers. Vêtu d'un simple pagne de cuir, une sacoche fixée sur la cuisse, il était accroupi parmi les restes déchiquetés du renifleur. Il ressemblait aux dessins d'og'res qui illustraient certains des textes anciens que Mogweed avait lus, mais en moins difforme. L'artiste avait dû forcer le trait à dessein, songea-t-il. Du moins, si cette créature était bien un og're. Il n'en avait encore jamais rencontré.

Fardale avait raison. Les pupilles de leur sauveur étaient bel et bien fendues. Mais comment cette créature massive aurait-elle pu être un si'lura ? La métamorphose ne créait ni ne faisait disparaître la chair. Le poids d'un si'lura demeurait constant, quelle que soit la forme qu'il choisisse d'adopter : cerf, loup, ours, aigle ou humain.

Fardale jeta un coup d'œil à son frère par-dessus son épaule. Une vive curiosité brillait dans ses yeux. Une image s'imposa à l'esprit de Mogweed. *Un loup reconnaissant le hurlement de sa meute.*

Ainsi, l'og're captait bel et bien les pensées de Fardale. Mogweed s'avança prudemment. Comment était-ce possible ? L'og're pesait au moins trois fois plus lourd qu'eux. Aucun si'lura n'avait jamais été d'une telle masse.

— Sors de là, petit homme. N'aie pas peur. Je ne te mangerai pas.

Mogweed nota que l'og're l'avait repéré dans les ténèbres de sa cachette. Ses yeux étaient braqués sur lui. Il devait avoir une vision perçante, affûtée par toute une vie passée dans des cavernes obscures.

— Approche ! tonna-t-il.

Mogweed resta où il était, à demi dissimulé derrière Fardale. Mais les paroles de l'og're avaient quelque peu apaisé sa panique et délié sa langue.

— Qu'attends-tu de nous ? lança-t-il d'une voix qui, succédant au grondement de l'og're, résonna comme le couinement d'une souris.

— Approche, répéta son interlocuteur. Je veux juste te voir.

Mogweed se raidit. Fardale tourna la tête vers son frère. *Un faucon à l'aile brisée ne peut pas voler. Des félins se tapissent dans les fourrés.* Il voulait dire qu'ils auraient besoin d'aide pour traverser le territoire des og'res et en ressortir indemnes.

Sautillant sur ses trois pattes valides, Fardale s'écarta pour laisser passer son frère. Mogweed hésita. Il savait qu'il n'avait pas le choix, mais ses jambes refusaient de bouger.

— Je ne te ferai pas de mal, petit homme. Ma parole est mon cœur.

L'og're se frappa la poitrine d'une main griffue et ensanglantée. Dans sa voix, Mogweed perçut du chagrin et de la lassitude. Plus que les mots de la créature, ce fut le ton sur lequel elle les avait prononcés qui eut enfin raison de sa réticence.

Il s'extirpa de sa cachette et se redressa pour faire face à l'og're. La vue de son visage plat, comme écrabouillé sous une pierre, lui arracha une grimace de dégoût. Cette montagne de muscles et d'os n'avait vraiment rien de la grâce innée des si'lura.

Fardale poussa son frère du museau pour l'inciter à dire quelque chose. Mogweed l'écarta d'un geste irrité. Que pouvait-il bien raconter à un og're ?

Avec un gros soupir, le loup s'assit sur le sol humide et tourna son regard vers l'og're. Mogweed sentit le picotement d'une projection mentale. Mais les pensées de son frère n'étaient pas dirigées vers lui. Il vit l'og're lever une griffe, se gratter l'arcade sourcilière et secouer la tête.

— Une vallée lointaine ? marmonna-t-il. Quel est cet endroit ?

Mogweed réalisa ce que Fardale avait tenté de lui dire. Il se racla la gorge.

— C'est la signification de son nom dans notre langue. Il s'appelle Fardale, « vallée lointaine ». Il communique avec des images mentales, expliqua-t-il.

— Tous les loups font ça ?

— Non. (Réalisant que l'og're n'avait pas l'intention de les attaquer, Mogweed retrouva confiance en lui, et les mots lui vinrent plus facilement.) Fardale n'est pas un loup ordinaire. C'est mon frère. Moi, je m'appelle Mogweed.

— Et moi, Tol'chuk. (L'og're le salua d'un hochement de tête.) Mais comment un loup peut-il être ton frère ?

— Nous sommes des si'lura, des métamorphes. Nous pouvons nous parler avec la langue de notre esprit.

Tol'chuk eut un mouvement de recul.

— Vous êtes des tu'tura ! gronda-t-il. Des fourbes ! Des voleurs de bébés !

Mogweed frémit. Pourquoi les si'lura avaient-ils si mauvaise réputation ? Un pincement de colère traversa le brouillard de sa peur.

— C'est faux ! protesta-t-il. Nous sommes juste un peuple sylvestre injustement calomnié par les autres races ! Nous menons une vie paisible et n'embêtons personne !

Tol'chuk plissa les yeux. Sa voix se radoucit.

— J'entends la vérité dans tes paroles, déclara-t-il. Je suis désolé. Mais j'ai entendu des histoires effrayantes à votre sujet.

— Toutes les histoires ne sont pas nécessairement vraies, riposta Mogweed.

Les épaules de l'og're s'affaissèrent.

— C'est une leçon qu'on m'aura enseignée beaucoup de fois aujourd'hui.

— La bête que tu viens de tuer nous a poursuivis jusqu'ici. À l'origine, nous ne voulions pas traverser vos terres. Laisse-nous passer, et nous repartirons aussi vite que possible.

— Je ne vous arrêterai pas. Mais vous ne survivrez pas seuls en territoire og're. Les tribus vous abattront avant que vous ayez franchi la passe.

Mogweed frissonna. Tol'chuk désigna la carcasse éventrée du renifleur.

— L'écho de ses hurlements a dû parvenir aux oreilles de mes frères. Bientôt, son sang les attirera en masse. Et ils vous mangeront.

À ces mots, Fardale se redressa et sautilla jusqu'à son frère. La gorge de Mogweed se serra.

Tol'chuk parut percevoir sa panique.

— Moi aussi, je dois quitter ces terres, dit-il doucement. Si vous voulez, je peux vous accompagner – vous protéger et vous aider à vous cacher.

Voyager avec un og're ? La bouche de Mogweed était toute sèche. Fardale se tourna vers lui, et il s'ouvrit à sa projection mentale. *La force d'une meute croît avec le nombre de ses membres.*

Mogweed acquiesça, mais il ne put détacher son regard des crocs jaunis de Tol'chuk. *Espérons juste que la meute ne se fasse pas dévorer par son nouveau membre.*

Par-delà leur feu de camp, Tol'chuk observait les deux frères. Ils avaient marché très tard dans la nuit avant de faire halte pour se reposer jusqu'à l'aube. Le loup s'était recroquevillé sur lui-même. Sa queue détrempée rabattue sur son museau, il formait une boule de fourrure compacte dont seule dépassait sa patte avant blessée. Sa respiration était régulière. Il dormait déjà.

Un mouvement attira le regard de Tol'chuk. L'autre frère, celui qui avait l'apparence d'un humain, s'était enveloppé d'une couverture et allongé par terre. Mais la lumière des flammes se reflétait dans ses yeux toujours ouverts. Depuis qu'ils avaient décidé de faire route ensemble, le nommé Mogweed se méfiait de lui.

— Tu as besoin de dormir, dit l'og're à voix basse, pour ne pas réveiller Fardale. Je n'ai pas sommeil. Je monterai la garde.

— Je ne suis pas fatigué.

Mais la voix éraillée de Mogweed démentait ses propos. Ses yeux étaient injectés de sang, et soulignés de cernes violets pareils à des ecchymoses.

Tol'chuk l'étudia. Comme les humains étaient fragiles ! Des bras aussi frêles que les branches d'un jeune sapin, une poitrine si étroite que l'og're se demandait comment ils faisaient pour respirer.

— Tu auras besoin de toutes tes forces demain. Il nous reste encore deux jours de marche avant d'atteindre la passe et de quitter les terres de mon peuple.

— Et ensuite ? demanda Mogweed.

Tol'chuk plissa le front.

— Je ne sais pas. Je cherche des réponses. Quand je vous ai rencontrés, j'espérais que c'était un signe du destin. Mais vous n'êtes que des voyageurs égarés.

Mogweed bâilla à s'en décrocher la mâchoire et marmonna :

— Nous aussi, nous cherchons des réponses.

— À quelle question ?

— Pourquoi nous ne pouvons plus nous transformer.

— Vous ne pouvez plus ?

— Non. Il s'est produit… un accident. Depuis, nous sommes coincés sous nos formes actuelles. Nous avons quitté notre sylve natale pour trouver un moyen de lever la malédiction qui pèse sur nous. Nous sommes en quête d'une cité magique qui se dresse au cœur des territoires humains – une cité du nom de Val'loa.

— C'est un voyage dangereux. Pourquoi ne pas vous satisfaire de vos formes actuelles ?

Tol'chuk vit la lèvre supérieure de Mogweed se retrousser en une grimace de dédain.

— Nous sommes des si'lura. Si nous conservons la même forme pendant plus de quatorze lunes, le souvenir de nos origines s'estompera, et nous deviendrons ce dont nous avons l'apparence. Je ne veux pas oublier ce que je suis et d'où je viens – mais surtout, je ne veux pas rester un humain !

La voix de Mogweed était montée dans les aigus. Perturbé dans son sommeil, Fardale s'agita.

De toute évidence, c'était là un sujet sensible. Tol'chuk se frotta le menton et décida d'en changer.

— Ton loup… Je veux dire, ton frère… Il ne cesse de m'envoyer la même image : un loup qui en reconnaît un autre. Je ne comprends pas ce que ça signifie.

Mogweed hésita. Le silence se prolongea entre eux. Sans le reflet des flammes qui dansait dans les yeux de l'humain, Tol'chuk aurait cru qu'il s'était assoupi. Enfin, Mogweed demanda :

— Tous les og'res sont-ils comme toi ?

Cette question surprit Tol'chuk. Ses difformités étaient-elles si évidentes que même un représentant d'une autre race pouvait mesurer sa hideur ?

— Non. Je suis un demi-sang – moitié humain et moitié og're.

— Tu te trompes, répliqua Mogweed d'un ton mi-amer, mi-amusé. Tu n'es pas à moitié humain, mais à moitié si'lura.

— De quoi parles-tu ?

— J'ai déjà rencontré des chasseurs et d'autres humains des contrées du Couchant. Leur sang ne coule pas dans tes veines. Aucune des races que nous connaissons ne peut entendre la langue de notre esprit. Mais toi, tu en es capable. Et tu as les mêmes yeux que nous. Donc, tu dois être à moitié si'lura.

Tol'chuk se figea. Les battements de son cœur ralentirent, et le contact du sol le glaça soudain jusqu'à la moelle. Il se souvint des chuchotements de la Triade quand il avait évoqué ses origines. « *Il ne sait pas…* »

Si les anciens étaient au courant, pourquoi ne lui avaient-ils rien dit ?

Tol'chuk frissonna. Les paroles de Mogweed avaient un parfum de vérité. D'autant qu'il avait constaté de ses propres yeux la fragilité de la race humaine. Ses femelles ne pouvaient survivre à un accouplement avec un og're. Bien que ne pesant pas plus lourd qu'un homme, les og'resses étaient trapues et possédaient des os solides. Pourtant, il arrivait parfois que leur partenaire les broie sous lui dans son excitation. C'est pourquoi la plupart des og'res entretenaient un harem : s'ils écrasaient malencontreusement une de leurs femelles, il leur en restait toujours plusieurs autres.

L'esprit en ébullition, Tol'chuk laissa tomber sa tête entre ses mains. Une femelle si'lura ayant pris la forme d'une og'resse aurait pu survivre aux assauts de son père. L'avait-elle fait délibérément, ou était-elle restée si longtemps sous sa forme d'emprunt qu'elle en avait oublié sa véritable nature ? Il ne le saurait jamais. Sa mère était morte en lui donnant le jour – du moins, à ce qu'on lui avait raconté. Mais ce n'était peut-être qu'un mensonge de plus…

Mogweed dut sentir à quel point Tol'chuk était choqué. Il déglutit, craignant de l'avoir offensé.

— Je… Je suis désolé, balbutia-t-il. Je ne voulais pas…

Tol'chuk leva une main pour l'interrompre. Sa gorge était si serrée qu'il ne pouvait articuler le moindre mot. En silence, il fixa les deux frères étendus de l'autre côté du feu. Ils étaient sa tribu au même titre que les og'res. Et comme les og'res, jamais ils ne l'accepteraient complètement. L'autre moitié de son héritage offenserait toujours leur vue, susciterait toujours l'appréhension de leur cœur.

Tol'chuk vit Mogweed s'enfouir sous sa couverture et en rabattre un coin sur sa tête. Il resta assis sans bouger. Il savait déjà que le feu ne le réchaufferait pas cette nuit-là. Il laissa son regard dériver vers les rares étoiles qui scintillaient dans les brèches du plafond nuageux. Les flammes crépitaient en dévorant le bois mort.

Jamais il ne s'était senti si seul.

L'après-midi suivant, Tol'chuk regretta amèrement la solitude contre laquelle il avait tant pesté. Soudain, les sentiers de montagne lui semblaient beaucoup trop fréquentés.

Toute la nuit, il avait ruminé la révélation de Mogweed, ne s'arrachant à son apathie que pour lever le camp aux premières lueurs de l'aube. La consternation et le manque de sommeil avaient émoussé sa vigilance. Avant qu'il puisse dissimuler ses compagnons, trois og'res avaient dévalé une pente et s'étaient rués vers eux.

Tol'chuk fixa les guerriers de la tribu Ku'ukla, celle-là même qui était responsable de la mort de son père. Musclés et couverts de cicatrices, ils avaient déjà survécu à maintes batailles. Leur chef le surplombait de toute sa hauteur.

— Mais c'est le bâtard des Toktala ! grogna-t-il. (Il pointa vers lui la massue de chêne qu'il tenait dans sa main libre.) Apparemment, même un demi-sang peut attraper du gibier dans le coin.

Tol'chuk se plaça devant Mogweed, qui tremblait de tout son corps et avait rentré la tête dans les épaules. Fardale, en équilibre instable sur ses trois pattes valides, ne recula pas. Bien au contraire, il se mit à gronder en fixant les silhouettes massives qui leur barraient le chemin.

Tol'chuk garda le dos courbé et une main appuyée sur le sol. Pour avoir une chance de survivre à cet affrontement, il devait se garder de provoquer le dégoût des Ku'ukla. Soulagé d'employer de nouveau le langage des og'res, il força sa langue à adopter les inflexions les plus gutturales dont elle était capable.

— Ces deux-là ne sont pas du gibier. Ils sont sous ma protection.

Le chef des Ku'ukla retroussa ses babines en une grimace méprisante.

— Depuis quand un og're s'incline-t-il devant un humain ? À moins que ta moitié humaine ait pris le pas sur ta moitié og're…

— Je suis og're autant que toi, répliqua Tol'chuk, laissant apparaître la pointe de ses crocs en guise d'avertissement.

— Voyez-vous ça, gloussa son interlocuteur. Le fils de Len'chuk se croit supérieur à son père ! Tu ne devrais pas te montrer si insolent envers celui qui a expédié ton géniteur dans la caverne des esprits.

Tol'chuk se raidit, et les muscles de ses épaules se crispèrent. Il rêvait depuis si longtemps de venger la mort de son père ! Il se souvint des paroles de la Triade. Le Cœur des Og'res était censé le guider là où il avait besoin d'aller. Il découvrit plus largement ses crocs.

La lueur amusée qui brillait dans les yeux de son adversaire s'estompa, ne laissant derrière elle que l'éclat d'une menace.

— N'aie pas les yeux plus gros que le ventre, demi-sang. Je suis prêt à ignorer cette insulte et à te laisser vivre – à condition que tu nous remettes tes proies. (Du menton, il désigna Mogweed et Fardale.) Elles feront un ragoût savoureux.

Même s'il s'était exprimé dans la langue des og'res, Mogweed capta la signification de ses paroles – ou, du moins, il perçut l'avidité qui brillait dans ses yeux. En gémissant, il se tapit derrière Tol'chuk. Fardale ne bougea pas mais gronda un peu plus fort.

— Ces deux-là sont sous ma protection, répéta Tol'chuk. Vous ne les toucherez pas.

— Seule la force en décidera, cracha le chef des Ku'ukla.

Il abattit son gourdin sur le sol. L'impact se répercuta sur les falaises alentour.

Tol'chuk baissa les yeux vers ses mains vides.

— Un combat de griffes à griffes, alors.

L'autre og're ricana.

— On ne renonce jamais à un avantage, demi-sang. C'est la première loi de la guerre.

Il garda sa massue.

Tol'chuk fronça les sourcils. Quelles chances avait-il face à un adversaire armé ?

— Est-ce là l'honneur de la tribu Ku'ukla ?

— La victoire est le seul honneur véritable, répliqua le colosse. Les Ku'ukla régneront bientôt sur toutes les tribus !

Tandis qu'il se ramassait sur lui-même et se préparait à bondir, Tol'chuk chercha une arme du regard – une pierre, un bâton, n'importe quoi. Mais la pluie avait emporté tous les débris qui traînaient sur la piste.

Puis il se souvint. Il avait déjà une arme sur lui. Fouillant dans la sacoche attachée à sa cuisse, il en sortit le Cœur des Og'res.

Le chef des Ku'ukla écarquilla les yeux.

— Une sanguine ! (L'excitation fit trembler ses membres.) Donne-la-moi, et je te laisserai passer.

Tol'chuk secoua la tête.

— Non.

Avec un rugissement de rage, le chef des Ku'ukla brandit son gourdin. Tol'chuk repoussa Mogweed et Fardale sur le côté. La veille, il avait déjà tué avec des pierres. Peut-être réussirait-il à vaincre son adversaire ?

Mais il n'eut pas l'occasion de le découvrir. Tandis qu'il levait le Cœur des Og'res, un rayon de soleil transperça les nuages, frappa l'énorme sanguine et la fit exploser en une myriade de couleurs.

Aveuglé par le rayonnement, Tol'chuk leva sa main libre pour se protéger les yeux. Une lumière rouge enveloppa le chef des Ku'ukla. Une douce fumée s'éleva de sa chair nue, dessinant les contours de sa silhouette. L'instant d'après, elle fut aspirée par la pierre et se dissipa dans sa radiance.

Au-dessus de la tête de Tol'chuk, les nuages se refermèrent, et le rayon de soleil disparut. La sanguine redevint terne.

Tol'chuk et les deux autres og'res demeurèrent aussi immobiles que des statues de granit tandis que le chef des Ku'ukla vacillait et basculait en arrière. Son gourdin s'échappa de ses griffes molles.

Il était mort.

Ses compagnons le fixèrent, les yeux agrandis par l'effroi. Puis, comme obéissant à un signal muet, ils tournèrent les talons et s'enfuirent à toutes jambes.

Mogweed se rapprocha de Tol'chuk.

— Qu'as-tu fait ? demanda-t-il, le regard rivé sur la sanguine.

Tol'chuk toisa le cadavre de l'assassin de son père.

— Justice, répondit-il.

Durant les deux jours qui suivirent, Mogweed remarqua combien le comportement de Tol'chuk avait changé. Les voyageurs s'étaient déplacés surtout la nuit pour éviter de se faire repérer par d'autres og'res. Mais même dans les ténèbres, Mogweed avait bien vu que le demi-sang se traînait comme si un fardeau invisible l'accablait. Il ne parlait que rarement, et son regard était distant. Il ne réagissait même plus aux projections mentales de Fardale.

D'accord, il venait de découvrir son héritage. Il était à moitié si'lura – la belle affaire ! Il n'y avait pas de quoi être bouleversé à ce point.

Mogweed n'avait pas l'intention de s'en faire pour lui. Il était juste soulagé que leur petit groupe soit sorti des territoires og'res un peu plus tôt dans la journée. À présent, le sommet de la passe se découpait devant eux. Au-delà du col qui traversait les Dents s'étendait l'est du continent – les contrées des humains.

La nuit ne tarderait pas à tomber. Bientôt, ils devraient faire halte pour dresser leur campement. Mais Tol'chuk s'avança jusqu'à la crête, et Fardale le suivit tel un chien dressé.

Mogweed regarda son frère sauter péniblement sur un rocher. Sa patte cassée le gênait mais ne l'arrêtait pas. Rien ne le ralentissait jamais très longtemps. Mogweed passa un bras dans son dos. À travers le cuir de son paquetage, il tâta la masse dure de la muselière qu'il avait ramassée près de la carcasse du renifleur pendant que personne ne le regardait. Elle lui serait très utile si d'aventure il avait besoin de maîtriser Fardale. Mieux valait être préparé à toutes les éventualités.

Il s'immobilisa à son tour et balaya l'horizon du regard. Le soleil qui se couchait derrière lui étirait l'ombre des pics en travers du paysage. À partir de là, tous les chemins descendaient.

Fardale leva le museau pour humer la brise qui soufflait depuis les basses terres. L'odorat de Mogweed était moins développé que celui du loup ; pourtant, il captait lui aussi des effluves d'iode en provenance de la mer lointaine – si différents de tout ce qu'il connaissait. Ils l'intriguaient. Mais une autre odeur beaucoup plus familière planait dans l'air.

— De la fumée, lâcha-t-il.

— De la fumée froide, précisa Tol'chuk. (Il semblait étudier l'odeur, la faire rouler au fond de sa gorge pour mieux la goûter.) Le feu doit être vieux d'une journée au moins.

— Donc, il n'y a pas de danger ?

L'image d'un incendie de forêt s'imposa à l'esprit de Mogweed, lui arrachant un frisson.

— Non, le rassura Tol'chuk. Et maintenant que nous sommes sortis du territoire des og'res, il est peut-être temps de nous séparer.

Mogweed ouvrit la bouche pour marmonner un remerciement. Soudain, l'og're hoqueta et porta une main à sa poitrine.

— Que se passe-t-il ? s'inquiéta Mogweed en regardant autour de lui.

Fardale sauta à bas de son perchoir, se dirigea vers Tol'chuk et lui posa une patte sur la jambe. L'og're se redressa. Il fouilla dans sa sacoche et en sortit l'énorme joyau qui avait tué le chef des Ku'ukla. Dans la pénombre, la pierre palpitait d'une lueur rougeâtre, si intense qu'elle blessait les yeux. Telle une braise refroidissant parmi les cendres d'un feu, son éclat diminua et mourut.

— Qu'est-ce que c'est ? demanda Mogweed. Tu ne nous l'as jamais dit.

Il tenta de maîtriser son avidité pour qu'elle ne transparaisse pas dans sa voix. Ce joyau devait avoir une immense valeur. Il pourrait lui être utile pour négocier avec les humains.

— Une sanguine, répondit Tol'chuk en la rangeant. Une pierre sacrée pour mon peuple.

Mogweed fixa la sacoche.

— Mais pourquoi brille-t-elle ? Qu'est-ce que ça signifie ?

— C'est un signe. Les esprits m'incitent à continuer.

— Dans quelle direction ?

Tol'chuk tendit un doigt vers le paysage qui déployait ses douces ondulations au-delà des montagnes. Dans la plaine, quelques volutes de fumée montaient vers le ciel.

— Si vous voulez bien de moi, je vous accompagnerai dans les contrées humaines. Il semble que nos chemins ne soient pas encore destinés à se séparer. C'est plus loin que nous attendent les réponses à nos questions.

— Ou notre perte, grommela Mogweed.

LIVRE TROISIÈME

CHEMINS ET AUGURES

19

Elena était plantée au milieu de la rue, paralysée, le regard fixé sur l'endroit où son frère s'était tenu quelques instants plus tôt. À présent, il ne restait que des pavés noircis. Un silence total planait autour de la jeune fille, comme si la ville retenait son souffle. Sa capacité à comprendre ce qui venait de se passer avait disparu en même temps que Joach. Elle ne cilla même pas quand le guerrier manchot s'approcha d'elle en titubant.

— Je suis désolé, dit-il en lui posant son unique main sur l'épaule. (Une rage contenue à grand-peine flamboya dans ses paroles suivantes.) Je ne soupçonnais pas que ce monstre possédait un tel pouvoir. N'aie crainte. Je le retrouverai et je libérerai ton frère.

La petite femme qui, un peu plus tôt, avait entraîné Elena derrière le chariot, les rejoignit.

— Er'ril, qui était l'homme en robe ? L'as-tu reconnu ?

— Quelqu'un de mon passé, marmonna le guerrier. Quelqu'un que je pensais ne jamais revoir.

— Qui ?

— Ça n'a pas d'importance pour le moment. Les citadins sont en émoi. Mieux vaudrait que nous fuyions cette vallée maudite.

Peu à peu, la ville abasourdie par l'assaut démoniaque s'arrachait à sa torpeur. Quelques appels aux armes résonnèrent dans des rues voisines.

— Et la petite ? demanda la jeune femme.

Elena n'avait pas bougé. Un murmure s'échappa de ses lèvres flasques.

— Mon frère…

— Nous allons la conduire en sécurité. Puis je me mettrai en quête du mage et du gamin.

Le montagnard s'approcha, s'interposant entre Elena et l'endroit où Joach s'était volatilisé. Son intrusion parut briser la connexion ténue qui reliait encore la jeune fille à son frère. Un voile de ténèbres s'abattit sur sa vision, et elle s'affaissa mollement.

Le guerrier la retint avant que sa tête touche les pavés. Elle sentit qu'il lui passait le bras sous les aisselles pour la relever.

— Er'ril, toutes ces horreurs l'ont rendue malade, dit la petite femme d'un ton plein d'inquiétude et de compassion. Nous devons l'emmener loin d'ici.

Elena sentit le souffle du guerrier dans son cou quand il répondit :

— Nee'lahn, tu dois découvrir s'il lui reste de la famille.

Le mot « famille » pénétra l'obscurité qui enveloppait le cœur d'Elena. Son regard se posa sur les restes déchiquetés de sa tante Fila, abandonnés dans l'ombre tel un pitoyable tas de haillons. L'étau de glace qui lui comprimait la poitrine fondit d'un coup, et ses larmes se mirent à couler. Sanglotant et hoquetant, elle se souvint des dernières paroles de sa tante. Elle se tourna péniblement vers le guerrier.

— J'ai… un oncle. Elle m'a dit… d'aller le voir.

La jeune femme s'agenouilla près d'elle.

— Qui te l'a dit, mon enfant ?

— Et où est ton oncle ? s'enquit Er'ril.

Elena se força à tendre un index vers le nord.

— Peux-tu nous guider jusque chez lui ?

Elle acquiesça.

Soudain, une voix tonitruante aboya :

— Regardez ce que j'ai trouvé !

Elena et Er'ril pivotèrent. Du tonneau d'eau de pluie derrière lequel il s'était abrité pendant le combat, le montagnard venait de tirer un homme maigre vêtu de l'uniforme de la garnison.

— Qui est-ce ? demanda Er'ril.

Elena connaissait la réponse à cette question. Elle avait déjà vu ce visage aux yeux noirs, aux joues creuses et à la fine moustache gominée.

— C'est lui qui a tué ma famille ! s'écria-t-elle. Il était avec le vieillard.

C'était le nommé Rockingham.

L'homme tremblant promena un regard apeuré autour de lui, cherchant de l'aide ou un moyen de s'échapper. Mais Kral tenait fermement sa cape dans un poing pareil à un rocher, et son autre main était toujours crispée sur le manche de sa hache.

Er'ril reconnut le prisonnier : c'était le soldat qui s'était adressé au mage noir.

— Qui êtes-vous ? lui demanda-t-il.

— Je suis… le commandant de la garnison du comté. (Rockingham avait tenté de prendre un ton menaçant, mais la frayeur éraillait sa voix, et son regard ne cessait de revenir vers la carcasse décapitée du skal'tum.) Vous feriez mieux de me relâcher.

— Cette fillette dit que vous êtes de mèche avec le mage noir. Est-ce vrai ?

— Non. Elle ment.

Er'ril adressa un signe de tête au montagnard.

— Teste-le.

Kral acquiesça. Il posa sa hache contre le tonneau d'eau de pluie et plaça ses paumes sur les tempes du soldat. Rockingham voulut se dérober, mais le montagnard ne le laissa pas faire. L'instant d'après, il retira vivement ses mains comme s'il s'était brûlé.

— Alors ? insista Er'ril. A-t-il dit la vérité ?

Kral fléchit ses doigts en grimaçant.

— Je n'en sais rien. Je n'avais encore jamais rien senti de semblable. On dirait que…

Il secoua la tête.

— Quoi ? le pressa Nee'lahn.

— On dirait qu'il est tissé d'une trame de mensonge. Ses paroles n'étaient que de simples gouttelettes dans un océan de fausseté. Je n'arrive pas à lire en lui.

À présent, Kral tenait le soldat à bout de bras, comme si l'idée de toucher sa peau nue lui répugnait.

— Crois-tu que… ?

Une note stridente résonna à l'autre bout de la ville, interrompant Er'ril. Un chœur de clairons lui répondit aussitôt, provoquant l'envol des pigeons perchés sur un toit voisin. Er'ril prit soudain conscience que des citadins les surveillaient depuis les fenêtres et par l'entrebâillement des portes alentour. La ville s'arrachait lentement à sa paralysie.

— On devrait suivre ton conseil et filer, suggéra Nee'lahn. Plus rien ne nous retient ici.

Les clairons réitérèrent leur appel. Celui-ci semblait provenir de la garnison.

— Mes hommes sont en route, déclara Rockingham. Relâchez-moi, remettez-moi la fille, et vous vous en tirerez peut-être vivants.

Kral le secoua brutalement. Il poussa un couinement étranglé.

— Je ne crois pas que vous soyez en position de donner des ordres, répliqua Er'ril. Kral, on l'emmène avec nous.

Elena sursauta.

— Non ! Il est maléfique !

Er'ril posa la main sur son épaule. Il n'avait aucune envie de s'encombrer d'une gamine hystérique, mais la pauvrette lui faisait pitié, et ce fut d'une voix douce qu'il argumenta :

— Il sait peut-être où se trouve ton frère. Nous l'interrogerons dès que nous serons à l'abri.

Il vit la jeune fille déglutir pour ravaler sa peur et se redresser fièrement. Une lueur déterminée brillait dans ses yeux. Elle cracha en direction du prisonnier.

— D'accord, mais ne lui faites surtout pas confiance.

Son attitude força le respect d'Er'ril.

— Je ne fais confiance à personne, marmonna-t-il. (Il se tourna vers Kral et Nee'lahn.) Nous allons partir vers le nord. Là-bas, nous trouverons peut-être son oncle... Et une explication à ce qui vient de se produire.

Kral acquiesça et attacha les poignets de Rockingham. Quand il eut terminé, il glissa sa hache dans sa ceinture et tira un couteau qu'il enfonça dans les côtes du soldat.

— Pour t'aider à tenir ta langue, grogna-t-il avec un rictus sardonique.

Nee'lahn passa un bras autour des épaules d'Elena.

— Viens, mon enfant.

Er'ril prit la tête du petit groupe et entraîna ses compagnons dans un dédale de ruelles peu fréquentées. La plupart des citadins étaient encore claquemurés chez eux ou en train de patrouiller dans les artères principales de la ville. Rares furent les témoins de leur passage.

Boln balaya la pièce du regard, caressant l'épaisse moustache qui dissimulait ses lèvres pincées. Il était presque prêt. Les piles de livres et de parchemins qui encombraient son bureau quelques heures plus tôt avaient été rangées dans les placards et sur les étagères de sa bibliothèque de fortune. Plusieurs dizaines d'années s'étaient écoulées depuis la dernière fois où il avait vu le bois de cette table ; certains ouvrages avaient laissé l'empreinte de leur reliure sur le chêne verni. Des taches de cire jaune maculaient le plateau, lui donnant un aspect vérolé.

Le vieil homme soupira. Il faudrait bien que ça suffise. Après tout, il n'était pas une femme de chambre.

Passant les doigts dans ses cheveux blancs, il huma la bonne odeur du chok'olat chaud qui fumait sur le poêle. Les lentilles de la soupe devaient être cuites. Le rôti avait besoin d'être arrosé de jus, mais ça pouvait attendre une minute ou deux. Peut-être devrait-il aller ramasser quelques carottes dans son jardin ? Les premières gelées ne tarderaient plus, et tout ce qui ne serait pas mangé serait gaspillé.

Par la fenêtre qui donnait vers l'ouest, il regarda le soleil se coucher derrière les pics des Dents. Des nuages orageux bouillonnaient au-dessus des cimes dont la pluie brouillait les contours. La nuit allait être humide.

Tant pis pour les carottes, décida Boln. Le temps pressait.

Il porta la main à l'amulette qui pendait à son cou, au bout d'un cordon tressé avec les cheveux de sa sœur. Fila aurait préparé un bien meilleur dîner que lui. Mais entre les jumeaux, le destin avait choisi. Désormais, Fila avait ses propres responsabilités, et Boln restait en arrière pour s'occuper de tâches plus terre à terre. Lequel des deux avait écopé du sort le moins enviable ? Cela restait à voir. Les chemins qui partaient de cette pièce menaient dans un millier de directions différentes. Tel un rocher délogé par des siècles de pluie et dégringolant le flanc d'une montagne pour semer la destruction sur son passage, les jumeaux ne pouvaient plus reculer.

— « Le feu annoncera son avènement », marmonna Boln. Et ensuite ?

Un courant d'air s'insinua sous sa chemise et ses sous-vêtements de laine. Le vieil homme frissonna. Il se dirigea vers l'âtre et, empoignant un tisonnier de cuivre, remua les bûches qui s'y consumaient. Immobile devant les flammes, il laissa leur chaleur le pénétrer. Pourquoi ses vieux os étaient-ils toujours glacés ? Ces jours-ci, il avait perpétuellement froid.

Mais ça n'était pas la raison pour laquelle il s'attardait auprès du feu. Il lui restait encore un devoir à accomplir. Il agrippa son amulette.

— Je t'en prie, Fila, décharge-moi de cette mission, murmura-t-il. Tu as toujours été la plus forte de nous deux.

Aucune réponse ne lui parvint. Non qu'il en attendît une. Désormais, sa sœur était hors de son atteinte. Boln devrait se débrouiller seul.

Il se réchauffa les mains aux vagues d'air brûlant qui émanaient de la cheminée, comme s'il voulait les purifier avant d'entreprendre sa sinistre tâche. Il fixa les poils blancs qui recouvraient ses jointures. Quand ses mains étaient-elles devenues si vieilles ? Quand sa chair s'était-elle résorbée, ne laissant qu'une peau flétrie et parcheminée sur ses articulations noueuses ?

En soupirant, il laissa retomber ses bras et se détourna. S'il avait correctement interprété les textes, ses visiteurs ne tarderaient plus. Il était encore un très jeune homme quand il avait construit sa maison sur ce site en prévision de la nuit à venir. Les ruines du sanctuaire de l'académie gisaient enfouies sous les lattes du plancher. C'était ici que se rassembleraient bientôt tous les protagonistes, ici que commencerait leur voyage.

Ce soir, Boln devait se montrer aussi fort que Fila.

Il se dirigea vers un placard de ferréol impénétrable. Une seule clé était capable de l'ouvrir. Il ôta la cordelette passée autour de son cou et fixa l'amulette qui s'y balançait. Taillée dans du jade vert en forme de pichet à vin, elle renfermait trois gouttes d'eau sacrée encore imprégnée d'énergie élémentale. Pendant des années, elle avait permis aux jumeaux de communiquer par-delà la distance ; elle avait joué un rôle crucial dans la coordination de leurs efforts et de leurs plans.

Boln ferma les yeux. Si sacrée que soit cette amulette, c'était la connexion avec sa sœur morte qui retenait sa main. Il répugnait à se séparer de ce souvenir. Mais il revit les yeux gris et sévères de Fila, imagina comment elle réagirait devant son hésitation. « Dépêche-toi, vieillard, le presserait-elle. Tôt ou tard, il faut tourner la page. » Elle avait toujours eu plus de sens pratique que lui.

Un léger sourire fit frémir les commissures de sa bouche. Il abattit l'amulette sur le sceau du placard de ferréol. Des éclats de jade volèrent à travers la pièce. L'un d'eux lui entailla la joue comme pour le punir d'avoir détruit une si délicate œuvre d'art.

Boln ignora la brûlure. La clé avait fonctionné. Il saisit la poignée et ouvrit la porte qui avait été scellée vingt ans plus tôt. Le placard de ferréol n'abritait qu'un seul objet : un coffret en bois de rose orné de fleurs dorées. Il souleva son couvercle à charnières. Sur un coussinet de soie violette reposait une dague plus ancienne que n'importe quel bâtiment de la vallée, plus ancienne que les souvenirs de tous ses habitants.

Avant que la peur paralyse sa main, le vieil homme saisit l'arme et l'examina. Sa lame noire semblait absorber la lumière du feu, tandis que la rose dorée sculptée sur son manche reflétait les flammes avec une exubérance aveuglante.

Des larmes lui montèrent aux yeux, mais il ne les autorisa pas à couler, et sa main ne trembla pas. Il connaissait son devoir. Il était le frère de sa sœur.

— Pardonne-moi, Elena, chuchota-t-il dans la pièce vide.

20

Elena se précipita sous les branches du saule pleureur et poussa un hoquet de joie.

— Oh, Brume, tu es toujours là !

Elle passa les bras autour du cou de la jument et prit une profonde inspiration, se remplissant les poumons de son odeur familière. Musc et foin, comme dans la grange de ses parents. Elle se serra un peu plus fort contre Brume. En fermant les yeux, elle se serait presque crue de retour chez elle.

Brume hennit et se dégagea, puis recommença à brouter l'herbe tendre. Visiblement, elle n'était guère touchée par le retour de sa jeune maîtresse. Elena sentit ses yeux s'emplir de larmes.

Derrière elle, Er'ril dit quelque chose. Mais ses paroles étaient destinées à Kral ; aussi les ignora-t-elle. Elle caressa le flanc de Brume, savourant la fermeté de ses muscles, la solidité de ses os et la rugosité de son poil. Malgré tout ce qui s'était passé, le contact de la jument la réconfortait.

— Sois prudent, poursuivit Er'ril. Contente-toi de récupérer nos affaires et nos montures, et reviens ici tout de suite.

— Personne ne m'arrêtera, promit Kral. Et le prisonnier ?

— Tu n'as qu'à l'attacher à l'arbre en attendant.

Elena pinça les lèvres et se hâta de dénouer la longe de Brume.

— Que fais-tu, fillette ? aboya Er'ril. (Il ne voulait pas la brusquer, mais il était si fatigué !) Laisse cette jument-là où elle est.

— Je ne veux pas que cet homme la touche.

Tirant sur la bride de Brume, Elena l'entraîna un peu à l'écart. La présence de la jument lui redonnait de l'assurance. Elle avait perdu beaucoup de choses, mais il lui restait Brume.

— Et je m'appelle Elena, pas « fillette ».

Nee'lahn la rejoignit, un sourire amusé aux lèvres. Ses yeux violets et ses cheveux couleur de miel reflétaient les rayons de soleil qui dardaient à travers le feuillage. Sa beauté coupait le souffle d'Elena. À Gelbourg, elle l'avait trouvée plutôt quelconque, mais ici, parmi les arbres, la jeune femme semblait s'épanouir telle une fleur. Elena aurait juré que les branches s'écartaient pour permettre à la lumière d'accentuer les courbes de son corps menu et les traits de son visage délicat.

— C'est une très belle jument, déclara Nee'lahn.

Elena baissa les yeux, embarrassée par sa silhouette dégingandée et ses vêtements poussiéreux. Elle était si près de la jeune femme qu'elle captait même l'odeur de chèvrefeuille qui émanait d'elle.

— Merci, murmura-t-elle timidement. C'est moi qui l'ai élevée depuis sa naissance.

— Dans ce cas, vous devez être très proches. Je suis contente que tu aies pu nous guider jusqu'à elle.

Nee'lahn préleva une pomme dans les provisions qu'ils avaient achetées avant de quitter la ville. Elle la tendit à Brume pour lui faire mordre dedans. Ravie, la jument rabattit les oreilles en arrière et engloutit tout le fruit de ses lèvres épaisses.

— Brume ! Qu'as-tu fait de tes bonnes manières ? s'indigna Elena.

Nee'lahn sourit.

— Crois-tu pouvoir trouver le chemin de la maison de ton oncle aussi facilement ?

— Oui. Il vit dans la vallée voisine. À Nidiver, près des vieilles ruines.

— Quoi ? s'exclama Er'ril, choqué.

Kral était déjà parti ; le guerrier finissait d'ajuster le bâillon de Rockingham et de tester la solidité de ses liens. Il se dirigea vers Elena à grandes enjambées.

— Où as-tu dit que ton oncle vivait ?

Nee'lahn posa une main rassurante sur le poignet d'Elena.

— Elle a dit qu'il vivait près de vieilles ruines. Baisse la voix, veux-tu ?

Le visage du guerrier s'assombrit. Il n'appréciait pas de se faire rabrouer.

— D'accord, d'accord, maugréa-t-il. Juste une chose, fillette… Pardon : Elena. Ces ruines sont-elles celles d'une ancienne école ?

Elena haussa les épaules.

— Aucune idée. Joach et moi n'avons pas le droit de nous en approcher. Il paraît qu'elles abritent des tas de serpents venimeux. Mais oncle Boln est toujours en train de farfouiller dedans ; il en remonte des livres, des parchemins, ce genre de choses.

Er'ril poussa un soupir exaspéré.

— A-t-il jamais trouvé quoi que ce soit de… d'inhabituel ?

La jeune fille secoua la tête.

— Du moins, il ne m'en a jamais parlé. Mais il est plutôt secret.

— Er'ril, tu connais cet endroit ? demanda Nee'lahn.

— Je l'ai visité la dernière fois que je suis passé ici, répondit le guerrier, les dents serrées.

— Donc, tu sauras y retourner ?

— Oui.

— Dans ce cas, dès que Kral reviendra avec les chevaux, nous pourrons nous mettre en route. (Nee'lahn se tourna vers Elena.) Pendant que nous attendons, tu pourrais peut-être nous raconter comment tu as rencontré ces deux méchants hommes ?

Elena racla le sol du bout de sa botte. Elle répugnait à revivre cette nuit tragique. Sa douleur était encore trop fraîche.

Nee'lahn leva une main et lui caressa la joue.

— Tout va bien à présent. Er'ril est un grand guerrier. Il ne laissera personne te faire de mal. Si nous voulons aider ton frère, nous avons besoin de connaître toute l'histoire. Tu veux que nous l'aidions, n'est-ce pas ?

Elena baissa la tête et se mit à parler si bas qu'Er'ril dut se pencher vers elle pour l'entendre.

— Ce soldat et l'homme en robe sont venus chez nous hier soir.

Elle jeta un coup d'œil à sa main droite, qui était redevenue normale, et poursuivit son récit en se gardant bien de mentionner la mystérieuse tache rouge.

— ... Puis Joach et moi nous sommes enfuis avec Brume avant que les vers ou le feu puissent nous rattraper. Mais quand nous sommes arrivés en ville, les assassins de nos parents nous attendaient. Nous avons été capturés, et c'est là que vous êtes intervenus.

— Sais-tu pourquoi ils en avaient après vous ? s'enquit Nee'lahn.

Elena détourna la tête.

— Non, je ne sais pas.

Du coin de l'œil, elle vit Nee'lahn et Er'ril échanger un regard sceptique.

— Je devrais peut-être interroger notre prisonnier, suggéra Er'ril.

Nee'lahn fronça les sourcils.

— Je crois que nous avons tous... (du menton, elle désigna discrètement Elena) été témoins d'assez de violence pour aujourd'hui. Attends plutôt que nous ayons confié Elena à son oncle.

Er'ril se rembrunit mais acquiesça.

— De toute façon, soupira-t-il, nous aurons sûrement besoin de Kral pour forcer cet ignoble individu à parler.

Nee'lahn reporta son attention sur Elena.

— Tu devrais te reposer. Nous avons encore beaucoup de route devant nous.

La jeune fille hocha la tête et se tourna vers Brume. Elle tripota sa bride pour se donner l'air occupé. Pourquoi avait-elle menti à ces gens ? Ils n'avaient pas réussi à sauver Joach, mais ils l'avaient tout de même arrachée aux griffes des ravisseurs de son frère.

De nouveau, elle examina sa main droite. La tache rouge avait totalement disparu ; elle s'était volatilisée en un clin d'œil, comme Joach. Elena lutta pour ravaler ses larmes. Autant qu'elle détestât l'idée de posséder un quelconque pouvoir, si sa magie pouvait lui rendre son frère, elle accepterait volontiers la malédiction qui s'était abattue sur elle.

Elle laissa retomber son bras.

Mais c'était terminé à présent – n'est-ce pas ?

Le crépuscule approchait.

Er'ril luttait pour garder un œil sur le chemin qui serpentait à travers les bois, tout en guettant les dangers susceptibles de se tapir dans les ombres mouchetées. Il ne cessait de penser au mage noir. Les implications de leur rencontre lui échappaient. Il aurait voulu mettre ces préoccupations de côté jusqu'à ce qu'il puisse y réfléchir au calme, mais il n'y parvenait pas.

Comment était-il possible que Greshym soit toujours en vie ? Son imagination lui avait-elle joué des tours ? Non. Le mage avait vieilli, mais c'était bien lui.

Par-delà les années, Er'ril se projeta jusqu'à la nuit où le Grimoire avait été forgé. Il se souvint du lien qui unissait Greshym et son frère, du respect et de l'affection que le vieillard mutilé lui inspirait alors – si incompatibles avec la haine qu'il ressentait à présent. Greshym manipulait une magie noire, un pouvoir infâme dont la seule évocation lui donnait des fourmillements.

Sale traître ! songea-t-il. *À quel jeu joues-tu depuis des siècles ? Et le Grimoire ? Que signifie tout cela ?*

Comme la pente du chemin augmentait, son cheval ralentit. Il le talonna un peu plus fort qu'il ne le voulait. L'animal poussa un hennissement de surprise et fit un petit bond en avant. Er'ril lui flatta l'encolure pour le calmer. L'étalon n'avait pas à souffrir de sa colère et de sa frustration.

Pivotant sur sa selle, il jeta un coup d'œil au petit groupe qui le suivait. Depuis que Kral était revenu avec leurs montures et leurs affaires, il forçait ses compagnons à avancer à une allure soutenue. L'aubergiste avait tenté d'arrêter le montagnard, hurlant qu'il volait les biens d'autres clients. Mais les gardes, occupés à maîtriser les émeutes, n'avaient pas répondu à son appel. Kral avait fendu une table avec sa hache, et le gros homme s'était rapidement écarté de son chemin. Peu de temps après, il avait rejoint Er'ril et les autres près du saule.

Craignant que la garnison se lance à leurs trousses, le guerrier n'avait pas voulu gaspiller les quelques heures de jour qui leur restaient. Il avait ordonné à ses compagnons de charger leur paquetage, et ils avaient aussitôt pris la direction des hautes terres.

Derrière lui, Nee'lahn et Elena montaient ensemble la jument de la jeune fille. Kral avait pris le soldat en croupe sur son énorme destrier : un étalon de guerre aux yeux flamboyants, auquel seul un inconscient aurait tenté de barrer la route.

Nee'lahn surprit le regard d'Er'ril et leva la tête vers le ciel.

— Une tempête approche. Nous devons atteindre la maison de l'oncle d'Elena avant la tombée de la nuit.

Er'ril détailla la jeune fille. Quel rôle jouait-elle dans toute cette histoire ? Ce n'était sûrement qu'un pion, une vierge destinée à un sacrifice rituel. Durant ses voyages, il avait entendu bien des rumeurs au sujet de ces ignobles pratiques.

Il reporta son attention sur le chemin, remarquant au passage que des nuages noirs obscurcissaient le soleil couchant. Une fois débarrassé de la gamine, il pourrait se concentrer sur le mage. D'une douce pression des talons, il fit accélérer sa monture. Délivrer le garçon n'était que l'une des raisons pour lesquelles il désirait retrouver Greshym. Le mage noir devrait répondre de maints autres crimes.

Tandis qu'il entraînait ses compagnons vers les hautes terres, les bois se mirent à changer autour d'eux. Les flamboyantes couleurs automnales des chênes et des aulnes cédèrent la place au vert sombre des arbres à feuillage persistant. Un tapis d'aiguilles jaunies et cassantes recouvrit bientôt le sol.

Er'ril n'avait pas besoin de guide. Il connaissait le chemin des ruines enfouies dans la vallée de Nidiver. Pourquoi l'oncle d'Elena avait-il choisi d'habiter dans un endroit si reculé, perpétuellement balayé par les vents ? À cette altitude, au cœur de l'hiver, la couche de neige pouvait atteindre le toit d'une maison de deux étages.

Er'ril savait pourquoi l'académie avait été bâtie à cet endroit : l'isolement était nécessaire à la formation des initiés de l'Ordre. Ainsi, rien ne venait distraire les élèves de leurs études, et les « accidents » magiques qu'ils pouvaient provoquer ne causaient de tort à personne d'autre qu'eux-mêmes. Mais le Chi s'était retiré de ces terres depuis bien longtemps. Alors, qui pouvait avoir intérêt à vivre à Nidiver ?

L'étalon d'Er'ril gravit une pente abrupte, manquant glisser sur les aiguilles de sapin qui jonchaient le sol. Arrivé au sommet, son cavalier le fit arrêter. Un panache de fumée solitaire s'élevait de la minuscule vallée en contrebas. Dans le ciel crépusculaire, les nuages noirs venus des montagnes semblaient attirés par lui comme des papillons par une flamme. Des éclairs clignotaient dans leurs profondeurs bouillonnantes. L'orage ne tarderait plus à éclater.

Du regard, Er'ril suivit le panache jusqu'à sa source. Un cottage de pierre était tapi au fond de la vallée. Sa cheminée répandait une odeur de fumée de bois pareille à une tiède invitation, et une accueillante lumière jaune brillait derrière ses fenêtres comme pour souhaiter la bienvenue aux voyageurs.

La jument d'Elena et de Nee'lahn dépassa Er'ril.

— C'est la maison de mon oncle, annonça la jeune fille. On dirait qu'il est chez lui.

Er'ril imprima une légère secousse à ses rênes pour faire avancer son étalon.

— Espérons qu'il est prêt à recevoir des visiteurs, lâcha-t-il en s'engageant dans la pente.

Les lèvres pincées, il étudia le paysage environnant, repérant les meilleurs endroits où se battre et les chemins par lesquels ses compagnons et lui pourraient s'enfuir si nécessaire. La formation militaire reçue durant les campagnes contre le Gul'gotha lui avait enseigné des réflexes qui étaient devenus aussi instinctifs que les battements de son cœur.

Puis il reporta son attention sur le cottage. L'état pitoyable de celui-ci fit baisser le fameux « oncle Boln » d'un cran dans son estime. De la mousse recouvrait les bardeaux de la maisonnette. Les portes de la grange étaient tordues sur leurs gonds. Une multitude de trous vérolaient les planches du petit enclos à bétail. Trois chèvres passèrent leur tête cornue par ces ouvertures pour suivre les voyageurs du regard et les insulter à grand renfort de bêlements.

Er'ril secoua la tête d'un air désapprobateur. Quel contraste avec la ferme de sa famille, qui avait toujours été si soigneusement entretenue ! Il leva les yeux. Des saillies de pierre effritée, dont la rectitude ne devait rien à la nature, zébraient le versant de la vallée au-delà du cottage. Dans sa tête, il se représenta les rangées de dortoirs et de salles d'études qui s'étaient dressées là autrefois. À présent, il ne restait de l'ancienne école de l'Ordre que des ruines à peine reconnaissables.

Soudain, la porte de la maisonnette s'ouvrit, projetant un faisceau de lumière jaunâtre vers les trois chevaux. La clarté d'un feu découpa une silhouette masculine sur le seuil.

— Eh bien, allez-vous rester plantés là toute la nuit ? lança une voix bourrue. Dépêchez-vous d'entrer ! À moins, bien sûr, que vous vouliez vous faire emporter par le déluge.

L'homme agita impatiemment le bras et battit en retraite à l'intérieur.

Elena se tourna vers ses compagnons.

— Mon oncle a toujours vécu en ermite, expliqua-t-elle avec une moue embarrassée. Il est un peu brusque. N'y faites pas attention.

— En tout cas, on dirait qu'il nous attendait, fit remarquer Er'ril d'un ton méfiant.

Sa nervosité crût encore lorsqu'ils eurent attaché les chevaux dans la grange et pénétrèrent dans le cottage. Après avoir passé si longtemps à chevaucher dans le froid des hautes terres, la chaleur qui régnait à l'intérieur de la maisonnette lui parut presque étouffante. Mais il l'ignora, le regard rivé sur la table chargée de victuailles.

Trois grandes chandelles jaillissaient telles des îles au milieu d'une mer de nourriture fumante : bœuf rôti, patates rouges bouillies et soupe de lentilles. Une miche de pain poivré aussi grosse que sa tête voisinait avec des plateaux de carottes et de légumes verts, ainsi qu'un saladier rempli de mûres. Six tasses de chok'olat étaient posées devant six assiettes de fer-blanc.

— Asseyez-vous ! leur enjoignit leur hôte en déposant des bols à soupe dans les assiettes. (Il s'arrêta près d'Elena pour l'embrasser rapidement sur le front.) J'ai eu du mal à tout finir avant votre arrivée. Fila serait furieuse si elle découvrait que je ne me suis pas conformé très précisément à ses instructions.

Elena prit la main du vieil homme entre les siennes.

— Oncle Boln, dit-elle doucement, j'apporte une mauvaise nouvelle. Fila est morte.

Boln se dégagea et lui tapota la joue.

— Oui, je sais. Ne t'en fais pas pour ça. Maintenant, asseyez-vous et mangez avant que ça refroidisse.

— Vous attendiez des invités ? demanda Er'ril, qui avait gardé le silence jusque-là.

Le vieillard se gratta le crâne d'un doigt taché d'encre.

— Des invités ? Oh, non. C'est vous que j'attendais, Er'ril de Standi.

21

Elena regardait le guerrier piquer les morceaux de bœuf et de patates rouges dans son assiette, sa fourchette raclant la surface de fer-blanc.

Assise à côté de lui, elle le voyait jeter des coups d'œil méfiants à son oncle Boln installé en bout de table. Mais le vieillard ignorait Er'ril. Toute son attention était concentrée sur Nee'lahn, qui avait pris place face à lui. Même si la lumière du feu semblait atténuer la beauté de la jeune femme, il avait beaucoup de mal à détacher ses yeux d'elle. Elena ne comprenait pas comment l'apparence d'une personne pouvait autant se modifier d'une minute à l'autre. Dans les bois, Nee'lahn lui avait paru si radieuse !

Soudain, un rot tonitruant fit trembler la vaisselle. En équilibre sur les deux pieds arrière de sa chaise, face à Elena, Kral essuya son menton barbu d'un revers de manche. Voyant que tous les regards étaient braqués sur lui, il ouvrit de grands yeux étonnés.

— Quoi ? demanda-t-il en reposant sa fourchette et en frottant sa panse distendue. (Visiblement inconscient du faux pas qu'il venait de faire, il promena un regard presque irrité à la ronde.) Quoi ?

Elena se plaqua une main sur la bouche pour réprimer un gloussement.

Rockingham, qui s'efforçait tant bien que mal de couper sa viande avec une cuiller – le seul ustensile qu'on lui avait autorisé –, marmonna :

— Et c'est moi qu'on ligote…

Er'ril et Kral lui avaient attaché les chevilles à un des pieds de la table pour l'empêcher de s'enfuir.

Er'ril se racla la gorge et se tourna vers Boln.

— À présent que nous avons fini de manger, peut-être aurez-vous la gentillesse de nous expliquer comment vous saviez que nous viendrions – et comment vous connaissez mon nom, grinça-t-il.

Le vieillard repoussa sa chaise.

— Qui veut du dessert ? lança-t-il gaiement. En hommage à l'incendie qui vient de ravager le verger, j'ai préparé une tarte aux pommes. Ça intéresse quelqu'un ?

— Le dessert peut attendre, protesta Er'ril.

Il s'interrompit en voyant ses quatre compagnons lever la main. Ses épaules s'affaissèrent, et il poussa un gros soupir.

— D'accord, d'accord. Va pour la tarte aux pommes.

Boln se leva et s'étira. Son regard se posa de nouveau sur la jeune femme qu'il contemplait ouvertement depuis son arrivée.

— Nee'lahn, c'est ça ? Pourriez-vous me donner un coup de main, très chère ?

— Volontiers.

Nee'lahn essuya ses mains délicates sur une serviette élimée. Puis elle se leva et suivit le vieillard dans la cuisine.

Er'ril pianotait impatiemment sur sa chope de chok'olat. Elena sentit qu'il était sur le point d'exploser. Depuis qu'oncle Boln avait prononcé son nom et refusé de répondre à toute question avant la fin du repas, les muscles de son cou étaient tout crispés. Il devait avoir très faim ; pourtant, il avait à peine touché au contenu de son assiette.

— N'en veuillez pas à mon oncle, l'implora-t-elle. Il est comme ça. Ça n'a rien de personnel.

Er'ril cessa de pianoter et tourna la tête vers elle.

— Je voudrais bien savoir ce qu'il mijote.

— Il nous le dira – mais seulement quand il sera prêt. Depuis que Joach et moi sommes tout petits, il nous raconte des histoires pour nous endormir chaque fois qu'il nous rend visite à la ferme. Et plus on le presse de se dépêcher, plus il fait traîner en longueur, grimaça Elena.

— J'ai compris. Il va d'abord falloir manger sa tarte, bougonna Er'ril.

Elena acquiesça en se mordillant l'intérieur de la joue. Elle se garda bien de mentionner la nervosité qu'elle percevait chez son oncle. Quelque chose préoccupait Boln. Jamais elle ne l'avait vu tressaillir ainsi au moindre bruit. Le craquement d'une bûche dans le feu l'avait pratiquement fait sauter jusqu'au plafond. Et en temps normal, il faisait preuve d'un appétit impressionnant. Toutes les femmes de la famille se demandaient comment il pouvait engloutir de telles quantités de nourriture et rester si mince. Mais ce soir, il n'avait guère plus mangé qu'Er'ril.

Le vieillard revint, portant des assiettes et des fourchettes propres. Nee'lahn le suivait avec le plat à tarte. Une bonne odeur de pommes chaudes et de cannelle emplit la pièce. Autour de la table, tous les visages s'illuminèrent – celui d'Er'ril y compris.

Ce nouveau délai, qui avait tant irrité le guerrier, ne dura que quelques minutes. Le plat à tarte se vida en un clin d'œil, et bientôt, les bruits de mastication cédèrent la place à des soupirs repus.

— J'espère que vous avez assez mangé, lança Boln.

Des grognements de satisfaction le rassurèrent sur ce point.

— Dans ce cas, il est temps que je vous montre vos chambres. Je crains que les hommes doivent en partager une, tandis que Nee'lahn et Elena dormiront dans la seconde, dit-il d'un ton d'excuse.

Er'ril leva la main.

— À propos de toutes ces questions auxquelles vous n'avez pas encore répondu…

Le vieillard se rembrunit.

— Après que tout le monde se sera installé, vous n'aurez qu'à me rejoindre pour fumer une pipe devant le feu. (Il se tourna vers Elena.) Toi aussi, ma chérie. J'ai des choses à te dire.

— Vous pouvez parler devant mes compagnons, gronda Er'ril.

Les yeux de Kral et de Nee'lahn brillaient de curiosité. Rockingham tenta de feindre le détachement et échoua lamentablement.

Boln se caressa la moustache.

— Non, je ne crois pas que la Fraternité apprécierait.

— Quelle Fra… ? commença Elena.

Mais Er'ril lui pressa l'épaule pour lui intimer le silence.

— Ça fait bien longtemps que je n'ai pas pu me détendre et fumer tranquillement. J'attends ça avec impatience, dit-il d'un ton chargé de menace.

— Tant mieux, répliqua Boln sans se troubler. (Il se leva.) Si vous voulez bien me suivre…

Rockingham écouta le colosse refermer la porte de leur chambre et se déshabiller. Les cordes qui attachaient ses mains et ses pieds aux montants du lit l'empêchaient de bouger, limitant sa vue au plafond et à un coin de la pièce. Puis Kral éteignit la lampe, et l'obscurité l'enveloppa.

Le soldat était allongé sur le dos, en sous-vêtements. Kral avait étendu une couverture sur lui. Il plissa le nez. Il ne voyait pas le montagnard, mais il le sentait. Une odeur de poils de chèvre mouillés planait dans la chambre, lui donnant l'impression de se trouver dans une grange.

Il ferma les yeux et tenta de respirer par la bouche. Ce ne fut qu'une piètre amélioration. Il voulut rouler sur le flanc, mais ses entraves ne l'y autorisèrent pas. Les lattes du lit grincèrent bruyamment sous son poids.

— J'ai le sommeil léger, grogna Kral. Si tu m'obliges à me lever, tu le regretteras.

Rockingham garda le silence. À quoi bon se débattre ? Sans le meurtrir, les cordes étaient trop serrées pour qu'il puisse s'en défaire.

Il resta immobile, le regard fixé sur les poutres du plafond. Même s'il avait réussi à s'échapper, où aurait-il bien pu aller ? Une chose était sûre : il ne serait pas retourné à la garnison. Une fois le seigneur Gul'gotha informé qu'un de ses lieutenants avait été décapité et que la fille qu'il cherchait s'était enfuie, un châtiment capable de terrifier le plus endurci des soldats l'attendrait là-bas. Rockingham avait vu les créatures qui rampaient dans les donjons de Noircastel. À ce souvenir, il frissonna sous son épaisse couverture.

Il n'avait que deux options : disparaître dans la nature et espérer que les séides du Seigneur Noir ne le retrouvent jamais, ou rester avec ce groupe et guetter une occasion d'enlever la fille. Elle était la clé de son pardon. Elle seule pourrait apaiser la fureur de son maître.

C'est pourquoi Rockingham n'avait pas essayé de se défendre quand le guerrier manchot l'avait capturé. Que ces gens l'emmènent loin de la ville – ça valait mieux pour lui. Il avait décidé de ne pas résister, de feindre la docilité jusqu'à ce que ses ravisseurs baissent leur garde. Il n'était pas pressé. À l'idée de rentrer à Noircastel avec la fille enchaînée, une grimace réjouie étira ses lèvres. Ça valait bien la peine d'attendre.

Tandis qu'il rêvait de ce moment, son bas-ventre se mit à le démanger furieusement. Maudite soit cette serveuse et les morpions qu'elle lui avait refilés ! Il frotta ses jambes l'une contre l'autre pour apaiser l'irritation – et ne réussit qu'à l'aggraver. Pour couronner le tout, le montagnard se mit à ronfler. Pas un chuintement sifflant, non : un râle bruyant plein de mucus et de phlegme dont chaque exhalaison lui arrachait un frisson de dégoût.

Rockingham ferma les yeux et se tortilla désespérément. La nuit allait être longue. Par comparaison, les tortures qui l'attendaient dans les donjons de Noircastel ne lui semblaient plus si terribles.

Er'ril s'accouda au linteau de la cheminée. Où était Boln ? Les autres s'étaient retirés dans leurs chambres respectives, le laissant seul avec Elena. Pelotonnée dans un fauteuil moelleux dont le capitonnage semblait engloutir sa mince silhouette, la jeune fille fixait le feu. Son regard était perdu dans les flammes, et un profond chagrin se lisait sur ses traits creusés par l'épuisement. Pour une enfant qui venait d'être si violemment déracinée, elle faisait preuve d'une dignité et d'une détermination impressionnantes – la marque d'un esprit fort.

Er'ril chercha quelque parole consolatrice à lui prodiguer, mais ça faisait bien longtemps qu'il n'avait pas eu besoin de témoigner de la compassion à quiconque. Il reporta son attention sur les flammes dansantes. Parfois, le temps ne développait pas la sagesse : il se contentait d'endurcir le cœur.

Sa rêverie fut interrompue par la réapparition du vieillard. Boln tenait deux pipes dans ses mains. Il en offrit une au guerrier.

— Le tabac a été cueilli dans le sud de Standi, me semble-t-il. J'ai pensé qu'il vous plairait.

— Merci.

Er'ril porta la pipe à son nez. Le parfum des feuilles séchées et réduites en poudre lui fit oublier tout ce qu'il voulait ajouter. Sa gorge s'emplit d'une saveur âcre – celle des vastes champs de ses plaines natales.

Boln alluma une chandelle aux flammes de l'âtre et l'approcha du fourneau de sa pipe. Les lèvres plissées sur l'embout du tuyau, il inspira et expira, gonflant et dégonflant les joues jusqu'à ce que le tabac s'embrase. Er'ril prit la mèche que le vieil homme lui tendait, mais sa main hésita au-dessus de sa propre pipe. Il répugnait à brûler ce souvenir tangible de son foyer.

Il réalisa qu'Elena le dévisageait avec une tristesse palpable. Depuis la veille, le feu avait privé la jeune fille de bien des choses plus précieuses qu'une pincée de tabac. Vaguement honteux, il approcha la chandelle de sa pipe et s'emplit les poumons de fumée odorante. Sa tiédeur et son goût familier dissipèrent toute la tension de son corps. Ses genoux flageolèrent.

— Asseyez-vous, dit Boln en désignant l'autre fauteuil.

Lui-même resta debout près d'Elena.

Er'ril se laissa tomber dans le siège rembourré et s'y enfonça avec gratitude. À contrecœur, il ôta la pipe de sa bouche.

— Comment me connaissez-vous ? Comment saviez-vous que nous viendrions ce soir ?

Boln hocha la tête.

— Vous m'interrogez sur la fin de l'histoire. Mais pour comprendre la fin, vous devez d'abord entendre le début.

— Je vous écoute, dit Er'ril en ramenant la pipe à sa bouche.

— Tout à l'heure, j'ai mentionné la Fraternité. Je crois que son titre complet est « la Fraternité Brisée ». Commençons par là.

— Qu'est-ce que c'est ? demanda Elena.

Son oncle leva la tête, arrondit les lèvres et souffla, formant un parfait anneau de fumée grise. Tandis que celui-ci flottait à travers la pièce sur les vagues de chaleur dégagée par le feu, la jeune fille ne put réprimer un sourire.

— Tu ne comprendras peut-être pas tout, ma chérie. Mais jadis, il existait en ces contrées un ordre d'initiés qui manipulaient la magie blanche, révéla Boln. Un esprit nommé Chi leur conférait ce pouvoir bien supérieur à la magie élémentale dont la Terre est imprégnée, et grâce à lui, ils bâtirent une merveilleuse civilisation.

— Ce n'est pas ce qu'on m'a enseigné à l'école, répliqua Elena, sceptique.

— Tout ce qu'on enseigne n'est pas nécessairement vrai.

— Que s'est-il produit ensuite ?

— Il y a très longtemps, la magie a soudain disparu au moment où nos ancêtres avaient le plus besoin d'elle – car ils étaient en train de se faire envahir par les armées et les monstres du Gul'gotha. Aidés par l'Ordre, ils luttèrent vaillamment. Mais sans la magie blanche, ils n'avaient aucune chance de repousser la magie noire des intrus. Alaséa fut vaincue ; ses peuples, soumis et son histoire, détruite.

— Qu'est devenue notre magie ?

Ce fut Er'ril qui répondit, d'une voix lourde de mépris.

— Elle nous a tout bonnement abandonnés.

Boln acquiesça.

— Seules de rares poches subsistèrent. Privé de son pouvoir, l'Ordre se dispersa. Mais quelques-uns de ses membres joignirent leurs forces pour tenter de retrouver et d'alimenter la magie restante. Ils durent œuvrer avec la plus grande discrétion, car le Seigneur Noir du Gul'gotha cherchait à les éradiquer. Ainsi fut formée la Fraternité Brisée.

— Une société secrète ? souffla Elena.

« Secrète » était un doux euphémisme, songea Er'ril. À sa connaissance, seule une poignée d'hommes avait entendu parler de la cabale dont le quartier général était dissimulé dans les ruines enfouies de Val'loa. À peine moins rares étaient les contemporains d'Elena qui savaient que la cité perdue existait encore, et que ses environs étaient protégés par la magie résiduelle qui palpitait toujours en son cœur. Si nombre d'aventuriers avaient voulu retrouver ce lieu mythique, très peu d'entre eux avaient réussi et osé y pénétrer. Nul n'en était jamais revenu.

— Hélas ! La Fraternité commit une erreur cruciale, déclara gravement Boln.

Er'ril écarquilla les yeux. De quoi le vieillard parlait-il ?

— Aveuglés par la puissante énergie du Chi, ses membres étaient incapables d'apprécier la magie élémentale, même après la disparition de la leur.

— Mais à quoi auraient pu servir quelques enchantements faiblards arrachés à la Terre ? protesta le guerrier. Comment auraient-ils pu rivaliser avec la magie noire du Gul'gotha ?

Boln se tourna vers Elena.

— À présent, tu comprends pourquoi la Sororité fut formée. Les hommes ne perçoivent que les degrés de pouvoir, tandis que les femmes discernent chacune des fibres ténues qui font la robustesse de la tapisserie.

— La Sororité ? Qu'est-ce que c'est ? s'enquit Er'ril. J'ai vécu des siècles, et jamais je n'en ai entendu parler. Par qui fut-elle formée ?

— C'est un groupe très fermé. Sculc la naissancc y donne accès.

— Quoi ?

Boln agita le tuyau de sa pipe.

— Vous voulez savoir qui a fondé la Sororité ? Une personne. Il se peut même que vous la connaissiez, ou que vous ayez entendu parler d'elle.

— Qui ? demanda Er'ril en se redressant dans son fauteuil.

— Sisa'kofa.

Ce fut comme si une brique était tombée au fond de son estomac.

— La sor'cière de l'esprit et de la pierre !

Il se souvenait de la dernière fois où il avait entendu prononcer ce nom blasphématoire – par Greshym, la nuit où le Grimoire avait été forgé. Le mage l'avait prévenu que le livre annoncerait la résurrection de la sor'cière.

— Oui, confirma Boln. Elle est ma lointaine ancêtre. Très lointaine. Elle appartenait déjà à la légende quand vous avez vu le jour.

— Vous pouvez remonter votre lignée jusqu'à cette infâme sor'cière ? cracha Er'ril.

Le regard du vieillard s'assombrit.

— Il n'y avait rien d'infâme en elle. C'était juste une femme qui possédait un pouvoir égal – voire supérieur, par certains aspects – à celui des hommes. Elle portait même la marque de la Rose. Or, les hommes n'ont jamais supporté l'idée qu'une femme soit aussi puissante qu'eux. C'est pourquoi ils ont propagé des mensonges et des calomnies afin de la discréditer.

Er'ril vit Elena sursauter, mais son cœur battait trop fort dans ses tempes pour qu'il s'interroge sur la réaction de la jeune fille.

— C'est impossible ! s'écria-t-il. Le Chi n'a jamais accordé ses dons à une femme.

— Qui a parlé du Chi ?

— Quoi ? Suggéreriez-vous que la magie élémentale est l'égale du Chi ?

Boln souffla, projetant un nuage de fumée dans la pièce.

— Il m'arrive en effet de le croire. Mais ce n'était pas non plus la magie élémentale qui partageait son pouvoir avec Sisa'kofa.

— Alors, d'où lui venait-il ?

— Vous essayez encore de placer la charrue avant les bœufs.

Er'ril se mordit la langue pour ne pas rabrouer le vieillard. De toute évidence, Boln entendait prendre son temps.

— Très bien. Continuez, marmonna-t-il.

— Vers la fin de sa vie, sa magie déserta Sisa'kofa, mais non sans lui avoir promis de retourner à l'une de ses descendantes quand le besoin s'en ferait sentir. Sisa'kofa fut prévenue qu'une ombre noire s'abattrait un jour sur le continent d'Alaséa. En revanche, elle ne fut pas informée du moment auquel cet événement funeste se produirait. Aussi fonda-t-elle une société afin de rassembler et de préparer ses héritières. Pressentant que les élémentaux joueraient un rôle critique dans la résurrection de la lumière en nos contrées, elle forma les membres de la Sororité à respecter et à manipuler les esprits.

— Comment se fait-il que vous sachiez autant de choses sur la Sororité ? Vous n'êtes pas une femme, vous n'êtes donc pas concerné par la prédiction, fit remarquer Er'ril, soupçonneux.

— Mais je suis venu au monde le même jour que ma sœur Fila, révéla Boln. En tant que premier jumeau mâle d'une fille de la lignée, j'ai été initié à ses secrets. Ma naissance a été considérée comme un signe – le signe que celle qui avait donné son pouvoir à notre ancêtre reviendrait bientôt. Depuis, les membres de la Sororité se préparent en étudiant tous les textes disponibles… (D'un large geste, le vieillard désigna les livres et les parchemins qui encombraient les étagères.) Et les augures fournis par les élémentaux.

— Et qu'avez-vous appris ?

— Nous avons découvert les signes de l'arrivée de la sor'cière, ainsi que des éléments sur certaines personnes qui auraient un rôle important à jouer dans sa destinée – comme vous. Nous savons également que des élémentaux doivent être impliqués. « Ils seront trois », dit la prophétie. Mais jusqu'à ce soir, nous ignorions de qui il s'agirait. Il est évident que Kral regorge de magie minérale. Quant à Nee'lahn… C'est une nyphai, n'est-ce pas ?

— Oui.

— L'énergie sylvestre brûle intensément en elle. Toute la soirée, j'ai eu du mal à en détacher mon regard. Pour ce qui est de votre dernier compagnon… Lui aussi est imprégné de magie, mais je n'ai pu déterminer sa nature.

— Kral a perçu quelque chose d'étrange en lui, acquiesça Er'ril.

— Il doit être le troisième. (Boln tirait sur le tuyau de sa pipe, les yeux mi-clos, envoyant des bouffées de fumée entre ses mots. Il se gratta la barbe.) Il m'avait semblé qu'un des textes parlait d'un individu « venu de temps reculés et de contrées perdues », mais j'ai dû me tromper dans ma traduction. À moins que ce passage fasse allusion à vous… ce dont je doute. Cela dit, je peux me tromper. La plupart des informations qui entourent le Grimoire sont assez vagues.

— Vous en savez déjà bien assez, dit sèchement Er'ril. Alors, quand cette fameuse sor'cière est-elle censée se manifester ?

Boln écarquilla les yeux.

— Mais elle est déjà parmi nous ! Ne l'avez-vous pas compris ?

Choqué, Er'ril ne répondit pas.

Le vieillard désigna sa nièce. Alors, Er'ril remarqua combien l'adolescente semblait paniquée.

— « Née de la lignée de Sisa'kofa et baptisée dans les flammes », récita Boln. Elle se trouve juste devant vous.

22

Un silence lourd comme une pierre s'abattit sur la pièce. Elena se recroquevilla dans son fauteuil. Elle vit le guerrier hausser les sourcils et son teint déjà très mat s'assombrir encore. Le regard d'Er'ril se posa sur elle avec tant de force qu'elle crut le sentir transpercer sa peau pour sonder son cœur. Instinctivement, elle s'enveloppa la poitrine de ses bras et détourna la tête.

— Mais… (Elle leva sa main droite dans la lumière du feu.) Je ne suis plus une sor'cière. La tache est partie.

Son oncle lui tapota l'épaule en un geste rassurant.

— Ça ne fonctionne pas ainsi, ma chérie.

— Ce n'est qu'une enfant, protesta Er'ril. Comment pourrais-je vous croire ?

Boln s'approcha de la cheminée. À la façon dont il voûtait le dos et traînait les pieds, Elena devina qu'il était à bout de forces. Mais ce fut d'une voix calme et ferme qu'il lança :

— Vous doutez ? Vous avez passé trop de temps sur les routes, Er'ril. Ne percevez-vous pas la véracité de mes propos ? À votre avis, pourquoi le mage noir a-t-il tenté de s'emparer d'Elena ? Il sentait le pouvoir qui venait de s'éveiller en elle.

— Vous voudriez que je me fie aux actions d'un homme maléfique ? Désolé, mais j'ai besoin d'une autre preuve !

Boln se réchauffa longuement les mains aux flammes de l'âtre avant de répondre :

— Vous savez que je dis vrai. (Il pivota vers Er'ril.) Nous avons besoin du Journal Sanglant.

— Ainsi, vous connaissez son existence…

— Bien sûr. Comment pourrait-il en être autrement ? C'est la raison pour laquelle vous êtes tous ici ce soir.

Oubliée, la pipe d'Er'ril pendait au bout de ses doigts.

— Je suis venu vous amener votre nièce. C'est tout.

— Non, contra Boln. Les vents de la destinée vous ont poussé là où votre présence était requise. La sor'cière et le Grimoire suivent le même chemin.

— Mon frère ne m'a jamais parlé d'elle. Il a dit que seul le Grimoire nous donnerait une chance de mettre un terme au règne funeste du Gul'gotha. Il n'a jamais mentionné cette *sor'cière*.

Er'ril avait craché le dernier mot d'un ton si dégoûté que les joues d'Elena s'empourprèrent de honte.

— Nous avons décidé que Shorkan n'avait pas besoin de tout savoir.

— De quoi parlez-vous ?

Boln tira pensivement sur sa pipe.

— À votre avis, où votre frère a-t-il appris comment forger le Grimoire ?

— Je l'ignore. Il a vaguement évoqué des textes anciens.

— L'information lui a été transmise par la Sororité. Sans qu'il s'en rende compte, nous avons guidé sa main.

— Impossible !

Le vieillard haussa les épaules, faisant fi du scepticisme d'Er'ril. Les deux hommes se fixèrent dans un silence tendu que le guerrier fut le premier à rompre.

— Donc, mon frère et moi n'avons été que des pions dans un jeu visant à ramener l'héritière de Sisa'kofa en Alaséa. Est-ce bien ce que vous tentez de me dire ?

— Non, pas du tout. Votre objectif est le même que celui de la Sororité : ramener la lumière dans nos contrées en chassant le Gul'gotha de nos rivages. Mais même avec l'aide du Journal Sanglant, pensez-vous qu'elle (Boln désigna Elena du menton) serait capable, à elle seule, de vaincre les armées du Seigneur Noir – à plus forte raison, le Seigneur Noir en personne ?

Er'ril reporta son attention sur Elena, et dans ses yeux, la colère céda la place à de la confusion.

— Il est temps que la Fraternité et la Sororité unissent leurs forces, poursuivit Boln. La Fraternité a créé et protégé le Grimoire. La Sororité a veillé sur les élémentaux et préparé le retour de la sor'cière. À présent, tous deux doivent s'allier pour servir une même cause : la libération d'Alaséa.

Er'ril ramena son regard vers le visage ridé du vieil homme.

— Comment ?

— La sor'cière et le Journal Sanglant doivent être réunis.

— Et après ? Quelle sera la suite des événements ?

— Nous l'ignorons, chuchota Boln, la fumée de sa pipe enveloppant les mots qui s'échappaient de sa bouche. Le Journal Sanglant est un puissant artefact, mais sa fonction ne nous apparaît pas clairement. Les augures tourbillonnent autour de lui ; ils forment des remous si violents qu'ils deviennent impossibles à déchiffrer. Au-delà de la réunion de la sor'cière et du livre, l'avenir est impossible à prédire. Certains signes laissent entrevoir le salut ; d'autres, la destruction. Mais la plupart indiquent les deux à la fois.

— Puisque le futur est si incertain, pourquoi prendre le risque de réunir la sor'cière et le livre ? objecta Er'ril.

— Parce que tous les oracles sont unanimes sur ce qui adviendra dans le cas contraire. Alaséa poursuivra sa trajectoire de ténèbres jusqu'à un gouffre qui engloutira non seulement nos contrées, mais la totalité de ce monde et le temps lui-même. Nous n'avons pas le choix.

Elena se recroquevilla dans son fauteuil. Comment pouvait-elle être quelqu'un de si important ? Elle ne voulait pas assumer une telle responsabilité.

Er'ril ne semblait guère plus enthousiaste.

— Et moi ? Quelle est ma place dans toute cette histoire ?

— Vous êtes le gardien du Grimoire, l'éternel vigile. À présent, vous devez étendre votre protection à la sor'cière. Emmenez Elena et conduisez-la au livre.

— Ne serait-il pas plus sage que j'aille le chercher seul et que je le ramène ici ?

Boln secoua la tête.

— Vous échoueriez. Cela a été prédit. Pour avoir la moindre chance de réussite, la sor'cière doit être accompagnée par le gardien et par les trois élémentaux présents ici ce soir. Mais prenez garde : ce chemin-là aussi est obscur, et rien ne garantit que vous atteindrez votre but. Vous rencontrerez maintes embûches, affronterez maints périls durant votre voyage.

— Et bien entendu, je n'ai pas mon mot à dire.

— L'avez-vous jamais eu ? Cette vie d'errance futile vous satisfait-elle à ce point ?

Er'ril baissa la tête.

— Je voudrais retrouver mon existence telle qu'elle était avant que j'entre dans cette auberge avec Shorkan, il y a si longtemps, souffla-t-il.

— C'est impossible, répliqua Boln d'un ton non dénué de compassion. Mais ce chemin vous ramènera peut-être vers l'homme que vous étiez autrefois.

Er'ril ne réagit pas. Bien que terrifiée par les révélations de son oncle, Elena éprouva une vague pitié pour le guerrier dont les os semblaient ployer sous le fardeau de la fatigue et des ans.

— Faites votre choix, Er'ril de Standi, réclama Boln.

Ce fut au plancher que le guerrier adressa sa réponse :

— J'emmènerai Elena à l'endroit où j'ai caché le Grimoire.

— Val'loa ?

Il leva les yeux.

— Ne peut-on rien vous cacher ?

Boln haussa les épaules.

— Je ne sais que ce que j'ai lu dans des livres et des parchemins. Au-delà de cette porte, le monde m'est inconnu.

— Val'loa se trouve très loin d'ici. Et une magie encore puissante en garde l'approche. Avant de m'y rendre, je dois récupérer la clé qui déverrouillera l'accès à la cité. Je l'ai cachée ici, dans les ruines de l'académie, près de...

Boln agita le tuyau de sa pipe en direction d'Er'ril.

— Ne dites rien ! Moins nous serons nombreux à le savoir, mieux ça vaudra.

Un long silence suivit ces mots.

Elena se tortilla dans son fauteuil. Son esprit luttait pour absorber tout ce qu'elle venait d'entendre, mais la plupart des paroles prononcées par les deux hommes n'avaient aucun sens pour elle. Une seule chose était claire. Sa peur lui rendit la voix.

— Je ne veux pas être une sor'cière, clama-t-elle.

Oncle Boln lui adressa un sourire qui se voulait rassurant et ne réussit qu'à faire frémir sa moustache. La profonde tristesse de son regard choqua la jeune fille. Mais au lieu de la réconforter, il lui tourna le dos et se dirigea vers Er'ril.

— Tout à l'heure, vous m'avez demandé une preuve de ce que j'avançais. (Il sortit quelque chose de sa veste.) Reconnaissez-vous ceci, Er'ril ?

Elena voyait toujours le visage du guerrier. Bouche bée, celui-ci écarquilla les yeux et s'exclama :

— C'est celle de Shorkan ! Où l'avez-vous trouvée ?

Le dos d'oncle Boln masquait l'objet à la vue d'Elena. L'adolescente se tordit le cou pour tenter de l'apercevoir, mais en vain.

— Souvenez-vous. Votre frère l'a donnée au jeune garçon la nuit où le Grimoire fut forgé. Quand vous vous êtes enfui avec le livre après avoir tué l'enfant, nous l'avons récupérée.

— Que comptez-vous en faire ? s'enquit Er'ril.

— Ce que je dois.

Soudain, oncle Boln pivota et fit face à Elena. Il tenait une dague dont la lame noire brillait dans la lumière du feu. Ses yeux étaient pleins de larmes.

— Je n'ai jamais voulu faire ça, Elena.

Il saisit le poignet de la jeune fille et tira sa main vers lui. Elena hoqueta de surprise, mais elle était trop choquée pour résister.

— C'est une dague très ancienne dont les mages se sont servis pour consacrer le Grimoire au moment de sa création, expliqua oncle Boln.

Et il passa le tranchant de la lame sur la paume exposée d'Elena.

Du sang s'accumula dans la plaie avant que la douleur atteigne les yeux de la jeune fille. Un glapissement aigu s'échappa de sa gorge. Incrédule, elle fixa l'entaille sans réagir.

Oncle Boln pressa le manche de la dague dans la main de sa nièce. Comme son sang se répandait sur la lame noire, celle-ci émit un éclair de lumière blanche qui se dissipa aussitôt, laissant l'arme nimbée d'un éclat argenté.

Le vieillard tomba à genoux devant sa nièce.

— À présent, c'est la dague d'une sor'cière.

Er'ril s'était redressé dans son fauteuil. Sa pipe était tombée de ses doigts flasques, répandant des braises de tabac fumant sur le plancher de pin. Il avait perçu la vérité dans les paroles de Boln, mais la preuve que celui-ci venait de lui fournir engourdissait son esprit et ses membres. Des siècles plus tôt, il avait assisté au baptême magique d'autres initiés. Lorsque les maîtres de l'Ordre leur avaient infligé leur première coupure, la même lumière aveuglante avait ponctué l'acquisition de leur pouvoir.

Ainsi, Elena était bien une sor'cière.

Il vit la jeune fille lâcher la dague dans son giron et essuyer sa main ensanglantée. De l'entaille faite par son oncle, il ne restait pas la moindre trace. La chair avait cicatrisé presque instantanément.

Boln était toujours à genoux devant elle.

— Pardonne-moi, Elena.

— Mais je ne veux pas de ton stupide couteau, protesta la jeune fille.

— Tu dois le prendre. Tu en auras besoin pour puiser à la source de ta magie.

— Je t'ai déjà dit qu'elle avait disparu. Regarde, ma main est redevenue normale. La tache rouge est partie.

Er'ril prit la parole, se gardant bien de hausser la voix. Il voyait qu'Elena était au bord de la panique, et il ne voulait pas la perturber davantage.

— Ta Rose s'est estompée quand tu as épuisé tes réserves de pouvoir, expliqua-t-il. Il va falloir que tu les reconstitues.

— Je ne veux pas, gémit l'adolescente.

Des larmes coulèrent sur ses joues.

Son oncle lui posa les mains sur les genoux.

— Je sais que tu as peur, ma chérie. Mais Fila compte sur toi.

À la mention de sa tante, Elena ravala ses sanglots.

— Que veux-tu dire ?

Boln se redressa.

— Viens, j'ai quelque chose à te montrer. Fila a laissé un cadeau pour toi.

— Elle était au courant de tout ?

— Oui. Elle voyait combien tu devenais forte, et elle était très fière de toi.

— Vraiment ? renifla Elena.

Boln acquiesça.

— Viens avec moi. (Il se tourna vers Er'ril.) Vous aussi. Ça vous aidera peut-être à récupérer la clé que vous avez cachée dans les ruines.

Le guerrier s'extirpa de son fauteuil. Elena et lui suivirent le vieillard jusqu'à une bibliothèque remplie d'ouvrages poussiéreux. Boln fit courir ses doigts sur le dos des reliures comme s'il caressait une amante. Sa main s'arrêta sur un serre-livres de pierre sculptée qui représentait une tête de dragon. Il le fit basculer vers lui. Une série de grincements et de raclements se fit entendre derrière le meuble. Puis celui-ci pivota vers le vieillard.

— Reculez ! ordonna Boln.

Il tira sur le côté de la bibliothèque, l'ouvrant comme une porte et révélant un escalier qui s'enfonçait dans le sol.

Elena écarquilla les yeux. L'émerveillement lui fit oublier sa détresse.

Er'ril aussi était intrigué.

— Où cela mène-t-il ?

Boln saisit une petite lanterne posée sur un guéridon et ajusta la mèche pour qu'elle produise plus de lumière.

— Suivez-moi et regardez bien où vous mettez les pieds. Les marches sont humides ; je ne voudrais pas que vous glissiez et que vous vous cassiez une jambe.

Er'ril fit signe à Elena de passer devant lui.

L'escalier – un assemblage de dalles grossièrement taillées – semblait beaucoup plus ancien que les murs du cottage. De grandes toiles d'araignée pendaient du plafond telles des draperies. Boln et Elena n'eurent qu'à rentrer la tête dans les épaules pour les éviter. Mais le courant d'air généré par leur passage agita les toiles, et Er'ril, qui était beaucoup plus grand qu'eux, dut agiter la main devant lui pour éviter qu'elles se prennent dans ses cheveux. Ses efforts ne furent pas totalement couronnés de succès. Il se gifla la nuque en sentant des pattes minuscules lui chatouiller le cou.

Elena l'entendit. Elle lui jeta un coup d'œil par-dessus son épaule.

— Prenez garde. Ça porte malheur de tuer une araignée.

— Avance ! lui intima Er'ril avec un signe du menton.

En arrivant au bas de l'escalier, Elena tendit l'oreille. La pierre lui renvoyait l'écho de ses pas. Une odeur de renfermé, de moisissure et d'eau stagnante lui fit plisser le nez. Elle s'immobilisa sur la dernière marche.

Oncle Boln se tenait devant elle, sa lanterne tendue à bout de bras. La lumière révélait une vaste salle plus ou moins ronde. Douze piliers de pierre, pareils à des sentinelles, se dressaient contre ses murs à intervalles réguliers. Les alcôves qu'ils délimitaient abritaient de vieux miroirs à la surface argentée, souillée de taches verdâtres.

Boln adressa un sourire encourageant à sa nièce.

— Il n'y a rien ici dont tu doives avoir peur, Elena.

La jeune fille sentit Er'ril la pousser en avant. Comme elle rejoignait son oncle, elle vit les miroirs refléter la flamme de la lanterne et les mouvements des trois visiteurs. La vue de son image dansante la rendit nerveuse ; elle se rapprocha craintivement du guerrier. Face à elle se découpait la gueule sombre d'un tunnel.

— Quel est cet endroit ? demanda Er'ril, articulant la question qui brûlait les lèvres d'Elena.

— Nous sommes à la lisière des ruines.

Boln serrait toujours sa pipe entre ses dents. La lueur des braises lui donnait l'aspect d'un doigt tendu et rougeoyant.

— Ceci était le sanctuaire de l'académie, dit le vieillard en pivotant sur lui-même pour l'embrasser du regard. Les jeunes initiés – ils avaient ton âge, Elena – venaient y méditer et prier le Chi de guider leur main.

L'adolescente scruta les ombres. Ces ruines n'étaient-elles pas censées grouiller de serpents venimeux ? Elle se rapprocha encore du guerrier.

— Dois-je faire de même ? chuchota-t-elle.

— Non, ma chérie. Le Chi s'est retiré depuis longtemps. L'esprit qui te confère ton pouvoir est bien différent.

— Comment ça ? demanda Er'ril.

Il ne semblait pas du tout perturbé par les ombres ondulantes ni par les serpents qui pouvaient se tapir dans la pièce.

— Le Chi était un esprit mâle qui ne communiait qu'avec les hommes, expliqua oncle Boln tandis qu'Elcna gucttait un sifflement. Nous pensons que l'esprit qui a choisi Sisa'kofa et Elena est sa jumelle – son pendant féminin, son reflet dans le miroir.

De sa lanterne, il désigna les alcôves alentour.

— Mais le Chi accordait ses dons à de nombreux hommes, fit remarquer Er'ril. Pourquoi cet esprit-là se contente-t-il d'une fillette pour tout instrument ?

— Cette question a fait l'objet de maints débats au sein de la Sororité. Sisa'kofa elle-même s'est longuement interrogée dessus, comme en témoignent les écrits qu'elle nous a laissés. La réponse la plus plausible que nous ayons trouvée est la suivante : à l'instar des hommes, le Chi pouvait planter sa semence dans maints réceptacles, tandis que sa sœur ne peut chérir qu'une graine à la fois. Jadis, c'était Sisa'kofa ; aujourd'hui, c'est Elena.

— Donc, cet esprit féminin est plus faible que le Chi.

Boln fronça les sourcils, et une grimace désapprobatrice fit frémir les pointes de sa moustache blanche.

— Pour engendrer un enfant, il faut un homme et une femme. Affirmer que l'un des partenaires de cette union est supérieur à l'autre n'a pas de sens. Chacun est indispensable à sa façon – tout comme les deux côtés d'une pièce ne peuvent exister l'un sans l'autre.

Er'ril haussa les épaules.

— Paroles de rêveur, grommela-t-il.

— Qui est cet esprit ? s'enquit Elena, sa curiosité lui faisant presque oublier sa peur des serpents. D'où vient-il ?

— Nous ignorons beaucoup de choses à son sujet, ma chérie. J'espère cependant que Fila pourra le découvrir.

— Mais elle est morte. Comment pourrait-elle encore nous aider ?

Boln posa une main sur la joue de sa nièce.

— Fila est quelqu'un de très spécial. Bien avant la naissance de Sisa'kofa, notre lignée jouissait déjà d'un lien spécial avec les esprits élémentaux. Chacun de ses membres possédait un don unique. Ta propre mère ne faisait pas exception à la règle.

— Ma mère ? s'étonna la jeune fille.

Boln acquiesça.

— Elle était capable de prédire le sexe d'un enfant à naître, et elle savait toujours à quel moment une vache allait mettre bas, n'est-ce pas ?

— Oui. Tous nos voisins venaient la consulter.

— Eh bien, c'était là son don.

— Tante Fila en avait un, elle aussi ?

— Oui. Elle pouvait pétrir la magie élémentale comme le pain de sa boulangerie, la plier à sa volonté et l'utiliser pour façonner maints enchantements.

À la pensée de ses parents, de son frère et de tante Fila, les yeux d'Elena s'emplirent de nouveau de larmes.

— Pourquoi a-t-il fallu qu'elle meure ?

— Chut, ma chérie. Ne pleure pas. Laisse-moi te montrer quelque chose.

Boln entraîna sa nièce vers l'une des alcôves – la seule qui n'abritait pas de miroir, remarqua Elena. À la lumière de la lanterne, elle vit que le mur du fond n'était pas formé de blocs de pierre empilés, mais taillé à même le flanc de la colline. Un piédestal sur lequel reposait une cuvette était appuyé contre la paroi. Tandis que la jeune fille l'observait, une goutte d'eau coula le long de la roche humide et tomba dans le récipient.

— Qu'est-ce que c'est ? demanda Er'ril derrière elle.

— C'est une cuvette que les initiés utilisaient pour leurs ablutions, expliqua Boln. Jadis, de nombreux mages se sont lavé les mains ici avant de méditer.

Elena s'avança et dut se hausser sur la pointe des pieds pour regarder dans la cuvette.

— Quel rapport avec tante Fila ?

— Cette eau provient de torrents souterrains. Elle est imprégnée de magie élémentale. (Par-dessus la tête de sa nièce, Boln jeta un coup d'œil à Er'ril.) Les mages de l'académie étaient aveugles aux esprits élémentaux. Je ne suis pas certain qu'ils aient eu conscience du pouvoir de cette eau. Mais peut-être le percevaient-ils intuitivement. Ça expliquerait qu'ils aient bâti leur sanctuaire à cet endroit précis.

— En quoi consiste ce pouvoir ? s'enquit le guerrier.

— Comme l'eau ordinaire trace les chemins dans la pierre, celle-ci trace des chemins entre les êtres. Fila et moi avions chacun une amulette qui en contenait quelques gouttes ; elles nous permettaient de communiquer par-delà les distances.

De la poche de son gilet, Boln sortit une petite fiole de jade suspendue à un cordon gris. Il la tendit à Elena. La jeune fille leva l'amulette pour l'admirer dans la lumière de la lanterne.

— Merci. Elle est magnifique !

Boln se pencha et embrassa sa nièce sur le front.

— C'est un cadeau de ta tante Fila. Le cordon a été tissé avec une mèche de ses cheveux. (Il saisit la fiole et ôta le minuscule éclat de jade qui lui tenait lieu de bouchon.) Remplis-la ! ordonna-t-il en désignant la cuvette.

Elena lui jeta un regard interrogateur. Puis elle se tourna vers la cuvette et y plongea l'amulette. Le froid de l'eau lui piqua les doigts. Elle ressortit la fiole, et Boln lui passa le bouchon de jade.

— Ferme-la bien.

Elena s'exécuta, les sourcils froncés par la concentration.

— Et maintenant ?

— Tu peux utiliser cette amulette pour parler à tante Fila. Il te suffit de la serrer dans ta main et de le souhaiter très fort.

Un frisson parcourut l'échine de la jeune fille. Elle adorait sa tante, mais…

— Je pourrai parler à son fantôme ?

— Oui. Son corps n'est plus, mais son esprit subsiste. Pour ma part, je ne puis plus l'atteindre avec mon amulette. À lui seul, le pouvoir élémental n'est pas assez fort pour enjamber le gouffre qui sépare notre monde de l'au-delà. Mais Fila pensait que le tien y parviendrait.

Elena fixait la fiole.

— Comment dois-je m'y prendre ?

— Tu auras besoin d'une surface réfléchissante. Approche-toi d'un des miroirs. Fixe-le en tenant l'amulette et appelle ta tante. Vas-y, essaie !

En proie à une appréhension mêlée d'excitation, la jeune fille passa dans l'alcôve voisine. Elle glissa le cordon autour de son cou et referma sa main sur la fiole dont les arêtes vives lui pincèrent la peau. Pressant son poing contre sa poitrine, elle plongea son regard dans le miroir. Des taches verdâtres piquetaient son reflet, lui donnant une apparence maladive.

— Pense à elle et prononce son nom, chuchota Boln près d'elle.

Sa voix était si pleine d'espoir et de tristesse que la jeune fille ne se sentit pas le cœur de refuser. Dans sa tête, elle se représenta l'expression sévère de sa tante et ses cheveux tirés en un chignon strict.

— Tante Fila ? lança-t-elle d'un ton hésitant. Tu m'entends ?

Elle sentit l'amulette vibrer dans sa main, comme un poussin s'agitant à l'intérieur de son œuf juste avant d'éclore. Mais rien d'autre ne se produisit. Elle se tourna vers oncle Boln.

— Ça ne marche pas.

Le vieillard plissa les yeux, et ses épaules s'affaissèrent.

— Elle est peut-être trop loin…

— Ou elle s'est trompée, intervint Er'ril. Nous devrions…

En haut de l'escalier, la bibliothèque se referma à la volée. Elena sursauta. Instinctivement, elle serra le poing, et une des arêtes de la fiole lui entailla le pouce.

La lanterne oscilla dans la main d'oncle Boln, projetant des ombres folles dans la pièce. Er'ril et le vieillard demeurèrent figés l'espace d'un battement de cœur.

Soudain, une clarté nouvelle se répandit dans la pièce. Elle provenait du miroir devant lequel se tenait Elena. Attirés par le rayonnement, les yeux de la jeune fille se posèrent sur un visage qu'elle avait pensé ne jamais revoir – celui de sa tante Fila. La vieille femme était drapée de voiles lumineux, et des étoiles scintillaient derrière elle. Elena eut une étrange impression de déjà-vu.

Mais avant qu'elle puisse fouiller sa mémoire, une expression paniquée s'inscrivit sur les traits de Fila.

— Courez ! s'écria-t-elle en tendant une main spectrale vers le tunnel qui s'enfonçait dans les ruines. Fuyez immédiatement ! Quittez le cottage et échappez-vous à travers bois !

23

Son oreiller rabattu sur sa tête pour bloquer les ronflements du montagnard, Rockingham fut enfin rattrapé par la fatigue et sombra dans un sommeil agité.

Il rêva qu'il se tenait au bord d'une falaise surplombant une mer sombre et tumultueuse. Tandis qu'il regardait les vagues frangées d'écume s'écraser sur les rochers noirs en contrebas, il prit conscience que tout cela n'était qu'un songe.

Au large, une tempête faisait rage ; des nuages et des rideaux de pluie brouillaient l'horizon. Comme souvent dans les rêves, il était difficile de deviner l'heure. La qualité de la lumière annonçait un changement imminent. Mais allait-elle s'intensifier pour donner naissance à un jour nouveau, ou disparaître totalement à l'approche de la nuit ? Il n'aurait su le dire.

La seule chose dont il était certain, c'est qu'il connaissait cet endroit. Il y était déjà venu auparavant. Il se souvenait de l'odeur iodée qui lui chatouillait les narines et de la brise qui lui caressait le visage. Soudain, il réalisa. C'était la falaise de Dev'unberry, sur la côte de son île natale !

Un sourire éclaira son visage. Ça faisait bien des années qu'il n'était pas retourné dans l'Archipel. Même une visite onirique était bonne à prendre. Il s'emplit les poumons d'air marin et plissa les yeux. Oui, il arrivait tout juste à distinguer l'île de Maunsk dans le lointain, sous le couvert des nuages bouillonnants.

Soudain, une terreur sans nom lui serra le cœur. Il jeta un coup d'œil derrière lui, comme s'il s'attendait à découvrir une créature cauchemardesque prête à lui bondir dessus. Mais les collines verdoyantes étaient désertes.

Pourquoi son pouls s'affolait-il de la sorte ? Il était chez lui. Qu'avait-il à craindre ? Il reporta son attention sur la côte. La conjonction de l'océan, du vent et de la pluie lui semblait étrangement familière – bien plus qu'un simple souvenir. Il avait déjà contemplé ce tableau : l'île lointaine à demi engloutie par les nuages, les flots déchaînés qui s'écrasaient au pied de la falaise… Non seulement il était déjà venu ici, mais il y était venu *à ce moment exact*. Quand ? C'était toute la question.

Il tenta de mettre de l'ordre dans ses pensées. Une panique grandissante l'en empêcha. Il n'avait qu'une envie : prendre ses jambes à son cou.

Mais avant qu'il puisse y céder, ses pieds se mirent à bouger de leur propre chef – l'entraînant non en sécurité, mais vers le bord de la falaise ! Et comme souvent dans les rêves, il fut incapable de s'arrêter. Il lui semblait que son corps était un vulgaire pantin à travers les yeux duquel il observait toute la scène. Il ne pouvait pas le contrôler. Impuissant, il vit son pied droit s'avancer au-dessus du vide.

À présent, il se souvenait. Il était venu ici, à ce moment exact, et il avait fait la même chose. Un hurlement monta de sa gorge alors que son corps basculait en avant.

— Linora !

Tandis que l'écume lui éclaboussait le visage et que les rochers déchiquetés se précipitaient à sa rencontre, des mots résonnèrent dans sa tête – une voix froide et familière, chargée d'une sinistre bonne humeur.

— Ne vous en faites pas, Rockingham, je vous rattraperai.

Le rire de Dismarum fut la dernière chose qu'il entendit avant de s'abîmer dans les flots.

Rockingham s'éveilla en sursaut dans le cottage du vieillard. Un goût de sang lui emplissait la bouche. Ses sous-vêtements étaient trempés de sueur comme s'il avait couru à perdre haleine. Il lutta pour se redresser, mais ses liens l'en empêchèrent.

Soudain, une main calleuse se plaqua sur sa bouche. Il voulut crier ; la large paume ne laissa filtrer qu'un gémissement étouffé.

— Le silence ou la mort, chuchota quelqu'un à son oreille.

Rockingham sentit la lame d'un couteau se presser sur sa gorge. Il cessa de se débattre. L'arme s'écarta de son cou et trancha les cordes qui l'attachaient au lit.

Il baissa les bras et frotta ses poignets endoloris. L'ombre massive du montagnard le surplombait.

— Habille-toi ! Vite ! grogna Kral.

Alors, Rockingham aperçut la jeune femme – Nee'lahn. Entièrement vêtue, elle se tenait près de la minuscule fenêtre et regardait dehors.

— Dépêchez-vous ! Ils sont entrés tous les deux. La voie est libre.

— Que se passe-t-il ? demanda Rockingham en rentrant sa chemise dans son pantalon.

Il se baissa pour attraper ses bottes.

— Nous sommes attaqués par des skal'tum, répondit Kral.

Rockingham redoubla de vitesse. Ce n'était vraiment pas le moment de se faire capturer par les lieutenants du Seigneur Noir. Il n'avait pas encore de quoi négocier avec eux.

— Où sont la fille et les autres ?

Kral ignora sa question et le poussa vers la fenêtre. Il ne comprenait vraiment pas pourquoi Nee'lahn voulait qu'ils emmènent le prisonnier. Pour sa part, il aurait volontiers abandonné Rockingham aux crocs et aux griffes des skal'tum. Mais la nyphai avait insisté.

Nee'lahn ouvrit prudemment la fenêtre. Des bruits de pas et un fracas de meubles renversés montèrent du rez-de-chaussée.

— Tu crois qu'ils sont en sécurité ? souffla-t-elle.

Kral ne répondit pas. Il n'en était pas certain, et il ne voulait pas affoler sa compagne. Si seulement il avait senti les créatures approcher un peu plus tôt ! En l'état des choses, il avait tout juste pu descendre et refermer la bibliothèque d'un coup de pied avant que le premier skal'tum se jette sur la porte du cottage. Puis il avait rebroussé chemin tandis que le battant vibrait sous les coups d'épaule de la créature.

— Resteront-ils cachés assez longtemps pour nous permettre de faire sortir les chevaux et d'entraîner les skal'tum loin d'ici ? insista Nee'lahn.

— L'entrée de la cave est bien dissimulée.

— Tout de même, il faut nous dépêcher !

La jeune fille enjamba l'appui de la fenêtre et prit pied sur le toit. Par chance, l'étage de la maisonnette ne couvrait pas toute la superficie du rez-de-chaussée.

Kral empoigna le soldat et le poussa par l'ouverture. Rockingham roula sur la pente de bardeaux et faillit tomber dans la cour. Il se retint de justesse au bord du toit.

Le montagnard fut le dernier à sortir ; il dut chasser tout l'air de ses poumons et rentrer le ventre pour pouvoir se glisser par l'étroite fenêtre. Un instant, sa ceinture s'accrocha à l'encadrement, mais à force de se tortiller, il parvint à dégager ses jambes et à s'extirper de l'ouverture.

— Aussi gracieux qu'une vache qui met bas, commenta Rockingham.

Mais son sarcasme ne put masquer le pli inquiet de son front, ni le regard affolé qu'il promenait à la ronde.

Nee'lahn s'était immobilisée au bord du toit. La grange aux portes de guingois se dressait à un jet de pierre d'elle.

— On pourrait sauter, chuchota-t-elle, ou bien contourner la maison et descendre le long de la réserve de bois.

En guise de réponse, Kral bondit dans le vide et se reçut avec un bruit sourd sur un tas d'aiguilles de pin mortes. Puis il agita le bras pour inviter les autres à le rejoindre. Nee'lahn fit signe à Rockingham de passer le premier. Visiblement, elle n'avait pas confiance en lui.

Le soldat ne se fit pas prier. La rapidité avec laquelle il se suspendit au bord du toit suggérait que lui non plus n'avait aucune envie de se retrouver face aux créatures qui mettaient le cottage sens dessus dessous. Il resta accroché aux bardeaux l'espace d'un instant, puis lâcha prise et atterrit près de Kral.

Nee'lahn ajusta son paquetage sur son dos et baissa les yeux vers les deux hommes. Kral fit un pas en avant pour la rattraper si nécessaire. Tandis qu'elle hésitait, un craquement sonore s'éleva dans la chambre, derrière elle.

— Saute ! aboya Kral.

Il aurait pu s'en dispenser. Mue par sa peur, Nee'lahn s'était laissée tomber dans le vide. Ses pieds avaient à peine touché le sol qu'elle s'écria :

— Courez !

Avant que Kral puisse mettre son énorme masse en mouvement, elle filait déjà vers la grange telle une feuille emportée par le vent. Le montagnard la suivit en poussant Rockingham devant lui.

Un bris de verre résonna dans son dos. Il tourna la tête. La moitié supérieure d'une silhouette noire dépassait de la fenêtre de la chambre, ses mains griffues raclant les bardeaux du toit. La créature semblait coincée, mais se débattait si violemment qu'il ne lui faudrait sans doute pas plus de quelques secondes pour se libérer.

Kral accéléra et donna une bourrade à Rockingham. Le soldat trébucha ; le montagnard le saisit par l'épaule pour l'empêcher de tomber.

Nee'lahn avait disparu à l'intérieur de la grange. Le temps que les deux hommes la rejoignent, elle avait détaché deux des chevaux – la jument grise d'Elena et l'alezan d'Er'ril. Rorshaf, le destrier de Kral, n'avait pas voulu la laisser approcher. D'un sabot ferré, il raclait le crottin séché qui recouvrait le sol. Ses flancs noirs frémissaient d'excitation. De toute évidence, il avait senti la présence des immondes créatures. Kral fit claquer sa langue par deux fois. L'étalon de guerre s'immobilisa.

Nee'lahn se hissa sur le dos de l'alezan et lança les rênes de la jument à Rockingham. Kral nota avec satisfaction qu'elle avait attaché les deux animaux ensemble à l'aide d'une longe. Ainsi, le prisonnier ne pourrait pas en profiter pour s'échapper.

La jument renâcla à se laisser monter par Rockingham, mais à sa décharge, le soldat était un superbe cavalier. Il parvint à conserver son assiette et à prendre le contrôle de l'animal rétif.

Kral jeta sa selle et son paquetage sur le dos de Rorshaf, puis boucla très vite la sous-ventrière. Un instant plus tard, il était en selle. Il tapota la sacoche qu'il portait à la cuisse. Sa masse rebondie lui apprit que personne n'avait touché à son contenu.

Il se dirigea vers les portes tordues sur leurs gonds et les ouvrit d'un coup de pied.

Une forme massive s'écrasa dans la poussière devant lui. Rorshaf, qui était capable de traverser un rideau de flammes sans ciller, se cabra et poussa un hennissement paniqué. Kral entortilla les rênes autour de son poing et lutta pour ne pas vider les étriers.

Face à lui se tenait un autre lieutenant du Seigneur Noir aux ailes déployées. Avec un sifflement menaçant, le skal'tum s'avança pour barrer le chemin à l'étalon de guerre. Kral tira brutalement sur les rênes pour convaincre Rorshaf de se tenir tranquille. Ses compagnons avaient battu en retraite dans les profondeurs de la grange. Ils n'étaient pas en sécurité pour autant : le montagnard savait que quelques planches vermoulues n'arrêteraient pas le skal'tum.

Il talonna sa monture. Pour la première fois depuis la fin de son dressage, Rorshaf refusa de lui obéir. Il le talonna un peu plus fort. Paralysé par la peur, l'étalon ne réagit pas. Kral se pencha sur son encolure pour lui parler à l'oreille. Le pommeau de sa selle s'enfonça dans son estomac.

— *Rorshaf, partu sagui weni sky*, murmura-t-il dans la langue des chevaux des roches, que tous les montagnards connaissaient aussi bien que la leur.

Kral était le meilleur chuchoteur de son clan. Certains affirmaient qu'il parlait déjà couramment la langue des chevaux des roches à sa naissance. Mais si doué soit-il, il dut user de toute sa persuasion pour se faire entendre par-delà l'étau de terreur qui comprimait le cœur de sa monture.

Enfin, il réussit à capter l'attention de Rorshaf. L'étalon de guerre réagit à ses instructions. Kral lui tapota le flanc. Il fit quelques pas vers le skal'tum.

Les oreilles de la créature ailée pivotaient de droite et de gauche comme pour jauger la situation. Les griffes de ses pieds étaient profondément plantées dans le sol. Un liquide verdâtre dégoulinait des griffes de ses mains tandis qu'elle ouvrait et refermait les poings. Ses crocs saillaient entre ses lèvres minces, et dans la maigre lueur du clair de lune, ses yeux étaient pareils à des fosses noires au fond desquelles brûlaient deux charbons ardents.

— Où est la fille ? cracha-t-elle en direction de Kral. Remets-la-moi, et ta mort sera rapide.

Malgré ses fanfaronnades, Kral perçut la fatigue du skal'tum. La créature haletait. Elle s'était dépensée sans compter pour arriver si vite. Avec un peu de chance, le montagnard réussirait à la distraire assez longtemps pour permettre aux autres de s'échapper.

Du pouce, il fit sauter la lanière qui retenait sa hache dans son fourreau de selle et déposa l'arme en travers de ses cuisses. Puis il talonna brusquement Rorshaf et plongea vers le skal'tum. Rugissant le cri de bataille de son clan, il brandit sa hache au-dessus de sa tête.

Comme il l'avait espéré, le skal'tum surpris et épuisé fit deux pas en arrière avant de se redresser de toute sa hauteur. C'était suffisant pour permettre à un cheval de se glisser derrière Kral et de s'élancer vers les bois.

— Foncez ! hurla le montagnard.

Il n'eut pas besoin de se répéter. Un fracas de sabots le dépassa en coup de vent. N'osant pas suivre du regard la progression de Nee'lahn et de Rockingham, il garda les yeux rivés sur son adversaire.

Le skal'tum vit qu'une partie de ses proies allait lui échapper. Fou de rage, il se jeta sur Kral. D'un revers de hache foudroyant, le montagnard écarta les griffes empoisonnées qui allaient lui lacérer le visage. Puis il abattit le manche en noyer de son arme sur le pied qui visait l'estomac de Rorshaf.

Il guidait sa monture par de légers mouvements de jambes et par les inclinaisons de son buste. Bientôt, Rorshaf devint une extension de son propre corps. L'endroit où homme et animal se rejoignaient n'était plus qu'une ligne floue de muscles et de volonté.

Pantelant, le skal'tum fit un pas en arrière

— Tu te bats bien, homme de pierre. Mais la nuit m'appartient.

Kral fit tournoyer sa hache en une futile démonstration d'adresse. Il n'avait aucune chance face à ce monstre qu'une magie noire protégeait contre toutes ses attaques – comme il l'avait appris à ses dépens en affrontant un de ses frères, à Gelbourg. Le soleil était encore loin de se lever, et il ne tiendrait jamais jusqu'à l'aube. Tôt ou tard, un coup de crocs ou de griffes finirait par passer sa garde. Il espérait juste gagner assez de temps pour permettre à ses compagnons de s'échapper.

Le skal'tum attendait et reprenait son souffle. Il n'était pas pressé de l'achever ; il semblait même prendre un certain plaisir à jouer avec lui. Apparemment, il savait que l'enfant qu'il cherchait ne se trouvait pas parmi les cavaliers qui venaient de s'enfuir.

Kral se redressa sur sa selle. Nee'lahn et les autres devaient déjà être loin. S'il devait mourir ce soir, que ce soit la hache à la main et sur le dos du destrier qu'il avait élevé, songea-t-il. Pour inciter son adversaire à plonger sur lui, il brandit son arme au-dessus de sa tête. Et comme prévu, le skal'tum bondit.

Maintenant, s'il pouvait l'entraîner à l'écart du cottage…

Kral tira sur les rênes de Rorshaf. L'étalon se cabra, frappant le monstre de ses sabots ferrés. En équilibre précaire sur le dos de sa monture, le montagnard lui donna un signal. Rorshaf pivota sur ses jambes postérieures et retomba de tout son poids. Emporté par son élan, Kral bascula en avant et heurta le pommeau de sa selle. Derrière lui, le skal'tum hurla.

Le montagnard talonna son destrier et s'élança vers la lisière du bois. Mais Rorshaf avait à peine parcouru quelques mètres qu'il s'arrêta brusquement, ses sabots ouvrant des sillons dans la terre recouverte de gravier. Surpris, Kral tenta de compenser le mouvement, mais ne put empêcher son corps de culbuter par-dessus la tête de Rorshaf. Il atterrit en roulant sur lui-même pour amortir sa chute et éviter de se briser un os. Puis il se dressa sur les genoux et leva la tête pour voir ce qui avait effrayé son cheval.

Un deuxième skal'tum venait de franchir l'angle de la maisonnette. Planté face à lui, il barrait sa retraite vers les arbres. Dans son dos, Kral entendit le rire sifflant de la première créature.

— Reviens, petit homme. Nous n'avons pas fini de jouer.

Tandis que Boln luttait pour arracher une torche à la pierre effritée des murs, Er'ril rebroussa chemin vers l'escalier. Il voulait savoir ce qui se passait au rez-de-chaussée.

— Reste ici, homme des plaines !

Il pivota vers la source de la voix – le miroir dans lequel Elena avait fait apparaître le fantôme de sa tante. Des volutes de lumière enveloppaient la silhouette d'une vieille femme à la mine sévère.

— Mes compagnons sont en danger, protesta-t-il.

— Cela ne te concerne pas, répliqua froidement Fila. Jadis, tu étais le gardien du Grimoire. Aujourd'hui, tu dois devenir le protecteur de celle pour qui le Grimoire a été forgé. Il faut que tu emmènes Elena en sécurité. Le temps n'a pas apaisé la sombre avidité du Cœur Noir. Dépêchez-vous de partir !

Son image brillante oscilla à la surface du miroir telle la flamme d'une bougie agitée par un courant d'air, et ce fut à peine si Er'ril parvint à capter ses derniers mots.

— La magie noire... s'infiltre dans le cottage... affaiblit notre lien. Fuyez... pendant que vous le pouvez encore. Ne me déçois pas, Er'ril de Standi.

Le fantôme s'évanouit, et une pénombre que seule trouait la maigre flamme bleue des torches s'abattit de nouveau sur la pièce.

Dans le silence qui suivit, Elena se rapprocha encore d'Er'ril. Puis une explosion résonna au-dessus de leurs têtes. La jeune fille sursauta et agrippa la main du guerrier.

Celui-ci lui donna une pression rassurante. La petite main d'Elena était pareille à une braise dans sa paume. Comment cette enfant pouvait-elle être une sor'cière ? Selon les légendes, les sor'cières étaient des créatures maléfiques : vieillardes bossues qui vivaient dans une grotte au cœur des marécages, ou beautés fatales qui séduisaient les hommes et les attiraient dans leur couche pour mieux les perdre.

Er'ril étudia la jeune fille. À la lumière des torches, ses yeux étaient vitreux de peur, ses lèvres légèrement entrouvertes sur sa respiration suspendue. De sa main libre, elle tortillait nerveusement une mèche rousse près de son oreille. Er'ril lui pressa de nouveau la main. Maléfique ou pas, cette sor'cière-là était sous sa protection.

Boln avait enfin dégagé une torche de son support. Il braqua sa flamme vers l'unique passage qui quittait le sanctuaire.

— Par ici, dit-il en tendant la torche à Er'ril.

Pour la prendre, le guerrier fut forcé de dégager sa main des doigts crispés d'Elena. Aussitôt, la jeune fille saisit l'ourlet de son pourpoint de cuir et s'y accrocha comme une enfant qui craint de perdre sa mère dans la foule d'un jour de marché.

Boln leva sa lanterne.

— Venez !

— Connaissez-vous un moyen de rejoindre le bois par les souterrains ? s'enquit Er'ril.

Boln se détourna et se dirigea vers la gueule noire du passage.

— J'en connaissais un autrefois. J'ignore si je saurai le retrouver. J'ai longuement exploré ces ruines, mais il n'est pas toujours facile de s'y repérer.

Elena toujours accrochée à lui, Er'ril emboîta le pas au vieil homme.

Le tunnel s'avéra être l'un des anciens couloirs de l'académie. Une mousse épaisse recouvrait ses murs de pierre à demi rongés par l'humidité. Quelques alcôves abritaient des statues tellement usées par l'eau et par le temps que leur forme originelle avait cédé la place à des silhouettes recroquevillées qui semblaient menacer les passants.

Er'ril remarqua qu'Elena évitait ces renfoncements obscurs et que chaque bruit lui arrachait un hoquet. L'épuisement lui faisait traîner les pieds. Les yeux rivés sur le plancher, elle marmonna une phrase inintelligible dont le guerrier ne capta que le mot « serpent ».

Er'ril pinça les lèvres. La jeune fille n'avait sans doute pas dormi depuis plus d'une journée. Elle avait besoin de récupérer. Les dangers qui la guettaient n'étaient pas seulement d'ordre physique.

Il aurait voulu lui passer son bras autour des épaules, mais il était occupé à tenir la torche vacillante. Pour la première fois depuis très longtemps, il regretta la perte de son autre bras.

Devant lui, il vit Boln hésiter à l'intersection de trois couloirs. Les ruines de l'ancienne académie étaient un labyrinthe de salles et de passages à demi effondrés. Le vieillard, qui s'y était engagé d'un pas assuré, faisait halte de plus en plus souvent pour regarder autour de lui en plissant les yeux et en se grattant la tête.

Er'ril le rejoignit.

— Qu'est-ce qui ne va pas ?

— J'ai dû me tromper de chemin. Je ne me souviens pas de ce carrefour, avoua Boln.

— C'est-à-dire ?

— C'est-à-dire que nous sommes perdus. Je n'ai pas pu explorer la totalité de ces ruines. Certaines sections sont instables et risquent de s'écrouler. D'autres sont gardées par des créatures du règne souterrain qui empêchent les intrus de passer.

Comme pour corroborer les dires du vieillard, un sifflement résonna autour des trois compagnons, se répercutant sur la pierre effritée des murs. Elena gémit.

Boln baissa sa lanterne et se tourna vers Er'ril.

— Pourriez-vous courir en portant Elena ? chuchota-t-il.

— Pourquoi ?

Le vieillard scruta l'obscurité environnante.

— J'ignorais qu'ils avaient étendu leur territoire jusqu'ici. Le froid de l'hiver a dû les rabattre dans les basses terres.

Er'ril tendit l'oreille.

— Des serpents ? suggéra-t-il.

Boln secoua la tête.

— Pis que ça. Bien pis. Des gobelins des roches.

Les deux skal'tum battirent des ailes, projetant un courant d'air glacial vers Kral tandis qu'il luttait pour se relever. Un de ses genoux protesta ; il saisit le harnais de Rorshaf pour garder son équilibre. L'étalon de guerre se rapprocha de lui. Malgré la peur qui écarquillait ses yeux et la sueur qui baignait ses flancs, il resta près de son maître tombé à terre, prêt à le défendre si nécessaire.

Le skal'tum qui se tenait derrière Kral gloussa – un bruit pareil à celui de cailloux roulant sur les bords d'une rivière en crue.

— Mon petit oiseau s'est cassé une aile. Viens, je vais te la réparer.

Kral entendit un cliquetis de griffes se diriger vers lui. Il fixa ses mains vides. Il avait perdu sa hache en vidant les étriers. À présent, elle gisait dans la poussière aux pieds du second skal'tum. Il avait besoin d'une autre arme, mais il n'en avait aucune. À moins que…

Le deuxième skal'tum s'avança.

— Nous avons fait un long voyage. Une petite collation nous permettrait de reprendre des forces avant de fouiller cette maison pour mettre la main sur notre véritable proie.

Deux sifflements avides résonnèrent aux oreilles de Kral. Le montagnard vit un liquide vert dégouliner des griffes de la créature qui lui faisait face tandis qu'elle le fixait tel un chien salivant devant un os à moelle.

Sa main se posa sur une de ses sacoches de selle. Très vite, il défit la boucle et ouvrit le rabat.

— Qu'est-ce que le petit homme va encore trouver ? lança le premier skal'tum derrière lui. Une autre épingle ridicule pour nous piquer ? Tu ne réussiras qu'à exciter notre appétit.

Kral plongea la main dans le paquetage et empoigna son « arme » par l'oreille. Tel un macabre prestidigitateur, il sortit la tête du skal'tum qu'il avait tué à Gelbourg et la brandit très haut pour que les deux autres puissent la voir.

— Vous ne devriez pas vous en remettre aussi aveuglément à votre magie noire, cracha-t-il. J'ai appris à déjouer vos iniques protections.

Le spectacle de la tête dont la langue pendait entre les lèvres flasques produisit l'effet escompté sur les créatures. Depuis le temps que les Carnassires occupaient Alaséa, ils avaient rarement dû voir l'un des leurs massacré de la sorte, devina Kral. Choqués, ils reculèrent instinctivement. Lc montagnard s'avança vers eux en boitillant et en sifflant à Rorshaf l'ordre de le suivre.

D'un geste menaçant, il agita la tête coupée sous le nez du skal'tum qui lui faisait face. La créature battit en retraite. Kral en profita pour ramasser sa hache et pour la frotter contre le cou tranché d'où gouttait toujours un ichor noir.

— Une lame trempée dans le sang d'un de vos congénères est capable de franchir vos défenses, clama-t-il. (Il brandit son arme, espérant que son subterfuge fonctionnerait.) Je n'ai pas besoin du soleil pour vous tuer !

Ses paroles ébranlèrent les skal'tum. Eux aussi étaient à bout de forces, et ils ne semblaient guère enclins à vérifier la véracité de ses propos. Kral remonta en selle. D'une pression des genoux, il guida Rorshaf vers la gauche et le fit pivoter. À présent, les deux créatures se trouvaient face à lui.

— Nous te tuerons, petit homme. Nous t'en faisons le serment. Quand nos semblables apprendront ce que tu as fait, ils vous pourchasseront et vous extermineront jusqu'au dernier, toi et les tiens.

— Nous serons prêts à vous recevoir. Des torrents de votre sang dévaleront le flanc de nos montagnes, promit Kral.

Il fit volter Rorshaf et le talonna de toutes ses forces. Aiguillonné par la peur, l'animal s'élança au galop dans le fracas de ses sabots ferrés. Les arbres se précipitèrent à la rencontre du montagnard. Lorsque les frondaisons le recouvrirent tel un filet végétal le protégeant contre tout assaut aérien, il s'autorisa enfin à respirer.

Tandis que Rorshaf et lui filaient dans la nuit hivernale, le tonnerre gronda au-dessus de leurs têtes. L'orage était sur le point d'éclater. Kral vit un éclair zébrer les nuages noirs. Deux émotions conflictuelles se livraient bataille en son cœur : le soulagement d'avoir survécu, et la honte de s'être abaissé à utiliser un subterfuge pour survivre. Il talonna Rorshaf comme s'il pouvait échapper à l'ignominie qu'il venait de commettre. L'écume aux lèvres, l'étalon redoubla de vitesse.

Ce n'était pas le fait d'avoir abandonné Er'ril, Elena et Boln dans le cottage qui pesait tel un pavé dans la poitrine du montagnard. Il savait qu'il avait fait tout son possible pour leur donner le temps de s'échapper. Il avait risqué sa vie pour couvrir leur fuite, et nul n'aurait pu lui en demander davantage.

Non, ce qui lui serrait le cœur et la gorge, c'est qu'il avait menti – et sans autre raison que de sauver sa misérable peau.

Il tira sur les rênes de Rorshaf. Roulant de grands yeux surpris, l'étalon se cabra et freina des quatre fers. Soudain, une détonation se fit entendre au-dessus du montagnard, comme si le ciel même condamnait son blasphème. Une pluie glaciale s'abattit à travers les branches des pins pour frapper son visage levé vers les nuages.

Aucun homme de son clan ne s'était jamais autorisé à proférer un mensonge. Par la salive de sa langue fourbe, Kral avait éteint la flamme de sa famille. Jamais il ne pourrait rentrer chez lui.

Perdu à jamais, il hurla à la face du ciel.

24

Elena s'accrocha au pourpoint du guerrier tandis que le sifflement des gobelins enflait autour d'elle. Qu'allait-il encore se passer ? Elle avait déjà vu tant d'horreurs depuis la veille… Frémissante, elle se blottit contre Er'ril.

Un grondement de tonnerre assourdi résonna au-dessus de leurs têtes, faisant taire le sifflement – mais pas pour longtemps. Dès qu'il s'estompa, le bruit menaçant revint à la charge, irritant les oreilles de la jeune fille. Elle jeta un coup d'œil par-dessus son épaule. Ne distinguait-elle pas des ombres plus foncées que les autres qui glissaient subrepticement vers eux ?

— Je sens de la pluie dans cette direction, annonça oncle Boln.

Elena reporta son attention sur le vieillard. Celui-ci scrutait le passage de gauche.

— Et il me semble que le sifflement est moins soutenu de ce côté, ajouta-t-il.

— Dans ce cas, il n'y a pas à hésiter, dit Er'ril.

L'oreille collée contre sa poitrine, Elena entendait le cœur du guerrier battre dans sa cage thoracique. Elle se concentra sur ses palpitations pour bloquer le sifflement.

— Jetez la torche ! enjoignit Boln à Er'ril. Vous aurez besoin de votre bras pour porter Elena. Nous devons nous dépêcher. S'ils voient que nous n'avons pas l'intention de traîner dans leurs couloirs, peut-être nous laisseront-ils passer.

Elena laissa le bras musclé d'Er'ril la soulever. Elle noua ses mains dans la nuque du guerrier pour l'aider à soutenir son poids.

— Passe plutôt dans mon dos, suggéra Er'ril.

Elena obtempéra et lui crocheta ses jambes autour de la taille. Comme il pliait le bras en arrière, elle lui chuchota à l'oreille :

— Je n'ai pas besoin que vous me teniez. Si vous vous penchez un tout petit peu en avant, je devrais y arriver toute seule.

Er'ril poussa un grognement et s'exécuta. Elena serra les genoux et ajusta sa position. C'était un peu comme monter à cheval.

— Je suis prête, déclara-t-elle.

La main sur la garde de son épée, Er'ril adressa un signe de tête à Boln.

— Ouvrez la voie, dit-il d'une voix étranglée par la pression du bras d'Elena sur sa trachée.

Boln leva sa lanterne et s'enfonça dans le tunnel de gauche en trottinant.

— Accroche-toi ! jeta Er'ril à Elena.

La jeune fille appuya sa joue contre la nuque du guerrier. Son nez s'emplit de l'odeur d'Er'ril – un musc riche dans lequel elle crut déceler le parfum de la terre de ses plaines natales. Elle l'imagina petit garçon, en train de courir dans les champs de Standi, de bondir par-dessus les canaux d'irrigation et de respirer à pleins poumons l'air jauni par la poussière de pollen. S'ils s'étaient rencontrés dans leur enfance, auraient-ils été amis ?

Avant qu'Elena puisse s'interroger sur l'étrange effet que l'odeur d'Er'ril produisait sur elle, le guerrier s'engagea dans le tunnel sur les traces de son oncle. Le sifflement enfla autour d'eux comme les murs renvoyaient l'écho de la menace. Il semblait s'infiltrer dans le crâne d'Elena et rebondir à l'intérieur.

La jeune fille regarda par-dessus l'épaule d'Er'ril qui trottinait derrière Boln et sa lanterne. Les trois fugitifs avançaient rapidement, mais pas au point de trébucher sur les gravats qui jonchaient le sol ou de se cogner la tête sur une poutre affaissée. Ce fut cette allure soutenue mais régulière qui empêcha le cœur de Boln de lâcher.

Depuis son perchoir, Elena voyait le bord du halo jaune de la lanterne filer devant eux en éclairant les obstacles sur son passage. Soudain, la lumière qui glissait sur le plancher disparut comme si elle avait été engloutie par des ténèbres avides. La jeune fille mit quelques instants à en comprendre la raison.

— Attention ! cria-t-elle à son oncle, qui n'avait même pas ralenti.

Boln entendit sa mise en garde au moment même où ses yeux en découvraient le pourquoi. Il s'immobilisa dans une embardée, agitant les bras pour conserver son équilibre. Le bout de ses pieds frémit au bord d'un gouffre béant. Er'ril faillit lui rentrer dedans et le précipiter dans le vide. Mais il était aussi agile que fort. Il s'écarta souplement en tendant le bras pour tirer le vieillard en arrière.

Elena se laissa glisser à terre. Tous trois fixèrent l'abîme. Le couloir avait été fendu en deux par une fissure très ancienne et par un glissement de la pierre des collines. La lumière de la lanterne atteignait tout juste l'autre bord du gouffre – beaucoup trop large pour que les fugitifs puissent le franchir d'un bond.

Un autre grondement de tonnerre résonna au-dessus de leurs têtes. La détonation d'un éclair se répercuta dans la seconde moitié du passage. Boln avait raison : le couloir remontait bien vers la surface. Mais la sortie à laquelle il conduisait leur était aussi inaccessible que si un millier de lieues les en avait séparés.

Le rugissement de l'orage retomba, et Elena put distinguer la source du sifflement. Il s'élevait du précipice telle la vapeur d'une théière prête à exploser.

— Des gobelins des roches, marmonna Boln.

Derrière les fugitifs, un sifflement jumeau répondit à celui du gouffre. Le vieillard se tourna vers ses compagnons. Jamais Elena n'avait vu un tel désespoir dans ses yeux.

— Je suis désolé, chuchota-t-il.

Ce fut tout juste si la jeune fille l'entendit. Du coin de l'œil, elle avait vu des ombres noires s'agiter. Elle pivota. Plusieurs silhouettes venaient de sortir du passage et se dirigeaient vers leur lumière.

— Kral ! appela Nee'lahn dans les bois balayés par la tempête.

Les branches basses cinglaient les flancs de son cheval, et une pluie drue s'abattait sur elle, lui giflant le visage. Pourtant, elle continua à se frayer un chemin vers l'endroit où il lui semblait avoir entendu un bruit de galop.

Juché sur la petite jument grise dont elle avait attaché la bride à l'étalon d'Er'ril, Rockingham la suivait. À aucun moment il n'avait fait mine de bondir à terre pour s'échapper. Sans doute n'avait-il guère envie de traverser les bois à pied alors que des monstres rôdaient dans les parages.

— Il est mort, lâcha le soldat d'un ton maussade. Tâchons plutôt de trouver un abri pour attendre la fin de l'orage.

— Non.

— Il ne peut pas avoir survécu face à un skal'tum.

— Ça ne serait pas la première fois, lui rappela Nee'lahn.

Rockingham rentra la tête dans les épaules et courba le dos pour se protéger contre une bourrasque.

— Mais, là, il fait nuit noire.

— Je l'ai entendu, s'obstina Nee'lahn.

— Vous n'avez entendu que le tonnerre.

La nyphai talonna sa monture, entraînant la jument derrière elle. Ses perceptions étaient plus développées que celles des humains. Elle savait ce qu'elle avait entendu.

— Kral ! s'époumona-t-elle, le vent arrachant le nom du montagnard à ses lèvres pour l'emporter au loin.

Comme en réponse à son appel, une lumière fleurit entre les arbres devant elle. Nee'lahn crut d'abord qu'elle avait tourné en rond et qu'elle était revenue vers le cottage du vieil homme. Mais non : la végétation qui l'entourait était trop dense. Elle se trouvait au cœur des bois, loin de la maisonnette.

Elle se redressa et plissa les yeux, tentant de voir au travers du rideau de pluie. La lumière – une douce lueur bleutée – oscillait dans les airs. Quelqu'un était-il en train de lui faire signe ? Kral, peut-être ?

Nee'lahn fit arrêter sa monture. Elle posa sa main sur un tronc et ferma à demi les paupières, sondant le cœur de l'arbre à travers son écorce, se projetant jusqu'à ses racines emmêlées avec celles des arbres voisins. Les lèvres closes, elle fredonna une chanson des nyphai, une mélodie inquisitrice. Qui l'attendait plus loin dans les bois : ami ou ennemi ?

Pour toute réponse, elle ne reçut qu'un grondement irrité. Comparée à la riche symphonie qui résonnait autrefois dans sa sylve natale, la chanson de ces arbres était pareille au ronflement d'un humain endormi. Nee'lahn capta un seul mot : *el'phe*.

En sursautant, elle laissa retomber son bras. Ce n'était qu'un vieux cauchemar, songea-t-elle. Ces arbres se vautraient encore dans le passé. Les el'phes avaient quitté ces rivages depuis plusieurs millénaires. Leurs navires aériens les avaient emportés par-delà l'océan du Couchant, vers une terre lointaine dont ils n'étaient jamais revenus.

Pourtant, à la seule mention de cette race maudite, une sourde inquiétude serra le cœur de Nee'lahn. C'était un souvenir bien trop funeste pour qu'on l'évoque par une nuit de tempête.

Avec une curiosité mêlée d'appréhension, la jeune femme fit avancer son étalon en direction de la lumière. Les troncs d'arbre qui s'interposaient entre Nee'lahn et la source de lumière la faisaient clignoter tel un mystérieux signal. Puis une bourrasque particulièrement violente déferla depuis les hauteurs, apportant une vague de pluie qui balaya les bois. La lumière s'éteignit.

Nee'lahn arrêta sa monture. Incapable de repérer l'endroit exact où avait brillé la lumière, elle regarda autour d'elle en retenant son souffle. Rockingham fit avancer sa jument grise jusqu'à l'étalon.

— Je n'aime pas ça, marmonna-t-il. Il vaudrait mieux ne pas traîner dans le coin. Nous ignorons quel genre de prédateurs pourrait nous guetter.

Nee'lahn leva une main.

— Chut !

Elle tendit l'oreille. Il lui semblait avoir entendu craquer une brindille.

— Que… ?

Une large main se plaqua sur la bouche de Rockingham, l'empêchant d'achever sa question.

Nee'lahn frémit sur sa selle en voyant une silhouette énorme se déplier et arracher le soldat à sa monture. D'un geste sec, elle fit jaillir son couteau du fourreau qu'elle portait attaché à son avant-bras. La créature qui s'était emparée de Rockingham se trouvait de l'autre côté de la jument, dont la masse la dissimulait à sa vue.

Du coin de l'œil, Nee'lahn vit la lueur bleutée réapparaître sur sa droite, un peu plus loin dans les bois. Elle l'ignora, son attention focalisée sur la lutte qui se livrait à quelques mètres d'elle. Soudain, un visage apparut pardessus le dos de la jument. Ses traits anguleux et sa barbe épaisse lui étaient familiers.

— Kral ? lança-t-elle à voix basse.

— À terre, chuchota le montagnard en lui faisant signe de descendre de cheval.

Nee'lahn obtempéra sans discuter. Pliée en deux, elle rejoignit rapidement Kral et Rockingham. Le soldat se frottait la nuque avec un rictus coléreux.

— Attache les chevaux, souffla Kral à l'oreille de la jeune femme.

— Pourquoi ?

Il tendit un doigt vers la lumière.

— Parce qu'ils ne sont pas discrets. À vous deux, vous faisiez assez de raffut pour attirer un lynx sourd. Si nous continuons à pied, l'orage devrait masquer notre odeur et dissimuler notre piste.

— Qui est là-bas ? demanda Nee'lahn.

— Je… Je n'en suis pas sûr, répondit Kral en détournant très vite la tête. Mais par une nuit pareille, mieux vaut être prudents.

Nee'lahn fronça les sourcils. Le comportement du montagnard lui semblait étrange, mais ses paroles étaient pleines de bon sens.

— Je n'irai nulle part, clama Rockingham en se campant sur ses jambes écartées.

— Exact, acquiesça Kral en lui saisissant les deux poignets d'une seule main. Tu restes ici avec les chevaux.

Il attacha les mains du soldat avec l'extrémité d'une corde, puis jeta l'autre par-dessus la branche d'un chêne, la rattrapa et la tendit jusqu'à ce que Rockingham se retrouve les bras en l'air, debout sur la pointe des pieds. Alors, il enroula la corde autour du tronc de l'arbre et fit un nœud bien serré.

Le soldat voulut protester. Un bâillon hâtivement fourré dans sa bouche le contraignit au silence.

— Est-ce vraiment nécessaire ? s'enquit Nee'lahn, surprise par la brutalité du montagnard. Il ne nous a pas causé le moindre problème jusqu'ici.

— Et les skal'tum ? répliqua Kral. À ton avis, comment nous ont-ils retrouvés ?

Nee'lahn ne sut pas quoi répondre.

— Viens vite ! Le soleil se lève. Je retourne au cottage pour débarrasser la vallée de ces monstres. (Du menton, Kral désigna la lumière.) Mais, avant, je veux savoir qui d'autre traverse ces bois par une nuit de tempête.

Nee'lahn songea à mentionner ce que lui avait dit l'arbre, mais l'attitude de Kral la mettait mal à l'aise. Elle répugnait à lui parler de ses craintes. D'autant que c'était inutile : il n'y avait plus d'el'phes en Alaséa depuis belle lurette.

— Il vaudrait mieux que tu restes avec les chevaux, toi aussi, ajouta le montagnard.

— Non. (Nee'lahn avait parlé sans réfléchir, mais elle ne se ravisa pas.) Je t'accompagne.

Kral hésita comme s'il allait protester. Puis il haussa les épaules et se détourna. Nee'lahn suivit son large dos tandis qu'il s'éloignait à grandes enjambées. Pour un homme si massif, il se déplaçait si gracieusement qu'il semblait flotter au-dessus du sol. D'un pas assuré et silencieux, il se dirigea vers la lumière bleue, sa hache à la main.

Bien qu'étant une créature de la forêt, la nyphai avait beaucoup de mal à suivre son allure. Les rafales de pluie et de vent la gênaient, alors que l'eau qui dégoulinait à travers les frondaisons glissait sur le corps de Kral comme sur de la roche.

Les deux compagnons ne prononcèrent pas un mot durant leur approche, mais un millier de préoccupations se bousculaient dans l'esprit de Nee'lahn. Après le combat contre le skal'tum, à Gelbourg, Kral avait eu l'air fatigué, mais pas franchement perturbé. Il avait conservé son calme inné de montagnard. À présent, sa voix et ses actions étaient aussi tranchantes que la lame de sa hache. Même ses épaules semblaient aussi froides et dures que du métal.

S'il ne s'était pas conduit si bizarrement, Nee'lahn serait peut-être restée avec Rockingham et les chevaux ; elle aurait pu surveiller le soldat et lui épargner de se faire saucissonner. Mais l'expression de Kral et ses yeux rougis l'effrayaient. Elle n'avait pas tant peur pour elle que pour les gens qui croiseraient la route du montagnard. Tous ne méritaient pas nécessairement qu'on leur tombe dessus à bras raccourcis.

Nee'lahn allongea le pas pour rattraper le montagnard. Elle fixa la lumière dont le halo grandissait entre les derniers troncs épars. Déterminée à ce que Kral ne s'attaque pas aveuglément à un innocent, elle le dépassa pour voir si l'intervention de sa hache serait nécessaire. Elle s'élança à petites foulées, ses pieds menus effleurant à peine les brindilles et les feuilles mortes qui jonchaient le sol. De par sa nature, elle était en totale harmonie avec les voies de la forêt.

Derrière elle, elle entendit Kral pousser un grognement agacé. Un léger sourire fit frémir la commissure de ses lèvres. Puis elle atteignit enfin la source de la lumière et vit quel genre de créature l'avait apportée en ce bois obscur.

Non !

Instinctivement, elle fit glisser son couteau dans sa main et bondit.

Un grand homme mince, qui devait faire le double de sa taille et la moitié de son poids, tourna la tête vers elle. Il ne portait qu'une mince tunique blanche glissée dans un pantalon vert bouffant. Il se tenait au centre d'un cercle de champignons, un bras levé en l'air. Un oiseau aux plumes d'azur brillantes était perché sur son poignet. Surpris par l'irruption de la nyphai, il battit des ailes deux fois, et la lumière qu'il émettait s'intensifia.

Un faucon de lune ! songea Nee'lahn.

Le rapace ouvrit son bec et poussa un glapissement.

— Non, Nee'lahn ! aboya Kral derrière elle tandis qu'elle se précipitait en brandissant sa dague.

La jeune femme l'ignora. Un cri de rage s'échappa de ses lèvres.

L'el'phe devait mourir !

Er'ril poussa Elena derrière lui et dégaina son épée. Il fit face au tunnel obscur. Des formes noires glissèrent vers lui en sifflant. Boln leva sa lanterne dont la flamme dessinait une bulle de lumière jaune autour des trois fugitifs. Acculés au précipice, ils ne pouvaient pas battre en retraite sous peine de mourir plus sûrement encore que sous les coups de leurs assaillants.

— Je ne comprends pas, marmonna le vieillard derrière Er'ril. Les rares fois où j'ai croisé des gobelins des roches, j'ai pu m'enfuir sans problème. Jamais encore ils ne m'avaient poursuivi.

— Ils sont peut-être devenus plus téméraires au fil du temps, suggéra Er'ril.

Il vit quelques silhouettes s'approcher de la lumière qui, tel un bouclier magique, semblait les faire hésiter et les maintenir à distance. L'une d'elles se détacha du reste du groupe et s'avança en traînant les pieds. Elle s'immobilisa à l'extérieur du cercle dont elle n'osait pas encore franchir la limite.

Er'ril aperçut deux yeux rouges luisants et des crocs pointus comme des aiguilles. Il sentit ses poils se hérisser sur sa nuque. La proximité de la créature ressuscitait les terreurs nocturnes de son enfance, celles qui lui faisaient rabattre ses couvertures sur sa tête quand un craquement résonnait à travers la maison.

— Ils ne tarderont pas à attaquer. Vous avez une arme, Boln ?

— Non, juste ma lumière, répondit le vieil homme en s'avançant, sa lanterne tendue à bout de bras.

Ce brusque mouvement prit le plus audacieux des gobelins par surprise. Un instant, il demeura immobile dans la lumière. Il n'était pas plus haut qu'une chèvre. Sa peau très blanche avait un aspect écailleux, comme le ventre d'un poisson mort. Des sécrétions grasses brillaient à sa surface.

De ses gros yeux rouges, il fixa les trois compagnons sans ciller. Une queue terminée par un dard noir fouetta l'air derrière lui. Puis il battit en retraite avec un sifflement aigu, exposant des crochets pareils à ceux d'un aspic.

Er'ril grimaça – non parce que le gobelin était hideux, mais parce que la lanterne de Boln venait d'en révéler des dizaines d'autres qui se massaient dans le tunnel. Même les murs et le plafond grouillaient de créatures suspendues à la pierre effritée par leurs griffes.

Le gobelin le plus proche se replia dans l'ombre. Les autres reculèrent à contrecœur, mais ne détalèrent pas.

— Que fait-on ? demanda Er'ril à Boln. Ils sont trop nombreux pour que je nous fraie un chemin à coups d'épée. On ne pourrait pas utiliser la magie pour se tirer de là ?

Il se força à ne pas regarder la jeune fille tremblante qui se tapissait derrière son oncle.

— Non. Elena est à sec. Et comme ses homologues masculins, le soleil lui est nécessaire pour régénérer son pouvoir. Elle ne peut pas nous aider.

— Dans ce cas, est-il possible de négocier avec ces créatures ?

— Je l'ignore. Les gobelins des roches sont assez fuyants ; ils n'ont pas beaucoup de contacts avec les humains.

— Et que sont devenus ceux qui ont eu le douteux privilège de les rencontrer avant nous ?

— On a retrouvé leurs squelettes proprement nettoyés.

Er'ril regarda les gobelins s'avancer très lentement vers lui et ses compagnons. Il fit signe à Elena de se plaquer contre un mur, et à Boln de se placer devant elle pour la protéger. Il avait besoin de place pour manœuvrer.

Il leva la pointe de son épée, guettant le moindre signe d'une attaque imminente. Les gobelins se dandinaient à la lisière de la lumière comme s'ils attendaient un signal. Ils semblaient déterminés à empêcher les compagnons de fuir, mais incapables de décider ce qu'ils devaient faire d'eux.

— Que font-ils ? demanda Elena d'un ton étonnamment calme.

Peut-être était-elle trop naïve pour se rendre compte de la gravité de la situation, songea Er'ril.

— Je ne sais pas, ma chérie, répondit Boln. Mais dans le doute, mieux vaut ne pas les exciter.

À ces mots, une vague d'agitation parcourut la masse des créatures. Elle commença au fond du tunnel et se propagea vers les trois compagnons, accompagnée par des claquements de langue et des sifflements furieux.

Er'ril se tendit, les yeux plissés par la concentration et son épée fermement brandie devant lui.

Soudain, un second gobelin jaillit de la foule de ses congénères et pénétra dans le cercle de lumière. À l'instar de son prédécesseur, il fixa Er'ril de ses gros yeux rouges et agita la queue dans sa direction. Mais dans ses mains minuscules, il tenait un objet étincelant. Il s'avança prudemment, les bras tendus devant lui comme pour présenter une offrande au guerrier.

Er'ril recula d'un pas en braquant la pointe de son épée sur la créature.

Les autres gobelins qui se pressaient dans le tunnel s'étaient tus et immobilisés. Celui qui se tenait devant Er'ril déplia ses longs doigts, révélant un morceau de métal sculpté brillant comme de l'or et si gros qu'il avait besoin de ses deux petites paumes blanches pour le soutenir.

Er'ril hoqueta. Il connaissait cet objet et cette forme. Il savait que ça n'était pas de l'or, mais du fer forgé à partir du sang d'un millier de mages. Un siècle plus tôt, il l'avait lui-même dissimulé dans les ruines de l'académie pour ne pas risquer de se le faire voler durant ses voyages.

C'était la clé de Val'loa.

Abasourdi, Er'ril baissa sa garde. Le gobelin en profita pour s'élancer. Mais au lieu de se jeter sur le guerrier, il le contourna et fonça vers le bord du précipice. Arrivé là, il marqua une pause et lui jeta un coup d'œil par-dessus son épaule.

— Non !

Er'ril lâcha son épée et plongea pour saisir la créature. La clé ne devait pas être perdue ! Malheureusement, il n'avait pas réagi assez vite. Le gobelin sauta à pieds joints et dégringola dans le vide, serrant toujours contre lui la clé de la cité perdue.

Er'ril se laissa tomber à genoux et scruta le gouffre béant qui s'ouvrait devant lui. Seules des ténèbres impénétrables lui rendirent son regard.

— Apportez la lanterne ! ordonna-t-il.

— Regardez, ils s'en vont ! s'exclama Boln.

Er'ril s'autorisa un rapide coup d'œil en arrière. Les gobelins des roches battaient lentement en retraite dans le tunnel obscur. *Une menace de moins*, songea-t-il avant de reporter son attention sur le précipice.

— Apportez la lanterne ! répéta-t-il. Vite !

— Pour quoi faire ? s'étonna Boln. Filons plutôt d'ici et rebroussons chemin jusqu'à la surface.

Pourtant, il s'approcha d'Er'ril.

— Éclairez l'intérieur de la fosse ! lui enjoignit ce dernier.

Le vieillard se pencha en soupirant et tendit sa lanterne au-dessus du vide. La lumière se déversa dans les ténèbres, révélant une étroite saillie rocheuse qui longeait la paroi quelques mètres plus bas. Depuis cette corniche, un escalier grossièrement taillé s'enfonçait dans le gouffre. À la lisière de la lumière, Er'ril aperçut le gobelin qui descendait les marches à petits bonds maladroits. Puis l'obscurité engloutit de nouveau la créature.

— Il faut rattraper ce sale crapaud, lança Er'ril en se relevant et en ramassant son épée.

— À quoi bon ? protesta Boln. Laissez-le partir. Nous devons conduire Elena en sécurité.

Er'ril remit brutalement son épée au fourreau.

— Pour avoir une chance d'atteindre Val'loa et de récupérer le Journal Sanglant, nous aurons besoin de ce qu'il porte. C'est la clé qui permet de déverrouiller l'accès de la cité. Sans elle, il nous sera impossible de franchir les sorts de protection qui furent jadis tissés autour de Val'loa. Nous devons la reprendre.

Boln fronça les sourcils.

— Comment les gobelins l'ont-ils trouvée ? Et pourquoi celui-ci nous l'a-t-il montrée avant de s'enfuir ?

— Ils nous ont rabattus jusqu'ici, grinça Er'ril en désignant le tunnel désormais désert. Désormais, ils n'ont plus besoin de nous pousser en avant : ils savent que nous allons poursuivre la clé.

Elena s'était approchée du précipice pour le sonder du regard.

— Où veulent-ils nous entraîner ?

— En bas, répondit Er'ril d'un ton funeste.

Kral plongea à la suite de Nee'lahn. Quelle mouche avait bien pu piquer la nyphai d'ordinaire si calme, si posée ? Quelle vision avait déclenché en elle une telle fureur ?

La pluie s'abattait brutalement sur la petite clairière. L'unique occupant de celle-ci, un homme aussi grand que le montagnard mais aussi mince qu'un roseau agité par le vent, jeta un coup d'œil à Nee'lahn et esquissa une moue désinvolte – comme s'il ne se demandait que vaguement pourquoi cette femme se précipitait vers lui en brandissant une dague. Ses cheveux attachés en une longue tresse se paraient de reflets argentés que Kral aurait pu attribuer au grand âge si la peau de son visage n'avait été parfaitement lisse. Mais ses yeux bleus, qui ne se posèrent que brièvement sur le montagnard, suggéraient que le temps avait emporté sa jeunesse et son innocence. Il avait un regard extrêmement blasé.

La seule lumière qui brillait entre les arbres émanait d'un oiseau, un faucon nimbé d'un halo bleu vif. Perché sur le poignet de l'inconnu, il parut bien plus indigné que lui par l'irruption de Nee'lahn et de Kral. Un cri aigu s'échappa de son bec comme pour faire écho à la rage de la nyphai.

Une rafale de pluie gifla Kral. Il cligna des yeux. Durant cette fraction de seconde, l'oiseau piqua vers Nee'lahn avec la rapidité d'un éclair et fit tomber la dague de sa main. La jeune femme stupéfaite ne s'était pas encore immobilisée que déjà, il avait regagné son perchoir.

Haletante, ses cheveux blonds dégoulinants plaqués en travers de son visage, Nee'lahn foudroya l'inconnu du regard.

— Ta place n'est pas ici ! hurla-t-elle par-dessus le rugissement de la tempête. Toi et les tiens n'avez rien à faire en ces contrées !

Kral la rejoignit et lui posa une main sur l'épaule. Il ne savait pas qui était cet homme, mais il s'en remettait à l'instinct de la nyphai et lui faisait savoir qu'il la soutiendrait quoi qu'il advienne. Il la sentit frémir sous ses doigts comme si ses émotions bouillonnaient en elle et menaçaient de la faire exploser.

— Qui est cet homme ? Le connais-tu ?

— Pas personnellement, répondit Nee'lahn. Mais je connais sa race maudite – les el'phes !

Elle avait craché ce dernier mot telle une insulte en direction de l'inconnu.

Celui-ci ne broncha pas ; il garda le silence comme s'il ne comprenait pas leur langue. Lorsqu'il tendit un bras, Kral se raidit. Mais il se contenta d'ébouriffer les plumes du faucon de son index. Ce geste parut calmer l'oiseau, qui replia les ailes et s'installa plus confortablement sur son perchoir.

— Je n'ai jamais entendu parler d'eux, avoua le montagnard dans un chuchotement, pour une raison qu'il aurait été bien en peine de s'expliquer.

— C'est normal. Bien avant que les humains peuplent ces contrées, les el'phes n'étaient déjà plus qu'un mythe englouti par les brumes de l'océan du Couchant.

— Dans ce cas, comment se fait-il que tu les connaisses ?

— Les arbres ont la mémoire longue. Nos racines les plus anciennes étaient encore jeunes au temps où les el'phes arpentaient les contrées du Couchant. Les vénérables koa'kona chantaient la guerre que les el'phes avaient déclenchée et la trahison dont ils s'étaient rendus coupables.

— Mais ils se sont tus depuis longtemps, répliqua l'inconnu d'une voix aussi cristalline que le tintement d'un carillon.

Son regard était toujours braqué sur le faucon, sa tête légèrement inclinée sur le côté comme s'il étudiait la posture de l'oiseau.

— À cause de vous ! cracha Nee'lahn.

L'inconnu haussa les épaules.

— Vous nous avez détruites.

Des larmes montèrent aux yeux de la nyphai.

— Non, vous vous êtes détruites toutes seules.

Pour la première fois, une lueur de colère étincela dans les yeux bleus de l'el'phe, tel un orage éclatant dans un ciel estival. Il pivota vers les nouveaux venus. Ses pommettes hautes saillaient dans son visage blême.

Kral pressa l'épaule de Nee'lahn comme pour contenir la rage qui enflait en elle. Par le contact de sa main, il percevait l'accent de vérité dans les paroles de la nyphai. Celle-ci était convaincue de la culpabilité des el'phes. Mais il avait également l'impression que l'inconnu ne mentait pas, qu'il croyait en l'innocence des siens.

La tempête qui faisait rage au-dessus d'eux semblait presque paisible comparée à l'affrontement immobile dont la clairière était le théâtre. Kral fut le premier à briser le silence tendu.

— Je ne comprends pas. Que s'est-il passé entre vos deux peuples ?

Nee'lahn se tourna vers lui.

— Jadis, les arbres à esprits de ma forêt natale, les koa'kona, poussaient partout dans l'ouest de ce continent.

Ils recouvraient les contrées du Couchant depuis les pics des Dents jusqu'aux rivages de l'océan. Les nyphai étaient vénérées en tant qu'esprits des racines et de la terre. Et nous partagions nos dons sans compter.

L'inconnu ricana.

— Vous traitiez toutes les autres races comme des instruments destinés à servir la croissance de vos précieux arbres. Votre règne était une tyrannie.

— Mensonge !

— Au début, nous n'avons pas réalisé à quel point votre expansion était nuisible. Nous vous avons aidées avec notre vent et notre lumière. Puis nous avons perçu la corruption que vous propagiez, le déséquilibre naturel que vous provoquiez : marécages asséchés, rivières détournées de leur cours, montagnes rasées… Votre développement obsessionnel était en train d'anéantir la diversité et la beauté de la vie. Aussi avons-nous cessé de vous prêter nos dons et tenté de faire entendre raison à vos anciennes. Mais nous avons été injuriés et chassés de nos contrées natales.

— Et avant de partir, vous nous avez maudites ! Vous avez semé les graines de la Pourriture aux quatre vents et condamné les koa'kona. Nos arbres se sont flétris et se sont mis à mourir. Bientôt, il n'est plus resté qu'un petit bosquet protégé par la nouvelle magie de la race humaine. Vous nous avez détruites !

— Certainement pas ! Toute vie nous est précieuse, la vôtre y comprise. Ce n'est pas nous qui avons maudit vos arbres et déclenché la Pourriture : c'est la Terre elle-même. Elle s'est rebellée contre vous pour protéger la diversité de sa faune et de sa flore. Nous ne sommes pour rien dans ce châtiment.

Kral vit Nee'lahn écarquiller les yeux. La raison et la rage se livraient un duel féroce dans son regard.

— Tu mens, dit-elle. (Mais cette fois, l'ombre d'un doute perçait dans sa voix. Elle se tourna vers Kral.) Il ment, n'est-ce pas ?

Le montagnard secoua la tête.

— Il est de bonne foi. Il croit en ce qu'il dit. Ce qui ne signifie pas que ce qu'il dit soit vrai.

Nee'lahn porta les poings à ses tempes comme pour écraser le doute que l'el'phe venait de semer dans son esprit.

— Alors, pourquoi êtes-vous revenus ?

— Après nous avoir bannis, vos anciennes placèrent des glyphes élémentaux sur ces contrées pour nous tenir à l'écart de leurs rivages. À la mort du dernier koa'kona, la puissance des glyphes s'est estompée, et les chemins fermés jusque-là se sont rouverts. Aussi m'a-t-on envoyé ici.

— Pourquoi ? s'enquit Kral.

— Pour reprendre ce que nous avions perdu, ce que nous avions été forcés d'abandonner derrière nous.

— De quoi s'agit-il ? demanda Nee'lahn, soupçonneuse. Nous n'avons rien conservé qui vous appartienne.

— Mais si, susurra l'el'phe. Vous l'avez caché dans cette vallée qui porte toujours le nom que nous lui avons attribué il y a bien longtemps – Nidiver.

— Quoi ? s'exclamèrent Kral et Nee'lahn en chœur.

L'el'phe leva le bras sur lequel son faucon était perché.

— Va chercher ce que nous avons perdu.

L'oiseau prit son envol. Tel un rayon de lune, il jaillit de son poignet et transperça les ténèbres détrempées de la clairière.

— Va chercher notre roi.

LIVRE QUATRIÈME

CLAIR DE LUNE ET MAGIE

25

Tol'chuk traînait derrière les autres, la tête rentrée dans les épaules et le dos courbé pour se protéger contre la pluie. L'orage avait éclaté dès qu'ils avaient quitté les montagnes et pénétré dans la forêt en bordure des plaines. Des lances de foudre zigzaguaient dans le ciel nocturne, illuminant les ténèbres de brèves explosions aveuglantes.

À la faveur de l'une d'entre elles, Tol'chuk aperçut Mogweed et Fardale plus loin sur le chemin. Malgré la tempête rugissante, les deux si'lura avaient adopté une allure rapide. La forêt était leur élément naturel ; même s'il ne s'agissait pas de leur sylve natale, la familiarité du sous-bois touffu et des branches qui tissaient une voûte feuillue au-dessus de leurs têtes insufflait une vigueur nouvelle à leurs membres. En dépit de sa patte blessée, le loup filait entre les arbres tandis que Tol'chuk, accablé par de violentes quintes de toux et par un nez dégoulinant de morve, avait de plus en plus de mal à suivre ses compagnons.

Il rêvait de sa caverne bien sèche et d'un feu brûlant dans le foyer familial. De l'avant-bras, il essuya son nez à vif.

La première tempête hivernale avait toujours annoncé le Sulachra, la cérémonie des morts durant laquelle les og'res brûlaient du crottin de chèvre séché pour honorer les esprits de leurs disparus. Tol'chuk se représenta la fumée douceâtre qui bouillonnait dans les cavernes de sa tribu et les femelles qui agitaient des éventails en feuilles de toka'toka pour la projeter dehors. La foudre était censée ouvrir dans le dôme du ciel des fissures qui permettaient à la fumée de passer dans l'autre monde et de faire savoir aux défunts qu'on se souvenait d'eux dans celui-là. Il se demanda qui effectuerait le Sulachra pour son père en son absence. Si aucune fumée ne s'élevait jusqu'à lui, Len'chuk penserait-il qu'on l'avait oublié ?

Tandis que Tol'chuk négociait laborieusement les méandres du chemin, le battement de sa sacoche contre sa cuisse lui fit soudain prendre conscience d'une affreuse réalité. Il s'arrêta, posant une main en coupe sur le renflement formé par le Cœur des Og'res, et se souvint des paroles de la Triade. Les esprits des morts – celui de son père y compris – n'avaient pas pu passer dans l'au-delà. Ils étaient toujours là, prisonniers de la pierre !

À cette idée, un vide béant s'ouvrit dans la poitrine de Tol'chuk. Le Sulachra n'était qu'une mascarade ! La fumée n'avait jamais atteint les narines frémissantes des défunts, pour la bonne raison que ceux-ci étaient restés cloués dans ce monde.

Sa main retomba mollement. À l'occasion du Sulachra, toutes les tribus og'res observaient une trêve de quelques jours pour rendre hommage à leurs morts. C'était une période de paix et de contemplation, un bref répit au milieu des incessantes guerres tribales, une grâce qui unissait momentanément tous les représentants de leur peuple.

À présent, Tol'chuk savait que ça n'était qu'un leurre, et la beauté de cette communion était à jamais perdue pour lui. Il avait encore perdu une fraction de son identité og're. Il scruta la forêt sombre qui s'étendait devant lui. Il avait encore tant de chemin à parcourir ! Qu'apprendrait-il d'autre durant sa quête ? Qui deviendrait-il ?

Comme pour se moquer de ses tourments, un éclair déchira le sombre plafond du monde. Dans sa lumière, Tol'chuk réalisa qu'il avait perdu Mogweed et Fardale. Ses compagnons de voyage avaient disparu entre les troncs noirs et ruisselants.

Seul parmi les arbres, il eut l'impression d'être l'unique créature vivante à un millier de lieues à la ronde. Entre les grondements de tonnerre, la forêt redevenait silencieuse à l'exception du martèlement de la pluie sur les feuilles et du sifflement du vent à travers les branches. Aucun oiseau nocturne ne chantait, aucune grenouille ne coassait. Tol'chuk s'essuya le nez et renifla bruyamment comme pour dire : « Je suis là, moi. Je ne suis pas mort. »

Il se remit en marche. À peine avait-il fait un pas qu'il vit une lueur éclore parmi la végétation sur sa droite. Comment Mogweed et Fardale avaient-ils pu prendre autant d'avance ? Les jambes aussi lourdes que les troncs qui l'entouraient, Tol'chuk rectifia sa trajectoire pour se diriger vers la lumière. Ces bois humides perturbaient son sens de l'orientation. Tel un îlot dans une mer déchaînée, la lueur devint son phare. Les yeux fixés sur elle, il avança en traînant les pieds.

La forêt déserte allumait en lui un désir brûlant de voir d'autres gens, de se prouver que les ténèbres n'avaient pas englouti toute vie hormis la sienne. Il se demanda comment ses compagnons pouvaient apprécier cet univers fermé et exigu dont la touffeur le faisait suffoquer. Il était habitué à contempler des horizons dégagés sur un millier de lieues, des pics enneigés qui se dressaient à perte de vue. Ici, c'était tout juste s'il pouvait tendre le bras pour empêcher les branches de le gifler, tout juste s'il y voyait plus loin que le bout de son nez. Même le tunnel qui conduisait à la chambre des esprits ne lui avait pas donné une telle sensation de confinement.

Tol'chuk remarqua qu'il se rapprochait de la lumière. Mogweed et Fardale avaient dû faire halte. Avec un peu de chance, ils auraient trouvé un endroit abrité pour attendre la fin de l'orage. Outre son désir de compagnie, la perspective de se mettre au sec lui fit allonger le pas.

Bientôt, il repéra un mouvement au sein de la lueur. Son cœur se réjouit : il n'était plus seul. Comme la lumière enflait momentanément, il distingua trois silhouettes sombres que découpait un éclat bleuté. De surprise, il faillit trébucher. Trois ? Mogweed et Fardale avaient donc rencontré quelqu'un ?

Soudain, la lueur fusa en diagonale tel un trait d'azur décoché vers le ciel. Tol'chuk s'immobilisa. Peut-être vaudrait-il mieux qu'il reste caché. D'un autre côté, ses compagnons avaient pu tomber sur un brigand, un maraudeur.

Tol'chuk ne savait pas éviter les embûches de la forêt ; sans le fracas de la tempête, il se serait déjà fait repérer. S'approcher furtivement pour jauger la situation était au-delà de ses compétences : les feuilles mortes et les brindilles cassantes qui recouvraient le sol trahiraient forcément sa présence.

Les og'res recouraient rarement à la dissimulation ou à la ruse ; pour se défendre comme pour attaquer, ils s'en remettaient la plupart du temps à la force brute. Et même si Tol'chuk n'était qu'un demi-sang, il avait bien intégré ce mode de fonctionnement.

Aussi opta-t-il pour la seule solution qui se présentait à un og're. Il s'essuya le nez, emplit ses poumons d'air humide et s'élança en une course bondissante qui lui avait permis de surprendre bien des chèvres des montagnes par le passé. La rapidité des og'res était l'unique caractéristique trompeuse de leur race. Peu de créatures réalisaient à quelle vitesse ils pouvaient se déplacer en cas de besoin. Et comme les chèvres des montagnes, elles ne survivaient jamais assez longtemps pour prévenir leurs congénères.

Bien qu'accompagnée par un vacarme de craquements, son irruption fut assez soudaine pour surprendre les occupants de la clairière. Trois visages ébahis se tournèrent vers lui.

Aucun d'eux n'appartenait à ses compagnons.

Tout à ses pensées solitaires, Tol'chuk n'avait même pas envisagé qu'un autre groupe de voyageurs puisse se tapir dans la forêt. Il se figea devant les inconnus qui le fixaient, les yeux écarquillés. Le plus grand, presque aussi massif qu'un og're, tenait une hache dans son poing. Près de lui, une minuscule femelle blonde hoqueta et porta une main à sa bouche. Un peu plus loin, un homme très mince dont le corps semblait étiré jusqu'au point de rupture détaillait le nouveau venu avec un étonnement presque comique. On aurait dit que ses sourcils cherchaient à grimper le plus haut possible sur son front pour se mettre à l'abri dans sa chevelure argentée.

Il fut le premier à se ressaisir. Une moue désinvolte et un léger affaissement de ses épaules apprirent à Tol'chuk qu'il ne le considérait pas comme une menace. Tendant un doigt vers lui, il lança d'une voix musicale :

— On dirait que je ne suis pas le seul à m'être aventuré loin de chez moi par cette nuit de tempête.

Alors, Tol'chuk sentit son cœur faire un bond en avant. Tels des crochets profondément plantés dans sa poitrine, la sanguine nichée contre sa cuisse exerçait une irrésistible traction sur lui. Elle le prévenait que cette rencontre ne devait rien au hasard.

— Qui êtes-vous ? demanda-t-il dans la langue commune.

Le colosse et la petite femme blonde parurent surpris qu'il soit doué de parole. Leur compagnon, en revanche, ne sembla nullement impressionné.

— Qui êtes-vous ? répéta Tol'chuk.

D'un geste nonchalant, l'homme aux cheveux d'argent désigna l'ensemble de leur groupe.

— Des quêteurs, comme toi. La sor'cière nous attire tels des papillons vers une flamme.

Perplexe, Tol'chuk se frotta le nez.

— Je ne comprends pas. Quelle sor'cière ?

Son interlocuteur eut un sourire sans joie.

— Celle qui va détruire nos mondes.

Mogweed était accroupi près de l'ouverture à flanc de colline. L'entrée de l'ancien tunnel était à demi masquée par un éboulis recouvert de mousse. Les racines d'un chêne rabougri qui poussait un peu plus haut dans la pente traversaient le plafond et pendaient devant le trou tels les barreaux d'une cellule. À en juger par la taille de l'arbre et l'épaisseur du lichen, ce passage devait être aussi ancien que la forêt.

Mogweed remarqua que toute la vallée semblait jonchée de ruines – dalles effritées et tronçons de murs effondrés. Peut-être s'agissait-il d'une mine abandonnée. Il avait entendu dire que les Dents étaient « cariées » par une multitude de galeries ouvrant sur des gisements d'or et de pierres précieuses. À cette pensée, il se rapprocha de l'ouverture et se pencha pour en scruter l'intérieur.

Il fronça le nez. Le tunnel empestait les excréments d'animaux et le musc d'ours. Mais l'odeur devait être très ancienne, car le rideau de racines était trop dense pour livrer passage à un plantigrade. Fardale avait déjà eu beaucoup de mal à se glisser au travers.

Si aucun prédateur n'était tapi là-dedans, ce tunnel ferait un parfait abri où attendre la fin de l'orage, songea Mogweed. Il entendit son frère renifler dans les profondeurs obscures.

— Tu as trouvé quelque chose ? appela-t-il.

Évidemment, Fardale ne pouvait pas lui répondre. Un contact visuel, les yeux dans les yeux, était nécessaire pour communiquer par télépathie à la manière des si'lura. Mais le son de sa propre voix dissipa l'appréhension qui enveloppait son cœur telle une toile d'araignée tandis qu'il se recroquevillait parmi des arbres inconnus.

Quelques instants plus tôt, il aurait juré avoir entendu un cri non loin. Mais le tonnerre et la pluie l'avaient très vite englouti, et à présent, il se demandait si ses oreilles ne lui avaient pas joué un tour. Ce n'était sans doute que le hurlement du vent…

Et où était donc passé l'og're ?

Mogweed fut un peu choqué d'éprouver de l'inquiétude. L'absence de cette créature massive, capable de le casser en deux comme une vulgaire brindille, aurait dû le soulager. Mais il avait compris que Tol'chuk ne lui voulait pas de mal, et dans cette forêt sombre dont il ignorait les dangers, le visage disgracieux de l'og're eût été un spectacle bienvenu.

Il se releva et, à la faveur d'un éclair, étudia le paysage alentour. Il s'était rendu compte que Tol'chuk se laissait distancer. L'humidité ambiante l'avait rendu malade, et au fil des jours, son état n'avait fait qu'empirer. Une journée de repos près d'un bon feu, dans un abri bien sec – voilà ce dont ils avaient tous besoin.

Ajustant sa veste de toile huilée, Mogweed s'accroupit de nouveau près de l'ouverture pour guetter la réapparition de son frère. Par chance, les perceptions aiguisées du loup lui avaient permis de découvrir ce tunnel. Comme il se penchait pour saisir une racine et sonder les ténèbres, une petite flaque de pluie qui s'était formée sur son col glissa le long de son cou. Frissonnant de la tête aux pieds, il s'exclama d'un ton irrité :

— Fardale ! Dépêche-toi de revenir avant que je gèle sur place !

Soudain, un éclair déchira l'obscurité derrière lui. La lumière se refléta sur une paire d'yeux distante d'une longueur de bras tout au plus. Avec un cri aigu, Mogweed se rejeta en arrière. Alors qu'il atterrissait sur son séant dans une flaque glacée, il réalisa que les prunelles étaient ambrées et les pupilles, fendues. Ces yeux étaient ceux de son frère.

Il regarda Fardale passer son museau entre deux racines. Si un loup était capable d'exprimer de l'amusement, c'était bien celui-là.

— Fardale, espèce de bouse moisie ! s'exclama Mogweed en se relevant d'un bond, la colère et l'embarras lui faisant oublier qu'il était frigorifié. On ne saute pas sur les gens sans prévenir !

Une lueur ironique s'alluma dans les yeux de son frère. *L'hirondelle affamée qui se focalise sur un ver de terre se fait manger par un faucon.*

— Peut-être, mais je n'ai ni ta vue perçante, ni ton odorat. Les perceptions des humains sont pitoyables ; je ne comprends même pas à quoi leur servent leurs yeux et leur nez. C'est juste un gaspillage de place sur leur figure. (En grimaçant, Mogweed essuya le fond de son pantalon maculé de boue.) Alors ? On peut y aller ?

Une image se forma dans sa tête tandis que Fardale s'extirpait du tunnel. *Un nid capitonné de plumes sèches et perché très haut dans la fourche d'un arbre.* Boitillant sur sa patte blessée, le loup le rejoignit.

Mogweed soupira.

— Enfin, je vais pouvoir me réchauffer et faire sécher ces vêtements. J'ai l'impression d'être né trempé.

Fardale le fixa et lui envoya une autre projection mentale – l'image de Tol'chuk.

— Je ne sais pas où il est. Mais si nous allumons un feu, la lueur des flammes devrait le guider jusqu'à nous.

Le loup se dandina et inclina la tête sur le côté, comme s'il envisageait de planter là son frère pour partir à la recherche du lambin.

— Il finira bien par arriver, dit très vite Mogweed, nerveux à l'idée de se retrouver seul une fois de plus. Et puis, je ne vois pas bien quel genre de prédateur pourrait menacer un og're.

Ses paroles parurent rassurer le loup, mais celui-ci continua à scruter le paysage alentour. Satisfait, Mogweed lança son paquetage entre les racines et, à force de se tortiller en tous sens, parvint à suivre le même chemin.

À l'intérieur du tunnel, il fut accueilli par un tapis d'aiguilles de pin et de feuilles détrempées qui lui montait jusqu'aux chevilles. Grimaçant, il se baissa pour ramasser son paquetage à demi enfoui dans ce bourbier. Tandis qu'il le secouait, il entendit un grondement sourd à l'extérieur. Il crut d'abord que c'était le tonnerre, puis réalisa que son frère l'avertissait d'un danger.

Il pivota juste à temps pour voir une traînée de lumière jaillir entre deux collines et filer droit vers son frère telle une flèche enflammée. Le museau en l'air, Fardale la regarda approcher en grognant.

Qu'est-ce que ça peut bien être ? Mû par sa curiosité, Mogweed se rapprocha de l'ouverture. Soudain, la traînée de lumière infléchit sa trajectoire vers lui. Il battit précipitamment en retraite alors que l'oiseau étincelant dont il distinguait désormais la silhouette plongeait vers son visage, précédé par le cri aigu qui s'échappait de son bec grand ouvert.

Mogweed se jeta à plat dos dans la fange. La créature fusa entre deux racines et s'engouffra dans le tunnel. Avec un glapissement, il se couvrit la tête de ses bras repliés. L'oiseau battit des ailes et le survola en lui éraflant le dos de la main avec ses serres. Puis il s'abîma dans les profondeurs obscures du souterrain.

Hébété, Mogweed se redressa. Fardale le rejoignit et suivit des yeux la lueur qui s'éloignait. Quand elle eut disparu au détour d'un virage, il pivota et renifla la main écorchée de son frère. Mogweed n'aurait su dire s'il le faisait par compassion ou simplement pour s'imprégner de l'odeur de l'oiseau. Il sentit le souffle tiède et l'humidité de la truffe du loup sur sa peau.

Satisfait, Fardale s'écarta de lui et s'enfonça en trottinant dans le tunnel.

— Où vas-tu ? protesta Mogweed.

Son frère lui jeta un coup d'œil par-dessus son épaule. *Une louve accroupie protège sa portée contre le serpent dissimulé dans l'herbe.* Et il s'élança sur les traces de l'oiseau brillant.

— Attends ! cria Mogweed.

Fardale ne ralentit même pas. Bientôt, Mogweed se retrouva seul. Il était à l'abri de la pluie, et en sécurité relative derrière le rideau de racines. Pourtant, son sang rugit dans ses tympans comme il tendait l'oreille pour capter le bruit des pas de son frère. Instinctivement, il porta ses mains à sa gorge vulnérable.

L'étrangeté de l'oiseau l'avait effrayé. Mogweed était familier avec la plupart des créatures ailées qui vivaient dans les contrées du Couchant, mais jamais il n'en avait vu de semblable. Celle-ci pouvait appartenir à une espèce courante sur le territoire des hommes. Pourtant, quelque chose lui disait qu'elle n'avait pas davantage sa place ici. Sa présence dans cette forêt semblait incongrue, comme si elle appartenait à un autre monde.

Pendant que Mogweed attendait en s'interrogeant sur les origines du volatile, la tempête faiblit et le crépitement de la pluie s'apaisa. Au moins le plus gros de l'orage était-il passé. Puis le si'lura capta un nouveau bruit. Peut-être avait-il toujours été là, masqué par le fracas du tonnerre, ou peut-être venait-il juste de démarrer. Il n'émanait pas du dehors, mais des profondeurs du tunnel – à l'endroit où l'oiseau et Fardale avaient disparu.

Les poils de Mogweed se hérissèrent sur ses bras. Les dernières paroles de son frère résonnèrent dans sa tête avec l'accent sinistre d'un augure. *« Une louve accroupie protège sa portée contre le serpent dissimulé dans l'herbe. »* Le bruit – un sifflement qui enflait et retombait comme si le souterrain lui-même respirait – rampait vers lui tel un millier de reptiles invisibles.

Soudain, un hurlement perçant se fit entendre. C'était un hurlement de douleur. Un hurlement que Mogweed connaissait bien. Celui de Fardale.

Un silence profond lui succéda, pesant sur le cœur du si'lura telle une pierre.

— Je ne sais rien de cette… sor'cière, dit Tol'chuk en dévisageant chacun des trois inconnus qui lui faisaient face.

En toute logique, le colosse à la hache aurait dû retenir son attention. Mais c'était le grand homme mince aux cheveux argentés qui lui inspirait le plus de méfiance. Son rictus moqueur semblait le mettre en garde contre un danger bien plus redoutable que n'importe quelle lame.

— Vos histoires ne me concernent pas, ajouta-t-il. Je vous souhaite une bonne fin de voyage.

Il recouvrit ses crocs de la main en un geste typiquement og're, destiné à montrer que ses intentions étaient pacifiques – même s'il doutait fort que ses interlocuteurs le comprennent. Puis il recula sans baisser sa garde.

— Attends ! s'écria la petite femme, luttant pour surmonter sa frayeur initiale. (Elle écarta les mèches de cheveux dégoulinants qui lui tombaient devant la figure.) La nuit est sombre et pleine de dangers. Ces bois ne sont pas sûrs.

Tol'chuk la vit jeter un bref coup d'œil au grand homme mince comme pour ponctuer son avertissement. Il marqua une pause.

— Des créatures maléfiques rôdent dans les parages, ajouta la femme. Elles cherchent des amis à nous. Sois prudent.

Tol'chuk pensa à ses propres compagnons qui déambulaient dans la forêt en toute insouciance.

— Moi aussi, j'ai des amis dans le coin, dit-il lentement. Quelle sorte de… ?

Soudain, un hurlement perçant résonna par-dessus le clapotis de la pluie. Tous les regards se tournèrent dans la direction d'où il provenait. Aussi brusquement qu'il avait déchiré l'obscurité, le son se tut.

— Des loups, grommela le colosse.

— Non, c'est l'un de mes amis, le détrompa Tol'chuk, qui avait reconnu la voix du si'lura. Fardale s'est fait attaquer. Je dois lui porter secours.

Il fit mine de s'élancer, mais le colosse le retint.

— Un instant, dit-il en brandissant sa hache. Si tu veux bien de moi, je vais t'accompagner. L'agresseur de tes amis est peut-être l'une des infâmes créatures que nous avons entraînées à notre poursuite. Si tel est le cas, tu auras besoin de mon aide.

— Oui, approuva la petite femme. Kral a raison. Permets-moi également de t'accompagner.

— Non, Nee'lahn, protesta le colosse. C'est trop dangereux.

— Cette nuit, je ne serai en sécurité nulle part dans ces bois. Je viens avec vous.

Tol'chuk regimbait à accepter leur assistance, mais il n'avait pas le temps de discuter avec eux. Sans un mot, il se détourna et s'en fut vers la source du hurlement. Il nota que le grand homme mince leur emboîtait le pas.

Nee'lahn le remarqua aussi.

— Tu n'es pas le bienvenu, el'phe, cracha-t-elle. Suis ton chemin maléfique et laisse-nous tranquilles !

— Oh, je n'ai pas l'intention de vous prêter main-forte, susurra l'interpellé. Il se trouve simplement que mon faucon de lune est parti dans cette direction.

— Tu te berces d'illusions. Aucun roi de ton peuple ne demeure en ces contrées.

— C'est ce que ton peuple a toujours prétendu.

— Taisez-vous ! aboya Kral. À force de vous chamailler, vous allez finir par nous faire repérer. À partir de maintenant, je ne veux plus entendre un mot !

Tol'chuk adressa un remerciement muet au colosse. Pourquoi toutes ces races étaient-elles si bavardes ? Faute de compagnon à qui parler, Mogweed se lançait souvent dans de pénibles monologues, comme s'il chérissait le son de sa propre voix.

Vaguement inquiet pour lui et pour Fardale, Tol'chuk entraîna le reste du groupe vers une crête. Il la franchit et s'engagea dans une pente abrupte, difficile à négocier. Par chance, des tas de pierres effritées jonchaient le sol, offrant des prises parmi le tapis de boue et de feuilles détrempées.

Arrivé au fond d'une petite cuvette, Tol'chuk hésita. Il lui avait semblé que le hurlement provenait d'un endroit tout proche, mais la forêt perturbait ses perceptions. Où devait-il chercher ?

Soudain, un mouvement attira son attention. Tournant la tête, il aperçut Mogweed qui se débattait parmi les racines d'un gros chêne comme si l'arbre s'efforçait de l'immobiliser. Puis il reconnut la gueule noire caractéristique d'une caverne dont le si'lura tentait de s'extirper à reculons. Le paquetage qu'il traînait sur le sol s'accrocha à un obstacle invisible et lui échappa des mains. Son élan le fit pivoter vers les nouveaux venus. Apercevant les inconnus massés derrière Tol'chuk, il sursauta et battit précipitamment en retraite.

L'og're s'avança.

— N'aie pas peur, Mogweed. Ces gens ne te veulent pas de mal.

Le si'lura déglutit à plusieurs reprises, comme s'il essayait de libérer sa langue. D'un bras tremblant, il désigna l'entrée de la caverne.

— Far… Fardale a des ennuis.

— Je l'ai entendu crier, acquiesça Tol'chuk. Que s'est-il passé ? Où est ton frère ?

— Un oiseau… Un maudit oiseau nimbé de lumière l'a entraîné dans les profondeurs du tunnel.

— Le faucon de lune ! s'exclama Nee'lahn d'un ton indigné. C'était l'oiseau de l'el'phe. Vous voyez ? Je vous avais bien dit qu'on ne pouvait pas lui faire confiance !

— Mon familier n'a pas attaqué votre ami, contra le grand homme mince. À moins que celui-ci ait été assez stupide pour le menacer. Comme tous les el'phes, il est simplement entraîné à survivre.

Tol'chuk pivota vers ses compagnons. Les yeux plissés, Nee'lahn foudroyait l'el'phe d'un regard haineux. Mais avant qu'elle puisse riposter, le colosse nommé Kral gronda :

— Je me fiche de vos querelles ancestrales. (Il braqua un index sur l'el'phe.) Toi ! Dis-nous ce qu'il y a dans ce tunnel. Et…

Une main blanche et fine se leva vivement pour l'interrompre.

— Tout d'abord, je m'appelle Méric – Méric de la Maison Étoile-du-Matin. Et j'ignore tout de ce tunnel. Mon faucon suit la piste de notre roi perdu. C'est lui qui a choisi cette route souterraine, pas moi.

— Il ment ! cracha Nee'lahn.

— Je ne vois pas pourquoi j'essaierais de vous embobiner, répliqua froidement Méric.

Il se dirigea vers l'entrée du tunnel à grandes enjambées décidées. Mogweed s'écarta d'un bond. Comme Tol'chuk, il percevait le danger palpable qui émanait de l'el'phe.

Pourtant, l'og're emboîta le pas à Méric. Il se sentait responsable de Fardale. Si le si'lura était en difficulté, c'était partiellement sa faute. Il n'aurait pas dû se laisser distancer. S'il était resté avec les deux frères, peut-être aurait-il pu les protéger. Peu de créatures étaient capables de franchir les défenses d'un og're.

Devant lui, Méric se plia en deux et se faufila souplement entre les racines. Tol'chuk réalisa qu'il ne pourrait pas en faire autant. Il tenta d'en arracher quelques-unes, mais même un og're ne pouvait rien contre la prise d'un chêne plusieurs fois centenaire sur son sol natal. Entre les racines, il vit Méric sortir une pierre de sa poche et la frotter entre ses paumes, puis souffler dessus comme pour raviver une braise mourante. Une lumière verdâtre jaillit de la pierre. Méric leva celle-ci à bout de bras et disparut dans le tunnel.

Tol'chuk sentit une présence dans son dos. L'instant d'après, la voix du colosse résonna à son oreille.

— Je vais nous ouvrir un passage.

Il s'écarta pour laisser à Kral la place de manœuvrer sa hache.

— Arrête ! (Nee'lahn bondit en avant et, de sa main minuscule, écarta la lame que brandissait son compagnon.) Cet arbre n'a fait de mal à personne.

Avec une expression respectueuse, elle posa ses paumes sur les racines et, après avoir incliné la tête, les écarta aussi facilement que si elle rabattait le rideau de cuir masquant l'entrée de la caverne d'un og're. Tol'chuk, qui venait d'éprouver leur robustesse, fut impressionné par le pouvoir contenu dans les mains de cette femme minuscule.

Il ne fut pas le seul. Mogweed, qui se tapissait derrière lui, poussa un grognement de surprise.

— Une nyphai, souffla-t-il, émerveillé. Je croyais qu'elles étaient toutes mortes depuis longtemps.

Personne ne releva sa phrase, mais Tol'chuk vit le si'lura plisser les yeux et jauger la petite femme blonde du regard.

— Nee'lahn, lança Kral, étant donné ton opinion sur l'el'phe, peut-être vaudrait-il mieux que tu retournes auprès de Rockingham. L'og're et moi pouvons régler ce problème seuls.

Sa compagne fit mine de protester, mais il enchaîna :

— Et puis, ça fait un moment que nous l'avons laissé. Ses poignets doivent commencer à lui faire mal.

Tol'chuk ignorait qui était ce Rockingham dont parlait Kral, mais l'argument parut avoir raison des réticences de Nee'lahn.

— Les bois ne sont pas sûrs pour une femelle seule, intervint-il, surpris par l'inquiétude qu'il ressentait pour la nyphai.

— Merci de te préoccuper de ma sécurité, répliqua froidement Nee'lahn, comme s'il l'avait offensée sans le vouloir. Mais dans la forêt, je n'ai rien à craindre.

Mogweed jeta un coup d'œil à l'entrée du tunnel.

— Je… Je peux l'accompagner pour la protéger, balbutia-t-il.

Avant que quiconque puisse lui faire remarquer qu'il semblait avoir bien plus peur qu'elle, Kral hocha la tête.

— Très bien. La question est réglée.

Plié en deux, il franchit le rideau de racines écartées et s'enfonça dans le passage obscur. Tol'chuk le suivit, le dos courbé et un poing appuyé sur le sol.

— Soyez prudents, lança Nee'lahn derrière eux. Et prenez garde à l'el'phe !

Craignant de l'insulter de nouveau, Tol'chuk ne répondit pas.

Bientôt, la maigre lueur du clair de lune s'estompa derrière les deux colosses, cédant la place à des ténèbres que même la vision d'un og're avait du mal à percer. Tol'chuk entendait son compagnon grogner chaque fois qu'il heurtait un obstacle dans le noir.

— Méric et sa lumière ne doivent plus être très loin devant nous, dit Kral en marquant une pause pour masser son tibia meurtri.

Tol'chuk garda le silence. Un bourdonnement ténu, presque imperceptible, l'empêchait de se concentrer sur les propos de Kral. Ne sachant pas si le bruit venait du tunnel ou de l'intérieur de sa tête, il se cura les oreilles du petit doigt.

Puis Kral se remit en marche, et le raclement de ses bottes sur la pierre oblitéra le bruit. Tol'chuk le suivit en tendant l'oreille. À la sortie d'un tournant, le bourdonnement devint si fort que même les pas de son compagnon ne purent plus le masquer.

Kral s'arrêta, intrigué.

— Tu entends ? chuchota-t-il.

À présent, Tol'chuk distinguait une lueur sourde à l'angle du virage suivant.

— Oui, et je vois de la lumière, dit-il tout bas, en tendant le doigt.

Kral s'avança en prenant bien garde à lever les pieds pour ne pas faire de bruit. Tol'chuk tenta de l'imiter, mais ses griffes refusèrent de coopérer et cliquetèrent sur la pierre telles les pattes d'un crabe des roches.

Comme ils atteignaient le tournant, la lumière s'intensifia. Sa source se dirigeait vers eux.

— Quelqu'un approche, souffla Kral.

— Tu crois que c'est Méric ?

Tol'chuk n'avait pas plus tôt fini de poser sa question qu'une petite pierre brillant d'une lumière verdâtre roula vers eux et vint rebondir sur la botte de Kral.

— C'est celle de l'el'phe.

Kral se pencha et la ramassa. Il l'examina un instant, puis la passa à Tol'chuk. Autour d'eux, le bourdonnement s'était changé en sifflement.

Kral désigna une tache à la surface phosphorescente de la pierre.

— Du sang.

26

Le hurlement qui se répercutait depuis l'autre côté du gouffre fit sursauter Elena. Même oncle Boln parut ébranlé ; il marmonna qu'il n'y avait plus de loups dans cette région depuis une éternité.

Le son aigu fendit le sifflement des gobelins des roches tel un couteau projeté à travers une nappe de brouillard et vint se planter dans le cœur de la jeune fille, crevant le réservoir de sa détermination. Incapable de s'enfoncer davantage dans le précipice, elle se figea sur les marches. Des visions de créatures torturées et de crocs déchiquetant de la chair dansaient dans sa tête.

Tremblant de tout son corps, elle écarquilla les yeux pour percer les ténèbres qui l'enveloppaient. Elle s'attendait à voir des griffes en jaillir d'un instant à l'autre pour l'attirer dans une obscurité avide qui jamais ne la restituerait à la lumière du jour. La lanterne de son oncle ne pouvait pas grand-chose contre une noirceur si étouffante.

Une main se posa sur l'épaule d'Elena.

— Fais attention, ma chérie. (Boln la tira vers lui, à l'écart du vide.) Le temps finit par affaiblir même la pierre. Le bord des marches n'est pas solide. Si légère que tu sois, il risque de s'effriter sous tes pieds. Reste près du mur.

Elena se rapprocha prudemment de la paroi.

Er'ril s'était immobilisé quatre marches plus bas, face au gouffre. La lumière vacillante de la lanterne projetait des ombres dansantes sur son visage ; elle lui donnait l'apparence d'un crâne dénudé et grimaçant, aux yeux enfoncés dans leur orbite et aux lèvres mortes.

Elena frissonna. Puis la flamme se redressa, restituant à Er'ril son expression habituelle de méfiance à la fois tendre et bourrue.

Er'ril surprit le regard de la jeune fille.

— Nous devons nous dépêcher si nous voulons rattraper notre voleur.

Oncle Boln acquiesça. Le guerrier pivota d'un quart de tour et recommença à descendre, la pointe de son épée braquée devant lui.

— Mon oncle, chuchota Elena en restant tout près de lui et de sa lumière, si Er'ril a raison et si les gobelins cherchent vraiment à nous entraîner par là, que peuvent-ils bien vouloir de nous ?

Dans sa poitrine, la crainte qu'elle avait du mal à contenir se tortilla et parvint à s'échapper. Après tout ce qui lui était arrivé depuis le coucher du soleil, la veille, elle devinait sans peine la réponse à sa propre question. La lueur d'inquiétude qui brilla dans les yeux de son oncle ne fit que confirmer ses soupçons. C'était elle que les gobelins désiraient.

Mais bien entendu, Boln ne voulait pas effrayer sa nièce.

— Qui peut lire dans les pensées de ces créatures qui n'ont jamais vu le soleil ? Ils doivent juste vouloir s'amuser à nos dépens. Ce sont des voleurs et des roublards notoires.

Même si elle ne le croyait pas du tout, Elena hocha la tête. Oncle Boln n'avait pas besoin qu'elle ajoute à son inquiétude. Déglutissant pour ravaler le nœud qui bloquait sa gorge tel un croûton de pain sec, elle lui adressa un faible sourire. Le vieillard la poussa doucement devant lui.

Un peu plus bas, Er'ril s'était arrêté à la lisière de la lumière comme au bord d'un océan de ténèbres. Son visage était tourné vers eux, et une expression étonnée plissait ses traits d'ordinaire si lisses. Mais ses yeux ne les regardaient pas : ils fixaient un point par-dessus la tête d'Elena.

— Quelque chose approche, dit-il en désignant, de la pointe de son épée, l'obscurité derrière la jeune fille.

À ces mots, la crainte tapie dans la poitrine d'Elena s'agita de plus belle. Elle pivota en même temps que son oncle. Un œil brillant trouait les ténèbres. Il descendait lentement, oscillant de droite et de gauche comme s'il cherchait quelque chose.

— Qui… ? commença oncle Boln.

D'un sifflement, Er'ril lui intima le silence.

Un instant, l'œil de lumière s'immobilisa au milieu du rideau d'obscurité. Puis il fonça droit sur eux.

Aussi furtif qu'un fantôme, Er'ril se glissa près d'Elena et la poussa derrière lui. Les trois compagnons reculèrent jusqu'au mur. Protégée par les deux hommes, Elena frémit et se plaqua contre la roche. Quelle nouvelle horreur allait encore s'abattre sur elle ?

Puis la lumière les atteignit, et la jeune fille hoqueta – non de terreur, mais d'émerveillement. Un oiseau nimbé d'une radiance bleutée, couleur de soleil se reflétant sur de l'eau, planait vers elle sur ses ailes déployées. Comme il se rapprochait, elle distingua de subtils reflets roses et cuivrés sur son plumage.

L'oiseau s'arrêta au-dessus du vide, en suspens sur des courants d'air invisibles qui le ballottaient doucement. Ses yeux pareils à deux billes de charbon étudièrent les trois humains pelotonnés contre le mur.

— Incroyable ! souffla oncle Boln. Je croyais qu'ils avaient disparu de nos contrées depuis longtemps.

Er'ril n'avait pas baissé sa garde.

— Qu'est-ce que c'est ? demanda-t-il avec sa méfiance coutumière. Un oiseau cavernicole ?

— Non. Il appartient au monde de la surface, le détrompa Boln. Ses plumes retiennent le clair de lune, ce qui lui permet de chasser même par la plus sombre des nuits.

— J'ai rencontré beaucoup de créatures au cours de mes voyages, mais aucune qui ressemble à ça.

— Il est issu d'une époque très reculée, où votre plus lointain ancêtre n'avait pas encore vu le jour.

— Alors, qu'est-ce que c'est ? s'enquit Elena, curieuse.

Comprenant qu'elle ne courait aucun danger, les deux hommes se détendirent et la laissèrent se glisser entre eux pour examiner l'oiseau de plus près. La jeune fille, qui se souvenait de l'avertissement de son oncle, s'immobilisa à un pas du bord des marches.

— Je pense que c'est un faucon de lune, révéla Boln. Bien sûr, je n'en ai jamais vu : j'ai seulement lu leur description sur des parchemins qui tombaient en poussière. (La voix du vieillard se fit lointaine, comme s'il conjurait des souvenirs profondément enfouis dans sa mémoire.) Certains écrits les qualifient de créatures glorieuses, animées par les plus nobles intentions ; d'autres, d'oiseaux de mauvais augure.

Elena n'avait pas entendu grand-chose hormis le nom de l'oiseau : un faucon de lune ! Fascinée par sa beauté, elle tendit la main vers lui. Si seulement elle avait eu une croûte de pain pour l'attirer à elle, comme les oies grasses qui s'ébattaient dans la mare aux Érables ! Ou peut-être un morceau de viande, corrigea-t-elle, car avec un bec si crochu et des griffes si acérées, il ne pouvait être qu'un rapace. Mais que chassait-il donc dans ces souterrains obscurs ?

Elle se pencha en avant pour tenter de l'atteindre. L'oiseau fléchit ses ailes, et son éclat s'intensifia alors qu'il se rapprochait en prenant un peu d'altitude. Elena leva le bras pour suivre sa trajectoire. À présent, elle pouvait presque le toucher ; le bout de ses doigts effleurait le halo d'azur qui l'enveloppait. D'un doux roucoulement, elle l'implora de ne pas avoir peur d'elle.

— Sois prudente, ma chérie, lui enjoignit son oncle comme le faucon de lune descendait vers elle.

La lumière bleutée ganta la main d'Elena. Un joyeux ravissement dissipa les derniers lambeaux de peur dans sa poitrine.

Soudain, l'oiseau poussa un glapissement. À l'instant où il allait se poser sur la main de la jeune fille, son perchoir s'était volatilisé.

Un cri s'échappa de la gorge d'Elena comme pour faire écho à celui du faucon. Celui-ci battit frénétiquement des ailes et remonta dans les airs. La jeune fille ne lui prêta aucune attention. Les yeux écarquillés, elle fixait son avant-bras. Au-delà de son poignet, ce n'était que ténèbres, comme si l'obscurité du gouffre avait avalé sa main.

Effrayée, elle battit en retraite. Elle s'attendait à voir du sang jaillir de son moignon, à sentir une douleur aiguë la submerger. Mais quand elle replia son bras contre sa poitrine, sa main réapparut, intacte.

Elle poussa un grognement. Dans la lumière de la lanterne, sa main brillait de nouveau d'un éclat rouge vif. Des tourbillons plus foncés, presque noirs, se dessinaient sur sa peau.

Un sanglot fit tressaillir sa gorge. *Non, pas encore !* Elle tendit la main vers son oncle comme pour le supplier de faire disparaître la tache. Alors, le faucon de lune piqua vers elle dans une traînée scintillante et se posa sur sa main écarlate.

Son poids faillit faire plier le bras d'Elena. Mais avant de pouvoir être délogé de son perchoir, l'oiseau lui planta ses serres dans la paume – assez fort pour percer sa peau. Quelques gouttes de sang pareilles à de grosses larmes se formèrent autour de ses griffes.

Au prix d'un gros effort, Elena stabilisa son bras. Le faucon desserra légèrement son étreinte. Les griffes qu'il venait de dégager brillaient maintenant d'une lueur argentée. Stupéfaite, l'adolescente en oublia sa consternation.

L'oiseau pencha la tête sur le côté pour étudier ses doigts. L'idée qu'il les considérait peut-être comme un dîner potentiel traversa l'esprit d'Elena. Mais il se contenta d'incliner le cou et de frotter sa couronne de plumes sur la main tremblante de la jeune fille.

Satisfait, il se redressa, étendit ses ailes et poussa un cri de triomphe qui se répercuta dans la caverne tandis que son plumage dardait une lumière aveuglante.

— Alors, qu'est-ce que vos parchemins disent de ça ? demanda Er'ril en désignant le faucon juché sur le poignet d'Elena.

Après son éclat bruyant, l'oiseau s'était calmé et avait entrepris de lisser ses plumes du bec. Er'ril ne savait pas ce qui le perturbait le plus : le comportement du rapace ou le fait qu'il venait d'assister à l'éclosion du pouvoir d'une sor'cière. Son regard ne cessait de revenir vers la main rougie de l'adolescente. Il avait accepté les révélations de Boln, mais en constater la véracité de ses yeux l'avait tout de même secoué.

— Comme je l'ai mentionné tout à l'heure, répondit Boln, ramenant vers lui l'attention du guerrier, les textes ne sont pas tous d'accord sur le sujet des faucons de lune.

— Et la main d'Elena ? insista Er'ril. Je croyais que les mages avaient besoin de la lumière du soleil pour régénérer. Comment a-t-elle pu rafraîchir sa Rose dans ce trou ?

D'un index, Boln se gratta derrière l'oreille.

— Peut-être grâce au clair de lune de l'oiseau. Je me souviens avoir lu les écrits d'un alchimiste disparu depuis longtemps qui pensait que le clair de lune n'était que le reflet de la lumière du soleil. (Il agita la main.) Bien entendu, il a péri sur le bûcher pour avoir osé proférer un tel blasphème. Mais après la scène dont nous venons d'être témoins, nous serions en droit de nous interroger…

Le regard du vieillard se posa sur l'oiseau. Elena se rendit compte que les deux hommes l'observaient.

— Je peux le garder ? demanda-t-elle, le reflet de la lumière argentée faisant briller ses yeux.

— C'est une créature sauvage. Je ne crois pas qu'il soit possible de contrôler son cœur. Il prend ses propres décisions, et pour une raison que j'ignore, il t'a choisie.

— Crois-tu qu'il restera avec moi ?

Boln haussa les épaules.

— Qui sait ? Mais je crains que ces souterrains l'effraient. Il n'a dû s'y aventurer que pour se mettre à l'abri de l'orage. Une fois ressorti dans la forêt, je pense qu'il s'envolera.

Er'ril tourna le dos au vieillard et à sa nièce pour étudier l'escalier. Ils n'avaient déjà que trop perdu de temps avec cet oiseau égaré. Rare ou pas, le faucon de lune ne devait pas les détourner de leur quête.

Le gobelin qui avait emporté la clé devait déjà être loin. Selon toute probabilité, il serait impossible à retrouver dans ce dédale. Mais Er'ril ne pouvait se résoudre à abandonner la poursuite. Il n'existait que deux exemplaires de cette clé ; celui-ci lui avait été remis par la Fraternité pour honorer sa famille et récompenser son sacrifice.

Il sentit le moignon de son bras droit le démanger. Un souvenir encore cuisant lui fit fermer les yeux. Oui, il avait chèrement payé cette clé. Il n'était pas question qu'il l'abandonne à ces misérables créatures.

En frissonnant, il rouvrit les yeux et leva son épée.

— Nous devrions nous remettre en route. La piste refroidit.

Boln acquiesça et ramassa la lanterne qu'il avait posée sur les marches.

— L'avantage, c'est que nous disposons désormais de deux sources de lumière, dit-il en désignant l'oiseau du menton. Ça devrait nous permettre d'avancer plus vite.

— Si nous attendons encore, même le soleil à son zénith ne pourra plus nous aider, grommela Er'ril.

Il recommença à descendre. Ses bottes claquaient sur la pierre, suivies par le pas plus léger de ses deux compagnons. Si irrité soit-il par le délai que leur avait imposé l'oiseau, il réalisa très vite que Boln avait vu juste. La lueur argentée mettait en évidence les plaques de mousse et les flaques de boue sur lesquelles ils auraient pu glisser. Elle révélait également de petites empreintes de pieds aux orteils en éventail.

Er'ril désigna les traces du bout de son épée. Boln hocha la tête. Ils tenaient là une preuve que le gobelin qu'ils pourchassaient n'était pas un fantôme, mais une créature de chair et de sang. Ils poursuivirent leur chemin dans un silence prudent.

Autour d'eux, l'humidité s'intensifia. L'air s'épaissit et se condensa, formant une fine brume. Er'ril avait de plus en plus de mal à respirer. Derrière lui, Boln siffla :

— Êtes-vous certain… qu'il n'y a pas d'autre moyen… de déverrouiller l'accès de Val'loa ? Avons-nous réellement… besoin de cette clé ? La magie d'Elena pourrait peut-être…

— Non ! aboya Er'ril. Je dois… Il nous faut cette clé.

— Et je ne veux pas faire de magie, renchérit Elena d'un ton lugubre.

Son oncle lui tapota la tête. Il voulait la rassurer, mais il ne réussit qu'à arracher un cri menaçant au faucon. L'oiseau gonfla la poitrine et braqua son regard noir sur les doigts du vieil homme. Celui-ci retira très vite sa main.

— Bien. Je vois que je suis en infériorité numérique, murmura-t-il.

Er'ril pressa le pas : un peu pour ne pas laisser refroidir la piste, beaucoup pour ne pas donner à Boln une occasion de le convaincre. Déjà, il s'interrogeait en son for intérieur. Et s'il existait d'autres moyens d'accéder à la cité perdue ? Et si Elena était capable de déchirer le voile magique qui entourait Val'loa ? Et s'ils n'avaient pas réellement besoin de la clé ?

Il agrippa la poignée de son épée jusqu'à ce que ses jointures blanchissent et que sa main lui fasse mal. Non. La clé lui appartenait.

— Ralentissez un peu, Er'ril, réclama Boln d'une voix rauque, tendue. (Sa respiration était de plus en plus sifflante et laborieuse.) Je n'ai pas votre agilité, et ces marches sont aussi visqueuses que le dos d'une salamandre.

Er'ril obtempéra – pas tant pour accéder à la requête du vieil homme que parce que les lumières jumelles du faucon et de la lanterne venaient de découper la dernière marche devant lui.

Ils avaient atteint le fond du gouffre.

Le guerrier leva une main pour empêcher Boln et Elena de le suivre tant qu'il n'aurait pas vérifié que la voie était libre. Plaqué au mur, il s'avança jusqu'à la limite du cercle de lumière en brandissant son épée et en écarquillant les yeux pour mieux voir.

Au bas de l'escalier, un chemin étroit serpentait entre des éboulis et des piles de gravats. Très loin devant lui, Er'ril distingua une balafre sombre dans la paroi rocheuse d'en face. Était-ce l'entrée d'un tunnel, et le chemin menait-il jusque-là ?

Tandis qu'il scrutait les environs en quête de gobelins ou autres créatures tapies en embuscade, il entendit un raclement de semelles derrière lui. La pénombre recula comme ses compagnons le rejoignaient.

— Alors, votre verdict ? chuchota Boln.

Er'ril réprima une réplique cinglante. Pourquoi le vieillard et sa nièce avaient-ils désobéi à ses instructions ? Au lieu de tourner la tête vers eux, il continua à étudier le fond du gouffre.

Son regard se posa de nouveau sur la balafre noire. Oui, c'était bien l'entrée d'un tunnel, réalisa-t-il à la faveur de la lumière plus intense qu'auparavant. Pas un couloir à demi effondré comme ceux de l'ancienne académie, mais une crevasse naturelle qui s'ouvrait à trois ou quatre mètres de hauteur et s'élargissait en descendant vers le sol.

Soudain, quelque chose remua près de la fissure. Er'ril se tendit. Une petite forme sombre venait de jaillir entre deux rochers, à l'autre bout du chemin. Arrivée à l'entrée du tunnel, elle s'immobilisa. Er'ril eut l'impression qu'elle pivotait vers lui et le narguait d'un sourire moqueur. Puis elle bondit à l'intérieur de la crevasse et disparut.

— Dépêchez-vous ! gronda le guerrier. Nous sommes tout près du but. Mais gardez l'œil ouvert. Je ne fais aucune confiance à ces gobelins.

Elena autorisa le faucon à remonter le long de son bras pour se percher sur son épaule. Les serres de l'oiseau s'enfoncèrent à travers sa chemise et lui pincèrent la peau, comme s'il refusait de laisser fût-ce une mince couche de tissu s'interposer entre lui et la chair de la jeune fille. Il se pelotonna contre son cou, mais continua à tourner la tête de droite et de gauche pour scruter le fond du gouffre. *En voilà au moins un qui m'écoute*, grinça Er'ril en son for intérieur.

Sans rien ajouter, le guerrier s'engagea sur le chemin qui traversait les éboulis. Boln poussa doucement sa nièce ; Elena remarqua toutefois qu'il prenait bien garde à ne pas approcher sa main du bec de l'oiseau. Elle remarqua aussi que le souffle du vieillard s'étranglait dans sa gorge. Elle-même devait respirer par la bouche pour ne pas suffoquer. Elle leva les yeux vers Boln, qui lui adressa un faible sourire. Son teint paraissait presque cendreux, mais ce n'était peut-être qu'une illusion due à la lumière argentée du faucon.

— Mieux vaut ne pas nous laisser semer par Er'ril.

D'un signe de tête, le vieillard invita sa nièce à le précéder pendant qu'il fermerait la marche et surveillerait leurs arrières.

Elena emboîta le pas à Er'ril, qui avait déjà pris une bonne longueur d'avance. Ne craignant plus de tomber et de se rompre le cou, il progressait à toute allure. La jeune fille dut presque courir pour le rattraper.

Jetant un coup d'œil par-dessus son épaule, elle vit que son oncle était encore loin derrière. Il marchait le dos courbé, en s'essuyant le front de sa manche. On aurait dit que sa main tremblait. Elena hésita. Elle allait demander à Er'ril de ralentir lorsque le guerrier leva la main en signe d'avertissement.

Soulagée qu'il ordonne une halte, Elena couvrit rapidement la distance qui la séparait encore de lui.

— Mon oncle…, commença-t-elle en le désignant du pouce. (Surprise de constater combien elle était essoufflée, elle aspira une goulée d'air avant de continuer.) Il a besoin de se reposer.

Er'ril poussa un grognement inintelligible. Du regard, il étudiait un amas de rochers empilés tels des œufs de dragon sur la droite du chemin.

— Reste ici ! ordonna-t-il en se dirigeant vers eux.

Elena obéit en se dandinant nerveusement. Elle tourna la tête. Oncle Boln traînait les pieds, et il marchait en se tenant le flanc gauche comme s'il avait un point de côté. Quand il vit que ses compagnons s'étaient arrêtés, il ralentit encore. En grimaçant, Elena se faufila sur les traces du guerrier.

Er'ril dut entendre le bruit de ses pas ou remarquer l'ombre de sa silhouette. Il pivota vers elle.

— Écoute, fillette. Je t'ai demandé de ne pas bouger. Je dois vérifier qu'il n'y a pas de créatures tapies en embuscade dans les parages, et en cas de problème, tu ne ferais que me gêner.

— Mais il fait tout noir par ici. Ma lumière vous permettrait d'y voir plus clair.

À l'idée de se retrouver seule, Elena sentit poindre des larmes. Elle jeta un coup d'œil à son oncle, qui s'était affaissé contre un gros rocher une bonne distance en arrière.

— Peut-être, mais elle signalerait mon approche aussi sûrement qu'une centaine de flambeaux, répliqua Er'ril. Je préfère y aller seul. Retourne vers ton oncle.

Elena acquiesça à contrecœur et redressa les épaules pour montrer qu'elle n'avait peur de rien. Le tremblement de sa lèvre inférieure gâcha légèrement son courageux effort.

Er'ril lui adressa un petit sourire. Un élan de compassion amusée fendilla le masque sévère qu'il arborait de coutume, révélant des lignes d'expression très marquées. La jeune fille réalisa que, jadis, il avait dû avoir le sourire facile.

— La peur est un sentiment universel, Elena, lui dit-il gentiment. Nul n'est immunisé contre elle. Mais parfois, les circonstances exigent que nous la mettions de côté pour avancer. Ne laisse pas la tienne te contrôler.

— Et vous ? Ça vous arrive d'avoir peur ?

Pendant un long moment, Er'ril fixa la jeune fille en silence. Puis il haussa les épaules. Le regard perdu dans le lointain, il murmura :

— Depuis que j'ai perdu mon frère, je ne me suis jamais vraiment senti en sécurité.

Elena lui toucha le coude.

— Moi non plus, avoua-t-elle d'une toute petite voix.

Er'ril parut d'abord surpris. Puis il se souvint.

— Nous délivrerons ton frère, promit-il.

— Joach me manque tellement !

— Une chose est certaine : ce n'est pas ici que nous le trouverons. Nous devons continuer. Maintenant, va aider ton oncle pendant que je reconnais les environs. On dirait qu'il a bien besoin d'une épaule sur laquelle s'appuyer.

Elena hocha la tête. Le tremblement qui l'agitait s'apaisa. Er'ril la dévisagea un instant, puis tourna les talons et se dirigea vers l'amas de rochers en brandissant son épée. Elle le vit se plier en deux et disparaître derrière une pierre de la taille d'une maisonnette.

Pendant quelques secondes, elle le guetta du regard. Elle ne distinguait aucun mouvement, mais les ombres épaisses qui s'accrochaient à l'éboulis auraient pu dissimuler n'importe quoi. Et avec le faucon de lune perché sur son épaule, elle devait être aussi repérable qu'une étoile solitaire brillant dans un ciel nocturne – une cible parfaite.

Un frisson parcourut son échine comme si quelqu'un lui avait caressé la nuque d'un doigt glacé. Soudain, elle avait l'impression que des yeux malveillants la fixaient. Elle recula sans détacher son regard de l'éboulis.

N'avait-elle pas vu bouger quelque chose sous le rocher en forme de grange à demi effondrée ? Comme elle battait en retraite, le reflux de sa lumière modifia l'agencement des ombres. Celles-ci s'agitèrent telles des créatures vivantes et frétillant de malice. Peut-être avaient-elles englouti le guerrier et cherchaient-elles une nouvelle proie.

Elena recula plus vite. Un de ses talons heurta un caillou ; un glapissement s'échappa de sa gorge comme la petite masse grise et dure filait sur le côté. Ce n'était pas une pierre, mais une sorte de crabe qui détala en faisant cliqueter ses pinces et disparut dans la pénombre.

Un fourmillement parcourut la peau d'Elena tandis qu'elle imaginait des dizaines de créatures grouillant dans l'obscurité autour d'elle. Pivotant, elle s'élança vers l'endroit où elle avait aperçu oncle Boln pour la dernière fois. Un rocher le masquait à sa vue, mais de l'autre côté, sa lanterne brillait tel un signal lumineux.

— Oncle Boln, appela Elena en contournant l'obstacle.

Elle repéra le vieillard quelques pas plus loin et s'arrêta net. Il gisait immobile sur la pierre froide, sa lanterne renversée près de lui.

Pendant quelques secondes, le choc paralysa les pieds d'Elena et étrangla son souffle dans sa gorge. *Oncle Boln !* L'idée de perdre un autre membre de sa famille lui était insupportable. Elle recula d'un pas, comme si elle pouvait nier la réalité en la fuyant.

Puis elle vit remuer la poitrine du vieil homme. Il n'était pas mort ! Il respirait toujours, mais semblait évanoui.

Le soulagement trancha les ficelles qui maintenaient Elena debout. Ses genoux faillirent céder sous elle ; elle lutta pour ne pas s'écrouler. Elle se précipita vers le vieil homme et se laissa tomber à genoux près de lui.

Décontenancé par ce brusque mouvement, le faucon de lune glapit et battit des ailes. Sa lumière argentée s'intensifia, nimbant la silhouette inerte de Boln.

Elena saisit la main de son oncle. La peau du vieillard était froide et étrangement moite, ses joues livides comme celles d'un cadavre. Elle lui tapota la main en balbutiant :

— Oncle Boln, réveille-toi ! Ne me laisse pas toute seule. Je t'en supplie, réveille-toi !

Elle lui toucha le front. Celui-ci était brûlant de fièvre. À son contact, Boln s'agita. Un gémissement sourd monta de sa gorge telle la vapeur d'une casserole d'eau bouillante. Si ténu soit-il, le son se propagea dans le silence de la caverne.

La tête du vieillard roula de droite et de gauche comme s'il se débattait dans les griffes d'un cauchemar. Il ne reprit pas connaissance pour autant. Elena lui donna de petites tapes sur les joues et lui massa les poignets – sans résultat. Hoquetant de détresse, elle promena un regard à la ronde. Elle avait besoin d'aide. Où était donc Er'ril ? Elle n'osait pas l'appeler. Elle avait trop peur de l'attention indésirable qu'elle risquait d'attirer.

Alors qu'elle tendait l'oreille, guettant le retour du guerrier, la jeune fille capta un doux clapotis. De l'eau courante ! Un ruisseau souterrain devait couler non loin de là. Elle se concentra pour repérer l'origine du son. Là, derrière cette colonne de pierre. Elle baissa les yeux vers oncle Boln et hésita. Un peu d'eau fraîche sur ses lèvres le ramènerait peut-être à lui. Mais oserait-elle l'abandonner le temps d'aller en chercher ?

Le corps du vieillard se détendit comme si ses cauchemars s'étaient évanouis, mais sa respiration se changea en un gargouillis rauque. Effrayée, Elena porta une main à sa gorge. Elle ne pouvait pas rester là et le regarder mourir.

Malgré elle, son regard dériva vers sa main droite. Sur sa peau, les tourbillons d'un rouge plus foncé semblaient s'agiter au rythme de ses trépidations. Sa magie pouvait-elle aider son oncle ? Une image de ses parents consumés par les flammes s'imposa à son esprit. Non, elle ne pouvait pas prendre ce risque. Elle devait aller chercher de l'eau. En courant, il ne lui faudrait que quelques instants pour atteindre le ruisseau.

Avant que la peur puisse la paralyser, Elena se releva et s'élança. Le faucon poussa un nouveau glapissement de protestation et lui enfonça ses griffes dans l'épaule. Mais elle ignora la douleur et continua à courir, poussée en avant par la certitude que son but était tout proche.

Lorsqu'elle vit ce qui se dressait près du ruisseau, elle ne put s'arrêter à temps. Elle tomba à genoux et s'écorcha les tibias sur le sol de pierre rugueux tandis qu'un cri s'étranglait dans sa gorge. Délogé de son perchoir par la brusque secousse, le faucon battit des ailes et décrivit un cercle au-dessus de sa tête.

Le ruisseau coulait à moins d'un mètre d'elle, mais quelque chose d'autre l'avait atteint avant elle.

L'énorme créature poilue qu'Elena avait surprise en train de s'abreuver leva la tête vers elle. La lumière argentée se refléta dans ses grands yeux jaunes. La jeune fille n'eut pas de mal à l'identifier. Elle avait déjà vu des chasseurs rapporter ce genre de fourrure en ville après une battue dans les hautes terres. C'était un loup.

L'animal poussa un grondement menaçant, mais ne fit pas mine d'approcher. De toute évidence, il était aussi peu rassuré qu'elle. Il recula de quelques pas boitillants. Des lambeaux de tissu crasseux pendaient de sa patte antérieure droite ; une de ses oreilles était déchirée et couverte de sang séché.

Elena se souvint du hurlement que ses compagnons et elle avaient entendu un peu plus tôt. Elle devina que c'était le loup qui l'avait poussé.

Tous deux s'observèrent d'un air méfiant. L'animal avait cessé de grogner ; en équilibre instable sur ses trois pattes valides, il se contentait de fixer la jeune fille. Elena étudia les restes de son bandage. Il n'avait pas pu faire ça tout seul. Donc, quelqu'un s'était occupé de lui. Elle savait que certains forestiers utilisaient des loups pour traquer d'autres types de gibier. Celui-ci était-il le familier égaré d'un humain ?

Réalisant que le loup n'avait aucune intention de lui sauter à la gorge, la jeune fille s'autorisa à respirer plus librement. Elle fit mine de battre en retraite, puis se ravisa. Oui, elle avait peur. Mais Er'ril lui avait bien dit qu'elle ne devait pas se laisser contrôler par ses craintes. Aussi resta-t-elle accroupie au bord du ruisseau. Après tout, le loup avait peut-être besoin d'aide – comme son oncle.

Une idée lui traversa l'esprit. Grâce à son odorat aiguisé, l'animal pouvait peut-être les aider à sortir des souterrains ! Elle songea à son oncle malade. Elle devait le ramener à la surface le plus vite possible. Si elle réussissait à apprivoiser le loup…

Décidant de tenter sa chance, Elena se mordit la lèvre et rampa lentement vers le ruisseau. De ses deux mains en coupe, elle recueillit un peu d'eau fraîche qu'elle tendit à l'animal en se gardant bien de tout geste brusque. Pourvu qu'il comprenne que ses intentions étaient amicales…

Méfiant, le loup plissa les yeux. Elena se força à rester immobile et empêcha ses bras de trembler. À cet instant, le faucon revint se poser sur son épaule. Le loup lui jeta un coup d'œil, puis reporta son attention sur l'eau que lui offrait la jeune fille. Il fit un pas en avant.

— C'est ça, approche, chuchota Elena. N'aie pas peur.

Le loup fit un autre pas et tendit prudemment le cou. La jeune fille sentit son souffle chaud sur ses doigts. Il darda une langue hésitante entre ses crocs pour goûter l'eau. Malgré sa soif, il n'avait pas quitté Elena des yeux. Celle-ci remarqua que ses pupilles étaient fendues comme celles d'un chat plutôt que rondes comme celles d'un chien. *Étrange*, songea-t-elle.

Tandis qu'elle l'observait, fascinée, les pupilles du loup se dilatèrent soudain, leur noirceur dévorant le jaune de ses iris. Il tourna vivement la tête à droite et se mit à grogner.

— Elena, recule !

La jeune fille jeta un coup d'œil par-dessus son épaule. Er'ril sortit de derrière un rocher et s'avança vers le ruisseau, brandissant son épée en direction du loup.

— Viens te mettre à l'abri derrière moi ! ordonna-t-il.

Et avant qu'elle puisse l'en empêcher, il plongea sur l'animal.

Sans réfléchir, Elena se jeta devant lui et dévia son arme du plat de la main.

— Non !

À l'instant où sa main droite entra en contact avec la lame, une langue de glace jaillit de sa paume et engloutit l'épée d'Er'ril.

Le guerrier hoqueta et lâcha vivement son arme. Celle-ci s'écrasa sur le sol avec fracas et, tel un vase de verre soufflé, se brisa en un millier de fragments minuscules.

Elena vit le regard d'Er'ril se poser sur son visage. Rouge de colère et de stupéfaction, il s'exclama :

— Mon épée !

— Je ne voulais pas faire ça, bredouilla Elena en dissimulant sa main derrière son dos. (Elle réalisa qu'elle venait juste de détruire l'unique arme dont ils disposaient. Ses yeux s'emplirent de larmes.) Je suis désolée.

Dans son dos, elle entendit le loup grogner.

Er'ril empoigna la jeune fille par l'épaule et la poussa sur le côté, se préparant à affronter le loup à main nue. L'animal était blessé ; peut-être pourrait-il le mettre en fuite d'un coup de pied ou de poing bien placé.

Mais ce n'était pas la vue du guerrier qui rendait le loup nerveux. Tournant le dos à Er'ril et à Elena, l'animal fixait le chemin qu'ils avaient suivi pour arriver jusque-là. Ses poils étaient hérissés, et un grondement ininterrompu montait de sa gorge pour aller se perdre dans l'obscurité.

— Quelque chose approche, dit Elena.

Tendant l'oreille, Er'ril capta un bruit de pas et un sifflement familier.

— Des gobelins.

Il saisit la jeune fille par le bras et l'entraîna. Le loup recula vers eux, pataugeant dans le ruisseau peu profond. Elena tendit un doigt vers lui.

— Il les a sentis. Ce sont sans doute eux qui l'ont blessé.

Er'ril l'ignora et la poussa devant lui en direction de la fissure.

— Nous devons rejoindre ton oncle et filer. Sans arme, notre seule chance est de les prendre de vitesse.

Elena se tordit le cou pour regarder par-dessus son épaule.

— Le loup nous suit.

Er'ril jeta un coup d'œil à l'animal. Celui-ci leur avait emboîté le pas à une distance prudente. Il se faufilait sans bruit dans l'ombre des rochers dont la masse le dissimulait à demi.

— Il nous protège, se réjouit Elena.

— Non, il ne fait que suivre ta lumière, la détrompa Er'ril.

— Il a une attelle cassée à la patte. Quelqu'un a dû le perdre.

La jeune fille avait raison. Mais même apprivoisé, un loup restait imprévisible. Celui-ci avait très bien pu se retourner contre son maître. L'attelle et le bandage qui l'avait maintenue en place semblaient assez vieux, comme si l'animal avait beaucoup marché avec. Sauvage ou non, il ne constituait pas une menace immédiate, et si les gobelins venaient à attaquer, ses longs crocs leur donneraient peut-être le temps de s'enfuir. Aussi Er'ril décida-t-il de ne pas le chasser tant qu'il resterait à bonne distance.

Dès qu'ils arrivèrent en vue du vieillard, Elena s'élança et se laissa tomber à genoux près de lui. Le guerrier l'imita. Il remarqua que la poitrine de Boln s'abaissait et se soulevait toujours. Il lui posa un doigt dans le cou. Le pouls du vieil homme était très faible.

Er'ril se redressa et sonda les ténèbres du regard. Depuis qu'ils avaient laissé le ruisseau derrière eux, le sifflement s'était estompé. Les gobelins ne se rapprochaient pas – c'était toujours ça de pris.

Elena leva les yeux vers le guerrier.

— Il va mourir ? demanda-t-elle d'une voix tremblante.

— Je ne sais pas, répondit Er'ril, gêné. Il est très vieux…

— Que peut-on faire ?

— Je vais le porter.

Elena fixa son bras unique d'un air dubitatif.

— Il n'est pas bien lourd. Je m'en sortirai.

Elle hocha la tête et posa sa main sur la poitrine de son oncle. Dans la double lumière de la lanterne et du faucon de lune, la souillure écarlate luisait comme du sang frais. Er'ril se souvint du pouvoir qui avait gelé son épée. S'il n'avait pas lâché son arme à temps, la magie d'Elena aurait consumé sa main. La jeune fille était puissante, mais elle ne se contrôlait pas. Néanmoins…

— Il existe un autre moyen, lâcha Er'ril. Mais ce sera risqué.

Le visage d'Elena s'éclaira.

— Lequel ?

— Ta magie.

La lueur d'espoir mourut dans les yeux de la jeune fille. Ses épaules s'affaissèrent.

— Non. Je n'arrive pas à la diriger pour lui faire faire ce que je veux.

— Tu m'as empêché d'attaquer le loup.

— Peut-être, mais je ne voulais pas détruire votre épée. Je ne maîtrise pas ce pouvoir.

— De mon temps, les jeunes mages se laissaient très souvent dépasser par le leur. J'avais un frère, Shorkan. La Rose a fleuri en lui quand il avait ton âge. Une fois, il a incendié notre cuisine en tentant d'allumer un feu dans la cheminée avec sa magie.

— Il s'est amélioré en vieillissant, pas vrai ?

Er'ril acquiesça.

— Sa formation et son entraînement en ont fait un grand mage.

— Mais qui pourra me former ? se lamenta Elena.

Er'ril s'accroupit près d'elle.

— J'étais l'homme lige de mon frère.

— C'est-à-dire ?

— Son protecteur. Chaque mage se voyait assigner un homme lige qui devait l'empêcher de se blesser. Je n'ai pas quitté Shorkan d'une semelle pendant sa formation initiale, et crois-moi, je l'ai tiré de maints mauvais pas. Nous autres, hommes liges, nous n'étions pas initiés aux plus grands secrets du Chi, mais on nous apprenait à gérer le flot de son pouvoir pour mieux assister nos protégés. (Il prit la main de la jeune fille en réprimant un frisson.) Je peux peut-être t'aider.

— Vraiment ?

— En tout cas, je vais essayer. Ce que tu dois faire pour ton oncle est une chose assez simple, mais qui nécessitera beaucoup de subtilité.

— Cela suffira-t-il à le sauver ?

— Je l'ignore. Je ne peux pas t'enseigner la véritable guérison, car j'ignore son fonctionnement. Mais je peux te montrer comment transmettre une petite goutte de magie à ton oncle – de quoi ragaillardir son cœur et, avec un peu de chance, dissiper la faiblesse qui s'est emparée de lui.

Elena fixa le guerrier d'un air sceptique.

— Et si ça tourne mal ?

— Il mourra, répondit simplement Er'ril.

La peur écarquilla les yeux d'Elena. Elle s'enveloppa de ses bras et garda le silence un long moment avant de lancer :

— Mais il pourrait mourir de toute façon si je ne fais rien.

Er'ril acquiesça, impressionné par la résilience de cette toute jeune fille. Quand elle décroisa les bras pour examiner les tourbillons rouge foncé sur sa paume droite, il vit que ses mains tremblaient, mais qu'une détermination farouche brillait dans ses yeux.

Elena le fixa, les dents serrées. Pour la première fois, il vit en elle la femme qu'elle deviendrait : une véritable beauté avec ses yeux vert vif, sa crinière rousse et ses lèvres charnues... Si elle vivait assez longtemps pour ça.

— Montrez-moi ce que je dois faire, réclama-t-elle.

Le guerrier se mit à genoux et lui fit signe d'approcher.

— Il va falloir du sang.

Elena eut un léger mouvement de recul.

— N'aie crainte, une goutte suffira, dit Er'ril en désignant la dague que Boln lui avait donnée.

À contrecœur, Elena sortit l'arme du fourreau attaché à sa ceinture. Sa lame argentée scintilla dans la lumière du faucon tel un éclat de lune.

— Passe-la-moi ! ordonna Er'ril.

La jeune fille obtempéra avec soulagement.

Il prit une des mains du vieillard et la posa sur ses genoux. De la pointe de la dague, il lui piqua le pouce. Une goutte de sang pareille à une perle noire se forma au-dessus de la plaie. Il rendit le couteau à Elena.

— À ton tour.

Il vit la jeune fille frémir et serrer le poing. Son expression lui rappela celle du petit garçon qui avait été sacrifié pour forger le Grimoire : le même choc teinté d'affolement à l'idée de s'infliger sa première coupure. Il la fixa en priant pour qu'elle ne connaisse pas le même sort que l'enfant dont il ignorait toujours le nom.

— Tu dois le faire, la pressa-t-il. Ton oncle t'a déjà coupée pour baptiser ta dague. Cette fois, tu dois t'en charger toi-même.

Elena hocha la tête. Au prix d'un gros effort, elle desserra le poing et saisit le couteau. D'une main étonnamment ferme, elle approcha la lame de son pouce rouge.

— Juste une petite entaille, lui recommanda Er'ril. Si tu fais couler trop de sang, tu auras plus de mal à contrôler ton pouvoir.

Elena prit une profonde inspiration, lui jeta un rapide coup d'œil et se piqua le bout du doigt. Cela fait, elle rengaina sa dague d'un geste presque désinvolte, comme si elle venait juste de s'en servir pour beurrer une tartine. Mais Er'ril nota que son regard était fixé sur le sang qui perlait de son pouce.

— Brave petite, la félicita-t-il. Maintenant, pose ta plaie sur celle de ton oncle.

La jeune fille tendit la main. Il l'arrêta.

— Une seconde. Je préfère te prévenir. Quand tu le toucheras, tu vas le… le sentir.

— Le sentir ? répéta Elena sans comprendre.

Er'ril fronça les sourcils. Comment décrire une chose dont il n'avait jamais personnellement fait l'expérience ?

— D'après mon frère, c'est comme si on devenait soudain l'autre personne. Tu ne capteras pas ses pensées, mais tu auras l'impression d'habiter son corps.

Elena plissa les yeux. Scepticisme ou inquiétude ? Er'ril n'aurait su le dire.

— Et ensuite ?

— Le contact une fois établi, n'attends qu'un battement de cœur avant de le rompre en ôtant ton pouce. Plus longtemps il se prolongera, plus grande sera la quantité de magie qui se communiquera à ton oncle.

— Cela ne lui permettrait-il pas de guérir plus vite ?

— Non. Il s'agit de magie à l'état pur et non d'un sort contrôlé. Seuls les élus comme toi peuvent servir de réceptacle à tant de pouvoir. Lui en donner plus d'une goutte serait trop dangereux.

— Pourquoi ? Que risquerait-il de se passer ?

— Tu te souviens de mon épée ?

Elena se représenta l'arme enchâssée dans une gangue de glace si froide qu'elle pouvait faire éclater le métal. Elle baissa les yeux vers son oncle qui gisait immobile sur la pierre. Il était hors de question qu'il lui arrive la même chose.

Elle resta à genoux, paralysée par la crainte de faire du mal à un autre membre de sa famille. Du coin de l'œil, elle aperçut le loup tapi dans l'ombre d'un rocher voisin. Ses prunelles ambrées luisaient dans les profondeurs de sa cachette, reflétant la lumière du faucon perché sur son épaule. Er'ril la fixait en lui tendant le pouce ensanglanté de son oncle.

Tous ces regards braqués sur elle… Incapable de les supporter, la jeune fille ferma les yeux et prit une profonde inspiration.

Quand elle se sentit suffisamment calme, elle rouvrit les yeux et concentra toute son attention sur le visage de son oncle. L'homme qui l'avait régalée de tant d'histoires enchanteresses avait besoin d'elle. Et désormais, elle était semblable aux personnages de ses récits.

Tandis qu'elle le scrutait, elle réalisa combien il ressemblait à sa mère. Les mêmes pommettes, la même forme d'yeux… Et son nez un peu plus fort que le sien était une parfaite réplique de celui de Joach. Sur ses traits flasques, elle retrouvait un petit bout de chaque membre de sa famille. À cette pensée, une lueur d'espoir jaillit dans son cœur. Sauver son oncle, ce serait en quelque sorte maintenir en vie tous ceux qui lui avaient été arrachés.

Elle leva la tête vers Er'ril. Le guerrier essuya la larme solitaire qui lui coulait sur la joue. Elle repoussa son bras.

— Je suis prête.

Er'ril lui présenta la main de son oncle.

— Rappelle-toi : une seule goutte.

Dans un soupir pareil à un gémissement, Elena pressa son pouce sur la plaie du vieillard.

Au début, rien ne se produisit. La jeune fille faillit crier de désespoir et de soulagement mêlés. Puis elle sentit une part d'elle-même s'écouler dans le corps de son oncle, comme aspirée par un vide béant.

Elle voyait toujours par ses propres yeux – elle voyait le vieillard se raidir à son contact, le faucon s'envoler à tire-d'aile et se percher sur un éperon rocheux. Mais en même temps, elle sentait une moustache lui chatouiller la lèvre, ses articulations douloureuses protester en silence, le froid de la pierre contre son dos. Et par-dessus tout ça, un cœur frémissant qui luttait pour continuer à battre. Elle n'aurait su dire si c'était le sien ou celui de son oncle. Sa conscience était partagée entre eux deux.

La frontière qui séparait ses perceptions de celles du vieillard commença à se brouiller.

Obéissant à sa peur et aux instructions d'Er'ril, elle retira vivement son pouce. Dès que le contact fut rompu, sa conscience se rétracta dans son propre corps. Désorientée, Elena secoua la tête et s'assit sur ses talons. Elle se sentait tout à coup très petite et, pour une raison inexplicable, plus seule que jamais.

Un grognement la força à reporter son attention vers l'extérieur. Son oncle tentait de se redresser. Il porta une main tremblante à son front.

— Que s'est-il passé ? Je me suis endormi ?

Il semblait déjà aller mieux. Un peu de rose était monté à ses joues, et il respirait sans difficulté. Mais Elena savait qu'il n'était pas guéri. Elle avait senti son cœur. Oncle Boln était bel et bien malade.

Elle l'étreignit en silence, incapable de lui raconter ce qui s'était passé. Er'ril s'en chargea à sa place. Quand il se tut, oncle Boln prit sa nièce par les épaules et la tint à bout de bras pour mieux la dévisager.

— Tu m'as sauvé avec ta magie. J'ai l'impression d'avoir rajeuni de dix ans, s'émerveilla-t-il. Je me sens prêt à affronter tout un bataillon de gobelins.

Sa joie était contagieuse. Elena ne put réprimer un sourire embarrassé.

— Tu vois ? Je t'avais dit que la force de Fila était en toi.

Oncle Boln l'attira contre lui et la serra dans ses bras. Elle se laissa aller contre la poitrine du vieil homme, écoutant les battements de son cœur. Chacun d'eux la faisait frissonner comme si elle craignait qu'il soit le dernier. Elle ne se souvenait que trop bien des pulsations laborieuses qui avaient résonné en elle une minute plus tôt.

Sa magie ne valait rien ! Comment aurait-elle pu sauver le monde quand elle n'arrivait même pas à guérir un vieillard ?

Soudain, la fatigue des deux derniers jours rattrapa Elena. Alors qu'elle s'affaissait dans l'étreinte de son oncle, un sifflement aigu et menaçant s'éleva autour d'elle. Les gobelins des roches ! Boln l'aida à se relever. Elle se laissa faire sans réagir. Quand pourrait-elle enfin se reposer ?

— Dépêchez-vous, dit Er'ril. Nos poursuivants s'impatientent, et la piste refroidit.

Tandis qu'Elena lui emboîtait le pas en traînant les pieds comme s'ils étaient pleins de sable, le faucon de lune vint de nouveau se poser sur son épaule. Du coin de l'œil, elle remarqua que le loup la suivait en se faufilant dans l'ombre. Qu'est-ce qui pouvait bien inciter ces créatures sauvages à lui faire confiance ?

Elle baissa les yeux vers sa main écarlate. La piqûre de son pouce avait déjà disparu.

Et le mystérieux esprit qui lui conférait ses pouvoirs ? Pourquoi lui faisait-il confiance ? Elle n'était qu'une fille de fermier. Quelle force invisible avait-il décelée en elle ?

Des larmes montèrent brusquement aux yeux d'Elena. Elle renifla et les essuya très vite. Elle ne voulait pas de toutes ces responsabilités ! N'y avait-il personne sur qui elle puisse s'en décharger ?

Elle fixa le large dos d'Er'ril qui marchait devant elle. Au fond de son cœur, elle savait que le fardeau de sa magie lui appartenait en propre, qu'elle ne pouvait pas s'en débarrasser. Mais elle n'était peut-être pas forcée de le porter seule… Cette idée tarit ses larmes. Oui, elle pouvait peut-être s'appuyer sur quelqu'un – une personne valeureuse et sûre, qui aurait à cœur de la protéger.

— Mon homme lige, chuchota-t-elle en savourant le goût des mots sur sa langue.

27

Kral fit passer la pierre verte à Tol'chuk et essuya le sang qui maculait ses doigts sur son pantalon. L'étrange sifflement s'était estompé et changé en simple murmure avant de s'évanouir tout à fait. Le silence qui lui avait succédé rendait l'atmosphère aussi lourde qu'avant un orage estival. Laissant à l'og're le soin d'examiner la pierre el'phique, Kral s'enfonça plus avant dans le tunnel.

La lueur verdâtre éclairait le passage obscur, baignant les murs d'une phosphorescence malsaine. Devant lui, des rideaux de mousse et de racines festonnaient le plafond, tandis que le sol était jonché de gravats si anciens qu'ils se réduisaient en poudre sous ses talons.

D'un revers, le montagnard écarta une racine qui tentait de se loger dans sa barbe. La tête rentrée dans les épaules, il franchit un virage. Tol'chuk et la lumière le suivirent. Quelques mètres plus loin, le tunnel débouchait sur une vaste salle souterraine. Kral fit signe à l'og're de s'arrêter et d'attendre.

Il saisit la hache qui pendait à sa ceinture et s'avança à pas feutrés en la brandissant devant lui. La lueur verdâtre soulignait les taches de sang séché et violacé qui se détachaient sur la lame tels des hématomes. Au souvenir de son déshonneur – du mensonge qui avait franchi ses lèvres –, le montagnard serra les dents. Ses doigts se crispèrent sur le manche enveloppé d'une lanière de cuir. Un peu de sang frais permettrait peut-être de nettoyer la souillure de sa lame et de son cœur.

Arrivé à l'entrée de la caverne, il s'accroupit dos à la paroi du tunnel et jeta un rapide coup d'œil à l'intérieur. Un haut plafond voûté se perdait dans les ténèbres ; sur les murs, des fresques à la peinture délavée chuchotaient les échos d'un passé lointain. Jadis, cet endroit avait dû être une salle de réunion. De nombreuses arches se découpaient sur son pourtour, et elle était si vaste que malgré son intensité, la lumière verte n'en atteignait pas le fond.

Du regard, Kral chercha un signe de Méric. L'étrange el'phe ne devait pas être loin, puisque sa pierre avait roulé jusqu'à eux, mais il ne le voyait nulle part. Peut-être se trouvait-il dans la partie de la salle où régnaient toujours d'épaisses ténèbres. Il se releva et fit signe à Tol'chuk de se rapprocher avec leur lumière.

Les griffes de l'og're raclèrent bruyamment le sol tandis qu'il rejoignait son compagnon. Ensemble, ils pénétrèrent dans le grand hall.

Tol'chuk leva la tête. Ses larges narines frémirent.

— Je sens… quelque chose de bizarre, dit-il.

Kral s'immobilisa et scruta la pièce devant lui. À présent, il distinguait une tache d'humidité sombre sur la pierre grise. Il tendit le doigt.

— Du sang.

Les deux colosses s'avancèrent d'un même mouvement, mais l'og're continua à scruter les murs plutôt que le plancher. Kral le laissa monter la garde et s'agenouilla pour vérifier s'il avait vu juste. Il trempa un index dans la flaque et le porta à son nez. Le liquide poisseux avait une odeur de cuivre et de musc. Une traînée barbouillée se dirigeait vers le fond de la salle et disparaissait dans les ténèbres.

— Il est encore tiède. (Kral se redressa.) Méric ne doit pas être loin.

Tol'chuk l'ignora.

— L'odeur… Elle s'intensifie, grogna-t-il.

Kral renifla. Il ne sentait rien d'autre que de la poussière et de la moisissure. Du menton, il désigna impatiemment la piste.

Tol'chuk et lui se remirent en marche. Cinq pas plus loin, le montagnard réalisa pourquoi la lumière verte n'atteignait pas le mur du fond. Il n'y avait pas de mur du fond. Au-delà du plancher s'ouvrait un gouffre béant, comme si un dieu monstrueux avait emporté la moitié de la pièce dans un accès de colère.

Kral s'approcha du précipice. La piste s'enfonçait à l'intérieur. Méric s'était-il traîné jusque-là pour se mettre en sécurité, ou avait-on jeté sa carcasse sanglante dans le vide pour s'en débarrasser ? Et qu'est-ce qui avait bien pu l'attaquer ?

Derrière le montagnard, Tol'chuk siffla :

— Ils arrivent !

Tel un coup de poing, une étrange odeur frappa soudain le nez de Kral. Des relents de gangrène l'enveloppèrent. Il leva sa hache.

— Qui ça ? Où ?

— Partout, répondit l'og're avec un large geste de sa main griffue.

Dans l'obscurité de chacune des arches, une multitude d'yeux rouges pareils à autant d'étoiles coléreuses reflétaient la lumière de la pierre.

Un sifflement s'éleva autour des deux colosses.

Kral recula d'un pas. Le talon de sa botte glissa pardessus le bord du plancher fendu. Il se retint de justesse.

Soudain, le sifflement déferla sur eux telle une lame de fond, et la meute chargea.

Rockingham frotta ses poignets meurtris et se tordit le cou en grimaçant. Dans sa poitrine, la colère le disputait au soulagement.

— Je croyais que vous m'aviez abandonné aux corbeaux, grinça-t-il.

Nee'lahn brandissait toujours le couteau dont elle s'était servie pour trancher ses liens. De toute évidence, elle se méfiait encore de lui.

— Jamais je n'aurais fait une chose pareille. Et puis, nous avons besoin des chevaux.

De sa main libre, elle saisit les rênes de Brume et de l'étalon d'Er'ril. L'énorme destrier de Kral la foudroya du regard comme elle s'approchait de lui.

Massant ses bras engourdis pour y rétablir la circulation sanguine, Rockingham détailla le compagnon de la jeune femme. L'inconnu était aussi grand et mince que lui. Ses longs cheveux bruns et ternes pendaient sur ses épaules. Les habitants de la vallée ayant pour habitude d'attacher les leurs, Rockingham en déduisit qu'il n'était pas du coin. Les traits aigus de son visage, qui semblait avoir été taillé à coups de serpe, confirmèrent cette première impression. L'homme portait une veste de chasseur en cuir par-dessus une chemise de laine et un pantalon gris – une tenue peu appropriée au climat de la région.

— Qui est votre ami ? demanda Rockingham à Nee'lahn.

La jeune femme finit de vérifier que les paquetages étaient solidement fixés sur le dos des chevaux. Puis elle s'essuya le front du dos de la main, repoussant quelques mèches blondes qui lui tombaient devant la figure.

— Kral l'aide à retrouver son compagnon perdu.

L'inconnu restait silencieux et immobile, comme s'il tentait de se fondre avec la forêt alentour. Rockingham lui fit face.

— Quel est ton nom, l'ami ?

— Mogweed, répondit-il d'une voix nerveuse.

— Tu n'es pas du coin, pas vrai ?

Il secoua la tête.

— D'où viens-tu ?

Il hésita.

Quand quelqu'un cherchait un mensonge plausible à raconter, Rockingham le sentait. Cet homme avait un secret. Le soldat s'en réjouit. Toute personne ayant quelque chose à cacher pouvait être manipulée. C'était justement sa spécialité.

— Je… Je viens des terres du Sud, balbutia enfin Mogweed.

Rockingham acquiesça mais n'en crut pas un mot. Même Nee'lahn dut sentir que l'étranger mentait, car elle leva les yeux vers lui et le dévisagea d'un air méfiant.

Que faisait Mogweed dans ces bois détrempés ? Quel but poursuivait-il ? Le plus cher désir d'un homme était généralement la clé de son cœur et le prix de son âme.

Si Rockingham pouvait le découvrir, il tiendrait l'étranger dans le creux de sa main.

Tandis qu'il étudiait Mogweed, celui-ci se raidit brusquement. L'instant d'après, les chevaux s'agitèrent et se mirent à hennir. L'étalon de guerre racla le sol d'un sabot ferré.

Nee'lahn et Rockingham l'entendirent en même temps – un lourd battement d'ailes qui approchait depuis la direction du cottage. Ni l'un ni l'autre n'eurent besoin de nommer sa source.

— Ils n'ont pas dû trouver la fille, avança Rockingham.

— Dépêchez-vous, intima Nee'lahn à ses compagnons. Le tunnel n'est pas loin d'ici, et il est trop étroit pour laisser passer un skal'tum. Nous serons en sécurité à l'intérieur. Kral est déjà dedans.

Mogweed devait savoir de quoi elle parlait, car il la saisit par la manche.

— Non, ce n'est pas sûr du tout, protesta-t-il. Mon frère…

— Fais-nous confiance, coupa Rockingham en attrapant au vol les rênes de la jument grise que Nee'lahn lui lançait. Aucun prédateur ne peut être plus redoutable que nos poursuivants.

Mogweed hésita. Son regard sonda les profondeurs obscures de la forêt comme en quête d'un chemin par où s'échapper. Il ressemblait à un cerf effrayé, songea Rockingham.

Nee'lahn se dégagea.

— Tout cela ne te concerne pas, Mogweed. C'est nous qu'ils cherchent. Si tu t'enfuis, je doute qu'ils te donnent la chasse.

Tandis que la jeune femme grimpait sur le dos de l'étalon d'Er'ril, Mogweed continua à regarder autour de lui, ses étranges yeux ambrés brillant de panique.

— Je sais qui tu es, reprit Nee'lahn. Tu viens des contrées du Couchant, comme moi. Mais tu n'es pas un homme. Tes pupilles fendues disent assez clairement ce que ta langue se refuse à avouer. Tu es un si'lura.

— Un métamorphe ! s'étrangla Rockingham.

Il recula d'un pas. Tel était donc le secret de l'étranger. Pressé de s'éloigner d'une créature que toutes les légendes dépeignaient comme maléfique, il se hâta de monter en selle.

— Tu n'auras pas de mal à te cacher dans les parages, poursuivit Nee'lahn. Change-toi en animal de la forêt et disparais. Ce combat n'est pas le tien.

Mogweed écarquilla les yeux.

— Non, gémit-il. Vous ne me connaissez pas ! Je ne peux pas me transformer ! Je suis prisonnier de ce corps.

Ces paroles parurent surprendre Nee'lahn. Haussant les sourcils, la jeune femme dévisagea Mogweed. Puis, comme les battements d'ailes se rapprochaient, elle lui tendit la main.

— Alors, viens avec nous si tu le désires. Mais décide-toi vite : nous ne pouvons pas t'attendre.

Mogweed eut un mouvement de recul. Mais à l'instant où Nee'lahn haussait les épaules et laissait retomber son bras, il se ravisa. Il bondit en avant et lui prit la main. La jeune femme l'aida à se hisser derrière elle.

Talonnant sa monture, elle s'éloigna au galop. Un instant, Rockingham envisagea de partir dans la direction opposée pour reprendre sa liberté. Mais le son des battements d'ailes le fit très vite changer d'avis. Frissonnant, il s'élança sur les traces de Nee'lahn. Tomber aux mains des lieutenants du Seigneur Noir sans avoir récupéré la fille serait un pur suicide. Il avait besoin de cette maudite gamine.

Tout en fonçant à travers bois, il fixa le dos de l'homme assis en croupe avec Nee'lahn. Son choc initial s'était estompé. Qu'avait-il à craindre d'un métamorphe incapable de se métamorphoser ? Coincé sous sa forme actuelle, Mogweed n'était qu'un homme – un homme doté d'un besoin et qui, par conséquent, pouvait être manipulé. Rockingham était capable de reconnaître une clé quand elle lui tombait entre les mains. Avec l'aide d'un tel allié, il pourrait peut-être briser ses propres liens et échapper à ses ravisseurs tout en se soustrayant à la fureur du Seigneur Noir.

Il talonna sa jument pour réduire la distance qui le séparait des deux autres cavaliers. Derrière lui, les battements d'ailes se répercutèrent sur les flancs de la vallée.

À condition d'en avoir le temps…

Tol'chuk connaissait ces créatures. Les tribus og'res étaient souvent harcelées par des gobelins des roches qui s'introduisaient dans leurs cavernes les plus reculées. Généralement, ils se contentaient de voler des objets brillants, de casser de la vaisselle et de souiller les tunnels de leur puanteur. Plus tapageurs qu'agressifs, ils n'avaient jamais attaqué personne.

Mais lorsque les créatures jaillirent des couloirs alentour tel le flot d'une rivière en crue s'engouffrant dans un ravin asséché, Tol'chuk vit que chacune d'elles brandissait une lame affûtée que la lumière el'phique parait de reflets verdâtres. Séparément, elles ne constituaient pas une menace – pas pour un og're, ni même pour un montagnard. Le problème, c'est qu'elles étaient sacrément nombreuses…

Tol'chuk se souvint d'un épervier qu'il avait vu lorsqu'il était enfant. L'oiseau avait commis l'erreur de poursuivre une souris jusqu'à son terrier. Seule dans un champ, la souris aurait fait un repas facile à déguster, mais quand ses semblables avaient bondi hors de leur trou, le prédateur était devenu la proie de centaines de minuscules rongeurs. Du puissant rapace, les souris n'avaient laissé que des os proprement nettoyés et un bec crochu. Même ses yeux avaient été dévorés dans leur orbite.

L'image de la pitoyable carcasse s'imposa à l'esprit de Tol'chuk tandis que les gobelins chargeaient. À présent, il était l'épervier.

Kral grogna quelque chose d'inintelligible et brandit sa hache. Ça ne servirait à rien, réalisa Tol'chuk. Alors, il adopta la seule solution qui s'offrait à lui. Passant un bras massif autour de la taille du montagnard, il le plaqua contre lui. Surpris, Kral se débattit. Il le serra un peu plus fort et sauta à pieds joints dans le gouffre.

À sa décharge, le montagnard ne hurla pas – il se contenta de se figer dans l'étreinte de son compagnon tandis qu'ils dégringolaient. Une saillie rocheuse heurta l'épaule de Tol'chuk, lc faisant basculer. L'og're lutta pour se redresser. À peine y était-il parvenu qu'il s'écrasa lourdement sur une corniche. Son poids combiné à celui de Kral l'aplatit sur la pierre. Sous l'impact, ses poumons se vidèrent – mais il prit bien garde à amortir la chute de l'humain avec son propre corps.

Au grand soulagement de ses côtes meurtries, Kral roula aussitôt sur le côté. Il se redressa sur ses genoux et foudroya Tol'chuk du regard.

— Tu peux m'expliquer ce qui t'a pris ? rugit-il.

— Là-haut, on n'avait aucune chance de s'en sortir. Les gobelins nous auraient massacrés.

Une lueur de regret passa dans les yeux du montagnard. Peut-être parce qu'il aurait aimé se battre, ou peut-être parce que l'inévitable issue du combat ne lui aurait pas déplu.

— Je prends mes propres décisions, dit-il enfin d'une voix un peu plus aiguë que d'habitude. Ne me refais jamais ce coup-là.

— Je… suis désolé.

Tol'chuk lutta pour se relever. La douleur dut le faire grimacer, car Kral constata :

— Tu es blessé.

— Rien de grave. Les og'res ont les os solides.

— Sauter à l'aveuglette, c'était de la folie.

— J'avais vu… (Tol'chuk chercha le mot juste.) J'avais repéré la corniche d'en haut.

Kral le fixa d'un air sceptique.

— Les yeux des ogres percent bien mieux l'obscurité que ceux des humains.

Tol'chuk réussit enfin à se mettre debout, mais vacilla. Kral lui posa une main sur l'épaule. L'autre tenait toujours sa hache. Il ne l'avait pas lâchée, et Tol'chuk doutait que même la mort puisse l'arracher à ses doigts puissants. Le montagnard et son arme semblaient ne faire qu'un.

Kral garda le silence jusqu'à ce que Tol'chuk ait repris son souffle et son équilibre.

— Je te dois des excuses, dit-il enfin d'un ton plus calme. Et je te dois ma vie. Je t'ai mal jugé.

Du bout des doigts, Tol'chuk tâta prudemment sa cage thoracique.

— Comme tous tes semblables.

— C'est une erreur que je ne referai pas, promit Kral.

Tol'chuk lui donna une claque sur l'épaule.

— Dans ce cas, je tenterai… de te prévenir la prochaine fois que je voudrai te pousser du haut d'une falaise.

Un sourire craquela les traits anguleux du montagnard.

— Tu es un og're étrange.

— Plus encore que tu ne le crois, répliqua Tol'chuk. (Il laissa retomber son bras.) Qu'allons-nous faire maintenant ? Je n'ai pas eu le temps d'y réfléchir avant de sauter.

Kral récupéra la pierre brillante qui avait échappé à l'og're quand il s'était écrasé. Elle avait roulé un peu plus loin, mais par chance, elle n'était pas tombée dans le vide.

— Quoi que nous décidions, nous ferions mieux de nous dépêcher, dit le montagnard en l'examinant. La lumière de l'el'phe faiblit.

Tol'chuk remarqua qu'il pouvait désormais regarder en face la pierre dont l'éclat l'avait aveuglé jusque-là.

— Les gobelins ne nous laisseront pas nous reposer, eux non plus.

Il s'approcha du bord de la corniche.

— Tu vois un moyen de descendre ? s'enquit Kral derrière lui.

— Je ne vois que le fond du gouffre. Et c'est trop haut pour qu'on saute.

Le montagnard recula jusqu'à la paroi et fit courir sa main sur la pierre.

— La roche est rugueuse. Elle offre quantité de prises. On pourrait essayer de descendre le long de la falaise.

Tol'chuk se tourna vers lui.

— Il y a un éboulis en contrebas. Si on peut l'atteindre, il devrait nous mener au fond sans trop de difficulté.

Kral acquiesça. Le regard lointain, il parut soupeser les risques. Soudain, il pointa sa hache vers le gouffre.

— Mes yeux me joueraient-ils des tours ? Est-ce un mirage ou une lumière que j'aperçois ?

Tol'chuk pivota et regarda dans la direction que le montagnard indiquait. Oui. Deux taches claires trouaient l'obscurité. Telles des flammes jumelles et oscillantes, elles rampaient vers le pied de la paroi sur laquelle ils se tenaient.

— Des gobelins ? hasarda Kral.

— Non. Ils n'aiment pas la lumière : elle affaiblit leur sang.

Tol'chuk se souvint des vasques de poudre inflammable que sa tribu utilisait pour maintenir les pillards à l'écart des cavernes les plus sacrées du village.

— Alors, qui ou quoi ?

— Je n'en sais rien.

— Tu as dit que les og'res y voyaient bien dans le noir. Arrives-tu à distinguer quelques détails ? demanda Kral.

Tol'chuk plissa les yeux.

— Juste des ombres qui remuent. La distance est trop grande, s'excusa-t-il. Et…

Brusquement, il se raidit.

— Qu'y a-t-il ? demanda Kral, une pointe d'inquiétude dans la voix.

Tol'chuk leva une main griffue. Des pensées extérieures s'imposaient à son esprit. C'était une sensation étrange, mais familière. Fardale se trouvait un peu plus bas, et il essayait de lui dire quelque chose. *Un louveteau blessé en quête de protection. Une odeur inconnue qui dessine une piste*. Quelques, autres images à demi formées défilèrent dans sa tête, trop vite pour qu'il les identifie. La dernière, toutefois, fut très claire. *Du sang qui coule, crépitant d'étincelles de foudre*. Il ne comprit pas sa signification, mais ses poils se hérissèrent le long de son échine.

— Tu as vu quelque chose ? s'impatienta Kral.

— Pas vu – senti. Il se passe quelque chose de bizarre en bas.

— Comment le sais-tu ?

— Un de mes amis… Un de mes frères… se trouve au fond du gouffre. Il n'est pas seul.

— Que te dit-il ?

— Il est trop loin. Je ne comprends pas.

L'instant d'après, les deux lumières jumelles disparurent dans une ouverture au pied de la falaise.

— Nous devons le rejoindre, déclara Tol'chuk d'une voix subitement tendue.

Pourquoi ? s'étonna Kral.

— Je… Je ne sais pas, mentit Tol'chuk.

Soupçonneux, Kral fronça les sourcils.

L'og're éprouva un pincement de culpabilité, mais il n'ajouta rien. Comment aurait-il pu décrire la force magnétique qui le tirait en avant ? Il savait que s'il sortait la sanguine cachée dans sa sacoche, celle-ci brillerait assez fort pour éclipser la faible lueur de la pierre el'phique.

Le Cœur de son peuple lui montrait le chemin. Il devait le suivre.

Mogweed luttait pour conserver son équilibre sur le dos de l'alezan lancé au galop. Comme il était étrange de monter une autre créature ! Le si'lura n'avait encore jamais vu une chose pareille. Une fois, tapis dans les broussailles de leur sylve natale, Fardale et lui avaient observé les troupeaux de chevaux sauvages qui paissaient dans la plaine, dans le nord des contrées du Couchant. Des étalons au regard flamboyant encadraient des juments aux yeux de biche, leur pelage aux teintes variées piquetant le sol jauni de la steppe. Il ne pouvait imaginer que ces fiers animaux se laissent soumettre par du cuir et du fer.

Les habitants de cette partie du monde avaient des mœurs bien curieuses. Régnaient-ils ainsi sur toutes les créatures sauvages ? Mogweed se souvint de l'oiseau brillant que Méric disait contrôler, des renifleurs forcés d'obéir aux chasseurs qui les tenaient en laisse. Qu'est-ce qui poussait ces races à vouloir en dominer d'autres ? Capables d'adopter la forme de n'importe quelle créature vivante, les si'lura n'avaient jamais songé à les capturer ni à les soumettre à leur volonté.

Mais si Mogweed restait trop longtemps sous sa forme humaine, celle-ci consumerait son identité, et il commencerait peut-être à comprendre. Alors, comme l'alezan qui galopait sous lui, il oublierait ce que c'était de courir en liberté. Tout en s'accrochant à la taille de la nyphai, il pria pour que ce jour n'arrive jamais.

Soudain, le cheval fit une embardée. Mogweed s'agrippa un peu plus fort à Nee'lahn ; il n'avait pas confiance en la force de ses jambes pour le maintenir sur le dos de l'animal, qui venait de déraper dans une flaque de boue et de feuilles pourries.

La nyphai se tortilla pour se dégager.

— Ne t'en fais pas, jeta-t-elle par-dessus son épaule. Cet étalon ne te laissera pas tomber.

Mogweed se détendit légèrement, mais sans relâcher sa vigilance. Comment pouvait-il avoir foi en une bête réduite en esclavage ? Il garda les oreilles et les yeux ouverts.

L'humus qui s'était accumulé sur le sol au fil des ans étouffa le bruit de galop tandis que les deux chevaux escaladaient une crête. Les battements d'ailes se répercutaient toujours dans les collines autour d'eux. Malgré la faiblesse de son ouïe humaine, Mogweed pouvait dire que le son s'intensifiait rapidement.

Nee'lahn dut s'en apercevoir, elle aussi.

— Nous allons y arriver, dit-elle.

Mais il sembla à Mogweed que c'était surtout elle-même qu'elle tentait de convaincre.

La jument grise, qui ne portait qu'un seul cavalier, avait pris un peu d'avance sur l'alezan. Elle fut la première à atteindre le sommet. Rockingham l'arrêta en tirant sur ses rênes et tendit un doigt.

— Je vois une clairière, mais pas de caverne, hurla-t-il pour couvrir le sifflement du vent.

Après un bref répit, les nuages au ventre lourd avaient recommencé à déverser des trombes d'eau.

— L'entrée est dissimulée, répondit Nee'lahn comme l'étalon rejoignait la jument et la dépassait. Venez vite !

Les deux chevaux glissèrent plus qu'ils ne galopèrent jusqu'au bas de la pente. Des branches détrempées ne cessaient de gifler Mogweed comme pour le jeter à terre. Le si'lura réalisa que le seul moyen de ne pas hurler, c'était de garder les yeux fermés. Le grondement de l'orage parvenait tout juste à couvrir les battements désordonnés de son cœur et le gémissement aigu qui s'échappait de ses lèvres.

Juste avant que sa panique finisse par le déséquilibrer, la folle chevauchée s'acheva brusquement. Mogweed ouvrit un œil. La petite clairière s'étendait devant lui. Craignant que l'alezan se remette à courir, il descendit maladroitement de son dos et s'en écarta de plusieurs pas.

Nee'lahn désigna l'entrée du tunnel masquée par les racines du chêne qui se dressait à son aplomb telle une sentinelle.

— La caverne est là, dit-elle à Rockingham tandis qu'il s'arrêtait près d'elle.

Le soldat leva une main.

— Chut !

Les jambes tremblantes de Mogweed se raidirent, prêtes à détaler.

— Quoi ? chuchota Nee'lahn en promenant un regard à la ronde.

— Écoutez !

Rockingham sauta à terre et lui fit signe de l'imiter.

Mogweed tendit l'oreille. La pluie continuait à crépiter sur les feuilles mortes, mais le tonnerre s'était tu. Néanmoins, la pression de l'air lui indiquait que ça n'était qu'une accalmie, et que l'orage n'avait pas encore épuisé ses foudres. Le si'lura secoua la tête. Son ouïe humaine ne percevait aucun bruit menaçant.

— Je n'entends rien, dit Nee'lahn, perplexe, en attachant leurs montures. (Soudain, elle réalisa et écarquilla les yeux.) Les skal'tum ! Je ne les entends plus. Courez !

Rockingham s'était déjà élancé. Mais trop tard. Alors que les compagnons se ruaient vers l'entrée du tunnel, deux énormes silhouettes s'abattirent depuis le ciel et se posèrent lourdement face à eux. Leurs griffes s'enfoncèrent dans la boue, ouvrant des sillons parallèles qui se refermèrent dès qu'elles se furent immobilisées.

Mogweed hurla et tomba à genoux. Deux paires d'yeux rouges l'étudiaient. Quatre ailes noires et osseuses se replièrent derrière des épaules décharnées. Une odeur de charogne prit le si'lura à la gorge. Jamais il n'avait imaginé de créatures si immondes, fût-ce dans ses pires cauchemars. L'aura de perversion maléfique qui les enveloppait était presque tangible

— Où courez-vous ainsi, petites souris ? siffla l'une d'elles tandis que l'autre se mettait à glousser. Croyez-vous pouvoir échapper au chat affamé ?

Derrières les compagnons, les chevaux poussèrent des hennissements terrifiés. La jument tira sur sa longe, sans succès. L'étalon, en revanche, parvint à déchirer la sienne. Les yeux révulsés, il détala à travers la clairière.

L'une des créatures fondit sur lui et lui planta ses griffes dans le dos – si vite que l'œil de Mogweed ne put suivre le mouvement. Ses crocs lacérèrent le ventre de l'animal, dont les entrailles rouge vif se répandirent dans la boue. Puis elle le lâcha.

L'étalon, qui n'était pas encore mort, tenta de s'échapper en traînant ses boyaux derrière lui. La créature éclata de rire. Elle laissa l'animal à l'encolure crispée de douleur faire quelques pas, puis se jeta sur lui et l'enveloppa de ses ailes. Ainsi le répugnant spectacle de son festin fut-il épargné aux compagnons – mais pas le hurlement d'agonie de la bête. Mogweed se boucha les oreilles. À cet instant, il souhaita de toutes ses forces être mort pour ne plus jamais entendre un son pareil.

À l'instant où le hurlement atteignait son apogée, il s'interrompit net. La créature recula. Les restes fumants qui gisaient sur le sol ne présentaient plus la moindre ressemblance avec un cheval – ni avec quoi que ce soit d'autre. Ce n'était qu'un tas de viande déchiquetée, d'os brisés et d'entrailles sanguinolentes.

Saisi par un haut-le-cœur, Mogweed se pencha en avant et vomit tout le contenu de son estomac. Comme sa nausée s'apaisait, il sentit le regard de la créature se poser sur son dos.

— Je vois qu'au moins l'un d'entre vous a assez de bon sens pour s'incliner devant ses maîtres, s'esclaffa l'autre monstre.

Mogweed leva la tête. Alors, la créature qui avait attaqué le cheval parla. Son visage était un masque de sang dans lequel luisaient ses crocs blancs.

— À présent, susurra-t-elle en désignant la carcasse de l'étalon, dites-nous où se trouve l'enfant que nous cherchons si vous ne voulez pas subir le même sort.

La réponse de Nee'lahn ne réconforta nullement Mogweed.

— Vous ne tirerez rien de nous, sales chiens du Gul'gotha ! cracha la nyphai.

Le monstre poussa un sifflement furieux.

Mais Rockingham ne l'entendait pas de cette oreille. Il fit un pas en avant.

— Vous me connaissez, ô seigneurs du Sang Noir.

Nee'lahn pivota vers lui, les yeux flamboyants. Le soldat l'ignora.

— Je vais vous dire où se cache la fille.

28

Er'ril tentait de ne pas presser le vieil homme. Si Boln s'écroulait de nouveau, le ranimer ferait perdre plus de temps qu'avancer d'un pas mesuré. Aussi le guerrier se forçait-il à marcher lentement alors même que son cœur l'implorait d'accélérer.

Mais en observant le vieillard, il réalisa que ses inquiétudes n'étaient peut-être pas fondées. Depuis qu'Elena l'avait soigné, Boln semblait incroyablement ragaillardi. Il ne traînait plus les pieds sur les cailloux du chemin ; son souffle était régulier et son humeur bien plus joviale qu'auparavant.

Er'ril aurait sans doute allongé le pas si Elena n'avait cessé de jeter des coups d'œil vigilants à son oncle. Dans les yeux de la jeune fille, il ne lisait que scepticisme et méfiance, comme si elle n'arrivait pas à croire au brusque regain de vitalité de Boln. Ce fut son expression soupçonneuse qui empêcha le guerrier de s'élancer vers la paroi opposée du gouffre.

Boln lui-même protestait contre cette allure d'escargot.

— Les crabes des roches marchent plus vite que nous. Écoutez ce sifflement ! Les gobelins s'impatientent.

— Non, mon oncle. Ils gardent leurs distances. Et, de toute façon, le loup protège nos arrières.

Elena semblait placer une grande confiance en cet animal, remarqua Er'ril. Quand le loup avait senti quelque chose dans l'air humide et s'était arrêté, le museau en l'air, la jeune fille avait insisté pour que ses compagnons l'attendent. Pendant quelques instants, l'animal avait scruté les ténèbres de ses yeux ambrés. Puis il s'était remis en marche. Alors seulement, Elena avait autorisé les deux hommes à en faire autant.

— Un loup sur nos talons, grogna Boln. Ça ne me réconforte guère.

— Nous n'irons pas plus vite, trancha Elena d'un ton qui n'admettait aucune réplique.

Sur son épaule, le faucon de lune ponctua cette déclaration d'un battement d'ailes, comme irrité par le fait que quiconque ose mettre en doute la sagesse de l'humaine qu'il avait choisie.

Er'ril obéit aux instructions d'Elena sans discuter. Soudain, il réalisa qu'il se fiait davantage à l'instinct de la jeune fille qu'au sien ou à celui de Boln. Il plaçait sa foi en une *sor'cière*.

Il songea aux centaines d'autres jeunes mages qu'il avait côtoyés jadis. L'acquisition de leur pouvoir avait tourné la tête à beaucoup d'entre eux. Ils étaient devenus hautains et bouffis d'orgueil. Mais au fil du temps, ils avaient pris conscience des limites, des dangers et des responsabilités qui accompagnaient le port de la robe blanche, et cela les avait rendus plus humbles.

Er'ril observa Elena. Une main posée sur le bras de son oncle, la jeune fille modérait son allure tout en balayant la caverne du regard – en notant la position du loup qui se faufilait dans les ombres et en étudiant la piste devant elle. Ses yeux vifs se posèrent sur le guerrier. Elle ne les détourna pas. En très peu de temps, elle avait beaucoup appris sur la magie : sa capacité de destruction et de salut, sa sauvagerie et le moyen de la contrôler. Mais surtout, elle avait compris les responsabilités que son pouvoir lui conférait.

La détermination obstinée qui brillait dans son regard ne devait rien à une quelconque fierté mal placée. Elle avait été forgée dans les flammes de sa magie et les leçons amères que celle-ci lui avait enseignées. En l'espace de deux jours, Elena avait acquis une conscience plus aiguë de son nouveau statut que bien des apprentis durant toute leur formation. Elle ne maîtrisait pas encore toutes les ficelles de la magie, mais elle avait assimilé quelque chose de bien plus essentiel : les conséquences du pouvoir.

Oui : sor'cière ou pas, Er'ril lui faisait confiance.

Il reporta son attention sur la fissure qui béait dans la paroi du fond. D'autres périls, d'autres mystères l'attendaient là, et sans son épée, il devrait les affronter à main nue. Mais étrangement, la présence de la sor'cière à ses côtés le rassurait.

Il marchait en tête sur la piste inégale, mettant ses compagnons en garde contre les flaques de boue glissantes et les cailloux susceptibles de rouler sous leurs pieds. Le sifflement des gobelins résonnait sur leurs talons, mais aucun de leurs poursuivants ne s'approcha assez pour pénétrer dans leur îlot de lumière. Seules les ombres et la silhouette du loup remuaient autour d'eux.

— Nous y sommes presque, commenta Boln comme ils approchaient de la fissure.

Décelait-il une pointe de lassitude dans la voix du vieil homme ? Er'ril lui jeta un coup d'œil à la dérobée. L'oncle d'Elena ne semblait pas avoir de mal à respirer, et ses joues étaient encore roses.

— Quand je pense que j'ai toujours aimé explorer ces vieilles ruines, ricana-t-il. Après la nuit que nous venons d'y passer, je n'y remettrai plus jamais les pieds. J'ai assez vu leurs murs sombres et dégoulinants.

— Nous serons bientôt sortis d'ici, lui promit Elena avant d'ajouter un ton plus bas : J'espère…

Er'ril atteignit l'entrée de la crevasse.

— Passez-moi votre lanterne, Boln, réclama-t-il.

Son épée ne l'encombrant plus, il pouvait éclairer leur chemin. Son instinct lui soufflait que le danger était plus grand devant eux que derrière.

Le vieillard obtempéra. Er'ril examina le niveau d'huile dans le réservoir et fronça les sourcils.

— J'ignore à quel jeu jouent ces gobelins, mais j'espère que la partie s'achèvera bientôt.

La lanterne était presque à sec. Afin d'économiser le combustible, il régla la mèche plus bas. De toute façon, la lumière du faucon de lune était assez vive pour leur permettre de se diriger.

Il leva la lanterne à bout de bras pour scruter l'ouverture. Vue de loin, la fissure lui était apparue comme une fente naturelle dans la roche. À présent, il réalisait son erreur. Des arches se dressaient entre des murs de pierre taillée, délimitant un chemin. Ni la nature ni les dieux n'étaient responsables de la création de ce tunnel – et à en juger par les traces de griffes qui balafraient la pierre, ce n'était pas non plus l'œuvre de maçons humains.

Sur la première des arches, Er'ril avisa un enchevêtrement de motifs grossiers. Du bout du doigt, il caressa un sillon de plusieurs centimètres de profondeur. Alors, les gobelins se turent. Leur sifflement enveloppait les compagnons depuis si longtemps que lorsqu'il s'interrompit, le silence résonna à leurs oreilles tel un coup de tonnerre.

— J'ai l'impression que la partie touche à son terme, chuchota Boln. À mon avis, nous n'avons pas besoin de nous inquiéter pour l'huile de la lanterne.

— Venez ! ordonna Er'ril en s'engageant dans le tunnel. Je suis las de cette poursuite.

Ils franchirent la première arche. En examinant les motifs de plus près, Er'ril vit qu'ils représentaient des gobelins dans diverses configurations d'accouplement. Toute la frise n'était qu'une encyclopédie orgiaque, une obscène succession d'acrobaties intimes – dont certaines que le guerrier n'aurait pu et ne souhaitait surtout pas imaginer.

Elena écarquilla les yeux, puis rougit et se détourna. Boln se pencha pour examiner le dessin de deux mâles partageant une femelle et se contenta de lâcher :

— Intéressant. Très intéressant.

L'attention des deux hommes étant fixée sur l'arche, Elena fut la première à remarquer un changement dans le tunnel.

— Il y a de la lumière devant nous, annonça-t-elle.

Pivotant, Er'ril aperçut une faible lueur derrière une courbe du passage, quelques dizaines de mètres plus loin. Il couvrit sa lanterne pour mieux la jauger. Dans l'obscurité, le maigre rayonnement parut s'intensifier. Bien que diffus, il possédait une teinte et une qualité qui firent remonter un souvenir des tréfonds de la mémoire du guerrier. Où avait-il déjà contemplé cet éclat argenté, si pur ?

— Je croyais que les gobelins fuyaient la lumière, marmonna-t-il.

— La lumière vive, oui, acquiesça Boln. Certains érudits pensent que leur vision couvre un spectre différent de la nôtre, ce qui leur permet de se mouvoir dans l'obscurité des souterrains où ils vivent. D'autres prétendent que ce sont les émanations de la magie de roche élémentale qui éclairent leur chemin. C'est la raison pour laquelle ils infestent les mines de cristal et les cavernes sacrées des og'res : la magie minérale les attire comme un aimant attire le fer.

— Ma clé ! s'exclama Er'ril, réalisant soudain. Elle a été forgée à l'aide de magie élémentale. Je l'avais bien cachée. Mais s'ils peuvent renifler la magie…

— Ils ne la sentent pas : ils la voient, corrigea Boln. Certains érudits affirment que…

Er'ril secoua la tête.

— Je me fiche de l'opinion de vos collègues ! Cette lumière devrait être assez forte pour aveugler fût-ce un guerrier du désert de Sable ! En elle réside la réponse à nos questions. Elle nous dira pourquoi les gobelins nous ont conduits jusqu'ici, et quel est l'enjeu de la partie dans laquelle ils nous ont entraînés. (Le guerrier se remit en marche d'un pas résolu.) Et magie élémentale ou pas, je veux récupérer ma clé.

Tandis que le rayonnement s'intensifiait devant lui, il se mordilla la lèvre en se demandant où il avait déjà vu semblable lumière. Sa pureté semblait aspirer la couleur terne des surfaces rocheuses alentour pour révéler l'esprit minéral tapi dans leurs profondeurs. Elle conférait même une certaine beauté aux arches grossièrement sculptées. Où… ?

Une image s'imposa brusquement à l'esprit d'Er'ril. Il s'arrêta net et frissonna. Non, c'était impossible. Pas ici ! Il secoua la tête. Après des heures passées à déambuler dans ce trou avec la seule lumière de la lanterne et du faucon pour le guider, ses yeux devaient lui jouer des tours. La source de cette pureté ne pouvait pas être ce qu'il soupçonnait.

Malgré lui, le guerrier s'élança.

— Non, appela Elena. (L'inquiétude que lui inspirait son oncle transparaissait dans sa voix.) Pas question de courir. J'ignore ce que vous espérez trouver, mais ça peut attendre.

Non, ça ne peut pas, songea Er'ril. Pourtant, il ralentit. Il avait décidé de faire confiance à cette sor'cière.

— Qu'est-ce qui vous excite à ce point ? demanda Boln comme sa nièce et lui rattrapaient Er'ril.

Elena dévisagea le vieillard, guettant des signes de détérioration de son état. Elle n'avait pas confiance en son pouvoir, et priait pour que le vieil homme tienne le coup jusqu'à ce qu'ils puissent le confier à un véritable guérisseur. Telle l'huile de la lanterne, elle savait que sa magie finirait par se consumer, laissant son oncle vulnérable à la faiblesse de son cœur. Mais pour le moment, Boln semblait toujours vigoureux.

Le vieillard tendit une main vers Er'ril.

— Ralentissez, voulez-vous ? La petite est épuisée. Elle ne peut pas soutenir cette allure.

L'ombre d'un sourire effleura les lèvres d'Elena. Elle était si préoccupée par la santé de son oncle qu'elle n'avait même pas envisagé que son inquiétude puisse être réciproque.

— Je vais bien, affirma-t-elle. Mais mieux vaut rester prudents.

— Elena a raison, approuva Er'ril. Ce tunnel abrite quelque chose d'étrange. J'ignore si cela constitue ou non une menace pour nous, mais nous devrions ménager nos forces en prévision du pire.

Il continua à avancer vers la lumière, sa lanterne tendue à bout de bras.

Boln fit signe à sa nièce de suivre le guerrier. Comme le tunnel était assez large, il put marcher de front avec elle.

— J'ai vu votre tête, lança-t-il à Er'ril. Vous avez une idée de ce qui nous attend plus loin.

— Pour une fois, vous vous trompez, vieillard.

— Vieillard ? ricana Boln. Vous avez cinq ou six fois mon âge ! Maintenant, parlez ! Que soupçonnez-vous ? Qu'est-ce qui vous perturbe ainsi ?

— Juste de vieux souvenirs, répondit Er'ril d'un ton évasif.

— Des souvenirs de quoi ?

— Ne trouvez-vous pas la... qualité de cette lumière étrange ?

Boln plissa les yeux.

— Moi, je la trouve jolie, intervint Elena.

Er'ril secoua la tête d'une manière qui la fit se sentir très naïve et inexpérimentée. Mais la lumière était vraiment très belle ! Elle semblait purifier tout ce qu'elle touchait, et tandis que les compagnons se rapprochaient de sa source, l'air parut s'alléger autour d'eux, devenir moins humide comme si une matinée printanière se levait après une longue nuit d'hiver.

— Elle n'est pas naturelle, déclara oncle Boln. Et elle ne provient pas de la magie élémentale : elle est bien trop forte pour ça. Peut-être a-t-elle été conjurée ? Je n'ai jamais entendu dire que les gobelins manient la sorcellerie, mais nous ignorons encore beaucoup de choses sur eux. (Il désigna les motifs obscènes sculptés sur l'arche qu'il s'apprêtait à franchir.) Par exemple, je n'aurais jamais deviné qu'ils étaient si… inventifs.

— C'est de la magie, affirma Er'ril. Je peux presque sentir sa puanteur.

— Sûrement pas, protesta Boln. Comme je vous l'ai dit, la magie élémentale œuvre de façon subtile. Elle ne pourrait pas générer un tel rayonnement.

— Ce n'est pas de la magie élémentale, grogna Er'ril, les dents serrées. C'est de la magie chyrique.

De surprise, Boln faillit trébucher.

— Absurde ! s'exclama-t-il en s'immobilisant. Depuis que le Chi a abandonné nos contrées, aucun bassin de pouvoir ne subsiste dans cette région. À Val'loa, peut-être, mais pas ici.

Er'ril pivota vers le vieillard, les lèvres pincées.

— J'ai déjà contemplé ce genre de lumière une fois, révéla-t-il.

— Où ça ? s'enquit Elena, intriguée.

Le guerrier ne répondit pas. Il ne tourna même pas les yeux vers la jeune fille.

— Où ça ? demanda Boln à son tour.

Er'ril hésita avant de lâcher à voix basse :

— Dans une chambre d'auberge, la nuit où le Grimoire fut forgé.

— Quoi ? En êtes-vous certain ?

— Je n'aurais pas pu oublier une chose pareille, même si cinq cents hivers se sont écoulés depuis. (Le regard du guerrier se fit lointain, comme s'il revoyait une scène d'un passé enfui depuis longtemps.) C'était la mission que Shorkan m'avait assignée, le rôle que je devais jouer dans cette œuvre maudite : guetter l'éclair de lumière blanche et refermer aussitôt le livre pour conclure le sort.

Enfin, il reporta son attention sur Boln.

— La lumière…, bredouilla celui-ci. Vous ne voulez pas dire que… ?

— Je ne l'oublierai jamais. Elle m'a brûlé les yeux et s'est gravée dans mon esprit. C'est bien la même lumière, chargée de pouvoir chyrique.

Le vieillard se gratta la barbe et murmura :

— Étrange. Peut-être y a-t-il une autre explication…

— Ces fichus gobelins peuvent garder leurs explications et leurs secrets, répliqua Er'ril avec véhémence. Je veux juste récupérer ma clé.

— Justement. Votre clé a peut-être un rôle à jouer làdedans, suggéra Elena.

Une lueur d'excitation fit pétiller les yeux de Boln.

— La petite a raison ! C'est si évident…

Er'ril se rembrunit.

— Ça n'a pas d'importance.

— Bien sûr que si ! Pourquoi le gobelin vous a-t-il montré la clé avant de s'enfuir ? Pourquoi ses congénères ne nous ont-ils pas attaqués ? Pourquoi se sont-ils contentés de nous pousser jusqu'ici ? Ça ne leur ressemble pas, argumenta Boln. Que veulent-ils ?

Er'ril jeta un coup d'œil à Elena et détourna très vite la tête.

— C'est bien ce que je pensais, acquiesça Boln. Que ça avait un rapport avec Elena.

La jeune fille frémit. Elle s'en doutait un peu, mais l'entendre de la bouche de son oncle lui faisait l'effet d'une gifle. *Pitié, faites que ça ne soit pas ma faute*, implora-t-elle. Elle était déjà responsable de tant de drames : l'incendie de la ferme familiale, la mort de ses parents et de sa tante Fila, l'enlèvement de Joach…

— Mais je me trompais, poursuivit Boln.

Er'ril haussa les sourcils en une expression reflétant le scepticisme qu'éprouvait la jeune fille.

— Alors, que veulent les gobelins ?

— C'est évident, non ? (Boln tendit la main et ébouriffa les cheveux de sa nièce.) Mais sans la clairvoyance d'Elena, j'avoue que ça m'aurait échappé.

— Quoi ? s'exclamèrent Er'ril et Elena en chœur.

— Pas quoi – qui, rectifia Boln.

Les narines d'Er'ril frémirent d'exaspération. Elena attendit sans broncher. Elle avait bien prévenu le guerrier, la veille – même s'il lui semblait qu'une éternité s'était écoulée depuis lors. Oncle Boln racontait ses histoires à son propre rythme ; tenter de le presser était vain.

— Parlez, vieil homme ! s'emporta Er'ril. Qui veulent-ils ?

Boln leva les yeux au ciel.

— Mais vous, bien sûr !

Elena espéra de toutes ses forces que son oncle avait vu juste. Si les gobelins des roches en avaient après eux, elle ne souhaitait qu'une chose : que ça ne soit pas à cause d'elle.

— Vous êtes fou ! protesta Er'ril. Moi ? C'est moi qu'ils veulent ? Je n'avais encore jamais rencontré de gobelin des roches – pas une seule fois en cinq siècles d'errance ! Pourquoi s'intéresseraient-ils à moi ?

Boln passa unc main dans ses cheveux et haussa les épaules.

— La réponse se trouve quelque part devant nous.

Soulagée de ne pas être responsable de leur sort, Elena laissa son regard dériver vers l'entrée du tunnel. Elle repéra une ombre plus foncée que les autres qui se faufilait le long du mur de droite. Le loup les suivait toujours. Pauvre bête ! Il était sans doute aussi perdu et effrayé qu'eux. Il devait espérer que les trois humains le conduiraient à la sortie de ce dédale souterrain. *Pourvu qu'il ne se trompe pas*, songea la jeune fille.

— Dans ce cas, allons-y ! décida Er'ril. S'ils ne veulent que moi, peut-être vous laisseront-ils passer sans vous toucher.

— Non. Nous ressortirons tous les trois ou pas du tout, contra Boln.

— Tous les quatre, corrigea Elena en désignant le loup.

Mais son oncle lui tapota distraitement la tête, et Er'ril l'ignora.

Ils se remirent en marche. Er'ril ouvrait la voie ; il tenait toujours la lanterne, mais l'avait éteinte pour économiser son huile, car désormais, la lueur argentée était assez forte pour éclairer leur chemin. La seule autre lumière provenait du faucon de lune assoupi sur l'épaule d'Elena.

Comme ils s'enfonçaient dans le tunnel, la jeune fille garda un œil sur le loup qui traînait derrière eux. L'animal attendait qu'ils aient parcouru une bonne distance, puis filait vers sa cachette suivante. Mais le rayonnement s'intensifiait, dissipant les ténèbres. Bientôt, il l'empêcha de se fondre totalement parmi les ombres.

Pour la première fois depuis l'intervention d'Er'ril au bord du ruisseau, Elena put détailler leur compagnon à quatre pattes. Sa curiosité la faisait presque marcher à reculons. Elle fut surprise de constater que la fourrure du loup n'était pas uniformément noire, comme elle l'avait d'abord pensé, mais striée de traînées brunes et dorées. Son poil lustré brillait dans la lumière, et ses yeux étaient pareils à deux billes d'ambre. La jeune fille remarqua également que sa claudication était de plus en plus prononcée, et qu'il frémissait de douleur chaque fois qu'il s'appuyait sur sa patte blessée.

Tandis qu'elle l'observait, elle réalisa que l'animal lui rendait la pareille. Leurs regards se croisèrent. Alors, la tête d'Elena lui tourna, et sa main droite la picota. Elle crut sentir le goût de la sylve natale du loup dans sa bouche, les battements de son cœur avide de courir en toute liberté sous les frondaisons épaisses.

Ses yeux s'écarquillèrent. Le tunnel s'estompa autour d'elle, cédant la place à une image très nette. *Un bébé oiseau tombe de son nid. Avant de s'écraser sur le sol, il déploie ses ailes minuscules et s'envole. Tout en filant vers le ciel, il se change en un aigle monstrueux dont les ailes dissimulent le soleil et engloutissent le monde.*

Aussi brusquement que l'image était apparue, elle s'évanouit. La pierre du tunnel enveloppa de nouveau Elena. À présent, elle ne voyait plus que les yeux ambrés du loup qui la fixaient. Son talon heurta un caillou qui roula un peu plus loin, la déséquilibrant.

Oncle Boln la rattrapa.

— Fais un peu attention, ma chérie, marmonna-t-il.

Ce fut à peine si Elena l'entendit. Son regard était toujours rivé sur le loup. Que venait-il de se passer ? Elle se frotta les yeux. Assis face à elle, l'animal la dévisageait sans ciller. Elle savait qu'il était conscient de ce qui venait de lui arriver – des sensations et des images qui l'avaient assaillie. Elle vit ses paupières se baisser sur ses prunelles ambrées.

Non, réalisa-t-elle soudain. C'était bien plus que ça. Le loup n'était pas seulement conscient de ses visions – c'était lui qui les lui avait envoyées ! Mais comment ? Pourquoi ? Qu'est-ce que ça signifiait ?

Elle saisit la manche de son oncle, le forçant à s'arrêter.

— Le loup, balbutia-t-elle. Le loup ! Il…

— Calme-toi, Elena. Nous sommes presque arrivés au bout du tunnel.

Er'ril fit volte-face, les traits crispés par l'inquiétude comme s'il pensait que le loup allait attaquer. Voyant que l'animal était toujours assis un peu en retrait et ne faisait pas mine de bouger, il jeta un coup d'œil interrogateur à Elena. La jeune fille ne dit rien. Comment des mots auraient-ils pu exprimer ce qui venait de se passer ? Au bout de quelques instants, Er'ril haussa les épaules et reporta son attention sur le chemin devant lui.

Oncle Boln n'avait pas détaché son regard de la lumière aveuglante qui brillait à travers la dernière arche.

— Elle est si belle, souffla-t-il.

Elena remarqua enfin combien le rayonnement s'était intensifié autour d'eux.

— Voyons ce qu'il y a de l'autre côté, dit le vieillard en adressant un signe de tête à Er'ril.

Le guerrier se remit en marche, mais d'un pas plus hésitant, comme s'il craignait ce qu'il allait découvrir. Elena le suivit à grand-peine – pas parce qu'elle avait peur, mais parce que la lumière étincelante semblait la repousser telle une bourrasque s'engouffrant dans le tunnel.

— De plus en plus intéressant, commenta son oncle derrière elle.

Penché en avant, il luttait pour avancer. Quant à Er'ril, il avait replié son bras devant ses yeux et progressait avec difficulté vers l'arche.

Elena jeta un coup d'œil par-dessus son épaule. Elle vit le loup s'élancer vers la lumière qui ne lui laissait plus aucune poche d'ombre dans laquelle se dissimuler, le museau à ras de terre et les oreilles rabattues en arrière.

Soudain, l'animal se figea. Un tressaillement le parcourut. Il fit un pas en avant. Sa chair parut onduler sur toute la longueur de son corps. L'échine crispée, il se ramassa sur lui-même et fit encore un pas.

Elena hoqueta en voyant sa silhouette se liquéfier tel un épais sirop, comme si la lumière lui arrachait toute solidité et toute forme. Ce qui apparut en dessous n'était pas un loup, mais une étrange substance qui s'écoulait en ruisseaux ardents. *De la cire fondue*, songea la jeune fille.

Seuls les yeux ambrés du loup demeurèrent intacts au cœur de cette masse de chair bouillonnante.

Choquée, Elena le regarda ramper vers elle. Mais ce mouvement semblait le mettre au supplice, ouvrir des sillons de douleur dans ses tissus à vif. Il fit un pas en arrière, puis un autre.

Tandis qu'il battait en retraite face à la lumière, il reprit son apparence normale. Ses oreilles, ses membres, sa queue et son pelage réapparurent jusqu'à ce qu'il ne reste plus aucune trace de l'étrange phénomène qui l'avait saisi quelques instants plus tôt.

Le loup fixa Elena qui suivait son oncle vers l'arche. Mais à présent, la jeune fille savait que ça n'était pas un loup. Pas vraiment. Elle le regarda reculer sans la quitter des yeux, et une profonde tristesse l'étreignit. Ce sentiment venait-il d'elle ou de la créature ? Elle n'aurait su le dire.

— Douce Mère ! s'exclama Er'ril derrière elle.

Elena pivota pour voir si le guerrier avait également été témoin de la transformation du loup. Mais Er'ril lui tournait le dos. Il avait atteint la sortie du tunnel et s'était immobilisé. La main posée sur l'arche de pierre, il fixait quelque chose dans la caverne qui s'étendait devant lui.

Soudain, il tomba à genoux.

— Douce Mère, c'est impossible, gémit-il. Tout mais pas ça ! Pas ici ! Pas après tout ce temps !

29

— Où est l'enfant ? répéta le skal'tum en se rapprochant de Rockingham.

Dans une de ses pattes griffues, il tenait un cuissot de cheval qu'il mordit à belles dents.

Incapable de réprimer un frisson, le soldat recula vers Nee'lahn. Un rictus de dégoût tordit les douces lèvres de la nyphai. Il leva une main pour l'arrêter. Il ne voulait pas qu'elle intervienne et fasse échouer son plan – par exemple en révélant qu'il n'avait aucune idée de l'endroit où se trouvait la sor'cière. Maudits soient les gens incapables de tromperie. Comment faisaient-ils pour vivre jusqu'à un âge avancé ?

Du geste et du regard, il intima le silence à Nee'lahn. Celle-ci l'ignora.

— Vous êtes le plus misérable des insectes qui rampent dans le fumier, siffla-t-elle.

De toute évidence, elle était persuadée qu'il allait les trahir. Et il l'aurait fait sans hésiter, si cela avait pu lui permettre de survivre. Mais son heure n'était pas encore arrivée.

Il prit le risque de détacher son regard du skal'tum pour faire face à Nee'lahn. Puis il se força à adopter le timbre le plus rauque dont il était capable. Entre eux, les occupants de Noircastel murmuraient que les lieutenants du Seigneur Noir avaient du mal à entendre les fréquences sonores les plus basses. Comme celles des chauves-souris, leurs oreilles captaient mieux les vibrations aiguës. Simple rumeur ou vérité ? Dans le doute, ce fut de sa voix la plus sourde que Rockingham articula très vite :

— Taisez-vous ! Je sais comment m'y prendre avec eux. Faites-moi confiance !

— Vous faire confiance ? s'exclama Nee'lahn un peu trop fort. Je préférerais encore m'en remettre au Cœur Noir en personne !

— Tenez votre langue si vous ne voulez pas finir dans l'estomac de ces créatures ! gronda Rockingham.

Tremblant de tous ses membres, Mogweed se rapprocha d'eux. Son regard était toujours fixé sur la masse de chair sanguinolente qui avait jadis été un fier destrier. La jument attachée à l'arbre avait cessé de tirer sur sa longe et s'était figée, frémissante de terreur. Ses yeux avaient si bien roulé dans leur orbite qu'on n'en voyait plus que le blanc, mais au moins, elle se tenait tranquille. *C'est la plus futée du lot*, songea Rockingham.

Mogweed se pencha pour mieux écouter la conversation du soldat et de la nyphai.

— Si cet homme connaît ces créatures, il vaudrait peut-être mieux le laisser faire, bredouilla-t-il.

Nee'lahn secoua la tête.

— Il ne connaît rien du tout. Il…

— Exactement ! coupa Rockingham, bien décidé à l'empêcher de révéler l'ampleur de son ignorance aux skal'tum. (Plongeant son regard dans celui de la nyphai, il souffla :) Je ne sais rien. Donc, je ne peux pas vous trahir – juste sauver notre peau à tous. Je n'ai aucune envie qu'ils me capturent. Me faire déchiqueter par leurs griffes serait un sort enviable comparé à celui qui m'échoira s'ils me traînent devant le Seigneur Noir et que je dois lui avouer mon échec.

Il jeta un coup d'œil à la carcasse fumante de l'étalon. Oui, c'était une fin bien plus miséricordieuse que celle qui l'attendait dans les entrailles de Noircastel. Il reporta son attention sur Nee'lahn.

— Laissez-moi faire mon boulot !

Et ce qu'il faisait le mieux, c'était survivre – grâce à l'agilité de son esprit et de sa langue.

La nyphai le foudroya du regard mais garda le silence.

Rockingham se tourna vers le skal'tum qui avait dévoré la viande du cuissot et suçait la moelle de son os. La créature savait qu'ils ne pouvaient pas s'enfuir ; ça ne la dérangeait pas de faire durer le plaisir. Bien au contraire. L'autre monstre se rapprocha sans quitter le soldat des yeux.

— J'entends bourdonner des insectes, mais je n'entends pas de réponse. Dis-nous où se cache la fille !

Rockingham rajusta sa cape et redressa le menton. Il était crucial qu'il semble calme, en pleine possession de ses moyens. Il toussota pour s'éclaircir la gorge et se lança :

— Comme vous, nobles lieutenants du Cœur Noir, je suis sur la piste de la sor'cière.

— Tu as échoué, riposta l'un des skal'tum. La nouvelle est parvenue à Noircastel. Nous avons été envoyés pour réparer ton erreur.

Rockingham écarta les mains en un geste d'incrédulité blessée.

— Je n'ai commis aucune erreur. Si quelqu'un est à blâmer, c'est Dismarum, ce vieil infirme sénile. Au lieu d'employer la force des armes pour s'emparer de la fille, comme je le préconisais, il a préféré recourir à des mensonges et à des tours de passe-passe. Las ! L'enfant est retorse. Elle a pu échapper à tous les pièges qu'il lui avait tendus.

— Et où étais-tu pendant tout ce temps, petit homme ?

Il posa une main sur son cœur.

— Notre maître m'a assigné au service du mage noir. Je n'ai pas eu d'autre choix que de lui obéir, même si je voyais bien qu'il se fourvoyait. Son échec consommé, il a utilisé ses pouvoirs pour se soustraire à son juste châtiment, et je me suis retrouvé libre de poursuivre la fille. Ce que j'ai fait et continue à faire.

— Dans ce cas, comment se fait-il qu'elle coure toujours ?

— Elle est protégée par des alliés puissants, et par une magie plus puissante encore.

— Ce n'est qu'une enfant.

— Une enfant qui a réussi à tuer l'un des vôtres. Vous feriez mieux de ne pas la sous-estimer.

Le second skal'tum, aux griffes dégoulinantes de sang, bondit vers Rockingham. Celui-ci se raidit. Il ne devait pas reculer. Si la façade de son aplomb commençait à se craqueler, il était perdu.

— Tu nous mens, petit homme, siffla la créature. Nous avons rencontré l'assassin de notre frère. Ce n'était pas une fillette. Et il connaissait les failles de nos protections maléfiques.

Maudit soit Kral, cette montagne ambulante ! Pourquoi les gens qui l'entouraient étaient-ils si bavards ? Une consternation mêlée de panique se répandit dans les veines de Rockingham, mais il conserva une expression détachée tandis que son esprit tissait une trame de subterfuges.

— Et à votre avis, qui lui a révélé vos secrets ? lança-t-il d'un air entendu.

Le skal'tum hésita. Il jeta un coup d'œil à son compagnon, puis reporta son attention sur le soldat.

— Pourtant, contra-t-il d'un ton légèrement moins agressif, tu ne l'as toujours pas capturée. Cette fois, tu ne peux rejeter la faute sur personne.

— Il est vrai qu'elle n'est pas encore enchaînée à vos pieds, attendant le bon vouloir de notre maître. (Rockingham ne put réprimer un frisson à la pensée des appétits monstrueux du Seigneur Noir.) Mais je l'ai pourchassée et forcée à fuir devant moi telle une feuille emportée par la tempête. Lorsque vous êtes arrivés, je venais de l'acculer dans une impasse. Il ne me reste plus qu'à la cueillir.

— Où ça ? demanda le skal'tum.

Rockingham tendit un doigt vers le tunnel à demi dissimulé derrière son rideau de racines.

— Elle s'est terrée là-dedans. Le trou est trop profond pour que vous puissiez l'en déloger avant l'aube.

Les deux skal'tum jetèrent un coup d'œil vers l'est, et leurs ailes frémirent comme s'ils voulaient s'en envelopper pour se protéger. Ainsi, eux non plus n'étaient pas immunisés contre la peur. Rockingham s'autorisa un léger sourire.

— Je suis le seul qui puisse aller la chercher.

— Si elle est aussi redoutable que tu le prétends, comment pourras-tu la ramener ici ? s'enquit l'une des créatures, méfiante.

— J'ai quelque chose qu'elle veut récupérer. (Du menton, Rockingham désigna Nee'lahn. C'était maintenant que tout allait se jouer.) Sa sœur bien-aimée.

Il vit la stupéfaction écarquiller les yeux de la nyphai. Son sourire s'élargit. Parfois, même les justes servaient ses plans sans le vouloir. Jamais Nee'lahn n'aurait pu feindre tant de consternation et de haine. Son expression était si convaincante que les skal'tum s'y laissèrent prendre.

— En fait, vous n'auriez pas pu mieux tomber, poursuivit Rockingham d'un ton réjoui. Cette fille nous gênait et nous ralentissait. Vous allez pouvoir la surveiller pendant que je forcerai notre proie à sortir de sa cachette.

Il fit signe à Mogweed d'approcher. Le si'lura ne bougea pas.

— Ainsi, mon ordonnance et moi aurons le champ libre pour débusquer la sor'cière.

De nouveau, il fit signe à Mogweed. Cette fois, le métamorphe s'arracha à sa paralysie et se dirigea vers lui d'un pas titubant. Il s'immobilisa presque trop près, telle une ombre craintive s'accrochant à son propriétaire.

Un des skal'tum rejoignit Nee'lahn. À sa décharge, la nyphai ne frémit même pas. Elle se contenta de foudroyer Rockingham du regard.

— Surtout, veillez à ce qu'il ne lui arrive rien, recommanda le soldat. Sans elle, nous aurons beaucoup de mal à capturer la sor'cière.

— Nous ferons notre devoir, siffla l'un des skal'tum.

— Tâche de faire le tien ! ajouta l'autre.

Rockingham inclina la tête, dissimulant sa grimace triomphante. Puis il passa son bras sous celui de Mogweed et entraîna le métamorphe hagard vers l'entrée du tunnel.

Derrière eux, le skal'tum qui avait dépecé l'étalon lança :

— Si tu nous trahis, ne crois pas que le fait d'être la création de notre maître nous empêchera de t'arracher les membres et de dévorer tes yeux.

Les épaules de Rockingham se crispèrent. Il ne comprenait pas ce que la créature entendait par « la création de notre maître », mais étant donné la facilité avec laquelle il l'avait bernée, ça ne l'aurait guère étonné qu'elle nourrisse d'autres idées farfelues. Il poussa Mogweed à travers le rideau de racines, puis pivota face aux skal'tum.

— Faites-moi confiance !

Ses yeux se posèrent sur Nee'lahn. Très vite, il se détourna. La trahison était un plat qui se mangeait froid. Pourtant, son cœur frémit dans sa poitrine. Il lui semblait se rappeler d'une femme qui, jadis, l'avait fixé avec la même expression furieuse et incrédule. Mais qui ? Et quand ?

Rockingham se faufila entre les racines et suivit Mogweed sur le tapis de boue et de feuilles décomposées qui s'étendait à l'entrée du tunnel. Il arrivait presque à conjurer le visage de cette femme – la lumière du soleil se reflétant sur ses cheveux blonds, une légère odeur de jonquilles –, mais telle une nuée de papillons, l'image se fragmentait aussitôt. Il secoua la tête. Sans doute était-ce une catin qu'il avait mise dans sa couche, un soir où il était trop ivre pour se souvenir de ses faits et gestes. Au fond de son cœur, il savait pourtant qu'il se trompait.

Mogweed se racla la gorge, attirant son attention. Les yeux du métamorphe étaient écarquillés, presque phosphorescents.

— Et maintenant ? Où allons-nous ?

Rockingham se rembrunit et tendit un doigt.

— Le plus loin possible de ces monstres.

Mogweed ne bougea pas, et il dut le pousser en avant.

— Mais…, protesta le métamorphe. J'ai déjà vu plusieurs personnes partir par là – et aucune d'entre elles n'est revenue.

Tol'chuk atteignit le fond du gouffre et se redressa au pied de l'éboulis. Il leva les yeux vers Kral. Le montagnard luttait pour franchir une dalle de granit en équilibre précaire, qui oscillait dangereusement sous son poids. Tol'chuk lui avait laissé la pierre el'phique, mais la magie élémentale avait tant faibli qu'elle n'éclairait plus grand-chose. Mobilisant une des mains de son porteur, elle le gênait plus qu'elle l'aidait ; pourtant, Kral s'y accrochait comme un naufragé à un bout de bois flotté.

— Sur ta gauche ! lança Tol'chuk d'une voix forte. La pente est plus raide, mais elle offre davantage de prises pour les griffes.

— Je n'ai pas de griffes, marmonna Kral.

Mais il suivit le conseil de l'og're et infléchit sa trajectoire.

Tol'chuk attendit. Il ne pouvait rien faire d'autre. Il étudia la progression de son compagnon. Kral était plutôt doué pour l'escalade – comme tous les montagnards devaient l'être pour survivre dans les Dents au-dessus de la ligne des neiges, supposa-t-il. Malgré la faiblesse de sa vision et la pierre qui entravait ses mouvements, il négociait la descente avec une rapidité et une agilité surprenantes.

Néanmoins, il n'allait pas encore assez vite à son goût. Tol'chuk frétillait d'impatience. Après une si longue marche dans la forêt et les souterrains, cette inactivité forcée lui pesait. Les muscles de son dos lui faisaient mal, et une douleur brûlante palpitait dans sa main à l'endroit où il s'était arraché une griffe. Même ses jambes – deux troncs noueux de muscles, de tendons et d'os – tremblaient sous lui.

Mais surtout, il n'aspirait qu'à rejoindre Fardale. Depuis que les images envoyées par son frère-loup s'étaient infiltrées dans son esprit, le Cœur de son peuple le poussait en avant. Dès qu'il s'arrêtait pour se reposer, la traction exercée par la sanguine se faisait plus insistante, presque irrésistible.

Tol'chuk lutta contre son envie d'abandonner le montagnard et de continuer seul. Ce n'était pas un comportement digne d'un og're. La solidarité entre membres d'une même tribu était une valeur prépondérante, fût-ce pour un demi-sang comme lui. Une noble qualité – et malheureusement, la principale raison pour laquelle les guerres tribales s'éternisaient et faisaient toujours tant de victimes. Attaquer un og're équivalait à attaquer sa tribu tout entière. Aucun affront ne restait impuni, aucun défi ne demeurait sans réponse jusqu'à ce que toute la population mâle d'une des deux tribus ait été éradiquée.

Tol'chuk fronça les sourcils. Les tribus og'res observaient une trêve durant leurs cérémonies religieuses. Ces rares occasions mises à part, jamais elles n'avaient été toutes unies. Étant donné l'obstination naturelle des og'res et le code d'honneur de leurs guerriers, Tol'chuk doutait fort qu'elles le soient un jour. Il poussa un soupir. La loyauté n'était pas nécessairement une bonne chose, réalisa-t-il.

Pourtant, malgré les crochets plantés dans son cœur, qui le tiraient en avant, il se refusait à abandonner Kral. Il ne pouvait pas ignorer le sang des innombrables générations d'og'res qui coulait dans ses veines. La loyauté qui avait causé la mort de milliers de ses semblables faisait partie intégrante de lui, au même titre que sa chair et ses os.

Par chance, son attente ne se prolongea guère. Kral sauta à bas du dernier rocher et atterrit près de lui.

— J'espère que nous avons fait le bon choix en suivant ce chemin, haleta-t-il. Nous n'arriverons jamais à remonter par là.

Tol'chuk haussa ses épaules massives.

— Nous trouverons une autre sortie.

Il se dirigea vers l'endroit où il avait aperçu Fardale et la lumière pour la dernière fois. Derrière lui, il entendit un léger grognement comme Kral se forçait à lui emboîter le pas. Le montagnard avait besoin de se reposer, mais Tol'chuk ne voulait pas que son frère-loup prenne trop d'avance sur eux. Si ce réseau souterrain ressemblait aux cavernes de sa tribu – dédale de passages sinueux ponctués de multiples croisements –, il pouvait facilement y perdre Fardale. Du menton, il invita Kral à accélérer.

— La vitesse est notre meilleur atout pour distancer les gobelins des roches.

— C'est aussi le meilleur moyen de leur foncer dedans tête baissée, fit remarquer Kral.

Mais il obtempéra sans plus discuter.

Les deux colosses marchaient en silence, économisant leurs forces pour négocier les embûches du terrain inégal. Autour d'eux, l'air devint aussi épais que du lait de chèvre. L'énorme poitrine de Tol'chuk l'aspirait sans difficulté : les og'res étaient bâtis pour vivre dans les profondeurs des montagnes. Mais Kral, dont le clan résidait dans les hauteurs des pics enneigés, était habitué à une atmosphère plus rare. L'humidité ambiante l'accablait, et il avait beaucoup de mal à ne pas se laisser distancer par son compagnon.

Tol'chuk gardait une oreille tournée vers lui, écoutant son souffle rocailleux. Kral ne se plaignait pas, mais il ne pourrait maintenir cette allure bien longtemps. Le jeune og're étudia le pied de la falaise qu'ils longeaient. Un amas de rochers se dressait un peu plus loin. S'ils pouvaient l'atteindre avant de faire halte, du moins seraient-ils tout près du tunnel dans lequel Fardale avait disparu. Cependant, Tol'chuk rechignait à s'imposer le moindre délai. À présent qu'il s'était remis en route, il ne voulait plus s'arrêter.

Derrière lui, Kral fut saisi d'une quinte de toux déchirante. Il se rembrunit. *Nous y sommes presque*, songea-t-il. Il continua à marcher. Très occupé à scruter le terrain et à guetter les signes de faiblesse du montagnard, il ne remarqua l'ombre qui se détachait d'un éboulis et s'avançait vers eux que lorsqu'elle se planta sur le chemin face à lui.

— J'aimerais récupérer ma pierre, s'il vous plaît.

Kral contourna l'imposante masse de Tol'chuk. La lueur verdâtre de la pierre qu'il tenait à bout de bras révéla la silhouette de l'el'phe Méric. Sa tunique déchirée était couverte de boue et de taches plus sombres. Sous les lambeaux de son pantalon bouffant, un morceau de sa chemise était noué autour de sa cuisse. Un peu de sang coulait le long de sa jambe, et une ecchymose pourpre se détachait sur sa joue pâle. Il tendit la main.

— Ma pierre des vents, exigea-t-il.

Malgré son ton désinvolte et son attitude méprisante, Tol'chuk remarqua que son bras tremblait.

— Nous pensions que tu étais mort, dit Kral, le poing toujours crispé sur la pierre. (Visiblement, il se méfiait de l'el'phe.) Le sang, la piste qui conduisait jusqu'au bord du gouffre… Comment as-tu survécu à ta chute sur la corniche ?

— Je ne suis pas tombé sur une corniche, le détrompa Méric. (De sa main libre, il repoussa une mèche de cheveux argentés qui s'était échappée de sa tresse.) J'ai sauté directement au fond du gouffre.

Kral leva les yeux vers le haut de la falaise d'où il avait eu tant de mal à descendre.

— Nee'lahn m'avait mis en garde contre tes mensonges, marmonna-t-il en reportant son attention sur l'el'phe et en le dévisageant, les yeux plissés.

— Je ne mens pas.

— Même un og're n'aurait pas survécu à une chute pareille, intervint Tol'chuk, soupçonneux.

— Je ne suis pas tombé, répéta Méric d'un air dédaigneux.

— Alors, comment as-tu fait ? insista Kral. Tu as volé ?

— Non. Bien que maîtres de l'air et du vent, les el'phes sont incapables de voler. La magie élémentale n'est pas assez forte pour ça, mais elle m'a permis de contrôler ma descente – de la ralentir pour me poser en douceur.

— Et ensuite ? Tu nous as attendus ?

Un léger rictus tordit les lèvres de Méric.

— J'ai pansé mes blessures. (Du menton, il désigna sa cuisse.) Ces créatures m'ont pris par surprise ; j'ai encaissé plusieurs coups avant de réussir à m'échapper. Pendant que j'épongeais mon sang, j'ai aperçu la lueur de ma pierre des vents au sommet de la falaise. Je vous ai vus sauter, et j'ai attendu. Pas vous – ma pierre. (Il agita sa main sous le nez de Kral.) Rends-la-moi !

Le montagnard secoua la tête.

— C'est notre seule source de lumière, et nous avons un ami à retrouver.

— Moi aussi.

Kral et Tol'chuk s'entre-regardèrent.

— Dans ce cas, nous n'avons qu'à les chercher ensemble, suggéra l'og're. Si les gobelins reviennent à la charge, il nous sera plus facile de les repousser à trois.

— D'accord, acquiesça Kral. Mais je garde la pierre.

— Tu vas finir par l'éteindre, contra Méric. Moi, je peux raviver son éclat.

Le montagnard ne réagit pas tout de suite. Il hésitait. Tol'chuk remarqua que la lumière ne cessait de faiblir depuis qu'ils avaient sauté dans le gouffre. Enfin, Kral tendit le bras et déposa la pierre dans la paume de

Méric. Du même mouvement, il saisit le poignet de l'el'phe.

— Tu resteras avec nous. Jure-le !

— Mon peuple ne jure pas à la légère, homme des montagnes, lâcha Méric d'un ton hautain.

— Le mien non plus, répliqua Kral en lui serrant le poignet un peu plus fort. Maintenant, jure !

L'el'phe plissa les yeux d'un air menaçant, et ce fut les dents serrées qu'il cracha :

— Je te donne ma parole. Je vous aiderai à trouver votre ami.

Kral maintint sa prise l'espace d'un battement de cœur, son regard plongé dans celui de Méric. Puis il hocha la tête et le lâcha.

— Nous devons y aller, les pressa Tol'chuk.

— Où ça ?

— Notre ami s'est enfoncé dans un tunnel, un peu plus loin. Il est avec d'autres gens qui ont des lumières.

— Des lumières ? répéta Méric, plein d'espoir. L'une d'elles flottait-elle dans les airs ? Ça pourrait être mon faucon.

Tol'chuk se gratta le crâne.

— Non.

L'el'phe fronça les sourcils.

— Et tu n'en as pas vu d'autre ?

Tol'chuk secoua la tête. Cette nouvelle parut décourager Méric.

— Pourquoi est-ce si important pour toi de retrouver cet oiseau ?

— Il a senti du sang royal. Je l'ai su dès que nous avons pénétré dans cette vallée.

— Je ne comprends pas.

Ignorant l'og're, Méric sonda le fond du gouffre.

— Apparemment, son faucon lui sert de chien de chasse, expliqua Kral. Il cherche leur roi perdu.

— Un descendant de notre roi, rectifia Méric.

Il frotta sa pierre des vents et souffla dessus. L'éclat verdâtre s'intensifia, se reflétant sur ses cheveux argentés et sur sa peau très blanche. Il pivota vers les deux colosses et, d'une voix vibrante de haine, lâcha :

— Lorsque nous avons été bannis de ces contrées, notre reine a été autorisée à nous accompagner, mais notre roi a été retenu en otage.

— Comment savez-vous qu'un de ses descendants vit encore après tant de siècles ? demanda Kral.

— Notre roi avait juré qu'il maintiendrait sa lignée en vie jusqu'à notre retour.

— Et s'il a échoué ?

— J'ai dit qu'il avait juré, homme des montagnes, siffla Méric d'une voix venimeuse. Les el'phes tiennent toujours leurs promesses.

Percevant la tension croissante, Tol'chuk se hâta de changer de sujet.

— Ton épervier...

— C'est un faucon de lune, corrigea Méric en reportant son attention sur l'og're.

— Si tu veux. Comment peut-il pister quelqu'un qu'il n'a jamais rencontré ? Même un renifleur a besoin d'une odeur pour se diriger.

— Ce n'est pas une question d'odeur. Avant leur éclosion, les œufs des faucons de lune sont plongés dans le sang royal. Cela crée un lien indéfectible. Mon oiseau est un descendant direct de celui qui fut jadis lié à notre roi – et les descendants se reconnaissent entre eux. Il ne se posera que sur une personne dans les veines de laquelle coulera le sang de notre roi perdu.

— Mais je l'ai vu perché sur ton poignet, protesta Kral.

Méric poussa un gros soupir, comme si tant de stupidité le consternait.

— Je suis de sang royal, le quatrième fils de la reine Tratal, l'Étoile du Matin. Mon peuple rêve de réunir ses deux grandes maisons : la lignée de la reine actuelle et celle de l'ancien roi.

Kral éclata d'un rire rauque.

— En fait, tu es en quête d'un époux pour une de tes sœurs. (Il s'esclaffa de plus belle.) Réunir vos deux grandes maisons… Ah, je me réjouis que nos clans aient renoncé à ces absurdités. Les montagnards ne s'inclinent devant personne.

Méric s'empourpra. Il pinça ses lèvres minces, et ses yeux flamboyèrent de haine. Tol'chuk percevait en lui le bouillonnement d'une passion qui, amenée à la surface, s'avérerait bien plus dangereuse qu'une centaine de gobelins des roches. Aussi décida-t-il que le moment était venu de mettre un terme à cette conversation. D'autant que les palpitations de son cœur soumis à la traction de la sanguine devenaient douloureuses.

— Ton faucon est peut-être passé par le même tunnel que mon ami, suggéra-t-il.

Le sang reflua lentement du visage de Méric comme il se tournait vers l'og're. Il eut un léger haussement d'épaules.

— Je vous accompagnerai, comme je l'ai promis. (Il jeta un coup d'œil à Kral avant de reprendre :) Je laisserai l'oiseau chasser un peu plus longtemps. Ça ne peut pas lui faire de mal.

— Dans ce cas, allons-y !

Tol'chuk s'éloigna avant que Kral puisse ajouter quoi que ce soit et irriter davantage l'el'phe. Méric lui emboîta le pas, laissant le montagnard fermer la marche.

Le silence les enveloppa tandis qu'ils se frayaient un passage à travers un amas de roches étroitement imbriquées les unes dans les autres. À plusieurs reprises, Tol'chuk dut porter ses compagnons pour leur faire franchir un obstacle. Kral ne l'y autorisait qu'à contrecœur, les sourcils froncés et les joues brûlantes d'embarras. De caractère indépendant, il répugnait à admettre qu'il avait besoin d'aide, mais sa lucidité l'emportait sur son orgueil.

Méric, en revanche, se laissait faire sans jamais remercier l'og're. Il lui tendait la main spontanément, comme s'il avait l'habitude de se faire servir par des gens plus robustes que lui. Chaque fois, Tol'chuk était surpris par sa légèreté. L'el'phe ne pesait pas plus lourd qu'un échassier aux os creux.

Tol'chuk aida Kral à grimper au sommet de l'éboulis, puis souleva Méric pour que le montagnard puisse l'attraper. Kral se détourna, fixant les ténèbres d'un air maussade. Réalisant qu'il ne l'aiderait pas, Méric saisit un éperon rocheux et se hissa près de lui à la force de ses bras.

Pendant toute leur escalade, les trois compagnons n'avaient pas prononcé un mot. Occupé à chercher des prises avec ses bras et ses jambes, Tol'chuk avait l'esprit libre pour méditer les paroles de l'el'phe. Quelque chose le tracassait, mais il n'arrivait pas à mettre le doigt dessus. Il passa en revue tout ce qu'il savait de Méric, remontant le cours de ses souvenirs jusqu'à leur première rencontre. Le temps que lui et ses compagnons atteignent l'autre côté de l'éboulis, il réalisa enfin ce qui le turlupinait.

Il pivota vers l'el'phe. Plié en deux, celui-ci tentait de reprendre son souffle. Kral s'était adossé à un rocher voisin pour masser sa cuisse gauche.

— Quand nous nous sommes rencontrés dans la clairière, tu n'as pas parlé du descendant de ton roi – seulement d'une sor'cière, rappela Tol'chuk à Méric.

L'el'phe hocha la tête.

— Exact, haleta-t-il. C'est l'autre raison pour laquelle on m'a autorisé à venir ici. Nos oracles parlent d'une sor'cière qui apparaîtra dans la même vallée que notre roi perdu. Elle attirera des protecteurs venus de tous horizons comme une flamme attire les papillons, et son pouvoir croîtra jusqu'à ce qu'elle ravage nos anciennes contrées. Je suis censé la chercher en même temps que notre roi.

— Pour quoi faire ? demanda Kral.

Il se rapprocha de ses deux compagnons en traînant la jambe gauche.

— Pour la tuer, répondit simplement Méric.

30

Boln rejoignit Er'ril. Le guerrier était tombé à genoux sur le seuil de la caverne ; il avait détourné la tête pour se protéger contre la lumière qui s'en déversait à flots. Sur sa joue, une larme solitaire brillait comme un joyau.

— Qu'y a-t-il ? demanda le vieillard en lui posant une main sur l'épaule.

Er'ril ne répondit pas. Il se contenta de tendre un doigt.

Elena se rapprocha furtivement des deux hommes. Plantée dans l'ombre de son oncle, elle se tordit le cou pour voir ce qui inspirait un tel accablement à Er'ril. La source de la lumière se dressait au centre d'une salle plus ou moins circulaire, qui n'abritait aucun autre objet ni ornement.

— C'est une œuvre d'une finesse étonnante, commenta oncle Boln en plissant les yeux. Mais pourquoi vous trouble-t-elle à ce point ?

Er'ril secoua la tête et garda le silence.

Elena contourna son oncle pour mieux détailler la statue de cristal posée à même le sol. Le torrent de lumière qui en jaillissait ne masquait pas la finesse de ses traits – bien au contraire, il semblait les souligner et ajouter à leur réalisme.

— L'artiste qui l'a sculptée devait être incroyablement doué, marmonna Boln en jetant un coup d'œil soucieux à Er'ril. En tout cas, ça ne peut pas être l'œuvre d'un gobelin. Le visage et la posture sont beaucoup trop expressifs, sans rien de commun avec les esquisses grossières qui ornent les arches.

Elena ne pouvait qu'approuver son oncle. C'était une statue d'une beauté exceptionnelle – bien que cruelle. Elle représentait un petit garçon qui ne devait pas avoir plus de dix hivers. L'enfant était à genoux, en appui sur une main et son autre bras tendu en un geste suppliant. Une douleur intense déformait son visage tourné vers le plafond. La raison de son agonie était limpide.

— Voyez comment l'artiste a mélangé les matériaux pour un effet plus dramatique, poursuivit Boln. L'enfant est en cristal, mais l'épée est en argent.

Elena acquiesça. Du coin de l'œil, elle vit Er'ril frémir à la mention de l'arme. Et il y avait de quoi, songea-t-elle.

Une épée d'argent transperçait le petit garçon de part en part. Son pommeau saillait une largeur de main au-dessus de son dos, tandis que sa pointe était enfouie dans le sol sous sa poitrine. L'enfant semblait lutter pour échapper à son sort, comme s'il n'avait pas conscience de la nature fatale du coup – juste d'une insoutenable douleur. Son visage innocent et hébété sondait les cieux, implorant la délivrance.

Elena sentit ses propres yeux s'embuer. Elle mourait d'envie de se précipiter vers le petit garçon pour essayer de le soulager. Elle savait que ça n'était qu'une statue, probablement sculptée des siècles auparavant, mais la souffrance exprimée par l'œuvre était si intense qu'elle traversait les âges pour venir toucher son cœur.

— C'est vraiment dommage qu'elle soit abîmée, dit soudain son oncle d'une voix dure. (En tant qu'érudit, il avait toujours détesté qu'on endommage des antiquités. Fronçant les sourcils, il tendit un doigt.) Un des gobelins a dû la casser en la traînant ici.

Au début, Elcna nc vit pas cc qu'il voulait dire. Puis elle remarqua que le bras gauche du petit garçon – celui qui se tendait vers le plafond de la caverne – s'achevait par un moignon. Sa main avait disparu, comme si quelqu'un l'avait tranchée d'un coup de hache. Mais en l'étudiant plus attentivement, la jeune fille eut l'impression que son oncle se trompait. La statue n'était pas endommagée :

juste inachevée, telle une chanson triste qui s'interrompt quelques notes avant la fin.

Boln reporta son attention sur Er'ril. Une détermination sévère creusait ses traits et durcissait le pli de sa bouche.

— Allez-vous cesser de vous lamenter et me dire pourquoi la vue d'un morceau de cristal sculpté vous afflige à ce point ?

L'échine voûtée par le chagrin, Er'ril ne répondit pas tout de suite. Quand il se décida à parler, ce fut d'une voix sourde, dirigée vers le plancher.

— Parce qu'il représente la honte de ma vie, marmonna-t-il.

Prostré sur le sol, Er'ril savait désormais que Boln avait vu juste. Les gobelins ne les avaient pas guidés jusque-là à cause d'Elena, mais à cause de lui. Ils connaissaient son crime, et ils voulaient lui faire affronter sa culpabilité.

Si c'était vraiment ce qu'ils désiraient, Er'ril allait leur donner satisfaction. Sachant qu'il ne méritait pas le soulagement d'une dérobade, il leva les yeux vers la statue. Le visage du petit garçon, si méticuleusement détaillé, flamboyait d'une lumière radieuse. À cette vue, la mémoire du guerrier s'embrasa. Il n'oublierait jamais ce visage – et il ne le devait pas, songea-t-il. Même si ça n'était pas grand-chose, il pouvait au moins honorer le sacrifice de l'enfant en ne l'oubliant pas.

Il se souvint de la chambre d'auberge et du soir où le Grimoire avait été forgé. Tant d'éléments de cette nuit funeste s'étaient manifestés à lui depuis la veille… D'abord, Greshym avait réapparu, drapé dans une magie noire. Et maintenant, il contemplait une statue du jeune mage qui était mort par le fil de son épée pour fournir le sang nécessaire à la création du livre. Cinq cents ans plus tard, le destin réunissait les protagonistes de ce drame.

À travers la honte qui lui serrait le cœur, Er'ril comprit enfin la raison pour laquelle tous ces événements se produisaient, la raison pour laquelle il avait été conduit ici. Il se releva. Depuis des siècles, il vivait avec le souvenir de son crime. Si la vue de la statue l'avait d'abord choqué et engourdi, une colère sourde enflait désormais dans sa poitrine, consumant la culpabilité qui le taraudait. Il redressa les épaules. L'auteur de cette œuvre avait des comptes à lui rendre – et il était bien décidé à ne pas repartir sans avoir obtenu son dû.

Il pénétra dans la caverne.

— Allez-vous parler ? s'emporta Boln. Dites-nous ce qui ne va pas !

Du menton, Er'ril désigna la statue.

— C'est le jeune mage que j'ai tué la nuit où le Grimoire a été forgé.

Il vit le vieillard écarquiller les yeux, et sa nièce reculer avec une expression apeurée. Cette fois, il ne détourna pas la tête, et ce fut d'une voix très calme qu'il poursuivit :

— J'ignore de quel jeu je suis le pion. Mais j'ai bien l'intention d'y mettre un terme.

Il se dirigea vers la statue. Tandis qu'il s'en approchait, la douleur qui crispait les traits du petit garçon parut s'intensifier, comme si l'enfant le reconnaissait et redoutait une nouvelle confrontation avec lui. *Ce n'est qu'un effet de la lumière*, se raisonna Er'ril. Du bout du doigt, il toucha le cristal. Il s'attendait presque à ce que la statue le brûle ou le foudroie pour se venger, mais sa surface était lisse et froide, couverte d'une fine pellicule d'humidité.

Sans réfléchir, il caressa la joue de l'enfant. Il avait oublié combien celui-ci était jeune. Et petit – sa représentation agenouillée lui arrivait à peine à la taille. Il n'avait sûrement pas mérité une telle fin. Er'ril voulut lui demander pardon, mais il ne connaissait même pas son nom.

— Vous n'aviez pas le choix, dit doucement Boln derrière lui. J'ai lu les textes anciens. Le sang d'un innocent devait être versé.

— Mais pourquoi a-t-il fallu que ce soit par moi ?

— Chacun de nous a un fardeau à porter : ma sœur Fila, Elena, cet enfant… Nous vivons une époque bien sombre, et si nous voulons que l'aube se lève un jour, nous devons nous mettre à genoux pour prier – peu importent notre lassitude ou la raideur de nos articulations.

— J'en ai fini de prier, cracha amèrement Er'ril. Qui nous écoute ? (Il posa sa paume sur le visage torturé du petit garçon.) Qui a écouté cet enfant ?

— Le chemin que vous avez suivi jusqu'ici a été plein de douleur et de chagrin. Je ne prétends pas qu'il va devenir plus facile ou plus agréable. Mais je peux vous dire une chose : c'est le seul qui vous permettra de vous racheter et de justifier le sacrifice de tous les innocents qui ont déjà péri. Ne perdez pas votre cœur en route, Er'ril de Standi.

Le guerrier laissa retomber son bras.

— Il est trop tard pour ça. Je l'ai perdu depuis longtemps.

— Non. (Boln posa une main sur son épaule et lui donna une pression réconfortante.) Peut-être s'est-il endurci au fil des hivers. Peut-être s'est-il caché. Mais au bout de ce chemin, je vous assure que vous le retrouverez.

Er'ril grimaça. Il n'avait aucune envie de retrouver son cœur. Jamais il ne pourrait le supporter.

— Écoutez ! s'écria soudain Elena, d'un ton alarmé.

Le guerrier leva la tête. Un bruit familier se dirigeait de nouveau vers eux. Un sifflement.

Les gobelins des roches approchaient. Il jeta un coup d'œil vers le tunnel. Pour l'instant, il ne distinguait aucun mouvement sous les arches. Il promena un regard à la ronde. Un autre passage s'ouvrait au fond de la caverne, mais lui aussi vomissait un sifflement de mauvais augure.

— Nous sommes pris entre deux feux, constata Boln.

— Nous ne devons pas rester à découvert. Sinon, ils auront tôt fait de nous cerner. Nous devons nous replier dans l'un des tunnels, décida Er'ril.

— Nous ne pouvons pas les affronter ! protesta le vieillard. Nous n'avons même pas d'arme. Ils avaient sûrement une raison de nous guider jusqu'ici. S'ils avaient juste voulu nous tuer, ils auraient pu le faire depuis longtemps.

— Je refuse de miser nos vies sur la logique des gobelins. Mais vous avez raison sur un point : il nous faut une arme.

Er'ril contourna la statue. Il se pencha en avant, saisit la poignée de l'épée d'argent et tira.

Un instant, l'arme demeura prisonnière de son étau de cristal sculpté, et il craignit de n'avoir pas assez de force pour l'en délivrer. Mais alors qu'il bandait ses muscles, l'épée glissa vers lui comme si une main spectrale venait de la lâcher.

Emporté par son élan, Er'ril tituba en arrière. Il reprit son équilibre et leva l'épée pour l'examiner. Sa longue lame brillait si vivement qu'elle semblait forgée de gloire plutôt que d'argent.

— Maintenant, nous pouvons nous battre, dit-il, satisfait. J'en ai assez de me faire poursuivre et menacer par des ombres.

— Ça ne sera pas nécessaire, lança une voix dans son dos.

Er'ril fit volte-face, son épée sifflant dans l'air pour se braquer sur le nouveau venu.

Une silhouette voûtée émergea du second tunnel. C'était un homme très âgé. Il ne portait qu'un pagne couvert de boue et de déjections. D'innombrables traces de griffes balafraient sa poitrine. Il s'approcha d'Er'ril en boitant. Un de ses pieds était tordu. Son avant-bras droit avait été arraché au niveau du coude.

— Qui êtes-vous ? gronda Er'ril.

À ces mots, une masse de gobelins fit irruption dans la caverne. Les créatures se précipitèrent vers le vieil homme et se blottirent autour de ses jambes telles des ombres nerveuses.

Er'ril entendit Elena glapir. Il jeta un coup d'œil par-dessus son épaule. Des yeux rouges les observaient depuis le tunnel d'en face. Ils étaient pris en tenaille.

Er'ril reporta son attention sur le vieillard.

— Qui êtes-vous ? répéta-t-il d'une voix lourde de menace.

L'homme repoussa ses cheveux raides de boue séchée. Dessous, son visage était décharné et couturé de cicatrices. Son nez avait été cassé et s'était ressoudé de travers. Il sourit, révélant des gencives édentées.

— Tu ne me reconnais pas, Er'ril ? gloussa-t-il.

Un spasme agita sa main. Il partit d'un rire hystérique.

— Si je vous avais déjà rencontré, je m'en souviendrais, vieux débris, lâcha Er'ril d'un ton dégoûté.

— Vieux débris ? (L'homme s'esclaffa de nouveau. Portant la main à ses cheveux, il en retira quelque chose qu'il examina un moment avant de l'écraser entre deux ongles jaunes et crochus.) Ton frère ne s'est pas montré si grossier la dernière fois que je l'ai vu. Il est vrai qu'il était venu me réclamer une faveur.

La surprise agrandit les yeux d'Er'ril et l'empêcha de répondre. Qui était donc cet illuminé ?

— Vous vivez parmi les gobelins des roches ? lança Boln dans le silence qui suivit.

Le vieillard eut un geste insouciant.

— Ils ont peur de moi. Ils m'appellent « l'homme qui vit comme la pierre ».

— Vous comprenez leur langue ? s'exclama Boln, émerveillé.

— J'ai eu tout le temps de l'apprendre.

Er'ril avait surmonté le choc. Il se fichait bien des gobelins et de leur langue.

— Vous avez parlé de mon frère, articula-t-il.

Les yeux brillants du vieillard se tournèrent vers lui.

— Oui. Shorkan a toujours été pour moi une inépuisable source de ravissement et de frustration. Il est regrettable que nous l'ayons perdu. (Son regard dériva vers la statue.) Nous avons perdu tant de choses cette nuit-là…

— Assez de mystères, aboya Er'ril. Qui êtes-vous, et pourquoi avons-nous été conduits ici ?

L'homme poussa un gros soupir.

— Jadis, mes élèves m'appelaient maître Re'alto. J'étais le doyen de cette académie.

Er'ril ne put réprimer un hoquet. La pointe de son épée s'inclina vers le sol. Maître Re'alto ! Ça semblait impossible. Pourtant, il discernait une vague ressemblance sous la crasse et les cicatrices. Comment le doyen avait-il pu survivre ? Tous les mages étaient censés avoir péri la nuit où les skal'tum et les chiens de guerre avaient attaqué l'académie. D'après Shorkan, le petit garçon gaucher était l'unique rescapé.

— C-comment ? balbutia-t-il.

Le sourire dément du vieillard s'estompa. Une lucidité mêlée de tristesse passa dans ses prunelles, et sa voix s'alourdit du poids de ses souvenirs.

— Cette nuit-là… J'ai envoyé ton frère à la recherche de l'enfant, dans l'aile des apprentis, et j'ai tenté de m'enfuir. Mais les Carnassires m'ont rattrapé. Par chance, ils se sont contentés de jouer avec moi.

Il désigna son moignon et sa poitrine scarifiée. Soudain, il secoua la tête et regarda autour de lui comme s'il avait perdu quelque chose. Son attention se fixa sur un minuscule gobelin. Il se pencha et le souleva par un bras.

— Ne sont-ils pas à croquer quand ils sont jeunes ?

Un rictus de dégoût retroussa les lèvres d'Er'ril. Il n'avait jamais respecté le doyen, qu'il trouvait lâche et geignard. Mais à présent…

— Maître Re'alto, venez-en au fait ! Que s'est-il passé ensuite ?

Ses paroles semblèrent ramener le vieillard à lui. Il lâcha le gobelin comme s'il était surpris de le tenir. Puis il s'essuya la main sur son pagne et reprit :

— Je… J'étais encore vivant quand mes bourreaux ont appris que Shorkan s'était échappé avec un de nos apprentis. Leur poison coulait déjà dans mes veines ;

aussi m'ont-ils laissé pour mort. Je me suis traîné jusqu'à une cave. Je savais que de là, je pourrais accéder aux souterrains.

— Vous avez abandonné votre école, l'accusa Er'ril.

— Étais-je un capitaine qui se doit de couler avec son navire ? aboya le vieillard. Non ! L'académie était perdue. Seuls les cris des agonisants et les chiens du Seigneur Noir hantaient encore ses couloirs. (Il se passa une main sur le front comme pour effacer ce pénible souvenir.) Je voulais juste mourir en paix plutôt que dans l'estomac d'un Carnassire. Donc, je suis descendu ici.

D'un large geste, il désigna la chambre souterraine.

— Mais vous n'êtes pas mort, intervint Boln. Ni de vos blessures empoisonnées, ni de votre grand âge.

Les yeux de maître Re'alto se posèrent sur la statue. Son regard se fit vague, et il se mit à fredonner en se balançant sur ses talons. Boln se racla la gorge. Re'alto cligna des yeux, puis chuchota :

— Non, je ne suis pas mort. Et il est revenu.

— De qui parlez-vous ? demanda Er'ril.

— L'enfant avait besoin de moi. D'une façon que je ne m'explique pas, il savait où j'étais. Il m'est apparu, dégoulinant de pouvoir chyrique. Sa lumière m'a guéri. Il m'a dit que tant que je resterais près d'elle, sa magie empêcherait le temps de m'affecter. Il avait besoin d'un gardien, quelqu'un pour veiller sur lui.

Re'alto s'arracha à la contemplation de la statue et ajouta d'un ton de conspirateur :

— J'ai hésité à accepter, mais j'avais déjà failli à ma tâche en laissant les Carnassires ravager mon école. (Ses épaules s'affaissèrent.) Comment aurais-je pu me dérober à sa requête ?

— Voulez-vous dire que la statue vous parle ? demanda Boln.

Re'alto eut un petit geste de la main, comme pour chasser cette idée absurde.

— Pas la statue – l'enfant. Il me parle dans mes rêves. C'est la seule chose qui m'a empêché de basculer dans la folie.

Boln tourna un regard sceptique vers Er'ril. De toute évidence, il doutait de la santé mentale du vieil homme.

Soudain, celui-ci se redressa et glapit :

— Éloignez-la !

Autour de lui, les gobelins s'agitèrent et poussèrent des exclamations coléreuses.

Er'ril vit Elena tendre sa main rougie vers la statue. La jeune fille ne semblait mue que par la curiosité. Entendant les paroles de Re'alto, elle se figea.

— Tu ferais mieux de t'abstenir, lui conseilla Er'ril.

Le faucon de lune perché sur l'épaule d'Elena poussa un cri bref, mais la jeune fille laissa retomber son bras et se rapprocha craintivement du guerrier. Comme elle s'écartait de la statue, Re'alto se calma, et les vociférations des gobelins se changèrent en simple sifflement.

— Il ne faut pas qu'elle la touche, dit le vieillard.

— Pourquoi ?

— L'enfant ne veut personne d'autre que toi, Er'ril. Ça fait très longtemps que nous t'attendons tous les deux.

Le guerrier plissa les yeux et répéta :

— Pourquoi ?

Re'alto tendit un doigt vers le bras dressé de la statue – celui qui s'achevait par un moignon. Voyant qu'Er'ril le fixait sans comprendre, il s'exclama :

— Mais pour que tu complètes la statue, évidemment !

De quoi parlait-il ? songea le guerrier. Re'alto serra le poing et le brandit sous son nez. Soudain, telle une bûche s'embrasant dans un âtre, la lumière se fit jour dans l'esprit d'Er'ril.

— Alors, c'est pour ça que vous avez volé la clé ? cracha-t-il.

— Enfin ! Ce n'est pas trop tôt ! (Re'alto marmonna quelque chose d'inintelligible, comme s'il discutait avec lui-même. Soudain, il releva la tête et hurla au visage d'Er'ril :) Tu as toujours été si obtus !

Avant que le guerrier puisse répondre, il pivota vers les gobelins massés derrière lui et émit une série de sifflements et de claquements de langue. Une des créatures fit volte-face et s'élança dans le tunnel.

— Leur perception de la magie est très affûtée, reprit le vieillard, le dos tourné à Er'ril. C'est comme ça qu'ils m'ont trouvé. La lumière les effraie, mais la magie les attire. Ils me prennent pour une sorte de dieu.

Un brouhaha résonna dans le tunnel. Un gobelin se fraya un chemin parmi ses congénères, les deux mains serrées sur sa poitrine comme s'il portait quelque chose de très lourd. Sa queue fouettant l'air derrière lui, il s'avança vers Re'alto, inclina la tête et lui tendit l'objet. Le vieillard l'accepta avec un grognement.

Le gobelin se retira, et Re'alto se tourna vers Er'ril.

— Dans mes rêves, l'enfant m'a révélé où tu avais caché la clé. Ils n'ont eu aucun mal à la trouver et à me la rapporter. Nous savions que tôt ou tard, tu viendrais la récupérer. Il ne nous restait qu'à prendre notre mal en patience. Quand j'ai appris que tu étais arrivé, j'ai demandé à ce petit gobelin d'utiliser le talisman pour t'attirer jusqu'ici.

— Pourquoi n'êtes-vous pas venu me chercher vous-même ? Ça nous aurait épargné cette poursuite idiote.

Le doyen se renfrogna et leva les yeux au ciel.

— Je ne dois pas m'écarter de la lumière. Ça ne serait pas sûr pour moi. (Il tendit la clé à Er'ril.) J'ai attendu assez longtemps. Finis la statue.

Er'ril fixa la clé. Il avait parcouru un long chemin et pris beaucoup de risques pour la récupérer, mais à présent qu'il savait ce qu'il était censé en faire, il hésitait à s'en servir. L'objet forgé à partir du fer contenu dans le sang d'un millier de mages brillait d'une ardente lueur écarlate. Er'ril l'examina et sut comment il devait procéder.

La clé était sculptée en forme de poing – un poing de petit garçon.

Il remit son épée à Boln, dont les yeux étaient écarquillés par la curiosité. De sa main tremblante, il prit la clé. Le poing métallique faillit s'échapper de ses doigts gourds. Il le serra un peu plus fort et s'avança vers la statue.

— Tu es le seul à pouvoir faire ça, Er'ril, l'encouragea maître Re'alto. Ta main a pris sa vie.

Er'ril tendit le bras et posa le poing en équilibre sur le moignon de la statue. La clé s'ajusta parfaitement. Quand il la lâcha, elle resta en place.

Il recula. La statue désormais complète avait adopté une tout autre apparence. Mutilé, le petit garçon avait été l'image de la douleur et de la supplication. Avec son poing brandi vers le ciel, il n'exprimait que rage et défi. Une détermination nouvelle nimbait ses traits, comme s'il avait enfin compris et accepté ses responsabilités.

Ce n'était plus un enfant, mais un homme.

Tandis qu'Er'ril le fixait, les yeux pleins de larmes, le visage de cristal se tourna vers lui. Leurs regards se croisèrent.

Derrière le guerrier, Elena poussa une exclamation de surprise, et Boln hoqueta. Mais Er'ril n'entendit que les paroles du vieux doyen dont la voix oscillait entre l'exaltation et la folie.

— Tu étais le seul à pouvoir faire ça, Er'ril. Ta main a pris sa vie. Seule ta main pouvait la lui rendre.

31

Mogweed resta plaqué contre le mur du tunnel tandis que Rockingham luttait pour enflammer une torche improvisée à l'aide d'une branche morte et d'un morceau de la chemise du si'lura.

Le soldat aux gestes vifs et au regard soupçonneux lui inspirait de la crainte – mais aussi du respect. Ce n'était pas un sentiment qu'il éprouvait souvent. Il méprisait son propre frère, si courageux et si loyal. En revanche, cet humain méritait bien qu'il l'étudie. Par ses mots et sa ruse, il les avait arrachés aux griffes des monstres ailés. Fardale aurait combattu les créatures avec ses griffes et ses crocs, et il n'aurait réussi qu'à tous les faire tuer.

Oui, décida Mogweed, il avait beaucoup à apprendre de son compagnon.

— Malédiction ! jura Rockingham en tentant d'enflammer le tissu huilé avec son briquet à silex.

Enfin, une étincelle jaillit. Il souffla dessus pour l'attiser. Bientôt, une flamme s'épanouit dans l'obscurité telle une fleur, sa lumière projetant des ombres dansantes sur le visage du soldat et blessant les yeux de Mogweed.

— Ramasse des branches et enlève ta chemise, ordonna Rockingham. Nous aurons sûrement besoin d'autres torches. J'ignore combien de temps nous devrons passer là-dedans.

Mogweed jeta un coup d'œil vers l'entrée du tunnel, devant laquelle les skal'tum les attendaient, puis vers les sombres profondeurs qui avaient englouti son frère. Le hurlement de Fardale résonnait toujours dans sa tête.

— Qu'allons-nous faire ?

— Tuer le temps. L'aube approche, et la lumière du jour forcera les skal'tum à se mettre à l'abri.

— Vous en êtes certain ?

Rockingham haussa les épaules.

— Au cas où, nous pouvons toujours mettre notre temps à profit pour chercher une autre sortie – le plus loin possible de ces créatures.

Ces paroles le firent encore monter d'un cran dans l'estime de Mogweed. Il semblait toujours avoir une longueur d'avance, ne jamais perdre ses moyens même face aux pires monstruosités.

— Nous devrions être prudents, suggéra le si'lura, désireux de se rendre utile. Il y a quelque chose dans ce tunnel, quelque chose qui siffle. Je pense que ça a attaqué mon frère.

Rockingham leva sa torche.

— En règle générale, les créatures des ténèbres ont peur du feu. Tant que nous progresserons lentement et ne laisserons pas notre flamme s'éteindre, nous devrions être en sécurité.

Mogweed acquiesça et le suivit dans le tunnel. Le bruit étouffé de leurs pas se répercutait autour d'eux. Des rideaux de mousse et de racines pendaient depuis le plafond bas. De temps en temps, la torche de Rockingham accrochait un tentacule de végétation sèche qui s'enflammait avec un grésillement. Chaque fois que cela se produisait, le cœur de Mogweed faisait un bond dans sa poitrine. Le grésillement lui rappelait le bruit qui avait entraîné Fardale loin de lui.

Au bout de quelques minutes de silence, Rockingham chuchota :

— Je crois que nous arrivons au bout du tunnel.

Mogweed se figea. Il ne pouvait pas continuer.

— Il donne sur une pièce, poursuivit Rockingham sans se rendre compte que le si'lura s'était arrêté.

Comme il s'éloignait avec la torche, les ténèbres enveloppèrent Mogweed, semblant murmurer des paroles inintelligibles à son oreille. Il savait que ça n'était que le fruit de son imagination, mais il avait du mal à ignorer leur voix insidieuse. En lui, sa peur du noir le disputait à la crainte de ce qui l'attendait un peu plus loin.

Finalement, une appréhension bien supérieure à toutes les autres le poussa en avant. Depuis qu'il avait quitté sa sylve natale, Fardale ou Tol'chuk avaient toujours été à ses côtés. À présent, son frère-loup devait être mort, et l'og're s'était sûrement perdu dans ces souterrains. Il ne voulait pas rester seul dans l'obscurité, avec son cœur et son esprit pour seule compagnie. S'arrachant à sa paralysie, il força ses pieds à se traîner sur le sol pour rejoindre Rockingham.

— Oui, c'est bien une pièce, rapporta le soldat en l'examinant depuis le seuil du tunnel. De nombreux autres passages en partent, mais rien ne dit que l'un d'eux conduise à la surface.

Mogweed passa timidement la tête à l'intérieur. Il n'y avait aucun signe de Fardale ni des autres. Il tendit l'oreille, cherchant à capter le sifflement qui avait envahi le tunnel un peu plus tôt, mais le rugissement de son sang dans ses tempes bloquait tous les autres sons.

— Avec un peu de chance, la chose qui vit ici est déjà repue, marmonna-t-il.

— Nous pouvons l'espérer, mais mieux vaut ne pas compter là-dessus, répliqua Rockingham.

— Alors, que fait-on ? s'enquit Mogweed.

— Les passages sont trop nombreux. Si nous empruntons l'un d'eux, nous risquons de nous perdre. Je propose que nous restions ici jusqu'au lever du soleil, puis que nous rebroussions chemin.

— Et la femme ?

— Nee'lahn ?

— Oui.

Rockingham prit une expression peinée, mais Mogweed vit bien qu'il se forçait.

— C'est sa vie contre notre liberté.

Un chagrin sincère palpita dans la poitrine du si'lura l'espace d'un instant. Il l'étouffa très vite. Il vivait, cela seul importait. Et puis, les nyphai s'étaient toujours montrées très froides envers son peuple.

Un silence gêné s'abattit entre les deux compagnons. Ni l'un ni l'autre ne voulait ruminer cette pensée. Ils avaient besoin de parler pour dissiper le souvenir des yeux violets de Nee'lahn.

— Tu es vraiment un métamorphe ? demanda Rockingham en s'adossant au mur pour pouvoir se reposer tout en surveillant l'ensemble de la pièce.

Mogweed baissa la tête, soudain embarrassé par ses origines – ou du moins, par la réputation de ses semblables, si imméritée soit-elle.

— Le nom exact est « si'lura ».

— Et tu peux changer de forme à volonté ?

— Je le pouvais autrefois.

— Comme ce doit être merveilleux, murmura Rockingham.

Surpris, Mogweed releva la tête. Les humains les avaient toujours haïs. L'idée de la métamorphose leur paraissait répugnante.

— Abandonner son ancienne forme pour en adopter une nouvelle... Parfois, j'aimerais en être capable, avoua Rockingham. Laisser derrière moi mon ancienne vie et en commencer une nouvelle – avec un autre visage et un autre corps.

Son regard se fit vague, comme s'il contemplait un souvenir douloureux. Très vite, il se ressaisit.

— Ce serait le moyen idéal pour me sortir de mes problèmes actuels, conclut-il avec un léger rire.

Décidément, cet homme était étrange. Il ne ressemblait en rien aux gens que Mogweed s'était attendu à rencontrer de ce côté des Dents. Les seuls humains qui arpentaient sa sylve natale étaient des chasseurs, la terreur des sentiers de forêt. Curieux, il demanda :

— De quel genre de problèmes parlez-vous ?

Rockingham le dévisagea d'un air méfiant. Puis il poussa un soupir résigné.

— Après tout, je peux bien te le dire. On m'a envoyé chercher une fille – une enfant que le souverain de ces contrées soupçonnait d'être une sor'cière.

Un sourire hésitant fit frémir les lèvres de Mogweed. Il devait plaisanter. Les sor'cières n'étaient que des personnages de légende.

— Ce n'est pas une fable, insista Rockingham. Le Seigneur Noir avait raison. Cette fille est bien une sor'cière.

Sceptique, Mogweed se demanda si l'homme n'essayait pas de le manipuler comme il avait manipulé les skal'tum.

— C'est d'elle que parlaient les monstres ailés ?

— Oui. Elle m'a échappé, et mon maître me le fera payer très cher. Je n'ai que deux solutions : la lui ramener ou m'enfuir si loin qu'il ne pourra jamais me retrouver.

— Où est-elle ?

L'expression de Rockingham se durcit.

— Par l'immonde grâce de la Mère, comment veux-tu que je le sache ? Si elle a deux sous de jugeote, elle doit être en train de courir la queue entre les jambes, et elle ne s'arrêtera qu'une fois sur l'autre rive de l'océan du Couchant.

— Mais si vous pouviez la capturer, votre maître vous pardonnerait ?

— Non seulement il me pardonnerait, mais il me couvrirait de cadeaux – plus de magie et de trésors que tu peux en imaginer.

Soudain, la bouche de Mogweed était toute sèche. Il s'adossa au mur près de Rockingham.

— De la magie ? Le souverain de ces contrées en possède ?

— Mieux que ça : il la manipule lui-même. (Le soldat frissonna.) Il peut faire… des choses étonnantes.

— Votre peuple doit grandement le vénérer, avança Mogweed.

Rockingham le dévisagea, stupéfait. Puis il éclata de rire.

— Le vénérer ! articula-t-il entre deux hoquets. Je n'avais encore jamais entendu personne utiliser ce mot à propos de mon auguste maître. (Il tapa sur l'épaule de Mogweed.) Tu me plais, si'lura. Tu as une vision des choses très intéressante.

Ne sachant pas s'il se moquait de lui, Mogweed ne répondit pas.

— Pendant que j'y pense… Qu'est-ce qui t'a amené dans nos contrées – toi, le métamorphe incapable de se métamorphoser ? demanda Rockingham.

— Nous… Je cherche un remède. Les écrits de mon peuple mentionnent un endroit appelé Val'loa, où résiderait toujours une magie puissante. (Une lueur d'espoir s'alluma dans les yeux de Mogweed. Il se redressa et fit face à Rockingham.) Serait-ce le siège du pouvoir de votre maître ?

Le soldat secoua la tête.

— Je suis navré de te l'apprendre, mon ami, mais Val'loa n'est qu'un mythe. J'ai beaucoup voyagé dans ces contrées. Cette cité n'existe pas.

Mogweed reçut ces mots comme autant de pierres qu'on lui aurait jetées au visage. Val'loa n'existait pas ? Sa voix s'étrangla dans sa gorge.

— Vous… Vous en êtes certain ?

Il baissa les yeux vers son corps : ses membres si fluets, sa peau si fragile qu'il devait porter des vêtements pour la protéger. Il ne pouvait pas rester éternellement coincé sous cette forme !

— Vous devez vous tromper !

— Je ne veux pas te faire de peine en brisant tes rêves, mais cet endroit a disparu depuis belle lurette, grimaça Rockingham. Il a été englouti par les flots.

— Dans ce cas, qui me libérera de cette prison de chair ? se lamenta Mogweed.

La question n'était pas réellement destinée à Rockingham, mais celui-ci répondit quand même.

— Mon maître pourrait le faire, j'en suis convaincu. Sa magie est sans égale.

Le cœur du si'lura fit un bond dans sa poitrine. Il saisit cet espoir de toutes ses forces et s'y accrocha comme à une bouée de sauvetage.

— Il ferait ça pour moi ?

— Mon maître n'est pas très généreux de ses faveurs. Mais qui sait ? Si je te présentais à lui comme mon ami… (La voix de Rockingham se chargea d'amertume.) Non, c'est impossible. Jamais je n'oserai paraître devant lui – pas après l'avoir déçu de la sorte.

— Mais si vous lui rameniez la fille, ça changerait tout ! s'exclama Mogweed, le cœur battant la chamade. (Allons, tout n'était peut-être pas perdu.) Vous avez dit qu'il vous couvrirait de cadeaux, et notamment de magie.

— Bien sûr. Avec l'enfant, nous pourrions lui demander n'importe quoi. Mais j'ignore où elle se trouve, lui rappela Rockingham.

Les épaules de Mogweed s'affaissèrent. Il devait y avoir un moyen !

— Ne désespère pas, lui enjoignit le soldat. Après tout, qui sait ? Avec ton aide, je parviendrai peut-être à lui mettre la main dessus.

Mogweed serra les poings. Levant le menton d'un air déterminé, il lança :

— C'est entendu. Je vous aiderai.

Un instant, il crut voir une étincelle de triomphe flamboyer dans les yeux de Rockingham et l'ombre d'un sourire rusé effleurer ses lèvres. L'instant d'après, l'expression du soldat redevint grave et amicale.

— Je vous aiderai à capturer la fille, répéta Mogweed avec un peu moins de conviction.

— Tu veux tuer la sor'cière ? gronda Kral, luttant pour ne pas prendre Méric à la gorge et serrer son cou mince de toutes ses forces.

Il savait que l'el'phe parlait d'Elena. Pourquoi cette enfant suscitait-elle tant de folie ? Il avait passé près d'une journée avec elle, et elle ne lui avait pas paru différente de toutes les filles de son âge : une simple adolescente effrayée.

— En quoi cela te concerne-t-il, homme des montagnes ? jeta Méric par-dessus son épaule.

Les trois compagnons longeaient toujours le pied de la falaise. Ils approchaient de leur objectif : une fissure qui s'ouvrait un peu plus loin dans la paroi rocheuse. Tol'chuk marchait en tête, suivi par l'el'phe et par le montagnard.

— En l'éliminant, je ne ferai que débarrasser cette vallée d'un fléau, ajouta Méric.

— Ces contrées ne sont pas les tiennes, cracha Kral. Tu ne tueras aucun de ses habitants sur la foi d'une simple prophétie.

Méric lui fit face.

— N'essaie pas de m'en empêcher si tu ne veux pas découvrir à quelle vitesse succombent les victimes d'un el'phe.

— Au lieu de me menacer, tu ferais mieux d'implorer ma miséricorde, répliqua Kral en faisant sauter, du pouce, la lanière qui retenait sa hache à sa ceinture.

Sans même qu'il lui jette un coup d'œil, le manche de l'arme glissa dans sa main. Il sentit la lanière de cuir froide se caler au creux de sa paume. Si l'el'phe voulait se battre, il serait ravi de lui donner satisfaction.

À la vue de la hache, le visage de Méric s'assombrit, et ses yeux se fermèrent à demi.

Même s'il semblait bien frêle, Kral était capable de reconnaître un serpent quand il venait de lui marcher dessus. L'aisance et la vivacité des gestes de l'el'phe suggéraient un danger dissimulé comme les crocs d'une vipère. Il agrippa son arme un peu plus fort – laissant toutefois son pouce détendu pour lui permettre de la faire pivoter. Puis il attendit. Fidèle à la tradition des montagnards, il laisserait son adversaire déclencher les hostilités.

Méric ne se fit pas prier. Sans crier gare, il disparut de l'endroit où il se tenait et réapparut accroupi sur un rocher voisin. Dans son poing, il tenait une lame si fine et si mince qu'elle ressemblait à une ombre dénuée de substance. Il avait sauté si vite que l'œil de Kral n'avait pu le suivre. Seul un frémissement dans sa nuque l'avait prévenu du mouvement de l'el'phe.

Un nouveau frisson parcourut l'échine du montagnard. Il eut tout juste le temps de lever sa hache pour dévier le coup qui visait son estomac. Il n'avait même pas vu l'attaque – il s'était contenté de réagir instinctivement. Son arme frappa l'épée de Méric avec une telle brutalité que le bras de l'el'phe partit en arrière. Le visage déjà rougi, Méric recula en chancelant.

Kral devina que ses déplacements rapides comme l'éclair taxaient lourdement les forces de son adversaire. Aucun mortel ne pouvait bouger à cette vitesse pendant très longtemps. L'el'phe devait puiser à la source de quelque étrange pouvoir élémental qui coulait dans ses veines. Mais nulle source n'était intarissable.

Les dents serrées, Méric haletait. Kral espéra qu'il tiendrait le coup jusqu'à ce que son adversaire se fatigue. Il saisit sa hache à deux mains, faisant saillir ses biceps. Méric l'observa un instant, les yeux plissés, puis leva la pointe de son épée.

Soudain, la caverne s'illumina. La maigre lueur de la pierre el'phique fut engloutie par une radiance écarlate, couleur de sang. Les deux combattants pivotèrent.

Un bras levé au-dessus de sa tête, Tol'chuk surplombait Kral et Méric de toute sa hauteur. Dans sa main, il tenait un cristal de la taille d'un cœur de taureau, dont l'éclat aveuglant semblait refléter l'intensité de sa rage.

— Arrêtez ! tonna-t-il d'une voix puissante qui se répercuta contre les parois du gouffre. Vous avez prêté serment ! À présent, vous êtes frères ! Les membres d'une même tribu ne s'entre-tuent pas !

Ce ne furent ni les paroles de l'og're ni même sa pierre brillante qui firent retomber la hache de Kral : ce furent la honte et la douleur qui se lisaient sur son visage. Le montagnard s'empourpra. Méric aussi baissa la tête d'un air penaud, et son épée se volatilisa. Où était-elle passée ? Kral n'aurait su le dire. L'el'phe ne portait pas de fourreau à la ceinture.

— Pourquoi vous battez-vous ? demanda Tol'chuk. Pour cette sor'cière ? Kral, tu agis comme si tu la connaissais.

Le montagnard ne pouvait pas mentir – pas une deuxième fois.

— Je crois savoir de qui parle l'el'phe, avoua-t-il à voix basse. Mais ce n'est qu'une enfant.

— Enfant ou pas, c'est un monstre, répliqua Méric. J'ai la ferme intention de l'éliminer. Tous ceux qui l'aident sont des êtres maléfiques ; ils périront avec elle.

— J'ai rencontré cette enfant. J'ai affronté les créatures qui voulaient la tuer. Ce sont elles, les monstres ! Ceux qui aident la fillette ont prouvé leur courage et leur noblesse. Je serai heureux de les soutenir, et de mourir à leurs côtés si besoin est.

Les paroles de Kral parurent ébranler la résolution de Méric.

— Mais l'oracle de Selph a dit…

— Je me moque de ce que racontent les devins, coupa Kral. Bien souvent, ils ont la langue fourchue. Seule la Pierre dit la vérité ; seule la Pierre s'exprime franchement et sans détour.

L'éclat du cristal de Tol'chuk s'était terni. L'og're le rangea dans sa sacoche.

— Je suis d'accord avec le montagnard, déclara-t-il, un rictus amer tordant ses lèvres. Les oracles ne s'expriment pas toujours très clairement.

— Et une fois versé, le sang des innocents ne peut leur être rendu, ajouta Kral. Cette enfant n'a commis aucun crime qui mérite la mort. Je la jugerai à ses actions, et non à une prophétie faite par-delà les mers.

Le regard de Méric passait de l'og're au montagnard.

— Vos propos viennent du cœur, lâcha-t-il enfin. J'y réfléchirai.

— Donc, qu'elle soit une sor'cière ou pas, tu ne feras pas de mal à l'enfant ? le pressa Kral.

Méric le fixa, jeta un coup d'œil à Tol'chuk puis répondit :

— Je retiendrai mon épée – jusqu'à nouvel ordre.

Tol'chuk frappa dans ses mains.

— Parfait ! Maintenant, on peut y aller.

Kral acquiesça et rattacha sa hache à sa ceinture.

Méric tourna les talons et emboîta le pas à l'og're. Kral étudia son dos. Les échos d'une mise en garde bourdonnaient à l'intérieur de son crâne. En tant qu'homme des montagnes, ne faisant qu'un avec la Pierre, il avait sondé Méric quand l'el'phe avait promis de ne pas s'en prendre à Elena. Il avait jaugé la sincérité de ses paroles. Et il s'était rendu compte que Nee'lahn avait raison. Il ne pouvait pas faire confiance à Méric.

L'el'phe avait menti.

32

Elena hoqueta et recula, ses yeux écarquillés fixés sur la statue. À l'instant où son épaule toucha le mur de la caverne, le faucon de lune s'envola en poussant un cri et s'éloigna, tel un trait de lumière fuyant devant le miracle qui était en train de se produire. Du coin de l'œil, elle le vit s'engouffrer dans le passage par lequel ils étaient arrivés. Quelques gobelins sautèrent pour tenter de l'attraper, mais un glapissement aigu s'éloignant dans le tunnel apprit à la jeune fille qu'il s'était échappé.

Mais même la perte de son oiseau ne put retenir son attention très longtemps. Sous ses yeux, le cristal de la statue fondit et se changea en lumière liquide : d'abord la tête, puis le corps du petit garçon. Telle une rose dont les pétales s'ouvrent au soleil, l'enfant se redressa sur ses jambes étincelantes.

Une sensation désagréable transperça l'ébahissement d'Elena – de la douleur. S'arrachant à la contemplation de la statue, la jeune fille baissa les yeux. Sa main droite flamboyait d'un éclat aussi intense que l'enfant, comme si la tache rouge s'était changée en un gant de feu trop étroit pour elle. Pourtant, nulle flamme ne courait à la surface de sa peau. Sa main était indemne.

Pour atténuer son éclat, elle la glissa à l'intérieur de sa chemise, contre son cœur. Le rayonnement se changea en une sourde lueur violacée. Sans doute parce que le tissu grossier protégeait sa main contre la lumière de la statue, réalisa Elena. Néanmoins, une partie d'elle brûlait d'envie de se précipiter vers le petit garçon pour faire fusionner leurs pouvoirs. Elle se mit à trembler comme l'attirance et la répulsion se livraient bataille en sa poitrine. Se souvenant de l'avertissement du vieux fou, elle se força à ne pas bouger.

Elle jeta un coup d'œil au nommé Re'alto et vit qu'il l'observait. Autour de lui, les gobelins affolés par la métamorphose de la statue s'agitaient et fouettaient l'air de leur queue. L'un d'eux tenta d'escalader la jambe du vieillard. Ses griffes lui ouvrirent de profonds sillons dans la cuisse. Re'alto ne cilla même pas ; il se contenta de chasser l'importun. Malgré le sang qui coulait le long de sa jambe, il garda l'œil fixé sur Elena.

Par-delà la distance qui les séparait, il articula un mot. Aucun son ne sortit de sa bouche, mais la jeune fille lut le mot sur ses lèvres tordues par un rictus de dégoût. *Sor'cière.*

Frémissant sous son regard haineux, elle se plaqua contre la paroi comme si elle espérait se fondre dans la roche. Par chance, oncle Boln la rejoignit, s'interposant entre elle et le vieux fou. Il lui passa un bras autour des épaules. Soulagée, elle se blottit contre sa poitrine.

— C'est comme si le Chi était là, marmonna son oncle sans quitter la statue des yeux. Je sens une trace de son esprit dans l'air.

Elena se laissa aller dans l'étreinte du vieil homme. Elle aussi percevait l'écho d'une force très ancienne qui parlait à son sang et la poussait en avant. Mais sa main pulsait toujours du souvenir des flammes, lui enjoignant de se tenir à l'écart de la statue.

Elle entendit son oncle chuchoter quelque chose. Le tremblement de sa voix l'arracha à ses pensées. Oncle Boln souriait tristement, et un peu d'humidité brillait dans ses yeux.

— Je voudrais tellement que Fila soit avec nous pour voir ça, dit-il en serrant sa nièce un peu plus fort contre lui.

Ses paroles réveillèrent le chagrin d'Elena pour tous ceux qu'elle avait perdus – ses parents, sa tante, son frère et, d'une certaine façon, elle-même –, enfoui au plus profond de son cœur. À travers ses larmes, la jeune fille fixa le centre de la caverne.

Er'ril se tenait immobile face à la statue, comme s'il s'était pétrifié à sa place. Ses yeux aussi brillaient dans la lumière, mais pas d'émerveillement ni de chagrin. Il arborait une expression choquée, presque terrifiée. Tandis qu'Elena l'observait, il tomba à genoux devant le petit garçon.

— Je suis désolé, dit-il si bas que la jeune fille l'entendit à peine.

La statue tendit sa main gauche vers lui. Son poing sculpté s'ouvrit ; sa paume métallique se posa sur l'épaule du guerrier. À son contact, celui-ci frissonna.

— Non, dit l'enfant d'une voix pareille au sifflement du vent à travers une flûte de cristal. C'est moi qui suis désolé. J'ai failli à mon devoir.

Er'ril vit le chagrin creuser les traits de l'enfant. Il était sûr que son expression reproduisait celle du petit garçon comme un miroir.

— Je t'ai tué, dit-il d'une voix éraillée par ses larmes. Je t'ai passé au fil de mon épée.

Dans sa tête, il revit le sang gicler et se répandre sur le plancher de bois ciré.

L'enfant lui pressa l'épaule un peu plus fort, et sa voix se raffermit. Er'ril y décela même l'accent de sa côte natale.

— Je n'ai pas beaucoup de temps pour parler. Libéré du cristal, mon esprit se dissipera bientôt. Mais sache une chose, Er'ril de Standi : tu ne m'as pas complètement tué. Une partie de moi vit toujours. Ta lame n'a fait que me débarrasser de ce que tout homme bon voudrait anéantir en lui-même.

— Ça n'a pas de sens, protesta le guerrier. Je me souviens t'avoir vu mort sur le sol de l'auberge.

Les lèvres de cristal sourirent tristement.

— N'as-tu jamais découvert la vérité sur ce qui s'est produit cette nuit-là ? (L'enfant parut se replier en lui-même.) Tant de temps s'est écoulé, et si peu de sagesse a été acquise, murmura-t-il. Je n'aurais jamais dû trahir la confiance de mes frères.

— Trahir ? s'exclama Er'ril. C'est l'ignoble Greshym qui nous a tous manipulés. Tu n'étais qu'un pion innocent dans son jeu maléfique.

— J'aimerais que tel ait été le cas, chevalier de l'Ordre. Mais tu te trompes. Greshym et ton frère ne se sont pas dérobés à leur devoir. Quand le sort a été lancé, nous avons tous su ce qu'on nous demandait réellement. Au début, nous pensions que notre vie serait le seul prix à payer. Mais tandis que le pouvoir tourbillonnait autour de nous, nous avons appris qu'il nous en coûterait bien plus cher. (Les paroles suivantes de l'enfant s'étranglèrent dans sa gorge.) Alors, j'ai paniqué. Les deux autres ont tenu bon, mais moi, j'ai fui.

Er'ril revit le cercle de cire, son frère Shorkan qui hurlait de douleur et le petit garçon qui reculait.

— Que s'est-il passé ? Que vous a-t-on demandé de si affreux ?

— Pour forger le Grimoire, chacun de nous devait consentir un sacrifice, chuchota l'enfant. Il devait se défaire de tout ce qui était bon et pur en lui pour en imprégner le livre.

Sa voix se brisa.

Er'ril garda le silence, attendant que l'étau de ses mauvais souvenirs libère la langue du petit garçon.

— Mais ce n'était pas tout. Une fois vidés de notre lumière, nous ne mourrions pas. (L'enfant fixa Er'ril, les yeux écarquillés d'effroi.) Nos ténèbres continueraient à vivre.

Ses paroles glacèrent Er'ril. Il se souvint du visage ravagé de Greshym dans l'ombre des rues de Gelbourg – du mal incarné sous la forme de son vieil ami.

— J'ai revu Greshym hier, marmonna-t-il. Il portait la robe du Gul'gotha. Il était devenu un mage noir.

L'enfant baissa la tête.

— Tel était le prix à payer. Pour forger un livre capable de défier le Seigneur Noir, nous devions lui céder une partie de nous-mêmes. Question d'équilibre. Notre bonté et notre pureté donneraient naissance au Grimoire ; en contrepartie, le Gul'gotha récupérerait tout ce qu'il y avait de vil et de malsain en nous pour l'employer comme bon lui semblerait. (Sa main métallique se crispa sur l'épaule d'Er'ril.) J'étais incapable de m'y résoudre.

— Donc, tu as fui.

— Mais j'ai trop attendu. La scission de mon esprit avait déjà commencé ; rien ne pouvait plus l'arrêter. Quand je suis sorti du cercle de protection, la partie maléfique de moi-même s'est détachée du reste. Et elle t'a attaqué.

Er'ril se souvint de la créature poilue, aux crocs si redoutables.

— Le monstre que j'ai tué à l'auberge… C'était une émanation de toi ?

L'enfant acquiesça.

— Pendant que tu te battais contre lui, je me suis enfui par la brèche du cercle, refusant ma lumière au Grimoire. Mû par la panique, mon esprit gorgé d'énergie chyrique a cherché un refuge familier. Je me suis retrouvé à l'académie, où j'ai senti qu'un mage était toujours vivant. Maître Re'alto se mourait de ses blessures empoisonnées. Je l'ai guéri et maintenu en vie à travers les siècles. Je devinais qu'un jour, je pourrais remédier aux dégâts causés par ma peur et racheter ma conduite honteuse. Aussi ai-je cristallisé mon esprit. Je l'ai dissimulé ici, sous la garde du doyen, et j'ai attendu. Quand tu as tué ma moitié maléfique, nous avons été irrémédiablement liés. Je savais que tu viendrais.

— Que veux-tu de moi ? demanda Er'ril.

— Nous devons finir ce que ton frère Shorkan a commencé. Le Grimoire n'est pas encore achevé. Je dois joindre mon esprit à celui des autres pour compléter le sort lancé il y a cinq cents hivers.

— Mais comment ?

— Tu dois me conduire au Grimoire… (L'enfant pivota vers Elena, qui se recroquevilla contre le mur.) Avec la sor'cière. Tous doivent être réunis.

Er'ril se dégagea.

— Le Grimoire est très loin d'ici. Il faudrait que je porte ta statue…

— Ça ne sera pas nécessaire. (L'enfant leva sa main métallique qui avait jadis été la clé de Val'loa. Il serra le poing pour lui rendre son aspect originel.) Ce talisman te suffira pour percer le voile magique qui entoure la cité engloutie. Et je peux faire en sorte qu'il ne soit pas seulement un poids mort dans ta poche. Je…

Soudain, il frémit de douleur. Son image parut se figer, comme du sang qui se coagule. Il avait de plus en plus de mal à se mouvoir.

— Mon esprit ne pourra plus rester libre très longtemps. Il doit reprendre sa forme cristalline ou se choisir un nouveau réceptacle.

— Que dois-je faire ?

Er'ril leva la main pour l'aider, mais ne sachant que faire, il interrompit son geste.

— Je vais fusionner avec la clé. (L'enfant tendit son poing métallique vers lui.) Désormais, elle sera mon calice. Une fois qu'elle m'aura absorbé, je ne pourrai plus te parler.

— Mais j'ai encore…

— Je dois te laisser.

La voix de l'enfant faiblit. Sa lumière s'estompa, et le cristal perdit son aspect découpé. Ses contours se brouillèrent tandis que l'énergie et la substance qui avaient formé la statue se déversaient dans le poing de fer. Un murmure ténu parvint aux oreilles d'Er'ril.

— Je peux répondre à une dernière question, guerrier.

Une seule ? Des milliers de questions se bousculaient dans la tête d'Er'ril, chacune d'elles luttant pour s'imposer à sa langue. Mais l'une d'elles le préoccupait par-dessus tout. Depuis cinq siècles, il regrettait de ne l'avoir jamais posée. Il n'allait pas laisser passer cette chance qui ne se présenterait sans doute pas une seconde fois.

— Comment t'appelles-tu ?

L'enfant ne répondit pas tout de suite. Er'ril vit une larme solitaire glisser sur sa joue – une larme de gratitude.

— De'nal, articula-t-il enfin. Je m'appelle De'nal.

— Je ne l'oublierai pas, promit Er'ril en inclinant la tête.

Quand il releva les yeux, la silhouette de l'enfant s'était changée en une brume dénuée de substance comme le cristal cédait la place au pouvoir à l'état pur. Suspendue dans les airs, la clé métallique aspirait l'esprit et la magie du petit garçon. Avant que la lumière se volatilise, Er'ril entendit la voix de De'nal lui chuchoter à l'oreille :

— Je te pardonne.

Puis, à la faveur de l'ultime étincelle, il vit la clé tomber sur le sol. Quand elle toucha la pierre, la lumière s'évanouit. Et dans les ténèbres qui venaient de s'abattre sur lui, Er'ril s'autorisa enfin à pleurer l'enfant qui avait jadis péri par le fil de son épée.

LIVRE CINQUIÈME

TONNERRE

33

Tol'chuk regarda à l'intérieur de la fissure et gratta l'arcade osseuse au-dessus de son œil. Il aurait juré avoir vu une volute de lumière flotter dans les profondeurs de la crevasse – un rayonnement argenté très particulier. Les og'res possédaient une douzaine de mots pour exprimer la qualité de la lumière dans les tunnels et les cavernes ; pourtant, Tol'chuk aurait été bien en peine de décrire celle-là. Quand, intrigué par son éclat, il avait enfin atteint l'entrée du passage, elle s'était brusquement évanouie. Il continua à scruter la pénombre. L'obscurité jouait-elle des tours à ses yeux fatigués ?

Non. Il savait que sa vue était perçante et son esprit lucide. Sans compter qu'un autre facteur venait corroborer sa certitude. La force magnétique qui le tirait en avant avait disparu en même temps que la lumière. Le Cœur de son peuple ne l'incitait plus à continuer. Cela l'intriguait bien davantage que le mystérieux rayonnement. Que venait-il de se passer ?

Derrière lui, Tol'chuk entendit un bruit de pas traînant comme ses compagnons le rejoignaient. Il poussa un soupir. Agacé par le silence lourd de rancœur qui planait entre l'el'phe et le montagnard, il les avait distancés quelques minutes plus tôt.

— Alors, où est cette fameuse lumière ? demanda Kral.

Haletant dans l'air épais, il posa une main sur le mur de la crevasse pour reprendre son souffle.

Du plat de la main, Méric lissa les lambeaux de chemise qui pendaient sur ses épaules. La tache noire qui maculait son pantalon ne cessait de s'élargir. Sa blessure saignait toujours. Trop essoufflé pour parler, il s'immobilisa en appui sur sa jambe valide. Mais ses yeux trahissaient son irritation croissante.

— Elle a disparu, répondit Tol'chuk en continuant à fixer l'intérieur du tunnel.

Sa sanguine ne le guidait plus. Il ne savait pas où aller.

— Tu as dit que ton ami était parti par là, lui rappela Kral. Peut-être a-t-il trouvé une sortie ?

— Je ne sens pas la moindre brise. Pas de *nelodar*.

— De quoi ?

— C'est un terme og're qui désigne l'odeur de l'air frais à l'extérieur d'une caverne, expliqua Tol'chuk.

Il plissa les yeux. Un instant, il avait cru voir les ombres bouger le long du mur gauche de la crevasse. Il se tendit et sonda les ténèbres du regard. Rien. Peut-être s'était-il trompé... Soudain, il perçut un autre mouvement. Un grognement sourd monta de sa gorge.

— Qu'y a-t-il ? demanda Kral en saisissant sa hache.

— Quelque chose approche.

Méric boitilla jusqu'à eux. Sa fine épée était réapparue dans sa main ; il la pointa vers le tunnel.

— Des gobelins ?

Tol'chuk n'en était pas certain. Aussi s'abstint-il de répondre. Les trois compagnons demeurèrent plantés à l'entrée de la fissure.

— Tu ne pourrais pas utiliser ta maudite lumière ? siffla Kral à Méric.

L'el'phe porta sa pierre à ses lèvres et souffla dessus comme il aurait attisé les braises d'un feu mourant. La maigre lueur verdâtre s'intensifia. Il tendit la pierre à bout de bras pour éclairer l'intérieur du tunnel.

Dans l'obscurité, deux yeux reflétèrent la clarté diffuse – des yeux ambrés.

— Qu'est-ce que c'est ? souffla Kral.

À un jet de pierre devant eux, une silhouette trapue émergea de l'ombre. Fixant la lumière, elle se mit à gronder.

— Un loup !

Kral se raidit et agrippa le manche de sa hache. Tol'chuk lui posa une main sur le bras.

— Non, c'est mon ami !

La voix de l'og're atteignit les oreilles du loup. Celui-ci baissa d'un ton mais continua à gronder, comme s'il se méfiait des deux autres.

— Tout va bien, Fardale, appela Tol'chuk. Tu peux sortir.

Le loup s'avança prudemment. Son rcgard croisa celui de Tol'chuk, et des images défilèrent dans l'esprit de l'og're.

Tol'chuk entendit Méric se plaindre, d'une voix qui lui parut très lointaine :

— Quoi ? Nous avons fait tout ce chemin et pris tant de risques pour ça ? Ton familier ?

— Fardale n'est pas mon familier, répliqua-t-il distraitement, tout en essayant d'interpréter les pensées du si'lura. C'est mon frère de sang. Nous partageons le même héritage.

Les images envoyées par le loup luttaient pour s'ordonner dans sa tête. Une graine de compréhension fleurit lentement. Quelque chose de miraculeux s'était produit dans ce tunnel, mais les détails demeuraient obscurs. *Une lumière qui brûlait. De la chair coulant comme une rivière.* Ces images étaient teintées de chagrin et de douleur, comme si une chose que Fardale désirait ardemment venait de lui échapper. Elles exprimaient l'émerveillement, mais aussi un vif regret.

— Où sont les autres ? s'enquit Méric. Tu as dit qu'ils avaient plusieurs lumières.

Tol'chuk acquiesça.

— Fardale, où sont-ils ?

Le loup tourna la tête vers le fond du tunnel, indiquant du museau la direction d'où il était arrivé.

— On dirait qu'ils ont continué, commenta Kral. Et nous devrions en faire autant. Nous avons retrouvé ton ami. À présent, occupons-nous de sortir d'ici.

Fardale reporta son attention sur Tol'chuk.

— Les autres ont-ils trouvé une sortie ? demanda l'og're.

Une image se forma dans son esprit. *Des centaines de gobelins. Un loup battant en retraite tandis que les créatures le dépassent précipitamment, sans s'intéresser à lui.*

— Alors ? s'impatienta Kral. Qu'attendons-nous ? Tu crois vraiment qu'il va te répondre ?

Tol'chuk pivota vers le montagnard.

— C'est déjà fait. Il y a des gobelins un peu plus loin. Ils ont capturé les autres.

Kral désigna le loup du menton et ricana :

— C'est lui qui t'a dit ça ?

— Tu as encore beaucoup à apprendre sur les créatures de ces contrées, homme des montagnes.

— Peut-être. Mais je sais que nous ne pouvons pas rester ici. Si les gobelins sont occupés dans ce passage, nous n'avons qu'à en chercher un autre.

— Tu abandonnerais ces gens aux gobelins ? protesta Tol'chuk.

Kral eut un geste insouciant.

— Leur sort ne me concerne pas. J'ai des amis qui sont restés dehors et qui courent un grave danger. Ma place est auprès d'eux.

— Mais Fardale m'a envoyé des images de ses compagnons. Ils sont de ta race, et ils n'ont qu'un guerrier manchot pour les défendre ! insista Tol'chuk.

Kral écarquilla les yeux.

— Un guerrier manchot ! (Il jeta un coup d'œil respectueux à Fardale.) C'est impossible. Dans ces souterrains ? Ton loup t'a-t-il dit… montré… le visage de ses compagnons ?

— Le guerrier protège une enfant et un vieil homme moustachu, révéla Tol'chuk.

— Douce Mère, ce doit être eux !

— Qui ça ?

— Mes amis ! Dépêchons-nous !

Kral contourna le loup et s'engagea dans le tunnel. Fardale fit demi-tour et lui emboîta le pas. Tol'chuk allait l'imiter quand une voix s'éleva derrière lui.

— Je ne viens pas avec vous, annonça Méric.

Kral fit volte-face. Il tenait toujours sa hache à la main.

— Tu as juré.

L'el'phe haussa les épaules.

— J'ai juré de vous aider à retrouver l'ami de l'og're. (Il tendit un doigt vers Fardale.) Et le voilà. C'est tout ce que j'ai promis ; me voici donc libéré de mon serment. Je vais emporter ma lumière et continuer à chercher mon faucon de lune – seul. Votre compagnie m'irrite.

— Espèce de monstre ! cracha Kral. Nous avons besoin de ta lumière !

— Votre sort ne me concerne pas, railla Méric, employant les mêmes mots et jusqu'à la même inflexion dédaigneuse que le montagnard quelques instants plus tôt. (Il recula d'un pas.) Mais je vais vous offrir quelque chose pour vous aider…

Kral attendit, les sourcils froncés et le front barré par un pli orageux.

Méric eut un sourire qui ne monta pas jusqu'à ses yeux.

— Je vous offre mes meilleurs vœux.

Kral poussa un hurlement de rage et plongea vers l'el'phe.

Tol'chuk le ceintura au passage.

— Non ! Ne verse pas le sang ! (Le montagnard se débattit, mais il tint bon et ne le lâcha pas. Les og'res avaient la réputation d'être aussi inamovibles que la pierre.) Méric est un homme libre. Il a tenu sa parole. Il ne nous doit plus rien.

L'el'phe approuva du chef, mais sans se départir de son rictus méprisant.

— Sans lumière, nous n'avons aucune chance d'aider mes amis, protesta Kral. Tu les laisserais mourir pour ménager ce misérable ?

— Ma vision est perçante dans le noir, répliqua Tol'chuk. Je te guiderai jusqu'à eux. Ils ont de la lumière. Quand nous les aurons rejoints, nous n'aurons plus besoin de la pierre de l'el'phe.

Peu convaincu par sa logique, Kral fulminait toujours.

— Je vais y aller, lança Méric. Bonne chance, og're. Je te souhaite de t'en tirer.

Alors que Tol'chuk luttait pour maîtriser Kral, qui tentait de nouveau de se jeter sur Méric, ses yeux repérèrent un scintillement parmi les ombres du tunnel.

— Attends ! s'écria-t-il. Regarde !

Trois paires d'yeux se braquèrent sur la fissure. Le scintillement se changea en lueur et enfla jusqu'à devenir une tache de lumière bleue qui semblait dériver sur un courant d'air.

— C'est mon faucon ! s'exclama Méric comme l'oiseau se rapprochait.

Dans une traînée éblouissante, le faucon de lune rasa la tête de Tol'chuk et vint se poser sur le poignet que l'el'phe lui tendait. Il replia ses ailes tandis que sa poitrine se soulevait et s'abaissait au rythme saccadé de son souffle, sa lumière palpitant à l'unisson.

— Maintenant, il n'a plus besoin de sa pierre, grommela Kral contre l'épaule de Tol'chuk. Son oiseau pouilleux brille bien assez fort pour éclairer son chemin de lâche.

— Non, répliqua l'el'phe en étudiant le faucon et en le débarrassant d'une plume qui s'était détachée de son aile. Je vais quand même garder ma pierre.

Kral jura et fit mine de lui bondir dessus. Tol'chuk parvint à le retenir, mais le cœur n'y était plus. Lui aussi commençait à trouver l'el'phe mesquin.

Toutefois, les paroles suivantes de Méric le confortèrent dans la foi qu'il avait placée en lui.

— Je vais garder ma pierre, mais je vous accompagnerai.

— Pourquoi ? aboya Kral. Qu'est-ce qui se cache derrière ce brusque changement d'avis ? Nous n'avons pas besoin de ta charité !

— Oh ! loin de moi l'idée de vous aider ! (Méric caressa la couronne de plumes du faucon et, du menton, désigna ses pattes.) Les griffes de l'oiseau sont devenues argentées. C'est le signe que j'attendais. (Il tenta de conserver son détachement habituel, mais sa voix trahit son excitation.) Il a trouvé notre roi perdu.

Nee'lahn s'était adossée au tronc d'un vieil orme et avait enfoncé ses doigts dans les replis de l'écorce. Non loin d'elle, elle entendait la jument hennir de terreur à la lisière de la clairière. La pauvre bête avait reculé aussi loin que sa longe l'y autorisait, tentant de se fondre dans l'ombre des arbres.

La source de sa panique surplombait Nee'lahn de toute sa hauteur.

La nyphai tenta d'ignorer l'imposante silhouette du skal'tum qui se léchait toujours les lèvres de sa langue noire. L'autre créature, ainsi relevée de sa surveillance, se repaissait à son tour des restes de l'étalon. Bien que Nee'lahn ait détourné les yeux, d'atroces bruits de succion l'assaillaient depuis plusieurs minutes, lui donnant la nausée.

Elle continua à gratter l'écorce avec ses ongles. La douleur l'empêchait de s'enfuir en hurlant. Les skal'tum ne s'étaient même pas donné la peine de l'attacher. Ils savaient bien qu'elle n'avait aucune chance de leur échapper : ils étaient aussi vifs que des serpents, et leurs yeux y voyaient parfaitement dans l'obscurité. Si leur prisonnière détalait, ils auraient tôt fait de la rattraper.

Le regard de Nee'lahn revenait sans cesse vers l'entrée du tunnel à demi masquée par le rideau de racines. Rockingham l'avait trahie, mais malgré le dégoût qu'il lui inspirait, elle devait reconnaître qu'il avait sauvé le si'lura. Si tous deux rejoignaient Kral et l'og're dans les souterrains, eux aussi pourraient peut-être trouver une autre sortie et se soustraire aux griffes des skal'tum. La vie de la nyphai pouvait encore acheter le salut de ses compagnons – du moins l'espérait-elle.

Nee'lahn poussa un soupir. Elle devait perpétuer le subterfuge de Rockingham le plus longtemps possible. Tant que ces monstres penseraient qu'elle était la sœur de l'enfant qu'ils cherchaient, ils la garderaient en vie et resteraient là – à l'écart du cottage. Ce qui, avec un peu de chance, permettrait à Er'ril et à Elena de s'enfuir. Aussi attendit-elle en se mordant la langue.

Le skal'tum le plus proche dut voir qu'elle observait l'entrée du tunnel.

— N'aie crainte, petite, ta sœur ne tardera plus. (Il éclata de rire.) Ça promet de très touchantes retrouvailles. Je la laisserai peut-être goûter ton cœur.

Nee'lahn ignora la créature. Elle refusait de lui montrer combien elle avait peur. Les skal'tum allaient probablement la tuer, mais elle ne les divertirait pas.

Ses ongles atteignirent enfin la pulpe gorgée de sève. Elle posa ses doigts écorchés contre la chair de l'arbre, dont la fraîcheur apaisa quelque peu ses élancements.

Au loin, des éclairs dansaient entre les pics des Dents. De gros nuages noirs se massaient au-dessus de la cordillère, annonçant un orage qui ferait trembler les racines du monde.

Nee'lahn ferma les yeux pour mieux se concentrer. Puis elle tendit son esprit vers celui de l'arbre.

Quand les skal'tum décideraient que son heure était venue, elle ne se laisserait pas faire.

34

Elena se recroquevilla sur elle-même dans les ténèbres de la caverne. L'obscurité était si dense qu'elle la sentait presser contre sa peau. Sans le bras de son oncle autour de ses épaules, elle aurait cru avoir été transportée dans un autre plan d'existence où la lumière n'avait pas encore été inventée. Jamais elle n'avait contemplé noirceur si absolue. Ses yeux écarquillés la sondaient vainement en quête d'une lueur.

Oncle Boln lâcha la jeune fille, brisant son ancrage. À présent, il ne restait que la pierre sous ses pieds pour la convaincre que son monde existait toujours. Son seul réconfort, c'est que la souillure de sa main droite avait disparu en même temps que la lumière. Elle s'enveloppa de ses bras, regrettant tout à coup que le faucon de lune l'ait abandonnée. Son flamboiement bleu aurait été le bienvenu.

Comme si les dieux l'avaient entendue, la caverne s'illumina soudain. Éblouie, Elena cligna des yeux. Oncle Boln leva sa lanterne. Il avait rallumé la flamme et tourné la molette pour la régler au maximum.

Dans la lumière jaune, tellement plus terne que celle du cristal, Elena vit Er'ril s'accroupir et ramasser le poing de fer tombé sur le sol. Le guerrier étudia sa clé avec une expression étrange, puis la glissa soigneusement dans une poche de sa chemise.

Alors qu'il se redressait, un mouvement attira l'attention d'Elena vers le fond de la caverne. Un cri lui monta aux lèvres. Les gobelins se bousculaient autour de la silhouette prostrée du doyen fou. Re'alto gisait face contre terre, son bras indemne tendu vers l'endroit où la statue s'était tenue. Il ne bougeait pas, et il ne semblait pas respirer.

Un gobelin se détacha de la masse grouillante de ses congénères et souleva la main du vieillard. Voyant qu'elle pendait mollement entre ses griffes, il la lâcha et recula, apeuré.

Er'ril aussi avait repéré Re'alto. Il fit un pas vers le doyen.

— Non, Er'ril, l'arrêta Boln. Il est mort. Seule la magie de l'enfant le sustentait. Sa vie s'est enfuie en même temps qu'elle. Et à en juger par le désarroi des gobelins, il serait sans doute plus sage de ne pas les déranger.

Er'ril acquiesça et vint reprendre l'épée qu'il avait confiée à Boln. Bien que n'étant plus baignée par la lumière de la statue, l'arme étincelait. Des lignes brillantes dansaient à sa surface.

— Nous devrions repartir par où nous sommes arrivés, suggéra le guerrier. Il y a moins de gobelins de ce côté-là.

— Prenez garde ! Toute agression de notre part pourrait mettre le feu aux poudres. Ils viennent de voir leur statue se volatiliser, et l'homme qu'ils vénéraient gît mort à leurs pieds. (Boln désigna un petit groupe de créatures qui chuchotaient en tendant une patte griffue vers eux.) Je pense qu'ils nous tiennent pour responsables de leur perte.

— Dans ce cas, plus tôt nous filerons, mieux ça vaudra. (Er'ril fit signe à Elena d'approcher.) Nous avons besoin d'une diversion. Quelque chose qui les tienne à l'écart un instant et nous laisse le temps de nous enfuir.

La jeune fille acquiesça, mais elle ne voyait pas ce que le guerrier attendait d'elle. Et son oncle semblait encore plus dubitatif. Il balaya du regard les gobelins qui les entouraient.

— Dans leur état actuel, je ne crois pas que ça soit une bonne idée de leur faire peur, dit-il à voix basse. Ils sont déjà bien assez agités. Si nous déclenchons une vague de panique…

— Si nous ne nous dépêchons pas, nous finirons dans leur estomac, coupa Er'ril. (Il mit un genou en terre près d'Elena, mais garda son épée pointée vers les créatures.) Écoute-moi bien ! Je t'ai montré comment guérir ton oncle. Maintenant, il faut que tu apprennes un autre petit tour.

Elena frémit. Sa bouche devint toute sèche, et elle sentit un poing se refermer sur son cœur. Sa magie l'effrayait encore davantage que les griffes et les crocs des gobelins.

— Il n'y a pas d'autre moyen ? Oncle Boln a peut-être raison. On pourrait attendre qu'ils se calment et qu'ils s'en aillent.

Autour d'eux, le sifflement était monté dans les aigus. Des gobelins toujours plus nombreux affluaient depuis les deux tunnels. L'odeur musquée de leur peur empuantissait l'air. Les plus proches du cadavre de Re'alto commencèrent à frapper le sol de leur pied gauche. Peu à peu, les autres reprirent la cadence. Le martèlement se répercuta dans la caverne, et à travers ses pulsations, les yeux des créatures s'enflammèrent.

— Il vaudrait peut-être mieux écouter Er'ril, chuchota oncle Boln.

Elena réalisa que les deux hommes la fixaient. Son cœur battait en harmonie intime avec le piétinement des gobelins, mais elle se força à décoller sa langue de son palais.

— Je vais essayer.

— Brave petite. (Er'ril remit son épée à Boln.) Gardez-la bien en vue ! lui recommanda-t-il. Ils semblent la respecter.

Dès que le vieillard eut maladroitement levé la pointe de l'arme, il reporta son attention sur Elena et lui prit la main droite. Sa tension se communiqua à la jeune fille au travers de ses doigts crispés, mais ce fut d'une voix calme qu'il affirma :

— Ça va marcher, Elena. Fais-moi confiance ! La magie est étroitement associée à la lumière. Tu l'as vu avec la statue de De'nal, et tu en as fait l'expérience quand le soleil ou la lune ont embrasé ton pouvoir. Au fond de toi, tu en as conscience, n'est-ce pas ?

La jeune fille acquiesça.

— Une des façons les plus simples d'employer la magie consiste tout bêtement à révéler sa présence. (Er'ril dut deviner sa confusion à la façon dont elle avait froncé les sourcils.) La magie se dissimule dans ton sang. Seule ta main rouge te désigne comme une porteuse de pouvoir spirituel. Telle la flamme d'une lanterne, la magie désire s'écouler hors de toi, se révéler à tous ceux qui t'entourent. Et telle la porte d'une lanterne refermée sur la flamme, ton corps l'en empêche. Mais je peux te montrer comment ouvrir la porte et laisser ta lumière se répandre.

Elena se souvint de ce qui pouvait arriver quand elle laissait sa magie briller à travers elle. Ses deux parents avaient été incinérés par sa flamme.

— Je tuerai tous ceux qui m'entourent, prévint-elle.

— Non. Je ne te demande pas de projeter ton pouvoir à l'extérieur, la détrompa Er'ril. Ça, ça peut faire des ravages – à moins de posséder une maîtrise totale que je ne suis pas en mesure de t'enseigner. Tout ce que je te demande, c'est de t'ouvrir et de laisser les autres voir la flamme qui est en toi.

— Pourquoi ? En quoi cela nous aidera-t-il ?

— Les gobelins craignent la lumière et perçoivent la magie. Si tu te révèles à eux, ils seront peut-être assez choqués ou impressionnés pour qu'on puisse s'enfuir.

Elena étudia les créatures qui les entouraient. Elle vit quelques-unes des plus trapues ramasser le cadavre du doyen et le charger sur leur dos avec un respect touchant. D'autres ouvrirent un chemin parmi la masse de leurs congénères afin que le corps puisse être transporté hors de la caverne. Visiblement, les gobelins avaient vénéré maître Re'alto – ou du moins, la magie qui vivait en lui.

Oncle Boln avait dû parvenir à la même conclusion.

— Ça pourrait marcher, marmonna-t-il.

— Alors… Comment dois-je m'y prendre ? s'enquit Elena, la voix et les épaules tremblantes.

— C'est très facile, la rassura Er'ril. Comme tu ne veux pas laisser sortir ta magie, tu n'auras même pas besoin de faire couler ton sang.

Il leva la main et posa sa paume sur la joue de la jeune fille. Quand il plongea ses yeux dans les siens, Elena fut prise d'un tremblement qui ne devait rien à sa peur.

— Tu n'as qu'à fermer les yeux et fouiller en toi, comme tu l'as fait avec le corps de ton oncle.

Elle obtempéra, mais sa terreur la retint en surface, l'empêchant de plonger au plus profond d'elle-même. Le piétinement et le sifflement des gobelins assaillaient ses oreilles ; leur musc emplissait ses narines. Elle frissonna. Elle ne comprenait pas ce qu'Er'ril attendait d'elle.

Soudain, elle sentit le bras du guerrier glisser autour de sa taille. Er'ril la serra contre lui.

— Ignore tout ce qui t'entoure, lui enjoignit-il. Ferme tes perceptions.

L'odeur de ses cheveux gominés remplaça la puanteur des gobelins tandis que sa voix bloquait les échos de la caverne. Ce fut tout juste si Elena entendit son oncle chuchoter :

— Ils en ont fini avec Re'alto. Si tu dois faire quelque chose, fais-le vite !

Ces paroles auraient dû la paniquer, mais le bras d'Er'ril la serra un peu plus fort, l'arrachant à sa peur. Elle se laissa aller dans l'étreinte du guerrier. Son souffle tiède et calme lui caressa la joue.

— Regarde-toi, lui dit-il. Vois le germe de la femme dans l'enfant, comme le germe du chêne dans le gland. Trouve ta force, et tu trouveras ta magie.

Ses mots et sa chaleur déclenchèrent des vagues de sensations qu'Elena aurait été bien en peine de décrire. Elle n'essaya même pas, se contentant de mettre de côté tout ce qu'elle savait d'elle. Tandis qu'elle flottait dans un lieu vide de pensée et dénué de substance, une lumière crût dans les ténèbres. Non, réalisa-t-elle. La lumière ne grandissait pas ; c'était elle qui s'en rapprochait, piquait vers elle telle une hirondelle regagnant son nid. Le rayonnement ne venait pas d'apparaître : il avait toujours été en elle.

La voix d'Er'ril lui parvint, infiniment lointaine.

— Maintenant, ouvre les yeux et montre-nous. Montre-nous ta flamme, Elena.

À présent, la jeune fille comprenait. Elle se dégagea de l'étreinte du guerrier et se redressa. Elle n'avait pas à cacher qui elle était. Fermement plantée sur ses pieds, elle ouvrit les yeux et libéra son cœur, ouvrant une porte qui était restée fermée depuis sa plus tendre enfance – depuis qu'elle avait appris que les gens préféraient ignorer la véritable nature d'autrui. Elle mit toutes ses inhibitions de côté et écarta les bras comme pour embrasser à la fois la caverne et le monde. Elle se révéla sans honte ni remords : ce qu'elle avait été, ce qu'elle était désormais, et surtout, ce qu'elle allait devenir.

Telle la lumière du soleil s'engouffrant dans une pièce par une fenêtre ouverte, sa magie jaillit, chassant toutes les ombres de la caverne.

En voyant éclore le pouvoir d'Elena, la première impulsion d'Er'ril fut d'arracher son épée des mains de Boln et de plonger sa lame dans le cœur de la jeune fille. Mais il lutta pour se retenir, les doigts crispés sur la poignée de son arme à tel point que ses jointures blanchirent. Quant au vieillard, il avait reculé d'un pas. Bouche bée, il contemplait sa nièce dont la lumière découpait cruellement ses traits flasques.

Jamais Er'ril n'aurait imaginé qu'Elena possède un tel pouvoir. Même un mage au Chi fraîchement régénéré n'aurait pas dégagé une telle brillance. La jeune fille se tenait face à lui, les bras écartés, tout son corps irradiant une lumière fragmentée qui enveloppait les occupants de la caverne et les privait de leur ombre.

Cette vision effraya le guerrier. Elena n'était plus une adolescente apeurée qui s'accrochait à ses compagnons et rechignait à accepter son pouvoir. Il émanait de tout son être une assurance qui éclipsait presque sa lumière intérieure. La libération de sa flamme avait dissipé ses peurs et ses doutes. Son visage n'était plus celui d'une enfant ni même d'une femme ordinaire ; il évoquait plutôt celui d'une déesse. Er'ril remarqua qu'un halo d'étincelles encore plus vives que sa lumière s'était formé autour de son corps, comme si les étoiles elles-mêmes luttaient pour se rapprocher d'elle.

Si stupéfiante soit-elle, un trait en particulier capta l'attention du guerrier. Ses lèvres pleines, légèrement entrouvertes, souriaient à une vision bien au-delà des perceptions d'Er'ril. Dans ce sourire, il vit la femme qu'elle deviendrait : une femme forte et sage que nul homme ne pourrait contrôler. Son souffle s'étrangla dans sa gorge. Quelque chose s'agita dans sa poitrine, quelque chose qu'il croyait mort depuis longtemps : de l'espoir. Et cela l'ébranla bien davantage que l'intensité du pouvoir d'Elena.

Ce n'est qu'une enfant, se dit-il. Mais il savait qu'il se trompait. Trois personnes le fixaient par les yeux radieux d'Elena : l'enfant qu'elle était, la femme qu'elle deviendrait, et une entité qui n'avait rien à voir avec elle – une entité qui n'était même pas de ce monde.

À cet instant, un gobelin aux yeux rivés sur Elena passa près d'Er'ril. Il heurta sa jambe et s'accrocha à son pantalon tel un navire cherchant un port où s'abriter contre la tempête. Avant que le guerrier puisse le chasser, il le lâcha et chancela vers Elena. Er'ril voulut l'arrêter, mais le gobelin s'étala soudain de tout son long. Un frisson parcourut son petit corps. Puis il s'immobilisa. *Mort*, songea Er'ril.

Il s'arracha à sa contemplation d'Elena et vit que le sol était jonché de gobelins effondrés. Attirées par la lumière, d'autres créatures affluaient dans la caverne. Tels des papillons aveugles, elles se précipitaient vers la source de la radiance, mais au bout de quelques pas titubants, elles s'affaiblissaient et s'écroulaient en gémissant. D'autres gobelins réalisèrent ce qui se passait ; ils battirent en retraite et disparurent dans les tunnels.

— La lumière, dit Boln près d'Er'ril. Elle les tue. C'est Elena qui fait ça ?

Er'ril ressentit le besoin de parler pour se distraire de sa fascination.

— Je ne crois pas. La lumière n'est qu'un reflet de sa magie. Elle ne devrait pas avoir d'effets nocifs.

— Les gobelins fuient la lumière. (D'un geste, Boln désigna les piles de cadavres qui les entouraient.) Ils doivent avoir une bonne raison. En telle quantité, imbue de tant de pouvoir, elle est peut-être mortelle pour eux.

Er'ril reporta son attention sur Elena. Leurs voix avaient dû transpercer le halo qui entourait la jeune fille et atteindre ses oreilles. Ses lèvres ne souriaient plus.

Elena avait entendu les paroles de son oncle. Ses mots lui parvinrent aussi assourdis que les battements d'ailes d'un oiseau s'envolant au cœur d'une forêt ; pourtant, leur signification la pénétra. Elle focalisa son regard sur la caverne. Autour d'elle s'empilaient des centaines de gobelins immobiles, au cou et aux membres tordus selon des angles peu naturels. Ils étaient si nombreux, si pitoyables !

Un cri de détresse monta de sa gorge. Alors, la lumière qui se déversait d'elle s'écrasa sur la pierre et disparut. Elle resta plantée au centre de la pièce, tel un îlot perdu au milieu d'une mer de cadavres.

À présent, seule la lanterne d'oncle Boln éclairait la caverne. Le vieillard se dirigea vers sa nièce. L'éclat de la flamme fit frémir Elena. Sa lumière intérieure, le noyau de son être, venait de tuer ; il lui semblait que cette lueur minuscule lui reprochait son crime. Elle s'en détourna vivement et apostropha Er'ril.

— Vous aviez dit que ça ne leur ferait pas de mal ! s'écria-t-elle d'une voix enrouée par les larmes qu'elle réprimait.

Blessé, le guerrier se rembrunit.

— Je suis désolé, Elena. Je ne soupçonnais pas leur vulnérabilité, ni la brillance de ta magie.

La jeune fille se couvrit la bouche de ses mains. La brillance de sa magie ! Les paroles d'Er'ril lui donnaient la nausée. Les gobelins ne les avaient pas attaqués ; ils s'étaient contentés de les amener jusqu'ici, et c'était grâce à eux que le guerrier avait récupéré sa clé. Comment les avait-elle remerciés ? En leur donnant la mort en échange de leurs efforts. Parmi les cadavres, elle aperçut beaucoup de gobelins plus petits que les autres. Elle avait massacré jusqu'à leurs enfants.

Elena enfouit son visage dans ses mains. Elle ne voulait plus rien voir.

Oncle Boln lui posa une main sur l'épaule.

— Ce n'est pas ta faute, ma chérie. Nous ne pouvions pas deviner ce qui se passerait. Si quelqu'un est à blâmer, c'est nous. C'est nous qui t'avons demandé de faire ça.

Elena se dégagea brusquement et baissa ses mains pour le foudroyer du regard.

— Tu ne comprends pas !

Le vieillard écarquilla les yeux.

Un rire amer s'échappa des lèvres d'Elena.

— J'ai savouré le pouvoir ! Jamais je ne m'étais sentie si complète, si libre. Je me suis vautrée dans ma magie ; je l'ai laissée me submerger et emporter tous mes doutes. Et pendant que je m'abandonnais à sa lumière, elle a tué tous ceux qui m'entouraient.

— Tu n'y es pour rien, ma chérie. Tu ne pouvais pas savoir.

Elle tourna le dos à son oncle. Pas parce que ses paroles étaient impuissantes à la réconforter, mais parce qu'elle craignait qu'il lise la vérité dans ses yeux. Elle en avait déjà trop dit. En sanglotant, elle tomba à genoux.

Ce qu'elle n'avait pas dit à son oncle, ce qu'elle avait peur de s'avouer, c'est qu'elle avait su. Quelque part au plus profond d'elle-même, elle s'était rendue compte de ce qui se passait. Elle avait senti que sa magie soufflait les vies des gobelins comme autant de chandelles. Et elle n'en avait eu cure. Elle avait ignoré les corps qui s'écroulaient à ses pieds tandis que le pouvoir hurlait en elle. Son cœur n'avait aspiré qu'à le libérer, à le répandre dans le vaste monde. Sa chanson triomphante, impossible à ignorer, avait empli ses oreilles, noyant les cris d'agonie des créatures.

Er'ril s'approcha d'elle et la releva sans lâcher son épée. Comme s'il avait deviné son tourment, il lui dit :

— La magie à l'état pur est une force séductrice. Tu dois lui résister.

Elena voulut se dégager, mais le guerrier était trop fort. Il plongea son regard dans le sien.

— Tu es toujours Elena, insista-t-il d'un ton véhément. Ne laisse pas ta magie te définir. Elle n'est qu'un instrument. (Il se radoucit.) Je sais qu'elle te parle, et que c'est ton âme qui semble s'exprimer par sa voix. Mais tu n'es pas obligée de l'écouter. Tu es toujours Elena : la fille de tes parents, la sœur de ton frère, la nièce de ton oncle. Un être de chair et de sang – pas de magie.

Elena acquiesça. Ses jambes se raffermirent sous elle. Elle laissa le guerrier la pousser vers oncle Boln. Les yeux brillants d'inquiétude, celui-ci la prit dans ses bras. Elle pleura contre sa poitrine, mais cette fois, ses larmes l'apaisèrent au lieu de la déchirer.

Tandis qu'elle se laissait aller dans l'étreinte du vieillard, le sifflement que sa magie avait fait taire s'éleva de nouveau. À présent, il ne trahissait plus aucune peur. Elena se dégagea.

— On ferait mieux de filer d'ici, suggéra Er'ril en balayant du regard les cadavres qui les entouraient.

Trop tard. Une marée de gobelins jaillit des tunnels. Les créatures venaient exercer la vengeance dont la lumière de la jeune fille les avait privés jusque-là. Pour la première fois, Elena les entendit hurler un cri de bataille.

Er'ril repoussa ses compagnons vers le mur et s'élança pour affronter la charge des gobelins. Son épée chanta en s'abattant sur leur masse grouillante. Jamais il n'avait manié une arme au fil si aigu. Sa lame tranchait les os aussi facilement que du beurre. Tandis qu'il la faisait tournoyer dans les airs, des cadavres s'empilèrent devant lui, mais d'autres créatures bondirent pardessus leurs congénères morts pour prendre leur place.

Du coin de l'œil, Er'ril vit Boln frapper de sa lanterne les rares gobelins qui tentaient d'approcher sa nièce. Le mouvement de la flamme projetait des ombres folles sur les murs. Pour l'instant, le vieillard avait la situation bien en main. Les gobelins se méfiaient toujours d'Elena, comme s'ils s'attendaient à ce que sa lumière rejaillisse d'un instant à l'autre. Er'ril espérait que la jeune fille lui prêterait le secours de sa magie, mais il n'osait pas le lui demander. Elle était encore trop choquée.

Il continua à se démener. Si les créatures se calmaient un peu, il pourrait peut-être ouvrir un chemin jusqu'au tunnel le plus proche.

Au lieu de ça, les gobelins redoublèrent de férocité. Craignant le pouvoir d'Elena, ils reportaient leur rage sur Er'ril. Le guerrier assailli de toutes parts ne pouvait pas tous les repousser. Des griffes lui lacérèrent la poitrine ; des crocs se plantèrent dans ses cuisses.

Si tranchante que soit sa lame, il ne tarda pas à réaliser que sa position était intenable. Le découragement le gagna. Les gobelins en profitèrent pour le submerger et le renverser. Sa tête heurta le sol de pierre. Des étoiles dansèrent devant ses yeux. Cinq créatures chevauchaient sa poitrine et ses jambes. Trois autres lui tenaient le bras. Des dents s'enfoncèrent dans son poignet.

Ravalant la douleur, il se débattit sous leur poids. Si seulement il avait encore son bras droit, songea-t-il, il aurait peut-être pu se dégager. Il arqua les reins, puis tenta de rouler sur le flanc. Alors, il sentit la clé remuer dans la poche où il l'avait glissée. Satanées bestioles ! L'une d'elles essayait de lui voler le poing de fer. Il leva la tête et se tordit le cou pour regarder le devant de sa chemise. Aucune patte de gobelin n'était posée sur sa poitrine. Mais ce qu'il vit le fit sursauter si fort que ses agresseurs volèrent en arrière.

Telle une araignée, le poing de métal rampait hors de sa poche en se propulsant sur ses doigts écartés.

À l'instant où Er'ril l'aperçut, un élancement lui traversa l'épaule droite. Il crut d'abord qu'un gobelin l'avait griffé. Mais non. Il avait déjà éprouvé cette brûlure une fois – très longtemps auparavant, quand il avait perdu son bras. C'était la brûlure de la magie. Tandis que la douleur diminuait, une nouvelle sensation fleurit dans son moignon.

Ses yeux écarquillés scrutèrent l'emplacement vide et dirent à son cœur que son bras manquait toujours à l'appel. Pourtant, il aurait juré sentir un bras fantôme attaché à son épaule. Un bras qui se terminait par le poing de fer. Il percevait même la froideur du métal enveloppant sa main spectrale.

Il fléchit les doigts qui ne lui appartenaient pas. Douce Mère ! Les paroles de De'nal lui revinrent en mémoire. *« Je peux faire en sorte qu'il ne soit pas seulement un poids mort dans ta poche. »*

Choqué, il se figea. Un des gobelins en profita pour se jeter sur lui, les crocs découverts et prêts à lui arracher la gorge. Instinctivement, Er'ril leva le bras qu'il avait perdu depuis des siècles. La main de fer se referma sur le cou frêle de son agresseur, dont les vertèbres craquèrent sous sa poigne.

Les autres gobelins reculèrent précipitamment. Er'ril se redressa en brandissant son épée de sa main de chair. Sa main de fer flottait toujours dans les airs, tenant le corps flasque de sa victime. Il ordonna à ses doigts de s'ouvrir. Le petit corps tomba et s'écrasa sur le sol. La clé semblait bouger de son propre chef, mais il savait que ça n'était pas le cas – il la contrôlait aussi bien que si un bras l'avait reliée à lui.

Les créatures battirent en retraite, leurs grands yeux noirs fixés sur cette nouvelle menace. Combien de temps avant qu'elles surmontent leur appréhension et se ressaisissent ? se demanda Er'ril.

La réponse à cette question ne se fit guère attendre. Une nouvelle vague de gobelins s'engouffra dans la caverne. Leur arrivée aiguillonna les autres. Avec un sifflement coléreux, ils bondirent depuis toutes les directions. Ils n'avaient même plus peur d'Elena, constata Er'ril en voyant une partie d'entre eux se jeter sur l'adolescente et son oncle.

Il recula pour leur prêter main-forte, mais eut beaucoup de mal à échapper à ses assaillants. La cuisse gauche lacérée, il boitilla jusqu'à ses compagnons, se frayant un chemin à grands coups d'épée et de poing métallique.

L'aide du talisman ne lui suffit pas. La pierre couverte de sang et d'entrailles se déroba sous ses pieds. Il glissa et tomba à genoux. Les gobelins jubilants sautèrent sur cette occasion. Submergé par leur masse grouillante, Er'ril sentit des griffes se planter dans son dos, des corps l'escalader. Il fut de nouveau plaqué au sol. Tandis que des crocs lui déchiraient le cou, un cri de défaite s'échappa de sa gorge.

35

Kral suivit les derniers gobelins vers le bout du tunnel. Brandissant sa hache, il fendit le crâne d'un gros mâle qui avait fait demi-tour pour lui barrer le chemin. Il tenta de dégager son arme, mais celle-ci était coincée. Il s'arrêta et essuya son front en sueur.

Ses compagnons et lui avaient dû se battre pour se frayer un chemin depuis l'entrée de la fissure. Curieusement, on ne leur avait opposé que très peu de résistance. La plupart des gobelins les avaient ignorés tandis qu'ils fonçaient dans le passage. Ils semblaient aussi déterminés qu'eux à en atteindre le bout.

Dans la lueur vacillante qui brillait devant lui, Kral vit que le tunnel s'achevait à un jet de pierre. Une vaste caverne s'étendait au-delà ; son plancher était jonché de gobelins morts ou vivants.

— C'est impossible qu'ils aient survécu, grogna le montagnard en pensant à la fillette et au guerrier manchot.

Enfin, il parvint à dégager sa lame du crâne de sa victime.

— Ne désespère pas, dit Tol'chuk. (Il saisit une créature accrochée à sa jambe et la fracassa contre le mur.) Les gobelins détestent la lumière. Là où il y a de la lumière, il y a de l'espoir.

Soudain, le rayonnement s'intensifia. Une créature enveloppée de flammes s'était lancée dans une danse d'agonie, mettant le feu à deux de ses congénères qui se tordirent à l'unisson.

— Des gens se battent encore là-dedans, lâcha Méric en dépassant les deux colosses.

Dans sa main, la fine lame de son épée dégoulinait de sang noir.

Le loup courait sur les talons de l'el'phe, sa patte blessée oubliée. Un grognement ininterrompu s'écoulait de sa gorge.

Kral leur emboîta le pas tandis que Tol'chuk protégeait leurs arrières en repoussant les gobelins les plus lents.

Ils firent irruption dans la caverne. Malgré le cri de guerre du montagnard, les créatures continuèrent à les ignorer. Toute leur attention était concentrée sur la bataille qui se déroulait contre le mur du fond. Kral vit l'oncle d'Elena éclabousser un autre gobelin avec l'huile brûlante de sa lanterne pendant que la fillette se recroquevillait derrière lui. Mais l'affrontement le plus acharné se livrait quelques mètres devant eux. Plusieurs créatures s'entassaient sur une silhouette que leur poids combiné avait plaquée au sol.

Une ondulation parcourut la meute comme sa proie se redressait sur les genoux. Un instant, il sembla qu'elle allait réussir à se dégager et à se mettre debout. Puis une autre vague de gobelins la jeta de nouveau à terre – mais pas avant que Kral ait aperçu son visage. Les traits crispés par l'effort, un œil boursouflé et ensanglanté, Er'ril s'effondra sous la masse de ses assaillants.

Le montagnard poussa un rugissement et entreprit de se découper un chemin jusqu'à lui. Le faucon de lune décrivit un cercle au-dessus de sa tête en glapissant. Tol'chuk, Méric et Fardale se jetèrent dans la mer de créatures, mais c'était comme tenter de repousser une lame de fond. Dès qu'une vague battait en retraite devant eux, une autre venait prendre sa place.

Bientôt, les compagnons furent séparés. Tol'chuk continua à protéger les arrières de Kral tandis que le loup et l'el'phe tournoyaient ensemble en une danse de mort. Le flux de la bataille les éloignait de plus en plus les uns des autres.

— Aide le vieillard et l'enfant ! hurla Kral à Méric. (Il décapita un gobelin avec tant de force que sa tête vola à l'autre bout de la caverne.) On se charge du guerrier !

Il n'aurait su dire si l'el'phe l'avait entendu à travers les cris des blessés et des agonisants, mais il lui sembla que Méric pivotait dans la bonne direction. Satisfait, il reporta son attention sur Er'ril. Il entendit un craquement sonore derrière lui. Une grimace sinistre tordit sa bouche. Avoir un og're dans le dos, ça valait bien un mur de pierre, songea-t-il. Ça le laissait libre de se concentrer sur les gobelins qui lui faisaient face.

S'abandonnant à sa rage, il se forgea un chemin vers Er'ril à grands moulinets de hache plus instinctifs que calculés. Son esprit se replia dans les tréfonds de sa mémoire, là où se tapissaient des leçons apprises très longtemps auparavant.

Le maniement de la hache lui avait été enseigné par Mulf, un vétéran grisonnant. On racontait que celui-ci avait pris part aux Guerres N'aines, et qu'il avait tenu la passe des Larmes à lui tout seul pendant un jour et une nuit. Kral n'était encore qu'un jeune garçon de onze hivers, mais déjà avide de gloire, quand il s'était mis en quête de sa caverne, perchée dans les hauteurs des Dents.

Lorsque ses yeux s'étaient posés sur Mulf pour la première fois, l'espoir s'était flétri dans son cœur. Le vieil homme au dos courbé paraissait aussi âgé que les racines des montagnes. Sa barbe couleur de neige fraîchement tombée pendait si bas qu'il devait la coincer dans sa ceinture pour ne pas se prendre les pieds dedans. Comment cette épave aurait-elle pu lui apprendre quoi que ce soit ? Mulf semblait trop faible pour soulever une hache – et à plus forte raison pour se battre avec.

Pourtant, quelques minutes plus tard, le jeune Kral s'était retrouvé sur son séant dans une flaque de boue, une grosse ecchymose fleurissant sur son front à l'endroit où Mulf l'avait frappé avec le manche de son arme. La dernière chose dont il se souvenait, c'était d'avoir vu la lame s'abattre sur son crâne. Mais d'un mouvement trop rapide pour que l'œil puisse le suivre, Mulf avait fait pivoter sa hache autour de son pouce, le frappant avec du bois plutôt que du métal acéré. Par cette froide matinée, Kral avait appris la première des nombreuses leçons que son professeur au regard toujours vif allait lui enseigner : il ne faut jamais sous-estimer un adversaire.

Aujourd'hui, il était bien décidé à la mettre en application. Malgré leur petite taille, les gobelins étaient des combattants redoutables, tout en muscles, en crocs et en griffes. Kral n'autorisait pas son bras à ralentir, ni ses yeux à se détacher de leurs pattes. Sa méfiance empêcha plus d'un couteau de se planter dans sa poitrine.

Comme il approchait de l'endroit où Er'ril luttait, les créatures brandirent des dagues à lame dentelée. Il en écarta une d'un revers et trancha le poignet de son porteur. Celui-ci poussa un hurlement. Son arme et la petite main toujours crispée autour de son manche tombèrent sur le sol. A la vue du sang qui jaillissait de son moignon, Kral détourna la tête – pas par dégoût, mais pour ne pas être aveuglé par le liquide tiède.

Un autre gobelin l'attaqua du côté opposé. Faute de temps pour faire pivoter sa hache, il se rabattit sur le tour de son vieux maître et le frappa entre les deux yeux avec le manche de noyer. Il sentit des os craquer sous l'impact. La créature s'écroula. Enjambant son cadavre, Kral poursuivit sa progression meurtrière.

Er'ril s'effondra sous la masse des gobelins – accablé par une émotion bien plus dangereuse que ses adversaires. Une partie de lui-même était prête à renoncer. Il lui semblait qu'il n'avait pas cessé de se battre depuis la création du Journal Sanglant. Mais si son esprit faiblissait, ses os imprégnés de l'obstination des Standi refusaient de le laisser s'abandonner au désespoir. Les cinq cents hivers qu'il avait vécus pesaient plus lourdement sur ses épaules que ces créatures assoiffées de sang. Il avait déjà sacrifié tant de choses, attendu si longtemps ! Il ne mourrait pas ici. Pas de cette façon.

Avec un cri de rage, il rua pour déloger les gobelins accrochés à ses jambes et utilisa sa main de fer pour étrangler ceux qui tentaient de lui lacérer le visage ou la gorge. Quand elle n'était pas immobilisée sous les corps gigotants des créatures, sa main de chair réussissait à ouvrir une brèche dans le grouillement à grands coups d'épée – mais cette brèche se refermait toujours trop vite pour qu'il puisse se relever ou voir ce que devenaient Boln et Elena. Un mur de gobelins des roches l'entourait perpétuellement.

Pourtant, Er'ril continua à se débattre, refusant de prêter l'oreille au murmure de son désespoir.

Il crut entendre quelqu'un crier à l'autre bout de la caverne, crut capter le mot « enfant ». Mais les hurlements et le sifflement des gobelins noyèrent très vite tous les autres sons. À qui appartenait cette voix ? L'avait-il seulement imaginée ?

Dans une traînée de lumière, il vit le faucon de lune filer au-dessus de sa tête. Le volatile était revenu – sans doute paniqué par la complexité du dédale souterrain. Er'ril remercia le ciel pour cette petite bénédiction. Le rayonnement bleuté de l'oiseau fit hésiter les gobelins ; il en profita pour dégager son bras et pour faire le vide autour de lui.

Quand il se releva, le spectacle qui s'offrit à lui glaça son sang. Un gobelin deux fois plus grand qu'un homme le surplombait de toute sa hauteur. Ses bras dégoulinaient de sang ; un rictus meurtrier dévoilait ses crocs jaunes.

Er'ril tituba en arrière. Soudain, un élancement lui traversa la jambe droite. Son membre céda sous lui. Alors qu'il s'écroulait, il vit une créature armée d'une dague lui plonger sa lame dans la cuisse une seconde fois. Le métal racla sur ses os ; la douleur brouilla sa vision.

D'un coup de pied, il parvint à se dégager. Il se redressa sur les genoux et tendit son bras fantôme à l'aveuglette. Sa main de fer se referma sur la gorge de son agresseur, lui broyant la trachée. Il brandit le corps flasque comme une massue pour écarter les autres gobelins et se protéger contre leurs coups.

Mais il ne fut pas assez rapide. Un couteau s'enfonça dans son dos. Un voile de douleur s'abattit devant ses yeux. Quand sa vision s'éclaircit, il réalisa que sa main de fer était vide et que plusieurs gobelins armés le toisaient d'un air menaçant.

La rage et la souffrance crispèrent son visage. La mort, qui lui avait été refusée pendant des siècles, se trouvait enfin à sa portée. Durant sa longue existence, il l'avait souvent appelée de tous ses vœux ; il avait aspiré à l'ultime délivrance, au repos éternel. Mais plus maintenant. Des gens comptaient sur lui : Elena, Boln et même De'nal. Il se rebellait contre sa propre fin.

Prenant appui sur sa jambe gauche déjà blessée, il ignora l'élancement qui remontait jusque dans son dos et cracha un peu de sang sur le sol.

À l'instant où il levait la pointe de son épée pour inviter ses adversaires à se jeter sur lui, le mur de gobelins explosa. Il vit leur hideux roi les écarter sans ménagements, soulevant deux petites créatures et les projetant à travers la caverne pour s'ouvrir un chemin jusqu'à lui. Son bras se mit à trembler. Aurait-il encore la force d'affronter ce monstre ?

Soudain, une voix familière lui parvint.

— La Pierre en soit remerciée, tu es toujours vivant !

Il vit Kral contourner l'énorme créature. Le cercle déjà brisé tomba en morceaux comme les gobelins prenaient leurs jambes à leur cou et s'enfuyaient. Er'ril se tordit le cou pour regarder autour de lui. Un vertige le saisit. La caverne se vidait à toute allure. Les gobelins encore vivants boitillaient ou se traînaient vers les tunnels, à l'exception de leur roi géant et difforme qui demeurait planté devant lui.

Kral posa une main sur le bras du monstre. Voyant la lueur horrifiée dans les yeux d'Er'ril, il annonça très vite :

— Il s'appelle Tol'chuk. C'est un ami.

— Que… ? bredouilla Er'ril, trop choqué pour formuler sa question.

— C'est un og're. Il nous a aidés à vous sauver.

Les paroles de Kral lui rappelèrent qu'il n'était pas seul. Il pivota en chancelant. Elena se tenait près de son oncle. Les vêtements de Boln étaient en lambeaux ; du sang maculait son visage et sa poitrine. Tandis que le faucon de lune décrivait un cercle au-dessus de leur tête, le vieillard adressa un faible sourire à Er'ril.

Deux autres silhouettes se déplaçaient parmi les cadavres. Le loup qui les avait suivis jusque-là reniflait les restes carbonisés aux pieds de Boln et d'Elena. Près de lui, Er'ril avisa un grand homme mince aux cheveux argentés. Une épée aussi fine qu'une aiguille pendait oubliée dans sa main droite. Ses yeux fouillaient la caverne.

De nouveau, la tête d'Er'ril lui tourna. Il bascula en avant. Kral le retint et lui passa un bras sous les aisselles.

— Évite les mouvements brusques, lui conseilla-t-il. Tu es salement amoché.

La voix d'Elena s'éleva dans le fond de la caverne. Er'ril vit la jeune fille caresser la joue de son oncle, la teinte de sa main rougie se confondant avec celle du sang sur la peau du vieillard.

— Oncle Boln est blessé, lui aussi, lança-t-elle d'une voix tremblante.

L'inconnu aux cheveux argentés se raidit. Son épée se braqua vers Elena.

— La marque ! s'exclama-t-il en fixant la main de la jeune fille de ses yeux écarquillés. La marque de la sor'cière !

Kral lâcha brusquement Er'ril.

— Non ! rugit-il.

Les jambes du guerrier étaient trop faibles pour le soutenir. Le sol de pierre se précipita à sa rencontre. Il vit Kral bondir vers l'inconnu, mais comprit que le montagnard était trop loin pour l'empêcher d'agir.

— Non, Méric ! Non !

La vision d'Er'ril se brouilla à l'instant où l'homme aux cheveux argentés se jetait sur l'adolescente avec la vivacité d'un lynx. Elena eut tout juste le temps de tourner la tête vers l'épée qui visait son cœur.

Avant que la lame atteigne sa cible, des ténèbres fraîches engloutirent Er'ril.

36

Elena vit l'épée plonger vers sa poitrine. Instinctivement, elle leva le bras pour se protéger. Son agresseur était si rapide qu'elle ne distinguait pas les contours de sa silhouette – juste une tache floue. Seule sa lame étincelante se découpait dans la maigre lumière.

Un hurlement monta dans la gorge de la jeune fille, mais sa peur l'étrangla, et aucun son ne sortit de sa bouche grande ouverte.

Pourtant, un son atteignit ses oreilles – un glapissement aigu. À l'instant où l'épée allait se planter dans son cœur, un éclair s'interposa entre elle et la pointe de la lame. Le faucon de lune ! Elle vit l'oiseau se faire empaler tandis que l'écho de son cri se répercutait contre les murs.

L'impact du corps minuscule parut remonter le long de la lame et étourdir son agresseur. L'homme retint son coup et s'immobilisa, son épée tremblant au bout de son bras. La pointe de l'arme se trouvait à moins d'une largeur de pouce de la chemise d'Elena.

Transpercé de part en part, le faucon de lune agita maladroitement ses ailes. Un chuintement s'échappa de son bec. L'homme aux cheveux argentés le fixait, les yeux écarquillés d'horreur.

Soudain, Kral le percuta de plein fouet, le poussant sur le côté. Tous deux s'écrasèrent contre le mur. L'épée glissa de la main de l'inconnu et heurta le sol avec fracas.

Un sanglot étranglé jaillit enfin de la gorge d'Elena. Elle tomba à genoux près de l'arme. Le faucon de lune toujours empalé remua faiblement. Elle tendit une main et lui souleva la tête. Son petit œil noir la fixa. La lumière de son plumage s'estompait rapidement.

Avec des gestes d'une infinie tendresse, Elena saisit le corps minuscule et le dégagea de l'épée. Sa magie pourrait peut-être le soigner, comme elle avait déjà soigné oncle Boln.

Mais à l'instant où la lame quitta sa poitrine, la lumière du faucon de lune s'éteignit, et il cessa de respirer. Trop tard. Elena serra l'oiseau contre elle. Désormais, ses larmes étaient le seul remerciement qu'elle pouvait lui offrir.

— Il l'a protégée ! hoqueta l'homme aux cheveux argentés. Il a donné sa vie pour elle !

Kral le toisait, une main serrant son cou frêle. De sa main libre, il désigna le guerrier qui gisait inerte sur le sol.

— Boln, occupez-vous d'Er'ril !

Le vieillard acquiesça. Il se dirigea vers Er'ril en faisant un large détour pour éviter le monstre accroupi entre eux. Celui-ci ne fit pas le moindre geste pour l'arrêter. Il semblait taillé dans la pierre plutôt que fait de chair. Le loup – dont Elena savait qu'il n'était pas un vulgaire animal de la forêt – s'était traîné jusqu'à lui. Comme la jeune fille les observait, tous deux tournèrent la tête vers elle. Son cœur manqua un battement quand elle constata qu'ils avaient les mêmes yeux : des orbes jaunes à la pupille noire et fendue.

Kral appela l'og're.

— Tol'chuk, aide-moi à maîtriser ce traître ! (Puis il reporta son attention sur Elena.) Tu es blessée, petite ?

Elena fit face à son agresseur. Le nommé Méric la fixait d'un air furibond.

— Je… Je vais bien, balbutia-t-elle. Mais pourquoi m'a-t-il attaquée ? Pourquoi a-t-il tué mon oiseau ?

Avant que Kral puisse répondre, Méric parla d'une voix aussi tranchante que son épée.

— Ton oiseau ?

Elena refusa de se dérober à son regard accusateur. Elle tenait toujours le corps du faucon dans ses mains en coupe.

— Je l'ai trouvé dans les souterrains. Il s'est posé sur mon bras.

— Le faucon de lune était le familier de cet homme, expliqua Kral. Il a dit que…

— La sor'cière ment ! coupa Méric. Jamais l'oiseau ne se serait approché d'une créature au sang si corrompu !

Elena enfouit sa main souillée sous les plumes du faucon. L'og're les avait rejoints. Kral se releva, lui confiant la surveillance de Méric. La jeune fille recula précipitamment.

— Tiens-le bien, Tol'chuk. Il n'est pas question qu'il attaque la petite une seconde fois.

Alors, l'og're prit la parole. Elena en fut choquée : jamais elle n'aurait imaginé que son front bas et ses yeux porcins dissimulent une intelligence supérieure à celle d'un cheval de trait. Sa voix était pareille au grondement d'un éboulis.

— Méric ne lui fera pas de mal, dit-il en lâchant l'homme aux cheveux argentés.

D'un bond, Kral s'interposa entre Elena et son agresseur.

— Que fais-tu ? s'exclama-t-il. Un de ces gobelins t'aurait-il frappé à la tête ?

— Il ne lui fera pas de mal, répéta l'og're. Il ne peut pas.

Elena remarqua que toute agressivité semblait avoir déserté Méric. Les épaules affaissées, il ne faisait pas mine de ramasser son épée.

— Le faucon de lune s'est posé sur elle, poursuivit Tol'chuk. La langue de Méric a beau affirmer qu'elle ment, ses yeux ont vu l'oiseau plonger et se sacrifier pour lui sauver la vie. Son cœur ne peut nier la vérité.

Kral tourna la tête pour dévisager Elena. Une lueur de compréhension passa dans ses yeux.

— Tu veux dire que… ?

Ce fut Méric qui répondit :

— Le sang de mon peuple coule dans les veines de cette fille. La sor'cière est la descendante perdue de notre roi.

Il se pencha pour ramasser son épée. Tout dans son attitude et sa voix n'exprimait que défaite ; aussi Kral le laissa-t-il faire sans réagir. Méric saisit la fine lame entre ses deux mains. Avec une force qu'Elena n'aurait pas soupçonnée chez un homme si fluet, il la brisa sur son genou.

— Je suis venu chercher un roi, et à la place, j'ai trouvé une reine. (Il tendit les deux morceaux de son arme à Elena.) Ma vie t'appartient.

Perplexe, la jeune fille cligna des yeux.

Oncle Boln lui épargna la peine de répondre. Mais son intervention ne la réconforta guère.

— Er'ril est mourant ! J'ai besoin d'aide ! appela-t-il depuis l'autre bout de la caverne.

Tous les regards se tournèrent vers le vieillard. Elena vit le corps inerte du guerrier, sa tête rejetée en arrière, ses yeux ouverts et aveugles, les spasmes qui agitaient sa poitrine tandis qu'il luttait pour vivre.

Le faucon mort lui échappa des mains.

Er'ril nageait dans une mer de ténèbres. Il luttait contre ses courants mais se fatiguait rapidement. Déjà, ses membres lui semblaient changés en plomb. L'obscurité s'épaissit autour de lui comme la sève en hiver, et il se sentit couler.

Tandis que les flots se refermaient au-dessus de sa tête, il cessa de se débattre – pas parce qu'il s'était résigné à son sort, mais parce que c'était la chose la plus sage à faire. Il n'avait déjà perdu que trop d'énergie à s'agiter vainement.

Comme il rappelait à lui ses forces défaillantes, ses yeux distinguèrent des coulées aux teintes variées dans les ténèbres alentour. La plus vivace avait le vert malsain d'une mare stagnante. Un mot lui vint à l'esprit : *poison*. Il comprit que les lames des gobelins avaient été plongées dans des substances alchimiques fatales.

Des voix venues de très loin lui irritèrent les tympans.

— Que fait-elle ?

— Pose cette dague !

— Je ne sens plus battre son cœur.

— Il est mort.

— Non !

Er'ril savait qu'il aurait dû se sentir concerné, mais l'obscurité s'infiltrait dans son esprit et se lovait à l'intérieur de son crâne. Elle aussi, elle lui parlait – lui chuchotait une promesse de délivrance. Il l'écouta. Sa voix le consola, et son sang charria les ténèbres lourdes de glace verte vers son cœur. Pourquoi avait-il si froid ?

À l'instant où même cette question se dissipait dans sa conscience, une nouvelle voix lui parvint. Il tenta de la repousser, mais il était trop faible.

— Il faut que vous luttiez. Accrochez-vous. Je vous en supplie, ne me laissez pas !

La connaissait-il ? Il laissa le courant sombre l'emporter. Ça n'avait pas d'importance. Il dérivait – en paix.

Puis un flamboiement glorieux irradia l'obscurité et le saisit dans ses griffes acérées. À son contact, le feu et la glace entrèrent en collision dans son sang. Il se débattit dans son étreinte. Jamais il n'avait subi pareille torture. Toutes les blessures qu'il avait encaissées, toutes les douleurs qu'il avait endurées lui revinrent en un élancement brûlant.

Il hurla tandis que la lumière aveuglante arrachait son corps à la mer de ténèbres. Non ! Ça faisait trop mal ! Il tenta de se dégager, de replonger dans l'obscurité si fraîche et si apaisante, mais les griffes refusèrent de le lâcher.

La radiance le transperçait, chassant les volutes noires de son esprit. Les coulées de poison vert cessèrent de se répandre, mais ne se volatilisèrent pas pour autant. Tels des aspics, elles surnagèrent et se cachèrent, attendant que la lumière se dissipe pour frapper.

Des taches de couleur brillantes se mirent à danser en spirale devant ses yeux. Il cligna des yeux. Chaque battement de ses cils ralentissait le tournoiement ; bientôt, les taches se changèrent en visages.

Elena était penchée sur lui. Boln regardait par-dessus l'épaule de la jeune fille. Kral se tenait près du vieillard. Le montagnard fut le premier à parler.

— Tu l'as sauvé ! Tu l'as guéri !

Le visage d'Elena était blême, sa peau tendue à craquer sur ses os. Des échos de douleur frémissaient dans ses yeux humides. Elle retira sa main de celle d'Er'ril. Le guerrier vit que sa paume était couverte de sang. Une profonde entaille s'ouvrait à la base de son pouce. Dans son autre main, elle tenait la dague que Boln avait baptisée au cottage.

— Non, répondit-elle d'une voix étranglée par le chagrin et la frustration. (Elle serra les poings.) Je n'ai pas pu le guérir.

Er'ril tenta de s'asseoir. Il ne pensait pas réussir, mais sa propre vigueur le surprit. Avec l'aide de Kral, il parvint à se redresser. Il vacilla comme des échardes de ténèbres tourbillonnaient dans son champ de vision, mais quelques inspirations profondes suffirent à les chasser.

Près de lui, il aperçut la clé de fer qui gisait sur le sol. Elle était redevenue un simple morceau de métal sculpté. Il ne se sentait plus relié à elle. Il la ramassa et la tint dans son poing tandis qu'il luttait contre le vertige qui faisait tourner la caverne autour de lui.

Kral lui posa une main sur l'épaule.

— Tu vois bien qu'il est guéri !

Elena secoua la tête et laissa son oncle lui bander le pouce.

— Mon sang lui a offert un sursis, dit-elle d'une voix dure. Rien d'autre. Il a besoin de repos et d'un guérisseur – sans quoi, il mourra quand même.

Kral semblait dubitatif.

— Il est en vie pour le moment. C'est tout ce qui compte. Mais les gobelins pourraient bien y remédier si nous ne quittons pas très vite cet endroit.

— Comment ? Pour aller où ? demanda Boln, qui avait fini le pansement de sa nièce et la fixait d'un air étrange. Nous ne pouvons pas retourner chez moi. Les skal'tum nous y attendent.

Ses paroles douchèrent l'optimisme de Kral.

— Et nous ne pourrons pas escalader la falaise en portant Er'ril, ajouta le montagnard.

— L-laissez-moi ici, articula Er'ril, la bouche pâteuse.

Ses compagnons l'ignorèrent. Aucun d'eux ne le gratifia fût-ce d'un coup d'œil.

L'og're, qui se tenait à la lisière de la lumière projetée par la lanterne de Boln, intervint alors :

— Mon frère-loup pense pouvoir trouver un chemin.

Er'ril se tordit le cou pour regarder ce que Tol'chuk désignait de son doigt tendu. Le loup reniflait l'entrée de l'autre tunnel qui débouchait sur la caverne – celui par lequel Re'alto était arrivé. Le museau en l'air, il humait la brise qui soupirait dans le passage.

— Il dit qu'il sent une odeur familière, poursuivit Tol'chuk. Celle de son frère Mogweed.

Un léger frottement tira Mogweed de son sommeil. Le si'lura ouvrit un œil mais ne se leva pas, pensant que Rockingham avait dû se remettre à faire les cent pas.

Il se trompait. Assis en tailleur, le soldat emmaillotait une branche dans un morceau de tissu. Leur torche était plantée dans une fissure du sol rocheux ; ses flammes projetaient des ombres dansantes sur les murs. Elle ne s'était encore qu'à moitié consumée et devrait tenir jusqu'à l'aube, mais avec sa prévoyance coutumière, Rockingham en confectionnait déjà une autre.

Mogweed se redressa et attira l'attention du soldat.

— Ainsi, le dormeur s'est réveillé, lança Rockingham d'un ton moqueur. L'aube approche, mais tu as encore…

Mogweed leva une main pour l'interrompre.

— J'ai cru entendre quelque chose, dit-il.

Frémissant, il déplia ses membres courbaturés et se mit debout.

— Moi, je n'ai rien remarqué, contra Rockingham.

— Votre ouïe n'est pas aussi fine que la mienne.

Rasant le mur, Mogweed se faufila jusqu'à l'arche la plus proche et tendit l'oreille. Puis il répéta la manœuvre avec les ouvertures suivantes. Rien. Le bruit n'avait peut-être été que l'écho d'un rêve oublié, songea-t-il.

Mais à l'entrée du quatrième tunnel, il capta de nouveau un léger frottement – comme des bottes raclant sur de la pierre. Il se figea et fit signe à Rockingham d'approcher. Le soldat obtempéra en silence. Mogweed haussa les sourcils d'un air interrogateur. Son compagnon secoua la tête. Il n'entendait toujours pas.

D'atroces images de la créature qui avait pu attaquer son frère défilèrent dans la tête du si'lura. Le hurlement de Fardale résonnait encore à ses oreilles. Il battit en retraite.

— Qu'as-tu entendu ? s'enquit Rockingham.

Il avait chuchoté, mais sa voix parut beaucoup trop forte à Mogweed.

— Je ne sais pas, avoua le si'lura. C'est trop loin. (Ses épaules s'affaissèrent.) On devrait peut-être aller voir si les skal'tum sont partis.

Il jeta un coup d'œil envieux vers le tunnel qui conduisait à la surface, puis reporta son attention sur l'arche d'où émanait le bruit. Son imagination pouvait conjurer des visions bien pires que les deux prédateurs ailés.

Rockingham était resté près de l'ouverture, la tête penchée sur le côté.

— Je crois que j'entends quelque chose, déclara-t-il.

Apeuré, Mogweed recula.

— On aurait dit une voix.

Les monstres parlaient rarement – du moins, ceux qui étaient issus de l'imagination du si'lura. Il s'avança de nouveau et écouta, mettant de côté le souvenir du hurlement de Fardale.

Alors, il réalisa que Rockingham avait raison. Des bribes de conversation montaient des profondeurs du dédale souterrain, trop lointaines pour qu'il puisse les comprendre, mais assez distinctes pour qu'il reconnaisse la cadence de la langue commune. Son cœur s'emballa. L'union faisait la force. Plus nombreux seraient ses compagnons, meilleures seraient ses chances de survivre à cette horrible nuit.

Soudain, quelqu'un éclata d'un rire tonitruant. Rockingham et Mogweed s'entre-regardèrent. Le soulagement envahit le si'lura. Toute manifestation de bonne humeur était la bienvenue dans ces tunnels sombres. Mais Rockingham plissa les yeux d'un air méfiant.

— Je connais ce rire, grinça-t-il. J'espérais que les monstres des cavernes avaient déjà dévoré Kral et recraché ses os. Apparemment, ils ont le palais trop délicat pour ça.

Mogweed se souvint du colosse barbu, de ses biceps saillants.

— Il est puissant, argumenta-t-il. Et il a une hache.

— La ferme ! aboya Rockingham en le foudroyant du regard.

Il continua à écouter.

Les gens qui cheminaient dans le passage se rapprochaient ; à présent, Mogweed distinguait leurs paroles. Il put même capter l'épuisement et l'incrédulité dans la voix de l'un d'eux lorsque celui-ci lança :

— Donc, d'après toi, Elena serait une descendante du roi de Méric.

Rockingham sursauta.

— C'est Er'ril, siffla-t-il. Quelle malchance !

— Encore un guerrier ? chuchota Mogweed, plein d'espoir.

Il se représenta deux hommes de la taille de Kral – et lui-même se cachant derrière leur large dos.

— Il protège l'enfant-démon, répondit Rockingham.

Ses yeux étincelèrent dans la lueur de la torche.

Au début, Mogweed ne comprit pas à qui il faisait allusion. Puis la lumière se fit dans son esprit.

— Vous parlez de la fille que recherchent les skal'tum ? Celle qui nous vaudra d'être couverts de cadeaux si nous la ramenons à votre souverain ?

Une voix féminine leur parvint.

— Je crois qu'il y a de la lumière un peu plus loin. Regardez !

Rockingham bondit en arrière, entraînant Mogweed avec lui.

— C'est elle ! souffla-t-il, ravi.

— Qu'allons-nous faire ?

Le soldat réfléchit quelques instants, les sourcils froncés. Quand il répondit, ce fut d'une voix calme et pleine d'assurance. Un sourire dénué de chaleur retroussa la commissure de ses lèvres.

— Ne dis rien à propos de ce qui nous attend dehors. Laisse-moi faire. Je ne te demande qu'une chose.

Rends-moi ce petit service, et tu seras richement récompensé.

À la pensée des trésors que lui promettait Rockingham, le visage de Mogweed s'éclaira. Il examina son corps humain. Être enfin débarrassé de cette forme maudite vaudrait bien tout l'or du monde. Il passa sa langue sur ses lèvres sèches. S'il se montrait à la hauteur, il obtiendrait peut-être la délivrance *et* l'or. Il releva les yeux vers Rockingham.

— Que dois-je faire ?

Le soldat se pencha et lui chuchota quelque chose à l'oreille. Mogweed acquiesça. Oui, ça devrait être dans ses cordes.

Elena suivait le large dos de l'og're dans le tunnel en pente raide. Derrière elle, oncle Boln soutenait Er'ril tandis que Kral et sa hache protégeaient leurs arrières contre un éventuel assaut des gobelins. L'homme aux cheveux argentés marchait à ses côtés, aussi furtif qu'une ombre. Il avait dit qu'elle descendait de son roi. Elena ne comprenait pas ce que ça signifiait, mais elle avait beaucoup trop d'autres préoccupations en tête pour s'attarder là-dessus.

Elle ne cessait de se tordre le cou pour regarder Er'ril. Le guerrier devrait se reposer dès qu'ils seraient en sécurité. Sa tête ballottait sur sa poitrine comme si son corps n'arrivait pas à la soutenir, et sa respiration était sifflante. Le poison qui coulait dans ses veines pouvait recommencer à sévir à tout moment.

Boln remarqua l'inquiétude de sa nièce.

— Er'ril va s'en sortir, ma chérie. Il est très vigoureux.

À ces mots, le guerrier leva la tête.

— Je vais bien, fillette. Quand le Grimoire a été forgé, j'ai reçu le don de longévité et la capacité de récupérer plus vite que le commun des mortels. Tu ne m'as peut-être pas guéri, mais tu m'as donné le temps de guérir par moi-même. (Il plongea son regard dans celui de l'adolescente.) Tu m'as sauvé, Elena. N'en doute jamais ! Ta magie peut tuer, mais elle peut aussi soigner.

Elena songea à la subtile distinction qu'Er'ril n'avait pas mentionnée. Sa magie tuait pour de bon, mais elle ne sauvait pas réellement les gens. Ce n'était pas juste.

Boln voulut appuyer les dires du guerrier.

— Et elle m'a donné la vigueur nécessaire pour m'extirper de ce trou. J'aurais détesté que ces souterrains deviennent ma tombe.

Elena lui adressa un faible sourire. Il ne comprenait pas. Sa magie n'était que le bouchon de la fiole qui contenait l'essence de son oncle. Quand elle s'estomperait, sa vie s'échapperait de lui.

La jeune fille continua à suivre Tol'chuk en fixant le bout du tunnel. Elle ne voulait plus regarder en arrière, ne voulait plus voir ces yeux pleins d'une gratitude imméritée.

Soudain, l'og're s'arrêta.

— Il y a une caverne droit devant, lança-t-il par-dessus son épaule. Une torche brûle à l'intérieur. Mon frère-loup est parti en reconnaissance.

Ses compagnons se regroupèrent derrière lui.

— Tu vois quelqu'un ? demanda Kral.

— Je vois Fardale à l'entrée du tunnel, transmit Tol'chuk. Et deux silhouettes près de lui. (Il marqua une longue pause, puis reprit d'un ton soulagé :) C'est Mogweed et un autre homme. Pas des gobelins.

— Dans ce cas, dépêchons-nous de sortir de ce fichu donjon, suggéra Kral.

L'og're leur ouvrit le chemin. Jusque-là, sa silhouette massive avait bouché le champ de vision d'Elena. Lorsqu'il émergea du tunnel, la jeune fille découvrit enfin les occupants de la caverne. Le loup reniflait la main d'un homme en tenue de chasseur, agitant la queue comme s'il était heureux de le trouver là. Mais l'inconnu ne lui prêtait pas la moindre attention. Il n'avait d'yeux que pour Elena. Quand la jeune fille s'en aperçut, elle détourna très vite la tête.

Elle s'écarta pour livrer passage à ses compagnons. Alors, elle avisa le second homme, qui tenait une torche à bout de bras. Hoquetant, elle recula et percuta Kral à l'instant où celui-ci se pliait en deux pour franchir l'arche.

— Qu'y a-t-il, fillette ? grogna le montagnard, irrité. (Puis il repéra le porteur de la torche et aboya :) Que fais-tu ici ?

Du menton, Rockingham désigna les nouveaux arrivants.

— Je vous attendais.

Kral balaya la caverne du regard.

— Où est la nyphai ? Qu'as-tu fait de Nee'lahn ?

Tous les yeux se braquèrent sur le soldat.

— Vos insinuations me blessent, protesta Rockingham de son air le plus innocent. J'ai laissé la jeune dame avec les chevaux – parce que j'estimais que ces souterrains étaient trop dangereux pour elle. Mogweed et moi sommes venus les explorer seuls, au péril de notre vie. Vous étiez tous partis depuis si longtemps… (Il détailla chacun des membres du petit groupe.) Mais à présent, je comprends pourquoi. Il semble que nous soyons tous réunis – et que nous ayons gagné un nouveau compagnon.

Il s'inclina devant l'og're.

— Nous devrions y aller, dit Tol'chuk. Je sens quelque chose de nauséabond. Plus vite nous serons sortis d'ici, mieux ça vaudra.

— Ce n'est probablement que l'odeur de Rockingham, ricana Kral. Mais tu as raison. Remettons-nous en route !

Le montagnard composa l'ordre de marche. Il fit passer Rockingham en tête, flanqué par Mogweed et le loup. Lui-même resta près d'Elena, à la fois pour protéger la jeune fille et pour garder un œil sur le soldat. Boln, Er'ril et Méric venaient ensuite. En queue de procession, Tol'chuk protégeait leurs arrières et guettait la source de l'odeur qui le mettait mal à l'aise.

Rockingham avançait à bonne allure, et personne ne lui demanda de ralentir. Pendant tout le trajet, il ne cessa de monologuer.

— L'aube se lèvera bientôt. Mieux vaudrait profiter du couvert de l'obscurité pour sortir de cette vallée et nous diriger vers les hautes terres, voire vers les montagnes.

Les autres étaient trop fatigués pour lui répondre ou lui intimer le silence.

— Nee'lahn sera si contente de vous revoir, poursuivit-il.

Il éclata de rire. Il semblait positivement jubiler.

Après avoir échappé à tant de dangers, Elena aurait dû partager sa bonne humeur, mais elle avait toutes les peines du monde à se traîner dans le passage. Bientôt, une couche de brindilles et de feuilles mortes se forma sous ses pieds. Son visage s'éclaira tel celui d'un marin qui vient d'apercevoir un goéland et réalise que la terre est proche. Malgré la boue qui rendait le sol glissant, ses compagnons pressèrent le pas. Elle jeta un coup d'œil à son oncle – et pour la première fois depuis une éternité, tous deux échangèrent un sourire sincère.

À présent, Elena se sentait plus légère, presque sautillante. Elle prit un peu d'avance sur Kral. Plus loin, elle repéra un rideau de racines découpé par la lumière de la torche. C'était la sortie du tunnel !

Une voix pareille au grincement d'une meule s'éleva à l'arrière du groupe.

— Quelque chose cloche, lança Tol'chuk. L'odeur est de plus en plus forte. Attendez !

Pas maintenant, songea Elena, désespérée. *Nous y sommes presque !*

Visiblement, le loup partageait l'inquiétude de l'og're. Il s'arrêta et se mit à gronder.

— Encore des gobelins ? demanda Kral.

— Je n'en suis pas sûr.

— D'accord. Méric, emmène Elena à l'extérieur. Je resterai là avec Tol'chuk pour couvrir votre sortie.

L'el'phe acquiesça et poussa Elena devant lui. La jeune fille hésita, mais Kral lui fit signe d'y aller et recommanda à Er'ril et à son oncle de la suivre de près. Le guerrier voulait prêter main-forte aux deux colosses. Kral secoua la tête.

— File ! Dans ton état, tu ne ferais que nous gêner.

Er'ril capitula.

— Soyez prudents, dit-il d'une voix rauque en dépassant le montagnard.

Méric poussa Elena avec un peu plus d'insistance.

— Dépêche-toi ! Nous devons nous mettre en sécurité dans la forêt.

La jeune fille ne se le fit pas dire deux fois. Elle fonça vers le bout du tunnel.

Quand Rockingham la vit approcher, il se dirigea vers le rideau de racines en ordonnant à Mogweed et au loup de ne pas bouger. Mogweed s'agenouilla et passa ses bras autour du cou de l'animal pour l'empêcher de s'élancer.

Rockingham se faufila dehors et pivota en levant sa torche.

— Viens vite ! dit-il à Elena. Ces tunnels sont un piège mortel.

Dans sa course, la jeune fille dépassa Mogweed, qui regardait nerveusement devant et derrière lui. Le loup continuait à gronder, mais son frère le tenait bien. À l'instant où Elena tendit la main à Rockingham pour qu'il l'aide à sortir du tunnel, elle réalisa que l'attention de l'animal était braquée vers la forêt et non vers les souterrains.

Son regard croisa celui de l'homme qui avait tué ses parents.

Réalisant son erreur, elle se figea. Trop tard. Rockingham lui saisit le poignet et la tira brutalement vers lui. Elle hurla et se débattit. Les autres se précipitèrent à son secours, mais Mogweed glissa sur le sol boueux et s'étala de tout son long, entraînant Méric dans sa chute. Les deux hommes bloquèrent le passage assez longtemps pour permettre à Rockingham de traîner Elena dehors.

La jeune fille tenta de se retenir à une racine, mais celle-ci se brisa dans sa main. Avec une force surprenante, Rockingham la poussa vers le centre de la petite clairière dans laquelle débouchait le passage. Elle tomba à quatre pattes sur le sol détrempé, se releva maladroitement et pivota pour faire face au soldat.

Derrière elle, quelqu'un hurla :

— Elena ! Attention !

Reconnaissant la voix de Nee'lahn, elle fit volte-face.

Deux skal'tum sortirent du couvert des arbres qui entouraient la clairière. Les jambes d'Elena se dérobèrent sous elle.

— Ravi de te revoir, petite souris, lança l'une des créatures.

— C'est l'heure de jouer, clama l'autre.

37

Quand il entendit Elena hurler, Er'ril se dégagea de l'étreinte de Boln et repoussa le vieillard sur le côté. Ce salaud de Rockingham les avait bien eus ! Les jambes du guerrier flageolèrent sous lui comme il se frayait un chemin dans le passage, maudissant le poison qui affaiblissait ses muscles.

Devant lui, il vit Méric se dépêtrer de Mogweed, se relever d'un bond et foncer vers le bout du tunnel. L'el'phe n'avait pas d'arme, mais ça ne le ralentissait pas. Libéré, le loup s'élança sur ses talons.

Er'ril fronça les sourcils. Leur rapidité ridiculisait sa démarche vacillante. Il trébucha sur Mogweed qui tentait de se redresser à son tour.

— Je suis désolé, marmonna l'homme en tenue de chasseur.

Frémissant sous le regard coléreux d'Er'ril, il se plaqua contre le mur pour le laisser passer.

Dehors, un rire sifflant, plein de malveillance, s'éleva dans l'obscurité. Le sang d'Er'ril se glaça. Combien de fois avait-il entendu ce son funeste résonner à travers des champs de bataille depuis longtemps oubliés par les humains ? Cette nuit, les skal'tum étaient de sortie, et la mort marchait dans leur sillage.

Méric et le loup se faufilèrent à travers le rideau de racines et disparurent. Er'ril et Boln luttèrent pour les rattraper. Enfin, ils atteignirent le bout du tunnel. Tous deux haletaient, les dents serrées. Er'ril tâtonna en quête d'une prise solide. Mais avant qu'il puisse s'extirper du passage, une main puissante s'abattit sur son épaule et le retint.

— Non ! tonna une voix près de son oreille.

C'était Kral. Le montagnard le tira en arrière. De son autre main, il avait saisi Boln par le col.

— Vous êtes trop faibles. Restez ici ! Tol'chuk vous protégera.

Er'ril se tortilla pour se dégager, mais il n'en eut pas la force. Il ne pouvait échapper ni à l'étreinte de Kral, ni à la vérité de ses paroles.

Kral poussa les deux hommes sur le côté et, jouant des coudes, se fraya un chemin entre les racines. Er'ril sentit une présence massive dans son dos. Il tourna la tête. Les yeux de Tol'chuk brillaient dans la pénombre. Il ne savait pas si l'og're était réellement là pour les protéger ou pour les empêcher d'intervenir.

— J'y vais, grogna-t-il en faisant un pas vers les racines.

Il s'attendait à ce que Tol'chuk l'arrête. Mais ce fut la main de Boln qui lui prit le coude – pour mieux le convaincre plutôt que pour le retenir.

— Je viens juste de comprendre, souffla le vieil homme. Kral a raison. Ce n'est pas notre bataille.

Choqué, Er'ril se figea. Jamais il n'aurait cru que l'oncle d'Elena soit si lâche. Il se dégagea brutalement et lui cracha à la figure :

— Elena est en danger ! C'est vous-même qui m'avez confié le soin de veiller sur elle – et à présent, vous voudriez que je l'abandonne ?

Chagriné, Boln plissa les yeux. Des traces de griffes balafraient ses joues.

— Bien sûr que non, répliqua-t-il. Sachez seulement que quoi qu'il advienne, ce sera dans l'ordre des choses.

Et il lui fit signe de continuer.

En grimaçant, Er'ril se faufila entre les racines. Dans sa hâte, il accrocha son pourpoint à une branche. Il se dégagea d'une secousse et émergea à l'air libre en titubant. Boln le suivit sans difficulté. Tol'chuk, qui était deux fois plus large qu'un homme adulte, empoigna les racines et tenta de les écarter. Mais il eut beau bander ses muscles, le rideau végétal refusa de lui livrer passage.

— Ce n'est pas non plus votre bataille, lui dit Boln pour le consoler.

Ses paroles ne réconfortèrent pas davantage l'og're qu'elles n'avaient satisfait Er'ril. Tol'chuk continua à tirer sur les racines.

Er'ril les ignora tous les deux et pivota.

Les belligérants étaient déjà en place dans la clairière. Rockingham s'était plaqué contre un tronc. Planté devant lui, le poil hérissé sur son échine, le loup grondait d'un air menaçant. Il aurait mieux valu qu'il lui arrache la gorge, songea Er'ril. C'était le seul moyen de l'empêcher définitivement de nuire.

Mais Rockingham ne retint pas longtemps l'attention du guerrier. Au centre de la clairière, deux skal'tum encadraient Elena. Ils lui tournaient le dos et avaient déployé leurs ailes pour empêcher ses sauveteurs de l'atteindre. Les yeux de la jeune fille étaient écarquillés ; des larmes ruisselaient sur ses joues. Chaque fois qu'une des créatures la frôlait, elle frémissait de terreur et de dégoût. Er'ril savait que la mort des gobelins l'avait déstabilisée, et qu'elle n'osait pas se servir de son pouvoir pour se libérer.

Mais d'autres avaient bien l'intention de s'en charger à sa place.

Face aux skal'tum se dressaient trois adversaires redoutables.

Méric se tenait sur un côté, les yeux flamboyants. Il n'avait pas d'arme dans les mains, mais un halo de lumière nimbait son corps. Aucune brise ne soufflait dans la clairière ; pourtant, un vent spectral agitait ses cheveux argentés à la tresse défaite. Au-dessus de lui, le ciel reflétait sa fureur. Des nuages bouillonnants se dirigeaient vers la clairière comme pour répondre à son appel. Des éclairs zébraient leur ventre lourd, révélant des tentacules de ténèbres qui se tendaient vers le sol. L'aube approchait peut-être, mais les cieux semblaient promettre une nuit éternelle.

À l'autre bout de la clairière se découpait la frêle silhouette de Nee'lahn. Adossée à un gros orme, les bras levés, la jeune femme rejeta la tête en arrière comme si elle s'apprêtait à entonner un chant de guerre. Le majestueux arbre qui la surplombait tendait ses branches vers le ciel, reproduisant sa posture de défi.

Entre l'el'phe et la nyphai, Kral était solidement campé sur ses pieds. La lueur des éclairs faisait étinceler ses dents et lui donnait l'aspect d'un ours furieux. Il brandit sa hache.

— À présent, je vais laver ma honte dans votre sang ! hurla-t-il aux skal'tum.

Un frisson de nervosité parcourut les créatures, faisant taire leur rire moqueur. Leurs lèvres noires se retroussèrent pour exposer leurs crocs blancs. Leurs yeux coléreux jaugèrent la menace représentée par les trois petites silhouettes qui osaient narguer leur puissance.

Un silence tendu s'abattit sur la clairière, comme si le tonnerre retenait son grondement. Er'ril sut que la prochaine fois qu'il se ferait entendre, il ponctuerait le fracas de la bataille. Boln saisit la manche du guerrier.

— Les élémentaux, siffla-t-il. « Ils seront trois. » C'était écrit. (Il tendit un index vers la clairière.) Kral, Méric et Nee'lahn. La pierre, le vent et le feu de la vie. Ils se sont rassemblés – pas dans ma maison, comme je le pensais, mais ici.

— Et ils vont mourir, aboya Er'ril. Ils n'ont aucun moyen de percer les protections maléfiques des Carnassires.

Il dégaina son épée, mais quand il tenta de lever sa pointe, son bras trembla. Le poison des gobelins hurlait dans ses muscles.

— Vous et votre Fraternité, vous avez toujours sous-estimé les élémentaux. L'issue du combat n'est pas courue d'avance. (D'un doigt, Boln baissa l'arme d'Er'ril ;

le guerrier était trop faible pour résister.) Ce n'est pas notre bataille, répéta-t-il.

Er'ril banda sa volonté, tentant de ramener à la vie le poing de fer dissimulé dans sa poche. Mais rien ne se produisit. De deux choses l'une : ou la magie du talisman était épuisée, ou De'nal croyait le vieillard.

Derrière lui, Er'ril entendit Tol'chuk pousser un grognement de frustration. Sa main se crispa sur la poignée de son épée. Son cœur faisait écho aux sentiments de l'og're.

Dans la clairière, la bataille s'engagea sans lui.

Nee'lahn vit les griffes d'un skal'tum fuser vers l'el'phe. Ou du moins, vers l'endroit où l'el'phe s'était trouvé une fraction de seconde plus tôt. La main squelettique ne rencontra que de l'air comme Méric bondissait en arrière. Nee'lahn aurait pourtant juré que ses pieds n'avaient pas bougé.

Puis Méric croisa les bras sur sa poitrine et baissa le menton. Le halo scintillant qui l'enveloppait brilla un peu plus fort. Une lance de foudre jaillit des nuages et s'abattit vers la patte tendue. Le tonnerre gronda.

Le skal'tum hurla et retira très vite son bras. Pourtant, sa main n'était pas carbonisée. Elle semblait indemne, comme si la magie noire de la créature l'avait protégée contre l'attaque – à défaut de lui en épargner la douleur.

L'autre skal'tum était resté près de leur prisonnière. Nee'lahn savait qu'elle devait distraire au moins l'un des deux monstres pour donner à Elena une chance de s'enfuir. La sor'cière ne devait pas mourir. La renaissance de Lok'ai'hera dépendait d'elle. Nee'lahn se souvint de la prophétie faite par la gardienne sur son lit de mort. *« Le vert de la végétation jaillissant du rouge des flammes – un feu allumé par la magie. »* Elle fixa l'enfant tremblante. Non, Elena ne devait pas mourir !

Nee'lahn enfouit ses orteils dans la mince couche de terre qui séparait ses pieds nus des racines de l'orme. Plus tôt, elle avait appelé à elle l'esprit de l'arbre. Tout était prêt. Fermant à demi les paupières, elle se projeta mentalement vers la forêt, s'ouvrit à elle pour se laisser pénétrer par son pouvoir. Tandis que son esprit chantait, d'autres mélodies silencieuses lui répondirent. La fusion s'opéra. Elle devint l'orme. Elle devint la forêt.

La sor'cière doit être libérée !

Nee'lahn tendit les bras vers le skal'tum à la main meurtrie. L'orme qui la surplombait reproduisit son mouvement ; ses branches les plus longues, endurcies par des siècles d'intempéries, ceinturèrent la créature. Celle-ci se débattit violemment. Sa puissance fit hoqueter Nee'lahn. Elle tint bon et tenta d'entraîner le skal'tum à l'écart d'Elena, mais le monstre avait planté ses griffes dans la pierre du sol. Il ne bougea pas d'un pouce.

Nee'lahn enfouit ses orteils un peu plus profondément. De la sueur perlait sur son front, et son chant silencieux lui brûlait la gorge. Jamais elle n'avait pensé que cela lui demanderait tant d'effort ; d'un autre côté, jamais encore elle n'avait manié un tel pouvoir. La magie élémentale qui coulait dans son sang faisait partie d'elle. En l'utilisant, elle se consumait telle une bûche alimentant un feu. Sa respiration se fit haletante comme elle luttait pour neutraliser l'immonde créature.

Elle comprit qu'elle n'y arriverait pas seule. Son regard se posa sur Méric. Il était l'allié dont elle avait besoin. La foudre de l'el'phe n'avait pas réussi à blesser le skal'tum, et les branches de la nyphai ne pouvaient l'ébranler. Mais ensemble, ils avaient peut-être une chance de réussir. Nee'lahn se mordit la lèvre. Leurs deux peuples n'avaient pas coopéré depuis l'époque où Alaséa était encore jeune. Pourraient-ils jeter un pont en travers du gouffre de rancœur qui les séparait ?

Méric se rapprocha du skal'tum. Il semblait décidé à donner sa vie pour Elena. Nee'lahn avait du mal à concilier un geste si noble avec la haine qui brûlait en elle. Elle hésita. Pouvait-elle lui faire confiance ?

Le skal'tum rua, et elle sentit les branches de l'orme se briser. Une douleur atroce l'assaillit. Elle chancela et mit un genou en terre. Méric tourna son regard vers elle. Il plissa les yeux et grimaça. Nee'lahn sut qu'il partageait sa consternation. Mais le moment était venu d'ignorer leur héritage et de forger une nouvelle alliance.

Elle lui adressa un léger signe du menton. Méric hocha discrètement la tête.

Un autre éclair frappa le skal'tum. Celui-ci s'en tira sans dommages ; pis encore, comme il se tordait de douleur, ses spasmes l'arrachèrent partiellement à l'étreinte de l'orme.

Toutefois, la foudre de Méric avait donné à Nee'lahn le temps nécessaire pour altérer sa chanson. Ses doigts recourbés se tendirent vers le ciel. Des racines jaillirent du sol et s'enroulèrent autour des jambes de la créature, meurtrissant sa chair putride. Nee'lahn lutta contre la prise du skal'tum sur le sol. Si elle parvenait à déloger ses griffes de la pierre, les branches de l'orme pourraient le tirer à l'écart d'Elena.

Méric frappa de nouveau. Cette fois, son éclair n'atteignit pas sa cible ; il se volatilisa au-dessus de sa tête sans la toucher. L'el'phe tituba. Ses cheveux pendaient sur ses épaules. Son vent spectral s'était évanoui. Comme Nee'lahn, il arrivait au bout de son endurance. Tous deux étaient livides et respiraient avec difficulté. La libération d'un tel pouvoir les avait épuisés.

La nyphai réalisa qu'elle avait les deux genoux en terre à présent. L'effort qu'elle déployait faisait trembler tous ses muscles. Plusieurs grosses branches se replièrent vers l'arbre – vaincues. L'attaque suivante de Méric se résuma à une explosion de lumière muette.

Le deuxième skal'tum remarqua qu'ils faiblissaient. Il pivota pour aider son compagnon. Quand il arracha une racine, Nee'lahn hoqueta de douleur et tomba à quatre pattes.

Méric et elle étaient condamnés à échouer.

En se détournant, le skal'tum indemne avait découvert son flanc. Kral repéra l'ouverture et chargea en brandissant sa hache. Il savait qu'il ne pouvait pas tuer la créature, mais il espérait attirer son attention sur lui et l'empêcher de délivrer son compagnon empêtré dans les racines.

Sa lame traça une diagonale dans les airs. Elle mordit le ventre du skal'tum et le fendit de part en part. Des entrailles noires se déversèrent de la plaie telle une langue de la bouche d'un mourant.

À cette vue, homme et monstre se figèrent. Du sang dégoulinait le long du manche en noyer de la hache. Les yeux écarquillés, le skal'tum fixait son estomac béant.

Puis son regard remonta vers Kral. Il poussa un glapissement de rage et se jeta sur lui.

Le montagnard eut tout juste le temps de lever son arme pour bloquer les griffes tranchantes comme des rasoirs qui visaient sa gorge. Il ne fut pas assez rapide pour empêcher l'autre patte de son adversaire de lui saisir la cuisse. D'un coup sec, le skal'tum lui brisa la jambe.

La douleur n'était pas encore parvenue à sa conscience quand le monstre le souleva dans les airs. Avant qu'elle puisse le submerger telle une vague de ténèbres, il endurcit son cœur contre elle. Il était un roc. Les rocs ne souffraient pas.

Suspendu la tête en bas, Kral releva le buste et, à l'aveuglette, frappa le poignet qui le tenait. Sa lame vibra légèrement en tranchant l'os du skal'tum. Il n'eut droit qu'à une seconde de satisfaction avant de tomber et de se cogner la tête sur le sol.

Sonné, il roula à l'écart en serrant sa hache contre sa poitrine. Du sang coulait de son front entaillé, brouillant sa vision. Incapable de se mettre debout, il se redressa en appui sur son genou valide et balaya l'air devant lui avec sa hache. Sa lame ne rencontra aucune résistance. Il s'essuya les yeux. Quelques mètres plus loin, le skal'tum agrippait son moignon, tentant d'endiguer le flot noir qui s'écoulait de son poignet tranché.

Kral fixa le ventre et le bras blessés de la créature. Son arme avait vraiment réussi à transpercer ses protections magiques. Mais pourquoi ? Comment ? Il adressa une prière de remerciement muette aux dieux de son peuple. Quelle qu'en soit la raison, il tenait une chance d'effacer la honte de son cœur. Un peu plus tôt, sa langue avait cédé à la couardise, et il s'était enfui face à ces monstres. Cette fois, il allait prouver son courage.

Le skal'tum réalisa enfin qu'il ne parviendrait pas à arrêter l'hémorragie. Il lâcha son bras mutilé. De gros caillots noirs se formaient déjà au bout de son moignon.

De nouveau, il s'avança vers Kral – mais plus prudemment, les ailes écartées comme pour s'envoler à la moindre alerte.

Derrière lui, Kral aperçut Elena à la faveur d'un éclair. La jeune fille était prisonnière des griffes de l'autre bête, qui luttait toujours pour se dégager. Avant de pouvoir l'aider, il devait se débarrasser de son adversaire.

Il jaugea du regard la créature qui se dirigeait vers lui. Elle avait encore de nombreuses armes à sa disposition : une main et deux pieds griffus, plus une gueule garnie de crocs acérés. Et désormais, elle se méfiait. Il n'était plus question qu'elle le sous-estime et se jette sur lui sans réfléchir.

Kral savait ce qui lui restait à faire. Il devait l'attirer le plus près possible. Il prit une profonde inspiration pour se préparer à l'embrasement. Puis il dissipa la magie qui enveloppait son cœur et cessa d'être un roc.

Comme la pierre redevenait chair, la douleur de sa jambe brisée s'écoula librement en lui. Elle s'engouffra dans ses veines en rugissant, se propagea dans son sang avec la rapidité d'un feu de broussailles. Sa vision s'obscurcit ; il s'écroula.

Il lutta pour rester conscient – même si tous ses nerfs protestaient. À travers le brouillard de son agonie, il entendit le skal'tum bondir et ricaner :

— Je vais me délecter de tes boyaux, vermisseau des montagnes.

Kral se força à ouvrir les yeux. Il gisait sur le flanc. Les griffes de la créature étaient plantées dans la boue à moins d'un cheveu de son nez. Il se tordit le cou juste à temps pour voir le skal'tum se pencher vers lui, la gueule grande ouverte. Ignorant la douleur qui lui transperçait la jambe, il roula sur lui-même en levant sa hache et en lui faisant décrire un large arc de cercle.

Je n'aurai pas d'autre chance, songea-t-il.

Il sentit sa lame mordre dans quelque chose – mais quoi ?

Quand il s'immobilisa, le skal'tum gisait à un mètre de lui… Et sa tête avait roulé encore plus loin.

Les dieux en soient remerciés !

Kral se dressa de nouveau sur son genou valide. À présent, toute sa volonté lui était nécessaire pour maintenir à distance les ténèbres qui menaçaient de l'engloutir. De toute évidence, Nee'lahn et Méric ne s'en sortaient pas mieux. La nymphe s'était roulée en boule au pied de l'orme, une main posée sur le tronc de l'arbre. Les branches de celui-ci remuaient encore, mais il ne leur restait que bien peu de forces. L'el'phe était tombé à genoux, visiblement épuisé. Aucun halo ne l'enveloppait plus.

Sous les yeux de Kral, le skal'tum survivant brisa les dernières branches qui le ceinturaient et arracha les racines incrustées dans ses chevilles. Il était libre. Et il tenait toujours Elena. La jeune fille se débattait faiblement dans son étreinte ; des larmes coulaient sur ses joues.

Au voile qui s'était abattu devant ses yeux, Kral comprit qu'elle était en train de succomber à la même obscurité qui le traquait impitoyablement. Mais si celle du montagnard le brûlait, celle d'Elena semblait lui promettre l'apaisement de la délivrance.

Ne perds pas courage, l'implora-t-il en silence.

Il leva sa hache une dernière fois. Il était incapable de traverser la clairière pour atteindre le skal'tum. Mais sa hache le pouvait, elle !

Il n'aurait droit qu'à un seul essai.

Priant pour que les dieux exaucent son vœu, Kral ramena son bras en arrière. Puis il ferma les yeux et détendit d'un coup tous les muscles de son dos et de son bras. Il rouvrit les paupières à l'instant où la hache s'envolait de sa main.

L'arme tournoya lentement dans les airs.

Désormais, le sort de l'enfant ne dépendait plus de lui. Son cœur savait qu'il avait accompli son devoir. Il s'abandonna aux ténèbres. Sa vision se brouilla. Avec un grognement, il s'affaissa sur le sol.

Elena vit la hache voler vers elle. Elle ne tenta même pas de s'écarter de sa trajectoire, se contentant de fermer les yeux. Que l'arme la frappe, et qu'on en finisse avec toutes ces horreurs !

Un courant d'air siffla au-dessus de sa tête. La patte griffue qui lui tenait l'épaule se raidit l'espace d'un battement de cœur, puis retomba. Surprise de se retrouver ainsi libre, la jeune fille sentit ses jambes flageoler sous son poids.

— Elena ! Cours ! hurla Er'ril depuis l'autre côté de la clairière.

Ses paroles mirent plusieurs secondes à atteindre la conscience de la jeune fille. Elle tourna la tête vers le monstre. Celui-ci la surplombait toujours, mais à présent, le manche de la hache de Kral dépassait de sa poitrine tel un troisième bras. La lame s'était enfouie entre ses côtes. Du sang noir coulait de ses lèvres flasques.

Pourtant, il était encore debout. Sa main se referma maladroitement sur le bois enveloppé de cuir. Saisi par une quinte de toux, il se mit à cracher du sang. Puis il tomba à genoux comme pour imiter la position d'Elena.

La jeune fille le fixait, hypnotisée par le flot d'ichor sombre qui dégoulinait de sa bouche.

— Recule ! rugit Er'ril.

— Elena, ma chérie, ne reste pas là !

La voix de son oncle l'arracha à la fascination que le skal'tum exerçait sur elle. Elle sentit ses pieds remuer et écraser des feuilles détrempées. Mais son regard était toujours rivé sur la créature agonisante.

Les ailes du monstre s'affaissèrent mollement dans la boue. Ses yeux balayèrent la clairière et s'arrêtèrent sur Rockingham. Une de ses griffes se tendit vers le soldat.

— Le sang invoque son héritage, cracha-t-il, des gouttelettes noires jaillissant de sa gueule comme pour ponctuer ses paroles. *Nai'goru tum skal mor !*

Elena sentit un flot de pouvoir s'écouler du skal'tum. Ses poils se hérissèrent sur sa nuque.

La créature bascula en arrière, le manche de la hache pointant vers le ciel enténébré. Sa poitrine se souleva une dernière fois ; du sang ruissela de son nez et de sa bouche. Puis elle s'immobilisa.

Tous les regards étaient encore braqués sur elle quand Rockingham hoqueta et porta les mains à sa gorge. Ignorant le loup qui grondait, il s'avança d'un pas chancelant. Ses yeux étaient exorbités ; son visage avait déjà pris une teinte violacée. Il tendit une main vers Elena.

— Ai… Aide-moi, balbutia-t-il.

Son dos s'arqua violemment. Il se retrouva sur la pointe des pieds, les bras ballants et la colonne vertébrale pliée selon un angle impossible. Alors, il hurla un mot à la face du ciel – un nom.

— Linora !

Un craquement sec résonna à travers la clairière. Telle une marionnette dont on vient de sectionner les fils, Rockingham s'écroula, raide mort.

Elena fixa le cadavre de l'homme qui avait tué ses parents. Elle aurait dû éprouver une certaine satisfaction, mais son cœur était vide et gourd.

Le silence retomba, à peine troublé par le gémissement du vent qui soufflait à travers les bois détrempés.

Le loup s'approcha prudemment de Rockingham et le renifla. Ses poils étaient toujours hérissés sur son échine.

— Venez voir, appela oncle Boln. Je crois que Kral respire.

— Il est encore en vie ? s'exclama Er'ril, stupéfait.

Elena s'arracha à la contemplation de Rockingham et tourna la tête vers l'endroit où gisait le montagnard. Oncle Boln s'était agenouillé près de lui. Il lui souleva la tête. Des feuilles mortes étaient collées à la joue de Kral. Celui-ci battit des paupières et prit une inspiration tremblante. Il se mit à tousser.

— Je… Je l'ai tué ? articula-t-il avec difficulté.

— Oui, répondit oncle Boln. Et maintenant, ne bougez plus. Nous allons vous confectionner une attelle.

— Laissez… Laissez-moi voir la petite.

Le vieillard fit signe à sa nièce d'approcher. Elena accourut, ravic dc voir qu'au moins un de ses compagnons avait dupé la mort en cette funeste nuit. À sa vue, les yeux de Kral brillèrent de soulagement.

Er'ril les rejoignit. Il s'accroupit près du montagnard.

— Tu nous as tous sauvés, lui dit-il.

De la main, il désigna Méric et Nee'lahn qui se relevaient à peine.

— C'était un travail de groupe, marmonna Kral. Et les dieux nous ont aidés.

Il releva la tête, juste assez pour voir le manche de sa hache planté dans la carcasse du skal'tum. Avec un soupir, il se laissa aller dans la boue. Elena l'entendit murmurer une prière de remerciement.

Er'ril toucha l'épaule du montagnard.

— Ta hache a mis dans le mille. La force de ton bras a eu raison de nos adversaires.

— Mais pas de la souillure de mon cœur, bougonna Kral, le visage tourné vers le sol et le regard perdu dans le vague.

— Qu'est-ce que tu racontes ? protesta Er'ril. Tu as fait preuve d'une bravoure exceptionnelle. Tu as affronté et vaincu deux skal'tum !

— Non. Ce sont les dieux qui les ont vaincus. Ma lame n'aurait pas dû pouvoir franchir leurs protections maléfiques. La force de mon bras n'y est pour rien.

— Tu te trompes. Ce n'est pas la main d'un dieu qui a déjoué leur magie noire. Ta lame était encore couverte du sang du monstre que tu as tué à Gelbourg. Son esprit maléfique imprégnait le métal. Une arme ainsi traitée peut enfoncer les protections surnaturelles des skal'tum.

Kral releva brusquement la tête, et son regard se focalisa sur Er'ril. Il agrippa le genou du guerrier.

— Que dis-tu ?

Er'ril parut surpris par l'intensité de sa voix et par la ferveur qui brillait dans ses yeux. La main du montagnard retomba. Une douleur qui n'était pas seulement physique voila ses prunelles.

— Je croyais que c'était une ruse, une pure invention.

— De quoi parles-tu ? le pressa Er'ril.

Kral se laissa de nouveau aller dans la boue.

— Quand les skal'tum nous ont attaqués au cottage, ma langue a proféré un mensonge pour me permettre de leur échapper. Je leur ai dit que je connaissais un moyen de franchir leurs protections – que ma hache pouvait les tuer.

Sa détresse était telle que le guerrier ne sut que répondre.

Oncle Boln s'en chargea à sa place. Il posa une main sur la poitrine du montagnard.

— Et en fin de compte, cela s'est avéré. Donc, vous n'avez pas menti.

— Si, puisque je l'ignorais, s'obstina Kral.

Du regard, oncle Boln quêta l'aide d'Er'ril. Le guerrier secoua la tête.

Les yeux de Kral se fermèrent. Son souffle devint rauque.

Sans réfléchir, Elena écarta Er'ril et oncle Boln pour s'approcher de lui. Le montagnard l'avait sauvée. Elle ne le laisserait pas porter cette souffrance dans son cœur. Trop de gens avaient déjà consenti trop de sacrifices pour sa sécurité. Elle pouvait au moins s'acquitter de cette dette-là.

Comme elle s'agenouillait près de lui, les paupières de Kral s'entrouvrirent. Un profond chagrin brillait toujours dans ses prunelles. Elena lui souleva le menton.

— Aucun mensonge n'a souillé ta langue, homme des montagnes, affirma-t-elle. Ton cœur t'a protégé, comme tu m'as protégée. Ne laisse pas la culpabilité entacher ton courage. Tu es resté fidèle à la vérité. (Elle se pencha et déposa un baiser sur sa bouche, puis murmura :) Aucun mensonge n'a franchi ces lèvres.

Sa caresse et ses paroles adoucirent les plis amers qui barraient le front de Kral et crispaient ses paupières. Tout le corps du montagnard se détendit.

— Merci, articula-t-il faiblement.

Ses yeux se refermèrent. Sa respiration se fit plus paisible.

Er'ril pressa l'épaule d'Elena.

— Tu viens peut-être de lui sauver la vie. Ses remords auraient sapé sa volonté, et pour le guérir, le cœur de Kral doit être fort, libéré de l'accablement du doute.

Elena se laissa aller contre lui. Les mots du guerrier produisaient l'effet d'un baume sur son âme meurtrie. Un long soupir fit frémir sa poitrine lasse. Er'ril l'entoura de son bras et l'aida à se relever.

Oncle Boln se dirigea vers Rockingham. L'assassin gisait sur le dos, ses membres tordus selon des angles peu naturels. Le vieillard s'accroupit et posa deux doigts sur son cou.

Elena attendit. Elle aurait voulu dire à son oncle de rester à l'écart. Rockingham avait tué ses parents. Elle préférait que personne ne l'approche. Elle ouvrit la bouche puis la referma, consciente que son appréhension était ridicule.

— Je ne sens pas de pouls, rapporta Boln. Il ne respire plus.

Il se redressa en poussant un grognement et en se tenant les reins. Pivotant vers ses compagnons, il se frotta les mains comme pour en effacer toute trace du contact de Rockingham.

— Il est mort.

Elena s'autorisa à se détendre. C'était fini. L'aube allait se lever. Soudain, elle brûlait d'envie de revoir le soleil.

Son oncle lui sourit. Elle lui rendit la pareille, timidement d'abord, puis avec plus d'enthousiasme. Cette longue nuit touchait à sa fin.

Tandis qu'elle se réjouissait, son nez l'avertit avant ses yeux. Une puanteur de tombe ouverte se répandit dans la clairière. Elena grimaça et, instinctivement, retint son souffle.

Quand elle vit ce qui se dressait derrière son oncle, elle poussa un hurlement.

38

Mogweed entendit la fille hurler. Il battit en retraite dans le tunnel. Ce qui avait suscité une telle terreur devait être bien pis qu'une horde de gobelins. Peut-être pourrait-il trouver une autre sortie. Mais sa crainte des passages sombres et des créatures qui pouvaient s'y dissimuler le fit hésiter.

Tol'chuk se tenait toujours près du rideau végétal qu'il n'avait pas réussi à franchir. Les bruits de combat avaient enflammé son sang og're. Il s'acharnait férocement sur les racines du chêne. Plusieurs de ses griffes s'étaient arrachées et saignaient. Mogweed vit qu'il tremblait de rage et de frustration.

Soudain, Tol'chuk fit volte-face. Ses yeux brillaient, non de la lueur ambrée qui était la marque distinctive des si'lura, mais du feu rouge de sa moitié og're. Il tendit un doigt accusateur vers Mogweed.

— Toi ! tonna-t-il, canalisant toute sa colère vers le métamorphe. Tu savais !

Mogweed sentit l'air s'épaissir comme la fureur de l'og're l'enveloppait. Il se souvint de la façon dont Tol'chuk avait taillé le renifleur en pièces lors de leur première rencontre. Ses yeux s'écarquillèrent ; sa langue se figea dans sa bouche.

— Tu savais ce qui nous attendait dehors, et tu n'as rien dit !

Mogweed lutta contre sa paralysie, cherchant des mots pour réfuter cette accusation. Il n'en trouva aucun.

Tol'chuk se rua vers lui. Ses pieds giflaient le sol, produisant un grondement de tonnerre, et sa silhouette massive emplissait tout le passage. Mogweed se couvrit la tête de ses bras. Il sentit le souffle brûlant de l'og're sur sa peau. Frémissant, il se recroquevilla sur lui-même et attendit que ses crocs le déchiquettent.

— Pourquoi ? siffla Tol'chuk d'une voix froide, bien plus terrifiante que n'importe quel rugissement. Pourquoi nous as-tu trahis ?

Mogweed savait qu'il devait répondre. Sinon, l'og're céderait à sa fureur et le tuerait. Mais que pouvait-il bien dire ? Il avait effectivement trahi ses compagnons. Seul Rockingham aurait trouvé les mots appropriés pour se soustraire à son juste châtiment. Mogweed se représenta l'humain à l'attitude si hautaine, si méprisante. Oui, Rockingham aurait su quoi dire, et tandis qu'il pensait à lui, Mogweed le sut également. Si Rockingham lui avait enseigné quelque chose, c'est qu'il ne servait à rien de nier.

Il lutta pour reprendre le contrôle de sa respiration et déglutit plusieurs fois, tentant d'ignorer l'odeur musquée de l'og're.

— Je savais que les créatures ailées étaient dehors, couina-t-il enfin.

Une bouffée d'haleine fétide lui souffla au visage.

— Tu avoues ?

— Oui. (Mogweed ferma les yeux et s'imagina dans la peau de Rockingham.) Mais j'ai été forcé de me taire. Nee'lahn était retenue en otage ; sa survie dépendait de mon silence.

— Tu nous aurais tous sacrifiés pour une seule femme ?

— Non. Les monstres ne voulaient que la fille. Ils avaient promis de laisser partir les autres.

Tol'chuk garda le silence. Mogweed sentit qu'il avait l'avantage, aussi enchaîna-t-il comme il avait vu Rockingham le faire avec les skal'tum.

— Je ne connaissais pas cette fille, et en tant que créatures de la forêt, les nyphai sont des amies de mon peuple – de *notre* peuple – depuis la nuit des temps. Je ne pouvais pas laisser mourir Nee'lahn pour sauver une enfant humaine. Les humains chassent les si'lura ; ils nous massacrent comme de vulgaires animaux. Je n'avais aucune raison de sacrifier une alliée pour une ennemie. Donc, je me suis tu.

— Tu aurais pu nous prévenir, dit Tol'chuk.

Mais à présent, l'hésitation et le doute sapaient sa colère.

Mogweed frappa encore plus fort.

— Ma langue ne fait jamais de vaines promesses. C'était un pacte abominable, mais je l'ai conclu pour préserver la vie d'une innocente. Une fois ma parole donnée, je ne reviens pas dessus. Et toi, le ferais-tu ? Est-ce ainsi que se conduisent les og'res ?

Tol'chuk se laissa tomber par terre.

— Non. C'est à cause d'une trahison semblable que mon peuple a été maudit et que j'ai dû quitter mon village.

Mogweed sentit qu'il valait mieux ne rien dire.

— Je m'excuse, ajouta l'og're au bout de quelques instants. Le chemin de l'honneur est souvent semé d'embûches.

— Tes paroles témoignent du respect, acquiesça solennellement Mogweed. (Son cœur exultait, mais il parvint à ne pas éclater de rire.) J'accepte tes excuses.

Dans la clairière, la jeune fille hurla de nouveau.

Er'ril attira l'enfant hurlante contre sa poitrine. Un tentacule gris, aussi épais qu'une cuisse d'homme et marbré de taches rouges, fouetta l'air derrière Boln et s'enroula autour du vieillard.

Dieux bien-aimés ! Er'ril tituba en arrière, entraînant Elena avec lui.

De grosses ventouses pareilles à des bouches se plaquèrent sur les vêtements et la peau de Boln. Avant même que le vieillard puisse se débattre, un spasme violent le parcourut. Sa bouche s'ouvrit en un cri silencieux. Puis il s'affaissa.

Le tentacule s'épaissit et souleva son corps frêle. Telle une vulgaire poupée de chiffon, il le projeta vers la lisière de la forêt. Lorsqu'il se déroula, Er'ril vit ce qui avait tué Boln. Des pointes de corne saillaient au centre de chacune des ventouses, comme des langues dures capables d'empaler leur proie. Un liquide rouge fumant dégoulinait de leur extrémité : du poison. La seconde d'après, elles se rétractèrent.

Elena gémit tandis qu'Er'ril la poussait vers le couvert des arbres. Elle s'effondra, les yeux rivés sur la silhouette prostrée de son oncle. Er'ril tenta de la relever, mais les muscles de son bras étaient encore trop faibles. La jeune fille glissa de son étreinte. Il lutta pour la traîner à l'écart de la bête, ses bottes patinant dans la boue et les feuilles mortes.

Horrifié, il regarda ce qui les attendait s'ils ne réussissaient pas à atteindre les arbres.

La poitrine de Rockingham avait éclaté comme un melon trop mûr. Un bouillonnement d'énergie maléfique s'était échappé de son corps. Le tentacule qui en avait jailli pulsait et ondulait en s'allongeant vers ses proies.

À présent, Er'ril comprenait comment le Seigneur Noir les avait pistés. Rockingham n'était pas – n'était plus – un homme, mais un construct de magie noire. Er'ril avait entendu parler de ces créatures. Le soldat était un golem, une coquille vide créée à partir du cœur mort d'un suicidé.

Il redoubla d'efforts pour traîner Elena à l'abri, mètre par mètre.

Tel un monstrueux nouveau-né sortant du ventre de sa mère, d'autres parties de la bête émergèrent du nuage de magie noire. Ce qui suivit le tentacule était bien pire que n'importe quel cauchemar. Jamais Er'ril n'aurait pu imaginer une chose si immonde. Son esprit regimbait à accepter ce que lui transmettaient ses yeux.

Le tentacule n'était pas l'un des membres de la bête, mais une langue. Elle dardait hors d'une bouche molle et visqueuse dont les lèvres se retroussèrent, exposant un cercle de crocs déchiquetés qui luisaient comme des éclats de verre. D'autres rangées de dents se succédaient jusqu'au fond de sa gorge.

Au-dessus de cette bouche s'agitaient des centaines de pédoncules plus longs que le bras d'Er'ril et terminés par un orbe noir de la taille d'un œuf de poule. L'instinct du guerrier lui dit que ça n'était pas des yeux, mais une autre sorte d'organe sensitif qui dépassait l'entendement de toute créature en ce monde.

Un gémissement aigu, pareil au cri d'un lapin égorgé, monta de la bouche de la bête. Sa masse gélatineuse tangua.

Er'ril laissa échapper Elena, qui s'étala de tout son long dans la boue. Il tenta de la déplacer, mais son bras était trop faible. Il chercha de l'aide du regard. De l'autre côté de la clairière, il vit Méric guider Nee'lahn le long des arbres. L'el'phe luttait pour contourner la bête et les rejoindre.

Soudain, Elena tressaillit et ramena maladroitement ses pieds sous elle. Le choc de la mort de son oncle s'était suffisamment dissipé pour qu'elle prenne conscience de l'horrible menace. Er'ril l'aida à se relever.

— File ! lui cria-t-il à l'oreille.

La jeune fille obtempéra sans se faire prier.

Du menton, Er'ril indiqua à Méric qu'il n'avait plus besoin de lui. Il savait que l'el'phe avait déjà fort à faire avec la nyphai. Le regard de Méric se posa sur Elena, qui s'éloignait précipitamment. Il acquiesça, puis entraîna Nee'lahn sous le couvert des troncs épais et des branches entremêlées.

Er'ril s'élança sur les talons d'Elena.

Entre-temps, la bête s'était extirpée du nuage noir. Elle faisait deux fois la hauteur et quatre fois la largeur d'un homme. Son corps ressemblait à celui d'une limace géante ; sa peau grise était couverte d'un mucus brillant qui fumait dans l'air froid. Des traînées rouges et noires, pareilles à des balafres, ornaient ses flancs. Des ventouses plus grosses que des citrouilles s'alignaient sur son torse gonflé.

Soudain, elle se mit à trembler. Une secousse la parcourut.

Elena hurla.

Dix pattes articulées, chitineuses comme celles d'un insecte, jaillirent des ventouses de son torse et arrachèrent son corps à la boue. Seule sa langue continua à pendre sur le sol, se tortillant tel un serpent au milieu d'un champ d'orties.

Alors, Er'ril comprit ce qu'était cette bête. Il n'en avait encore jamais vu de semblable, mais il en avait entendu une description bien longtemps auparavant. Et malgré les siècles qui s'étaient écoulés, il n'avait pas oublié. Face à lui se tenait une créature issue des terres volcaniques du Gul'gotha. Dans les soufrières de leurs contrées natales, ses congénères s'enfouissaient pour pondre leurs œufs parmi les flammes et le poison.

L'esprit d'Er'ril se rebella contre cette révélation. Il pria pour s'être trompé.

Mais ce qui se passa ensuite confirma ses craintes.

Le dos de la créature s'arqua. Un nouveau spasme la parcourut. Sa peau se déchira le long de ses flancs. Des ailes osseuses et humides se déplièrent, leur envergure couvrant tout le diamètre de la clairière.

Er'ril poussa Elena devant lui pour la faire accélérer.

À présent, il ne pouvait plus nier la nature de la bête. Même la structure de ses ailes était similaire à celle de ses rejetons.

— Une mul'gothra, haleta-t-il.

C'était une reine pondeuse des skal'tum.

39

Elena s'élança vers l'abri de la forêt, Er'ril sur ses talons. Le chagrin l'étranglait toujours ; de peur qu'il la paralyse, elle n'osait regarder en direction du corps d'oncle Boln – sinon pour sa propre sécurité, du moins pour celle du guerrier qui préférerait mourir à ses côtés plutôt que de l'abandonner.

Tandis qu'elle courait, une pluie brutale se mit à tomber. Des éclairs déchirèrent le ventre des nuages ; des grondements de tonnerre assourdissants firent vibrer l'air du côté des Dents.

Elena jeta un coup d'œil par-dessus son épaule. Elle s'attendait à découvrir la bête prête à lui sauter à la gorge. *Une mulgothra.* Bien qu'Er'ril ait marmonné ce nom tout bas, son esprit l'avait capté au vol. Il lui semblait convenir parfaitement à cette créature cauchemardesque.

À l'autre bout de la clairière, la bête flageolait sur ses pattes tel un poussin fraîchement éclos. Elle secoua ses ailes, dont les os cliquetèrent. La pluie froide coulait en ruisseaux fumants sur sa peau brûlante.

Sentant que la jeune fille l'observait, elle braqua ses pédoncules sur elle. Un sifflement monta des profondeurs de sa gueule béante. Des mots s'en détachèrent, pareils à des raclements de griffes sur la pierre d'une tombe.

— Viens à moi, mon enfant. Fuir ne sert à rien.

Elena savait que ça n'était pas la mul'gothra qui avait parlé, ni même une créature tapie dans son ventre. La chose qui venait de s'adresser à elle était accroupie au centre de sa toile, très loin de la clairière balayée par la pluie – une chose issue de terres ravagées et de fosses sombres, infiniment plus sinistre que le monstre qui se traînait vers elle.

C'était le Cœur Noir, le seigneur suprême du Gul'gotha.

Ses paroles iniques s'élevèrent de nouveau par la gorge de la mul'gothra :

— Le monde hurlera si tu ne te soumets pas. Je détruirai tout ce qui t'est cher. Ton nom résonnera comme une malédiction aux oreilles de tous ; je t'en fais le serment. À moins que tu viennes à moi. Rejoins-nous dès maintenant.

Elena tenta, mais en vain, d'ignorer la voix qui s'infiltrait dans sa tête.

— Je vais te donner un avant-goût de ce qui se passera si tu t'avises de me résister. Merci de m'avoir laissé un instrument de choix pour ma démonstration.

De surprise, Elena faillit trébucher. Qu'est-ce que ça signifiait ? Elle s'arrêta et pivota à demi. Er'ril voulut l'entraîner, mais elle se dégagea de son étreinte affaiblie par le poison. Apparemment, le guerrier n'entendait pas la voix qui lui parlait.

La bête infléchit pesamment sa trajectoire, foulant la boue de ses multiples pieds. Alors, Elena comprit qui était sa nouvelle cible. Un des membres de leur groupe gisait toujours au milieu de la clairière tel un tas de détritus abandonné : Kral. Immobile parmi les feuilles détrempées, le montagnard ne réagit pas à l'approche de la menace. Même la pluie qui crépitait sur son visage ne l'avait pas arraché à son évanouissement.

La mul'gothra se dirigea vers lui, sa langue grise se tortillant sur le sol. Elena détourna la tête. Elle ne voulait pas voir ça. Son regard se posa sur la silhouette prostrée d'oncle Boln. Le visage du vieillard était tourné vers le ciel ; la pluie martelait ses yeux ouverts.

Le sang d'Elena se glaça. Dépouillé de tous les membres de sa famille, tel un squelette dont on a arraché jusqu'au dernier lambeau de chair, son cœur n'était plus qu'un noyau à vif. Tant de gens étaient morts en son nom !

Reportant son attention sur Kral, elle fit un pas vers la bête. Elle refusait de cautionner un nouveau sacrifice. Elle en avait assez de résister. Que toutes ces horreurs prennent fin – elle ne pouvait plus les supporter.

Avant qu'elle puisse faire un second pas, une traînée sombre fusa au niveau de ses genoux et la dépassa en trombe. Le loup s'interposa entre Kral et la bête, poussant un hurlement qui couvrit le fracas du tonnerre et de la pluie.

Déstabilisée par sa brusque apparition, la mul'gothra tituba en arrière. Ses pédoncules s'agitèrent frénétiquement. Puis sa langue se détendit tel un fouet pour écarter l'animal. Celui-ci culbuta sur lui-même et alla s'écraser contre le tronc d'un chêne. Elena le vit lutter pour lever la tête tandis que ses pattes glissaient sur les feuilles mortes. Quelques instants plus tard, il s'affaissa – mort ou inconscient, la jeune fille n'aurait su le dire. Sa langue rose pendait entre ses mâchoires flasques.

La mul'gothra s'avança vers Kral.

Non !

Elena bondit.

— Arrête ! Tu ne peux pas l'aider !

Er'ril voulut la retenir, mais le poison qui avait envahi ses veines ralentissait ses mouvements. La jeune fille lui échappa.

— Reste ici ! s'époumona-t-il.

Elena l'ignora. La bête n'allait faire qu'une bouchée de Kral et des autres. Elle se rua vers elle avec l'impression que son cœur était mort dans sa poitrine. Le seul moyen de protéger ses amis contre les crocs de la mul'gothra était de donner au Seigneur Noir ce qu'il désirait. Que son sacrifice achète le salut de ses compagnons. Que cette nuit s'achève enfin.

Plus personne ne mourrait en son nom.

Les yeux brûlants de larmes sèches, elle atteignit le montagnard à l'instant où la langue de la mul'gothra effleurait son crâne. Elle s'arrêta en faisant une embardée dans la boue et, d'un coup de pied, repoussa l'immonde tentacule. Plantée dans une flaque, elle leva les bras vers la créature qui la surplombait de toute sa masse et rejeta sa tête en arrière. La pluie dégoulina sur son visage et le long de ses cheveux.

— Plus de carnage ! lança-t-elle d'une voix forte. Je suis à toi.

Comme la mul'gothra se penchait vers elle, elle vit l'intérieur de sa bouche visqueuse. La puanteur de son haleine lui noua les entrailles. Elle lutta pour réprimer sa nausée. Au fond de la gorge de la bête, d'autres langues grouillaient et se tortillaient tel un nid de serpents. Mais celle qui lui répondit ne se trouvait pas parmi elles.

— Tu es une enfant intelligente. Il est inutile de résister. Ton cœur connaît son maître.

La mul'gothra replia ses pattes sous elle et s'accroupit comme une araignée s'apprêtant à mordre. Elena voulait faire preuve de bravoure, mais ses jambes flageolaient déjà. Une des langues de la bête darda hors de sa gueule béante et se tendit vers elle. Sa pointe toucha sa botte et remonta le long de sa jambe. Elle se glissa sous sa chemise détrempée et enveloppa sa poitrine en une immonde caresse. La jeune fille sentit le baiser cuisant des ventouses sur sa peau.

— Nos créations feront trembler le monde, promit la voix.

Elena savait que le Cœur Noir ne s'adressait pas tant à elle qu'à ses plus noirs désirs.

Finalement, ses jambes cédèrent sous elle. Avant qu'elle s'écroule dans la boue, la langue raffermit son étreinte et la souleva dans les airs. Le baiser de ses ventouses se changea en morsure.

Elena ferma les yeux. Le Gul'gotha voulait sa sor'cière, son trophée ? Il allait l'avoir. Mais il n'aurait jamais son âme. La mort traquait tous ceux qui l'entouraient. Peut-être finirait-elle par l'emporter, lui aussi.

— Le voyage sera long, susurra la voix.

Elena ferma son esprit, se barricada contre le monde extérieur et chercha en elle-même un endroit où elle n'entendrait plus ni le cliquetis des ailes de la mul'gothra, ni les battements affolés de son cœur – un endroit où elle pourrait se cacher. Elle battit en retraite, se projetant très loin de la clairière enténébrée.

Les paroles suivantes du Seigneur Noir l'arrêtèrent dans sa fuite.

— Mais la mul'gothra est faible. Elle doit d'abord se nourrir.

Elena rouvrit brusquement les yeux. Elle vit une autre langue jaillir de la gueule de la bête et s'enrouler autour du cou de Kral.

Tout son corps hurla tandis que son sang se changeait en glace.

Non !

Son cri silencieux se répercuta jusque dans les moindres recoins de son être, réveillant le pouvoir qui sommeillait lové autour de son cœur. Le monde s'obscurcit. Même la lueur de la foudre ne parvenait plus à percer les ténèbres qui l'enveloppaient. La glace atteignit son cœur – et celui-ci s'embrasa.

— J'ai dit : plus de carnage ! rugit Elena. (Sa voix monta jusqu'aux nuages bouillonnants, et un grondement de tonnerre lui répondit.) Assez !

La bête resserra son étreinte sur sa poitrine, tentant d'étrangler son cri déchirant. Et elle ignora ses protestations.

Comme au bout d'un très long tunnel, Elena vit le tentacule attirer le corps inerte de Kral vers la gueule garnie de crocs. Son champ de vision rétrécit jusqu'à se changer en une tête d'épingle tandis qu'un feu glacial se déchaînait en elle. Depuis deux nuits, elle se laissait ballotter par les événements telle une feuille emportée par la brise. Mais c'était fini. Désormais, il faudrait compter avec elle.

Si le Seigneur Noir voulait une sor'cière, il allait en avoir une – une qui déborderait de magie !

Elena s'abandonna à son feu intérieur. Elle s'ouvrit à son pouvoir et le laissa irradier son corps. L'énergie mystique tempêtait dans sa prison de chair ; elle cherchait une ouverture par laquelle s'échapper pour assouvir sa soif de sang.

Qu'il en soit ainsi.

La jeune fille tendit sa main droite vers la gueule de la mul'gothra et s'entailla la paume sur un de ses crocs acérés. Son sang se déversa par la plaie, entraînant sa magie avec lui.

Elle frappa de sa main enveloppée par un tourbillon de flammes écarlates. La créature hurla et la laissa tomber.

Comme elle atterrissait dans la boue, Elena vit que la mul'gothra avait également lâché Kral et qu'elle reculait vers la lisière des arbres. L'extrémité de sa langue tranchée se convulsait sur le sol tel un serpent coupé en deux. D'un coup de pied, la jeune fille l'expédia au loin.

Plantée dans une flaque, elle leva des yeux flamboyants vers la mul'gothra et l'entité maléfique qui se tapissait en elle. Autour de ses bottes, l'eau boueuse se mit à geler. La pluie se changea en grêle. Ignorant la morsure glaciale sur ses joues, Elena s'avança vers la bête.

— J'ai dit : assez !

Elle fit un autre pas, s'interposant entre Kral et la mul'gothra. Une détermination féroce brûlait en elle. Plus personne ne toucherait le montagnard.

— Ton pouvoir ne m'empêchera pas de te posséder, mon enfant.

La mul'gothra déploya ses ailes en une attitude de défi.

Derrière elle, la jeune fille entendit une autre voix – celle d'Er'ril. Elle lui parut provenir de très loin.

— Elena, non ! Tu n'es pas prête ! Ne reste pas là ! Reviens !

Elle l'ignora. Elle en avait fini d'écouter les autres. Cette nuit, elle ne se laisserait plus manipuler. Elle ne serait plus un simple pion dans une partie commencée bien avant sa naissance. Plus une feuille emportée par le vent. Plus une enfant.

Elle tendit sa main vers la bête. Du sang dégoulinait de sa paume blessée, sifflant et fumant quand il touchait la boue gelée.

Cette nuit, elle serait une sor'cière.

— Tu aurais dû m'écouter, lâcha-t-elle d'un ton cinglant.

La bête frémit et se recroquevilla sur elle-même. Puis, telle une vipère qui se détend, elle bondit. Tandis qu'elle fonçait vers sa proie, des centaines de tentacules jaillirent de sa gorge et fouettèrent l'air devant elle.

Elena l'attendit de pied ferme. Elle leva son bras droit, ferma les yeux et serra le poing, laissant le feu s'accumuler entre ses doigts crispés. Le pouvoir enfla et tourbillonna. Bientôt, son bras se mit à trembler sous la pression du soleil glacial qui se formait dans sa main.

Le sol trembla sous ses pieds alors que la mul'gothra chargeait. Elle sentit l'immonde chaleur de son haleine lui caresser le visage.

Ses doigts s'ouvrirent comme une rose au lever du jour.

La force d'une explosion stellaire s'abattit sur la mul'gothra.

Er'ril fut soufflé par la puissance de la déflagration magique. Son dos heurta un arbre. Il faillit s'écrouler et se retint de justesse.

Des larmes avaient gelé dans ses yeux. Il cligna des yeux pour les chasser. Le spectacle qui s'offrit à sa vue lui coupa le souffle.

La mul'gothra qui s'apprêtait à saisir Elena à la gorge avait été projetée en arrière. Elle gisait sur le dos, immobile. La jeune fille l'avait tuée.

Non.

Er'ril vit une de ses ailes frémir. Puis ses muscles roulèrent sous sa peau, et elle se releva. Comme elle pivotait vers Elena, un hurlement monta de sa gorge noire.

La jeune fille se tenait toujours le bras en l'air et les doigts écartés. Er'ril jura. Sa main n'était plus rouge ! Elle avait épuisé toute sa magie et se trouvait désormais sans protection face à son assaillant.

Le guerrier tituba vers elle. Tandis qu'il s'efforçait de la rejoindre, Elena baissa le bras d'un geste impérieux, son index pointé vers la mul'gothra.

Un éclair déchira les cieux avec une telle fureur qu'Er'ril s'étala dans la boue. Il leva les yeux juste à temps pour voir un nuage plonger vers le monstre et l'engloutir dans son étreinte bouillonnante.

Elena avait littéralement fait tomber le ciel sur la tête de son adversaire. Jamais Er'ril n'aurait imaginé qu'elle possède un tel pouvoir.

Sa magie n'était pas épuisée, réalisa-t-il. Elle avait juste été projetée à l'extérieur – et à présent, elle retournait à sa source. Dans les profondeurs du nuage captif, il vit la flamme de la jeune fille brûler d'un feu bleuté, glacial.

Soudain, un tentacule jaillit de la brume noire et fusa vers le bras tendu d'Elena.

Elena ne cilla même pas. Un sourire de ravissement sinistre étirait ses lèvres. Le pouvoir chantait dans son cœur. Elle sentait les liens qui attachaient la magie à son sang, et elle savait ce qu'elle devait faire.

Son regard se durcit à la vue de la langue qui cherchait à la saisir. Sa magie chuchota à son oreille. Elle lui dit que le nuage qui enveloppait la mul'gothra se trouvait également dans sa main. La jeune fille serra de nouveau le poing.

Les vents prisonniers du tourbillon poussèrent un hurlement déchirant. Puis le nuage se comprima. Comme il s'effondrait sur lui-même, toute son humidité se condensa. La brume devint eau. Une énorme bulle de liquide se forma autour de la mul'gothra, qui se débattit désespérément. Elle était en train de se noyer.

Elena devina que le Seigneur Noir avait battu en retraite, qu'il s'était replié dans les profondeurs de sa citadelle en abandonnant son hôte derrière lui.

La mul'gothra luttait contre sa fin toute proche tandis que la magie chantait dans le cœur de la jeune fille. Son pouvoir en voulait encore. *Encore !*

Une partie d'elle-même réalisait que cette créature n'était qu'un instrument du Seigneur Noir, et que sa mort n'aurait pas dû la réjouir à ce point. Mais le reste vibrait à l'unisson de la magie qui dessinait des ondulations bleutées à la surface de la bulle.

Son pouvoir attendait toujours qu'elle l'utilise ; il hurlait son impatience à son oreille.

Elena répondit à son appel.

Elle fixa la bête qui suffoquait et serra le poing un peu plus fort. Face à elle, l'eau de pluie se changea en glace, immobilisant la mul'gothra prisonnière de la bulle telle une mouche dans de l'ambre. La masse cristalline tomba sur le sol et s'enfonça partiellement dans la boue. Des étincelles bleues dansaient à sa surface.

La chanson de la magie était si séduisante… Elle implorait Elena. *Encore !* Le sang de la jeune fille vibrait de ses échos. Comment aurait-elle pu refuser d'accéder à ses désirs ? C'eût été étouffer son propre cœur.

Elle crispa le poing jusqu'à ce que les muscles de son avant-bras saillent sous sa peau et que ses ongles s'enfoncent dans sa paume. Elle ne sentait pas la douleur.

Elle serra encore plus fort. Son sourire se fit extatique.

La bulle explosa. Comme l'épée d'Er'ril dans les souterrains, la bête captive se brisa en un millier de fragments. Une nuée d'éclats de glace et de chair congelée vola au loin sans toucher Elena. La forêt qui se dressait face à elle n'eut pas autant de chance. Des arbres furent soufflés et renversés sur près d'une lieue. Une traînée de grêlons blancs et noirs se répandit en éventail depuis l'endroit où se tenait la jeune fille.

À la vue de cette destruction massive, son poing s'ouvrit. Elle tomba à genoux, puis à quatre pattes. Qu'avait-elle fait ? Son esprit conjura l'image de la mul'gothra qui suffoquait et se débattait, argumenta que la créature était dangereuse et devait être éliminée. Et elle savait que c'était vrai. Ce monstre aurait ravagé sa vallée natale. Mais elle savait aussi ce qu'elle avait éprouvé quand elle l'avait frappé – elle s'était délectée de ses souffrances, de son agonie.

Pis encore : tandis qu'elle fixait ses mains si blanches au milieu de la boue noire, une partie d'elle-même désirait ardemment que le jour se lève – non parce qu'elle avait soif de la chaleur du soleil, mais parce que celui-ci était capable de régénérer son pouvoir.

C'était la sor'cière en elle qui se manifestait. Elle ne pouvait pas attribuer cette voix à sa magie. Non. Son propre cœur appelait le pouvoir de tous ses vœux.

Mais… Et l'adolescente qui ne pouvait retenir ses larmes à la pensée de la mul'gothra, cette créature manipulée qu'elle avait tuée si brutalement ? Ça aussi, c'était elle.

Qui était-elle ?

Qu'était-elle devenue ?

Des bottes apparurent devant ses mains. Er'ril s'agenouilla et lui souleva le menton. Ses doigts étaient tièdes sur la peau d'Elena. La magie de la jeune fille l'avait glacée jusqu'à la moelle.

Il l'attira contre sa poitrine et ne dit rien.

Aucun mot n'aurait pu apaiser les tourments de son cœur.

40

Elena resserra son manteau en peau de daim autour d'elle, s'efforçant de chasser toutes les poches d'air glacial prisonnières sous le vêtement. Le ciel n'avait pas été si dégagé depuis que ses compagnons et elle étaient arrivés au village de Kral, trois lunes plus tôt. Le beau temps avait décidé la jeune fille à s'aventurer dehors. L'aube teintait de rose les pics enneigés qui se tendaient vers l'azur, mais l'air était encore si froid que son souffle formait de petits nuages blancs devant son nez rougi. Elle enfouit le bas de son visage dans son col en fourrure.

Par une matinée si pure, elle aurait presque pu croire que tout ce qui lui était arrivé n'avait été qu'un mauvais rêve. Tous les jours, elle était réveillée par les gloussements des enfants et le bavardage des femmes qui préparaient un petit déjeuner de bouillie d'avoine et de raisins secs. L'air embaumait la cannelle. Les cuillers cliquetaient contre les assiettes. Les gens haussaient la voix pour crier des salutations plutôt que des menaces ou des mises en garde.

Mais il lui suffisait de faire quelques pas pour se rappeler que cette paix apparente n'était qu'une illusion. Dans une caverne latérale, Er'ril gisait sous sa couverture de duvet. Les os de son visage saillaient à travers sa peau. Il n'était plus qu'un squelette dont la fièvre avait fait fondre les muscles. Le poison avait atteint son cœur au moment où les voyageurs atteignaient le village de Kral. Il s'était effondré à l'entrée de la passe.

Sans le large dos et les jambes robustes de Tol'chuk, il ne serait jamais arrivé jusque-là. Les chevaux survivants – Rorshaf et Brume –, étaient trop épuisés pour porter un blessé sur les pistes rocailleuses et abruptes des Dents. L'og're s'en était chargé à leur place.

La fièvre d'Er'ril n'était retombée qu'une lune plus tard. Seules les décoctions de feuilles préparées par Nee'lahn et l'indomptable volonté du guerrier l'avaient empêché de succomber. Elena avait passé de nombreuses nuits à son chevet, lui tamponnant le front avec l'eau fraîche d'un torrent souterrain, l'écoutant gémir et le regardant s'agiter dans ses draps. Une fois, il avait ouvert les yeux et hurlé :

— La sor'cière nous massacrera tous !

Elena s'était mise à pleurer. Elle s'était enfuie en courant, même si le regard vitreux d'Er'ril lui disait qu'il délirait sous l'emprise du poison. Plusieurs jours s'étaient écoulés avant qu'elle retourne auprès de lui.

Ce matin-là, après avoir porté une pomme séchée à sa chère Brume, elle avait rendu visite au guerrier. Elle l'avait trouvé assis dans son lit, en train de bavarder avec Kral. Le montagnard portait toujours une attelle à la jambe, mais il parvenait à se déplacer en s'appuyant sur une béquille en bois de noyer.

Assis près des deux hommes, le loup écoutait leur conversation, les oreilles frémissantes. Elena avait encore un peu de mal à admettre que Fardale était un métamorphe ; elle n'avait pu s'empêcher de lui caresser la tête au passage. Le loup avait agité la queue, et Er'ril lui avait souri. Bien qu'encore très pâle, sa peau n'avait plus la teinte cendreuse de la mort. Les forces qui lui revenaient peu à peu faisaient briller ses yeux.

Elena lui avait timidement rendu son sourire. À présent qu'elle était seule dans l'air piquant des montagnes, elle s'autorisa une grimace ravie. Er'ril vivrait.

De la neige crissa sous ses bottes tandis qu'elle gravissait la piste verglacée qui conduisait à la passe des Esprits. De l'autre côté des Dents, de minces panaches de fumée s'élevaient depuis les foyers des autres clans comme pour saluer le lever du jour. Ils étaient douze en tout, compta Elena.

Les montagnards avaient offert abri et protection à la jeune fille et à ses amis. À peine avaient-ils franchi le col qu'un terrible blizzard avait fermé celui-ci. Ils étaient convenus d'attendre la fin de l'hiver au village de Kral – de laisser leur piste refroidir, leurs blessures guérir et le temps effacer les souvenirs qui sapaient leur courage et leurs forces.

Un long voyage les attendait, mais aucun d'eux n'en parlait jamais. Ils gardaient ça pour le jour où l'emprise de cette nuit sanglante se relâcherait enfin, libérant leur langue et leur cœur. Pour l'instant, ils se contentaient d'exister, de savourer la tiédeur des feux et de l'hospitalité des montagnards. Ils n'échangeaient que très peu de paroles. Ils avaient pris une seule décision : au dégel, tous accompagneraient Er'ril et Elena à Val'loa.

Chacun avait exprimé une motivation différente. Méric irait pour protéger la descendante de son roi ; Nee'lahn, pour honorer la prophétie d'une gardienne mourante ; Kral, pour se venger ; Mogweed et Fardale, pour briser la malédiction qui pesait sur eux ; et Tol'chuk, pour obéir aux exigences d'un cristal scintillant. Mais chacun nourrissait une autre raison dans le secret de son cœur. Désormais, ils étaient liés par le sang.

Elena laissa cette idée fondre au soleil tandis qu'elle cheminait vers la passe des Esprits. Malgré le froid qui lui brûlait les poumons, elle savait qu'elle devait le faire pour tous ceux qui étaient morts en son nom – afin de leur montrer ce qu'elle était devenue. Elle le ferait pour sa mère et son père, pour sa tante et son oncle, et pour son frère qui avait disparu dans les rues de Gelbourg.

La jeune fille essuya une larme avant qu'elle gèle sur sa joue, et poursuivit son ascension en se demandant ce qu'était devenu Joach.

— Viens là, mon garçon, grogna Greshym par-dessus son épaule en ouvrant la penderie et en saisissant la robe blanche accrochée à l'intérieur.

Le frère de la sor'cière s'approcha en traînant les pieds. Ses yeux ne cillaient pas, et de la salive moussait à la commissure de ses lèvres. Il fixait Greshym, attendant ses ordres, mais aucune lueur d'intelligence ne brillait dans ses prunelles. Le sort d'influence le tenait toujours sous son emprise.

Greshym détailla son visage creux et sa silhouette décharnée. La plupart du temps, il oubliait de lui dire de manger. Il fronça les sourcils. Il ne devait pas le laisser mourir. Ce garçon pourrait encore lui être utile.

Le vieillard enfila sa robe blanche et tira la capuche sur son front. Puis il jeta un foulard bleu sur ses épaules pour indiquer qu'il avait fait vœu de silence. Ainsi, personne ne le dérangerait pendant qu'il se rendait jusqu'aux appartements du Praetor.

Il ajusta les plis de sa robe et jeta un coup d'œil dans la glace pour vérifier que sa tenue était irréprochable. Satisfait, il baissa la tête afin que son visage demeure dans l'ombre.

— Suis-moi ! ordonna-t-il en se dirigeant vers la porte.

Joach resta deux pas en retrait tandis qu'ils sortaient dans le couloir. Celui-ci était désert ; pourtant, Greshym le longea sans relever la tête. Un importun pouvait jaillir à tout instant. Le visage découvert de son escorte n'attirerait pas de regards curieux. Il ressemblait à n'importe quel autre serviteur – il avait juste l'air un peu plus crétin que la moyenne avec sa bouche perpétuellement ouverte. Si quelqu'un le croisait, il supposerait que c'était un simple d'esprit et l'ignorerait poliment.

Greshym connaissait bien le chemin. Il n'avait pas besoin de regarder où il allait. Il monta l'escalier le plus proche de la cuisine et emprunta un couloir poussiéreux jusqu'à l'aile adjacente. Après avoir franchi plusieurs intersections, il pénétra dans la section la plus ancienne de l'Édifice.

Ici, chacun de ses pas soulevait un petit nuage de poussière de mortier. En atteignant le pied de l'escalier de la tour ouest, baptisée Flèche du Praetor en hommage à son unique occupant, il s'arrêta pour s'essuyer la figure avec la manche de sa robe. Une traînée grisâtre macula le tissu blanc.

Joach le bouscula et s'arrêta. De la morve coulait de son nez.

— Attends-moi ici ! lui intima Greshym.

Puis il entreprit de gravir l'escalier en colimaçon qui longeait la face interne de la tour.

En chemin, il dépassa deux gardes que leur maître avait prévenus de son arrivée. Il ne prit pas la peine de les saluer. Leur regard mort disait assez clairement qu'eux aussi étaient sous l'emprise d'un sort de contrôle – mais plus délicat que tous ceux qu'il pouvait lancer. En vérité, l'enchantement était si subtil que ni ses cibles ni les frères de l'Ordre n'avaient conscience que l'influence du maître était à l'œuvre parmi eux.

Greshym atteignit le dernier palier et s'approcha de la porte en chêne bardée de fer. Deux gardes au flanc ceint d'une épée l'encadraient. Ils ne cillèrent pas à son approche. Greshym leva le poing pour frapper, mais avant que ses jointures touchent le bois, le battant pivota de lui-même vers l'intérieur.

— Entre ! ordonna une voix.

Greshym frémit : non parce qu'il avait peur, mais parce que le ton était le même que celui qu'il employait pour donner ses instructions à Joach. *Il me considère comme un vulgaire serviteur.*

Il entra dans les appartements de l'honorable chef de la Fraternité. Son maître se tenait debout près d'une fenêtre orientée vers l'ouest. À travers la vitre, l'ombre de la tour ressemblait à un doigt braqué vers la côte lointaine. Le regard du Praetor était fixé sur un point invisible, au-delà des restes enfouis de Val'loa, au-delà même des îles de l'Archipel qui crevaient la surface de l'océan telles les vertèbres d'un énorme monstre marin. Greshym savait ce qu'il regardait.

Il attendit. La porte se referma et se verrouilla derrière lui. À l'abri du regard inquisiteur de ses frères, il repoussa la capuche de sa robe.

Ici, il n'y avait pas de secret qui tienne.

Il garda le silence. Le Praetor parlerait quand il serait prêt. Aussi se contenta-t-il d'étudier son dos très droit. Rares étaient les individus qui connaissaient l'identité de cet homme. En tant que dirigeant de la Fraternité, il avait renoncé à son nom pour enfiler le manteau de ses responsabilités. Cet événement s'était produit si longtemps auparavant que seul Greshym s'en souvenait encore.

Enfin, le Praetor Shorkan lui fit face. Il avait les mêmes yeux gris que son frère Er'ril.

— Je sens son regard, lâcha-t-il. La sor'cière a porté son attention vers le Grimoire.

— Elle viendra ici, affirma Greshym. Le livre l'appelle.

Le Praetor pivota de nouveau vers la fenêtre. Des volutes d'énergie noire, pareilles à des spectres, l'enveloppèrent comme pour se moquer de la blancheur de sa robe.

— Nous devons nous tenir prêts à la recevoir. Le Cœur Noir aura sa sor'cière.

Elena franchit le dernier virage de la piste sinueuse, le cœur brusquement plus léger comme la passe des Esprits se déroulait devant elle. Elle s'avança, une prière de remerciement sur les lèvres. Une bourrasque solitaire tenta de lui arracher sa capuche, mais elle se lassa très vite de ce petit jeu et s'éloigna. Le vent était calme ce matin, mais la jeune fille savait que d'ici au crépuscule, il hurlerait à travers les Dents comme s'il se lamentait sur la disparition du soleil.

Elle étudia le col. De la neige était tombée la nuit dernière ; nulle empreinte ne souillait sa blancheur virginale. Elena déplorait de devoir y inscrire ses empreintes, mais elle avait fait trop de chemin pour renoncer si près du but. Avec un soupir qui forma un petit nuage devant sa bouche, elle attaqua la courte montée qui allait la conduire jusqu'à la crête.

La neige lui arrivait aux genoux. La fine couche de glace qui la recouvrait émettait un craquement de protestation à chacun de ses pas. Aucun autre son ne troublait le silence. Elena progressait avec difficulté ; elle transpirait dans ses sous-vêtements, et savait que sa sueur la glacerait dès qu'elle ferait halte. Pourtant, elle continua jusqu'au point culminant de la passe.

Là, elle s'arrêta et regarda vers l'est. Bien qu'essoufflée et en nage, elle ne regrettait pas son ascension. Les montagnes s'ouvraient devant elle, et le soleil la baignait de sa radiance. La matinée était si claire et si lumineuse qu'elle aurait juré voir l'océan du Couchant scintiller à l'horizon. En contrebas, l'hiver avait étendu son emprise neigeuse dans les collines et les vallées. Mais dans le lointain, au milieu des plaines, un soupçon de vert se détachait telle une promesse de printemps.

Elena ôta ses mitaines en peau de lapin et tendit ses bras devant elle. Sa main gauche était aussi blanche que la neige ; la droite, aussi rouge qu'un ciel crépusculaire.

Après la bataille de la clairière, son pouvoir avait mis du temps à régénérer. Contrairement à ses amis, elle n'avait pas été touchée dans sa chair, mais elle avait subi une blessure bien plus profonde. Elle avait eu besoin de repos et de méditation pour guérir. Parce que depuis cette funeste nuit où, agenouillée dans la boue, elle s'était blottie contre la poitrine d'Er'ril, une question avait consumé son esprit. Qui était-elle : le blanc de la femme, ou le rouge de la sor'cière ?

À présent, elle savait. Et dans la passe des Esprits, elle le montra au reste du monde. Elle plaqua ses paumes l'une contre l'autre et entrelaça ses doigts.

Voici qui je suis.

Tandis qu'Elena tourne son regard vers l'océan lointain, je dois achever cette partie de mon récit.

Ma plume est sèche ; mon poignet, douloureux ; je dois trouver un marchand qui ne vende pas son encre et son parchemin à un prix exorbitant. Souffrez donc que je m'interrompe ici. Souffrez que je me repose. Je répugne à me remémorer la suite de l'histoire – ce terrible voyage vers la cité perdue.

Aussi vais-je vous laisser pour le moment.

La légion a été formée ; le chemin, tracé.

Le sombre périple commence demain.

Composé par Nord Compo Multimédia
7, rue de Fives, 59650 Villeneuve-d'Ascq

Achevé d'imprimer par GGP Media GmbH, Pößneck
en mars 2010
pour le compte de France Loisirs,
Paris

N° d'éditeur : 59157
Dépôt légal : septembre 2009

Imprimé en Allemagne